Nora Berger

Amélie und die Botschaft des Medaillons

Roman

16.7.2009

Für
Patricia !
Herzlichst
Ihre
Opernfreundin

Nora Berger

Amélie und die Botschaft des Medaillons

Frankreich 1793. Paris befindet sich in Aufruhr: König Ludwig XVI. wurde bereits hingerichtet, seine Gemahlin Marie Antoinette und ihre Kinder in Haft genommen. Ihnen droht – so wie vielen Royalisten in dieser Zeit – der Tod durch die Guillotine. Amélie d'Eglantine entstammt selbst einem adeligen Haus. Nachdem ihr Mann Graf Richard de Montalembert hingerichtet worden war, heiratete sie Fabre d'Eglantine, einen selbstsüchtigen, unbeherrschten, untreuen Poeten und Schauspieler, der sich in der neuen republikanischen Regierung hervortut. Als Amélie eine Freundin im Gefängnis besucht, steckt ihr diese ein Medaillon zu. Darin befindet sich ein Porträt von Richard und eine Nachricht, dass dieser noch am Leben sei. Alte Gefühle flammen in Amélie auf, sie fühlt sich hintergangen. Als sie erkennt, dass ihr derzeitiger Gatte sogar an der Flucht Richards beteiligt gewesen war, weiß sie nicht mehr, wer auf ihrer Seite steht. Richard ist tatsächlich am Leben und nutzt seinen vermeintlichen Tod, um im Untergrund gegen die Republikaner anzukämpfen. Gemeinsam mit anderen Royalisten bereitet er die Befreiung Marie Antoinettes aus dem Gefängnis vor.

Nora Berger

Nora Berger lebte einige Jahre in Paris und studierte an der Sorbonne Literatur und Philosophie. In dieser Zeit hatte sie Gelegenheit, an den Originalschauplätzen der Revolution zu recherchieren und sich mit dem französischen Lebensgefühl zu identifizieren. Heute lebt sie mit ihrem Mann in Traunstein.

Von Nora Berger bisher erschienen:
Amélie und die Sturmzeit von Valfleur (2005)
Bratkartoffeln und Rote Beete (2009)
Ferne Morgenröte (2004)

Nora Berger

Amélie und die Botschaft des Medaillons

Roman

feder *frei*

© Verlag Federfrei
Marchtrenk, 2009
www.federfrei.at

Umschlagabbildung: Celtic silver locket with amber © Daniel Gale
Lektorat: Mag. Gertraud Mayr-Rosska
Satz und Layout: Verlag Federfrei
Druck und Bindung: Opolgraf S.A., Polen

ISBN 978-3-95025-608-6

Dieses Buch ist meinem Mann Walter gewidmet,
der mir als begeisterter Leser Auftrieb gegeben hat -
und meinen beiden Söhnen Gerd und Oliver,
deren organisatorische Unterstützung
eine große Hilfe für mich war.

Personenliste

Amélie d'Églantine
Fabre d'Églantine, ihr Mann, Abgeordneter, Schauspieler und Poet
Graf Richard de Montalembert, Amélies erster Mann, Royalist
Aurélie, Sophie-Benedicte, Philippe-François, die Kinder Amélies
Madeleine, Marquise de Bréde, ehemalige Gouvernante Amélies
Patrick, Amélies Bruder und Adjutant des Grafen d'Artois
Graf d'Artois, Bruder Ludwig XVI
Marie Antoinette, die Königin
Manon Roland, Freundin Amélies
Dimanche, verkrüppelter Zwerg, Spion in der Conciergerie
Sheba, junge Mulattin und Prostituierte
Georges Danton, Justizminister
Robespierre, Präsident des Wohlfahrtsausschusses
Simone Aubray, Schauspielerin und Geliebte Fabres
Cécilie de Platier, Jugendfreundin Amélies und Chefin des Bordells und
Spielsalons „Palais des Anges"
Auguste de Platier, ihr Bruder, Royalist und Widerstandskämpfer in der
Vandée
Die Mitglieder der „Chevaliers du Poignard":
Baron de Batz, Geldgeber
Chevalier de Rougeville, der Mann mit der Nelke
Ribbes, Financier
Navarre, Tanzmeister und Spion
Baron von Fersen, schwedischer Botschafter und vermeintlicher Liebhaber
Marie-Antoinettes
Kerkermeister: Gilbert, Nicolas, Grillard, Antoine Boucher
Beschließer in der Conciergerie: Madame Richard und ihr Mann
Bault, Kerkermeister in „La Force"
Michonis, Direktor der Gefängnisse von Paris

1.Kapitel
Das Medaillon

Das tiefe Grau des Himmels über Paris begann sich nur langsam zu erhellen; am Horizont erschien ein feiner, rötlicher Streifen, der sich nach und nach verbreitete, bis er schließlich von den ersten Strahlen der Morgensonne verdrängt wurde. Ihr leuchtender Schein ergoss sich schrittweise auf den großen Platz der Revolution, vormals Place Louis XV genannt, und ließ das Eisen der Guillotine silbrig aufblitzen. Die zuvor noch in unbestimmtem Nebel verschwimmenden Dächer der Stadt, feucht vom nächtlichen Regen, nahmen Farbe an und hoben sich durch den plötzlichen Lichteinfall deutlicher voneinander ab. Unbekümmert wischte die heitere Frische des anbrechenden Tages den Eindruck düsterer Vorahnung beiseite.

„Halt, Schätzchen! So früh schon unterwegs?" Der junge Leutnant der Garde von Paris stellte sich breitbeinig einer jungen Frau mit schwarzer Samtmaske in den Weg, die die Absperrung durchbrochen hatte. Er packte sie grob am Ärmel. „Hier kannst du nicht durch!"

„Nehmen Sie die Hände weg", Amélie riss sich los, warf den Kopf zurück und sah ihn hochmütig an, „und hören Sie gut zu! Der Sicherheitsausschuss hat einen der Gefangenen begnadigt, der heute Morgen an der Reihe ist. Er ist unschuldig – lassen Sie ihn frei! Hier!" Sie hielt ihm ein leicht zerknittertes Dokument unter die Nase. „Das dürfte wohl genügen!"

„Zu spät, Chérie!" Laporte kniff die Augen zusammen und wischte das Papier mit einem mitleidigen Grinsen beiseite. „Da könnte ja jede kommen! Glaub mir, es ist unmöglich, deinen Schatz jetzt noch zu retten! Pass nur auf dich selbst auf – so, wie du aussiehst", er ließ seinen Blick von der glitzernden Agraffe in Amélies Haar über ihren pelzbesetzten Umhang gleiten, „könnte der Henker dich leicht mit einer adeligen Dame verwechseln – eine mehr oder weniger spielt in diesen Zeiten gar keine Rolle…"

„Unverschämter Kerl!" Amélie blitzte ihn vernichtend an. Sie trat zurück, hob den Arm und machte der Kutsche, die in einiger Entfernung wartete, ein Zeichen. Die Pferde preschten rückhaltlos heran und eine männliche Stimme rief: „Mach den Weg frei, Mann!" Der Leutnant, der mit einem kühnen Sprung den galoppierenden Pferden ausgewichen war, wollte gerade die Waffe ziehen und seiner Empörung Luft machen, als er den Kavalier erkannte, der sich aus dem Fenster der Kutsche gebeugt hatte. Es war niemand anderer als Fabre d'Églantine, der Sekretär des großen Danton, beliebt in ganz Paris als Poet und Autor populärer Theaterstücke und Operetten. Bestürzt und verlegen wich er vor der eleganten und stutzerhaften Erscheinung des Abgeordneten zurück, der jetzt mit lässiger Attitüde die Kutsche verließ und auf ihn zutrat. Er trug noch seinen Abendanzug mit seidenem Hemd und Spitzenkrawatte und in seinen weichen Zügen waren im grellen Licht des Morgens ganz deutlich die Spuren der durchfeierten Nacht zu erkennen.

„Verzeihung, Bürger", murmelte Leutnant Laporte devot, „ich wusste nicht, dass Ihr persönlich…"

Fabre ließ ihn nicht ausreden. „Sag, ist der Karren mit dem ersten Schub Gefangener schon angekommen?", fragte er gleichgültig, einen tiefen Zug aus seinem feinen Zigarillo nehmend.

„Noch nicht", beeilte sich der Leutnant mit unsicherer Stimme zu antworten, denn er wusste nicht recht, was er von dem unerwartet frühen Erscheinen eines so wichtigen Mitglieds des Sicherheitsausschusses halten sollte, „aber er muss jeden Moment eintreffen. Ist… ist etwas nicht in Ordnung?"

„Stell keine dummen Fragen!", fuhr ihn d'Églantine, übernächtigt und schlecht gelaunt an, „Wie ist dein Name?" Er warf sein Zigarillo achtlos in den Rinnstein.

„Laporte, Leutnant Michel Laporte!" Die Antwort kam rasch, aber d'Églantine hörte kaum hin.

„Stehl mir nicht die Zeit, Laporte! Also – der Angeklagte namens Auguste…", ein Gähnen unterdrückend sah er auf den Zettel in seiner Hand, „Auguste de Platier! Ein verdienstvoller Patriot, mir persönlich bekannt! Welch bedauernswerter Irrtum. Lass ihn sofort frei, hast du mich verstanden!"

„Aber meine Liste… das Urteil des Tribunals…", stotterte der Leutnant, doch d'Églantine unterbrach ihn ungeduldig. „Bist du schwer von Begriff? Mach einfach einen Haken hinter seinen Namen. Und wenn es Schwierigkeiten gibt – hier ist das Begnadigungsschreiben. Ich selbst, Fabre d'Églantine, habe das angeordnet!" Er wandte sich seiner Begleitung zu, die ihm das Dokument reichte und drückte es Laport herablassend in die Hand.

„Bist du nun zufrieden, Amélie?" Die junge Frau nickte, streifte den Leutnant mit einem triumphierenden Lächeln, bevor sie ihrem Beschützer einen angedeuteten Kuss zuhauchte. „Danke, Fabre! Das werde ich dir nie vergessen!"

Verwirrt betrachtete der Leutnant abwechselnd das Papier in seiner Hand und die maskierte Schöne, die unter ihrem geöffneten Samtumhang ein grünseidenes Ballkleid mit eng geschnürtem Bustier trug, dessen freizügiges, mit cremefarbenen Spitzen besetztes Dekolleté tiefe Einblicke zuließ. Ein wertvolles Perlencollier schimmerte auf ihrer bloßen Haut und lange, kastanienbraune Locken, in die das Sonnenlicht goldene Reflexe zauberte, umrahmten in üppiger Fülle das zarte Gesicht, dem die schwarze Maske etwas ungemein Reizvolles verlieh. Ungeachtet der nüchternen Umgebung legte d'Églantine jetzt zärtlich den Arm um sie, sah ihr tief in die Augen und küsste ihr so galant die Hand, als wäre er immer noch Mitglied der ehemaligen Schauspieltruppe Montansier. Als vollendeter Kavalier geleitete er Amélie dann unter den staunenden Blicken der Garde zur wartenden Kutsche, auf deren Türen statt eines Adelswappen eine gold gerahmte, rotweißblaue Kokarde prangte. Die Pferde galoppierten los und der Leutnant sah sprachlos dem Gefährt nach, das wie ein Spuk in einer Seitenstraße verschwand.

„Aufstellung!", brüllte er, als er wie erwachend in die schmunzelnden und amüsierten Gesichter der Soldaten blickte, die ihn nun umringten. „An die Plätze! Das ist kein Spaß hier, verdammt noch mal!" Er stopfte das Papier in seine Jackentasche und marschierte forschen Schrittes über den Platz, der sich trotz der frühen Morgenstunde rasch aber stetig belebte.

Die Sonne sandte ihre gleißenden Strahlen vom wolkenlosen Himmel und es war jetzt schon zu spüren, dass der Julitag heiß zu werden versprach. Seit dem Tod Ludwig des XVI stand die Maschine des Arztes Guillotin nicht mehr still und es schien, als wolle sie immer rastloser ihr blutiges Werk fortführen. Heute war außer den üblichen Verurteilten auch die junge Charlotte Corday dran, die den fanatischen Republikaner Marat, Herausgeber des politischen Hetzblattes „Ami du peuple", im Bad erstochen hatte! Dieses Schauspiel würde wieder eine Menge Zuschauer anziehen! Nervös schob Laporte seinen dreispitzartigen, federbesetzten Hut in den Nacken und nahm die Liste der Verurteilten zur Hand. Dreizehn Personen sollten heute den letzten Gang gehen! Stirnrunzelnd fuhr er mit dem Finger die Reihenfolge entlang. Hier, da stand es ja, Auguste de Platier! Immer diese Scherereien! Aber was machte das schon, auf einen mehr oder weniger kam es jetzt auch nicht an. Immerhin hatte nicht jeder das Glück, von einem so hohen Politiker persönlich begnadigt zu werden!

Er wischte sich die schweissbedeckte Stirn und streifte mit einem kurzen Blick prüfend das Blutgerüst. Die Guillotine war noch mit Sackzeug bedeckt, die Kiste mit Sägespänen und der Korb, in den die Köpfe rollen sollten, standen unter den zusammengezimmerten Brettern. Warum musste er sich eigentlich immer um alles kümmern - wo zum Teufel blieb denn Henri Sanson, der Henker? Wie gewöhnlich zu spät – der hatte die Ruhe weg. Wenigstens standen die Trommler schon bereit. Die Truppe mürrischer, unausgeschlafener Soldaten hatte jetzt träge Aufstellung genommen. In ihren Gesichtern las er Überdruss. Sie waren es leid, immer wieder das gleiche Schauspiel aufzuführen. Und wenn es so weiter ginge, würde Paris bald keine Einwohner mehr haben. Die wirtschaftliche Lage war nach dem Tod des Königs auch nicht besser geworden – im Gegenteil. Das Volk blieb arm – nur gierige Aufsteiger bereicherten sich! Wenn man zum Beispiel diesen eleganten Abgeordneten d'Églantine, seine mit Schmuck behängte, schöne Frau betrachtete - da konnten einem schon Zweifel an der so vielgepriesenen Gleichheit kommen!

Aufmerksam horchte Leutnant Laporte jetzt auf. Der erste Wagen mit den bleichen Delinquenten bog rumpelnd um die Ecke und blieb vor dem Schafott stehen. Er musterte die Angekommenen mit zusammengezogenen Brauen und winkte der Garde. „Hol mir einen gewissen Auguste de Platier vom Karren!" Der Soldat nickte und schlurfte, ohne sich groß zu beeilen, davon.

„De Platier!", schrie er, „Vortreten!"

Ein bärtiger junger Mann von kräftiger Gestalt mit blonden, spärlichen Haaren, die ihm unordentlich auf die Schultern und in die Wangen hingen, stieg zögernd vom Karren. Auf seinen vom Kummer abgestumpften Zügen malte sich ein letzter Rest Hoffnung – auch wenn er sich als adliges Mitglied der Widerstandsbewegung zugunsten des hingerichteten Königs kaum eine Chance ausrechnete.

„Los, hau ab!", flüsterte Laporte und machte eine unmissverständliche Handbewegung. „Verschwinde, bevor ich hier noch Ärger kriege!" Auguste verstand nicht gleich. Er blieb wie gelähmt stehen und starrte den Leutnant verständnislos an. „Lauf, du Trottel und lass dich nicht nochmal einfangen. Du hast scheinbar gute Freunde unter den Republikanern."

In diesem Augenblick kam Leben in das bärtige Gesicht des Verurteilten. „Ich… ich kann wirklich gehen – einfach so?", murmelte er, immer noch ungläubig.

„Mach kein Aufsehen! Komm mit und misch dich dann unauffällig unters Volk." Der Leutnant ging mit wichtiger Miene voraus und Auguste folgte ihm unsicheren Schrittes.

Die Aufmerksamkeit des Publikums wurde im gleichen Augenblick durch das Erscheinen Sansons, des Henkers, abgelenkt, der, den mächtigen Säbel an der Seite, vom anderen Ende des Platzes gemächlich und mit breitbeinigen Schritten anmarschiert kam. Ein Aufseufzen ging durch die Menge, Pfiffe ertönten. Sanson war bedrohlich anzusehen mit seinem herkulischen Brustkorb, den die enge Lederweste umspannte und den nackten, muskulösen Armen; doch sein gleichmütiges, grobes Gesicht schien nicht der geringste Zweifel zu trüben. Bedächtig rückte er die rote Mütze zurecht. Nun konnte es losgehen und er würde heute, so wie immer nur seine Pflicht erfüllen. Von Ferne zogen plötzlich Wolken auf, ein Gewitter schien sich zusammenzuballen und über dem gesamten Platz schwebte mit einem Mal eine drohende, unheilverkündende Stimmung.

„He du, ich hab dich bei den Verurteilten gesehen. Bist wohl der Aufseher hier, oder?"

Auguste schreckte zusammen, als er einen unerwarteten Stoß in die Rippen erhielt. Ein junger Jakobiner mit wirrem Haarschopf grinste ihn freundlich an. „Dann weißt du sicher auch, wann die Corday dran kommt?" Sensationslüstern spuckte er aus und sein Kumpan, ein buckliger Wasserträger und hässlicher Geselle, mischte sich ein.

„Hab gehört, sie war die Geliebte eines feinen Marquis! General der Aufständischen in der Vendée, Rochejaquelein oder so ähnlich... Er soll sie angestiftet haben, Marat zu erstechen! Um unserem Land den Frieden wiederzugeben! Aber wir wollen keinen Frieden, sondern Kampf, ...Kampf um die Rechte des kleinen Mannes..."

„Wahrscheinlich hat er sie verführt!", ein stoßweiser, rasselnder Hustenanfall durchzog die Brust des jungen Jakobiners. „Die Hure hat den Tod verdient..." Er konnte nicht weitersprechen, so sehr erschütterte ihn der erstickende Husten.

Auguste, blass geworden, hatte bei dem Namen seines Freundes Henri de la Rochejaquelein aufgehorcht und rückte unauffällig ein Stück beiseite. „Weiß nicht, was das ist, aber seit ich dieses verflixte Hemd trage, das ich beim Nachlassverkauf auf dem Markt St. Roch ersteigert hab, fühl ich mich komisch", würgte der Jakobiner, nach Atem ringend, hervor und spuckte noch einmal bekräftigend aus.

„Zum Teufel damit – wer weiß, woran der gestorben ist!"

„Na, na", beruhigte ihn der Freund und klopfte ihm auf den Rücken, während sein warzenbedecktes Gesicht sich mitleidig verzog. „hier, nimm einen Schluck. Das ist bester Branntwein – der bringt dich wieder auf die Beine." Der Jakobiner setzte an und trank gierig.

„Willst du auch?", er hielt Auguste hustend die Flasche hin, der ablehnend den Kopf schüttelte.

„Danke", murmelte er ausweichend, „übrigens - hat man diesen . . . .General Rochejaquelein bereits gefasst?"

„Keine Ahnung – aber du scheinst ihn wohl zu kennen? Bist wohl auch einer von denen, he?" Misstrauisch sah der Jakobiner ihn an und packte ihn wie zum Spaß am Kragen.

„Blödsinn", antwortete Auguste so gleichgültig wie möglich, während sein Herz wie bei einem Trommelwirbel zu rasen begann. Von plötzlicher Panik ergriffen riss er sich los, sprang auf und rannte wie von allen Hunden gehetzt davon. Mit brüllendem Gelächter sahen die beiden ihm nach.

„Hab ich mir doch gleich gedacht, dass der Kerl Dreck am Stecken hat!" Der Bucklige klatschte sich vergnügt auf die Schenkel. „Übrigens – ich glaube, die Corday nehmen sie sich zuletzt vor, was denkst du?"

„Die schau ich mir jedenfalls ganz genau an! Komm, wir sichern uns erst mal einen guten Platz!" Erwartungsvoll ließen sich die beiden mit der Branntweinflasche direkt am Fuß des Gerüstes, in unmittelbarer Nähe der Guillotine nieder.

Müde, aber dennoch beschwingt kehrte Amélie in ihr Palais in die Rue des Capucines zurück, während ihr Mann sich zur Ruhe begab, um wie üblich erst am Nachmittag an den Sitzungen des Konvents teilzunehmen. Wenigstens war es ihr gelungen, Fabre dazu zu bewegen, Auguste de Platier, ihren Jugendfreund zu begnadigen! Die sprunghaften Launen ihres Mannes waren sprichwörtlich und sie konnte sich nie sicher sein, ob er sich nun ihren Bitten fügte oder sie zornig abwies. Diesmal hatte sie listig die Hochstimmung nach der Aufführung seines neuen Theaterstückes "L'Apothicaire" ausgenutzt, nach dessen fabulösem Erfolg und der darauffolgenden Feier er ihr den kleinen Gefallen nicht abschlagen konnte.

Viele ihrer Freunde waren mittlerweile vom Revolutionsgericht und dem unerbittlichen Robespierre verurteilt worden - und nicht immer war es möglich, einen Gnadenakt für sie zu erwirken. Das Rad der Vernichtung drehte sich in Paris immer schneller, jeder war verdächtig. Sogar der Innenminister Roland konnte sich in der letzten Woche seiner Verhaftung nur durch Flucht entziehen. Seine Frau Manon hatte man gefasst und in die Conciergerie gesperrt. Amélie war zutiefst besorgt um ihre beste Freundin, obwohl sie hoffte, dass Fabre die Macht besaß, etwas für sie zu tun. Doch er setzte ein verschlossenes Gesicht auf und wich aus, wenn sie auf die Situation der Freundin zu sprechen kam. Und obwohl sie heute Morgen todmüde war, fühlte sie doch tief in ihrem Innern eine seltsame, rastlose Unruhe. Sie musste Manon sehen, ihr Mut machen und vor allem versuchen, Näheres über den Grund ihrer Verhaftung zu erfahren. Vielleicht steckte ja sogar Robespierre selbst dahinter, denn alle jakobinischen Frauenclubs waren geschlossen worden, weil er der Meinung war, Frauen dürften sich nicht in die Politik der Männer einmischen! Manon, die in ihren Salons das Feuer der Revolution geschürt hatte, wie keine andere vor ihr, war von diesem plötzlichen Sinneswandel ihres ehemaligen Freundes und Bewunderers wohl genauso überrascht wie alle Gesinnungsgenossen!

Mit leichter Nervosität erhob sich Amélie, trat zum Fenster und zog die dunkelroten, goldbestickten Samtportièren beiseite. Sie waren neu – ebenso wie die mahagonifarbenen Möbel und fast die gesamte Einrichtung des Hauses. Überall fanden sich Zeichen von Reichtum und Wohlstand, wie die kostbare Bilderkollektion im Salon, unzählige silberne Liebhaberstücke, ziselierte Tabatièren und kleine, wertvolle Bibelots auf goldenen Konsolen. Lediglich das alte Portal mit den steinernen Masken von Schmerz und Freude erinnerte noch an das ehemalige Palais de Montalembert, an die Zeit, in der Amélie mit einem anderen Mann hier glücklich gewesen war. Ihr selbst war nichts anderes übrig geblieben, als jeden Gedanken daran zu verdrängen und die schmerzliche Erinnerung, so gut es ging, aus ihrem Gedächtnis zu verbannen.

Prüfend trat sie vor den schweren goldgerahmten Spiegel über dem Kamin, der ihr eine junge Frau in der Blüte ihrer Schönheit zeigte, mit gefühlvollen, leicht umschatteten dunklen Augen unter langen Wimpern, einem zarten, ausdrucksvollen Gesicht mit schmaler Nase und weichem Schmollmund. Nichts in ihren Zügen wies auf die Spur der dunklen Vergangenheit hin, die sie vergessen musste, um zu überleben. Ein paar widerspenstige Locken ihrer kastanienbraunen, aus der Stirn frisierten Haarfülle feststeckend, drehte und wendete sie sich und ordnete die grüne Satinschleife, die ihre Taille betonte. Nun, sie würde sich für den Weg in die Conciergerie keinesfalls schlicht kleiden, das war sicher! Stolz betrachtete sie das schimmernde Perlencollier, ein Geschenk Fabres nach dem letzten Streit, einem von unzähligen, die er bei der geringsten Gelegenheit vom Zaun brach und nach dem Aufwallen seines überschäumenden Temperaments sofort wieder bereute. Obwohl sie seine plötzlichen Stimmungsumschwünge immer noch fürchtete, hatte sie gelernt, ihn so zu nehmen, wie er nun einmal war. Und manchmal schien es ihr, als habe sie damit den Freibeuter, den Abenteurer in ihm endgültig gezähmt. Schon längst nicht mehr fragte sie danach, mit welcher Schauspielerin er eine Affäre hatte, in welch dunklen Gegenden von Paris er sich herumtrieb, wenn er plötzlich verschwand – und wo das Geld herkam, das er dann besaß. Es war, als lebe sie ein neues Leben ohne nach dem Morgen zu fragen, als sei die alte, sentimentale Amélie, das unbeschwerte, heitere Wesen, das in Valfleur romantischen Träumereien nachgegangen und sich in den Grafen de Montalembert verliebt hatte, mit dem Revolutionsumschwung selbst gestorben. Im republikanischen Paris gab es nur die eine Art zu überleben: mit den Wölfen zu heulen. Und für sie hieß das ganz einfach: mit einem Mann wie Fabre d'Églantine, der sich in schillernden Rollenspielen gefiel, der Poet und eiskalter Politiker zugleich war, auszukommen.

Und es fiel ihr, obwohl sie einmal geglaubt hatte, ihn zu hassen, jetzt nicht mehr allzu schwer. Ein Gefühl war in ihr gekeimt, das sie noch vor nicht allzu langer Zeit für Liebe hielt, damals, als sie sein Kind erwartete, und er ihr gelobte, sich zu ändern und auf Gut Valfleur mit ihr ein neues Leben anzufangen. Doch daraus war nie etwas geworden, denn Fabre wurde schon nach kurzer Zeit wieder in den Strudel von Macht und Vergnügungen in Paris gezogen. Aber in ihrem Herzen war eine unselige Schwäche für den Treulosen zurückgeblieben, etwas, das der Liebe ähnelte, wenn sie erschauernd in seine Arme sank oder unter seinem Blick und seinen Küssen schmolz. Das ständige Schwanken zwischen heißblütiger Leidenschaft und kühler Gleichgültigkeit verwirrte sie nicht nur, sondern übte auch eine besondere Anziehungskraft auf sie aus. Tatsächlich war er ein Liebhaber, wie sie ihn sich nicht einmal in den kühnsten Träumen vorgestellt hatte und nicht selten war sie nach einer stürmischen Nacht überzeugt, seine große Liebe zu sein. Doch all das dauerte nur bis zum nächsten Morgen, an dem sie ernüchtert zurückblieb, wenn Fabre wieder sein wahres Gesicht zeigte.

Sie ließ sich auf das mit gelbem Brokat bespannte Ruhebett sinken und lehnte den Kopf gegen das weiche Kissen. Die Anspannung wich, sie spürte, wie Müdigkeit sie überkam und sank bald in einen leichten Schlaf.

Erst als es verhalten gegen die Zimmertür klopfte, erwachte sie.

„Madame, Ihre Schokolade!"

Knicksend trat die Zofe ein und stellte das Tablett mit den Tassen und einer kleinen, silbernen Kanne auf ein Tischchen.

Amélie erinnerte sich an ihr Vorhaben, am Nachmittag Manon zu besuchen und sprang auf. „Gib dem Kutscher Bescheid. Ich fahre aus", teilte sie der Zofe mit, „Und richte mir rasch einen Korb mit guten Lebensmitteln her – ich habe einen dringenden Besuch im Gefängnis zu machen! Eine Flasche Wein – dazu ein paar Leckerbissen, wie die Schachtel Pralinés, die ich neulich beim Chocolatier Sidot erstanden habe." Sie nippte nur an dem belebenden Getränk, stellte die Tasse zurück und ordnete mit einem Handgriff Frisur und Kleidung.

„Madame", die Zofe erschien nach einer Weile erneut, „Aurélie bittet darum, Sie begleiten zu dürfen! Sie hätten ihr heute eine Ausfahrt versprochen!"

Amélie lächelte nachsichtig. Die Kleine war doch zu anhänglich! Seit ihre Schwester Isabelle bei der Geburt Aurélies ums Leben gekommen war, vertrat sie Mutterstelle an ihr. Das Mädchen hatte sich mit Leib und Seele der Tante angeschlossen und war mit ihren leuchtenden blauen Augen und hellblonden Löckchen ein ernstes und sanftes Wesen von beinahe engelhafter Schönheit – ganz im Gegensatz zu ihrer Halbschwester Sophie-Benedicte, die mit dunklen Feuerblicken unter dem rötlichen Haarschopf manchmal ein rechter Wildfang sein konnte. Mit zärtlicher Liebe hingen beide Kinder jedoch an „Bébé", ihrem erst kürzlich geborenen Bruder, Philippe-François, dem einzigen Kind d'Églantines und Amélies.

„Meinetwegen! Wenn sie glaubt, dass es ihr im Gefängnis der düsteren Conciergerie gefällt!" Amélie trat in ihr Boudoir, stäubte ein wenig Puder über ihre blassen Wangen und legte nur einen Schal über die Schultern.

Als das Kindermädchen wenig später mit der strahlenden Aurélie erschien, fiel ihr die Kleine sogleich stürmisch um den Hals. Die Kutsche war bereits in den Hof gefahren und Amélie stieg, das unablässig plappernde Mädchen an der Hand, in den Fond des Wagens.

„Zur Conciergerie!", befahl sie ohne zu zögern.

Der Kutscher wandte sich um und seine Blicke streiften leicht erstaunt ihre aufwändige Garderobe und das hübsch herausgeputzte Kind. „Zur Conciergerie…", wiederholte er langsam und wie fragend, „ganz wie Madame wünschen!" Er ließ die Pferde in leichtem Trab angehen und schlug den Weg über die Pont Neuf ein. Dort herrschte Gedränge, denn die Läden hatten schon geöffnet und eine Menge Neugieriger wartete bereits auf die Abfahrt der Mörderin Charlotte Corday zur Hinrichtungsstätte.

Die Kutsche hielt jetzt am Hof vor dem mächtigen Gefängnis der Conciergerie, deren Türme einen düsteren Schatten über die Seine warfen. Zögernd stieg Aurélie über das Trittbrett herab, fest die Hand der Tante fassend. Am liebsten wäre sie wieder zurück in die Kutsche gekrochen, als ihr der muffige, von feuchten, undefinierbaren Dünsten durchzogene Geruch der kalten Mauern entgegenschlug. Amélie nahm den Korb, zog ihr Seidentuch enger um die Schultern und versuchte, die Schwäche zu bekämpfen, die sie beim Anblick des tristen Gebäudes umfing. Doch sie fasste sich schnell, schob die vergangenen Ereignisse beiseite, die wie bleiche Gespenster aus den dumpfen Gängen emporsteigen wollten und nickte Aurélie, die sich verschüchtert an sie drängte, ermunternd zu.

Der Wachmann an einem kleinen wackligen Pult sah der elegant gekleideten Dame mit einem misstrauischen Blick entgegen. Amélie hielt ihm gelassen den vorbereiteten Besuchsschein unter die Nase.

„Ich möchte zu Madame Roland", sagte sie mit gleichgültig klingender Stimme.

Er nahm das Papier und blickte mürrisch darauf. Doch sofort änderte sich sein Verhalten zu schmeichelhafter Freundlichkeit und er dienerte ergeben. „Madame d'Églantine…, welche Ehre! Sicher kommen Sie im Auftrag Ihres Mannes! He, Jacques!" Er winkte einem Burschen, der mit schläfriger Miene als Wachtposten im Gang stand und in den Zähnen stocherte. „Begleite doch Madame d'Églantine in die Zelle der Bürgerin Roland!"

Amélie zog hochmütig die Augenbrauen hoch und sagte sehr von oben herab. „Ich hoffe doch, Madame Roland ist in einer ordentlichen Kammer untergebracht und bekommt Verpflegung aus einem öffentlichen Wirtshaus!"

Der Wachmann sah sie mit schief gelegtem Kopf an und verzog den Mund zu einem schmierigen Lächeln, während er sich scheinbar ratlos am Kopf kratzte. „Ich wüsste nicht… die Order war anders!"

„Dann gebe ich Ihnen eine neue." Amélie nestelte in ihrem Portemonnaie und zog einige Assignatenscheine hervor. „Im Auftrag meines Mannes sozusagen! Und jetzt bringen Sie mich zu ihr!"

„Ganz zu Diensten, Madame d'Églantine!" Mit einem Grinsen ließ er die Assignaten blitzschnell in seiner Hosentasche verschwinden. „Jacques, du Tölpel, bist du taub? Was stehst du hier noch rum! Zelle 95!", fuhr er den Burschen an, der Amélie mit aufgerissenen Augen immer noch verwundert anglotzte.

Seit er in diesen dunklen Mauern Dienst machte, war ihm jedenfalls noch nie eine so schöne Frau begegnet und noch nie hatte sich eine so herrisch, so anspruchsvoll aufgeführt. Die meisten weinten, flehten, bettelten - diese forderte ganz einfach und bekam, was sie wollte.

Achtsam den Schmutzpfützen ausweichend, die sich zwischen den meterdicken Gewölbemauern gebildet hatten, folgte Amélie dem Burschen durch enge, verschlungene Gänge und Treppen, die hinauf und hinunter führten. Ratten huschten aufgeschreckt über ihre Füße und ihr spitzes Fiepen hallte hohl von den kahlen Wänden. Die Pechfackel, die ihr Begleiter voran trug, warf flackernde Schatten auf die klotzigen Quadersteine an Decke und Boden. Die kleine Aurélie war völlig verstummt und klammerte sich tapfer an den Rock der Tante und an ihre Hand, die ihr wie ein Rettungsanker in der schummrigen Finsternis vorkam. Doch sie wagte nicht zu klagen, denn das, was sie weit mehr fürchtete als den unheimlichen Kerker, war die Aussicht, nie mehr zu solchen Abenteuern mitgenommen zu werden. Rasselnd klirrte der dicke Schlüsselbund, als der Bursche endlich ein vergittertes Portal aufschloss, hinter dem sich noch einmal eine schwere Eisentür befand.

„Oh, Himmel!", flüsterte Amélie, sich bekreuzigend. Dann holte sie tief Luft und zwang sich, einige Schritte voran zu tun. Kein Schimmer Tageslicht drang in das dunkle, fensterlose Gelass, in dem nur schwach eine einzige Kerze flackerte.

Manon Roland saß an einem wackligen Tisch und beschrieb, völlig in ihre Tätigkeit vertieft, im diffusen Schein des billigen Talglichtes mit einer Feder Bogen um Bogen eines einfachen Papiers.

Amélie rief leise ihren Namen: „Manon!"

Die Angesprochene sah überrascht auf und erhob sich von ihrem Sitz. „Amélie – welche Überraschung!" Sie fiel ihr um den Hals und herzte auch die Kleine, die schüchtern zu ihr aufsah. „Und du, mein süsser Engel! Ihr beide seid wie Erscheinungen aus einer anderen Welt! Oh, Amélie – ich wusste, du denkst an mich, du lässt mich nicht im Stich. Was bringst du mir Neues? Bin ich frei?"

Amélie drückte Manon gerührt an die Brust. „Nein, noch nicht", antwortete sie ausweichend. „Es ist ja nicht einmal klar, weswegen du angeklagt bist. Aber du wirst ein besseres Zimmer bekommen, gute Kost... Ich konnte bisher nur das Nötigste für dich tun!" Sie warf einen eisigen Blick auf den Burschen hinter ihr, der sie immer noch mit neugierigen Augen anstarrte und deutete ihm die Tür. Er senkte den Kopf und verschwand mit klapperndem Schlüsselbund, der ihm Autorität verleihen sollte, in einer dunklen Ecke. Dann hielt sie Manon den Korb mit den Leckerbissen entgegen, die sie ihr mitgebracht hatte. „Ich habe alles selbst ausgesucht. Es soll dir doch an nichts fehlen, bis man dich freilässt!"

Tränen liefen plötzlich über die selbst im Gefängnis roten und blühenden Wangen Manons und sie sah mit ihren langen, schwarzgelockten Haaren, die ihr über den Rücken fielen, unendlich rührend und hilflos aus. Niemand

hätte ihr je die blutigen Parolen zugetraut, die sie selbst nach den Septembermorden für die Feinde der Republik gefunden hatte.

„Werde ich jemals wieder frei sein? Alle Girondisten sind aus der Stadt geflohen! Roland, mein Mann, wurde gewarnt, er versteckt sich… Dennoch,
ich gebe nicht auf – ich habe ein gutes Gewissen! Da, nimm", sie drückte
Amélie eine kleine silberne Kapsel in die Hand, „hier ist das Gift, das ich
mir für den letzten Augenblick aufbewahrt habe. Nimm es, ich brauche es
nicht! Wenn, dann will ich wie eine Heldin dem Tod entgegengehen! Ich
fühle mich unschuldig…"

„Komm zu dir", Amélie versuchte, die Aufgeregte zu beruhigen, „denk
nicht an den Tod. Wir werden schon einen Ausweg finden!"

Es war, als hörte ihr Manon nicht zu. Exaltiert, die Augen nach oben gerichtet, in die Fantasien einer besseren Welt verloren, rief sie voller Pathos
aus: „Es lebe die Republik! Niemand kann meine Überzeugung töten, dass
sich die Wahrheit durchsetzen wird. Hat Robespierres von meiner Verhaftung erfahren? Ich bin sicher, er wird seine ehemalige Vertraute nicht im
Stich lassen. Und noch etwas…" Manon eilte zu dem kleinen Tisch und
drückte Amélie einen Brief in die Hand. „Ich flehe dich an, beste Freundin,
lass ihn irgendwie Buzot zukommen. Auch er musste fliehen – aber meine
Liebe zu ihm wird ewig sein."

Amélie nahm erstaunt den Brief entgegen. „Buzot?", murmelte sie leise,
„deine Liebe zu ihm…?"

Sie hatte niemals daran gedacht, dass Manon außer ihren Verehrern, zu
denen auch Robespierre gehörte, einen wirklichen Geliebten haben könnte
- und dass gerade er es war, dieser blasse Schönling und schwafelnde Nichts-
sager, der jeder den Hof machte!

„Sorg dich nicht, meine Liebe", sagte sie hastig zu Manon, „er wird ihn
bekommen. Doch du musst sehen, dass du bei Kräften bleibst, bis du das
Gefängnis verlassen kannst! Wärter!", rief sie über die Schulter, „Ist die neue
Kammer für die Bürgerin Roland schon bereit? Dieses stinkende Loch hier
ist ihrer nicht würdig."

„Ich will sehen", stotterte der Bursche verlegen aus seiner Ecke lugend,
„spätestens morgen früh…"

Amélie streifte ihn mit einem verächtlichen Blick, bevor sie sich wieder
Manon zuwandte.

„Hast du schon davon gehört? Diese Charlotte Corday - man wird sie heute aburteilen, unter die Guillotine bringen! Eine Menge Volk hat sich in der
Stadt versammelt…"

„Recht so!", unterbrach Manon sie mit heiß aufglühenden Augen, in denen die ganze Leidenschaft aufflammte, die sie der Revolution entgegenbrachte, „Mörderin! Niederträchtiges, königstreues Weib! Nicht, dass ich Marat so gewogen war – doch diese Schlampe verdient den Tod!"

„Aber Manon!", versuchte Amélie kopfschüttelnd den Ausbruch und die Erregung der Gefangenen zu durchbrechen, „Ein so sanft scheinendes Wesen… ich habe sie gesehen!"

„Auch ich würde dem Vaterland jedes Opfer bringen… man muss bereit sein, ohne Angst zu sterben!"

Amélie senkte den Kopf, während die Freundin sich in weitere Tiraden hineinsteigerte, Marats Dienste für die neue Republik lobte und seinen gewaltsamen Tod beklagte. Es würde keinen Sinn haben, ihr zu widersprechen. Zu lange hatte sie nur für den Umsturz des Staates gelebt, in ihrem Salon die Begeisterung für die neue Ordnung geweckt und die Konversation der Gäste in die radikalste Richtung gelenkt. Aber würden ihre damaligen Schützlinge jetzt auch nur einen Finger für sie rühren? Amélie kannte lediglich die Meinung Fabres, der jetzt die „Roland" plötzlich als ein hysterisches, geschwätziges Weibstück abtat, das sich wichtig machte und der man beizeiten den Mund stopfen müsse; während er bei früheren Dîners an ihren Lippen gehangen, ihr geschmeichelt hatte und zusammen mit allen anderen fanatischen Revolutionären in ihrem gastlichen Haus ein und aus gegangen war.

Der Bursche in der Ecke scharrte nun ungeduldig mit den Füßen: „Madame… ich muss Sie bitten…, die Besuchszeit ist um!"

„Ja, ja", fuhr ihn Amélie ungehalten an, „schweig doch, du Tölpel, ich gehe ja gleich!" Sie ergriff die Hand der Freundin: „Manon, du musst dich beruhigen! Ich komme wieder, sobald es möglich ist. Du wirst eine andere Zelle mit Tageslicht erhalten, ich sorge dafür!"

Manon blickte sie an, als erwache sie aus einer anderen Welt und müsse sich besinnen, wo sie sich befände. Ihre Augen verschatteten sich. „Ich danke dir, liebste Freundin!" Sie fiel Amélie um den Hals und küsste sie. „Gott weiß, was weiter mit mir geschehen wird… ich habe dunkle Vorahnungen!" Sie zögerte leicht.

„Und es gibt da etwas, was ich dir sagen muss… ich kann nicht länger warten! Es ist gefährlich, wenn ich es weiter mit mir herumtrage – man könnte es beschlagnahmen…"

„Wovon sprichst du?", fragte Amélie verwundert und sah zu, wie Manon umständlich ein winziges Miniaturmedaillon aus einer kleinen, eingenähten Tasche unter ihrer Achselhöhle herausfingerte.

„Ein Geheimnis, dass du erst später erfahren solltest - ich offenbare es dir nur, weil ich fürchte, ich könnte sterben – und dann wirst du vielleicht nie die Wahrheit erfahren!"

„Die Wahrheit? Was meinst du damit?" Amélie sah sie verständnislos an.

Manon machte eine inhaltsschwere Pause, auf der flachen Hand das kleine, fein ziselierte Schmuckstück haltend. „Versteh mich nicht falsch! Denk immer daran, ich durfte nichts verraten – ich habe ihm mein Wort gegeben!"

„Ihm?", Amélie musterte flüchtig die verschlungene Gravierung und sah unruhig zu dem Wärter in der Ecke hinüber. „Mach es nicht so geheimnisvoll – ich muss gehen, der Kerl schaut mich schon ganz böse an."

„Warte", Manon legte flüsternd die Hand auf ihren Arm, „komm näher. Vielleicht ist das alles ein Schock für dich. Du musst mir auf jeden Fall versprechen, nichts Übereiltes zu unternehmen. Schwöre es!"

Amélie neigte sich ihr zu. „Also gut,… ich schwöre", hauchte sie leise.

Wieder entstand eine Stille in der es schien, als wüsste Manon nicht, wie sie beginnen sollte. Ihre Augen flackerten und ihr Mund zuckte. „Ich habe ihm damals geloben müssen, es dir nur dann zu übergeben, wenn die Girondisten eine stabile Regierung errichtet haben und die Zeit des Terrors vorbei ist. Aber nun, da die Gironde in Gefahr, ich selbst im Kerker bin… jetzt kann ich dieses Gelübde nicht mehr erfüllen."

„Wem hast du das gelobt - ich meine, wer hat das von dir verlangt?" Amélie fühlte ein seltsames Kribbeln, eine eigenartige Unruhe in ihr aufsteigen. „Nun sprich doch endlich!"

Manon sah ihr fest in die Augen, schloss die Finger um das Medaillon und ließ es unauffällig in Amélies Hand gleiten. „Nimm das. Bewahre es gut auf. Sieh es dir erst an, wenn du allein bist. Nur so viel… er lebt! Er hat sich eine Weile in Paris versteckt, bevor er sich ins Ausland retten konnte und nun…"

Draußen ertönten Schritte, die laut auf dem Steinboden widerhallten. Der Bursche in der Ecke sprang auf: „Madame… ich werde einen Verweis erhalten! Bitte gehen Sie!"

Im selben Augenblick war der Wärter eingetreten und sah mit zusammengekniffenen Augen misstrauisch um sich. „Die Besuchszeit ist zu Ende, Madame, und ich schließe die Zelle. Ich muss Sie bitten, sofort zu gehen, oder die Nacht hier zu verbringen!"

Der Bursche unterdrückte ein hämisches, schadenfrohes Lächeln. Jetzt war es der feinen Dame endlich einmal gesagt, die ihn so hochnäsig von oben herab behandelte! Amélie, das kühle Silber des Medaillons in der

Hand fühlend, erhob sich wie betäubt von Manons Worten. „Ich verstehe nicht ganz…“, murmelte sie verwirrt, doch der Wärter, entschlossen sie hinauszugeleiten, ließ den Satz in ihrem Mund stocken.

„Wenn mir etwas zustoßen sollte - geh zum Palais des Anges! Dort erfährst du mehr!“, wisperte Manon fast unhörbar hinter ihrem Rücken. Der Wärter trat näher und die Freundin brach ab. Unauffällig legte sie den Finger auf den Mund, verabschiedete sich rasch und kehrte zu ihrem wackligen Pult zurück.

„Ich komme wieder“, rief ihr Amélie noch zu und folgte dann den schlurfenden Schritten der beiden Männer, die mit den Schlüsselbunden rasselten wie mit Ketten. Die kleine Aurélie, die bisher mucksmäuschenstill der Unterhaltung gefolgt war, presste sich ängstlich gegen sie. Das Medaillon brannte plötzlich in Amélies Handgrube wie Feuer und sie schob es zusammen mit der verräterischen Giftkapsel und dem Brief an Buzot unter ihr Mieder. An der Tür erschauerte sie unter dem misstrauischen Blick eines Sergeanten, der instinktiv etwas zu ahnen schien.

„Haben Sie etwas mitgenommen, Madame? Die Überbringung geheimer Nachrichten ist verboten und ich muss Sie leider kontrollieren. Die Inhaftierte unterliegt strengster Sicherheitsüberwachung!“

Amélies Herz tat einen raschen Schlag, doch dann fasste sie sich. „Ich habe nichts! Hier, überzeugen Sie sich selbst!“

Lächelnd breitete sie die Arme aus, hob sie dann graziös wie eine Tänzerin über den Kopf und zog spielerisch eine dicke, glänzende Locke aus ihrem Haar. Dabei löste sich wie zufällig das Schultertuch, das nun im tiefen Ausschnitt des Kleides offenherzig ihren üppigen, weißen Busen freigab. Sie drehte und streckte sich unter den glotzenden Blicken der Männer, die sie wie gebannt anstarrten und lenkte ihre Blicke ab, indem sie umständlich ein weiteres, beengendes Häkchen öffnete und eine Stoffrose von ihrem Mieder nestelte.

Lächelnd reichte sie die Rose dem verblüfften Sergeanten und sagte schmeichelnd und mit verlockendem Blick: „Halten Sie das bitte! Aber ich möchte meinem Mann nicht erzählen, dass Sie mich in unanständiger Weise durchsucht haben. Er kann äußerst unangenehm werden – er ist nämlich sehr eifersüchtig. Ein Kavalier Ihres Kalibers sollte das wissen!“

Sie trat ganz dicht an ihn heran, warf mit einem verführerischen Augenaufschlag den Kopf in den Nacken und streifte sanft seinen Arm. Der Sergeant, linkisch die Rose in der Hand haltend, räusperte sich mehrere Male mit hochrot angelaufenem Gesicht.

„Verstehe,… natürlich, Madame. Ich persönlich glaube, ähh… auch nicht, dass Sie irgendetwas Unerlaubtes mit sich führen. Doch die Pflicht gebietet, vielmehr die Satzungen…" Jetzt blieben ihm gänzlich die Worte weg und Amélie musste fast über seine steigende Verlegenheit lachen.

Sie zog das Tuch wieder über die Schultern und ihre Stimme wurde sachlich. „Und vergessen Sie nicht – ein besseres Zimmer für die Bürgerin Roland… und gute Verpflegung!" Dabei glitt sie, Aurélies Hand fest umklammernd, an den Wachen vorbei und ging entschlossen davon.

Der Sergeant nickte nur stumm und sah, immer noch die Rose in der Hand, völlig außer Fassung hinter ihr her: „Donnerwetter…," brach es aus ihm heraus, „das ist ein Weib! Ein Teufelsbraten!"

Das glucksende Lachen des Gehilfen brachte ihn wieder zur Besinnung. Er sah ihn böse an und versetzte ihm eine derbe Kopfnuss: „Steh da nicht rum, Dummkopf. Geh lieber an deine Arbeit!"

Mit schmerzverzerrter Miene schlich der Bursche wie ein geprügelter Hund davon und spuckte verächtlich aus. Freiheit, Gleichheit, pah! Was hatte er schon davon? Nichts als Ärger!

Ohne einen klaren Gedanken fassen zu können, stand Amélie wenig später am Kai der Seine und blickte auf den dunkel rauschenden Fluss, dessen kleine Wellen sich glitzernd in der Sonne kräuselten. Sie tastete nach der Giftkapsel in seiner Metallhülse und nach dem silbernen Anhänger, den ihr Manon übergeben hatte. Das Miniaturmedaillon lag nun kühl und unschuldig auf ihrer Handfläche. Die geschliffenen Steine des kunstvoll ziselierten Silberdeckels funkelten farbig im hellen Licht des Tages. Ihr Herz klopfte unruhig und sie hatte fast Angst, es zu öffnen.

Die kleine Aurélie, unbeachtet an ihrer Seite, brach plötzlich in heftiges Schluchzen aus. Bis dahin war sie vernünftig gewesen und hatte keine Angst gezeigt, doch nun, als sie die Tante so blass und schweigsam am Flussufer stehen sah, hielt sie es nicht länger aus. Sie zupfte heftig an ihrem Ärmel.

„Tante Amélie… ich will nach Hause! Die bösen Männer - und die arme Madame Roland. Alles war so traurig - so dunkel und kalt. Wird man sie alle töten - ich meine… alle die dort drinnen sind?" Sie deutete auf die dunklen Türme der Conciergerie.

„Ach, Aurélie – du musst dich nicht fürchten! Das… das sieht nur so aus! Sie werden sicher die Freiheit wieder erhalten. Aber erst müssen sie dem Gericht Rede und Antwort stehen." Sie hob das Kind auf den Arm und drückte es gegen ihre Brust. „Ich dachte, du bist schon ein großes, vernünftiges Mädchen? Und du wolltest doch unbedingt mitgehen, nicht wahr? Hast du nicht versprochen, tapfer zu sein?"

Aurélie nickte, wischte die Tränen ab und schlang die Arme um den Hals der Tante. „Ab jetzt will ich es bestimmt sein!", murmelte sie fast unhörbar in den Stoff des Kleides.

Amélie gab ihr einen Kuss und ließ sie wieder zu Boden sinken. Dann begann sie, hastig und mit zitternden Fingern an dem silbernen Schmuckstück zu nesteln, dessen Verschluss sich all ihren Bemühungen hartnäckig widersetzte. Schließlich glitt es ihr aus der Hand, fiel auf das harte Pflaster und öffnete sich ganz von selbst. Amélie starrte wie vom Blitz getroffen auf das am Boden liegende, fein gezeichnete Miniaturporträt im Innern des Medaillons. Es zeigte ihr bis ins Kleinste bekannte, ja immer noch geliebte Züge - das Antlitz Richard de Montalemberts, mit seinen blauen, Vertrauen erweckenden Augen, der hohen Stirn und dem ironischen Zug um den Mund. Das Kind hob den in der Sonne glitzernden Anhänger eilfertig auf.

„Sehen Sie doch, Tante Amélie", rief sie, „eine Botschaft im Innern!"

Triumphierend reichte sie der totenblass gewordenen Amélie ein winziges, kunstreich fast auf zwei Zentimeter zusammengefaltetes, dünnes Papier, das herausgerutscht war und das sie fast übersehen hätte.

„Wer ist denn der Mann auf dem Bild?", die Kleine, abgelenkt von den vorherigen, trüben Eindrücken, tanzte jetzt aufgeregt von einem Fuß auf den anderen. „Ein Geheimnis, nicht wahr?"

Amélie erfasste ein plötzlicher Schwindel und sie musste sich gegen das Brückengeländer lehnen. Ein paar junge Gecken, auf ihre Spazierstöcke gestützt, flüsterten grinsend miteinander und deuteten auf die schöne, allzu elegant gekleidete Frau, die mit ihrem Kind so allein und scheinbar verwirrt an der Seinemauer stand.

„Gaufres? Waffeln? Ein paar Waffeln gefällig? Heiß, knusprig und mit guter Butter!" Eine zahnlose Alte drängte sich mit ihrem Karren heran, aus dem der köstliche Duft von Gebackenem entstieg. „Na, willst du nicht eine, mein hübsches Kind? Ganz frisch!" Verlockend hielt die Alte Aurélie eine knusprige, goldgelbe Waffel unter die Nase. „Oder lieber ein frisches Croissant?"

„Darf ich?", begehrlich sah Aurélie zu ihrer Tante auf, die abwesend nickte und nur versunken auf das Medaillon in ihrer Hand starrte, das vor ihren Augen zu verschwimmen begann.

„Nur zwei Sous", die Alte drückte der Kleinen das warme, in schmuddeliges Zeitungspapier gewickelte Gebäck in die Hand und streckte ihre

Finger mit den schwarzumrandeten Nägeln nach der Bezahlung aus, „und zwei Stück nur drei Sous, Gnädigste!"

In diesem Moment riss sich Amélie gewaltsam aus ihrer Betäubung. „Danke!", wehrte sie hastig das Angebot ab. „Aber wir haben schon gegessen!" Sie drückte der Alten ein Geldstück in die Hand, nahm der Kleinen mit einer Gebärde des Abscheus die Waffel weg und ließ sie in den Rinnstein fallen.

„Oh, nein!", schrie Aurélie zornig auf, als sie das zuckrige Stück in den schmutzigen Abwässern davonschwimmen sah. „Tante Amélie! Was tun Sie da?"

Grummelnd entfernte sich die Waffelverkäuferin, mit einem scheelen Auge den Vorgang verfolgend. „Feines Pack", murmelte sie erbost, „ist wohl nicht gut genug für euch!" Doch schon an der nächsten Ecke wartete ein neuer hungriger Kunde, der bereit war, mit ihr um den Preis zu feilschen.

„Komm", rief Amélie, in deren Kopf sich alles drehte und die nur mühsam Haltung bewahrte.

„Aber ich hab doch so Hunger…", quäkte Aurélie enttäuscht.

Die laut maulende und protestierende Kleine bei der Hand nehmend, zwang sich Amélie zu einer Erklärung. „Hör gut zu, mein Schätzchen! Niemals darfst du etwas essen, das auf der Straße verkauft wird. Davon wirst du krank!" Das Kind konnte ja wirklich nicht ahnen, dass die Straßenhändler abgekratzte Wagenschmiere zur Herstellung ihres Gebäcks verwandten, Reste von den Böden der Bäckereien schabten und Sägemehl hinzufügten! Die Kleine schmollte und Amélie zog sie fast gewaltsam in den Wagen und gab dem Kutscher den Befehl, sofort loszufahren.

Gedankenverloren starrte sie auf das geliebte Antlitz, das winzige Porträt ihres verschollenen Mannes, den sie seit Langem tot glaubte, umgekommen bei den grausamen Septembermorden in den Gefängnissen. Ihr Herz klopfte wie rasend. Vorsichtig versuchte sie, das dünne Papier mit bebenden Fingern auseinander zu falten – doch es war wie zugeklebt und die Zeilen, die darauf standen, verwischt und ineinander gelaufen. Was hatte Manon noch gesagt? „Er lebt….im Ausland…" Sie hielt sich die schmerzende Stirn. Richard de Montalembert, der Mann, den sie liebte und an dessen Tod sie fast zerbrochen war, lebte? Ihr Vater hatte ihr doch damals selbst mitgeteilt, dass Richard exekutiert worden war! Sie versuchte, sich den genauen Wortlaut Manons ins Gedächtnis zu rufen. Geh ins Palais des Anges, hatte sie gesagt, dort erfährst du mehr! Was sollte das bedeuten?

Zugleich mit einem heißen Gefühl der Hoffnung schoss auch der Gram über Richards Tod in ihr hoch, die Erinnerung an alles, was sie damals ausgestanden und erlitten hatte. Es war, als sei eine Wunde, die sie vernarbt glaubte, ganz neu aufgebrochen. Sie schluchzte in ihr Taschentuch, von Schmerz überwältigt. Aurélie, die glaubte, sie weine wegen der Waffel, strich ihr mitfühlend über den Arm: „Tante, nicht böse sein – es tut mir leid… aber sie roch doch so gut!"

Amélie zwang sich zu einem Lächeln. Das unschuldige Kind! Es dachte noch, dass man wegen einer Waffel Tränen vergießen konnte! „Ich verspreche dir, dass die Köchin dir eine backen wird! Vielleicht darfst du ihr sogar dabei helfen!"

Aurélie nickte mit leuchtenden Augen und hatte den Vorfall bald vergessen.

Amélie zog sich nach der Heimkehr sofort in ihr Boudoir zurück. Ihre Hände zitterten so, dass sie selbst mit einem Messer das zusammmen gezwängte Stück Papier kaum öffnen konnte und unachtsam einige Risse hinein schnitt. Dann lag es endlich, in vielen einzelnen Stücken wie ein Puzzle vor ihr und sie versuchte, die Fetzen mit der minimalen, kaum erkennbaren Schrift zusammen zu setzen und zu entziffern.

„Amélie", las sie, „meine geliebte Frau! Wenn du diesen Brief erhältst, bin ich vielleicht weit fort! Doch du sollst wissen, dass ich immer an dich denke, wo du dich auch aufhältst. Es ist mir dank der Hilfe deines Vaters und einem mitleidigen Beamten gelungen, meinem Todesurteil zu entgehen und unter falschem Namen ins Ausland zu fliehen. Verzeih mir, dass ich dich glauben machen musste, ich sei tot – aber ich tat es, um dein Leben zu retten, deines und auch das meine. Vergiss mich nicht! Eines Tages, wenn dieses Schreckensregime vorüber ist, kehre ich zu dir zurück und wir werden, so Gott will, uns nie wieder trennen! Unsere Liebe wird uns helfen, diese Zeit zu überstehen. Ich habe es Manon, unserer vertrauten Freundin überlassen, den Zeitpunkt zu wählen, wann sie dir diesen Brief übergeben wird. Such mich nicht – glaub mir, erst dann, wenn für uns beide und für unser Kind keinerlei Gefahr mehr besteht, werden wir wieder zusammen sein. Es würde zu weit führen, dir auf leblosem Papier die Gründe meines Verhaltens zu schildern. Vertrau mir! Die Zeit wird kommen, in der wir wieder vereint sind. In ewiger Liebe, Dein Richard."

Ganz unten, fast unlesbar, stand noch ein letzter Satz, der doppelt unterstrichen war. „Was auch geschieht – sprich mit niemandem über diesen Brief!"

Amélie ließ fassungslos das Papier sinken. Leise stöhnte sie auf, nahm die Miniatur und hob sie ganz nah an ihre Augen, um die winzig ausgemalten, ihr so vertrauten Züge genau zu erkennen. Er schien ihr wie aus einer anderen Welt, einem früheren Leben zu stammen, in dem die einstmals so unbeschwerten Träume und Illusionen noch Platz hatten. War er nicht ihre romantische erste Liebe gewesen? Und schmerzlich wurde ihr bewusst, wie sehr sie ihn immer noch liebte, ihn, den Mann ihres Lebens, den Gefährten, den sie sich einst selbst gewählt hatte! Für einen Augenblick schien ihr, als nähme das Gesicht Richards einen spöttischen Audruck an und als stünde in seinen Augen die stumme Frage: „Hast du mich etwa schon vergessen?"

Sie schüttelte beinahe stürmisch den Kopf, führte mit behutsamer Geste das pastellfarbene Porträt an die Lippen und küsste es sanft und innig. Dann las sie den Brief ein weiteres Mal und die wichtigsten Worte kristallierten sich wie ein Signal für sie heraus. „...wenn dieses Schreckensregime vorüber ist, kehre ich zu dir zurück..." Sie flüsterte den Satz leise vor sich hin. Doch wann würde das sein? Wenn Richard lebte, warum war er nicht gleich zu ihr gekommen - warum hatte er sie die ganze Zeit im Glauben gelassen, man habe ihn ermordet? Wie konnte er nur so grausam sein und zusehen, wie sie durch diese Hölle der Trauer und des Alleinseins ging, ja mehr noch, dass sie einen anderen heiratete?

Sie zerknitterte in heftiger Wut die Fetzen des Briefes und knüllte sie zu einem Papierball zusammen. Tränen rannen über ihre Wangen und tropften auf das blau schimmernde Knäuel, dessen Tinte sich verwischte, bis es unbemerkt zu Boden fiel. „Ich liebte dich doch über alles!", flüsterte sie mit erstickter Stimme dem Porträt zu. Doch war Richard nicht inzwischen zu einem blassen Schatten geworden, zu einer Traumgestalt in den Wolken der idealen Liebe, etwas nahezu Überirdischen? Und war die Erinnerung an ihn nicht in jenen Augenblicken ausgelöscht, in denen Fabre sie mit einem lockenden Glitzern in den eisblauen Augen ansah, wenn er sie streichelte und mit seinen Zärtlichkeiten in einen besinnungslosen Strudel der Leidenschaft riss? Behutsam drückte sie das Schmuckstück an sich, klappte den Deckel zu und legte es vorsichtig in eine Schublade. Morgen, in aller Frühe schon, würde sie in die Conciergerie fahren, um von Manon weitere Einzelheiten zu erfahren! Für Augenblicke tauchte sie ungewollt hinab in die Erinnerungen einer vergangenen Zeit, an die allzu kurze Ehe mit Richard, die von tiefer Liebe gekrönt war. Ein beinahe glückliches Lächeln stahl sich wie ein flüchtiger Sonnenstrahl auf ihre Lippen. War ihr Richard nicht damals wie ein Fels in der Brandung des Lebens erschienen? Niemals hatte sie begreifen können, dass er so schnell an den Stromschnellen des Lebens zerschellte!

Das heftige Zuschlagen der Tür ließ sie zusammenzucken und sie hob den Kopf. Sie kannte dieses Geräusch nur allzu gut. Der Schein eines Leuchters blendete sie. Der eitle Fabre, im eleganten Abendanzug, den ihm anhaftenden Duft von Vetiver und Sandelholz verbreitend, blieb an der Schwelle des halbdunklen Zimmers stehen.

„Amélie?" Seine Stimme klang metallisch und gereizt. „Was soll das, dass du hier im Dunkeln sitzt? Du weißt doch, dass Danton heute Abend ein Dîner gibt, bei dem du dabei sein solltest! Er will uns seine zukünftige Frau vorstellen, bevor er sie in aller Stille in Arcis sur l'Aube heiratet!" Er lachte kurz und trocken auf. „Diese Louise… ein wahres Gänschen. Du solltest sie sehen! So farblos, jung und unscheinbar! Er beginnt allmählich, Dummheiten zu machen."

„Ich, ich…", Amélie wischte mit ihrem Ärmel hastig über die Augen, bemühte sich, ihr Haar zu ordnen und sich aufrecht hinzusetzen. Ihr Herz schlug in unregelmäßigem Rhythmus. „Ich fühlte mich nicht gut, noch müde von gestern. Vielleicht werde ich auch krank…", stotterte sie ungeschickt und mit trockener Kehle.

Fabre, der versuchte, die Kerzen eines weiteren Leuchters zu entzünden, schüttelte unwillig den Kopf und warf den Span in den Kamin. „Dann nimm dich zusammen! Du weißt, es ist wichtig, die Wiederwahl Dantons in den Konvent steht bevor." Er drehte sich um: „Aber was… ich sehe, du bist ja nicht einmal umgekleidet!" Näher tretend, blickte er ihr im Schein der Kerzen prüfend ins Gesicht und stellte den Leuchter mit einem harten Geräusch auf den Tisch.

Amélie fuhr zusammen und sah zu ihm auf. Zweifellos schien er schlecht gelaunt und sie konnte die gefürchtete Zornesfalte auf seiner Stirn gut erkennen. Er war schon für den Abend gekleidet, die Spitzen an seiner Seidenkrawatte und den Handgelenken duftig und frisch; der weinrote Rock mit den Brillantknöpfen ohne die geringste Knitterfalte und seine blonden Haare, die ihm ohne Schleife bis auf die Schultern fielen, sorgfältig gelockt. Seinem forschenden Blick schien nichts zu entgehen.

„Du weinst?" Er bückte sich nach dem zerknüllten Papier am Boden. „Geheimnisse? Aber doch nicht vor mir, bei allem, was ich für dich tue!"

Amélie sprang auf, um ihm das winzige Papierknäuel aus der Hand zu reißen. Sein Arm schnellte zurück und er verbarg den Fund hinter dem Rücken. Der kühle Blick der hellen, glasklaren Augen, die in schnell erwachter Wut das Gletscherblau eines Eisbergs annehmen konnten, jagte Amélie dumpfe Angst ein.

„Sieh einmal an! Nur nicht so exaltiert, Chérie! Ein Liebesbrief vielleicht? Madame sind traurig - verwirrt? Dann wollen wir doch auch sehen, warum." Er lachte in hässlichem Stakkato auf, während er mit den Fingerspitzen das Papier vorsichtig auseinander faltete, das in verschiedene Einzelteile zerfiel. Ungeduldig legte er die Stücke prüfend auf den Tisch. Sein blasses, fast mädchenhaftes Gesicht verfärbte sich, während er mit Mühe ein paar einzelne Worte entzifferte. „Dachte ich's mir doch, dass du das irgendwann erfahren würdest. Trotzdem - außerordentlich informativ! Der gute de Montalembert war also doch nicht so dumm, wie ich dachte. Und wo hast du das her? Du hast doch einen Besuch im Gefängnis gemacht!" Seine Stimme nahm einen sarkastischen, harten Ton an und seine Brauen zogen sich stärker zusammen. Kalt und fragend sah er sie an.

Amélie versuchte unbeteiligt zu wirken. „Ich weiß nicht, was du meinst…" Dann richtete sie sich auf und sah ihrem Mann entschlossen ins Gesicht: „Warum hat man mir gesagt, Richard sei tot?"

Fabre zuckte die Schultern und machte mit halb zusammengekniffenen Augen einen Schritt auf sie zu: „Das ist doch jetzt unwichtig – es ist alles schon zu lange her. Sag mir lieber, woher du diesen Brief hast!"

Amélie schwieg beharrlich und Fabre stieß einen heftigen Fluch aus: „Putain! Miststück! Du weißt es sehr gut. Aber es wird dir nichts nützen. Ich werde es schon noch erfahren. Im Grunde ist es doch ganz gleich, ob de Montalembert tot ist oder lebt. Du wirst ihn jedenfalls nie wieder sehen. Vergiss endlich die Vergangenheit, ich rate es dir!" Seine Miene verzerrte sich in einem aufkommenden Wutanfall und er streifte seine Spitzenärmel zurück, als wolle er sie schlagen. Aber er hielt ein und ein mokantes Lächeln verzog seinen Mund, als Amélie erschrocken zurückwich. „Keine Angst, Chérie! Du solltest schön sein heute Abend und ich möchte dir wirklich nicht den Teint verderben. Was würde Georges von mir denken!"

Er klingelte ungestüm und der Diener trat ein. „Meinen Apéritif, du Langweiler. Ich zahle dich nicht, damit du hier die Zeit verschläfst. Und zünde gefälligst die Lampen an – beweg dich!"

Zu Amélie sagte er, halb über die Schulter gewandt: „Ich gebe dir zehn Minuten …und keine Sekunde mehr. Ich würde sagen, das zartgelbe Chiffonkleid mit dem bestickten Schal wäre heute passend." Mit der einen Hand stürzte er den Süßwein hinunter, den der Diener ihm nun mit verdoppeltem Diensteifer auf einem Tablett reichte, mit der anderen packte er Amélie grob um die Taille und zog sie fest an sich: „Keine Mätzchen meine Süße – und denk daran, dein lieber Richard kümmert sich einen Dreck um dich. Er hat nur versucht, seine eigene Haut in Sicherheit zu bringen. Das kannst du mir glauben. Ich habe seine Akte gelesen. Früher oder später landet er ja doch unter der Guillotine. Aber nun komm – lass uns keine Zeit mit solchen Lappalien verschwenden… "

Er beugte sich zu ihr, bog sie gewaltsam in seinen Armen und versuchte, sie zu küssen. Amélies Lippen zitterten unter seiner Berührung und sie warf verachtungsvoll den Kopf zurück, um ihm auszuweichen. Doch ihr Widerstand reizte Fabre, er packte sie und riss den Ausschnitt ihres Kleides mit einem harten Griff von ihren Schultern, um ihren Busen zu entblößen.

„Du bist schön, wenn du traurig bist!", stieß er mit rauer Stimme hervor, während seine Blicke ihre nackten Brüste streiften, die sich vor Erregung hoben und senkten. Fabres Atem ging schneller, seine Augen verschleierten sich leicht und er ließ seine Hände langsam über ihre samtige, im Halbdunkel hell leuchtende Haut gleiten, sanft ihre Brustwarzen liebkosend.

Amélie erschauerte gegen ihren Willen und schloss halb die Augen, während Fabre sie an sich zog und seine Lippen heiß auf ihren Mund presste. In diesem Augenblick schien es Amélie, als flamme ein Feuer in ihr hoch, dem sie hilflos ausgeliefert war. Ihr Körper brannte plötzlich vor Begierde, ihr Verstand, jegliche Gegenwehr war wie ausgelöscht. Sie überließ sich Fabres heißem Atem, seinen wilden Küssen und aufpeitschenden Berührungen. Er hob sie hoch und trug sie zum kleinen Canapé in der Erkerecke.

„Danton wird sich noch etwas gedulden müssen", murmelte er mit halb erstickter Stimme, hastig an den Knöpfen und Haken ihres Kleides nestelnd.

Brutal riss er schließlich den Stoff mit einem hässlichen Geräusch entzwei und raffte ungeduldig ihre Röcke empor. Amélie ließ alles geschehen, wie betäubt von der Lust, die sie erfüllte und mit der sie es gegen ihren Willen nicht erwarten konnte, von ihm genommen zu werden. Ihre vorherige Wut und Verzweiflung mischte sich jetzt mit einem Gefühl hilfloser Hingabe, einem Ausgeliefertsein an ihre eigene Leidenschaft, die sich nun aller Kontrolle entzog. Sie hob sich ihm entgegen, zärtliche Laute ausstoßend und streichelte seinen Körper in schamloser Gier. Es war, als sei sie nicht mehr sie selbst, als habe eine fremde Macht Gewalt über sie. Auch Fabre handelte wie im Rausch, in einem Fieber, mit dem er keuchend von ihr Besitz ergriff. Er nahm sich nicht einmal die Zeit, sich auszuziehen, sondern knöpfte nur seine Hose auf, um mit einem rücksichtslosen Ruck in sie einzudringen. Amélie stöhnte auf, es war ihr, als müsse sie das Bewusstsein verlieren. Von heißen Wellen getragen, ließ sie sich treiben im Niemandsland des Begehrens, in dem sie nur ihren Körper spürte und ihre sich immer weiter steigernde Erregung, die sich nach einer Weile in krampfhaften, wilden Zuckungen, dem höchsten Gipfel der Lust, entlud. Heftig atmend, warf sie sich halb benommen zurück, ohne auf Fabre zu achten, der sie mit einem wilden Ausdruck zu beobachten schien, bevor auch er, gleichfalls erschöpft, mit einem erstickten Aufschrei über ihr zusammensank. In einer zärtlichen Aufwallung legte er flüchtig seine Wange an die ihre und sie spürte, wie er etwas sagen wollte, sich aber zurückhielt.

Er erhob sich abrupt, ordnete mit einem mechanischen Lächeln seine Kleider und band seine Spitzenkrawatte, als sei nichts vorgefallen. Amélie, die Mühe hatte, zu sich zu kommen, richtete sich halb auf und sah ihn an.

„Gar nicht schlecht, meine Süße! Eine nette Vorspeise", sagte er, zynisch auf sie herabsehend, „aber bilde dir nicht ein, dass ich wegen dieses kleinen Zwischenspiels zu spät kommen möchte. Los, beeil dich, zieh dir etwas an – wir haben nur noch ein paar Minuten!"

Mit diesen Worten drehte er sich um und Amélie, beschämt und ernüchtert, presste wütend die Lippen zusammen. Sie spürte den unwiderstehlichen Wunsch in sich aufsteigen, ihm die hübsche, weichliche Fratze unter den glänzenden Locken mit den Nägeln zu zerkratzen, die kunstvoll gebundene Halsbinde abzureißen und ihm alle Wahrheiten ins Gesicht zu schreien, die in ihrem Inneren seit Langem darauf warteten, gesagt zu werden. Doch sie beherrschte sich. Jetzt noch nicht… jetzt hatte es keinen Sinn. Aber eines Tages – da würde sie sich rächen! Dann sollte er ihr für alle Demütigungen, die er ihr jemals angetan hatte, büßen!

Das Restaurant, in dem sich die befreundeten Abgeordneten regelmässig zusammenfanden, lag etwas außerhalb am linken Seineufer; es führte auf der einen Seite in protziger Front zu einem belaubten Boulevard und duckte sich auf der anderen an die eng gedrängten Gässchen des Armeleuteviertels. In einem der Séparés, dem Hinterzimmer des „Panache d'Or", ging es hoch her. Auf rustikal geschnitzten Konsolen türmten sich silbern geschnörkelte Austernplatten mit bizarren Meeresfrüchten, großen Krabben, Fischen und diverse Bratenplatten. An breiten, langen Tischen saßen die Verbündeten, Vergniaud und Chénier, Saint Just und Madame Thorin, sowie Hérault de Séchelles, der in Begleitung seiner Geliebten, Suzanne de Morancy, der durchgegangenen Frau eines Provinzadvokaten, erschienen war. Auch die anderen Mitglieder des Konvents erwärmten sich mit ihren Frauen schon an den ersten Gläsern guten Weines.

Als Amélie, das verweinte Gesicht sorgsam gepudert und die Augen mit kaltem Wasser gekühlt, mit Fabre das Lokal betrat, war man schon bei der Vorspeise, einer fein getrüffelten Gänseleberpastete, angelangt. Danton, an der Seite der zarten, unscheinbaren Louise, die bewundernd und ein wenig ängstlich zu ihm aufsah, hob sein Glas.

„Zu mir, mein Freund", rief er mit dröhnender Stimme, „Platz für unseren Dichter! Fabre, du gehörst an meine Seite!"

Der Angesprochene nickte geschmeichelt und begrüßte Danton mit einem brüderlichen Kuss auf beide Wangen. Etwas unbeholfen bemühte sich der massige Mann, eine riesige Tartine mit einem Stück Pastete beiseite legend, sich zu erheben und Amélie die Hand zu küssen. Einen kurzen Moment schoss ihr der Gedanke durch den Kopf, dass die Verfechter der Gleichheit und Tugend auch nicht gerade bei Wasser und Brot ihre Reden ausarbeiteten, in denen sie den Verzicht auf die Privilegien forderten.

Sie zwang sich zu einem liebenswürdigen Lächeln und ließ ihre Blicke über die Gäste gleiten, die ihr bewundernd und freundlich zunickten. Es war unschwer zu erkennen, dass viele der Abgeordneten keineswegs ihre Gemahlinnen dabei hatten. Die Tafel zierte das bunte Bild hübscher Frauen – eine Spur zu grell herausgeputzt, ein wenig zu laut schwatzend, lachend und vor allem weder mit ihren Reizen noch mit ihren Zärtlichkeiten geizend, die sie immer wieder ihren sich vorläufig noch seriös gebenden Begleitern zuteil werden ließen. Schauspielerinnen, Sängerinnen und kleine Kokotten mit zwielichtigem Ruf waren zum Souper geladen und Amélie fand sich in einer Gesellschaft wieder, die so gemischt war, wie es der Revolution geziemte.

Unaufmerksam und mechanisch antwortete sie mit künstlich aufgesetztem Lächeln auf alle Fragen, und die Konversation verlief stockend und zerstreut. Innerlich fühlte sie eine ungeheuere Leere, einen Abgrund, der sich auftat und durch den vage Blitze der Erinnerung zuckten; an Kerker und Tod, die Vernichtung ihrer Familie und ihre entsetzliche Schmach bei der Plünderung des Palais de Montalembert. Ihr Hass gegen den Pöbel, der es jetzt wagte, mit ihr gemeinsam an einem Tisch zu sitzen und von Freiheit und Gleichheit zu sprechen, wuchs plötzlich zu einem unüberwindlichen Abscheu gegen das Schreckensregime, in dem Fabre eine der Schlüsselpositionen einnahm.

Nach unzähligen schlaflosen Nächten hatte sie es endlich geschafft, die Erinnerung zurückzudrängen, den Schleier des Vergessens über alles zu breiten, dem Leben wieder einen Platz einzuräumen – und jetzt stand auf einmal die schmerzliche, ihr Herz vor Sehnsucht zerreißende Vision des tot geglaubten Richards vor ihr, seine vertrauten Züge, sein Brief, seine Nachricht, dass er lebe!

„Amélie!", Fabres scharfe Stimme mit dem bekannt unheilvollen Unterton verhieß nichts Gutes. „Deine Nachbarin möchte wissen, wo man diesen entzückenden Schal kaufen kann, den du um die Schultern trägst!" Indem er so tat, als hebe er ihre Serviette auf, stieß er sie grob unter dem Tisch an und zischte ihr zwischen den Zähnen zu. „Antworte gefälligst!"

Amélie, die bis dahin blicklos auf den gefüllten Teller gestarrt hatte, den der Garçon ihr serviert hatte, wandte gehorsam den Kopf zu ihrer Nachbarin Suzanne de Morancy, einer dunkeläugigen, grazilen Dame, die es liebte in Knabentracht zu erscheinen. Die junge Frau lächelte ihr unbefangen und mit heiterer Miene entgegen. Ihr langes, in heller, offener Flut glatt nach hinten gekämmtes Haar war nach Herrenart nur mit einer Schleife zusammengefasst und sie trug eine Spitzenkrawatte sowie eine dunkelsamtene Weste mit den passenden, engen Kniehosen.

„Ich, ich…", stammelte Amélie, in Gedanken wie von weit her, „den Schal…, ja er ist ein Geschenk meiner ehemaligen Gouvernante, Mademoiselle Dernier. Sie hat ihn damals selbst bestickt."

Madame de Morancy nickte und Amélie glaubte in ihren Augen eine Art Mitleid zu lesen. „Ein wunderschönes Stück. Aber …fühlen Sie sich nicht gut?", fragte sie plötzlich teilnehmend, sie forschend ansehend. „Sie sehen so blass aus!"

„Nein, nein", wehrte Amélie ab, „nur eine kleine Unpässlichkeit… ich habe Kopfschmerzen."

Sie stocherte in der Gänseleberpastete und zwang sich, ein paar Bissen in den Mund zu schieben. Dann winkte sie dem Kellner abzuräumen. Geschickt mit der Gabel agierend, schob sie bei dem folgenden Dutzend Austern den Inhalt unauffällig unter die Schalen. Gleich darauf stand eilfertig der nächste Gang vor ihr. Eine prächtige Dorade in Weißweinsauce – im Grunde ein Gericht, welches sie besonders schätzte, aber in diesem Augenblick glaubte sie, jeder Bissen müsse ihr im Hals stecken bleiben.

„Eine verdammt gute Küche hier", die Stimme Dantons dröhnte leutselig über den Tisch, als er sein Glas ergriff, „nicht so wie bei diesem Hundsfott von Koch, Gabin, in seinem vornehmen Laden Beauvillier, bei dem man die Krümel auf den Platten zählen kann und am Ende hungrig aufsteht."

Er langte mit der Hand nach den Austern und kippte der Einfachheit halber die Silberplatte um, wobei der Rest der Meeresfrüchte in buntem Durcheinander auf seinen Teller purzelte.

„Ach, merde! Warum soll es uns nicht gut gehen… es war doch schon immer so: Der Sieger teilt nach der Schlacht die Beute, oder etwa nicht?"

Er sah zustimmend in die Runde und sein rotes, feistes Gesicht glühte vom Genuss des Weines und des guten Essens.

„Brüder, Freunde! Revolution hin oder her – jahrelang haben sich die Adeligen auf unsere Kosten voll gefressen und jetzt – sollen wir etwa nun hungern, um eines Tages tugendsam ins Grab zu sinken? Das überlassen wir schon unserem Sittenwächter Robespierre. Sagt, hat der eigentlich schon jemals eine Frau gehabt? Die Tugend, die ich jede Nacht mit meiner Louise ausübe, ist doch die schönste der Welt." Er drückte einen schmatzenden Kuss auf die Wange der errötenden Louise, die schüchtern zu ihm aufblickte.

Fabre lächelte spöttisch, seine Augen funkelten und glitten über die Gesellschaft. „Es scheint zweifellos Frauen zu geben, die sich gerade durch Robespierres, sagen wir einmal… vornehme Zurückhaltung verrückt machen lassen!"

Danton brach in brüllendes Gelächter aus. „Dieser Wassertrinker und Schwafler…dieser…"

Fabre stieß ihn in die Seite, beugte sich näher zu ihm und seine leise Stimme bekam einen warnenden Unterton. „Genug, Georges! Sei vorsichtig, lass unseren Tugendapostel doch machen, was er will. Wir haben ihm schon genügend zugesetzt! Unter uns sind einige seiner Freunde!"

„Zum Teufel mit diesen sogenannten Freunden! Gegen mich wird er niemals ankommen!" Danton schüttelte seinen massigen Kopf, rülpste provozierend zur Bestätigung und schlürfte hörbar und genussvoll die Austern aus den Schalen. Vom Wein angeregt begann er laut zu räsonieren. „Die Revolution muss endlich ein Ende haben! So wie es aussieht, war das Volk unter der Monarchie ja fast besser dran. Dieses unaufhörliche Blutbad unter der Guillotine – was erreichen wir eigentlich damit? Alles ist schlimmer als zuvor."

Eine peinliche Stille trat ein. Einer der wichtigsten Männer des Konvents, der Volksheld der Massen, wagte es, am Sinn, an den Zielen der Revolution zu zweifeln! Der kleine blasse Chodieu sprang empört auf.

„Das ist doch nicht dein Ernst, Bürger! Wir halten dir zugute, dass du etwas zu viel von dem starken Wein erwischt hast!"

Danton, der den Komödianten spielte, setzte den Teller mit leeren Austernschalen mit einem lauten Klirren nieder, ein brüllendes Lachen über die betretenen Mienen um ihn herum erschütterte seinen unförmigen Körper, bevor er wieder ernst wurde.

„Keineswegs! Aber ihr versteht doch wohl einen kleinen Spaß! Was sitzt ihr da und setzt eure Tugendmaske auf, wenn ich die Wahrheit sage? Lasst es euch schmecken, ich bitte euch." Er schlug sich amüsiert auf die Schenkel: „Ja, was glaubt ihr denn? Wenn ich mich zur Menge geselle, bin ich genau so ein Sansculotte wie jeder Andere! Es fällt mir nicht schwer, meinen Hintern den Vorübergehenden zu zeigen! So!"

Er sprang auf und nestelte an seiner Hose. Fabre drückte ihn verlegen auf seinen Platz zurück. Manchmal übertrieb er wirklich.

„Georges, sei vernünftig, lass das doch! Wie kannst du so etwas sagen! Das wissen wir doch alle, dass du der beste Patriot bist, der gewandteste Redner, der beliebteste Volksheld! Und niemand, auch wenn er noch so schlau ist, kann gegen dich aufkommen. Du bist die Stütze der Revolution, der Grundpfeiler von der ersten Stunde an. Nicht wahr?"

Er wandte sich mit lauter Stimme an die verstummt Dasitzenden, die nicht wussten, was sie von diesem Ausbruch halten sollten. „Danton! Was hast du alles für das Volk getan! Du bist ihr Held, unser Vorbild! Wer sollte dir irgendetwas missgönnen, irgendetwas missverstehen, was du sagst! Ist es nicht so?" Er sah sich um und ergriff pathetisch sein Glas. „Hoch lebe Danton! Wir trinken auf unseren Volkshelden. Es lebe der Retter der Republik! Hoch!"

Alle fielen mit ein, erhoben ihr Glas und prosteten ihm lächelnd zu. Der Bann war gebrochen, Stimmengemurmel sowie lautes, zustimmendes Klatschen antwortete und die Kellner begannen erleichtert, ein köstliches Filet Mignon mit zarten Zuckererbsen zu servieren.

Amélie hatte gar nicht richtig zugehört. In ihrem Kopf drehte sich alles wie mit einem Rad, es summte und dröhnte nur das eine Wort: Richard! Er lebte! Aber wo – unter welchen Umständen? Was war wirklich geschehen? Und was wusste Fabre davon? Wie durch einen Nebel nahm sie die Tischgäste wahr, dumpf drangen das Stimmengewirr, das kreischende Lachen angetrunkener Frauen in ihr Bewusstsein. Wieder war es die verhaltene Stimme Fabres, die sie aus ihrer Versunkenheit riss.

„Amélie! Was soll das? Warum sitzt du da wie versteinert? Ich kann mir schon denken, was in dir vorgeht. Richard, nicht wahr? Aber ich schwöre, das werde ich dir austreiben. Du wirst ihn niemals wieder sehen, merk dir das. Und jetzt iss… nimm die Gabel, steck sie in den Mund, sonst helfe ich dir dabei!"

Amélie bemühte sich, neugierige Blicke der Umsitzenden fühlend, in hilfloser Wut zu tun, was er sagte. Sie bewegte die Kiefer und schluckte und es war ihr, als habe sie ein Stück Gummisohle zwischen den Zähnen, das sie nicht hinunterbrachte. Doch plötzlich war es genug. Sie sprang abrupt auf und lief hinaus, gerade noch rechtzeitig, um sich draußen in einer Ecke bei der verdutzten Garderobenfrau zu übergeben.

Als sie den von Rauchschwaden durchtränkten Raum einigermaßen gefasst wieder betrat, nahm kaum jemand Notiz von ihr, am wenigsten Fabre, ihr Mann. Ein ohrenbetäubendes Stimmengewirr in dichtem Pfeifenqualm schlug ihr entgegen, nachdem man zum unerschöpflichen Lieblingsthema, der Politik, übergegangen war. Einer nach dem anderen ereiferte sich mit Leidenschaft und man hätte glauben können, einer Konventssitzung beizuwohnen. Nebenbei waren die Kellner bemüht, das Dessert stilvoll zu präsentieren, ein zartschmelzendes Omelette Surprise mit frischen Früchten, das gerade über einem kleinen Ofen flambiert wurde. Bunte Flaschen verschiedener Liköre und Weinbrände standen schon auf den Tabletts bereit.

Die hübsche Suzanne de Morancy sah ihr fragend entgegen, als sie ihren Platz einnahm und legte freundschaftlich den Arm um ihre Schultern: „Kann ich irgendetwas für Sie tun, meine Liebe?"

Amélie schüttelte den Kopf: „Migräne", erwiderte sie mühsam, „Sie wissen, so etwas ist abscheulich. Man sollte besser in einem verdunkelten Zimmer ruhen. Aber mein Mann wollte absolut, dass ich heute dabei bin. Wir werden anscheinend noch eine Verlobung erleben."

Wie auf ein Stichwort sprang Danton, dem die Haare in wirren Locken ins weingerötete Gesicht hingen, in diesem Moment auf und ergriff das Glas Champagner, welches der hinter seinem Rücken stehende Diener ihm reichte: „Freunde!", rief er mit Donnerstimme, „Bürger! Vielleicht könnt ihr euch denken, warum wir heute zusammen sind. Ein ganz besonderer Anlass! Komm Louise!"

Er zog das errötende junge Mädchen hoch und presste die schmale Gestalt an sich. Es konnte in diesem Augenblick keinen größeren Gegensatz geben, als den wuchtigen, vor Kraft strotzenden Danton und das zarte, blutjunge, schüchterne Kind, das kaum sechzehn Jahre zählte. „Ich bin so glücklich, dass ich Louise gefunden habe – und deshalb will ich keine andere als sie zu meiner Frau machen!"

Die Kleine nickte und sah mit anbetenden Augen zu ihm auf. Es fehlte nicht viel, so wäre sie in Tränen ausgebrochen.

„Trinkt mit mir, Freunde – auf unser Glück! Möge es lange währen!" Er ergriff das Glas und schüttete den Inhalt mit einem Zug hinunter. Louise nippte wie ein Vögelchen und zupfte scheu an ihrer Bluse.

„Eine Landpomeranze!", flüsterte Fabre seiner Frau spottlustig zu, ohne sie anzusehen und ohne zu bemerken, wie schlecht sie sich fühlte. „Naiv, schlecht gekleidet, unscheinbar… da kommt alles zusammen. Ich fürchte, der Gute leidet an völliger Geschmacksverirrung – oder er ist blind vor Liebe."

Laut zu Danton gewandt, sprach er pathetisch, ihm zutrinkend: „Mögest du mit diesem Elfenkinde das Glück der Götter erleben!"

Trunken, mit verschwommenem Blick schlang Danton die Arme um Louise und küsste sie wild auf den Mund. Beifall und Gejohle der Gäste antwortete, der Champagner floss und die Schrecken des Terrorregimes waren in den äußersten Hintergrund des Bewusstseins gedrängt.

Einer der Diener beugte sich zu Danton hinab und flüsterte ihm etwas ins Ohr. Ein verspätetes Paar war zu so fortgeschrittener Stunde noch eingetroffen. Großherzig winkte der Gastgeber, man solle die beiden sofort einlassen und fürstlich bewirten. Der Advokat Jean François Delacroix, in Statur und Wesensart seinem Freund Danton in vielem ähnlich, betrat den Raum, in seiner Begleitung eine auffallende Frau, die sofort alle Blicke auf sich zog. Einer nach dem anderen verlor den Faden der Unterhaltung und wandte sich neugierig dem ungleichen Paar zu. Man tuschelte und lachte leise. Die elegante Dame war von dem Aufsehen, das sie erregte, nicht beeindruckt. Sie tänzelte in ihrem atlasroten, mit Marabufedern besetzten Cape herein, löste die glitzernde Spange und ließ es nachlässig von ihren nackten Schultern gleiten. Eilfertig fing einer der Kellner den Umhang auf, blieb aber wie angewurzelt stehen und starrte auf das, was sich seinen Augen nicht jeden Tag darbot. Das Dekolleté des roten Kleides der Schönen war selbst für die freizügige Zeit ein wenig zu gewagt – es bestand einzig und allein aus zwei glänzenden, von schmalen Bändern gehaltenen Schalen, die die Brüste bedeckten. Eine große feuerfarbene Feder enthüllte mehr, als sie bedeckte, die Taille von der Hüfte aufwärts, während der Rücken nackt und milchweiß im Licht der Kerzen aufleuchtete.

Mit frechen Blicken sich in Szene setzend, reckte sie die Arme, zog die Hutnadel aus dem luftigen, ebenfalls mit roten Federn besetzten Gebilde auf ihrem Kopf und warf es schwungvoll beiseite. Die mahagoniroten Haare flammten jetzt offen in wilden Locken um die Schultern und das hell gepuderte Gesicht, in dem der breite Mund blutrot geschminkt, einen unübersehbaren Mittelpunkt bildete, schien hochmütig. Verhaltene „Oh" und „Ah" erklangen aus der Männerwelt und die Damen wisperten kichernd, während sie die außergewöhnliche Robe begutachteten.

„Die Schauspielerin Simone Aubray", flüsterte man hinter vorgehaltener Hand an den Tischen, „die stadtbekannte Hure! Die Aubray aus dem Théâtre Molière!"

Amélie zuckte bei dem Namen zusammen. Dieser Frau war sie doch schon einmal begegnet! Wie ein Blitz schoss es durch ihr Gedächtnis. Damals, die Situation im Parfumladen Meister Grauberts im Palais Royal, als sie ihren Vater in Begleitung dieser Kokotte antraf! An jenem Tag war alles ins Rollen gekommen und das Schicksal hatte seinen Lauf genommen!

D'Églantine winkte dem Paar einen kurzen Gruß zu und Simone schien ihm ein besonderes Lächeln und einen langen Blick zu schenken. Fabre wandte sich jedoch wie unbeteiligt ab, obwohl die Schauspielerin ihm vertrauter war, als er es Amélie gegenüber zugegeben hätte. Schließlich sollte sie in seinem neuen Theaterstück eine tragende Rolle spielen und obwohl Delacroix ausgesprochen eifersüchtig war, konnte ihn niemals etwas von einer neuen Eroberung abhalten.

„Die Geliebte von Delacroix, wer hätte das gedacht? Na ja, die tut es doch mit jedem, das ist bekannt... ein offenes Haus, in der Rue Chapotin...", flüsterte es hinter ihr hämisch und verstohlen.

„Lass uns gehen, Fabre, ich bitte dich!" Amélie fühlte den Boden unter ihren Füßen wanken und ihre Lippen zitterten, „Ich habe dir doch erzählt, dass die Aubray einst die Geliebte meines Vaters war..."

Fabre seufzte demonstrativ: „Was zum Teufel gehen mich die alten Geschichten an! Wenn dein Vater sich mit ihr amüsiert hat – wen interessiert's?"

„Aber ...sie hasst mich, weil..."

„Hör endlich auf, längst vergangene Dinge aus der Schublade zu holen. Das ist aus und vorbei – es zählt nur das Jetzt. Und deiner Launen wegen werde ich meine Freunde und auch die Dantons nicht vor den Kopf stoßen."

Er sprang auf und küsste der vorbeitänzelnden Aubray, die ihn mit einem seltsamen Blick des Einverständnisses streifte, galant die Hand.

„Darf ich Ihnen meine Frau vorstellen?"

Triumphierend sah die Schauspielerin Amélie, die sie vom ersten Augenblick an erkannt hatte, voll ins Gesicht und nickte ihr nur herablassend zu.

„Ich glaube, wir haben uns schon einmal irgendwo gesehen. Ich kannte Ihren Vater sehr gut." Sie warf ihre rote Mähne zurück und umarmte Danton überschwänglich. „Ich bin untröstlich, mon ami – nun sind Sie vergeben! Und ich hatte mir solche Hoffnungen gemacht...", flötete sie mit einem falschen Lächeln und alles lachte wie über einen guten Witz.

Sie nahm mit Delacroix an der Tafel Platz, Amélie genau gegenüber, die glaubte, unter den frechen, herausfordernden Blicken der Kurtisane in den Boden zu versinken. Konnte sie nicht endlich Ruhe finden, vor den Menschen, die mit zum Untergang ihrer Familie beigetragen hatten und die nun von der neuen, republikanischen Gesellschaft hofiert und beachtet wurden!

„Auf die Republik", ertönte die Stimme von Delacroix, der das Glas hob, „und auf das Glück unseres Volkshelden!"

„Ein Lied", erschallte es, „ein Lied… die Marseillaise! Allons enfants de la Patrie…"

Aber noch schien es zu früh für derartige Kundgebungen. Auf einen Wink Dantons hin erhob sich d'Églantine, schob seine Spitzenärmel mit gezierter Geste ein wenig zurück, ließ sich die Laute reichen und begann, die Saiten zu zupfen.

Alles wurde ruhig und blickte auf ihn. Mit seiner melodischen, sanft tönenden Stimme begann er ein Volkslied zu intonieren. Die blauen Augen Fabres bekamen einen schmachtenden Glanz und spiegelten die tiefe, beseelte Empfindsamkeit des sensiblen Künstlers, in dessen Zügen sich je nach Chanson Trauer, Glück und Sehnsucht zeigten.

Die Frauen seufzten und begleiteten jedes Lied mit stürmischem Applaus und der Sänger lächelte geschmeichelt. Amélie spürte die Faszination des anderen Fabres, die verführerische Erotik des Troubadours, dem keine Frau wirklich widerstehen konnte. Sie sah den Schauspieler, der in jede Rolle einen Teil seines Wesens legte; aber dann, wenn die Maske fiel, ein völlig anderer war. In diesem Augenblick liebte sie ihn, den sanften Sänger, dessen Worte jetzt so zart die Seele streichelten wie seine Hände ihre Haut. Dann vergaß sie, dass er in solchen Momenten nur berücken wollte, um seinen Willen durchzusetzen, dass hinter seinen Küssen, seiner Umarmung immer eine dunkle Begierde stand, die niemals satt wurde, auch wenn sie sich erfüllte, ein Liebeshunger, der nur verführen wollte aber niemals besitzen. Wie melancholisch und sehnsuchtsvoll klang nun sein Lied, seine Stimme, in der hoffnungslose Liebe zitterte und bei dem er jetzt nur sie ernst und schmachtend ansah: „Je vous aime… vous êtes la tourmente, de mon âme violente …." Amélies Lippen bebten und sie fühlte, wie ihr Herz sich für diesen anderen, den zärtlichen und zugleich schwermütigen Fabre erwärmte, wie es ungeduldig schlug und wie sie sich danach sehnte, diese Worte ganz nah an ihrem Ohr zu hören und sich in seinen Armen zu verlieren.

Sie schrak zusammen, als Fabre mit der Hand heftig auf die Saiten schlug, die einen schrillen Missklang erzeugten; er brach sein Lied ab, so als müsse er die wehmütige Stimmung einfach beiseite wischen. Mit heftigem Griff stimmte er eine Spur zu laut die mitreißenden Klänge der ersehnten Marseillaise an und alle sangen im Chor aus voller Kehle mit. Man war so gerührt, dass am Ende wahre Tränen flossen und einige der Abgeordneten in ihrer Begeisterung für die nationale Sache einander in die Arme fielen und sich im Dusel allgemeiner Weinseligkeit zu allen neuen Errungenschaften beglückwünschten.

Da erst legte Fabre die Laute beiseite und, weich gestimmt vom Wein und einer sentimentalen Laune, die so typisch für seine Stimmungsumschwünge war, sah er Amélie tief in die Augen, ergriff ihre Hand und murmelte mit gebrochener Stimme: „Entschuldige Liebste, ich weiß nicht, wie du es mit mir aushältst… ich bin manchmal schrecklich. Es ist wie ein Dämon, der mich überkommt. Aber glaub mir, ich liebe nur dich. Ich könnte es nicht ertragen, dass Richard immer noch dein Herz besitzt! Du hast ihn doch schon vergessen, nicht wahr?"

Seine Stimme war drängend und der Ausdruck seiner jetzt meerblau schimmernden Augen fast flehend.

„Sag es, er… er ist doch nur noch ein Schatten in deinem Herzen! Sag es mir, Amélie, jetzt!"

Amélie, noch im Bann seiner bezwingenden Stimme, die ihr im Lied seine Liebe gestanden hatte, seiner zärtlich flackernden Augen, empfand den Druck seiner Lippen, die sich verlangend auf ihre nackten Schultern pressten, wie glühende Male. Unwillkürlich spürte sie die wohlbekannten Schauer, gegen die sie machtlos war, ihren Körper durchrieseln.

„Ja, Fabre, ja…", es kam über ihre Lippen, ohne dass sie es wollte und er ließ sie mit einem erleichterten und triumphierenden Lächeln los und stürzte das frisch eingeschenkte Glas Champagner mit einem Satz hinunter.

2. Kapitel
Ein unerwarteter Gast

In Wien, im dämmrigen Salon einer prächtigen Barockvilla in der Nähe der Hofburg, saß die Marquise Madeleine de Bréde mit gesenktem Kopf vor ihrem kleinen, spielerisch mit Ornamenten verzierten Sekretär. Die verhängten, wuchtigen Spiegel, die zugezogenen Vorhänge, die die hellen Strahlen des sonnigen Morgens aussperrten, verliehen dem hohen Raum eine gewisse Intimität und zugleich einen Hauch von spürbarer, gewollter Tristesse. Der mit kostbaren, französischen Antiquitäten, vergoldeten Louis XV Möbeln und wundervollen Gemälden ausgestattete Raum ließ ahnen, dass sein Besitzer ein passionierter Kunstsammler war, dem ein nicht unbeträchtliches Vermögen gestattete, sich diesem Vergnügen uneingeschränkt hinzugeben.

Madeleine betrachtete mit versteinerter Miene das blaue Briefpapier, das vor ihr lag, die schwarz umrandeten Trauerkarten, sie sah auf ihre eigenen schönen, schrägen Schriftzüge mit den verschnörkelten, lang gezogenen Endungen, denen man trotz aller korrekten Linien anmerkte, dass ihre Hand gezittert hatte. Wie sollte sie nur so etwas Unfassbares wie den Tod ihres Mannes in Worte kleiden? Sie presste das Taschentuch gegen die pochenden Schläfen, unterdrückte ein Schluchzen und wischte sich neue Tränen aus den Augenwinkeln. Entschlossen tauchte sie dann die Feder erneut in die Tinte und ließ sie rasch und wie von selbst über die angefangene Seite gleiten.

„Madame", die leise Stimme des Mädchens, das beim Eintreten knickste, drang nur von ungefähr in ihr Bewusstsein. „Madame", nach den ersten schüchternen Versuchen erhob die Zofe ihre Stimme beim dritten Anlauf so laut, dass Madeleine zusammenschreckte.

Die Spitze der Feder brach auf dem Papier unter dem heftigen Druck ihrer Hand und hinterließ einen hässlichen, dunklen Tintenfleck.

„Ich sagte Ihnen doch, dass ich nicht gestört sein möchte!" Ihre sanfte Stimme bekam einen belegten, fast aufschluchzenden Unterton.

„Ja, aber... der Herr lässt sich nicht abweisen - es sei sehr dringend!" Eine Pause entstand, in der die Zofe sie unschlüssig und mitleidig anblickte.

„Fragen Sie, wer dieser Herr ist und was er wünscht."

Madeleine versuchte mit der silbernen Löschpapierrolle den Schaden zu beseitigen, dann gab sie es auf und knüllte die angefangene Seite resignierend zusammen.

Sicher wieder ein Besucher, der ihr seine Aufwartung machen wollte, mit einer jener Beileidsbezeigungen, die kein Ende nehmen wollten, seit der schrecklichen Stunde als Alphonse, ihr Mann, aus heiterem Himmel leblos in ihren Armen zusammengebrochen war. Der schmerzliche Gedanke daran trieb ihr erneut Tränen in die Augen und sie senkte den Kopf. Ach, es brach ihr das Herz, wenn sie daran dachte, dass er nicht mehr war! Dieser ungewöhnliche Mann hatte sie geliebt und zu seiner Frau gemacht, sie, die unscheinbare und schüchterne Gouvernante der Familie d'Emprenvil auf Schloss Valfleur! Nicht im Traum hätte sie damals daran gedacht, dass dieser kultivierte, vermögende Marquis sich über alle Standesvorurteile hinwegsetzen, sie um ihre Hand bitten und ihr alles, was er besaß, zu Füßen legen würde!

Mit einem tiefen Atemzug, der wie ein Stöhnen klang, schloss sie für einen Augenblick die Augen, als müsse sie sich genau an alles erinnern. Ach, nur so wenig Zeit war ihnen gemeinsam vergönnt gewesen – eine kurze Spanne auf Erden, in der sie zusammengewachsen und eine Einheit geworden waren. Die schier unglaubliche Symbiose zweier Menschen, eine Art Seelenverwandtschaft, die weit über das, was Mann und Frau gewöhnlich bindet, hinausging, war ihnen beiden vom Schicksal nur für eine kleine Weile gewährt worden. Was hatte sie an seiner Seite nicht alles gesehen, nicht alles gelernt! Ihr Leben lang würde sie sich an die Reisen durch das zaubervolle, blütenreiche Italien ins antike Rom erinnern, die sommerduftenden Abende am Ufer des Meeres und die Stunden, in denen sie einander bis in die Nacht hinein vorlasen, in denen Alphonse Gedichte rezitierte – nun waren sie vorbei, wie eine flüchtig vorbeiziehende Wolke eines schönen, nicht festzuhaltenden Traums, der sich in den unwirklichen Sphären des Himmels verliert. Und zum ersten Mal in ihrem Leben hatte sie sich wirklich geborgen, verstanden und geliebt gefühlt. Warum musste das Glück immer nur so kurz sein!

Alphonse hatte niemals von seinem Leiden gesprochen, es immer überspielt und wenn sie ihn erschrocken fragte, was ihm fehle, wenn er sich plötzlich mit fahlem Gesicht an die Brust griff und seinen Körper wie im Krampf nach vorne neigte, hatte er immer Ausflüchte gefunden. Er wollte sie nicht beunruhigen, sie, die junge Frau nicht mit den Wehwehchen eines alternden, kranken Mannes belasten, wollte in der Rolle des Beschützers, des Stärkeren bleiben. Es gab nur geheimnisvolle Tropfen, die sie ihm reichen musste und die die bedrohliche Situation sofort milderten. Aber beim letzten Mal war ihre Wirkung nicht eingetreten.

„Der Name des Herrn ist Jean Lavallier", das Mädchen wagte einen erneuten Versuch und riss sie aus ihren Gedanken. „Er lässt sich nicht abweisen… er sagt, er sei ein guter Bekannter."

„Lavallier?" Madeleine, aus dem Strom der Erinnerungen auftauchend, seufzte tief auf. „Nie gehört. Sagen Sie, ich wäre auf keinen Fall zu sprechen, da ich noch nicht angekleidet bin. Er soll etwas Schriftliches hinterlassen."

Sie nahm eine neue Feder aus dem samtenen Etui und beugte sich erneut über die Trauerkarten. Aber noch bevor das Mädchen diese Nachricht überbringen konnte, hatte sich der Angekündigte einfach an ihr vorbeigedrängt.

„Madeleine…, bitte erschrecken Sie jetzt nicht", der sonore Klang einer Stimme, die ihr nur allzu vertraut war, holte die junge Frau blitzartig aus der Versunkenheit und Feder und Papier entglitten raschelnd ihren Händen und fielen zu Boden. Mit weit aufgerissenen Augen starrte sie den aufdringlichen Besucher an, der wie eine Erscheinung aus der Vergangenheit plötzlich vor ihr stand.

„Oh Gott…" Sie sprang so abrupt auf, dass sich die Schleppe ihres seidenen Morgenkleides in ihrem Absatz verhakte und einen hässlichen Riss bekam, „das ist doch nicht möglich…", stammelte sie und fuhr sich mit der Hand über die Stirn, als müsse sie eine Vision fortwischen. „Monsieur Richard…. Graf de Montalembert…sind Sie es wirklich? Ich – wir alle glaubten, Sie …seien tot!"

„Pssst!" Der Eingetretene machte eine abwehrende Geste und legte für eine kurze Sekunde den Finger auf den Mund. „Mein offizieller Name ist Lavallier, Jean Lavallier!"

Madeleine sah den Mann im blauen Offiziershabit mit ungläubigem Staunen an, während ihr das Blut ins Gesicht schoss. Gab es eine solche Ähnlichkeit oder sah sie plötzlich Gespenster? Nein, es war kein Zweifel möglich: Wie ein Wesen aus einer anderen Welt stand er vor ihr: Graf de Montalembert, der zum Tode verurteilte Ehemann Amélies, deren Jugend sie als Erzieherin auf Schloss Valfleur begleitet hatte! Sie traute ihren Augen immer noch nicht; ihr war, als müssten ihr die Sinne schwinden, so sehr überflutete sie mit einem Mal die Erinnerung an ihr vergangenes Leben, die Zeit als Gouvernante in der Familie des Baron d'Emprenvil mit all den Menschen, die ihr auf Valfleur so sehr ans Herz gewachsen waren, bevor sie in den tödlichen Strudel der Revolution gerieten. Nur ihr Schützling, ihre geliebte Amélie, und ihr Bruder Patrick, als Adjutant des königlichen Bruders, dem Grafen von Artois, hatten damals überlebt. Amélie war die Frau eines Abgeordneten der neuen Republik geworden, während Patrick mit dem Grafen ins Exil nach Koblenz flüchtete. Heiß durchströmte es ihr Herz, als für einen Augenblick lang das ausdrucksvolle Antlitz des Baron d'Emprenvil vor ihren Augen stand, ihre unerfüllte erste Liebe, in deren Bann sie so viele Jahre gelebt und gelitten hatte! Etwas in ihr war für immer zerbrochen, als der Baron nach einer abenteuerlichen Flucht aus dem Gefängnis ums Leben gekommen war! Sie schwankte, aber der unerwartete Gast nahm ihren Arm und stützte sie.

„Entschuldigen Sie Madeleine, oder sollte ich eher sagen, Madame la Marquise, dass ich sie so erschrecke, aber… ich konnte nicht anders."

Die Marquise de Bréde, ehemalige Mademoiselle Dernier, packte fest seine Hand, um Halt zu finden und sah ihn forschend an. Er hatte sich verändert, sein Gesicht war schmal und ernst geworden, der Ausdruck seiner Augen besaß nicht mehr den strahlenden Glanz, die glühende Begeisterung des jungen Grafen, doch sein immer ein wenig skeptisch scheinendes Lächeln, der treue, aufrichtige Blick seiner blauen Augen in den gereiften und männlicher gewordenen Zügen unter der Welle des straff nach hinten gekämmten, dunkelblonden Haares waren gleich geblieben. Madeleine, an allen Gliedern bebend, versuchte krampfhaft ihre Fassung wieder zu gewinnen. Er war es, er lebte, daran bestand jetzt kein Zweifel mehr.

„Graf", sie verbesserte sich, „ich meine… Monsieur Lavallier, treten Sie doch näher!"

Gefasst, doch mit Lippen, die ihre Farbe verloren hatten, bat sie den Gast durch eine Handbewegung in den Erker des hinteren Raums. „Marie, lassen Sie uns bitte allein und schließen Sie die Tür!"

Sie zog Richard zu einem kleinen Tisch, der halb von einem pastellig bemalten Paravent verdeckt war. „Graf de Montalembert! Ich kann es kaum fassen - sind Sie von den Toten auferstanden? Wir glaubten Sie verurteilt…, hingerichtet bei den Septembermorden in der Salpétrière! Und Amélie…, sie hat sehr viel durchgemacht. Wissen Sie, dass sie wieder geheiratet hat?"

„Ja," unterbrach de Montalembert sie mit finster zusammen gezogenen Brauen, „das hat mich am meisten getroffen…" Seine Stimme wurde brüchig und er musste sich räuspern, bevor er fortfuhr. „Aber lassen Sie mich vorerst meine jetzige Lage erklären: Es ist wahr, offiziell bin ich für tot erklärt – doch wie Sie sehen, erfreue ich mich glücklicherweise guter Gesundheit. Ich konnte meinem Schicksal entkommen - die genauen Umstände, warum ich noch lebe, dürften jetzt zu weit führen! Einige Vertrauensleute – auch Ihr verstorbener Mann - waren genauestens über mein Schicksal unterrichtet."

Er machte eine kleine, unschlüssige Pause und senkte bewegt seine Stimme. „Entschuldigen Sie, dass ich Ihnen nicht gleich mein zutiefst empfundenes Beileid ausgesprochen habe!"

Madeleine war außerstande zu antworten und so sprach er leise weiter. „Sie können nicht wissen, was der Tod Ihres Mannes auch für mich bedeutet! Ich stand mit ihm in dauernder Verbindung – er hat mir sehr viel geholfen. Doch es war sein Wunsch, Sie mit dieser Geschichte nicht zu behelligen. Ich musste es ihm versprechen! Er wusste nur zu gut, wie sehr Sie unter der Trennung von… Amélie litten!"

Er hielt ein und versuchte, seine Bewegtheit zu verbergen. Madeleine lauschte wie erstarrt, sie nickte stumm und ihre Züge waren wie aus Wachs. „Sie können mein Verhalten verurteilen oder nicht – aber ich habe alles getan, um Amélies Leben zu retten", fuhr er gefasster fort, „dazu gehörte auch, dass ich im Dunkeln blieb. Ich wollte mich erst mit Amélie in Verbindung setzen, wenn sich der Sturm über meine Verurteilung gelegt hatte. Doch dann kam alles anders: Man brachte Amélie als Ehefrau eines hingerichteten Staatsfeindes und Royalisten ebenfalls ins Gefängnis! Dort geschah etwas für mich völlig Unerwartetes: Fabre d'Églantine, dieser skrupellose Emporkömmling, erkannte die Chance seines Lebens."

Seine Miene verzerrte sich, bevor er, nach Fassung ringend, weitersprach. „Es gelang ihm, Amélie zu einer überstürzten Heirat zu zwingen, um mein Vermögen und auch das Erbe ihrer Eltern an sich zu reißen!" In einer verzweifelten Abwehrbewegung ballte er die Faust. „Ich konnte es nicht mehr verhindern!" Er schlug die Hände vor die Augen. „Glauben Sie mir, Madeleine, all das hat mich fast um den Verstand gebracht!"

Es entstand eine Pause, in der Madeleine nach Worten suchte. Doch dann war es de Montalembert, der hastig fortfuhr: „Später erkannte ich jedoch, dass Amélie unter dem Schutz d'Églantines vorerst in Sicherheit war. Ich bin überzeugt, dass sie niemals seine Frau geworden wäre, wenn sie erfahren hätte, dass ich noch am Leben bin."

Seine Stimme erstickte, er ging zum Fenster und schob die Vorhänge beiseite. Mit feuchten Augen starrte er hinauf zum Himmel, der von dunklen Wolken überzogen war. Ein tiefes Schweigen entstand, in dem nur das Summen einer verirrten Fliege an den Scheiben zu hören war.

Madeleine sank mit geschlossenen Augen schwer atmend zurück in den weichen Lehnsessel. Ihr schwindelte und ihr Kopf schmerzte.

„Ist Ihnen nicht wohl?"

De Montalembert musterte sie jetzt mit besorgter Miene.

„Entschuldigen Sie den Überfall, mein egoistischer Bericht in dieser ungünstigen Stunde eines für Sie so tragischen Ereignisses - aber ich konnte ja nicht ahnen, dass der Marquis so schnell…" Er stockte und Madeleine nickte nur.

„Das hat wohl niemand erwartet. Ich selbst bin noch wie betäubt", murmelt sie fast unhörbar, „bitte lassen Sie mir ein wenig Zeit." Mit einem raschen Entschluss nahm sie die silberne Klingel und läutete.

Das Mädchen erschien nach einer Weile, in der sie sich schweigend gegenüber gesessen waren, stellte ein Tablett mit heißer Schokolade sowie eine Porzellanschale mit Gebäck auf den Tisch und entfernte sich knicksend.

Nachdem Madeleine vorsichtig ein paar Schlucke des heißen Getränks genommen hatte, atmete sie tief ein und heftete ihren von Trauer verschatteten Blick auf die Uniform ihres Gegenübers.

„Sie stehen in schwedischen Diensten, wie ich sehe!"

Richard zögerte: „Die Kleidung dient nur dazu, meine Spur zu verwischen. Ich gehöre zu den ‚Chevaliers du Poignard', der geheimen Kampftruppe unseres hingerichteten Königs. Wir haben uns das Ziel gesetzt, Marie Antoinette aus dem Kerker zu befreien und die Monarchie wieder herzustellen. Ihr und ihrem Sohn, dem künftigen Ludwig XVII, gebührt der Platz auf dem Thron und nicht den Republikanern, die das Volk ins Verderben führen!" Er sandte ihr einen beinahe hochmütigen Blick. „Nur wenn ich all meine Rechte zurück erlangt habe, kann ich wagen, vor Amélie zu treten… dann wird es an ihr sein, eine Entscheidung zu treffen…"

Er brach ab und senkte die Augen vor dem zweifelnden Blick Madeleines.

„Und wo haben Sie sich bisher verborgen gehalten, Graf?"

„Verzeihen Sie mir, wenn ich mich in diesem Punkt in Schweigen hülle! Auf jeden Fall musste ich meine Identität von Zeit zu Zeit wechseln, um im Schatten zu bleiben."

Madeleine begann plötzlich zu zittern, Kälte stieg in ihr auf und sie schloss in einem erneuten Schwächeanfall die Augen. Hilfesuchend griff sie nach der Hand des Besuchers und bat mit erstickter Stimme nach einer kleinen Pause.

„Entschuldigen Sie, Graf – ich fühle, dass all dies über meine Kräfte geht! Lassen Sie mir ein wenig Zeit, lassen Sie mich nachdenken, bevor Sie mir weiter berichten! Es ist alles zu viel für mich. Der plötzliche Tod, der Verlust meines geliebten Mannes, die Beisetzung, die ich gezwungen bin vorzubereiten – ich muss versuchen, Fassung zu bewahren. Es werden so viele Leute an der Zeremonie teilnehmen. Wie Sie wissen, stand mein Mann zuletzt zwecks diplomatischer Verhandlungen mit Frankreich als eine Art geheimer Botschafter in den Diensten des österreichischen Kanzlers Thugut, dem Vertrauensmann Kaiser Franz II. Er hatte Einfluss und mächtige Freunde in Paris…"

„Sehen Sie, gerade diesen Einfluss wollte ich nutzen", unterbrach de Montalembert erregt, „darum bin ich gekommen. Aber unglücklicherweise zu spät!" Die Enttäuschung ließ seine Züge hager und abgezehrt wirken.

Madeleine war außerstande zu antworten. Zutiefst ermattet lehnte sie jetzt in den Polstern. Richard erhob sich nach einer Weile und sah mitleidig auf sie herab.

„Verzeihen Sie, Madeleine – ich verstehe, die Situation ist denkbar ungünstig. Es tut mir von Herzen leid, dass ich diesen tragischen Moment gewählt habe. Aber ich verspreche Ihnen, wiederzukommen!" Er verbeugte sich förmlich. „Gott gebe Ihnen Kraft für die kommenden Tage."

Mit wenigen Schritten und noch bevor Madeleine etwas entgegnen konnte, war de Montalembert an der Tür, neigte noch einmal den Kopf in ihre Richtung und entfernte sich.

Wie betäubt sah Madeleine ihm nach, unfähig zu irgendeinem Wort oder einer Geste. Doch dann völlig unvermittelt, wie ein Schatten aus der Vergangenheit, tauchten die geliebten Züge Baron d'Emprenvils vor ihr auf, sein leuchtender Blick, der sie einst dahinschmelzen ließ, die Art, wie er ihr mit einem lässigen Augenzwinkern gebot: „Versprechen Sie mir, immer auf meine Amélie aufzupassen…, sie ist so ein wildes Kind!"

Mit einem Ruck sprang sie auf und ein Schrei löste sich aus ihrer Brust: „Graf – bleiben Sie!" Sie lief hinaus. „Marie, versuchen Sie den Herrn noch einzuholen."

Die Zofe sprang die Treppen hinunter, kehrte aber schon nach ein paar Minuten atemlos zurück und zuckte bedauernd die Achseln. „Er ist fort, Madame la Marquise!"

Madeleine sank enttäuscht in ihren Sessel zurück. Mit leerem Blick streifte sie den Stapel Trauerkarten und ein trockenes Schluchzen erschütterte ihre Brust.

3. Kapitel
In der Conciergerie

Seit der Stunde, in der Amélie das geheimnisvolle Medaillon mit dem an-rührenden Brief Richards in der Hand gehalten hatte, war die Welt für sie völlig verändert. Immer wieder hämmerte es in ihrem Kopf: „Er lebt! Er ist nicht tot! Er wartet irgendwo auf dich, in dieser großen Stadt!" Aber wie konnte sie ihn finden? Es war so wenig, was sie von Manon erfahren hatte – und sie wollte doch die ganze Wahrheit wissen! Unzählige Fragen brannten in ihrem Herzen, so viele Einzelheiten konnten wichtig sein und sie zu ihm führen!

Am nächsten Tag schien es nicht möglich, ungesehen das Haus zu verlas-sen, um in die Conciergerie zu fahren - und auch nicht am übernächsten. Fabre war wachsam, er ließ sie keinen Augenblick allein und beobachtete eifersüchtig und mit Argusaugen, wie sie sich verhielt. Amélie fühlte, wie Ungeduld und Verzweiflung in ihr hochstiegen, wenn sie blicklos und ohne zu wissen, was sie las, auf die Zeilen eines Buches starrte, während Fabre, der in seinen Akten blätterte, sie zu durchschauen schien.

Am Abend, als Fabre wie gewohnt zum Theater gefahren war, flüchtete sie sich in die anliegenden Kinderzimmer und schickte das Mädchen hi-naus. Die Kleinen waren noch wach und warteten auf ihre Gute-Nacht-Ge-schichte. Der rotblonde Schopf von Sophie-Benedicte, dem Kind Richards, tauchte neugierig zwischen den Kissen auf.

„Maman? Lesen Sie uns heute selbst vor?" Sie hob lachend ein grob ge-zeichnetes Bilderbuch mit beweglichen Figuren hoch, das auf ihrer Bettde-cke lag. „Schauen Sie, das Bilderbuch der Revolution! Und so werden die Köpfe abgemacht! Ganz wie in echt, nicht wahr?"

Amélie sah entsetzt auf die Papierguillotine, die blasiert gezeichneten Ari-stokraten die Köpfe abknickte. Rasch nahm sie das Buch Sophie fort.

„Wie schrecklich! Wer hat dir denn das gegeben?"

Sophie zog die kleine Stirn kraus und sah sie trotzig an.

„Das ist ein Geschenk von Papa! Ich finde es sehr lustig! Geben Sie es mir zurück!"

„Das ist nichts für dich. Siehst du nicht, wie grausam das ist?"

Sophie, bereits müde, begann laut zu quengeln.

„Wieso denn? Ich will es aber haben! Das ist mein Buch!"

Der erst ein paar Wochen alte Philippe-François erwachte in seinem Bett-chen und schien sie mit den Augen Fabres aufmerksam anzusehen. Aurélie, die schon ihr eigenes Zimmer hatte, kam mit ihrer Puppe im Arm angelaufen, um zu sehen, was es gäbe.

„Hör mit dem Geheule auf!", fuhr sie die jüngere Schwester an. „Du darfst auch mit meiner Puppe spielen!"

Augenblicklich verstummte Sophie und streckte die Arme nach dem kostbaren Gut, der blondgelockten Porzellanpuppe mit den echten Wimpern und rosa Ballkleid, aus. Noch nie hatte Aurélie ihre Lieblingspuppe aus der Hand gegeben, sie durfte sie nicht einmal anrühren! Achtsam strich sie über die matten Porzellanwangen und den rotbemalten Mund und setzte sie neben ihr Kissen, um sie ganz genau zu betrachten. Aurélie schmiegte sich inzwischen zärtlich in die Arme der Tante.

„Sophie ist doch noch so dumm!" sagte sie altklug, „Ich würde niemals ein Buch mit so hässlichen Bildern ansehen. Hier", sie nahm eines der alten Märchenbücher, „das mag ich viel lieber!"

Amélie drückte das Mädchen, das ihr beinahe näher stand als ihre eigenen Kinder, gerührt an ihre Brust, öffnete das Buch und begann mit einer Geschichte.

Als die Kleinen nach und nach müde wurden und in tiefen, selbstvergessenen Schlaf sanken, horchte Amélie noch lange auf ihren regelmäßigen, beruhigenden Atem und sah gedankenvoll durch das Fenster in die Dunkelheit hinaus. Ihr war plötzlich eine Idee gekommen, die ihr so einfach schien, dass sie sich wunderte, dass sie nicht gleich daran gedacht hatte! Neue Hoffnung erfüllte sie. Die Pendeluhr schlug mehrmals, ohne dass sie sich entschließen konnte, sich niederzulegen und die Stunden schienen zäh und langsam bis zum Morgen zu vertropfen.

Es war noch dämmrig, als das monotone Klappern der Pferdehufe auf dem unebenen Straßenpflaster ertönte. Amélie, im Fond ihrer Kutsche, hüllte sich fröstelnd in ihren wärmenden Samtumhang und betrachtete die Straßenkehrer, die sich mit gleichgültiger, unausgeschlafener Miene mühten, die Reste und Abfälle der Nacht fort zu räumen. Ein bleiches Licht begann, die Stadt in das besondere, schieferfarbene Pariser-Grau zu tauchen, welches sämtliche Gebäude, Straßen und Dächer mit dem Himmel verschwimmen zu lassen schien. Eine Art Ernüchterung lag über den Mauern, wie am Morgen nach einem großen Fest, von dem man viel erwartet, das aber letztendlich wie ein Feuerwerk verpufft.

Amélie war es, als sähe sie das alles zum ersten Mal, als hätte sie bisher die Augen verschlossen vor der Brutalität, mit der jeden Tag zu neuen Hinrichtungen gerüstet wurde. War nicht das ständige Fallen des Beiles, die Reaktionen der Opfer schon zu einem alltäglichen Schauspiel geworden, an dem die meisten Zuschauer nur noch teilnahmen, wenn es bekannte Namen gab? Die Abgebrühten schlossen sogar Wetten ab, wie der eine oder andere sterben würde und der Tod wurde zur Mutprobe, bei der man sehen konnte, wie es war, wenn die verhassten Aristokraten ihren letzten Seufzer taten.

Amélie versuchte, die trüben Gedanken beiseite zu wischen. Sie wollte die Gelegenheit der frühen Stunde nutzen, eine Zeit, in der Fabre nach seinen nächtlichen Gelagen mit den Theaterleuten gewöhnlich noch schlief. Die Geschäfte waren geschlossen, nur einige Bistros ließen durch den Schein ihrer matten Lampen erkennen, dass man sich hier mit ein paar Gläsern billigem Schnaps das Nachdenken darüber erleichtern konnte, ob mit dem Tode des Königs etwas gewonnen war. Die Kutsche näherte sich nun dem Quai de l'Horloge der Île de la Cité und die Pferde verlangsamten den Schritt vor dem düsteren, mittelalterlichen Gebäude der Conciergerie, die sich abweisend, mit verdunkelten und vergitterten Fenstern zum grauen Himmel streckte. War es nicht doch noch zu früh? Die wuchtigen Türme des Gefängnisses waren selbst am Morgen von einem doppelten Trupp Soldaten bewacht und das Gelände bis zum Ufer der Seine abgesperrt. Ein wenig beunruhigt wies Amélie den Kutscher Marius an, in einiger Entfernung unter den dichten Kastanienbäumen an der Place Dauphine zu halten und dort auf sie zu warten. Sie stieg aus dem Wagen und verharrte eine Weile am nebligen Seinekai, bevor sie weiterging. Mit diesem Aufgebot an Garden hatte sie nicht gerechnet! Das Gerücht, die Königin sei vom Temple hierher überführt worden, schien sich zu bewahrheiten und erklärte die Verschärfung der Sicherheitsvorkehrungen. Die Soldaten ließen die junge Frau, die ihnen großzügig einen Geldschein in die Tasche stopfte, jedoch grinsend passieren.

Ein verschlafener Portier glotzte misstrauisch aus seinem Wärterhäuschen. Er schien unsicher, die Besucherin zu so früher Stunde durchzulassen. Seit die berühmteste Gefangene von Paris dieses Haus bewohnte, konnte man sich eben keinen Fehler mehr erlauben.

„Der Hauptmann ist noch nicht da", beschied er ihr, mürrisch über die ungewohnte Störung, „kommen Sie um elf Uhr wieder, da gibt es Rapport."

„Ich bleibe hier und warte", beharrte Amélie eigensinnig und setzte sich entschlossen auf das schmale Steinbänkchen vor der Pforte. „Sie sehen doch, ich habe einen Passierschein zu jeder Stunde. Und ich will nicht zur Königin, sondern zu einer guten Freundin. Erst vor ein paar Tagen habe ich sie besucht und heute möchte ich sehen, ob sie eine bessere Zelle bekommen hat. Sie würden es nicht bereuen, wenn Sie mich jetzt gleich durchlassen."

Sie winkte mit ein paar Scheinen und der Wärter schielte, jetzt völlig wach geworden, mit gierig auffunkelnden Augen auf das Geld, als wolle er abschätzen, wie viel es sein könnte. Er lockerte seinen Kragen und befühlte seinen Hals. Noch trug er ihn auf den Schultern, aber es gehörte heute wahrlich nicht viel dazu, ihn ganz auf die Schnelle zu verlieren. Zweifelnd schüttelte er den Kopf.

„Madame... noch vor ein paar Tagen wäre das alles kein Problem gewesen... aber jetzt! Das Reglement ist strenger geworden - es gibt Gerüchte, man wolle die Königin entführen."

„Pah!", Amélie sah ihn verachtungsvoll an. „Sehe ich so aus, als wäre ich dazu in der Lage? Glauben Sie, dass ich sie auf meinen Armen heraustragen könnte! Das ist doch geradezu lächerlich."

Man sah dem Pförtner an, wie krampfhaft er nachdachte, wie hinter seiner niedrigen Stirn die Gedanken träge hin und her gingen. Er kratzte sich unschlüssig am Kopf. „Sie besuchen also Ihre gute Freundin...", wiederholte er schwerfällig, „aber warum so früh?"

„Das kann ich Ihnen leicht erklären", antwortete Amélie leichthin, „ich habe einen eifersüchtigen Ehemann, der mich zu Hause einsperrt, weil er überall einen Liebhaber vermutet. Jetzt schläft er... Sie verstehen?" Sie warf dem Pförtner einen schmelzenden Blick unter halb gesenkten Wimpern zu und der sich geschmeichelt fühlende Tölpel lachte komplizenhaft auf.

„Also eher ein... Freund? Hätte ich mir doch gleich denken können!" Amélie schlug treuherzig die Augen zu ihm auf, seufzte vielsagend und setzte sich wieder auf die harte Steinbank, die Augen bittend auf den Pförtner geheftet, der sich in seiner Loge plötzlich ein wenig unwohl fühlte. Man sollte ihm nicht nachsagen, er habe kein Herz für eine schöne Frau! Obendrein zog ihn das Bündel Assignaten, das sie wie zufällig noch in der Hand hielt, magnetisch an. Er hatte sowieso kaum zu beißen, von dem schmalen Lohn, den man ihm zahlte. Einer der Beschließer, die auf den Gängen postierten, würde sie kurz hineinführen und ehe die Conciergerie richtig zum Leben erwachte, wäre sie schon wieder draußen.

„Warten Sie. Will mal sehen, ob sich etwas machen lässt."

Er erhob sich und schlurfte zu dem halb eingenickten Soldaten, der am Eingangstor Wache hielt und wechselte ein paar Worte mit ihm. Der sah über die Schulter nach der Wartenden, nickte kurz und trat beiseite, um das Tor aufzusperren.

„Kommen Sie schnell!" Der Pförtner schob sie in den Eingang und riss ihr fast hastig die Geldscheine aus der Hand. „Nicht länger als ein paar Minuten – ich komme sonst in Teufels Küche", warnte er noch, bevor sich das schwere Eingangstor hinter Amélie schloss, die ohne zu zögern hineingehuscht war.

„Manon Roland", der Soldat gab Amélies Worte an den Gehilfen des Aufsehers weiter, der gerade den Gang auskehrte. „Die Dame will nur sehen, ob die Gefangene die bevorzugte Unterbringung erhalten hat. Beeil dich, bevor Mercandier kommt!"

Amélie lief, so rasch sie es vermochte, hinter dem jungen Burschen her, dem es ebenfalls so pressierte, dass er manchmal am hinteren Ende eines Ganges verschwand und sie ängstlich stehenblieb, weil sie bei einer Abzweigung nicht wusste, welchen Weg sie einschlagen sollte.

Dann hörte sie seine hallende Stimme von ferne: „Hier entlang, Madame…"

Es war auch diesmal ein schier kein Ende nehmender Marsch durch verschlungene, dunkle Korridore über Treppen und zu Eisentüren, die aufgeschlossen werden mussten, um den Weg frei zu geben. Schließlich kamen sie in einer der höheren Etagen an, in die das schummerige Licht enger, vergitterter Fenster fiel. Vor einer schweren Holztür hockte auf einem Dreibeinschemel ein seltsames Wesen, ein dunkelhäutiger, buckliger Bewacher, der aus seinen schlitzartig zusammengekniffenen Augen in die hochgehaltene Laterne blinzelte.

„Du, Dimanche?", rief der Gehilfe überrascht. „Was tust du hier?"

Amélie schrak zurück, als sie näher trat. Sie hatte noch nie etwas Hässlicheres gesehen, als diesen schwarzen Zwerg, der sich erhob und den Besuchern fratzenhaft entgegengrinste.

„Ich mache nur meine Arbeit - wie immer!", antwortete er lakonisch und zog den Burschen mit einem misstrauischen Seitenblick auf Amélie beiseite. Die beiden flüsterten mit leiser Stimme eine Weile und aus der Miene des Gehilfen, der sich bald schulterzuckend zurückzog, war unschwer zu erkennen, dass der seltsame Gnom die Zelle Manons bewachte und es nicht so aussah, als wolle er Amélie eintreten lassen. Rasch zog sie ein paar Geldstücke mit verlockendem Klimpern aus dem Beutel, doch der unheimliche Wächter wies sie mit schnarrender Stimme zurück.

„Ich habe Anordnung, niemanden zu Madame Roland zu lassen." Er rückte den Schemel zur Seite, trat ihr in den Weg und richtete sich trotz seines Buckels so gerade wie möglich vor ihr auf.

„Ich bin eine Freundin der Bürgerin Roland", stotterte Amélie einge-schüchtert, „und ich habe einen Besuchsschein!"

„Es ist verboten, die Gefangene zu besuchen!"

Fassungslos schüttelte Amélie den Kopf. „Und warum?"

„Stellen Sie keine unnötigen Fragen, Madame d'Églantine", der Gnom, dessen Augen trotz seines ständigen Grinsen düster flackerten, legte den großen Kopf zur Seite, als sei er zu schwer für seine Schultern, „und ver-schwinden Sie, bevor wir beide Ärger bekommen!"

„Woher weißt du, wer ich bin?" In Amélies Herzen stieg ein leiser Verdacht auf. „Überhaupt hast du kein Recht, mir den Zugang zu verwehren!"

Unbeeindruckt schüttelte der bizarre Zwerg den Kopf und hinkte mit be-drohlich entschlossener Miene geradewegs auf sie zu.

„Zwingen Sie mich nicht zum Äußersten, Madame! Gehen Sie jetzt!"

„Ich denke nicht daran! Wachmann!" Amélie wich aus und wollte sich hilfesuchend zu dem Burschen wenden, der sie begleitet hatte - doch der schien mitsamt seiner Laterne vom Dunkel der Gänge verschluckt.

„Zu Hilfe…" Ihre Stimme erstarb. Obwohl ihr vor Angst fast der Atem stockte, zwang sie sich, stehen zu bleiben und dem abstoßenden Buckligen so furchtlos wie möglich ins Gesicht zu sehen. Sein Gesicht unter dem krau-sen Haaransatz glich einer dämonischen Maske, die sie höhnisch anstarrte. Woher kam dies unheimliche Wesen, das von finsterer Magie umgeben schien?

„Bist du …", sie räusperte sich mit zugeschnürter Kehle, „ein Gefäng-nisspitzel, ich meine, gehörst du zu den berüchtigten ,Moutons', die man hier einschleust, um…"

Der Gnom antwortete nicht, er kam drohend näher und zwang sie dazu, tiefer in den dunklen Gang zurück zu weichen. Amélie kam sich vor wie in einem bösen Albtraum, aus dem sie gerne erwacht wäre. Am ganzen Kör-per schlotternd zwang sie sich zu einem letzten Versuch.

„Madame Roland wird vielleicht schon morgen aufs Schafott geführt! Lass mich zu ihr - nur einen kurzen Moment! Ihr letzter Wille…" Ihre Stimme blieb heiser in der Kehle stecken.

Der Zwerg schien zu zögern.

Der Schein der rauchenden Pechfackel fiel jetzt seitlich auf sein Gesicht, er beleuchtete die von einem Pfuscher von Chirurgen gewaltsam zu den Ohren gestrafften Wangenpartien, die seinen Mund zu einem künstlichen Dauergrinsen verzerrten. Breite, entzündete Narben umgaben seine weit aufgerissenen, rot geäderten Augen. Dann schüttelte er marionettenhaft den zotteligen Kopf und seine Stimme nahm einen gepressten, monotonen Klang an.

„Nur über meine Leiche, Madame! Ich habe bei meinen Auftraggebern den Ruf absoluter Verlässlichkeit!"

„Ich muss aber zu ihr!" Amélie presste wütend und enttäuscht die Lippen zusammen. Von wem sollte sie sonst jemals etwas über Richard erfahren – wo ihn finden? Mit dem Mut der Verzweiflung nahm sie einen Anlauf und drängte sich dicht an dem Zwerg vorbei zur Zelle Manons. Mit den Fäusten hämmerte sie wie wild gegen die eisenbeschlagene Tür und versuchte, durch das vergitterte Guckfenster zu spähen, jeden Augenblick gewärtig, dass der grässliche Zwerg sie von hinten packen und zu Boden reißen würde.

„Manon! Manon, hörst du mich?", schrie sie so laut sie konnte; doch drinnen rührte sich nichts und ihr Schrei hallte echoartig von den feuchten Wänden wider. Erschöpft, brennende Tränen der Enttäuschung in den Augen ließ sie schließlich ab und lehnte sich kraftlos gegen die rauen Mauersteine. Der Zwerg war ihr nicht gleich gefolgt. Er sah ihrem Tun aus einiger Entfernung verächtlich zu und schien sie mit seiner verzerrten Miene geradezu auszulachen.

„Sie sehen doch, es ist zwecklos!"

Das schadenfrohe Grinsen, mit dem er nun auf sie zu trat, ließ Amélie bis in den letzten Winkel ihrer Seele schaudern. Er kreiste sie ein, die Laterne hochhaltend, die sein Gesicht auf so bizarre Weise erhellte, dass es eher einer Karikatur als einem menschlichen Antlitz glich. Amélie starrte ihm wie hypnotisiert ins Gesicht und spürte, wie kalte Angst nach ihrem Herzen griff.

„Gehen Sie endlich – bevor ich Gewalt anwenden muss…"

Mit einer unmissverständlich drohenden Geste kam der Zwerg ihr jetzt so nahe, dass sie glaubte, seinen heißen Atem zu spüren. Instinktiv streckte sie den Arm aus und stieß ihn voller Abscheu so heftig zurück, dass er stolpernd nach hinten taumelte und zu Boden fiel.

„Machen Sie das nicht noch einmal – Sie würden es auf ewig bereuen!", kreischte er wütend und sprang, das wirre, krause Haar zurückwerfend, angriffslustig auf seine kurzen Beine.

Er humpelte direkt auf sie zu, schnitt eine grässliche Fratze, streckte die Zunge heraus und rollte die Augen. Sein schwarzer Schädel glich jetzt einem grinsenden Totenkopf und Amélie wich in unnennbarem Entsetzen zurück. Dieses Wesen schien vor nichts zurückzuschrecken und niemand würde sie in diesem düsteren Gefängnis schreien hören, wenn ihr etwas geschah! Die

Röcke schürzend, hastete sie mit jagendem Puls, immer wieder über unebene Stellen stolpernd und sich manchmal im Halbdunkeln an den feuchten Wänden entlang tastend, den von glimmenden Pechfackeln spärlich erhellten, langen Gang zurück.

Erst als sie Atem schöpfen musste, blieb sie stehen. Schadenfroh hallte das unheimliche, misstönende Gelächter des Zwergs hinter ihr von den Mauern und brach sich als dumpfes Echo in den finsteren, abzweigenden Gängen, die sich in verwirrender Folge vor ihr auftaten. Welchen Weg sollte sie nehmen? Von der muffigen Kellerluft war ihr schwindlig und sie erinnerte sich nicht im Geringsten mehr, aus welcher Richtung sie gekommen war. Feuchtigkeit tropfte von den Wänden und schwarze Kellerasseln und dicke Spinnen huschten eilig über die ausgetretenen Steine und verschwanden in Ritzen und Spalten des alten Bauwerks. Ihr schien, als grinse ihr die Fratze des teuflischen Zwerges aus allen Ecken und hinter bemoosten Pfeilern entgegen; als halle das Ächzen und Stöhnen der hier Eingesperrten aus den Zellen. Mühevoll zwang sie sich, einen Fuß vor den anderen zu setzen, während ihre Ohren vom vermeintlich spukhaft anschwellenden Jammer der Gefangenen und den Gebeten der Verurteilten dröhnten.

Sie blieb nicht stehen, versuchte nicht, durch die eisernen Stäbe der vergitterten Zellen zu schauen. In einer Vision, die unerwartet aus den Tiefen der Vergangenheit in ihrem Gedächtnis auftauchte, sah sie sich plötzlich an der schmutzigen Pritsche ihrer fiebernden Mutter in dem kalten, finsteren Kellerloch stehen, in das das Revolutionsgericht sie geworfen hatte, sie hörte wieder ihre Seufzer und den letzten Hauch ihres Atems. Dieses Bild, das sie monatelang bis in ihre Träume verfolgt hatte, verfehlte auch jetzt ihre Wirkung nicht und verstärkte ihre Angst ins Endlose. Schweißgebadet, wie von überall auftauchenden Dämonen verfolgt, hastete sie jetzt blindlings vorwärts; sie stolperte über eine Stufe und prallte schließlich mit den Schultern heftig gegen ein verschlossenes Eisentor. Ihr war, als hielte sie jemand fest, als sich ihr Spitzenärmel an einem rostigen Nagel verfing. Mit einem ratschenden Geräusch gab der Stoff nach und sie rüttelte in Panik an dem rauen Eisen, als wäre ihr der Henker auf den Fersen.

„Hilfe", schrie sie gellend, „zu Hilfe! Hört mich denn hier niemand!"

Es war, als sei sie selbst eingesperrt und drohe zu ersticken. Nackte Angst würgte sie und ihr Herz klopfte so rasend, als wolle es die Brust sprengen. „Maman!", rief sie hilflos, „Maman!" Schluchzend rutschte sie auf dem glitschig nasskalten Boden aus, schlug mit dem Kopf gegen eine Stufe und verlor das Bewusstsein.

Der Stephansdom ragte hoch und majestätisch gen Himmel, als de Montalembert zusammen mit Graf Axel von Fersen das Dîner bei dem Fürsten von Steinheim verließ. Die umliegenden Häuser duckten sich in den Schatten des Doms, als wenn sie um den Einfall der rachedürstenden, aufgebrachten Franzosen bangten, der Nation, die sich gegen den Absolutismus so einmütig erhoben hatte, und vor dem die Mächtigen der Welt nicht wussten, ob sie es fürchten oder lächerlich finden sollten. Was war von diesem revoltierenden Volk noch zu erwarten, nachdem es seiner Wut gegen die Obrigkeit Luft gemacht und seinen König gemordet hatte? Erst heute war in allen Zeitungen zu lesen gewesen, dass man unerwartet die Königin aus dem Turm des Temple in das strenger bewachte Gefängnis der Conciergerie gebracht hatte! Graf von Fersen war außer sich: Die verehrte und geliebte Frau hinter diesen tristen Mauern! Nun befand sie sich in unmittelbarer Lebensgefahr!

Den ganzen Abend hatte man im Palais Steinheim über die unsichere Lage und die widersprüchlichen Nachrichten aus Paris diskutiert. Mit Tränen in den Augen hatte Fersen die Forderung gestellt, ein starkes Kavalleriecorps nach Paris zu schicken! Die Gelegenheit wäre günstig, keine Armee würde im Augenblick den Weg versperren; man könnte Marie-Antoinette mit Gewalt befreien oder sich zumindest auf Verhandlungen mit dem Konvent auf Basis eines Lösegeldes einlassen! Sein Vorschlag stieß jedoch auf eisige Ablehnung und nach all den kühlen Diskussionen und blutleeren Vorschlägen war das sonst so ruhige Gemüt Graf von Fersens von heißer Wut erfüllt. Außer sich, erregt und kaum Herr seiner Sinne, machte er seinem Unmut Luft.

„Diese farblosen, feigen Bürokraten! Sie können sich nicht entschließen zu handeln!" Von einem Gefühl machtloser Verzweiflung eingeholt, hielt er inne, sah hilflos zu dem eher schweigsamen und in sich gekehrten Richard hinüber, der ohne ein Wort zu sagen, gedankenversunken neben ihm herschritt. Dann brach es aus ihm heraus: „Wenn wir nichts unternehmen, wird es bald zu spät sein!"

De Montalembert nickte entmutigt und seufzte. „Ja, der Marquis de Bréde wäre der ideale Unterhändler gewesen – er kannte Danton gut aus früheren Zeiten. Aber jetzt ist er tot! Und die Revolutionsaufstände, denen wir nur wenige Monate gegeben haben, nehmen ungeahnte Dimensionen an…"

„Ich weigere mich aufzugeben – es bleibt uns noch das letzte Mittel, die Entführung! Wir müssen Marie Antoinette aus dem Kerker befreien!"

Von Fersen winkte einer Mietdroschke, die langsam herbeigerollt kam.

„Ich bin dafür, dass wir die Aktion ‚Ass – Karte' sofort starten! Was mich betrifft, so bin ich zu allem bereit! Und ich bin nicht der Einzige, der so denkt – die Chevaliers du Poignard, die Gutsherren aus der Vendée und der Brétagne warten doch nur darauf loszuschlagen, ihre Treue zu beweisen! Die Befreiung der Königin würde sie beflügeln!"

De Montalembert sah ihn fragend an: „Du hast recht – aber womit sollen wir die richtigen Leute auf unsere Seite bringen? Wo die Mittel hernehmen, jetzt wo unser Geldgeber, der Marquis de Bréde nicht mehr lebt!"

Von Fersen blieb nachdenklich stehen und murmelte: „Es gibt da jemanden, einen gewissen Baron de Batz! Eine etwas mysteriöse Figur, über die viele Gerüchte im Umlauf sind. Kennst du ihn?"

Richard schüttelte den Kopf. „Ich habe diesen Namen noch nie gehört!" „Der verstorbene Marquis de Bréde war eng mit ihm befreundet! Und de Batz soll ein sehr vermögender Mann sein, wagemutig und einem gefährlichen Abenteuer nicht abgeneigt. Wir könnten versuchen, ihn für diese Sache zu gewinnen. Vielleicht kennt ihn die Marquise?"

„Aber wir bräuchten auch jemanden, der die Königin überzeugt, der Entführung zuzustimmen!", gab Richard zu bedenken.

In den Augen von Fersens glühte ein düsteres Feuer. „Das kannst du mir überlassen!" Der Kutscher öffnete jetzt den Schlag seines Gefährts und von Fersen sprang auf das Trittbrett. „Morgen Abend, im Palais de Bréde werden wir die Marquise einweihen. Sie muss uns mit dem geheimnisvollen Baron bekannt machen!"

De Montalembert nickte halbherzig und hob grüssend die Hand, als die Kutsche langsam davonfuhr. De Batz! Was für ein seltsamer Name! Wie sollte dieser Unbekannte die Summen für eine solch weitgreifende Verschwörung aufbringen?

4. Kapitel
Gefährliche Liebschaft

Das Zimmer lag beinahe im Dunkeln und nur das unstete Flackern eines hell brennenden Kaminfeuers warf züngelnde Reflexe auf die Hand des jungen Mannes, der die Feder zuerst langsam, dann jedoch immer schneller über das Papier führte.

„Meine liebe Amélie, werte Schwester! Wie lange ist es her, dass wir uns weder gesehen – noch voneinander gehört haben! Doch glaube mir – nicht einen Augenblick habe ich dich und unsere wundervolle Kindheit vergessen! Nach dem Unglück, das unsere Familie getroffen hat, der Umwälzung aller Werte ..."

Patrick d'Emprenvil zog die Stirn in Falten und fuhr sich durch die langen, schwarzen Locken, die ihm widerspenstig in die Wangen fielen. Jedes Wort, das auf dem Papier stand, sah ihm plötzlich hohl und floskelhaft entgegen. Was würde Amélie von ihm denken, wenn er sich plötzlich meldete, nach so langer Zeit, in der er geschwiegen und sie und das Schicksal ihrer gemeinsamen Familie so gut wie ignoriert hatte? Wie sicher hatte er sich in seiner Rolle als Favorit an der Seite des Grafen d'Artois, dem Bruder des unter der Guillotine gefallenen Ludwig XVI, gefühlt, so beschäftigt mit den Plänen, die er gemeinsam mit ihm im Exil zur Verteidigung Frankreichs gegen die Republikaner ausarbeitete? Es gab nichts, was ihm mehr bedeutete in seinem neuen Leben, denn mit seinem Vater, dessen politischen Meinungen er nicht teilte, hatte er sich ohnehin nie verstanden. Erst die Qual seiner geliebten Mutter, die, nachdem sie von den Schergen der Revolution unschuldig ins nasskalte Gefängnis der Conciergerie gesperrt worden war und dort an einem Fieber elendig zugrunde ging, hatte ihn aufgerüttelt. Zutiefst getroffen, in blinder Hilflosigkeit war er dazu verdammt gewesen, im fernen Koblenz, als erster Adjutant an der Seite des Grafen d'Artois auszuharren, ohne ihr beistehen zu können. Denn obwohl das royalistische Corps jeden Tag exerzierte, um sich auf den baldigen, siegreichen Einmarsch in Paris vorzubereiten, zögerte Graf d'Artois eine Initiative immer wieder hinaus.

Patrick stieß einen leisen Fluch durch die Zähne und starrte nachdenklich in die matte Flamme des silbernen Leuchters, auf dem das herabtropfende Wachs bizarre Spuren hinterließ. So etwas wie Reue stieg in ihm auf, ein unbestimmter, mühsam unterdrückter Schmerz fuhr durch seine Brust und nahm ihm beinahe den Atem. Seine Augen wurden feucht. Was sollte er schreiben, wie fortfahren nach seinem langen beharrlichen Schweigen!

Nie würde er die letzten Worte seines Vaters vergessen: „Du fliehst feige aus dem Land - als lasterhafter Favorit eines Schwächlings, der sich Bruder des Königs von Frankreich nennt! Du bist nicht mehr mein Sohn!"

Gut, dass sein Vater nicht mehr erlebt hatte, dass Amélie, sein erklärter Liebling, nicht lange nach dem Tod ihres Ehemannes ein Mitglied des Konvents der neuen Republik, den skandalträchtigen Advokaten Fabre d'Églantine geheiratet hatte! Für ihn, Patrick, war natürlich auf legalem Wege eine Rückkehr nach Frankreich völlig unmöglich geworden und bis vor Kurzem hätte er auch jeden Gedanken daran verworfen, so unerschütterlich glaubte er an den Erfolg der Armee des Grafen, dachte dass die sogenannte „Freiheit, Gleichheit und Brüderlichkeit" nur noch eine Frage der Zeit sei und sich alles von einem Tag auf den anderen ändern würde. Doch jetzt schien ihm, als habe man einen Schleier vor seinen Augen weggezogen und die Wahrheit enthülle sich in all ihrer düsteren Grausamkeit.

Seufzend legte er die Feder beiseite, stützte den Kopf in die Hände und versuchte, über seine Situation nachzudenken. Das kleine Heer, das der Graf mit den Adelsemigranten zunächst in Koblenz aufgestellt hatte, sollte eigentlich dazu dienen, die verbündeten deutschen und österreichischen Truppen zu stützen; aber nach der unerwarteten Einnahme von Mainz durch die französischen Truppen mussten der Graf und sein Hofstaat sich immer weiter vom Schauplatz zurückziehen. Und was war seitdem geschehen? Nichts, aber auch gar nichts! Die Anhänger des Grafen klammerten sich hoffnungsvoll an die durch die Zeitungen und Kuriere verbreiteten Nachrichten über die chaotischen Zustände in ganz Frankreich. Das gesamte Elend der Nation ermutigte die Exilanten auch noch und suggerierte ihnen, dass ein Wechsel der Regierung bevorstand. Doch bisher verdümpelten die Pseudo-Soldaten bloß ihre Tage in trüber Trägheit, putzten sich für den Abend heraus und feierten ihren imaginären Sieg im Voraus!

Patrick beugte sich wieder über das Papier, versenkte die Feder erneut in die Tinte und fuhr fort: „…nach der unaufhaltsamen Umwälzung aller Werte und der ungewissen Zukunft, der wir hier im Ausland ausgesetzt sind, zweifle ich allmählich an dem Erfolg des Unternehmens und den Fähigkeiten des Grafen mitsamt seiner Armee. Kannst du verstehen, teure Amélie, dass ich am liebsten wieder nach Paris zurückkehren möchte, weil ich hier keine Zukunft mehr für mich sehe…"

Er hielt wieder inne. Sollte er das wirklich so formulieren?

Kurz entschlossen schrieb er weiter. „Wirst du mir verzeihen, dass ich dich nach langem Schweigen mit all diesen Dingen überfalle und gar nicht frage, wie es dir persönlich geht? Wenn ich dir jemals, und sei es auch nur in Gedanken, vorgeworfen habe, einen Mann wie d'Églantine geheiratet, ihm dein Herz und Valfleur, den Besitz unserer Ahnen, anvertraut zu haben, so entschuldige ich mich hiermit. Ich schreibe nicht, um dich anzuklagen, aber mein Herz ist übervoll vor Sorge und Sehnsucht."

Unzufrieden strich er die letzten Worte wieder durch und kehrte zu einem neutralen Bericht zurück.

„Vorläufig ist es d'Artois jedenfalls gelungen, annehmbare Quartiere für sich und seine Vasallen bei Hamm in Westfalen zu finden, aber ich merke, dass er vor der Wirklichkeit die Augen verschließt und trotz der bedenklichen Kriegslage alle negativen Neuigkeiten zu seinen Gunsten auslegt. Er ist sich völlig sicher, dass es nicht mehr lange dauern kann, bis alles zusammenbricht und er als Retter der Nation, als Nachfolger des Königs von Frankreich im Triumph in Paris einmarschieren kann."

Er setzte kurz ab und begann gleich wieder. „Sag mir, liebe Schwester, ist es wahr, dass der Konvent in Paris so stark angefeindet wird, dass man sich ums Brot schlägt; dass unablässig Truppen durch die Stadt ziehen, die sich zur Grenze bewegen? Was denkst du über die Gefangennahme Marie Antoinettes, der bedauernswerten Königin, die mit ihrem Sohn, dem schwächlichen Knaben, in der ungesunden Luft des Kerkers vielleicht nicht mehr lange zu leben hat? So schrecklich es klingt, aber ich weiß, dass d'Artois nur auf diesen Moment wartet – dann wären bald alle des Königshauses aus dem Weg geräumt und die Bahn frei für ihn als neuen Monarchen – und wie er sagt, auch für mich, der ich dann an seiner Seite Kanzler werden soll! Ich weiß nicht, warum mir vor diesem Gedanken schaudert – aber er hat es mir hoch und heilig versprochen, ja sogar geschworen...."

Er drückte so fest auf, dass ein Klecks das Blatt verunzierte, hielt an und überlas die Stelle noch einmal. Nein, das konnte er so nicht schreiben! Dieser Brief war ohnehin nur eine sentimentale Anwandlung! Amélie würde den Kopf darüber schütteln, ihn vielleicht d'Églantine zeigen, der solche Ambitionen nach dem Stand der Dinge nur lächerlich finden konnte! Was war bloß heute Abend in ihn gefahren? Verdrossen strich er ein paar Sätze durch, begann mit einer neuen Formulierung und ließ schließlich mutlos die Hand sinken. Mit einem Seufzer riss er das Blatt heraus, zerfetzte es in unzählige Stücke und warf es in die glimmenden Funken des erlöschenden Kamins, die noch einmal hoch aufzischten. Fröstelnd legte er ein paar neue Scheite nach und sah unzufrieden in die Nacht hinaus.

Leise pochte es plötzlich an seine Tür.

„Baron d'Emprenvil?" Ohne Aufforderung einzutreten, wurde die Tür geöffnet und der persönliche Diener des Grafen erschien, verwirrt und an allen Gliedern zitternd. Mühsam fasste er sich und stieß hervor: „Seine Hoheit bittet Sie, sich unverzüglich in seinem Schlafzimmer einzufinden!"

Patrick, der zerstreut aufsah, murmelte gereizt. „Sag deinem Herrn, ich bin müde… besser, du konntest mich nicht wecken!" Er hatte nicht die geringste Lust, dem schlaflosen Grafen wieder die Langeweile zu vertreiben, der sich immer neue Vorwände einfallen ließ, ihn nachts zu sich zu rufen.

„Aber", der Bediente zögerte, „es ist dringend, ich wurde ausdrücklich angewiesen, Sie herzubringen. Der Graf… er ist sehr aufgeregt und …", er hielt ein, als wisse er nicht, wie er fortfahren sollte, „und sagt, er brauche Euren Rat!"

„Um zwölf Uhr nachts", brauste Patrick unbeherrscht auf, „bin ich nicht mehr verfügbar!"

„Es muss etwas geschehen sein…", der Livrierte duckte sich neben die Tür, doch Patrick hatte sich im selben Moment beruhigt.

„Warte!", rief er ihm nach. Der Graf würde ihm morgen wieder endlose Szenen machen, wenn er sich nicht fügte. „Sag ihm, ich werde in wenigen Minuten da sein!"

Er warf seinen seidenen Schlafrock um und schüttelte die schwarzen Locken, die sein ebenmässig schönes Gesicht umrahmten, das einen leisen Zug von gelangweilter Blasiertheit trug.

Ohne Eile durchschritt er den schmalen, von leichter Muffigkeit durchzogenen Verbindungsgang und erklomm die schmale Wendeltreppe zu den Gemächern des Grafen, der ihn bereits überwach und mit ängstlich aufgerissenen Augen erwartete. Sogleich stürzte dieser auf ihn zu.

„Endlich, mon Cher, seid Ihr da!" Mit bleichem Gesicht, ohne Perücke, die spärlichen, leicht ergrauten Haare wirr vom Kopf abstehend, klammerte er sich mit fahrigen Fingern an die Samtaufschläge von Patricks Schlafrock.

Peinlich berührt befreite sich der Adjutant, trat einen Schritt zurück und zwang sich zu einer geduldigen Miene. Der Graf ließ sich in einen Sessel fallen und barg den Kopf in den Händen.

„Schrecklich!", stöhnte er. „Niemals hätte ich gedacht, dass so etwas geschehen könnte!"

Patrick, den dieses immer gleiche Spiel langweilte, das der Graf erfand, um ihn mitten in der Nacht zu sich zu bitten, verschränkte die Arme, sah über ihn hinweg und versuchte, seinen Ärger zu verbergen.

„Nun, was gibt es heute!", seufzte er mit resignierendem Ton.

Sein Blick wanderte durch den Raum, streifte das zerwühlte Bett mit dem halb zerrissenen Baldachin, das verrutschte Bärenfell auf dem Boden, auf dem ein Tamburin mit bunten Bändern lag. Ein in schreienden Farben bemalter Schnabelschuh befand sich wie verloren nicht weit davon in der Mitte des Raumes während der zweite seltsamerweise am Messinghaken eines Kaminbestecks hing. Bunte Kleidungsstücke lagen um den Kamin verstreut. Mit einem Schlag hellwach, runzelte er die Stirn.

„Was, um Himmels willen, ist hier geschehen?"

D'Artois antwortete nicht und schluchzte wie ein kleines Kind in seine vors Gesicht geschlagenen Hände.

„So redet doch!" Patrick war mit einem Schritt bei ihm. „Er ist frech geworden – wollte mich erpressen, in der ganzen Armee herumerzählen, dass ich, dass er... in meinem Bett..." Der Graf hielt inne, sank noch weiter in sich zusammen und stieß einen jammernden Laut aus.

„Wer?" Patrick verstand nicht auf Anhieb, doch der Graf sah auf, verdrehte kläglich die Augen, bevor er sie wieder schloss und deutete mit einer Kopfbewegung vage auf den bemalten, chinesischen Paravent in der Ecke des Raumes. Langsam trat Patrick näher, während er schaudernd bemerkte, dass zwei nackte Füße unter dem mit dem Bild einer Geisha verzierten, abgeklappten Flügel hervorsahen. Er warf einen kurzen Blick auf den ausgestreckten Körper eines entblößten, jungen Mannes, dessen Hand noch die Fingerpuppe eines geschnitzten Kaspers umkrampfte. Er lag seitlich halb auf dem Bauch und sein langes dunkelblondes Haar fiel wirr über Gesicht und Schultern. Patrick fasste mit spitzen Fingern seinen Arm und drehte ihn herum. Ein knabenhaft hübsches Gesicht blickte ihn mit starren, weit offenen Augen beinahe erstaunt an, der Mund war wie zu einem verhaltenen Schrei geöffnet.

Von Grauen erfasst, ließ Patrick ihn los und bemerkte erst jetzt, dass das Haar des Burschen am Hinterkopf blutdurchtränkt war und es aus einer tiefen Wunde an der Schädeldecke dunkel auf den Boden tropfte. Nicht weit von dem Toten lag ein schwerer, gusseiserner Kaminhaken. Patrick wandte sich angewidert ab. Seine Wangen waren gerötet und seine Augen blitzten wütend.

„Verdammt, habt Ihr das getan?", fuhr er den Grafen respektlos an.

Ein Wimmern antwortete. „Ich wollte es nicht – ich schwöre! Aber er hat mich in Wut gebracht – gedroht, er würde Lügen über mich verbreiten, damit meine Soldaten den Respekt vor mir verlören... ein einfacher Komödiant, das konnte ich doch nicht zulassen!" Wie hilfesuchend sah er seinen Adjutanten an. „Dann hatte ich plötzlich den Schürhaken in der Hand – ich wollte ihn nur aufhalten, Ihr…, Ihr versteht doch?"

Patrick schluckte und er hätte d'Artois am liebsten geohrfeigt. Was bildete sich dieser Mensch eigentlich ein, der glaubte, Herr über Leben und Tod zu sein?

„Wie heißt der Bursche? Habt Ihr ihn Euch – wie immer vom Jahrmarkt geholt?"

Der Graf nickte heftig und versteckte sich hinter seinem seidenen Taschentuch.

„Eine schöne Bescherung, die Ihr da angerichtet habt! Das nennt man Mord! Was sollen wir jetzt tun?"

„Das müsst Ihr entscheiden… ich kann nicht! Zieht ihn an, schafft ihn mir aus den Augen! Meine Nerven halten das nicht aus. Diese schreckliche Situation… wenn meine Frau davon erfährt – es sich in der Truppe herumspricht… unvorstellbar!" Er schluchzte theatralisch auf. „Ihr müsst es verhindern – um jeden Preis! Es muss wie ein Unfall aussehen! Gebt mir die silberne Dose dort! Schnell! Und etwas Wasser!"

Seine Stimme hatte jetzt einen befehlenden Klang angenommen, während Patrick die Zähne zusammenbiss, gehorchte und aus der Karaffe nachschenkte. Er wusste nur zu gut, was sich in der Dose befand. Der Graf nahm mit einem kleinen Löffel etwas von dem Pulver, rührte es in ein Glas und stürzte es hinunter. Schweigend wartete er auf die Wirkung der betäubenden Droge. Er legte den Kopf zurück, schloss die Augen und sein Gesicht entspannte sich langsam.

„Lasst ihn wegbringen, sorgt dafür, dass niemand etwas davon erfährt!"

Patrick zwang sich, die verstreuten Kleidungsstücke des Komödianten aufzusammeln. Mit einer wahllos herausgezogenen Weste wischte er notdürftig die Blutlache fort und warf den durchtränkten Stoff ins Kaminfeuer. Dann hob er die bunten Schnabelschuhe auf und machte sich schließlich mit einem Würgen in der Kehle daran, den Toten anzuziehen. Nicht ohne Mühe schleifte er ihn hinter dem Paravent hervor und lehnte ihn halb gegen die Simse der marmornen Bank vor dem Kamin. Er war noch ein ganz junger Mann, ein überaus wohlgestalteter Bursche, der wohl geglaubt hatte, mit einem gewagten Coup so viel Geld zu gewinnen, dass er für den Rest seines Lebens ausgesorgt hatte. Erpressung! So etwas musste dem Grafen ja irgendwann einmal passieren! Mehrmals schon hatte er ihn davor gewarnt, jemanden vom Jahrmarkt in sein Palais zu nehmen, doch d'Artois, der der

Anziehung der hübschen, bunt angezogenen Schausteller nicht widerstehen konnte, hatte seine Mahnung immer in den Wind geschlagen. Er konnte es eben nicht lassen, sich immer neue, junge Männer ins Haus zu holen; kaum, dass er eine anziehende Visage entdeckte, wurde er unruhig und folgte tagelang den Spuren des Begehrten. Doch so schnell seine Lust auch entflammt war, so rasch fiel sie in sich zusammen. Die meisten fahrenden Komödianten, ziehenden Handwerksburschen oder einfachen Lehrbuben in der Stadt waren ihm nach einer Weile schließlich doch zu schmutzig und ordinär. Dann musste Patrick als sein Vertrauter eingreifen und versuchen, die Betreffenden mit Geld und guten Worten zufrieden zu stellen, damit sie den Mund hielten. Es war ein unwürdiger Balanceakt, der ihn schon lange anwiderte und bei dem er jedes Mal nahe daran war, alles hinzuwerfen und den Grafen endgültig zu verlassen.

Er ergriff die Glocke und klingelte. Unverzüglich und als habe er hinter der Tür gewartet, erschien der Kammerdiener des Grafen. D´Artois regte sich nicht, er hing mit geschlossenen Augen und einem beinahe selbstvergessenen Lächeln in seinem Sessel.

„Antoine, ein bedauerlicher Unfall ist heute Abend hier geschehen. Sieh zu, dass der Bursche hier ohne Aufsehen weggeschafft wird!" Ohne hinzusehen wies Patrick auf den Toten.

Der Diener stieß einen leisen Schreckensschrei aus. „Wer ist das?"

„Ein völlig unbedeutender Mensch - einer der Artisten unten von den Auen. Er war betrunken, wollte dem Graf ein gewagtes Kunststück vorführen und stürzte. Unglücklicherweise schlug er mit dem Kopf gegen das Marmorfries – das siehst du doch!"

Wachsbleich und wortlos nickte der Diener.

„Man muss ihn unauffällig wegbringen – damit es keinem einfällt, seinen Tod – mit dem Grafen in Verbindung zu bringen", fuhr Patrick fort, „du verstehst?"

Wieder nickte der Diener, dem sich der Magen umzudrehen schien.

„Lass morgen gleich gründlich saubermachen! Und wehe, es kommt ein Wort über diese Geschichte von deinen Lippen! Dann sorge ich dafür, dass man dich einen Kopf kürzer macht!", drohte er ihm, während er ihm ein kleines Beutelchen mit Münzen in die Hand drückte. „Das vorab. Der Graf wird dich noch selbst für deine Mühe entschädigen!"

Jetzt wandte er sich wieder dem reglos dasitzenden Grafen zu, rüttelte ihn und packte ihn kräftig unter den Armen. „Stehen Sie auf, mein Prinz!", sagte er mit rauer, beinahe tonloser Stimme. „Es ist besser, wenn Sie heute in einem der Gästeräume übernachten." Beinahe willenlos ließ sich d'Artois fortführen und von Patrick wie ein Kind zu Bett bringen.

Ausgebrannt, erschöpft und vor Ekel schaudernd kehrte der junge Adjutant über die Geheimtreppe in seine persönlichen Räume des gemieteten Palais zurück. Im Schlafrock warf er sich, nur von seinem Mantel zugedeckt, in den bequemen Lehnsessel vor dem Kamin, in den er vorher noch ein paar Scheite gelegt hatte. Er war sich sicher, für den Rest der Nacht keinen Schlaf mehr zu finden. Das Feuer verbreitete angenehme Wärme und brannte langsam herunter. Nach einer Weile sank sein Kopf auf die Brust und er träumte sich in die rebellischen und aufständischen Jahre auf Schloss Valfleur zurück, in denen er geglaubt hatte, er könne Paris und die Welt aus den Angeln heben!

D'Artois bestand am nächsten Morgen darauf, dass Patrick beim Besuch des ortsansässigen Polizeiamtmanns Punzinger als Zeuge zugegen sein sollte. Der behäbige Amtmann erschien in Begleitung eines Sergeanten, der vor der Tür Wache hielt. Verlegen rückte Punzinger seinen breiten Gürtel, an dem eine imposante Schusswaffe hing, zurecht und räusperte sich mehrmals. Der Graf, der ihm mit indigniertem Ausdruck entgegensah, war schließlich der Bruder des Königs von Frankreich; ein Mann, der über jeden Verdacht erhaben war! Wie sollte er da von einer Belanglosigkeit wie dem Tod eines Spielmannes sprechen, ihn gar verdächtigen, eine Schuld daran zu tragen!

„Verzeihen Sie," gab er sich schließlich einen Ruck und dienerte vor dem Grafen, der ihn unter halb gesenkten Lidern ungnädig ansah, „es handelt sich wohl nur um eine Formsache…," er blätterte umständlich in seiner Akte, „um, äh… den Tod des Guiseppe Maloni, 17 Jahre und seines Zeichens fahrender Musikant!"

Der Graf wechselte einen Blick mit Patrick, der, ganz in schwarzen Samt gekleidet, mit düsterem Blick unweit des Grafen Platz genommen hatte. Der Amtmann betrachtete den vorgeblichen Zeugen verwundert. Dieser exotische Schönling wirkte auf ihn wie ein dämonischer Racheengel und beunruhigte ihn so sehr, dass er den Faden verlor und zu stottern begann.

„Nun?", fragte Patrick und hob eine Augenbraue. „Was haben wir damit zu schaffen? Ein ungeschickter Sturz bei einem akrobatischen Kunststück. Er fiel gegen einen Marmorsockel. Ich war dabei. Eine sehr unangenehme Sache, das kann ich Ihnen sagen."

Der Graf nickte dankbar zu seinem Liebling hinüber.

Der Amtmann begann zu schwitzen und das ölige Lächeln verschwand von seinen dicken Lippen. „Aber die Umstände...", begann er unsicher.

Patrick fiel ihm hochmütig ins Wort. „Wir haben den Fall gleich gemeldet, in der Nacht noch, wie Sie wissen. Es soll kein Aufsehen gemacht werden. Sie wissen doch, wie schnell sich Gerüchte verbreiten!" Auf einen Wink brachte der Diener eine Kassette. „Aus diesem Anlass wollten wir auch nicht versäumen, etwas zur Unterstützung der hiesigen Polizeikräfte zu tun und uns gleichzeitig für Ihre ganz persönliche Hilfe bedanken. Sie leisten hervorragende Arbeit! Das ist für Sie." Er drückte dem Sergeanten eine mit Münzen gefüllte Brieftasche in die Hand und legte noch ein paar Louis d'Or obenauf. „Und das für die Amtskasse!"

„Ich danke vielmals", beeilte sich der Amtmann erfreut zu erwidern, „aber.... das Protokoll..."

„Schreiben Sie, was Sie wollen, aber belästigen Sie den Grafen nicht länger mit dieser Angelegenheit. Er hat weiß Gott andere Dinge zu bedenken – die Geschicke Frankreichs sind wichtiger und dulden keinen Aufschub. Noch eins - schicken Sie mir den Vater des Jungen vorbei. Ich möchte ihm mein... ähh, Beileid ausdrücken und ihm im Namen des Grafen gleichfalls eine Entschädigung überreichen. Au revoir!"

Er erhob sich zu seiner imposanten Größe und der dickliche Amtmann, der gar nicht begriff, wie ihm geschah, sah verwirrt zu ihm auf und ließ sich sanft, aber energisch zur Tür hinausdrängen, wo er dem wartenden Sergeanten das Protokoll übergab.

Als er fort war, sprang d'Artois auf, umarmte Patrick und drückte ihn gerührt an sich. „Mein Engel, mein Alles – ich bin Ihnen zu ewigem Dank verpflichtet. Sie haben mich gerettet! Was kann ich für Sie tun – welche Gunst, welches Geschenk könnte Ihnen Freude machen?"

Patrick verzog beinahe angewidert das Gesicht. „Lassen Sie mich jetzt ganz einfach allein!"

Enttäuscht von der brüsken Zurückweisung blieb d'Artois mit geöffneten Armen und eingefrorenem Lächeln stehen, während Patrick in seinem Arbeitszimmer verschwand, sich an sein Pianoforte setzte und wilde Akkorde in die Tasten hämmerte. Vor ihm lag die Partitur des italienischen Komponisten Clementi, eine andersartige, leidenschaftliche Musik, die den Umbruch des Zeitalters vorauszuahnen schien. Fasziniert versenkte er sich mit allen Sinnen in das Spiel einer seiner Sonaten und überhörte geflissentlich das wiederholte Klopfen an der Tür.

„Ich muss Sie bitten, mein Lieber", die affektierte Stimme des Grafen, der mit einem Stapel Papiere in der Hand eingetreten war, klang unmutig, „mit dieser wilden Katzenmusik aufzuhören! Ihre Fingerakrobatik klingt durch das ganze Haus und regt mich zu sehr auf!"

Patrick antwortete nicht, nur das nervöse Zucken einer seiner Brauen deutete auf seine innere Verstimmung hin, während seine Finger wie von selbst gehorsam zu den beruhigenden händelschen Tönen zurückfanden, den Lieblingsstücken des Grafen, die er in monotoner Gleichförmigkeit jeden Abend für ihn spielen musste. Mit einem ärgerlichen Misston hieb er jedoch plötzlich auf die Tasten ein, schlug den Deckel zu und sah wortlos an d'Artois vorbei, in die regennasse rheinische Landschaft mit ihrer eintönigen, grünen Ebene hinaus.

„Nun, spielen Sie nicht den Beleidigten", lenkte der Graf ein, „dieser ewige Regen ist schuld! Er geht aufs Gemüt und macht einen ganz melancholisch!" Er ergriff mit seinen feisten, feuchten Fingern die schlanke Hand seines Schützlings, die dieser ihm mit einer nervösen Bewegung gleich wieder entzog.

„Dabei wollte ich Ihnen gerade die guten Nachrichten mitteilen, die eben mit der Post gekommen sind. Das wird Sie sicher aufheitern!"

Er wedelte mit beschriebenen Blättern; sein Gesicht war rot und belebt und seine Augen hatten den stumpfen, ennuyierten Ausdruck verloren, mit dem er über alle und jedes hinwegzusehen schien.

„Stellen Sie sich vor, als ersten Schritt in unserer Sache haben die Spanier einen Sieg in Truillas, in den Pyrenäen, erreicht! Nachdem Frankreich so dumm war, auch Holland und England den Krieg zu erklären, kann das alles nicht mehr lange dauern. Zum Glück sind diese beiden Länder auch dem deutsch-österreichischen Bündnis beigetreten. Zusammen mit dem Deutschen Reich, Spanien, Sardinien, der Toskana und Neapel haben wir damit eine mächtige europäische Koalition — und sind stärker denn je! Jetzt wird es uns gelingen, dem lächerlichen Spuk in Frankreich schnell ein Ende zu machen!"

Patrick wandte den Kopf und versuchte, sich einen interessierten Anschein zu geben. Seine dunklen Augen mit dem geheimnisvollen, romantischen Schimmer gaben seinem blassen, regelmäßigen Gesicht einen Zug von Schwermut, doch um seine vollen, weichen Lippen spielte ein unübersehbarer Zug von Überdruss, der auch seinem Gönner nicht entging.

„Es wird auch Zeit!", stieß er ungewohnt heftig hervor, „Ich halte es hier nicht länger aus. Da hätte ich gleich in Valfleur bleiben können…"

„Nur dort wärst du leider schon einen Kopf kürzer, mein verwöhnter Liebling!"

Der Graf blieb ihm keine Antwort schuldig, aber sein Lächeln verschwand hinter der üblichen undurchdringlichen Maske, die nicht durchblicken ließ, ob er sich verletzt fühlte. Der kleine schwarze Pudel Chichou sprang schweifwedelnd an dem schönen Adjutanten empor und schnupperte neugierig nach einem Leckerbissen in seinen Händen. Patrick erhob sich ungehalten und warf das Tier mit einem leichten Stoß seines Knies herunter, so dass es auf den Rücken fiel, aufjaulte und sich ängstlich hinter seinem Herrn versteckte. Der Graf starrte Patrick jetzt mit vor Wut herausquellenden Augen an, doch er beherrschte sich. Er nahm den armen Chichou, seinen Liebling, auf den Arm, tätschelte ihn und flüsterte ihm Trostworte ins Ohr.

„Sie sind in letzter Zeit ein wenig launenhaft, mon Cher!", rügte er schließlich mit verhaltenem Groll, indem seine Stimme lauter und eine Oktave höher wurde, „Immerhin haben Sie mir einiges zu verdanken…."

„Es war keine Absicht - entschuldigen Sie, ich wollte Chichou nicht weh tun. Aber manchmal ist mir eben alles zu viel!" Patrick lief mit langen Schritten ungeduldig durchs Zimmer und riss sich die riesige Brillantagraffe ab, die seine Spitzenkrawatte zusammenhielt. „Hier!", er warf sie dem Grafen achtlos vor die Füße. „Behaltet Eure Geschenke! Sie erdrücken mich! Ich brauche frische Luft!"

Mit einem Ruck öffnete er die Tür der großen Terrasse, die auf den Fluss hinausführte und entfernte sich in den Garten.

D'Artois sah ihm verblüfft nach. Dieses skandalöse Benehmen ging wirklich zu weit. Patrick erlaubte sich in letzter Zeit tatsächlich die unmöglichsten Dinge, seine Stimmung wechselte wie das Wetter und er begann, immer mehr auf seine Freiheit zu pochen. Aber er konnte seinem übersensiblen, wohlgestalteten Liebling niemals lange böse sein. Er hatte nun einmal eine Schwäche für ihn. Wenn er sich entschuldigte, seine Laune sich aufhellte und das geliebte, sonnige Lächeln die ihm göttlich scheinenden Züge überstrahlte, schmolz sein Herz vor Zärtlichkeit und er vergaß alle vergangenen Frechheiten, die er wagte sich herauszunehmen.

„Bleiben Sie doch, mein Lieber!", rief er dem Flüchtenden nach, „Ich muss mit Ihnen reden!"

Patrick sah sich um und schien zu überlegen. Dann kehrte er langsam herbeischlendernd zurück und blieb ganz dicht und respektlos vor dem Grafen stehen.

„Worüber?", fragte er mit seiner ihm eigenen Dreistigkeit, die dem Grafen zugleich Angst einjagte, aber sein Herz auch mit unsinnigem Glück erfüllte.

Eigentlich durfte er sich das nicht gefallen lassen! Doch wie immer siegten die Gefühle, die er für ihn hegte. Mit einer Mischung aus ängstlicher Distanz und Bewunderung blickte er zu dem vor ihm Stehenden auf, dem er in voller Größe gerade nur bis zur Brust reichte. In seinem schwarzen Samtanzug, der breiten, bis zur Taille reichenden, weißen Spitzenkrawatte, über den die dunkle Lockenmähne fiel, die auf Wunsch von d'Artois jeden Tag von einem eigenen Coiffeur gekäuselt wurde, sah Patrick schöner und edler aus denn je. Ihm schien es, als blitzten die topasfarbenen Knöpfe an den Satinaufschlägen des Rockes, die Brillantschnalle an seinem Gürtel jetzt mit seinen Augen um die Wette.

„Ich dachte daran, nach Russland zu reisen – die Zarin aufzusuchen!" Sein Gesicht bekam rote Flecken vor Erregung. „Was halten Sie davon? Glauben Sie, ich könnte die Herrscherin dazu überreden, sich an dem Krieg gegen die Republik zu beteiligen?"

Patrick antwortete mit einer gelangweilten Geste, ließ sich in einen Sessel fallen und stützte müde den Kopf in die Hände.

„Ach, machen Sie doch, was Sie wollen! Ich habe es jedenfalls satt, beschäftigungslos in diesem biederen Land zu verweilen!"

Er gähnte diskret, den Handrücken vor den Mund haltend. Die Volants seines Batisthemdes fielen zurück und gaben weiße, gepflegte Hände frei, deren rosige Nägel glänzten, als seien sie lackiert. Aufmerksam betrachtete er sein Bild im gegenüberliegenden Spiegel, zog dann ein kleines Döschen aus der Tasche und tupfte einen Hauch hellen Puder über seine Stirn. Ausgesprochen eitel, liebte er es, die Vorzüge der Natur ein wenig stärker zu betonen, den Glanz seiner langen Wimpern und dunklen Brauen zu verstärken und seinem fein gezeichneten Mund einen rosigen Schimmer zu verleihen. Dann glich er mehr einem Hermaphroditen, einer unwirklichen Gestalt aus einem Gemälde, als einem Menschen von Fleisch und Blut!

D'Artois sah ihn jetzt beinahe anbetend an; Patrick schien auch ihm wie eine Skulptur, ein wertvoller Besitz, der nur ihm gehörte, und von dem er sich niemals trennen würde.

„Wenn Sie nicht wollen, bleibe ich natürlich bei Ihnen!", versicherte er hastig. „Ich schicke einen Gesandten. Haben Sie doch Geduld – es wird nicht mehr lange dauern." Ohne es zu wollen, wurde seine Stimme brüchig und zitterte in der Furcht, Patrick könne ihm grollen, sich wieder tagelang zurückziehen und ihm den namenlosen Schmerz einer Zurückweisung zufügen. Gerade jetzt brauchte er ihn so nötig wie nie zuvor. „Bald sind wir wieder in Frankreich, das verspreche ich. Und dann werde ich regieren – ich, als gesalbter König …und Sie, mon Cher, werden an meiner Seite sein, als der mächtigste Mann Frankreichs – als mein Berater, mein Freund, Minister – Kanzler…" Er vollendete den Satz nicht.

Patrick streifte wie abwesend das verlebte, ein wenig verquollene Gesicht des Grafen, mit den Tränensäcken und Furchen, die die Zeit darin eingegraben hatte; seine ungepuderte Perücke, die Jugendlichkeit vorspiegeln sollte. In seinem Innern hallten die magischen Worte wider: Minister – Berater, vielleicht Kanzler… Das höchste Amt, für ihn und niemand anderen! Da lohnte es sich noch auszuharren in diesem öden Provinznest! Das Bild des Grafen auf dem verwaisten Thron des Königs von Frankreich mit ihm an seiner Seite blendete ihn für einen Augenblick, stachelte den lang unterdrückten Ehrgeiz mit heißem Wollen auf. In seinen Augen glitzerte plötzlich die Verlockung der Macht und wie ein schillernder Traum hinter dem Horizont erstand der Wunsch in seiner Seele, alles zu gewinnen, was das Leben ihm zu bieten vermochte.

„Habe ich Ihr Wort?"

Seine Züge entspannten sich, er sah dem Grafen, der zustimmend nickte, jetzt fest in die Augen und die Andeutung eines geschmeichelten Lächelns spielte leicht um seinen Mund, welches das knabenhafte Grübchen am Kinn noch vertiefte, das d'Artois so sehr liebte. Freiheit, Gleichheit…, mahnte eine Stimme in seinem Herzen. Hast du die Worte nicht vernommen, haben sie dich nicht berührt? Pah, Illusionen - Gefühlsduselei! Patrick wischte die sentimentale Aufwallung beiseite. Was war das alles gegen großen Einfluss, wirkliche Macht! Brüderlichkeit? Die gab es doch gar nicht! Jeder dachte im Grunde nur an sich selbst. Wenn er das ernst nahm, würde er bis zu seinem Lebensende ein Spielzeug in der Hand des Schicksals bleiben. Er wollte seine Chance wahren und ganz nach oben kommen.

„Ich verlasse mich auf Ihr Versprechen!"

Er nickte d'Artois zu, ergriff mit einer beinahe gezierten Bewegung dessen Hand mit den üppig beringten Fingern und drückte einen schmelzenden, zustimmenden Kuss darauf.

5. Kapitel
Rettet die Königin!

Als Amélie die Augen aufschlug, sah sie geradewegs in das braune, zerfurchte Gesicht des Sergeanten, der sich besorgt über sie beugte.

„Madame,… Sie sollten doch wirklich keine solchen Dummheiten machen und auf eigene Faust Erkundungsgänge unternehmen!"

Amélie wusste nicht, was sie antworten sollte. Ihr Kopf schmerzte und sie ertastete eine leichte Beule unter ihren dichten, halb aufgelösten Haaren. Noch leicht betäubt glitten ihre Blicke über die dunklen, im flackernden Licht vor Nässe glänzenden Quadern des Vorraums, über die von rußenden Lampen erhellten Steinfliesen, die unter den Schritten des auf und abgehenden Wachmanns hallten.

„Ich,…ich…", begann sie und versuchte sich zu erinnern, was geschehen war. Die engen, düsteren Gänge des Gefängnisses, die modrige Luft, der verunstaltete Zwerg vor der Zelle Manons, mit dem sie plötzlich allein war, weil der Schließer mitsamt seiner Laterne verschwunden war! Die Gespenster der Vergangenheit, die unerwartet aus allen Ecken des Dunkels aufzutauchen schienen; ein blitzartiger Rückblick in die Zeit vor einem Jahr, als sie ihre Mutter in der schrecklichen Zelle leiden sah – all das war zu viel für sie gewesen und es hatte längst verheilte Wunden wieder aufgerissen.

„Ich… ich wollte nur… Madame Roland besuchen, wie es mir gestern versprochen war. Sie sollte eine andere Unterkunft erhalten. Ich habe dafür bezahlt und außerdem eine schriftliche Besuchserlaubnis! Dieser grässliche Zwerg… er hat verhindert, dass ich die Zelle betrete!"

„Welcher Zwerg?" Der Wachmann tat verwundert. „Sie haben geträumt, Gnädigste! Aber es ist wahr – man hat Madame Roland tatsächlich in eine bessere Zelle verlegt - ich habe mich selbst davon überzeugt!" Die Stimme des Sergeanten klang begütigend. „Glauben Sie mir! Dort bereitet sich die Angeklagte in Ruhe auf ihren Prozess vor. Sie möchte vorläufig niemanden empfangen."

Erregt und mit schwindelndem Kopf richtete sich Amélie auf und rief empört aus: „Das ist nicht wahr! Ich muss zu ihr… mit ihr sprechen! Es ist ungeheuer wichtig!"

Man konnte unschwer erkennen, wie Mitleid und Bedauern in der Brust des Soldaten miteinander stritten, doch er zog es vor zu schweigen.

Flehend sah Amélie bei einem letzten Versuch zu ihm auf: „Ein paar Worte nur - wenige Minuten - ich bitte Sie!"

Der Sergeant wand sich voller Unbehagen und stotterte verlegen: „Unmöglich. Im Augenblick... ist es nicht ratsam. Die Wahrheit ist: Madame Rolands Gesundheit ist sehr in Anspruch genommen. Ein Nervenzusammenbruch. Wir mussten einen Arzt holen. Vor der Verhandlung wäre es nicht gut ...Sie verstehen, ein besonderer Befehl! Maßnahmen für sie selbst und zu ihrer eigenen Sicherheit..."

„Das sind doch Ausflüchte! Ich bestehe darauf, sie zu sehen!", schrie Amélie jetzt wütend, „Mein Mann ist Fabre d'Églantine, Mitglied des Sicherheitsausschusses und ich werde ihm melden, wie man mich hier behandelt!"

Betretenes Schweigen und ausweichende Blicke bei der Nennung dieses Namens antworteten ihr und bestätigten ihre Ahnung, dass es vielleicht Fabre selbst gewesen war, der mit eigener Order ihren Besuch verhindert hatte! Die Zusammenhänge fügten sich plötzlich zu einem Bild. Fabre war die ganze Zeit über bekannt gewesen, dass Richard noch lebte und er wollte um keinen Preis, dass sie mehr darüber erfuhr! Nur so hatte er sich seelenruhig Richards Vermögen bemächtigen und auch ihren, Amélies Besitz, eiskalt in die eigene Tasche stecken können. Fabre hatte sie nicht nur belogen, sondern auch versucht, alle verdächtigen Spuren zu verwischen! Sie begriff mit einem Mal sein ganzes durchtriebenes Spiel, dessen Ränke sie nur dunkel geahnt hatte.

„Dieser Schuft!", murmelte sie kaum hörbar vor sich hin, während sie aufstand und ihre Kleidung ordnete. Wütend stieß sie den hilfreich dargebotenen Arm des Sergeanten von sich: „Ich möchte gehen. Lassen Sie mich bitte sofort hinaus, und – ich schwöre, Sie hören noch von mir!"

Der Sergeant verzog keine Miene. „Ganz wie Sie wünschen, Madame!"

Er gab dem Schließer, der mit den Schlüsseln rasselte, ein Zeichen und das große Eisentor öffnete sich vor Amélie mit einem abscheulichen Quietschen. Ihr schien, als ließe dieser Ton ihre Nerven bis zum Äußersten vibrieren und erst, als sie das dahinter liegende Portal durchschritt, wich der dumpfe Druck, der bis dahin auf ihrer Brust gelastet hatte.

Das Sonnenlicht, das nun höher durch die Kastanien fiel, blendete sie im ersten Moment, doch sogleich zog sie erleichtert den Hauch der mit Düften erfüllten Sommerbrise, der ihr nach der verpesteten Kerkerluft berauschend rein vorkam, tief in die Lungen. Nur zu gut erinnerte sie sich noch, wie schrecklich es war, Tag und Nacht in eine stinkende Zelle gesperrt zu sein!

„Madame?", die Stimme des Portiers, der sich devot und mit sichtlich schlechtem Gewissen näherte, riss sie aus ihren Gedanken, „Sie... haben doch…äh… nicht etwa gemeldet, dass ich es war, der Sie eingelassen hat? Ich könnte große Schwierigkeiten bekommen!"

„Nein, nein, es kam alles ganz anders. Niemand hat danach gefragt", beschwichtigte Amélie den verstörten Mann, der hastig und verhalten weitersprach, sich nach allen Seiten umsehend.

„Ich sollte es Ihnen nicht verraten,… aber Ihr Gatte, der Abgeordnete d'Églantine war eben persönlich hier. Er fragte, ob mir eine elegante Dame aufgefallen sei – ich sagte, ich habe niemanden gesehen! Ich hoffe, es war ganz in Ihrem Sinne!"

Er wischte die Schweißperlen auf seiner Stirn kurzerhand mit dem Ärmel seiner Uniform ab und drängte sich dicht zu ihr, als warte er noch auf etwas. Vor dem unangenehmen Geruch, den er ausströmte, zurückweichend, trat Amélie so rasch auf die Straße zum Quai de l'Horloge, dass sie beinahe mit einem Trupp zerlumpter Wasserträger zusammenstieß, der mit seinen scheppernden Eimern auf einem Holzkarren des Weges kam, um seine nasse, schwere Last wie üblich aus der Seine in die obersten Stockwerke der Miethäuser zu schleppen.

„Na, meine Schöne!", mit einem anzüglichen Pfiff blieb einer von ihnen stehen und sah ihr nach, wie sie beherzt ihre Röcke hob und versuchte, auf Zehenspitzen mit den hinderlich gespitzten Absätzen ihrer Satinschuhe von einem der schmierigen und unebenen Pflastersteine zum anderen zu balancieren.

Amélie sah sich nicht um. Welche Ausrede sollte sie bloß für Fabre finden, der sie bereits gesucht hatte! Die Zeit war vergangen und sie hatte rein gar nichts erreicht! Unzählige Kutschen drängten sich bereits in einem unübersehbaren Stau über die Pont Neuf auf die Île de la Cité, dem anderen Ufer zu. Bei jedem Schritt musste sie Acht geben, denn hinter ihr und vor ihr trieben die Kutscher mit dem Ruf „Gare! Gare!" ihre Gespanne rücksichtslos voran und manchmal rollte ein Wagenrad nur wenige Zentimeter an ihr vorüber. Doch es gab keinen anderen Weg vom Quai zur Place Dauphine, dort, wo sie in aller Vorsicht ausgestiegen war.

Auch der Platz, der am frühen Morgen bis auf die zerlumpten, in jeder Ecke schlafenden Obdachlosen so menschenleer und friedlich schien, hatte sich inzwischen ungemein belebt. Kleine Handelstreibende, die auf der vollbesetzten Pont au Change keinen Platz mehr fanden, wichen hierher aus und boten so ziemlich alles an, was man sich nur vorstellen konnte: Eiswasser, heißen Tee, zweifelhaftes Gebäck, übriggebliebene Reste des Dîners von der Tafel der reichen Leute, Kleidung und Hüte aus Nachlässen.

Dazwischen tummelten sich Gaukler, die unzählige Bälle auf einmal durch die Luft wirbeln ließen, während Milchmädchen und durchziehende Eisenwarenhändler lauthals zu den Häusern hinauf schrien, um ihre Ware anzupreisen. Bettler, die offene Hand ausgestreckt, umschlichen mit hungrigem und demütigem Blick das Getriebe und musterten die Vorbeigehenden. An einem Brunnen zankten und balgten sich ein paar schmutzige Gören um einen Apfel, während die Boutiquen ihre Auslage ins Freie stellten.

Amélie schenkte dem malerischen Bild, das sich ihren Augen darbot, wenig Aufmerksamkeit. Sie suchte verzweifelt nach dem Kutscher Marius auf seinem leichten Gespann, dem vertrauten, kleinen Cabriolet, das ihr allein zur Verfügung stand. Doch in der Ecke unter den dichten Kastanienbäumen, wo er auf sie warten sollte, hockte nur ein Bettler mit einer Augenbinde, seine Mütze vor sich im Staub. Amélie warf eine Münze hinein und blieb ratlos stehen. Was nun? Der Gedanke, in einer Mietsdroschke nach Hause zurückzukehren, machte ihr Angst – dort würde Fabre auf sie warten und sie zur Rede stellen. In seiner Wut konnte er maßlos sein und sie fürchtete sich im Voraus vor einem Streit, einer jener schrecklichen Szenen, die er ihr manchmal wegen weit nichtiger Anlässe bereitete. Mit bangem Herzen schlenderte sie weiter an den Ständen vorbei, während ihr das Geschrei der Händler in den Ohren hallte. Ein zerlumpter Junge, um dessen Hals eine primitive Apfelreibe hing, auf der er saftige, rote Äpfel zerkleinerte, die er dann mit einem Tuch auspresste, näherte sich und bot ihr aus einer Schale das trübe Getränk an.

„Frisch gepresst, Madame, reiner Apfelsaft."

Amélies Kehle war trocken und ein simples Hungergefühl krampfte beim Anblick der frischen Früchte ihr Inneres zusammen.

„Nein, danke", winkte sie dann doch mit einem misstrauischen Blick auf das Tuch undefinierbarer Farbe, durch das er das Fruchtmark filterte, ab. Immer wieder sah sie sich um, ob das leichte Cabriolet mit Marius nicht doch erschiene. Schließlich blieb sie unschlüssig vor einem kunstvoll aufgestapelten Berg lockender, saftiger Orangen stehen.

„Frische Ernte aus Portugal!", schrie der Verkäufer aus voller Kehle, „Gerade erst eingetroffen! Zuckersüß! Probieren Sie, Gnädigste!"

Als sie zögernd ein paar Schritte weiterging, lief er hinter ihr her und hielt ihr eine der leuchtenden, reifen Früchte, die einen balsamischen Duft ausströmte, unter die Nase. „Saftig und süß, ich schwöre es!"

„Wie viel – ich meine, für eine Einzige?", fragte sie, halb überredet und schwach vor Verlangen, in das köstliche Fruchtfleisch zu beißen.

Der Verkäufer nannte mit Blick auf ihr elegantes Kleid einen Fantasiepreis; doch um ihn loszuwerden, drückte sie ihm ein paar Sous in die Hand. Aber wo sollte sie nur die Orange schälen und essen? Es war eine dumme Idee gewesen, sie zu kaufen. Eines der bettelnden Kinder hängte sich an ihren Rockzipfel, zerrte daran und schielte begierig nach der schönen Frucht, die sie in den Händen hielt. Ein anderes verstellte ihr den Weg, hüpfte vor ihr her und schrie ein über das andere Mal gellend:

„Schöne Madame, schöne Madame…"

Ärgerlich versuchte sie, ihren mit einer kostbaren Bordüre besetzten Rocksaum aus den schmutzigen Kinderhänden zu befreien. Dabei fiel der weiße Spitzenschal, der ihre Schultern bedeckte, zu Boden und die Orange rollte in die nächste Pfütze. Die beiden Kinder kreischten, als hätten sie nur darauf gewartet, fischten die Frucht im Handumdrehen heraus, packten den schönen Schal und sausten mit weiten Sprüngen, als wäre der Teufel hinter ihnen her, davon. Amélie klopfte kopfschüttelnd den Rock ab und besah den Schaden. Er war zum Glück nicht allzu schlimm, nur ein kleiner Riss und ein paar gelöste Fäden, die man leicht wieder reparieren konnte. Doch der verlorene Schal tat ihr leid – er war eines der Geschenke, die ihr Richard kurz nach der Hochzeit mitgebracht hatte.

Erst jetzt bemerkte sie, welches Aufsehen sie in ihrem violetten Seidenkleid erregte, mit dem für die Gelegenheit viel zu großzügigen, von zarten Rüschen und feiner Lochstickerei umsäumten Ausschnitt, zu dem ihr jetzt der schützende Schal fehlte. Sie zog verschämt die duftigen Puffärmel, an denen silberne Quasten baumelten, ein wenig höher über die Schultern, löste der Not gehorchend, die Bänder der breiten Taftschärpe um ihre Taille und raffte sie eng um die Schultern. Ihr kastanienbraunes Haar, das sich bei dem kleinen Unfall in der Conciergerie zu offener Fülle gelöst hatte, fiel ihr über den Nacken. In ihrer nachlässigen Aufmachung hielt man sie, wie sie unschwer an den sie streifenden Blicken der Männer erkennen konnte, für eine der Halbweltdamen, die ihr Frühstück so ganz im Vorübergehen an den Marktständen einnahm.

Sie wollte endlich nach Hause, egal, was sie dort erwartete! Entmutigt winkte sie einer Mietsdroschke, die gerade vorüberfuhr und nannte die Adresse der Rue des Capucines. Der Wagen setzte sich gemächlich in Gang und reihte sich in den lebhaft drängelnden Verkehr, der jetzt bereits herrschte, ein.

Hinter Amélies schmerzender Stirn drehten sich die Gedanken. War da nicht noch etwas gewesen, wovon Manon gesprochen hatte? Palais des

Anges, dort kann man dir weiterhelfen, hatte sie gemurmelt, bevor der Wärter kam.

Das Palais des Anges war ein Spielsalon, bei dem es sich in Wahrheit um ein Bordell handelte. Amélie kannte seine Besitzerin, über die man in Paris hinter vorgehaltener Hand tuschelte, sogar sehr gut. Es war niemand anderer als die frühere Nachbarstochter von Schloss Pélissier, Cécile, die damals mit ihrem Hauslehrer nach Paris durchgebrannt war und später die Geliebte eines alten Lebemanns geworden war. Nach seinem Tod hatte sie ein Vermögen geerbt, mit dem sie mit dem Aufschwung der Revolution das „Palais des Anges" eröffnete. Amélie, die die schwatzhafte und oberflächliche Cécile eigentlich nie richtig gemocht hatte, war ihr in Paris nie begegnet und sie konnte sich auch nicht vorstellen, dass Cécile etwas von Richard wusste! Und doch... Manon hatte ganz deutlich gesagt: „Geh zum Palais des Anges..."

Zweifelnd verzog sie das Gesicht, während der Wagen mit monotonen Stößen an den Quais entlang rumpelte und nach einem kleinen Umweg über den Platz der Revolution in die Rue des Capucines einbog. Ihre Hand zitterte, als sie nach dem Geld für die Fahrt suchte und sie zögerte, den Fuß aus der Kutsche zu setzen. Das Palais d'Églantine, wie es nun nach seinem Nachfolger hieß, sah mit seinen geschlossenen Fensterläden, den gemeißelten Statuen und den Masken von Freude und Schmerz über dem Portal so abweisend aus, dass sie immer mutloser wurde. Welche von Fabres unberechenbaren Launen und Wutausbrüche erwarteten sie? Ihr Herz klopfte plötzlich bis zum Hals.

„Los!", sie schloss die schon halb geöffnete Wagentür mit einem heftigen Ruck, beugte den Kopf aus dem Fenster und rief: „Weiterfahren – schnell!"

Der Mann auf dem Bock blieb gelassen, schnalzte und hieb kurz auf die Pferde ein, die sich schwerfällig wieder in Trott setzten. „Wohin also?", grummelte er, sich gleichmütig umwendend. Diese Frauenzimmer! Wussten doch nie, was sie wirklich wollten. Na, wenn er sein Geld bekam, konnte es ihm ja egal sein. Er nahm einen tiefen Zug aus seiner Pfeife.

Kurz entschlossen rief Amélie ihm zu: „Geradeaus! Fahren Sie erst einmal geradeaus!"

Immer wenn sie sich traurig oder verloren fühlte, konnte sie sich in früheren Zeiten nach Valfleur flüchten, um dort Trost zu finden. Aber seit ihrer Heirat mit Fabre waren das Schloss und die Ländereien sein Eigentum geworden, genauso wie das Palais in Paris. Wer wollte es jetzt noch wagen, ihm, Fabre d'Églantine, Dichter und Schöngeist, dem zum Konvent gewählten einflussreichen Mitglied des Sicherheitsausschusses, dem Intimfreund des mächtigen Danton, irgendetwas, das ihm gehörte, streitig zu machen?

Eine Träne kitzelte Amélies Wange. Sie wischte sie fort wie eine lästige, unangebrachte Gefühlsaufwallung, aber andere folgten, bis sie miteinander zu einem unhaltbaren Strom wurden, der unentwegt über ihre Wangen lief.

Sie schluchzte tief auf. Es war, als bräche alles, was sie bisher verdrängt hatte, aus ihrem Innern, um sie mit Ohnmacht und aufgestautem Zorn zu erfüllen. Doch dann nahm sie ihr Taschentuch und wischte sich energisch die Tränen ab. Es hatte keinen Sinn zu grübeln und sich selbst zu bedauern.

Sie tastete nach dem Medaillon um ihren Hals und ließ den Verschluss aufschnappen. Der Anblick Richards überflutete sie wie ein unerwarteter Sonnenstrahl. Sein Lächeln – so liebenswert - seine Augen unendlich vertrauenswürdig! Sie starrte die farbige Miniatur mit Richards Porträt fragend an und murmelte leise: „Warum hast du mich allein gelassen?"

Seine stumme, gleichbleibend freundliche Miene gab keine Auskunft, nur das typische, ironische Heraufziehen der Mundwinkel, das ihm eigen war, kam ihr für einen Augenblick so vor, als mache er sich über sie lustig. Beschämt ließ sie das Medaillon sinken – wie konnte sie so etwas denken! Richard trug keine Schuld – wenn er wirklich dem Henker entkommen war, dann hatte er all seine Kräfte gebraucht, um zu überleben!

Am Place de Châtelet blieb der Kutscher stehen.

„Nun?", fragte er, an seiner Pfeife kauend. „Haben Sie sich endlich entschlossen, wohin Sie wollen, Mademoiselle?

„Fahr….", begann Amélie und stockte verlegen, „fahr… zum Palais des Anges!"

Der Mann auf dem Bock nickte und wischte sich den Schweiß von der Stirn, bevor er seinen Hut wieder aufsetzte.

„Aha, das Palais des Anges am Boulevard St. Martin!", bestätigte er mit einem frechen Grinsen. Hatte er sich's nicht gleich gedacht? Das war doch die Adresse der dicken Kurtisane Cecilia de Platier, die mit ihrem berüchtigten Spielsalon so viel Geld verdiente! Man munkelte viel über sie und niemand wusste, ob der Adelstitel, den sie so hochtrabend führte, wirklich echt war und welcher Familie sie entstammte – aber so etwas war in diesen Zeiten schließlich gar nicht mehr wichtig.

Die Pferde zogen erneut an und der Wagen setzte sich wieder in schaukelnde Bewegung.

Nach einem ausgedehnten Nachmittagsspaziergang langte die Marquise de Bréde außer Atem an der oberhalb des Leopoldbergs gelegenen Kirche an. Sie hielt Gabrielle, die kleine Enkelin ihres verstorbenen Mannes, fest an der Hand, doch das kleine blonde Mädchen, dessen blasse Wangen sich an der frischen Luft rot gefärbt hatten, riss sich los, lief über das kleine Wiesenstück, das hinter der Kirche lag und begann, die großen Margeriten, die dort in üppiger Fülle wuchsen, zu pflücken.

Madeleine beugte sich, immer noch ein wenig nach Luft schnappend, leicht über die Mauerbrüstung und schaute durch den flimmernden, blassvioletten Dunst des nur von leichten Wölkchen getrübten Tages auf die Stadt Wien herab, die malerisch zu ihren Füßen lag. Gestern hatte sie noch einmal den Grafen de Montalembert empfangen und ihm versprochen, ihn heute Abend mit dem alten Freund ihres Mannes, dem Baron de Batz bekannt zu machen. Sie konnte es immer noch kaum fassen, dass de Montalembert lebte! Doch diesmal hatte er ihr seine ganze Geschichte erzählt und berichtet, dass es ihm dank eines korrupten Beamten, der ihn bei einem fingierten Fluchtversuch zum Schein erschossen hatte, gelungen war, zu entkommen. Madeleine zweifelte daran, ob es ihm möglich sein würde, seine hochfliegenden Pläne zu verwirklichen. Es sah nicht so aus, als wäre es so leicht, die untergegangene Monarchie neu zu errichten, sein Vermögen wieder zu erlangen und vor allem, Amélie den besitzergreifenden Armen d'Églantines zu entreißen! Dieser Mann würde Amélie, solange er lebte, nie mehr frei geben!

Erhitzt öffnete sie den erstickend engen Kragen ihrer hochgeknöpften, schwarzen Seidenbluse und nahm den großen, federbesetzten Hut ab, um sich damit Luft zuzufächeln. Die schwarze Trauerkleidung beengte sie überall. Alphonse hätte gelacht, wenn er sie so gesehen hätte! Verstohlen wischte sie sich eine Träne aus dem Augenwinkel. Gabrielle winkte ihr von der kleinen Wiese zu.

„Ich binde einen Kranz für Großvaters Grab!", rief sie voller Eifer.

Madeleine nickte und angezogen von dem märchenhaften Blick über die Stadt, in der sie nun schon geraume Zeit lebte, beugte sie sich noch tiefer über das Eisengitter der Brüstung. Die Hofburg leuchtete in der Ferne, der gotische Hochbau des Stephansdoms ragte in den Himmel empor, die barocken Kuppeln der unzähligen Kirchen schimmerten glänzend unter dem bläulichen Dunst des Sonnenlichts, in welchem die prächtigen Gärten und Parks um die Wette blühten. Doch dieser Anblick, der wie ein kostbares Kunstwerk wirkte, schien ihr heute wie brüchiges Bauwerk, ein Gespinst, das ein einziger Donnerschlag des Himmels zusammenbrechen lassen konnte. Was sollte all das wichtigtuerische, ameisenhafte Gewimmel von Krieg und Streit untereinander? War nicht alles flüchtig, geradezu sinnlos? Was blieb Alphonse nun von seinen diplomatischen Unterhandlungen mit Paris, seinem immensen Vermögen, das er nach Wien gerettet hatte?

Gabrielle kam mit einem dicken Strauß Margeriten angesprungen. „Hilfst du mir, sie zu binden?", rief die Kleine.

Madeleine nickte lächelnd und mit geschickten Händen wanden sie gemeinsam die großen Blumenköpfe zu einem Kranz. Als das Werk vollendet war, blickte das Kind mit einem glücklichen Lächeln zu ihr auf.

„Nicht wahr, Großvater wird vom Himmel herabsehen und sich freuen? Wir werden es ihm gleich bringen!"

Madeleine nickte traurig mit enger Kehle und die beiden machten sich langsam auf den Weg zum Zentralfriedhof. Die Zukunft, die so glatt und farblos vor ihr zu liegen schien, machte ihr plötzlich namenlose Angst.

Vom langen Spaziergang ermüdet, war Madeleine in ihr kühles Wiener Palais zurückgekehrt. Sie begab sich sogleich in die Bibliothek und setzte sich an den verwaisten Schreibtisch ihres Mannes. Im Halbdunkel blätterte sie zerstreut und mit unruhigen Händen in den Briefen und Dokumenten des Marquis; unschlüssig, was sie davon aufbewahren und vernichten sollte.

Es war beinahe neun Uhr und sie erwartete außer dem Grafen de Montalembert auch einige andere Gäste zu einem späten Souper, Freunde ihres verstorbenen Mannes, die sie ihm vorstellen wollte. Allen voran war es der Baron de Batz, der de Montalembert so brennend interessierte.

Madeleine grübelte melancholisch, wie ihr Leben nun weitergehen sollte. Auf welche Weise konnte sie das Vermächtnis Alphonses verwalten? Das prunkvolle und erlesen eingerichtete Haus war riesig und schien ihr trotz der vielen Dienstboten leer; sie hatte kaum Freunde in der Stadt, in diesem fremden Land. Von der ungeheuere Korrespondenz ihres Mannes, seinen Kontakten mit den verbliebenen Royalisten und den Verbindungen, die er zwischen Frankreich und Österreich knüpfte und unterhielt, wollte sie lieber nichts wissen. Sie begnügte sich, mit gewohnter Bescheidenheit am Rande zu stehen und nach ihrer Art das Geschehen zu beobachten, nur ihre Meinung äußernd, wenn man sie danach fragte.

De Brède, der sie mit den politischen Gräuelnachrichten aus Paris nicht belasten wollte, hatte wenig mit ihr über seine diplomatischen Missionen, die weit über das hinausgingen, was man einem gewöhnlichen Botschafter zumuten konnte, gesprochen. Dieses schreckliche Kapitel in Madeleines Leben blieb abgeschlossen, eine Tür war zugefallen; es schien etwas Gelebtes zu sein, was einer anderen Epoche angehörte. Von Amélie, ihrem einst heiß geliebten Schützling, hatte sie seit damals nichts mehr gehört. Ob sie glücklich mit dem Abgeordneten Fabre d'Églantine lebte, oder ob sie, wie de Montalembert hoffte, immer noch auf ihn wartete, wusste sie nicht. Ihr Herz klopfte unruhig.

„Madame, es ist aufgedeckt!", die Stimme des Dieners riss sie aus ihren Gedanken. „Wenn Sie Silberteller statt des Porzellans wünschen…"

„Nein, nein", winkte Madeleine ab, erhob sich schwerfällig, ging ins Speisezimmer und ließ ihren Blick flüchtig über die festlich angerichtete Tafel schweifen. Fröstelnd zog sie den Seidenschal um ihre Schultern. Trotz der warmen Jahreszeit schien ihr das große Haus plötzlich kalt und öde, verlassen von demjenigen, der einzig und allein Wärme und Geborgenheit darin verbreitet hatte. „Lassen Sie im Salon und im Speisesaal ein Feuer anzünden!", rief sie dem Bediensteten nach, während das Geräusch herbeirollender Fiaker und klappender Türen sie mit einem Gefühl neuer Schwermut erfüllte. Doch sie straffte die Schultern und begrüßte mit einem schwachen Lächeln den ersten Gast.

„Bonsoir, Jean-Pierre! Ich freue mich, dass Sie kommen konnten!"

Der Baron de Batz war eingetreten, ein schöner, hochgewachsener Mann, von erlesener Eleganz, der mit seinen noch nicht vierzig Jahren bereits ergraut war. Mit einem bedauernden Seufzer beugte er sich andeutungsweise über ihr Handgelenk.

„Meine liebe Madeleine – ich bin untröstlich! Ich kann den schrecklichen Verlust immer noch nicht begreifen. Er war so heiter, so sorglos…"

Madeleine senkte die Lider. Sie war müde und es schien ihr, als habe sie keine Tränen mehr, als sei der Neuanfang ihres Lebens gescheitert und sie als endgültiges Strandgut zerschmettert von den Stürmen des Lebens zurückgeblieben. Mit leiser Resignation begrüsste sie auch de Montalembert und den schwedischen Botschafter Graf von Fersen, die sie beide dem Baron de Batz vorstellte.

Langsam trafen auch die anderen Gäste, alte Freunde ihres Mannes ein und versammelten sich um den Kamin. General Dumouriez, der älteste Freund de Brédes, umarmte Madeleine herzlich, während ihm Tränen in die Augen traten. Der Chef der französischen Nordarmee, Sieger in vielen Schlachten, war in seinem Herzen immer Royalist geblieben und verachtete die Wichtigtuerei der Republikaner.

Einige Momente herrschte bedrückendes Schweigen, bis der General sich schließlich Luft machte.

„Verflixt und zugenäht! Ich habe die traurige Nachricht erst jetzt erfahren!", und in soldatischer Ehrlichkeit brummte er leise, einen Blick zu Madeleine hinüberwerfend, die dem Diener gerade Anweisungen für die Speisenfolge erteilte: „Etwas Dümmeres hätte uns wirklich nicht passieren können. Das durchkreuzt all unsere Pläne."

„Ja, wir müssen uns damit abfinden", murmelte Baron de Batz mit brüchiger Stimme, „de Bréde ist tot und kann nichts mehr für uns tun!" Er nahm die schwarz umrandete Anzeige vom Tisch und tat, als betrachte er sie eingehend.

„Und wer... kümmert sich nun um den Transfer der Geldmittel?", warf der sonst so reservierte Bankier Ribbes ein, während er nervös sein Monokel dicht ans Auge hob und fragend in die Runde sah. Niemand antwortete und Ribbes schüttelte ratlos den Kopf.

„Gibt es jemanden unter uns, der seine Position einnehmen kann?"

Die ungeduldige Frage General Dumouriez stand im Raum, aber niemand antwortete.

„Meine Herren", der Geheimagent Aubier, ehemaliger Edelmann in Diensten des Königs ließ sich hören, „wir müssen den veränderten Tatsachen ins Gesicht sehen! Das Wichtigste sind doch unsere diplomatischen Beziehungen...", er senkte die Stimme, „ich meine, wie werden sich die Verhandlungen mit dem Konvent, besser gesagt mit Danton selbst, weiter gestalten? Niemand hat den Draht, die Vertrauensposition; weder zum österreichischen Kanzler noch zu den französischen Abgeordneten. Es gibt keinen vergleichbaren Diplomaten, der den Marquis de Bréde ersetzen könnte!"

Schweigen stand im Raum, jeder sah den anderen an, als könne er in dessen Augen die Antwort lesen. Madeleine hatte sich jetzt wieder zu den Männern gesellt und betrachtete ihr Weinglas ohne zu trinken. Im Spiegel der roten Flüssigkeit schien das Gesicht Alphonses aufzutauchen, der ihr zulächelte. Sie wandte den Blick ab, während ihr die immer bereiten Tränen in die Augen schossen. Ohne Anteilnahme lauschte sie der Unterhaltung mehr aus Höflichkeit, als aus Interesse.

Axel von Fersen begann als Erster: „Dann müssen wir eben den direkten Weg gehen. Wir alle wissen, dass Danton das ständige Blutvergießen beenden und die Revolution endlich mit einer stabilen Regierung abschließen möchte. Und es ist kein Geheimnis, dass unser Freund de Bréde mit Danton ein Abkommen geschlossen hat. Danton wird die Entführung der Königin begünstigen – aber nur dann, wenn man ihm im Fall des Misslingens nichts nachweisen kann!"

„Der gute Volksheld wird sich also in den Schatten ducken, in der Öffentlichkeit grob geben und abwarten, wie sich die Sache entwickelt." Die Worte Aubiers, des Geheimagenten, klangen gedehnt. „Aber was verlangt er dafür?"

Der Bankier Ribbes mischte sich ein. „Es handelt sich um ein beträchtliches Lösegeld mit der Zusicherung, dass nichts davon an die Öffentlichkeit gerät."

„Genauso ist es!", bestätigte Dumouriez, „Also, dann führen Sie doch die Verhandlungen Ribbes! Für mich ist es unmöglich, ich habe bereits zu viel gewagt! Wir dürfen keine Minute mehr verlieren – wenn Sie mich fragen, dann muss die Königin den Republikanern jetzt mit Gewalt entrissen werden! Ich habe immer gesagt, die Aktion `Ass-Karte` hätte schon längst gestartet werden müssen!"

„Ich erkläre mich gerne dazu bereit, gebe aber zu bedenken, dass mit dem Tod de Brédes leider auch unsere Geldquelle versiegt ist!" Die Feststellung des Bankiers klang leidenschaftslos und neutral.

„Und aus diesem Grund", fiel de Batz ihm plötzlich entschlossen ins Wort, „werde ich es sein, der die finanzielle Seite übernimmt!"

Eine verblüffte Pause trat ein, in der alle schweigend de Batz ansahen.

„Sie? Ist das wirklich Ihr Ernst?", platzte der Bankier heraus. „Es geht ja nicht nur um die Summe für Danton, sondern auch um Bestechungsgelder für den Gefängnisinspektor, die Gendarmen, von unzähligen anderen Ausgaben ganz zu schweigen!"

Skeptische Blicke trafen de Batz, der lakonisch anwortete. „Warum nicht? Bei Gott, diese Sache ist es wohl wert, sein Vermögen in die Waagschale zu werfen! Denken Sie nicht, meine Herren?"

Er sah sich herausfordernd um. „Und wenn mir jemand nachsagen würde, ich fälschte Assignaten, so würde er meine Faust spüren!" Er lachte mit blitzenden Augen und streckte den Arm angriffslustig aus.

„Ach so ist das…", Aubier begriff nur langsam, „Sie meinen…, Sie verfügten über", er tauschte einen Blick mit dem Bankier, „gefälschtes Geld?" De Batz zog es vor zu schweigen.

„Schön und gut", Dumouriez streifte den Baron mit einem kritischen Seitenblick, „aber wenn die Königin sich weigert! Sie muss natürlich mit einer Entführung einverstanden sein!" Resignierend senkte er den Blick. „Auch da können Sie mit mir und meiner Armee nicht mehr rechnen! Ich bin gebrandmarkt als Volksverräter!"

„Genau wie ich - mein Steckbrief hängt überall", das Gesicht von de Batz war ernst geworden, „aber das ist noch kein Grund aufzugeben. Warum sollten wir nicht jemanden finden – einen mit allen Wassern gewaschenen Teufelskerl, der…"

„Ich…, ich könnte es machen", es war die ruhige Stimme des Grafen de Montalembert und alle wandten sich erstaunt nach ihm um, „schließlich bin ich ja für tot erklärt!"

„Aber die Königin kennt Sie nicht…", gab Graf von Fersen zu bedenken, „ich weiß, welche Vorbehalte sie hat. Es müsste ein Mensch sein, der ihr Vertrauen besitzt, der ihr bedingungslos ergeben ist!"

„Nun, und an wen dachten Sie dabei?", gespannt beugte sich de Montalembert vor.

Von Fersen überlegte einen Augenblick, dann erhellte sich sein Gesicht. „Es gibt jemanden - den Chevalier de Rougeville! Die Königin hat ihm einmal aus der Patsche geholfen – seitdem er sie an."

„Ausgerechnet dieser Rougeville?" De Montalembert runzelte die Stirn. „Man kennt ihn im Palais des Anges. Ein Abenteurer, der alles Mögliche anfängt – und sich im Untergrund von Paris versteckt hält!"

„Gerade deshalb könnte er der richtige Mann für uns sein!", schmunzelte de Batz.

Aufgebrachtes Gemurmel erhob sich und übertönte alle weiteren Worte. Der Bankier winkte in seiner trockenen Art zur Ruhe.

„Es ist ein Risiko – aber wir müssen es eingehen! Wir haben also einen Geldgeber", er sah de Batz an, „und nun müssen wir nur noch diesen Chevalier de Rougeville ausfindig machen und ihn für unseren Plan gewinnen! Stimmen wir ab – wer ist dafür, den letzten Schritt, die Aktion `Ass-Karte`, zu starten?"

Die Hände hoben sich, ohne Ausnahme.

De Batz winkte dem Diener, die Gläser neu einzuschenken und erhob als Erster sein Glas.

„Auf die Monarchie – auf das Leben der Königin!"

Die Anderen fielen in den Trinkspruch ein und de Montalembert und von Fersen prosteten sich mit neu geweckter Zuversicht zu.

Der Bann war gebrochen und neue Hoffnung leuchtete aus den Gesichtern.

Wenig später öffnete sich die Tür zum kerzenerhellten Speisesaal.

„Meine Herren!", der mühsam beherrschten Stimme der Marquise de Bréde und ihrer Blässe war unschwer anzumerken, wie sehr die Unterhaltung der Verschworenen sie erschüttert hatte. „Ich bitte zu Tisch!"

Während der gesamten Mahlzeit an der langen, mit kostbarem Silber geschmückten Tafel lächelte Madeleine mit versteinertem Ausdruck, nickte nach allen Seiten, ohne zu wissen, was sie sagte. Eine unbestimmte Sehnsucht, ein merkwürdiges Heimweh erfüllte ihr Herz, gemischt mit der Angst, in diesem prunkvollen Palais wie ein Möbelstück zu verstauben und einsam zu altern, ohne wirklich gelebt zu haben.

Ganz plötzlich und ohne dass sie vorher auch nur mit der Idee gespielt hatte, kam ihr ein aufrührerischer, ein beinahe unsinniger Gedanke. Was wäre, wenn sie selbst nach Frankreich zurückkehrte? Der Plan der Verschwörer klang so plausibel, so gut durchdacht, dass sie Lust verspürte, sich in irgendeiner Weise daran zu beteiligen. Alphonse hätte es vielleicht gebilligt, sie für einen solchen Entschluss sogar bewundert! Welch ein tollkühnes Vorhaben, die Königin zu entführen und damit die Monarchie wiederherzustellen! Wenn das gelang, dann nahm das Blutvergießen der Republikaner ein Ende und alles würde sich zum Guten wenden.

Der Wunsch, ihr Land, Amélie und Valfleur, die Stätte, in der sie so lange gelebt hatte, noch einmal wieder zu sehen, stieg brennend in ihr auf und schien mit einem Mal ihr ganzes Wesen auszufüllen. Eines spürte sie mit Sicherheit: Hier in Wien, in ihrem ruhigen, gesicherten Palais würde sie sich ohne Alphonse niemals zu Hause fühlen!

6. Kapitel
Das Mädchen Sheba

Das Palais des Anges, eine von einem kleinen Park umsäumte, in italienischem Stil erbaute Villa, hob sich mit einer gewissen Protzigkeit von den anderen, bescheideneren Gebäuden am Boulevard St. Martin ab. Die Besitzerin schien eine Vorliebe für vollfleischige steinerne Putten aller Art zu haben, sie tummelten sich im Garten, saßen auf Vorsprüngen und schienen sich auf Simsen zu necken. Über dem Eingangstor reckte sich bezeichnenderweise ein kleiner, marmorner Amor empor, der mit seiner Armbrust auf die Besucher anzulegen schien. Sein Lächeln war jedoch mehr das eines Faunes, rätselhaft und unergründlich, so als wolle er die Gäste warnen, über die Schwelle zu treten. Efeuranken, dichte Rosenspaliere und üppige rosa und fliederfarbene Rhododendronbüsche verdeckten fast die Zufahrt über eine leichte Anhöhe, an der sich eine breite Treppe beidseitig zum kunstvoll geschnitzten Eingangsportal hinaufbog.

Die breite Tür hinter den Spalieren öffnete sich plötzlich und Amélie, die schon einen Fuß aus der Kutsche gesetzt hatte, zog sich rasch zurück. Amüsiertes und lautes Lachen drang von drinnen heraus, und zwei junge Männer mit langen Haaren, Gehröcken und bunten Schärpen, Kusshände nach rückwärts sendend, traten mit geröteten Gesichtern ein wenig schwankend auf das Straßenpflaster und sahen sich nach einem Fiaker um. Als sie die wartende Mietsdroschke erblickten, schwenkten sie laut rufend ihre Stöcke und überquerten mit jener schlafwandlerischen Sicherheit, die nur Betrunkene besitzen, die Straße, auf der die mit allen möglichen Gebrauchsgegenständen beladenen Wagen keinerlei Rücksicht darauf nahmen, was sich im Weg befand.

„Fahr weiter!", rief Amélie dem Kutscher zu, doch dieser, der das ständige, ziellose Umherfahren leid war und sich von den neuen Kunden mehr versprach, blieb ungerührt stehen.

„Zuerst zahlen Sie mir einmal die bisherige Fahrt, Mademoiselle!"

„Mademoiselle?", rief Amélie entrüstet aus, „ich bin Madame d'Églantine, die Frau des Abgeordneten!"

„Und wenn Sie die Königin von Saba sind – ich will zuerst mein Geld! Sie haben mir diese Adresse genannt - und ich kann mir schon vorstellen, was Sie dort suchen."

Die bärbeißige Miene des Kutschers ließ kein Einlenken erhoffen. Grinsend starrten die beiden Betrunkenen jetzt durch das Fenster des Wagens, erfreut, eine so hübsche Dame ganz ohne Begleitung darin vorzufinden. Der jüngere der beiden, stutzerhaft nach der neuesten Mode gekleidet, mit hohem Hut, gelben Kniehosen, rot abgesetzter Weste und einem Hemd mit dreifach geknoteter Krawatte, stieß seinen Kumpan in die Seite und rief mit schwerer Zunge: „O lala, die ist ja noch besser, als die Mädels dort drüben!"

Der Mann streckte die Hand aus. „Komm mit uns, meine Schöne… wir machen eine nette Tour…"

Amélie, von dem ihr entgegenschlagenden Alkoholdunst angewidert, sprang, so schnell sie es in ihrer voluminösen Robe vermochte, auf der anderen Seite der Kutsche hinaus.

„Was ist Schätzchen… wir zahlen auch die Fahrt…"

Der junge Geck versuchte schwankend, ihren Arm zu packen, wobei ihm der hohe Hut mit roter Quaste in den Straßenschmutz fiel.

„Merde!", mit einem Fluch bückte er sich und konnte die Kopfbedeckung gerade noch vor einem rücksichtslosen Bauernkarren aus dem Staub retten. Ohne darauf zu achten war Amélie, sich behände durch das Gewirr von Kutschen und Pferden drängend, bereits über die Straße gelaufen.

„Halt! Hiergeblieben! Mein Geld… Polizei!", schrie ihr der Kutscher mit geballter Faust nach, „Haltet die Frau …ich will mein Geld…"

Auf der anderen Seite der Straße blieb Amélie zunächst unschlüssig stehen, doch nachdem ein in der Nähe promenierender Wachsoldat aufmerksam geworden war, nahm sie kurz entschlossen einige Münzen aus ihrem Portemonnaie und warf sie mit gut Glück in die Richtung des sie verfolgenden Kutschers. Aber noch bevor der Mann sich auch nur danach bücken konnte, waren blitzartig ein paar zerlumpte Straßenjungen zur Stelle, die auch mit dem letzten Liard so schnell verschwanden, wie sie aufgetaucht waren.

Den Wachmann im Rücken lief Amélie jetzt, so schnell sie konnte, an den gaffenden Passanten des Boulevards vorbei durch das offen stehende, schmiedeeiserne Tor, das in den Garten der Villa führte und zog es mit einem kräftigen Ruck hinter sich zu.

Ohne einen Bick auf die betörend duftenden Rosenstöcke zu werfen, hastete sie den Treppenaufgang hinauf und zögerte erst vor dem prächtigen Portal. Eine Gruppe steinerner Putten trug ein silbernes Schild, auf dem der verschnörkelt eingravierte Name des Etablissements zu lesen war: „Palais des Anges".

Obwohl erst Mittag, sah man hinter den halb geschlossenen Läden bereits Kerzen brennen. Was würde Cécile sagen, wenn sie so ganz ohne Voranmeldung und nachdem sie so lange jeglichen Kontakt vermieden hatte, plötzlich hereinplatzte?

Unsicher blickte sie zum Tor zurück, an dem das rote, ärgerliche Gesicht des Kutschers auftauchte, der sich in Begleitung des Polizisten näherte, um sein restliches Geld einzufordern. Das gab den Ausschlag. Ohne weiter nachzudenken, läutete sie stürmisch an der metallenen Glocke vor dem Portal. Die Tür öffnete sich so schnell und unmittelbar vor ihrer Nase, dass sie dem livrierten Diener, der diskret zurückwich, direkt vor die Füße stolperte. Er schien sich nicht einmal zu wundern, dass sie so eilig Einlass begehrte und verschwand.

Sich aufrappelnd, sah sie hinter ihm in die fragenden Augen zweier dürftig bekleideter, stark geschminkter Damen, die außer einem transparenten Spitzenhöschen und einem, den nackten Busen herausfordernd hochpressenden Mieder, über den sich eine Federboa schlängelte, wenig anhatten. Sie hielten sich eng umschlungen und die Blonde, bei näherer Betrachtung ein noch sehr kindlich wirkendes Mädchen mit rundlichen Formen, hatte den Kopf zärtlich auf die Schulter der Älteren, einer kräftigen Rothaarigen gelegt. Ihre von netzartigen, schwarzen Seidenstrümpfen umhüllten Beine mit opulenter Rüschenkrause, steckten in spitz zulaufenden, geschnürten Schuhen mit hohen gebogenen Absätzen, in denen sie nur zu trippeln vermochten.

„Und? Was willst du?" Die Frage der Rothaarigen war nicht unfreundlich.

„Ich..." Sie stockte, als sie mit halbem Blick hinter einem Paravent zwei weitere Frauen erblickte, die sich in höchst unanständiger Weise auf einem roten Samtcanapé räkelten. Eine von ihnen, eine hübsche Dunkle mit zerzaustem Haar, blickte neugierig auf, ohne jedoch die gewagten Zärtlichkeiten, mit denen sie den Hals und die nackten Brüste der auf ihrem Schoß liegenden jungen Frau liebkoste, zu unterbrechen. Entsetzt sah Amélie, wie sie sich niederbeugte und ihre Lippen provokant über die weiße Haut der lasziv daliegenden, unbekleideten Schönen gleiten ließ.

„Oh, ich bitte um Entschuldigung", hauchte sie, verlegen die Blicke senkend, „ich will nicht stören - aber ich... möchte eigentlich meine Freundin Cécile,... ich meine natürlich die Gräfin de Platier sprechen", sie suchte nach einem plausiblem Grund, „weil ich ihr etwas von ihrem Bruder Auguste zu bestellen habe."

Die beiden Frauen sahen sich bedeutungsvoll an, ohne den Eingang frei zu geben und musterten sie amüsiert. „Hast du das gehört – ihr Bruder Auguste", prustete die rundliche Kleine los, verdrehte die Augen und rieb ihre üppigen, festen Brüste am Rücken der Freundin. „Nicht jetzt Rose!", die Rothaarige stieß sie unsanft beiseite und wandte sich wieder Amélie zu.

„Spar dir deine Ausreden, du Unschuld vom Lande", sie ließ ihren Blick abschätzend über Amélies Kleid gleiten. „Wenn du hier anfangen willst, darfst du dich sowieso nicht genieren. Komm meinetwegen rein. Aber zieh dich erst mal aus, damit wir sehen, ob du geeignet bist. Ich sag's dir gleich, wenn du bleiben willst, musst du alles mitmachen. Wir gehen sehr zärtlich miteinander um, das siehst du ja – zum Ausgleich für die groben Kerle!" Sie sah sie vielsagend an. „Und dann gibt es auch welche, die gerne zusehen, wie zwei Frauen es miteinander machen!", sie zwinkerte ihr zu und riss ihr plötzlich mit einem raschen Griff das Schultertuch und einen Träger ihres Kleides herunter. „Du bist ja wirklich ganz niedlich!", rief sie anerkennend aus.

„Sind Sie verrückt geworden?" Amélie wich verwirrt zurück und brachte ihre Kleidung in Ordnung. „Ich möchte jetzt endlich die Gräfin de Platier sprechen!"

Die Rothaarige lachte. „Wenn ich mich für dich verwenden soll, musst du schon etwas zahmer sein – hier kannst du nicht die Klosterschwester spielen!"

„Lass sie, Suzanne!" Beinahe eifersüchtig hatte sich die rundliche Blondine herbeigedrängt und schlang die Arme um ihren Hals. „Die tut doch bloß so unschuldig!"

„Komm zu mir, meine Süße!", kicherte eine betrunkene Dritte mit blonden aufgelösten Haaren, die in einem tiefen Sessel ungeniert die Beine spreizte. „Ich zeig dir, wie das geht!"

Amélie holte tief Luft vor Entrüstung. „Seid doch nicht gleich so ordinär!", mahnte die Rothaarige mit gespieltem Ernst, „Da bekommt unser Besuch ja einen ganz falschen Eindruck!"

Während von allen Seiten lautes Kichern ertönte, fuhr sie zu Amélie gewandt fort. „Beruhige dich, ma Belle, nimm das nicht so ernst. Wir sind hier doch unter uns. Heb dir deine Prüderie für die Kavaliere auf. Und mit der Gräfin meinst du sicher Madame Cécilia, unsere Chefin! Aber die ist noch gar nicht aufgestanden! Gestern ist es nämlich ziemlich spät, das heißt, eher ganz früh geworden."

Sie lachte leise und tauschte einen bezeichnenden Blick mit ihrer blonden Freundin, die ungeniert gähnte und dann den Rest aus einem vergessenen Champagnerglas hinunterschüttete. „Willst du was trinken? Dann kommst du vielleicht in Stimmung! Komm Rose! Zeig du's ihr mal!"

Rose setzte sich sogleich rittlings auf den Schoß der Rothaarigen und begann, mit dem Zeigefinder langsam und ungeniert ihre Brustwarzen zu umkreisen. Die Rothaarige antwortete mit leisem Stöhnen und die beiden ließen sich schließlich kichernd, als wäre das alles nur ein dummer Spaß, auf eines der weichen, mit Pelzdecken belegten Sofas fallen, die im Foyer von Paravents halb verdeckt, wie in einem Warteraum standen.

Es klopfte plötzlich hart gegen die Tür und die Blonde erhob sich aufseufzend, trippelte zum Spion und sah hindurch.

„Die Polizei, Süße. Dachte ich's mir doch, dass du was ausgefressen hast!", murmelte sie ungerührt, setzte sich wieder und wippte aufreizend mit den Beinen. „Jean", rief sie laut, „öffnen!"

Der Diener in korrekter Livree und weißen Handschuhen erschien wie aus dem Nichts.

„Jean, Sie wissen ja Bescheid, was wir in solchen Fällen sagen!"

Er nickte diskret und setzte sich in Bewegung. Solche Szenen schienen nichts Neues für ihn zu sein. Amélie erschrak: Jetzt würde man sie als aufgelesenes Freudenmädchen in irgendein Kommissariat schleppen, wo sie dann vielleicht von Fabre ausgelöst werden musste! Seelenruhig öffnete Jean die Tür, nahm etwas aus einem Portefeuille und drückte es dem Polizisten, der sich vielmals für die Störung entschuldigte, mit einem Augenzwinkern in die Hand. Amélie, seinen neugierigen Blick auffangend, sah diesem merkwürdigen Ritual aus einiger Entfernung verblüfft zu und zog das seidene Tuch in ihrem Ausschnitt höher.

„Danke, Mademoiselle... sehr freundlich", sagte sie artig und ein wenig verlegen zu der Rothaarigen, die das Bein in die Höhe reckte und ungeniert ihr Strumpfband festzog. „Ich komme natürlich für die Kosten auf. Aber das ist alles ein Missverständnis! Ich bestehe darauf, die Hausherrin zu sprechen! Sie ist nämlich eine alte Freundin von mir, eine Nachbarin von Schloss Valfleur!"

Die Mädchen stießen sich an und kreischten los.

„Habt ihr das gehört? Eine alte Freundin von ... Schloss Valfleur! Neue Masche, um aufzuschneiden!"

„Ach, lasst sie doch in Ruhe – die ist entweder dumm oder schwer von Begriff", mischte sich plötzlich eine blutjunge, kaum sechzehnjährige, farbige Schönheit mit schwarzen Haaren und samtenem Teint in die Unterhaltung, die mit halb geschlossenen Augen, Rauchwolken in die Luft paffend, rücklings auf einem Stuhl saß und die Szene in gebührendem Abstand aus einer Erkerecke beobachtet hatte. Mit katzenhaft geschmeidigen Bewegungen schwang sie jetzt ihre langen Beine, kam lasziv herbeigeschlendert und sah Amélie mit verächtlicher Überlegenheit an. „Madame Cécilia schläft um diese Zeit noch. Ist das so schwer zu verstehen?"

Amélie starrte sie erbost an. Dieses unverschämte Ding, eine Art Mischblut und fast noch ein Kind, verdiente für ihren rüden Ton eine Zurechtweisung. Sie suchte wütend nach den passenden Worten, doch dann hielt sie sich mit eisigem Schweigen zurück. Es war besser, hier unnötiges Aufsehen zu vermeiden. Das Mädchen war in der Tat eine seltene exotische Schönheit mit langem schwarzen Haar und eigentümlich blauen Augen, deren Helligkeit in auffallendem Kontrast zu ihrem milchkaffeefarbenen Teint stand. Mit ihrem feingliedrigen Körper glich sie fast den jungen Zigeunerinnen, die manchmal am Place de Greve mit Kastagnetten und Blüten im Haar für ein paar Sous tanzten.

Amélie hob ihre Nase ein wenig höher und bat in trockenem Ton: „Nun, dann, ...dann wecken Sie sie bitte – auf meine Verantwortung. Es ist ja schließlich schon beinahe Mittag. Im Übrigen verbitte ich mir diesen legeren Ton!"

„Schon gut, Chérie, reg dich nicht auf – du kannst hier warten. Aber wegen dir wird sie nicht gleich ihre Gewohnheiten ändern."

Die junge Exotin verzog das Gesicht, warf den anderen bezeichnende Blicke zu und pustete Amélie dreist eine Rauchwolke ins Gesicht, bevor sie mit aufreizend schwingenden Hüften davonstöckelte und sich ungerührt auf eine Récamière warf.

Die anderen Frauen begannen untereinander zu tuscheln und zu kichern, als habe sie einen unwiderstehlichen Witz gemacht. „Schloss Fleur..., wie hieß das noch gleich? Die gibt aber an und tut fein! Alte Freundin – das sagt doch jede! Madame wird sich bedanken! Als wenn wir nicht schon genug wären. Da könnte sie ja jede Hergelaufene nehmen!"

Ein kreischendes Auflachen der anderen antwortete.

Amélie ignorierte die Unverschämtheiten, wandte ihre Blicke aber hilfesuchend zu dem mit unbeweglichem Gesicht wartenden Diener. Gerade als sie den Mund zu einer Beschwerde öffnen wollte, ließ sich eine verärgerte, durch ihre Lautstärke beinahe schrill klingende Stimme hören.

„Sacre Putain! Was ist das hier für ein Krach, zum Donnerwetter! Verdammte Huren – habt ihr denn immer noch nicht genug? Wer ist dieses verfluchte Miststück, das mich gerade dann aufweckt, wenn ich nach einer langen Nacht endlich ein wenig die Augen zumache! Das ist ein distinguiertes Haus und keine Lasterhöhle!"

Der aufgebrachte Ton, der ihr nur allzu bekannt vorkam, entlockte Amélie unwillkürlich ein Lächeln. Das war doch nicht etwa Cécile, die kleine, ein wenig schüchterne, dickliche Cécile, die aus Liebe zu ihrem Hauslehrer Léon nach Paris durchgebrannt war, um ihr eigenes Leben zu führen? Sie versuchte, im halbdunklen Hintergrund des nur matt von Kerzen erhellten, dämmrigen Salons etwas zu erkennen.

„Cécile…?", rief sie verhalten und etwas beklommen. Sie kniff die Augen zusammen und machte ein paar Schritte über die Schwelle in den weitläufigen Raum hinein. Eine unglaubliche Anzahl von Stühlen gruppierte sich im Mittelbereich um den riesigen Spieltisch mit einem silbern glänzenden Roulett, auf dem verstreut Karten und Würfel zwischen abgestellten und umgefallenen Gläsern lagen. Dahinter stand im undeutlichen Licht Cécile, oder das, was aus der ehemals unbeholfenen und braven Tochter eines verarmten Landjunkers im Laufe der Jahre geworden war.

Mit um die Schultern wallendem, weizenblond gefärbtem Haar reckte sich die halbnackte junge Frau beim Näherkommen ungeniert nach allen Seiten und hielt geziert ihre gepflegte Hand mit den blutrot lackierten Fingernägeln vor den Mund, um ein herzhaftes Gähnen zu unterdrücken. Sie wirkte, als sei sie nach einer langen Nacht ins Bett gefallen, so wie sie war und auch genau so wieder aufgestanden. Zerdrückte Locken mit kleinen Schmuckperlen und Schleifchen umrahmten unordentlich das ein wenig pausbäckige Gesicht, auf dem Schminke und Puder verflossen waren. Die von falschen Wimpern umsäumten, noch immer etwas naiv blickenden, hellblauen Puppenaugen, blinzelten mit ärgerlichem Misstrauen ins Licht. In ihrer üppigen Fülle, den verschwenderisch zur Schau gestellten Formen, die beinahe das nachlässig geöffnete Korsett sprengten, wirkte sie wie eine leibhaftig gewordene Venus, die fleischgewordene Versuchung. Ihr gewaltiger Busen wogte im offenherzigen Ausschnitt des rosa gerüschten Hauskleids und eine flauschige, rosa Federboa schleifte achtlos am Boden. Ihr noch mädchenhaftes Gesicht, das eine seltsame Mischung aus Unschuld und Laster darstellte, verzog sich beim Anblick Amélies überrascht zu einem breiten Lächeln, dem zwei hübsche Grübchen und regelmässige, kleine weiße Zähne ein anziehendes Strahlen verliehen.

Mit ungespielter Verzückung breitete Cécile beide Arme aus und ihre kindhaft hohe Stimme überschlug sich beinahe: „Amélie? Nein, ich träume wohl! Bist du es wirklich, Amélie, meine beste Freundin… Schätzchen… ist das wahr? Du bei mir! Endlich hast du einmal den Weg zu mir gefunden! Lass dich umarmen!"

Amélie zögerte mit einem Blick auf die neugierig nähergetretenen Damen.

„Glotzt nicht so dumm!", fuhr Cécile mit völlig verändertem Ton harsch die neugierigen Frauen an, denen das Gekicher in der Kehle erstarb. „Verschwindet, ihr dummen Gänse, aber ein bisschen schnell. Lasst mich mit meiner teuren, meiner einzigen Freundin allein!"

Sie drückte die verblüffte Amélie an ihre Brust und flötete sanft: „Komm mit mir, meine Süße, und entschuldige den rauen Ton – aber diese Mädels aus der Gosse muss man so anpacken, die verstehen keine andere Sprache! Das musste ich auch noch lernen… meine Mutter selig würde auf der Stelle in Ohnmacht sinken, wenn sie mich so reden hörte …du weißt ja, wie sie auf Etikette achtete! Aber ich war nach ihrer Meinung sowieso aus der Art geschlagen!"

Unaufhörlich schwatzend, den Arm um ihre Schultern gelegt, schob sie Amélie weiter in den Salon, in dem neben dem immensen Roulette und separaten Kartentischen ein unbeschreibliches Durcheinander herrschte. Kleidungsstücke, Spielkarten, Würfel, Gläser, Kissen, Wachsreste heruntergebrannter Kerzen, alles war über den Boden verstreut. Auf den mit Weinflecken verzierten Decken des großräumig aufgebauten Buffets lagen neben einem umgekippten Leuchter übrig gebliebene Speisereste auf silbernen Platten, darunter ein ganzer Braten, um den dicke Fliegen summten. Die Luft war stickig und schwül.

Mit einer wegwerfenden Geste zuckte Cécile ohne die geringste Verlegenheit die Achseln: „Wundere dich nicht über die Unordnung… sieh dich bitte nicht um - morgens geht es bei uns immer ein wenig nachlässig zu! Ich selbst bin auch noch gar nicht hergerichtet… ich hatte mich nur ein wenig niedergelegt!"

„Ich wollte wirklich nicht stören, aber…" begann Amélie betreten, doch Cécile überhörte ihren Einwurf. Herrisch rief sie den Diener an: „Jean, sorg dafür, dass aufgeräumt wird und lass die Essensreste wie immer zur Pont de Change bringen, du weißt ja, der Händler für die Déjeuners – es gibt so viele arme Leute, die sich die Finger danach lecken. Und verlang nicht zu viel dafür. Du kennst ja mein gutes Herz - ich bin großzügig."

Der Diener nickte stumm, nahm die Platte mit dem Braten und trug sie hinaus. Cécile zog die eingeschüchterte Amélie hinter sich her in ein kleines Separée, in dem ein gutes Dutzend Champagnerflaschen und halbleere Gläser auf Tischen und am Boden herumstanden und ließ sich aufseufzend und schwer auf ein breites Sofa fallen, das fast das ganze Zimmer einnahm.

„Hierher ziehe ich mich immer vor der Unordnung nach einem Fest zurück, Chérie! Aber jetzt brauche ich erst mal einen Schluck, um aufzuwachen!" Sie griff nach einer offenen Champagnerflasche, goss ein Glas voll und stürzte es hinunter. „Möchtest du auch?", fragte sie Amélie, die angewidert das Gesicht verzog. „Aber ja doch, Schätzchen, ich weiß, was du denkst", sie lachte glucksend auf, „Keine Sorge, ich werde dir eine schöne, heiße Schokolade bringen lassen."

Sie stellte das Glas ab und ließ die kleine, silberne Glocke erklingen, die auf einem Tablett stand. „Nun lass dich doch ansehen! Wie schön du bist – unglaublich, so schlank wie eine Porzellanpuppe – und unsereins…" Sie sah mit schmollend verzogenem Mund an ihren Speckrollen und der überbordenden Fülle Fleisch ihres Körpers herab. „Ich kann machen, was ich will, es wird immer mehr! Aber ich esse eben so gerne! Nun sag Kind, wie ist es dir ergangen… aber ich weiß ja das meiste von dir – selbst in einer Stadt wie Paris lässt sich nicht alles geheim halten…"

Ganz genau wie früher plapperte sie unentwegt und Amélie kam überhaupt nicht zu Wort. Ernüchtert fragte sie sich, warum sie überhaupt hergekommen war. Cécile war noch die gleiche, oberflächliche Nervensäge wie ehedem geblieben, die wie ein Wasserfall redete und mit der man einfach kein ernsthaftes Wort sprechen konnte.

„Du siehst ja, Kleines, was aus mir geworden ist", seufzte Cécile schließlich, die Resignierte spielend. „Zuerst mein literarischer Salon, dann… das andere. Ich brauchte Geld, weißt du? Ich wollte eben nicht wie meine Eltern mein Leben in Armut auf dem Land verplempern. Wir Adeligen haben ja sowieso nichts mehr zu melden – außer dass wir uns den Scharfrichter aussuchen können!" Sie versuchte zu lachen und sah dann verlegen zu Boden. „Und nun habe ich alles, was ich immer wollte – und noch viel mehr. Ein interessantes Leben, alles in allem – und Geld genug. Die Spitzen der Gesellschaft, unsere Konventsmitglieder, Minister; beinahe alle Abgeordneten geben sich bei mir die Tür in die Hand. Ich habe Einfluss, weißt du… Niemand kennt genau meinen Namen und meine Herkunft – das ist in diesen Zeiten auch besser so. Man nennt mich La Bella Cécilia, die blonde, italienische Venus. Natürlich nur, wenn ich hergerichtet bin, nicht so, wie du mich jetzt siehst – und du weißt, ich spreche ein wenig Italienisch – Amore, Bongiorno, Ti amo - das reicht und kommt gut an, bei den …ich meine bei den Herren."

Sie kicherte, als sei sie noch das junge Mädchen von damals, strich an ihrem Körper entlang und machte eine Geste, als wolle sie die Haare

hochnehmen und ordnen. „Ein wenig Schminke, ein wenig Illusion…
Aber ich gebe es ehrlich zu: Wenn ich nach dem Ehrenkodex meiner Eltern gehandelt hätte, wäre ich vielleicht als armseliges Häufchen Elend im
Hôtel-Dieu geendet, verlassen von Léon, dem gelehrten Schwätzer! Odi
et ami - Ich hasse und liebe - war sein Wahlspruch. Aber zu nichts hat er es
gebracht, mit all dem Latein und seinen philosophischen Sprüchen! Ach",
Cécile holte kurz Luft, „du weißt ja beileibe nicht alles… erst kürzlich sind
meine Eltern verstorben – Papa konnte nicht verkraften, dass die Adeligen
nun so verpönt waren - was haben die Ärmsten alles mitgemacht - dieses
kalte, feuchte Appartement, der Überfall und die Sorge um Pélissier, diese alte Ruine; das alles hat ihnen den Tod gebracht. Und erst Auguste,
mein geliebter Bruder, um dessen Leben ich Tag für Tag fürchte, seit er
sich der Widerstandsbewegung der Royalisten in der Vendée angeschlossen hat…"

Sie verdrehte theatralisch die Augen zum Himmel und seufzte: „Mon
Dieu! Da lobe ich mir das, was ich mir ganz allein – sagen wir – erarbeitet
habe…"

Amélie nickte und versuchte, dem Wortschwall zu folgen, um sie bei Gelegenheit zu unterbrechen. Sollte sie erzählen, dass sie es gewesen war, die
Auguste vor dem Scharfrichter gerettet hatte? Doch dann zog sie es vor, sich
auf das Wesentliche zu begrenzen.

„Das mit deinen Eltern tut mir leid. Aber ich bin eigentlich gekommen,
um dich etwas zu fragen…", sie zögerte und Cécile fiel ein: „Aber alles,
mein Liebling, frag nur, sprich dich aus, mir kannst du alles sagen – ich habe
meine Erfahrungen gemacht, weißt du, nicht so, wie meine Familie es sich
vorgestellt hat, aber auf meine Art…"

Ein weiterer Redefluss ergoss sich in die Ohren der genervten Amélie, die
immerhin noch einen weiteren Vorstoß wagte.

„Cécile, es geht eigentlich nicht darum. Ich bin gekommen, weil ich etwas
von dir wissen möchte. Vielleicht kannst du es dir denken - es handelt sich
um meinen ersten Mann, Richard de Montalembert…"

Für einen kurzen Moment schien es, als erblasste die Freundin unter ihrer
Puderschicht. Ihre Lippen zitterten, sie verdrehte die Augen, schrie leise auf
und verbarg das Gesicht theatralisch in den Händen.

„Oh, schrecklich dieses Geschehen - sprich nicht weiter. Wie musst du
gelitten haben, du Ärmste… es ist so furchtbar! Deine Familie – welches
Schicksal! Und ich hörte, du warst selbst im Gefängnis – also, wenn du
etwas brauchst, ich bin immer für dich da, ich…"

„Nein", Amélie machte hastig einen weiteren Versuch, „es ist nicht so, wie du meinst, Cécile, aber vielleicht kannst du mir helfen – mit deinen Verbindungen und Kontakten! Ich habe etwas Unglaubliches erfahren..."

„Etwas Unglaubliches?", unterbrach Cécile und ein beinahe lauernder Ausdruck trat auf ihre Züge.

„Ja, Cécile! Du kannst dir denken, dass ich mich bereits mit der Tatsache abgefunden habe, dass Richard tot ist – aber als ich Manon Roland in der Conciergerie besuchte, gab sie mir ein Medaillon..."

Ein weiterer, dramatischer Aufschrei von Seiten Céciles ließ sie erschrocken einhalten: „Ach, mein Gott, die arme Manon! Du kannst dir jedes Wort sparen - ich bedauere sie von Herzen. Doch sie hat schon immer zu viel Fantasie gehabt! Man sollte ihr nicht alles glauben! Und was hat sie nun von ihrer Tugendhaftigkeit, die auch nur bis zu dem Verführer Buzot reichte!" Céciles Stimme bekam einen spitzen, maliziösen Klang. „Ich kannte sie übrigens gut, obwohl sie die Nase ein wenig hoch trug – es ist wirklich schade um sie, aber ich fürchte, man kann ihr jetzt nicht mehr helfen..."

„Aber hör doch – in diesem Medaillon lag ein Brief – und sie gestand, dass...", versuchte Amélie verzweifelt einzuwerfen, doch Céciles anscheinend schwaches Interesse an ihren Worten wurde endgültig abgelenkt, als der Diener erschien.

„Madame, ein Besucher, der immer Zutritt hat – sie wissen schon", er beugte sich vor und flüsterte ihr einen Namen ins Ohr, „...er will Sie unbedingt sofort sprechen!"

Cécile fuhr auf: „Oh! Der Chevalier de Rougeville! Unmöglich, so wie ich aussehe – schick mir Nanette... sie soll schnell ein Bad bereiten und mir beim Ankleiden helfen! Und führ den Chevalier inzwischen in den kleinen Salon nach oben." Nervös strich sie sich durch die Haare und zupfte an ihren Locken. „Schrecklich, nicht ein paar Stunden habe ich Ruhe. Nicht ein einziges Mal kann ich mich mit meiner Freundin von Frau zu Frau aussprechen. Entschuldige mich, Liebste! Wir werden uns später weiter unser Herz ausschütten, nicht wahr!" Sie tätschelte mit ihrer fett gepolsterten Hand Amélies Arm. „Dann nehme ich mir extra Zeit für dich. Aber jetzt... es ist wichtig, Chérie! Du verstehst doch! Ein sehr, sehr guter Freund!"

Sie wurde ernst und sagte eindringlich. „Warte auf jeden Fall auf mich, ich habe dir noch unglaublich viel zu erzählen!" Dann fuhr sie im gewohnten Tonfall fort: „Welch ein Glücksfall, dass du gerade heute bei mir erschienen bist! Die Karten haben es mir vorhergesagt. Eine geheimnisvolle Macht hat dich hergezogen! Bleib, ich beschwöre dich! Man wird dir inzwischen ein kleines Déjeuner servieren…ich beeile mich und dann plaudern wir weiter, von alten Zeiten… ganz wie früher!"

Sie küsste Amélie schmatzend auf beide Wangen, winkte theatralisch mit der an allen Fingern beringten Hand und warf ihr noch eine Kusshand zu, bevor sie mit wogendem Busen, als groteske Karikatur des jungen Mädchens der Vergangenheit hinter der kleinen Tapetentür verschwand.

Ratlos blieb Amélie zurück. „Eine geheimnisvolle Macht hat dich hergezogen… so ein Unsinn!", murmelte sie abschätzig. Ihre Ohren summten vom Geschwätz der ehemaligen Freundin und ihr wurde bewusst, dass sie im Verlauf der Unterhaltung nicht einmal zu einem einzigen, vollständigen Satz gekommen war – Cécile, zu sehr mit sich selbst beschäftigt, hatte ihr gar nicht richtig zugehört und wusste ganz sicher nichts von Richard. Zwar hatte sie geglaubt, ein leichtes Flackern der Augenlider in Céciles Blick zu bemerken, als sie seinen Namen erwähnte - doch das war wahrscheinlich Einbildung gewesen. Manon hatte sich eben geirrt, als sie ihr sagte, man könne ihr im Palais des Anges weiterhelfen!

Sie erhob sich, öffnete die Boudoirtür und stieg vorsichtig über das Durcheinander im Salon. Die verbrauchte Luft war durchsetzt von Céciles schwerem Parfum, dem Geruch saurer Essensreste und schalem Champagner. Die Vorstellung eines Déjeuners im Chaos der stickigen Räume mit den liegen gebliebenen Speiseresten verursachte ihr Ekel. Sie hatte nur noch den Wunsch, möglichst schnell hinaus zu kommen, weg von der schwülen, sich sündig gebenden Atmosphäre des Palais des Anges, den kichernden, halbnackten Mädchen, die auf den Sesseln des Vorraums lümmelten und der schwatzhaften Cécile.

Alles im Haus schien ruhig, selbst von dem livrierten Diener, der sie zuvor eingelassen hatte, war keine Spur zu sehen. Erleichtert öffnete Amélie die Haustür.

Doch auf der Schwelle, ihr gegenüber, stand unvermittelt und wie ein lebendig gewordener Alptraum der schwarzhäutige, verkrüppelte Zwerg aus der Conciergerie. Er hatte gerade die Hand gehoben, um die Glocke zu läuten und starrte sie nun mit seinem ewigen Grinsen und weit aufgerissenen Augen verblüfft an. Als Amélie, zu Tode erschrocken, einen lauten Schrei ausstieß, machte er mit einem Satz kehrt und sprang, so schnell es seine krummen und verkrüppelten Beine erlaubten, die Treppe hinunter und war im nächsten Augenblick wie ein Schatten in den Büschen des Parks verschwunden.

Amélie verharrte eine Weile reglos vor Angst, während ihr Herz laut gegen ihre Rippen pochte. Hatte sie richtig gesehen? Wie kam dieses Wesen hierher? Der Garten lag wie vorher in unschuldsvollem Frieden, aber einige abgeknickte Zweige in den Sträuchern überzeugten sie von der Wirklichkeit dessen, was sie eben erlebt hatte. Vor ihren Füßen lag ein heller Umschlag, den der Zwerg bei seiner Flucht verloren hatte. Amélie bückte sich, hob ihn auf und drehte ihn unschlüssig in den Händen.

Er trug ein großes, dickes Siegel und ein rot unterstrichenes Wort: „Wichtig!" Große, aufgesetzte Buchstaben verrieten den Adressaten: „Chevalier de Rougeville". War das nicht der Name jenes Besuchers gewesen, der Cécile so dringend sprechen wollte? Im Begriff, den Brief auf einer Kommode des Vorraums abzulegen, wandte sie sich zurück.

„Madame!" Beim Klang der hellen Stimme fuhr sie so heftig zusammen, als hätte sie etwas Verbotenes getan. Die Tür klappte mit lautem Geräusch hinter ihr ins Schloss und sie legte instinktiv die Hand mit dem Umschlag auf den Rücken. „Madame?" Das schwarzhaarige Mischblut mit den hellen, von der dunklen Haut so glasklar abstechenden Augen, die ihr vorhin so frech den Rauch ins Gesicht gepustet hatte, näherte sich mit einem kleinen Tablett, auf dem ein Kännchen, eine Tasse und etwas Gebäck standen. Sie war umgekleidet und trug ein ihr viel zu großes, von einem Gürtel gerafftes rotes Miederkleid mit weißer Bluse. Ohne die koketten Details und die Schminke von vorhin sah sie sehr kindlich aus und ähnelte mehr denn je einem Zigeunermädchen von der Straße. Mit zerknirschter Miene knickste sie und sah beinahe schüchtern zu ihr auf.

„Sie wollen doch nicht schon gehen? Erlauben Sie, dass ich mich für mein schlechtes Benehmen entschuldige. Es war so dumm von mir. Wie sollte ich ahnen, dass Sie… nicht zu uns gehören. Ich wollte doch bloß den anderen imponieren!"

Amélie warf hochmütig den Kopf zurück, ohne etwas zu entgegnen.

„Ihre heiße Schokolade!" Sie setzte das Tablett auf den Tisch und sah mit einem von unten kommenden, demütigen Blick zu ihr auf, der dem eines treuen Hundes glich. „Madame Cécilia sagte, ich sollte sie Ihnen bringen!"

„Ich möchte nichts", beeilte sich Amélie zu versichern, „und grüßen Sie Madame Cécilia von mir. Au Revoir."

Als sie sich mit einer raschen Bewegung zum Ausgang wandte, glitt der fremde Brief zu Boden.

„Oh!" Die junge Mulattin bückte sich blitzschnell. „Sie haben da etwas verloren!"

Amélie setzte zu einer Erwiderung an, doch dann überlegte sie es sich anders. „Danke!" Leicht errötend nahm sie den Umschlag entgegen und steckte ihn in die Seitentasche ihres Kleides.

„Gehen Sie noch nicht! Ich muss mit Ihnen reden!" Das Mädchen ergriff plötzlich ihre Hand und sah Amélie beschwörend an. „Ich habe eine Bitte an Sie!"

Amélie sah überrascht auf. „Eine Bitte?"

Die Mulattin nickte. „Ich möchte, dass Sie mich mitnehmen!"

Nach dem letzten Wort brach sie unvermittelt in verzweifeltes Schluchzen aus. Der Stoff der weißen Bluse war über die mageren Schultern gerutscht und ließ eine tiefe Narbe über dem Schlüsselbein sehen. Trotz ihrer Jugend schien sie sichtlich nicht viel Gutes erlebt zu haben.

Amélie wusste nicht, was sie sagen sollte, doch dann stieß sie hervor. „Und wie käme ausgerechnet ich dazu?"

Die junge Mulattin umklammerte ihre Hand jetzt wie einen Schraubstock. „Weil Sie gut sind!"

„Schlag dir das aus dem Kopf. Das ist ganz unmöglich!", weigerte sich Amélie entschieden, „Ich hätte gar keine Verwendung für dich!"

„Ich mache alles!", das Mädchen ließ sich nicht abschütteln. „Nehmen Sie mich mit, geben Sie mir eine Chance! Ich bin nicht das, was Sie von mir denken!"

Bevor Amélie ein weiteres Wort sagen konnte, fuhr sie hastig fort. „Kennen Sie St. Domingo, die Insel in den Antillen? Das ist meine Heimat. Dort herrscht seit Urzeiten der alte Skavenhandel, obwohl alle nach der neuen Deklaration der Menschenrechte frei geboren sind."

Amélie versuchte sie zu unterbrechen, doch das Mädchen sprach schneller und wie gehetzt. „Mein Vater ist Weißer. Als mein Onkel, Jean-Baptiste Bellay, als Deputierter von St. Domingo nach Paris geschickt wurde, um vom französischen Konvent die endgültige Abschaffung der Sklaverei zu erbitten, riss ich aus. Ich verließ die Insel, weil ich glaubte, hier in diesem Land auf eigene Faust die versprochene Freiheit und Gleichheit zu finden. Aber dann geriet ich ins Elend. Mein Onkel beschimpfte mich, er wollte nichts von mir wissen und in meiner Not landete ich im Palais des Anges. Madame Cécilia gab mir wenigstens zu essen." Sie senkte den Blick, nicht ohne aus den Augenwinkeln die Wirkung zu verfolgen, die sie auf ihr Gegenüber machte. Amélie war bei diesem seltsamen Bericht verstummt. Geschichten wie diese, erfunden von Herumtreiberinnen und Betrügern, gab es unzählige.

„Ich habe nur sehr wenig Geld bei mir – aber verspreche, dir eine gewisse Summe zu schicken!", sagte sie so ruhig wie möglich und wandte sich jetzt entschlossen zur Tür.

„Ich will kein Geld!" Hartnäckig verstellte die Mulattin ihr den Weg. „Sie verstehen mich falsch. Ich will nur fort, weg aus diesem Leben, den Nächten, in denen mein Körper an wechselnde Männer verkauft wird. Ich bin keine Hure! Lassen Sie mich bei Ihnen bleiben, wenigstens solange, bis ich eine Stelle gefunden habe! Bitte!"

Sie machte eine hilflose Gebärde und fiel vor ihr auf die Knie.

Amélie sah unschlüssig auf sie herab. Sprach dieses Mädchen die Wahrheit? Der Wechsel in ihrem Verhalten, mit dem sie jetzt die verführte, naive Unschuld spielte, stand ganz im Gegensatz zu ihrem vorherigen ordinären und verächtlichen Auftreten.

„Hier… mein Talismann", das Mädchen zerrte an der Kordel um ihren Hals und brachte eine bunte, kleine Tonfigur zum Vorschein, „er sagt mir, dass Sie von einem Geheimnis umgeben sind! Vielleicht kann auch ich Ihnen einmal helfen. Sie können mir vertrauen!"

Ratlos sah Amélie sie an. Irgendwie musste sie der unangenehmen Situation ein Ende machen. Am besten, sie ginge erst einmal auf alles ein. Später würde sie das aufdringliche Mädchen schon wieder loswerden!

„Nun, wenn du unbedingt willst", sagte sie ruhig, „dann komm mit mir! Aber ich verspreche dir nicht, dass du bleiben kannst. Mein Mann ist sehr streng – er sucht die Dienstboten immer selbst aus."

Erleichtert bedeckte das Mädchen ihre Hand mit Küssen.

„Ich danke Ihnen so sehr!"

„Und Madame Cécilia?", fragte Amélie mit einem letzten Versuch. „Wird sie nicht empört sein, wenn du plötzlich verschwunden bist?"

„Sie ist sicher froh, wenn sie mich los ist! Warten Sie einen Augenblick, ich bin sofort wieder da."

Amélie nickte und als sie im Nebenraum das Knarren einer Schublade und ein kurzes, spitzes Geräusch hörte, spähte sie durch die offene Tür. Das Mädchen, mit dem Rücken zu ihr, nahm gerade etwas aus einer ledernen Mappe. Als sie Amélies Blick bemerkte, sagte sie gelassen über die Schulter sehend: „Denken Sie jetzt nichts Falsches. Ich habe nur meine Papiere geholt. Kommen Sie, wir können gleich gehen – es gibt nichts mehr, was ich noch mitnehmen möchte!"

Als sie gemeinsam die Treppe herabstiegen und in den Park traten, erblickte Amélie zu ihrem Schrecken hinter den Büschen erneut den hässlichen, schwarzen Zwerg, der am Morgen in der Conciergerie vor der Zelle Manons Wache gehalten hatte. Als wäre nichts geschehen, harkte er eifrig die Beete und kehrte das Laub zusammen. Und obwohl Amélie ein ängstlicher Schauer überlief, fand sie seine Erscheinung im Sonnenlicht weit weniger beängstigend, als in der Dunkelheit der Gefängnisgänge. Der Zwerg tat so, als kenne er sie nicht und wich nur ein wenig weiter in das schützende Grün zurück.

„Sie fürchten sich doch nicht etwa vor dieser hässlichen Missgeburt, Madame?", lachte die junge Mulattin hell auf. „So etwas wie ihn finden Sie doch auf jedem Jahrmarkt. Dieser schwarze, kleine Teufel stammt wie ich von den Antillen. Er heißt Dimanche, weil er an einem Sonntag hier aufgetaucht ist. Keine Sorge, er tut keiner Fliege etwas zu leide!"

„Bist du sicher?", stieß Amélie mit halb erstickter Stimme hervor, „Er sieht einfach scheußlich aus!"

„Er kann ja nichts dafür, der Ärmste. Die Comprachicos haben ihn als Kind entführt und absichtlich verkrüppelt." Achselzuckend sah die Mulattin zu dem Zwerg hinüber, der den Kopf gesenkt hielt. „Sie dachten, er brächte auf Jahrmärkten eine Menge Geld ein. Sehen Sie sein Gesicht? Diese Bestien haben es durch eine Operation völlig verzerrt!"

Amélie schauderte, während die Mulattin gleichmütig fort fuhr.

„Madame Cécilia hatte Mitleid mit ihm und er durfte bei ihr bleiben. Seitdem kümmert er sich um den Garten, macht Zuträgerdienste – eigentlich alles, was man von ihm verlangt!"

„Ich glaubte", Amélie schluckte, „ihn schon einmal bei einem Besuch in der Conciergerie gesehen zu haben."

„Das mag gut sein - Dimanche arbeitet auch im Gefängnis – er überwacht zusätzlich die politischen Insassen und ist sehr gewissenhaft. Niemand kann etwas an ihm vorbeischmuggeln." Sie spähte über die Straße. „Warten Sie hier, ich lasse die Droschke dann anhalten."

Sie lief los und drängte sich mit ihrem wehenden, roten Kleid beinahe halsbrecherisch zwischen den vorüberfahrenden Karossen und Karren hindurch. Amélie blieb am Rande des Parks stehen und sah sich unsicher nach allen Seiten um. Büsche und Bäume rauschten leise im aufkommenden Wind und die unsichtbare Anwesenheit des Zwerges, der sich wahrscheinlich ins Gebüsch verzogen hatte, irritierte sie. Sie machte ein paar unschlüssige Schritte den Kiesweg entlang, als seine bucklig verformte Gestalt plötzlich nicht weit von ihr auftauchte. Sie rief ihn an, doch er ergriff wie vordem die Flucht, humpelte bis zum Ende des Weges und erkletterte mit einer Geschicklichkeit, die man seinem verunstalteten Körper gar nicht zugetraut hätte, das verschnörkelte Eisengitter der Umzäunung. Auf der anderen Seite glitt er herab und eilte hinkenden Schrittes über den Boulevard davon.

Man hätte ihn aus der Ferne für ein Kind mit zu großem Kopf und wirrem Haar halten können, das übermütig die Straße entlang hüpfte. Erst wenn er den Kopf drehte, sah man seine scheußlich schwarze, bis zur Unkenntlichkeit von Narben entstellte Fratze mit den aufgerissenen Augen und der schiefen, unförmigen Nase.

Amélie wandte sich von seinem bedrückenden Anblick ab und ging langsam zum Tor zurück, wo sie wartend stehen blieb. Sie fühlte sich plötzlich müde und mutlos, ihre Schläfen pochten und der aufgewirbelte Straßenstaub kratzte im Hals. Der Verkehr ratterte mit dem üblichen Rhythmus knarrender Räder und schnaubender Pferde an ihr vorüber. Was für ein sinnloser Besuch! Erschöpft lehnte sie sich gegen eine der beiden neckischen Putten, die das Tor säumten. Die Hitze hatte in der flimmernden Sonne zugenommen, ihre Beine schienen wie aus Blei und die kleine Platzwunde an ihrem Hinterkopf brannte unangenehm. Sie löste die drückenden Nadeln aus dem notdürftig gedrehten, schweren Haarknoten und betastete vorsichtig die verletzte Stelle. Ein dumpfer Schmerz umspannte ihren Nacken. Nur noch ein Wunsch beherrschte sie: sich in kühle Polster zu lehnen, ihre Beine auszustrecken und für eine Weile die Augen zu schließen, anstatt vergeblich einem Phantom nachzujagen. Mit halb geschlossenen Lidern verfolgte sie den Zwerg auf dem sich in einer leichten Rechtskurve krümmenden Boulevard. Er war jetzt neben einem hochgewachsenen Mann in blauer Uniform stehengeblieben und schien mit ihm zu verhandeln. Als der Fremde den Hut abnahm, leuchtete sein dunkelblondes Haar, von einem Sonnenstrahl getroffen, kurz auf. Amélie traf es wie ein Stich ins Herz, sie beugte sich vor und umkrampfte fest den Sockel des steinernen Engels. Plötzlich hellwach schoss ihr das Blut ins Gesicht, während ihr Herz begann, laut zu klopfen. Obwohl sie aus der Entfernung weder Gesichtszüge noch Einzelheiten erkennen konnte, glaubte sie sicher zu sein, dass dieser Mann Richard war!

In diesem Augenblick rollte die Droschke heran und die helle Stimme der jungen Mulattin riss sie aus ihrer Erschütterung. „Schnell, Madame, kommen Sie! Es war nicht einfach, um diese Zeit einen Kutscher zu finden." Sie warf ängstliche Blicke zu den abgedunkelten Fenstern der Villa hinauf.

„Da!" Amélie, am ganzen Körper wie Espenlaub zitternd, deutete zum anderen Ende der Straße. „Siehst du nicht? Dort hinten – der komische Zwerg von vorhin…"

„Dimanche?", fragte das Mädchen gleichgültig, „Was ist mit ihm?"

„Sein Begleiter – der Mann in der blauen Uniform…", drängte Amélie mit trockener Kehle und sah sie beschwörend an, „wer ist das?"

Die Mulattin schüttelte ungeduldig den Kopf. „Ein Mann in blauer Uniform? Ich sehe niemanden."

Und tatsächlich, der Mann, der Richard so ähnlich sah, war plötzlich wie vom Erdboden verschwunden, als sei er nie dagewesen.

„Ist das wichtig?" Das Mädchen sah sie fragend an. „Ich kenne die Leute nicht, mit denen Dimanche verhandelt. Können wir jetzt losfahren?"

Amélie strich sich über die Stirn, als müsse sie ein Traumbild wegwischen. Der erfolglose Besuch in der Conciergerie, der kleine Unfall – das Bewusstsein, Richard lebe, das alles hatte sie so verwirrt, dass sie ihn nun schon überall zu sehen glaubte! Kein Wunder - ihre Gedanken drehten sich in den letzten Tagen ja nur noch um ihn. Seufzend ließ sie sich in den Fond der Kutsche sinken, die immer noch am Straßenrand wartete. Die Mulattin sprang flink auf den Tritt und nahm wie selbstverständlich ihr gegenüber Platz.

Sie beugte sich noch einmal kurz aus der Kutsche und winkte dem Zwerg, an dem sie vorüberfuhren, ein flüchtiges Lebewohl zu.

„Wir beide haben uns gut verstanden - wie Geschwister. Dimanche hängt sehr an mir und er wird der Einzige sein, der traurig ist, wenn ich fort bin!", berichtete sie eher gleichmütig.

Amélie nickte und beobachtete, wie der Zwerg dem Mädchen verwundert nachblickte und begann, heftig mit den Armen zu fuchteln, als wolle er ihr etwas mitteilen. Als die Kutsche schneller wurde, setzte er sich selbst mit tölpischem Gesichtsausdruck in Bewegung und lief los. Seine kurzen, krummen Beine galoppierten schneller und schneller, so lange, bis er einsah, dass er das Gefährt niemals würde einholen können. Mit hängenden Armen blieb er enttäuscht und verwirrt mitten auf der Straße stehen und sah dem Wagen so lange nach, bis er aus seinem Blickfeld verschwand.

Die Mulattin schenkte der verkrüppelten Gestalt auf der Straße, die sich mitsamt dem Palais des Anges in der Ferne auflöste, nur geringe Aufmerksamkeit und lehnte sich mit zusehender Erleichterung in die Polster zurück.

„Vielleicht solltest du mir zuerst einmal deinen Namen sagen!", begann Amélie, die sich allmählich wieder gefasst hatte. Sie konnte sich aus der Veränderung im Wesen des Mädchens, von einer frechen Kokotte zu einem vom Schicksal geprüften, kindlich-sanften Wesen, immer noch keinen rechten Reim machen.

„Riquiano, Sheba Maria Riquiano", antwortete das Mädchen mit einem stolzen Lächeln, das blitzende, regelmässige Zähne sehen ließ, „aber nennen Sie mich doch einfach Sheba."

„Warum ist dein Nachname Riquiano? Du sagtest doch, dein Vater hieße Bellay?", fragte Amélie, immer noch misstrauisch.

„Ich wurde von dem zweiten Mann meiner Mutter adoptiert." Die Antwort kam schnell. „Aber ich hasste ihn, er hat mich missbraucht. Deswegen bin ich ja fortgelaufen."

Ihre wasserblauen Augen unter den dichten, schwarzen Wimpern schienen sich leicht zu verdunkeln. „Und ich bin sechzehn Jahre – eigentlich schon siebzehn…"

„Nun, Sheba, ich sagte ja schon, ich kann dir nicht versprechen, dass du bleiben kannst. Mein Mann ist sehr jähzornig", wiederholte Amélie der Wahrheit entsprechend. „Es hängt also ganz von ihm ab!"

„Ich werde alles tun, um ihn von meinem guten Willen zu überzeugen." Sheba konnte das leise Lächeln, das bei diesen Worten um ihren Mund spielte, nur schwer verbergen. Sie schlug sittsam die Augen nieder, die vorher jäh und seltsam belustigt aufgeleuchtet hatten.

7. Kapitel
Verschwörung gegen die Republik

In ihrem Wiener Palais verfolgte Madeleine in ihrer Rolle als Gastgeberin bescheiden und diskret die Unterhaltung der Freunde ihres verstorbenen Mannes. Doch das Gefühl der Unruhe, einer gewissen Unzufriedenheit verließ sie keinen Augenblick. Und in dem Moment, als die Diskussion immer hitziger wurde und der Plan um die Entführung der Königin konkretere Formen annahm, als de Montalembert davon sprach, man müsse eine zuverlässige Person finden, die in die Conciergerie als Bedienung der Königin eingeschleust werden sollte, war etwas Seltsames mit ihr geschehen, etwas, das sie zum ersten Mal in ihrem Leben ganz über sich selbst hinauswachsen ließ.

Wie von unsichtbaren Mächten gelenkt, sprang sie plötzlich auf, schlug mit dem Silberlöffel gegen ihr Weinglas und erklärte: „Warum nicht ich? Ich würde alle Voraussetzung erfüllen, die man von einer solche Person erwartet!" Das Stimmengewirr verebbte mit einem Schlag, alle sahen sie erstaunt an.

„Sie? Madame la Marquise... Sie spaßen...", um die Mundwinkel des Baron de Batz spielte ein ironischer Zug und seine hellen, blauen Augen sahen sie ungläubig an. „Meine Liebe, so sehr ich Sie schätze, Ihre Talente, Ihren Mut... aber hier handelt es sich nicht um ein Kinderspiel!"

„Das ist mir völlig klar!", unterbrach ihn Madeleine mit fester Stimme und ohne mit der Wimper zu zucken. „Alphonse hätte mich verstanden, glauben Sie mir! Ich kann nicht untätig hierbleiben, wenn in dem Land, in dem ich geboren bin und das ich liebe, alle bisherigen Werte vernichtet werden! Außerdem habe ich eine Verpflichtung gegen jemanden zu erfüllen – ein Gelübde beinahe. Lassen Sie mich mitmachen!"

De Batz, selbst ein Abenteurer ohne Skrupel, schüttelte irritiert den Kopf. „Madame – eine schwache Frau wie Sie – dazu von Ihrem Stand! Ich kann für Sie keine Verantwortung übernehmen. Das könnte Sie den Kopf kosten!"

„Sei's drum!", Madeleine nahm wieder Platz, atmete tief durch, nahm ihr Glas und trank einen tiefen Schluck, „Wenn ich nicht irre, sind die anderen Herren, die an diesem Komplott teilnehmen, auch alle von Stand! Und warum sollte eine Frau sich nicht ebenso für ihr Vaterland einsetzen, wenn es die Situation erfordert!" Sie sah de Batz eindringlich an und betonte mit Entschlossenheit: „Glauben Sie mir, ich weiß genau, was ich tue!

Ich möchte, dass mein Leben noch einen Sinn hat – und ich will es gerne einsetzen, um die Menschen, die ich liebe, zu retten. Das ist mir eigentlich erst richtig klar geworden, als ich Sie", sie sah den Grafen de Montalembert an, "wiedergesehen habe! Aber", sie zog den Atem tief ein, "es gibt noch andere Überlegungen – ich will das Vermächtnis meines Mannes erfüllen, seine Idee weiterführen – mich daran beteiligen. Ich möchte nicht in diesem Palais wie eine lebendige Mumie langsam in meiner Trauer vertrocknen!"

Ihre Stimme war laut geworden und selbst de Montalembert streifte sie mit einem zweifelnden Blick. Doch Madeleine ließ sich nicht beirren.

"Vielleicht ist das für Sie alle ein wenig überraschend und schwer zu begreifen, Messieurs! Ich gestehe, dass ich diesen Entschluss ganz…", sie stockte und fuhr dann entschlossen fort, "sagen wir, ganz spontan gefasst habe. Aber ich weiß, dass er richtig ist."

De Batz schwieg nachdenklich. In der Tat, es wäre nicht schlecht – diese Frau war eine Idealistin, unbestechlich und völlig unverdächtig! "Aber", wandte er mit mildem Ernst ein, "Sie könnten hier in Wien doch in Frieden leben, abseits von Blut und Terror, ohne Sorge – warum wollen Sie unbedingt Ihr Leben in Paris aufs Spiel setzen?"

Madeleine sah ihn an, ohne mit der Wimper zu zucken. "Vielleicht aus demselben Grund wie Sie!"

Ein Lächeln trat auf die Lippen des Barons – er war mit seinen eigenen Waffen geschlagen. Er hob sein Glas. "Ich sehe, Sie sind hartnäckig! Was meinen Sie, de Montalembert?"

Der Angesprochene sah Madeleine eine Weile stumm mit zusammengepressten Lippen an. Er wusste, warum die ehemalige Gouvernante mit ihm kommen wollte. Doch durfte er dieses großherzige Angebot überhaupt annehmen? Wenn etwas schief ging, dann wäre sie verloren. Er zögerte unter dem flehenden Blick Madeleines und senkte den Kopf.

"Ich kann dazu nicht viel sagen. Aber wenn die Marquise de Bréde es wünscht – so habe ich nichts dagegen. Ich kenne sie seit Jahren und ich könnte mir keine verschwiegenere und geschicktere Partnerin vorstellen. Aber das alles ist nicht leicht - die Arbeit als Besorgerin in der Conciergerie ist schmutzig und kein Kinderspiel … von der Gefahr der Entdeckung ganz zu schweigen…"

Über Madeleines Gesicht glitt eine flüchtige Röte und ihre Augen strahlten. "Das macht mir nichts aus! Die Arbeit ist das wenigste, was ich fürchte, glauben Sie mir!" Stimmengemurmel hatte sich erhoben und Madeleine fühlte, wie ungläubige und ein wenig abschätzige Blicke in der Runde ihre zarte Gestalt in der hellblauen Seidenrobe mit den langen weißen Spitzenärmeln musterten. Die Marquise als Aufwartefrau in einem Gefängnis? Undenkbar! Doch de Montalembert, der sie mit leuchtenden Augen ansah, prostete ihr von der anderen Seite der Tafel aufmunternd zu und sie straffte die Schultern. Sie würde es schaffen!

„Meine Herren, erklären Sie mir meine Aufgabe - sagen Sie mir ganz genau, was zu tun ist und wie ich mich zu verhalten habe!"

Bis spät in die Nacht hinein saß Madeleine an diesem Abend noch hellwach vor dem Kamin, obwohl das Feuer bereits heruntergebrannt war und es langsam kühl im Zimmer wurde. Wie ernüchtert von ihrem beinahe rauschhaften Zustand erhob sie sich schließlich, um ins Bett zu gehen, obwohl sie wusste, dass sie nach der turbulenten Soirée keinen Schlaf finden würde. Von Zweifeln erfasst, sank sie auf ihr Kissen, während die vergangene Szene ihr immer wieder durch den Kopf ging. War sie nicht noch vor wenigen Stunden eine ganz andere Frau gewesen, kühn, tatendurstig und ohne Furcht? Jetzt, in der Nacht, blieb nur ein sich vor Angst unruhig hin und her wälzendes Wesen übrig, das in ihrem breiten Baldachinbett die Seidendecken abwechselnd erhitzt von sich warf und sie dann wieder fröstelnd bis zum Kinn hochzog. Trübe Bedenken erhoben sich wie mahnende Gespenster. Sie zündete die Lampe an, um sie zu verscheuchen, tastete nach der Karaffe neben ihrem Bett und goss sich ein Glas Wasser ein. Wäre es nicht doch besser, in Wien zu bleiben und das ruhige, gesicherte Dasein einer wohlhabenden Witwe zu führen? Auf Zehenspitzen trat sie zum Fenster und blickte in den bestirnten Nachthimmel hinauf. Die Stadt Wien war zwar wunderschön, aber nicht ihre Heimat und ohne den geliebten Gatten einsam und feindlich. Nun erst hatte sie ihren Entschluss endgültig gefasst. Sie legte sich zurück ins Bett und zog die seidene Decke schützend über ihre Schultern. Die Mondsichel zeigte sich jetzt hinter einer flüchtigen Wolke und beleuchtete wenig später das entspannte Gesicht Madeleines. Sie war, ohne es zu merken, endlich sanft in das Land der Träume geglitten.

Am nächsten Morgen waren alle Zweifel wie fortgewischt. Madeleine fühlte sich stark und sicher, voller Tatendrang und durchbraust von dem Gefühl, die Welt aus den Angeln heben zu können. Sie warf sich voller Energie in die Vorbereitungen. Schon in ein paar Tagen, so lautete der schnelle, fast übereilt geschmiedete Plan, würde sie selbst nach Paris reisen, völlig unauffällig als die ehrenwerte und glühende Republikanerin Marie, Ehefrau von Jean Péléttier, die eine neue Stelle suchte und sich als Wärterin in der Conciergerie bewarb. De Montalembert beschaffte ihr gefälschte Empfehlungen aller Art, bürgerliche Kleidung und mietete für sie ein einfaches Zimmer in der Rue de la Corderie. Auch für Gabrielle, die Tochter ihres verstorbenen Mannes war gesorgt; es gab einen treuen Diener, eine ehrliche Haut, der sich während ihrer Abwesenheit mit seiner Frau um das Mädchen kümmern sollte. Mit Hilfe eines Notars, den auch schon Alphonse in Anspruch genommen hatte, machte sie ihr Testament und setzte Gabrielle als Alleinerbin ein.

„Wird es mir gelingen, auch glaubwürdig zu wirken?" Mit einem beinahe ängstlichen Blick streifte sie de Montalembert, der ein Schriftstück beschrieb, das vor ihm lag.

„Warum nicht?", überrascht sah er auf. „Jede Frau hat ein gewisses Schauspieltalent! Sehen Sie sich diese Liste, die ich Ihnen anvertraue, auf jeden Fall sehr gut an und lernen Sie die Adressen und Decknamen der Personen in Paris, an die Sie sich im Notfall wenden können, auswendig. Geben Sie Acht, die Schrift verschwindet nach einer gewissen Zeit und Sie sind nur noch auf Ihr Gedächtnis angewiesen!"

Madeleine nickte verwundert und sah auf das beschriebene Blatt. Er benutzte eine Spezialtinte, die aus England stammte.

„Sie wissen hoffentlich, auf welches Abenteuer Sie sich da einlassen? Aber es steht Ihnen natürlich frei, noch zurückzutreten." Er sah von seinen Papieren auf und fügte mahnend hinzu. „Sie sind inzwischen eine andere geworden, Madeleine! Eine verwöhnte Frau, Madame la Marquise, der die Leute schmeicheln und die sich nicht mehr so durchs Leben kämpfen muss, wie in den genügsamen Zeiten, als Sie froh waren, wenn Sie nur in Ruhe Ihre Pflicht erfüllen durften." Er war ernst geworden, sein Blick prüfend. „Ich gebe zu, früher hätte ich mir nicht vorstellen können, Sie einmal in der Rolle einer Spionin zu sehen!"

„Ja, Sie haben recht!", unterbrach ihn Madeleine seufzend. „Auch heute noch ist mein Selbstbewusstsein sehr gering. Ich fühlte mich nie wirklich als Madame la Marquise – geschweige denn wie eine richtige Spionin!", sie lachte leise auf. „Tief in meinem Herzen bin ich immer noch die bescheidene, ein wenig schüchterne und auch ängstliche Erzieherin, die Verse und Musik liebt, die von Dingen träumte, die niemals in Erfüllung gehen…"

De Montalembert legte die Feder beiseite, neigte den Kopf schräg und sah sie lächelnd an. „Das meinen Sie doch wohl nicht ernst, meine Liebe! Sie werden über sich hinauswachsen, da bin ich mir völlig sicher. Ihr Schwanken in letzter Minute ist ganz natürlich. Aber denken Sie an unser Ziel, denken Sie daran, dass Sie nicht allein sind!"

Die kostbare Porzellantasse auf dem verschnörkelten Silbertablett klirrte verräterisch, als Madeleine mit unruhiger Hand einen Schluck des kaltgewordenen Kaffees nahm. „Gibt es Nachrichten... ich meine etwas Neues über Amélie – Madame d'Églantine?", fragte sie mit betont gleichgültiger, aber brüchiger Stimme.

Der Graf antwortete nicht gleich, doch sein Gesicht bekam einen ernsten, beinahe traurigen Zug. „Es wäre noch zu früh, Kontakt zu ihr aufzunehmen! Das würde sie selbst in Gefahr bringen und vielleicht unsere Pläne zunichte machen! Noch ist sie sicher, aber ...", er hielt eine Weile inne, „seit Robespierre Präsident geworden ist, tut er alles, um seinen Rivalen d'Églantine zu vernichten – er hasst ihn, weil er ihn in seinen Liedern immer verspottet hat. Im Augenblick kann er sich zwar nur rächen, indem er die Redefreiheit der Schauspieler einschränkt und einige Theater in Paris schließen lässt. Aber wer weiß, was er sich noch einfallen lässt." Er tauchte die Feder erneut in die farblose Flüssigkeit und schien ganz in seine Arbeit vertieft.

Madeleine seufzte leise und setzte die Tasse ab. „Ich hörte, er sei ein intimer Freund Dantons – hinter dem Rücken des Volkshelden ist er doch geschützt, oder nicht?"

De Montalembert zuckte die Achseln. „Die Verfechter der Revolution sind dabei, sich selbst zu zerstören. Das muss böse enden!" Er wusste genau, dass es Madeleine nicht darum ging, die Königin zu retten, den Staat vor dem Untergang zu bewahren, sondern dass sie Amélie vor den Folgen des Terrors beschützen wollte, vor der Misere, in die Fabre d'Églantine sie unweigerlich hineinziehen würde. Er presste die Lippen zusammen. „Wenn unsere Mission erfolgreich ist, kann ich Amélie vor eine Entscheidung stellen. Und ich bin sicher, sie wird mit mir kommen!"

Madeleine nickte und starrte stumm vor sich hin. Eine Art Vision suchte sie heim, eine Erinnerung, bei der die verschatteten Augen Baron d'Emprenvils sich mit ernstem Ausdruck in die ihren senkten und sie zu mahnen schienen, ihr Versprechen nicht zu vergessen, seiner Tochter in der Not beizustehen und für sie da zu sein. Und sie hatte es geschworen. Es schien ihr, als höre sie die geliebte, ein wenig raue Stimme des Barons noch so deutlich wie damals: „Madeleine, Sie sind der Engel meines Lebens... passen Sie auf Amélie auf. Sie ist so ein wildes Kind!"

Sie schrak fast zusammen, als de Montalembert ihr das zusammengefaltete Papier reichte.

„Ich wünsche Ihnen, besser gesagt uns beiden, Glück! Ich denke, wir können es brauchen!"

Madeleine nickte mit zugeschnürter Kehle und wusste nicht, was sie erwidern sollte. Ihr Herz schlug rasch und unregelmäßig. Noch war es nicht zu spät – sie konnte noch ablehnen! Der Graf beugte sich mit ernster Miene über ihre Hand, um sich zu verabschieden. Doch als er aufsah, stand ein ermunterndes Lächeln in seinen Augen. Er zwinkerte ihr leicht zu.

„Auf bald, Madeleine, nein, Marie Péléttier, wie Sie als meine Ehefrau heißen werden - und haben Sie keine Angst. Es wird alles gut gehen! Ich bewundere Ihren Mut. Sie sind eine großartige Frau!"

Madeleine zwang sich zu einem Lächeln. „Und ich vertraue Ihnen Jean…, Jean Péléttier!"

In dieser Nacht tat sie kein Auge zu. Die Vergangenheit spulte sich wie ein Film vor ihren Augen ab und sie wusste jetzt, dass sie die richtige Entscheidung getroffen hatte.

„Eine lächerliche Komödie!", d'Artois war unangemeldet in Patricks private Räume gestürmt und warf ärgerlich die „Politischen Nachrichten" und den „Mercure de France", der schon nicht mehr ganz aktuell war, auf den Tisch. „Ein Jahr besteht dieser Konvent, diese Ansammlung von Idioten bereits schon! Und Robespierre, als neuer Präsident, macht daraus ein Bundesfest mit Bruderkuss!", schäumte er, „Das ist doch nicht zu ertragen, wie sich diese Schurken wichtig machen!"

Patrick sah zerstreut vom Piano auf, wo er sich seiner neuen Lieblingsbeschäftigung, dem Komponieren, hingegeben hatte. Er stand auf und nahm die Zeitung in die Hand.

„Und sie haben Custine als Kommandanten der Rhein-Armee abgesetzt!", las er mit zusammengezogenen Brauen.

Erschöpft von seinem Ausbruch warf der Graf sich in einen Sessel und trocknete die Stirn mit seinem Taschentuch. „Ich halte es nicht mehr aus, wie diese Emporkömmlinge die Säulen der Tradition so einfach umstürzen und unsere etablierten Werte in den Schmutz treten! Nun hat d'Églantine auch noch einen neuen Kalender eingeführt!"

Patrick horchte auf. „Fabre d'Églantine? Was… was spricht man denn so von ihm?"

„Ein eitler Fant, Schauspieler mit stutzerhaften Allüren. Der wird sich als erster den Hals brechen!"

Patrick erschrak. „Was meinen Sie damit?"

„Er glaubt, im Schatten des großen Dantons sicher zu sein und macht deshalb eine Dummheit nach der anderen. Bestechung, Korruption, überall scheint er seine Finger drin zu haben, wenn ich meinen Informanten glauben darf. Das wird nicht lange gut gehen. Robespierre hat bereits ein Auge auf ihn geworfen und wartet nur auf eine Gelegenheit. Sollte Danton stürzen… Aber wieso interessieren Sie sich überhaupt für diesen Mann, mon Cher?" Der Graf sah ihn misstrauisch an.

„Er ist mit meiner Schwester Amélie verheiratet!", gestand Patrick. „Ich mache mir große Sorgen um sie!"

„Pfui Teufel!", d'Artois geriet in Wut. „Warum haben Sie mir nie etwas davon gesagt?"

„Es schien mir nicht wichtig – ich konnte mir nie erklären, warum sie ihn überhaupt geheiratet hat! Sie war mit ganzem Herzen Royalistin!"

„Das sagt nichts aus. Sogar der Herzog von Orléans, nächster Verwandter des hingerichteten Königs und Anwärter auf den Thron hat sich auf die Seite der Republikaner geschlagen! Ob ihn das allerdings vor der Guillotine retten wird, bezweifle ich!"

Patrick zuckte zusammen. Dieser Ausspruch war ihm tief ins Herz gedrungen. Er war in letzter Zeit von bösen Vorahnungen und Träumen gequält. Wenn es nicht gelang, bald dem Unfug der Republikaner ein Ende zu machen, würden sich die Umstände in Paris so zuspitzen, dass seine Schwester in große Gefahr geriet!

„Übrigens", lenkte er geschickt ab, „die Gendarmerie hat mir heute den natürlichen Tod des Schaustellers bestätigt! Ein tragischer Unfall, eine unglückliche Kopfverletzung!"

„Ist das wahr?", der Graf drehte erleichtert die Augen zum Himmel und seufzte tief auf. „Ein Albtraum! Ich werde Sie für Ihr Engagement reich belohnen, mon Cher!"

Er erhob sich, um ihn zu umarmen. Patrick wandte den Kopf und sah zur Seite, ein unbestimmtes, wehes Gefühl im Herzen, eine Melancholie, die ihn seit einiger Zeit nicht mehr verließ.

„Und vergessen Sie nicht, Wertester", versuchte der Graf ihn aufzuheitern, „heute Abend, die musikalische Soirée im Palais Weinstein! Es wird Ihnen gefallen - der Sohn des Grafen soll ein wahres Wunderkind sein."

Patrick nickte verbittert. Er hasste die ewigen Einladungen, bei denen man dem Grafen hofierte und ihn selbst als eine Art exotisches Wesen betrachtete! Alles wiederholte sich bis zum Erbrechen - der immergleiche Tagesablauf, der damit begann, zuzusehen, wie die kleine Armee täglich exerzierte und sich bereithielt, für den Fall, dass in Frankreich endlich die chaotische Regierung ein Ende fände und der verachtete Konvent mit Getöse zusammenstürzte. Doch nichts ging voran, selbst von den Aufständen in der Vendée und Bretagne, wo sich die Bauern gegen die Republikaner erhoben hatten, hörte man nur Misserfolge. Wann, wann würde es endlich so weit sein, dass er an der Seite des Grafen in Paris einzöge? Würde es überhaupt jemals dazu kommen? Patrick wusste, wenn nicht bald etwas geschähe, dann hielte ihn trotz aller lockenden Versprechungen des Grafen nichts mehr hier in diesem öden, regennassen Landstrich, in dem er sich seit Wochen zu Tode langweilte.

Am Abend, im hell erleuchteten Sommerpalais des Grafen von Weinstein, idyllisch am Ufer der Rheinwiesen gelegen, verrauschte der heftige Akkord schnell aufeinander folgender Tastenanschläge. Nach sekundenlanger Stille erklangen die sanft schmelzenden Töne eines Adagios, reihten sich anmutig aneinander und vereinigten sich zu einer melancholischen Melodie. Der junge Pianist mit den weichen, fast mädchenhaften Zügen ließ seine Finger nun hingebungsvoll, fast zärtlich über die Tasten gleiten, während der Blick seiner blauen Augen verträumt über die Partitur ins Nichts schweifte – er spielte diesen Teil auswendig, nach dem Gehör und direkt aus dem Herzen heraus. Mit seiner jugendlichen Unbeschwertheit, ja schauspielhaften Dramatik, verstand er es, die Zuhörer völlig in seinen Bann zu ziehen; besonders wenn er bei den leidenschaftlichen Partien der Musik des neuen Komponisten die blonden Locken zurück fliegen ließ, seine noch kindhafte, glatte Stirn mit dem gleichen, wütenden Ernst, mit dem er die Tasten bearbeitete, zusammenzog und sich dabei im Eifer der Konzentration auf die Lippen biss.

Die flackernden Kerzen im Raum verbreiteten ein warmes, sanftes Licht und warfen geheimnisvolle Schatten über die verklärten Züge des romantischen Knaben im dunklen Samtanzug.

Der Abend war warm, die Terrassentür stand weit offen und gab den Blick auf den Strom frei, über dem in weißlichem Schimmer der Mond leuchtete, der das Wasser silbrig aufglitzern ließ. Ja, es passte alles zusammen, die Stimmung, die Musik, die die Gefühle der Zuhörenden bündelte und ihre Herzen ganz weit über den Alltag erhob, in den Schatten der ungewissen Nacht, in das Universum, in dem nur diese hypnotisierenden, zu Tränen rührenden Töne regierten und Antwort auf alles zu geben schienen, was die Menschen im Leben bewegte.

Die Gräfin, eine bildschöne Frau unbestimmten Alters, lauschte mit zur Seite geneigtem Kopf stolz ihrem Sohn, der so unvergleichlich zu spielen verstand und der in der kurzen Zeit, in der er in Wien Unterricht bei dem berühmten Musiker Haydn nehmen durfte, sein großes Talent entfaltet hatte. Haydn war von seinem Schüler begeistert gewesen, von seiner unglaublichen Fingerfertigkeit, der Einfühlsamkeit, auch die schwierigsten Stücke genau so zu spielen, wie er es sich vorstellte. Sogar die Eigenkompositionen des jungen Mannes, seine kleinen Sonaten, Walzer und sogar der Anfang einer großen Oper, schienen ihm recht vielversprechend. Er pflegte zu sagen, er habe jetzt zwei Schüler, die eine große Zukunft vor sich hatten: einen gewissen Ludwig van Beethoven und Julius Graf von Weinstein. Die beiden waren Freunde geworden, der etwas düstere, fast ein wenig deftige Beethoven und der romantische, feingeistige junge Graf. Julius bewunderte den nur wenig älteren Freund unaussprechlich. Er fühlte, ja er ahnte intuitiv, dass dessen Musik der seinen weit überlegen war, dass er Größe besaß, die staunen machte. Und er war sich darüber im Klaren geworden, dass seine eigene Musik dagegen eher zweitklassig wirkte – eine Erkenntnis, die ihn im ersten Moment sehr betrübte. Das Einzige, das ihn tröstete, war die Entdeckung, dass es ihm gelang, mit unvergleichlicher Geschicklichkeit dem Instrument genau die richtigen Töne zu entlocken und eine treffende und einfühlsame Interpretationsgabe zu besitzen, die dem Zuhörer ein Werk zu Herzen dringen ließ und ihm seine ganze Tiefe erst richtig vor Augen führte.

Vor ein paar Wochen aus Wien zurückgekehrt, wollte Gräfin von Weinstein mit mütterlichem Stolz sogleich ihren begabten Sohn einem ausgesuchten Kreis von Kennern in einem kleinen Konzert präsentieren. Julius nahm die Gelegenheit wahr, die ihn faszinierende, völlig neue und noch unveröffentlichte Musik seines bewunderten Freundes Ludwig einmal in der Öffentlichkeit zu spielen. Er hatte sein Lieblingsstück ausgewählt, den Teil einer noch nicht vollendeten Sonate, die ihm einzigartig schien. Für Beethoven war sie eine jener Lappalien, die er so nebenbei, zwischen neuen Klaviertrios, den Projekten seiner Sinfonien, einer Oper auf ein Notenblatt kritzelte und er hatte ihm eines Abends Bruchstücke davon in seinem kleinen Wiener Dachkämmerchen vorgespielt. Das Fenster war damals so wie heute weit geöffnet, der volle Glanz des Mondes hell in die Stube gedrungen und Julius hatte sich von der melancholischen Nachtstimmung, dem Klang der Musik, dieser ganz eigenen Komposition, bis ins Tiefste angerührt gefühlt.

Den Freund empathisch umarmend, nannte Julius in seiner ersten Begeisterung das Musikfragment ein wenig schwärmerisch die „Mondscheinsonate". Doch Beethoven, unzufrieden mit sich selbst, schüttelte unwillig den Kopf und legte das Notenblatt in die Schublade zurück. Es sei unfertig – nur eine Idee, völlig unvollkommen, eine Eingebung und Laune des Augenblicks. Er wüsste überhaupt noch nicht, was er damit machen sollte, vielleicht würde er das Thema doch lieber später in ein Klavierkonzert einbauen.

Julius kopierte heimlich die Noten. Spätestens seit diesem Abend, war ihm bewusst, welcher Geniestreich die Kompositionen dieses noch unbekannten Beethovens waren, zu welchen Werken er noch fähig sein würde! Diese zauberischen Töne, die von explosiver Gewalt bis zu hingehauchter Zerbrechlichkeit reichten; bei denen kühne Wechsel der Tonarten erklangen und das Pedal heftig getreten wurde, erschütterten ihn und drangen tief in seine Seele. Er konnte, seit er wieder zu Hause war, an nichts anderes mehr denken als an diese Musik, die so neu war, so leidenschaftlich, so bewegend und aufrührend.

Aber auch die Zuhörer lauschten jetzt wie gebannt und fühlten insgeheim das Entstehen des Frischen, Unbekannten, etwas, das mit dem Anbruch einer neuen Epoche, der Veränderung geistiger Werte und seiner damit zusammenhängenden Philosophie zu tun hatte, ein Werk, das nicht nur spirituell, sondern auch zupackend und aufwühlend war. Patrick, der an der Seite des Grafen saß, spürte diese Dynamik, das Aufbrausen der Leidenschaft, die träumerisch besänftigende Melancholie bis in die letzte Faser seiner Existenz und ihm war, als erwache etwas längst Verschüttetes in ihm. Das war etwas anderes als das blässliche, duckmäuserische Schmeicheln und Sich-Zurückhalten, das luxeriöse In-den-Tag-hineinleben, das Warten auf eine Änderung, auf den großen Schub an die Spitze des Staates. Er wusste nicht, wie ihm geschah, aber plötzlich brannten Tränen der Rührung, der Sehnsucht nach etwas Unfassbarem, Unbekannten, in seinen Augen.

Der junge Mensch, dieser blonde Engel mit dem verträumten Blick, der dort so hingegeben die göttliche Musik spielte – der glaubte an die unsichtbare Magie des Lebens, an das Gute und Schöne und alles, was er, Patrick, bisher gelangweilt als nutzlose Schwärmerei abgetan hatte.

Der Graf, ebenfalls äußerst bewegt, sah seinen Adjutanten im Einklang scheinbarer, gemeinsamer Gefühle bedeutsam von der Seite an und legte seine weiße, ein wenig schwammige Hand mit den gepflegten und polierten Nägeln sacht auf die seine. Patrick zuckte diesmal zusammen, als habe ihn etwas Unangenehmes, Störendes berührt und zog seinen Arm zurück. Er konnte die Gegenwart des Grafen, dessen verklärtes Lächeln sofort verschwand und einem verstimmten Gesichtsausdruck Platz machte, manchmal einfach nicht mehr ertragen. Der Zauber des Augenblicks schien plötzlich zerstört. Gewaltsam zwang er sich, den Blick abzuwenden, von dem anziehenden Bild des schönen Knaben, der seine Umgebung vergessen zu haben schien und, völlig versunken den Gesetzen der Musik folgend, seine Finger über die Tasten gleiten ließ, als müsse es nur so und nicht anders unter ihnen erklingen.

Leise erhob er sich, trat auf Zehenspitzen zum Fenster und sah in den fast unwirklichen, von geheimnisvollem Mondlicht erhellten Sternenhimmel. Die auf- und abschwellenden Töne, intoniert von der sensiblen Hand dieses Jungen, eines unzweifelhaft genialen Talentes, ließen die schale Gleichgültigkeit seines im Exil verkrusteten und verdorbenen Herzens plötzlich aufbrechen, schwemmten Gefühle an die Oberfläche, die er in sich verschüttet glaubte und die er mit kühler Berechnung bisher nur zu leiten verstand, um an seine ehrgeizigen Ziele zu gelangen. Ihm war, als sähen die beseelten, noch von keiner Schandtat des Lebens getrübten Augen dieses halben Kindes ihn durch das Dunkel der Nacht an, das geheimnisvolle Wesen der Musik spiegelnd, das in seiner Seele beheimatet sein musste. Wie war es möglich, dass er so spielte? In seiner Eitelkeit hatte er von sich selbst geglaubt, ein guter Pianist zu sein, doch die Töne nahmen unter seinen Händen nicht die gleiche Form an, sträubten sich und erschienen ihm neben dem eben gehörten, gefühlvollen Anschlag, diesem fingerfertigen Tempo, nichts weiter als ein leeres, hohles Geklimper auf einem schlecht gestimmten Instrument.

Kräftiger, enthusiastischer Applaus ertönte, Bravo-Rufe und zustimmendes, erstauntes Murmeln über die Fähigkeiten des talentierten Knaben wurden laut, während die Gräfin ihren Sohn überglücklich und stolz in die Arme schloss. Um auszuweichen, drängte sich Patrick aufgewühlt nach vorne und küsste der Mutter in unnachahmlicher Eleganz die Hand.

„Ich gratuliere Ihnen zu einem solchen Sohn, Frau Gräfin! Ein so weicher Anschlag und zugleich dieses Temperament! Er sollte öffentliche Konzerte geben!", sagte er in deutscher Sprache mit charmant französischem Akzent und lächelte sein verführerischstes Lächeln, das das Grübchen in seinem Kinn vertiefte.

Die Gräfin sah ihn an wie alle Frauen, denen sich ein schöner Mann nähert und ihre Augen, die denen ihres Sohnes glichen, nahmen einen besonderen Glanz an.

„Oh, ich danke Ihnen, Baron d'Emprenvil – ja, ich glaube wirklich, der Herr Haydn hat Julius den letzten Schliff beigebracht. Für ihn wäre es der größte Wunsch, sich ganz der Musik widmen zu können, aber mein Mann…", sie sandte einen schüchternen Blick zu dem rotgesichtigen Herrn mit beachtlichem Doppelkinn, der, ein Glas in der Hand, im Augenblick ganz sicher nicht mit seinem Gegenüber über Musik plauderte.

„Ich verstehe", erwiderte Patrick kurz. „Aber ein solches Talent sollte schließlich nicht im Verborgenen schlummern!"

Er legte dem jungen Mann, der ihn neugierig betrachtete, die Hand auf die Schulter und strich ihm sanft über die blonden Locken.

Julius errötete. Noch niemals hatte er einen Mann gesehen, dessen physische Vorzüge mit so vollkommener Eleganz verschmolzen, dessen schwarzes, langes Haar wie bei einem Ritter aus dem Märchenbuch in gepflegten Locken über den Spitzenkragen wallte und dessen dunkle, unergründliche Augen von dichten, fast weiblichen Wimpern umrahmt, von so rätselhaftem und zugleich Vertrauen erweckendem Ausdruck waren. Der edle Prinz aus einer geheimnisvollen Sagenwelt, schoss es ihm unwillkürlich durch den Kopf, der die Prinzessin erobert.

„Sie erlauben doch, Julius!"

Er beobachtete verlegen und ohne eine passende Antwort zu finden, wie Patrick sich leicht über ihn beugte und seine mit kostbaren Steinen beringten Finger sanft über die Klaviatur glitten, wie um zu prüfen, welches Geheimnis in diesem Instrument lag. Als Patrick sich aufrichtete und mit fast gezierter Geste die Flut üppig herabrieselnder, feiner Brüssler Spitzen an seinen Handgelenken zurechtzupfte, blieb ein leiser Duft von Zedern und Moschus zurück, der Julius verwirrte.

„Ich spiele selbst nicht schlecht – der Graf", er wandte sich mit einer Kopfbewegung an den illustren Gast, „kann es Ihnen bestätigen. Aber ich würde gerne noch einige Fortschritte machen. Und ich möchte mehr über den Komponisten – wie sagten Sie eben – diesen Beethoven wissen! Vielleicht wäre es zu arrangieren, einmal gemeinsam vierhändig zu spielen. Dabei könnten Sie mir doch einige Tricks verraten! Ich würde mich freuen!"

Julius nickte mit trockener Kehle und wusste nicht recht, was er antworten sollte, so sehr erfüllten ihn Befangenheit und eine gewisse Scham. Er fühlte sich provinziell in seinem altmodischen Samtanzug, hölzern im Umgang und ärgerte sich über das blonde Lockengekräusel, das er seiner Mutter zuliebe trug und das ihn wie ein Mädchen aussehen ließ.

D´Emprenvil wandte sich nonchalant der Gräfin zu: „Vielleicht ist es Ihnen möglich, auch dabei zu sein, Gnädigste – verzeihen Sie mir, wenn ich gestehe, dass ich noch nie eine schönere Frau in diesem kühlen und nassen Landstrich gesehen habe, als Sie!"

Diese Floskel rutschte Patrick wie von selbst heraus und er meinte es in diesem Augenblick wirklich ernst. In der Tat war die Gräfin eine auffallende, mädchenhaft zierliche Erscheinung und ihr Sohn glich ihr wie aus dem Gesicht geschnitten in allem, angefangen von den blonden Locken, dem beseelten Blick bis hin zu der schlanken, graziösen Gestalt.

Die Gräfin lächelte schelmisch und geschmeichelt, sie fühlte sich geehrt und sah den jungen Mann kokett von der Seite an. Natürlich war sie zahlreiche Verehrer gewohnt und nahm das Ganze als amüsantes Kompliment eines sehr attraktiven, um einige Jahre jüngeren Mannes. Da sah man doch, wie falsch die Gerüchte waren, die aus diesem galanten jungen Adeligen einen zweideutigen Günstling des Bruders des ehemaligen Königs von Frankreich machten!

D´Artois trat nun mit falschem Lächeln, hinter dem sich seine immer bereiten Launen eifersüchtiger Anwandlungen verbargen, zu der kleinen Gruppe hinzu.

„Kompliment, Madame, zu einem so talentierten Sohn. Mir kamen die Tränen!" Seine hohe, brüchige Stimme klang ein wenig zu laut und fast schrill. Er tupfte sich geziert mit einem Spitzentuch die Schläfen und tätschelte wohlwollend die Wange des blonden Pianisten, der nicht wagte, sich dieser Berührung, die ihm sichtlich unangenehm war, zu entziehen. Dann warf er den Kopf zurück und musterte mit affektierter Gebärde, sein Monokel mit Daumen und Zeigefinger hochhaltend und den kleinen Finger weit abspreizend, den jungen Mann, während er Patrick unauffällig aus den Augenwinkeln einen prüfenden Seitenblick zuwarf.

„Un beau Garçon - ein hübscher Junge, Madame – und wie ich schon sagte… so begabt. Er wird seinen Weg machen."

Abschätzend ging er um den Knaben herum, um ihn wie eine Ware zu begutachten. „Er ist groß", murmelte er, „sieht gut aus - ich könnte ihm einen ausgezeichneten Posten in meiner persönlichen Garde verschaffen…"

Wieder glitten seine Blicke provozierend zu Patrick, der sich für das Benehmen des Grafen, seine gesamte altmodische Aufmachung, die übertrieben nach französischer Manier aufgetürmten, gepuderten Locken und sein sichtbar geschminktes Gesicht mit dem unnötigen Schönheitspflaster plötzlich in Grund und Boden schämte. Doch die Gräfin schien den Affront nicht zu bemerken, sie senkte anmutig lächelnd den Kopf mit der schimmernden Krone geflochtenen Haares, von der zarte Strähnchen über ihr makelloses Dekolleté fielen. Dann senkte sie die Wimpern vor dem Prinzen von Geblüt, dem Bruder des ehemaligen Königs von Frankreich, der ihm vielleicht schon bald auf den Thron folgen würde und flüsterte leise: „Zu gnädig, ich danke vielmals. Ich werde mit meinem Mann darüber sprechen!"

Julius war das Blut zu Kopf geschossen und er presste die Lippen zusammen, um ein scharfes „Nein" zu verhindern. Von der Seite her sah er zu Patrick hinüber, der seinen ärgerlich aufgeflammten Blick jetzt unter halbgeschlossenen Lidern verbarg und nur hochmütig die schwarzen Locken zurückwarf, die ihm ungebändigt in die Stirn hingen. Auf seinen silbernen, mit einem Löwenkopf verzierten Stock gestützt, schien der intime Freund und Adjutant des hohen Gastes die Szene zunächst schweigend zu beobachten, dann aber sagte er mit herausfordernder Arroganz zu d'Artois gewandt: „So viel ich weiß, sind alle Stellen in der Garde vollständig besetzt!"

Patricks Worte kamen kurz und knapp und er sah schnell zu dem schüchternen Pianisten hinüber, während im gleichen Moment ein angedeutetes Lächeln seine Miene wie ein Sonnenstrahl erhellte. Er hob die Augen leicht gen Himmel und zwinkerte ihm dann beinahe komplizenhaft zu, als müsse er sich für die Manieren des Grafen entschuldigen. Julius, der seinen Blick auffing, nickte unmerklich und senkte verlegen den Kopf, doch in diesem Moment trat ein Diener herzu, der Erfrischungen auf einem Silbertablett anbot. D'Artois, froh über die willkommene Ablenkung, wandte sich mit einem entzückten, leisen Ausruf dem dunklen Konfekt zu, das er in einer Silberschale entdeckte und die Eifersucht, die kleinen Plänkeleien zwischen ihm und seinem kapriziösen Adjutanten waren für eine Weile vergessen.

„Oh, Sie kennen meine Leidenschaft, Madame? Ich dachte schon, nirgendwo in ganz Deutschland bekäme ich diese Sorte gefüllter Schokoladentrüffel!" Mit spitzen Fingern nahm der Graf von der Süßigkeit und biss ein winziges Stück ab, um es auf der Zunge zergehen zu lassen. „Vorzüglich!", schwärmte er genießerisch, halb die Augen schließend und steckte, ohne an seine immer fülliger werdende Figur zu denken, eine flaumig weiche Schokoladenkugel nach der anderen in den Mund; so lange, bis die silberne Schale leer war.

8. Kapitel
Ein rätselhafter Brief

In der Rue des Capucines angekommen, ließ Amélie die einfache Mietdroschke anhalten. Erschöpft vom Umherfahren und den verwirrenden und schockierenden Begegnungen des Tages war es ihr beinahe gleichgültig, ob Fabre wütend war, sie ausfragen, beschimpfen oder schlagen würde - sie wollte einfach nur nach Hause und ihren schmerzenden Kopf auf irgendein Kissen betten.

Ihre Gedanken liefen ungeordnet durcheinander, prallten aber immer wieder wie an einer Mauer ab. Auf jeden Fall hatte es keinen Sinn, weiter in der Stadt umherzuirren, nur um einer Aussprache mit ihrem Mann aus dem Weg zu gehen.

Das dunkelhäutige Mädchen namens Sheba war schon mit katzenhafter Geschmeidigkeit vom Sitz geglitten und bot ihr hilfsbereit den Arm. Amélie übersah das Mädchen absichtlich, ärgerlich über sich selbst. Das war wohl das Unsinnigste, was sie an diesem turbulenten Tag getan hatte! Was sollte sie jetzt mit dieser zweifelhaften Person anfangen, die sich so aufdringlich an ihre Fersen heftete! Aber wozu sich Gedanken machen, Fabre würde sie bei seiner Abneigung gegen schwarze Hausangestellte auf alle Fälle sofort hinauswerfen.

Sie stieg aus, winkte dem Diener den Kutscher zu bezahlen und ihm ein gutes Trinkgeld zu geben. Dann öffnete dieser ihr und der jungen Mulattin die Tür mit gleicher Beflissenheit wie üblich, ohne eine Miene zu verziehen. Voll Beklommenheit sah sie über ihn hinweg in den dämmrigen Salon, der leer zu sein schien. Unwillkürlich trat sie mit so leisen Sohlen wie möglich auf. Mit ein bisschen Glück konnte sie sich jetzt gleich in ihre persönlichen Räume begeben und ein wenig ausruhen. Dann hatte sie Zeit zu überdenken, was sie später Fabre erzählen wollte, wo sie gewesen war und was sie gemacht hatte.

„Amélie!"

Die Stimme klang trocken und scharf wie ein Peitschenknall und sie fuhr herum, als habe sie jemand bei etwas Verbotenem ertappt. Eine dunkle Silhouette löste sich aus der Fensternische und kleine Rauchwölkchen eines parfümierten Zigarillos ringelten sich durch die Luft, zogen gemächlich nach oben und hinterließen einen süßlichen Tabaksgeruch.

„Wo warst du die ganze Zeit? Denkst du nicht daran, dass man sich Sorgen über deine Abwesenheit machen könnte?"

Stirnrunzelnd wandte Fabre ihr sein blasses Gesicht zu und Amélie erschrak vor der kalten Wut, die in seinen Augen brannte. Doch entgegen aller Vernunft konnte sie wie immer ihre Zunge nicht im Zaum halten.

„Sorgen um mich? Du?", entfuhr es ihr unwillkürlich, während ein ungläubiges Lächeln um ihren Mund spielte. „Das meinst du doch nicht im Ernst!"

Ihr Widerspruch reizte Fabre und seine Züge verzerrten sich. Er kam auf sie zu und packte ihren Arm. Seine langen, hellblonden Haare fielen ihm bei der heftigen Bewegung unordentlich und strähnig in die Stirn.

„Du Herumtreiberin", zischte er so leise, dass sie es kaum verstand. „Du Hure! Verdammt! Du hintergehst mich! Ich werde dir zeigen, was man mit ungehorsamen und dazu noch untreuen Frauen anfängt!"

Er gab ihr einen heftigen Stoß und Amélie, gegen eine Konsole stolpernd, duckte sich schnell, als er auf sie zutrat und die Hand hob. Erstaunt und ein wenig ängstlich sah sie nach einer Weile, in der sie den Schlag erwartete, der aber nicht erfolgte, auf. Es war still und nur das scheuernde Geräusch eines Streichholzes, das sich nicht entzünden lassen wollte, erfüllte den Raum.

Fabre, das erloschene Zigarillo zwischen den Zähnen, war ans Fenster zurückgetreten und murmelte, sich weiter erfolglos um Feuer bemühend: „Nun, also…sprich…"

Seine Stimme klang nicht mehr so eiskalt und zynisch sondern hatte plötzlich einen monotonen, scheinbar gleichgültigen Ton. „Rede – ich will alles wissen!", er drehte sich rasch um und sah ihr höhnisch ins Gesicht, „Du wolltest in die Conciergerie, zu Manon Roland, nicht wahr? Bald wirst du diese Intrigantin auf dem Schafott sterben sehen! Aber sag mir doch die ganze Wahrheit: Ist es nicht de Montalembert, der immer noch in deinen Gedanken spukt? Dieser Staatsverbrecher! Ich rate dir, vergiss ihn! Ich dulde nicht, dass du seinem Schatten nachläufst! Er wird dem Henker trotz seiner wechselnden Verkleidungen nicht entgehen, dafür sorge ich! Es kann nicht mehr lange dauern, dann werden wir ihm sein zugegebenermaßen recht geschicktes Spiel ein für alle mal verderben!" In einer jähzornigen Aufwallung ballte er wütend die Faust und schrie: „Glaubst du, dass du mich an der Nase herumführen kannst? Dann wäre es besser, du legtest deinen hübschen Kopf gleich mit unter das Beil! Ich werde den Teufel tun, das zu verhindern!" Er verstummte ernüchtert und sah blicklos durch die Scheiben.

„Du hast mich belogen - du wusstest, dass er lebt!" Amélie nahm all ihren Mut zusammen und ihre Stimme klang tonlos. „Warum – warum hast du mir nie etwas gesagt?"

„Was hätte das für einen Sinn gehabt?" D´Églantine, der schweigend aus dem Fenster starrte, sah sie nicht an. „Vielleicht wollte ich nicht, dass du mich verlässt!"

Irgendetwas war anders, ein unbekannter Ton in der Stimme Fabres berührte sie. Er war doch nicht etwa eifersüchtig? Es blieb eine Weile still und von draußen hörte man nur das Räderrollen der Wagen und die groben Zurufe der Kutscher.

„Du täuscht dich", erklärte Amélie hochmütig und steckte eine herabgefallene Haarsträhne fest, „Ich... ich war heute zum Tee bei einer alten Jugendfreundin am Boulevard St. Martin; bei Cécile, der Tochter unserer ehemaligen Nachbarn von Schloss Pélissier. Cécile de Platier, wenn du es genau wissen willst!"

Trotzig warf sie den Kopf zurück und richtete sich zu ihrer vollen Größe auf. Ihr Haar hatte sich bei der heftigen Bewegung ganz gelöst und fiel ihr jetzt in schweren Locken über die Schultern.

Mit misstrauischem Blick beobachtete Fabre nachdenklich jede ihrer Bewegungen wie eine auf der Lauer liegende Raubkatze.

„Wirklich? Bei wem, sagtest du, welche Cécile…", er verzog mit einem trockenen Auflachen spöttisch die Lippen. „Aber du meinst doch nicht etwa die dicke Cecilia, die stadtbekannte Hure? Zum Tee? Du warst in ihrer Spielhölle im sogenannten Palais des Anges? Miststück, verdorbenes! Ich verbiete dir in Zukunft, das Haus ohne meine Einwilligung zu verlassen." Seine Wut flammte erneut auf, das Blut schoss ihm ins Gesicht. „Und erzähl mir keine Lügen, ich rate es dir…"

Amélie wich zurück, doch er schien plötzlich erstaunt an ihr vorbei zu sehen. Die kleine Mulattin hatte sich aus dem Hintergrund, einer Ecke des Zimmers, geschmeidig herbeigeschlängelt und frech an Amélies Seite gedrängt.

„Oh, Monsieur, tun Sie ihr nichts! Madame ist unschuldig! Ich kann es bezeugen!", flehte sie mit einer Gebärde der Demut und fiel vor ihm auf die Knie.

Fabre blieb wie angenagelt stehen, und sah verdutzt auf das Mädchen zu seinen Füßen. Dann polterte er los: „Zum Donnerwetter! Wer, um Himmels willen ist denn das? Wo hast du bloß diese Farbige aufgelesen? Bei den Zigeunern an der Place de Grève vielleicht?"

Amélie zögerte. „Ich…fand sie auf der Straße - sie tat mir leid!"

Grob packte Fabre das Mädchen bei der Hand und versuchte, es hochzuziehen.

„Verschwinde! Wir sind doch kein Asyl! Scher dich zum Teufel!"

Sheba rührte sich nicht. Vor Angst wie versteinert, hob sie nur weiter bittend die Hände und beugte sich mit anmutiger Bewegung so weit nach vorne, dass die lose Zigeunerbluse halb über ihre glatten, braunen Schultern glitt und ohne dass sie es zu merken schien, ihre spitzen kleinen Brüste zur Schau stellte. Fabre ließ seinen Blick überrascht über ihren zarten Körper gleiten und seine Augen nahmen mit einem Mal den glitzernden, türkisfarbenen Glanz an, den gierigen Ausdruck, den Amélie so gut kannte. Seine Laune, die wechselnden Stimmungen schlugen bei ihm wie jetzt von einer Minute auf die andere um. Er musterte das junge Mädchen mit einem maliziösen, kennerischen Lächeln von oben bis unten.

„Nun, wo kommst du her? Steh auf! Was soll diese Komödie!"

Sheba verharrte stumm.

Mehr zu sich selbst murmelte er: „Eine kleine Exotin, sieh einmal an! Und gar nicht schlecht gebaut!" Er trat ganz nahe an sie heran und betrachtete ihren biegsamen Körper mit interessierter Aufmerksamkeit wie ein Ausstellungsstück. „Bist du Tänzerin, mein Kind? Wie heißt du?"

Seine Stirn glättete sich und seine Stimme bekam plötzlich einen warmen, verführerisch heiseren Klang. Als das Mädchen nicht antwortete, wandte er sich in betont süffisantem Plauderton an seine Frau.

„Du hast vielleicht recht, meine Liebe, das ist doch einmal etwas ganz anderes – sozusagen ein kleines Geschenk von dir - oder etwa nicht?"

„Sie heißt Sheba...", Amélie wusste nicht genau, was sie antworten sollte. Bei jedem falschen Wort konnte sogleich ein neues Unwetter über sie hereinbrechen. „Aber wenn du willst, schicke ich sie wieder fort!"

„Das wäre wohl das Beste", murmelte Fabre, das Mädchen etwas geistesabwesend musternd. Nachlässig warf er die Streichholzschachtel auf den Tisch. „Sheba!" Er ließ den Namen auf der Zunge zergehen wie ein Stück Schokolade und wiederholte ihn mehrmals. „Dreh dich doch einmal herum!"

Das vorher so kaltblütige, junge Ding hatte plötzlich der Mut verlassen und sie wagte nicht, der Aufforderung nachzukommen. Mit gesenktem Kopf stand sie vor Fabre, ihre Wangen nahmen eine elfenbeinerne Blässe an und die zu große, weit ausgeschnittene Bluse hing halb über die mageren Schultern im nach unten verrutschten Mieder, das selbst der eng zusammengezurrte Gürtel nicht an seinem Platz halten konnte. Ihre offene, schwarze Mähne wogte, wie bei einer zierlichen Puppe mit einem zu großen Kopf, in unordentlicher Fülle wirr und wild beinahe bis zu den Hüften.

Die ganze Gestalt schien von einem schwarzen Haarvorhang umhüllt und zugleich erdrückt zu werden.

Er trat vor sie hin und fasste ihr Kinn, um ihr ins Gesicht zu sehen.

„Nun, auf einmal so schüchtern, Kleine? Du hast dich wohl ein wenig zu weit vorgewagt. Sieh mich doch einmal an!", befahl er mit sanft gewordener Stimme und fuhr ihr, als sie den Kopf hob, mit einem merkwürdigen Ausdruck wie zufällig und fast zärtlich über die nackten, samtbraunen Schultern, den Hals hinauf bis zum Kinn, das er sachte anhob.

Das Mädchen schlug langsam die Augen zu ihm auf.

„Ja, so ist es gut!", murmelte er leise. „Übrigens nicht übel, dieser Kontrast – ganz hübsch! Hellblaue Augen bei brauner Haut – wie zwei Bergseen auf dunklem Grund." Er lachte amüsiert auf und schien die Anwesenheit Amélies für einen Moment ganz vergessen zu haben. „Das arme Kind würde doch weit besser aussehen, wenn es ordentlich gekleidet wäre", sagte er, nahm mit spitzen Fingern das Ende der Bluse und zog es sacht über die nackten Schultern, „man könnte etwas aus ihr machen… zweifellos… natürlich nur aus Gründen der Charité!"

Angesichts der Unverschämtheit ihres Mannes begann sich in Amélies Herzen ein nagendes Gefühl der Eifersucht zu regen. Langsam stieg Zorn in ihr hoch, doch für Fabre war sie im Augenblick einfach nicht mehr vorhanden.

„Lass sie in Ruhe", fuhr sie ihn an, doch er schenkte ihr nicht die geringste Aufmerksamkeit und ließ seine Augen nicht von der dunklen Schönheit.

„Du kannst bleiben… meinetwegen. Wir werden schon etwas für dich finden."

Gönnerhaft sah er das Mädchen mit einem Ausdruck an, der keinen Zweifel zuließ. Sheba erwiderte seinen Blick, ohne auch nur eine Sekunde mit der Wimper zu zucken.

De Montalembert schlug seinen dunklen Umhang enger um die Schultern und schritt mit gesenktem Blick durch die Heinrichsgasse, in der er sich ein bescheidenes Zimmerchen gemietet hatte. Seine Schritte hallten auf dem vom Regen nassen Kopfsteinpflaster und vom nächtlichen Himmel rann ein stetiger, feuchter Nieselregen, der nach den vielen Hitzetagen die Luft dämpfig und erstickend machte. Er war auf dem Weg zum Baron de Batz, der in der Nähe des Kohlmarktes vorübergehend in einer kleinen Dachwohnung hauste und dem hier in Wien niemand ansah, dass er zu den reichsten Männern Frankreichs zählte. Heute würde er den Charakter des

schwer zu durchschauenden Menschen vielleicht etwas näher kennenlernen. Eines hatten sie jedenfalls schon jetzt gemeinsam: Wie de Batz hasste
auch de Montalembert aus tiefstem Herzen die zweifelhaften Prinzipien der
Republik, die unrechte Auslegung der Freiheit und der Gleichheit, die nur
eine falsche Verteilung der Gewichte bewirkten.

Geduldig kletterte er eine nach der anderen der fünf Etagen des engen
Miethauses hinauf, in dem die Tür ohne Namensschild sich ihm erst nach
einem fünfmaligen, leisen Klopfzeichen öffnete.

„Das Losungswort", die höfliche, gedämpfte Stimme des Dieners Leopold
riss Richard aus seinen Gedanken.

„Es lebe die Königin", flüsterte Richard und zwängte sich, dem Betressten
den nassen Mantel reichend, durch die schmale Tür.

Der Baron de Batz saß, völlig in seine Tätigkeit vertieft, vor einer einfachen
Kerze an seinem wackligen Schreibtisch in der sparsam möblierten Dach-
stube und schrieb eifrig an einem Stapel vor ihm liegender Blätter.

„Bonsoir, Jean-Pierre!"

Überrascht sah der Angesprochene auf.

„So spät noch, Richard? Haben wir etwas vergessen, oder können Sie nicht
schlafen, so kurz vor Ihrer endgültigen Abreise nach Paris?"

„Ja - und nein", wich Richard aus, „mir gehen so viele Gedanken durch den
Kopf – nicht dass ich Angst hätte, nein – aber ich zweifle manchmal daran,
dass unsere Helfer alle vertrauenswürdig sind."

De Batz ordnete seine Schriftstücke und legte sie beiseite.

„Seien Sie unbesorgt, für Geld habe ich noch immer alles bekommen, was
ich wollte und selbst die abgebrühtesten Republikaner vom Gegenteil überzeugt!"

Ein offenes Lachen erhellte das glatte, beinahe faltenlose Gesicht des Barons und ließ ihn, trotz des kurzen, mit weißen Fäden durchzogenen Bartes
und der schon leicht ergrauten Haare, frisch und jugendlich wirken. Er
stand auf und reichte Richard die Hand.

„Entschuldigen Sie mein Lieber, aber ich bin todmüde, weil ich in der letzten Nacht noch einmal jeden Schritt genau überprüft habe. Ich hoffe - nein,
ich bin sicher, dass es diesmal gelingen wird!"

Er reckte seinen muskulösen und sportlich trainierten Körper, der fast
die hellblaue mit Goldfäden bestickte Brokatweste sprengte, und streifte
achtlos seine Spitzenmanschetten zurück. An seinem Äußeren konnte man
beim besten Willen keine Spuren irgendeiner Müdigkeit entdecken. Die
graumelierten Haare fielen lang und glatt, aber gepflegt auf seine Schultern,

seine Haut schien vom häufigen Aufenthalt im Freien leicht gebräunt und die graugrünen Augen blitzten in kühner Entschlossenheit. Das war kein Mann, der den Müßiggang liebte, der sich damit begnügte, seine Millionen in der Gesellschaft oder mit Frauen zu verprassen – das war ein Freibeuter der alten Art, ein Abenteurer mit Leib und Seele.

„Eins möchte ich Ihnen noch sagen: Zeigen Sie niemals Ihre Verwunderung, wenn Sie Leute, von denen Sie es niemals dachten, heimlich auf unserer Seite finden. Ich habe den Angelhaken ausgeworfen und ich sage Ihnen nur so viel: Eine Million für den, der die Königin herausbringt! Und man hat angebissen."

Richard zog ungläubig die Stirn zusammen. „Eine Million?", wiederholte er erstaunt.

„Sie glauben gar nicht, wer bei einer Million alle seine guten Vorsätze vergisst! Ich habe nicht die Unterbeamten gewonnen - ich bin aufs Ganze gegangen und es ist mir gelungen, die Hauptorgane des Überwachungssystems zu kaufen!"

„Und wer…", wollte Richard unterbrechen, doch de Batz fuhr hastig fort.

„Hébert und Danton haben nicht nein gesagt. Unser Mittelsmann Aubier hat mit ihnen im Geheimen verhandelt und es war gar nicht so schwer, ihre Zusage zu erlangen!"

Richard sah ihn fassungslos an und holte tief Luft: „Auch Danton… wirklich er?"

De Batz nickte gelassen. „Wenn es zum Letzten käme, würden sie natürlich alles abstreiten. Ich habe ihnen Diskretion zugesagt, damit nicht der leiseste Schatten eines Verdachts auf sie fällt. Und wenn ich dafür unters Fallbeil müsste! Ich hoffe, dass Sie genauso denken."

Richard nickte heftig. „Aber das Geld, ich meine, welchen Weg…"

„Es ist über Ribbes, unseren Bankier und Finanzexperten an den Balletttänzer Navarre geflossen, der es in geheimer Mission nach Paris bringen wird!"

Richard wagte einen Einwand. „Aber wenn der Prinz von Coburg, der Oberkommandant der österreichischen Truppen, nun doch noch einen Vormarsch auf Paris organisiert, um die Königin zu befreien?"

De Batz winkte spöttisch ab. „Glauben Sie das wirklich? Diese Schwachköpfe drohen doch nur mit Konsequenzen, zögern aber die Sache so weit hinaus, bis der Kopf der Königin endgültig unter dem Fallbeil liegt!"

Richard musste ihm recht geben und musterte insgeheim de Batz, der so unbekümmert wirkte, als wolle er nicht die Republik aus den Angeln heben, sondern als habe man nur eine nebensächliche Aktion, einen kleinen, amüsanten Streich vor. Der Baron machte dem Diener ein Zeichen und dieser entnahm aus einer unscheinbar und wurmstichig aussehenden Holztruhe eine Stahlkassette mit Geld, eine kurzläufige Pistole sowie mehrere Dokumente und hielt Richard das Ganze hin.

„Nehmen Sie, mein Lieber, das ist für Sie, falls es irgendwelche Schwierigkeiten geben sollte. Ich wollte es Ihnen erst morgen zustellen!"

Richard steckte die Waffe ein und sah befremdet auf den Ausweis. „Jean Pélettier! An diesen Namen muss ich mich wohl noch gewöhnen!"

„Wer sollte Ihre Identität je anzweifeln - der Graf de Montalembert ist ja bereits seit einiger Zeit tot!", er lachte schallend wie über einen guten Witz. „Nein, Spaß beiseite, Richard - besser gesagt, Jean, Jean Pélettier. Also, Sie gehörten zuvor der Garde des Gerichtshofs von Toulouse an und waren dann Wärter in La Force, dem verrufensten Gefängnis von Paris!"

Richard nickte stumm und de Batz fuhr fort.

„Ich kenne den Inspektor dieses ungemütlichen Ortes, einen gewissen Monsieur Bault. Von ihm haben Sie die Zeugnisse und er wird Sie notfalls auch decken." Er hielt ihm einen Umschlag hin. „Und hier die Unterlagen für Ihre vorgebliche Ehefrau Marie!"

Richard blätterte in den Ausweispapieren mit der Beschreibung. „Meine Frau Marie", murmelte er, „suchte also eine Stelle als Aufwartefrau in Paris und die hat sie dann in der Conciergerie gefunden." Er steckte alles in seine Tasche und sah de Batz fragend an. „Wo bekomme ich neue Informationen – wann startet die Aktion ‚Ass-Karte'?"

„Das wird sich wohl ganz kurzfristig entscheiden, je nach den Umständen", wich de Batz aus. „Ich kann Ihnen nur so viel sagen: Die Verbündeten treffen sich in Paris regelmäßig im Palais des Anges, am Boulevard St. Martin. Das ist der Ort, wo die Fäden der Verschwörung zusammenlaufen."

Richard schmunzelte. „Dieses Haus verdient seinen Namen – ebenso wie Madame Cecilia."

„Ach, Sie kennen die Dame?" De Batz sah erstaunt auf.

„Natürlich!" Richard trommelte nervös mit den Fingern auf den kleinen Tisch. „Wussten Sie das nicht? Gräfin Cécile de Platier! Sie ist eine ehemalige Nachbarin – das Schloss hieß Pélissier und wurde bei einem Bauernaufstand durch einen Brand beinahe zerstört. Madame Cecilia hat mir nach meiner Flucht aus dem Gefängnis geholfen; damals als ich mich in den ehemaligen Carrières, den unterirdischen Kalksteinbrüchen von Montmartre versteckte! Aber das ist eine andere Geschichte."

De Batz kramte geschäftig in seinen Papieren. „Nun, umso besser. Aber haben Sie in Paris außer Madame Cecilia noch jemanden, dem Sie unbedingt vertrauen können?"

Richard dachte eine Weile nach und begann dann zögernd. „Ja, es gibt da einen monströsen Zwerg…, ich meine, ein Wesen, das so abschreckend hässlich ist, dass man meint, den Teufel vor sich zu haben!", er sprach schneller, als müsse er sich rechtfertigen. „Aber er ist gutmütig und mir treu ergeben."

De Batz sah ihn schmunzelnd an und schüttelte amüsiert den Kopf. „Merken Sie eigentlich nicht, wie seltsam sich das alles anhört! Ein hässlicher Zwerg, unterirdische Kalksteinbrüche – und eine Aristokratin als Bordellchefin! Wollen Sie mich etwa mit ihren abenteuerlichen Geschichten übertreffen, mein Lieber?" Er wurde wieder ernst. „Ach ja, bevor ich es vergesse! Haben Sie den Chevalier de Rougeville schon gesprochen? Eine wichtige Figur in unserem Spiel!"

„Leider noch nicht. Er muss in Paris sein. Ich habe ihm einen Brief mit Instruktionen zum Palais des Anges gesandt und auch Madame Cecilia das Nötigste mitgeteilt. Er steht mit ihr in Verbindung - ich vertraue ihm!"

„Es wäre zu hoffen", de Batz sah ihn mit leiser Skepsis an, „ich wüsste nicht, durch wen wir ihn ersetzen könnten. Wer sollte sonst Marie Antoinette davon überzeugen, in den Plan einzuwilligen?"

„Wenn er sich nicht meldet, könnte ich seinen Part übernehmen. Ich bin aber sicher, dass er dabei ist!"

De Batz ging nachdenklich im Zimmer auf und ab. „Gut! Lassen Sie uns noch einmal alles durchgehen. Also, Inspektor Michonis schmuggelt Rougeville als neugierigen Touristen in die Conciergerie. Der übermittelt der Königin kleine Briefchen mit Instruktionen, versteckt unter einer harmlosen Nelke im Knopfloch!"

„Dann wird die Königin unter einem falschen Kommando zur Vernehmung geführt", fuhr Richard fort, „sie wechselt die Kleidung und man bringt sie in einer Kutsche zu einem Landhaus außerhalb von Paris."

„Diesmal muss der Transport ins Ausland gelingen!", de Batz presste krampfhaft die Lippen zusammen. „Übrigens… die beiden Gendarmen in der Conciergerie, die für die Königin verantwortlich sind, sind bereits eingeweiht und auf unserer Seite!"

„Ich weiß nicht, aber am meisten macht mir die Person dieses Michonis Kopfzerbrechen!", zweifelte Richard. „Wird er wirklich dicht halten? Ich kann mir nicht vorstellen, dass der wichtigste Mann im Stadtrat, Direktor der Conciergerie und oberster Inspekteur der Gefängnisse von Paris bestechlich ist!"

De Batz wischte die Einwände mit einer ungeduldigen Handbewegung hinweg und zwinkerte ihm zu: „Bah, Michonis…ein ehemaliger Limonadenhändler, nichts weiter – und ein Geschäftsmann von Grund auf. Das ist längst geklärt. Ab einer bestimmten Summe erledigt sich die Frage, ob bestechlich oder nicht, ganz von selbst. Es kommt nur auf die Höhe des Geldes an und darauf, wie schnell man darüber verfügen kann, glauben Sie mir!"

Er strich sich eine silberne Haarsträhne aus der Stirn und sein junggebliebenes Gesicht leuchtete förmlich vor Eifer. „Also, zerbrechen Sie sich nicht unnütz den Kopf - der Gefängnisdirektor ist längst einer der Unseren. Und, ich bitte Sie, wer sollte mit einer armen, unglücklichen Königin nicht Mitleid haben? Ist sie einmal außer Landes – wer fragt dann danach, wie es dazu gekommen ist? Ein dummer Zufall, eine kleine Unachtsamkeit, schwer zu beweisen."

„Dem Himmel sei Dank, dass es in Frankreich noch genügend verdeckte Royalisten gibt, denen es nicht passt, dass der Konvent so über ihre Köpfe hinweg bestimmt!", bestätigte Richard mit einem Stoßseufzer während de Batz angeregt fortfuhr.

„Eine Frage noch, die mir aus reiner Neugier auf dem Herzen liegt: Was halten Sie eigentlich von der unglaublichen Entscheidung der Marquise de Bréde? Ich kenne Madeleine nun doch schon eine Weile als ruhige und sanfte Ehefrau meines besten Freundes Alphonse. Er hielt eigentlich alles Politische von ihr fern. Und nun wird sie nach Paris gehen, sich von einer Marquise in eine Aufwartefrau der Conciergerie verwandeln und das größte Risiko ihres Lebens auf sich nehmen!"

Er schüttelte skeptisch den Kopf.

„Ihr fehlt doch in Wien nichts, was sie zu einem sorglosen Leben braucht!" Er machte eine Pause und sah Richard an, der im ersten Moment nicht wusste, was er sagen sollte. „Aber was rede ich da, wie sollten Sie das auch wissen? Die Frauen sind unergründlich! Mein Lieber, machen Sie es sich doch bequem! Ich habe zwar nur wenig Zeit, aber einen guten Schluck kann ich Ihnen auf jeden Fall anbieten!"

Richard setzte sich nun vorsichtig auf einen der wackligen Stühle an den bescheidenen Tisch und griff nach dem Glas, das der Diener ihm ohne Aufforderung eingeschenkt hatte.

„Was Madeleine betrifft", begann er, „so habe ich mir schon gedacht, dass Sie sich über ihre Entscheidung wundern." Er lachte leise. „Aber um das zu verstehen, muss man etwas über ihre Vorgeschichte wissen."

Er sah in den dunklen Spiegel des ölig schimmernden, alten Burgunders und kostete den edlen Tropfen, der einen Nachgeschmack von reifen Waldfrüchten auf der Zunge hinterließ, genießerisch mit kleinen Schlucken.

„Der Wein ist wirklich hervorragend!", sagte er anerkennend, bevor er nach einem leichten Räuspern weitersprach. „Nun, Sie kennen diese Dame als Madame la Marquise – und wissen nichts über ihr Leben vor ihrer Heirat mit de Bréde, nicht wahr?"

De Batz lehnte sich interessiert vor und stützte die Arme auf den Tisch.

„Absolut nichts!"

„Sehen Sie", fuhr de Montalembert fort, „sie trug nicht immer einen Adelstitel - früher war sie die ehemalige Gouvernante der Familie d'Emprenvil, den Eltern meiner Frau Amélie, die während der Revolutionswirren ums Leben gekommen sind. Amélie war ihr sehr ans Herz gewachsen und als wir heirateten, ging sie mit uns nach Paris. Dort lernte sie den Marquis de Bréde kennen und folgte ihm später als seine Frau ins Exil. Vielleicht", er zuckte die Schultern, „will sie das blutige Drama, das sich zurzeit in Frankreich abspielt, nicht so einfach ignorieren!"

Er stellte sein Glas nach einem letzten Schluck ab. „War das alles, was Sie wissen wollten?" Fragend sah er zu de Batz auf, der nicht antwortete. Dann beugte er sich zu seiner Jagdtasche hinunter und ordnete die Dokumente mit der Pistole und der Geldkassette. „Jetzt will ich Sie aber nicht mehr länger aufhalten."

„Nein, nein, bleiben Sie noch! Eine sehr interessante Unterhaltung", beteuerte de Batz und ließ ihm noch einmal einschenken. De Montalembert betrachtete das Etikett der Flasche.

„Wirklich ein wunderbarer Jahrgang, 1787, dieser unglaublich heiße und trockene Sommer – an den ich mich im Übrigen gut erinnere, weil er eine Katastrophe für die Landwirtschaft war." Er widersprach nicht, als der Diener diese Bemerkung zum Anlass nahm, ihm erneut nachzuschenken.

„Eine ungewöhnliche Geschichte!", bemerkte de Batz, immer noch versonnen, während er mit großen Schritten auf den knarrenden Dielen auf und ab lief. „Vielleicht geht es der Marquise so wie mir – ein großes Vermögen und ein ruhiges Dasein, so etwas genügt eben nicht zum wahren Leben! Ich selbst brauche den Nervenkitzel, den Rausch, die Gefahr…, das Spiel mit dem allerhöchsten Einsatz!"

Er ballte die Fäuste und seine Augen glühten. De Montalembert sah ihn erstaunt und fast erschrocken an. War das die ganze, oberflächliche Triebfeder seines Handelns? Einzig und allein Spannung des Abenteuers, das Wagnis, sein Leben zu riskieren?

„Warum sehen Sie mich so an?" De Batz schien seine Gedanken erraten zu haben. „Ja, ich gebe es unumwunden zu – ein Leben ohne politische Intrigen, ohne Verschwörungen, Geheimnisse, ohne etwas, für das ich meinen Hals hinhalte, reizt mich nicht, es langweilt mich nur. Aber ich weiß, was ich will und habe ein hohes Ziel."

Er nahm die Flasche, schenkte sich selbst nach und setzte sich rittlings auf den zweiten Stuhl, Richard prüfend in die Augen sehend.

„Und jetzt Sie, mein Lieber, bevor Sie gehen. Jetzt sind Sie dran. Was ist mit Ihnen, was treibt Sie eigentlich? Sie wollen wahrscheinlich, wenn ich mich nicht irre, die Monarchie wieder herstellen, das Königtum retten…"

„Ich?", de Montalembert wich seinem forschenden Blick aus, er senkte die Lider und seine Stimme klang ruhig und fast emotionslos. „Nicht nur. Nach all dem, was ich Ihnen erzählt habe, können Sie es sich wohl denken. Sie kennen doch den Sekretär Dantons, Fabre d'Églantine? Nun, dieser Mann hat sich nach meiner Verurteilung zum Tode nicht nur meines Vermögens bemächtigt, sondern mir auch meine Frau Amélie weggenommen!"

De Batz verzog das Gesicht, als wolle er etwas sagen, und Richard fuhr nach einem kräftigen Schluck Wein fort.

„Da er ahnt, dass ich noch lebe, lässt er mich verfolgen und wird auch nicht davor zurückschrecken, mich zu töten – sollte er mich jemals aufspüren. Ich habe gehofft, dass der Terror der Republikaner nicht lange dauern würde. Aber es war eine Täuschung – plötzlich hatte ich alles, was mir im Leben etwas bedeutete, verloren!"

Sonst immer so beherrscht, sprang Richard, von seinen Gefühlen übermannt, so heftig auf, dass er dabei unabsichtlich das Glas umstieß, dessen Inhalt blutrote Flecken auf seiner hellen Hose hinterließ. Er achtete nicht darauf, seine Augen brannten in wilder Glut.

„Solange unser Land unter dem Vorwand der Gleichheit von einem Haufen blutgieriger Schurken regiert wird, haben wir Aristokraten keine Chance! Ich kann weder meine Frau, noch mein Vermögen, geschweige denn meine Identität zurückgewinnen! Dieser d'Églantine, ein hinterhältiger Komödiant, ist nur ein Beispiel für die falsche Tugendhaftigkeit, die der Wohlfahrtsausschuss anpreist! Ein schamloser Betrüger und Intrigant! Ich werde es ihm zeigen, so wahr ich hier stehe!"

„Beruhigen Sie sich doch!", der Baron drückte ihn begütigend auf seinen Stuhl zurück, während der Diener ein weißes Tuch und Salz brachte, um die Flecken aus dem Stoff zu entfernen. „Ich dachte schon, Sie haben kein Feuer in den Adern, sondern nur stilles Eiswasser. Aber jetzt finde ich es ganz gut, dass Sie Ihre Gefühle so gut verbergen können. Seit ich Ihre Motivation kenne, glaube ich, dass wir ganz gut zusammenpassen. Also, mein lieber ... Jean – wie Sie jetzt heißen werden", er reichte ihm die Hand zum Abschied, „es ist Zeit. Angenehme Reise und - machen Sie Ihre Sache gut!"

„Ja, aber", verwirrt nahm Richard, dem es die Hitze ins Gesicht getrieben hatte, die dargebotene Rechte, „auf welche Art kann ich mich mit Ihnen persönlich in Verbindung setzen, wenn etwas schief ginge – wie kann ich Sie erreichen?"

Der Baron schmunzelte rätselhaft: „Sie werden mich erkennen, mein Lieber, wenn es soweit ist! Und erschrecken Sie nicht – ich liebe die Überraschung und ich ziehe es vor, in den verschiedensten Gestalten und Verkleidungen aufzutauchen. Das ist einfach eine kleine Schwäche von mir - es macht mir Spaß. Vielleicht tauche ich gerade da auf, wo Sie mich am wenigsten vermuten! Au revoir!"

Der Diener wartete schon mit seinem noch feuchten Umhang an der Tür und legte ihn Richard um die Schultern. Er wandte sich um und sah dem Baron noch einmal forschend ins Gesicht.

„Sie sind ein außergewöhnlicher Mensch, de Batz! Sollte sich dennoch etwas ändern...."

„Werden Sie mich nicht mehr in dieser Wohnung finden", unterbrach ihn de Batz und grinste verschwörerisch, „sie ist schon so gut wie aufgelöst. Ich war eigentlich nie da - bin überall und nirgends! Auf bald!"

Er zwinkerte ihm noch einmal lächelnd zu, kehrte wieder zu dem kleinen Schreibtisch zurück und beugte sich, in das ungeheure Puzzlespiel seiner geheimen Aktion vertieft, erneut über die Pläne und Papiere, die darauf lagen. Es schien ein Spiel auf dem Schachbrett der Weltgeschichte zu sein, bei dem die Figuren diesmal agierten, wie er wollte – ein gefährliches Roulette, halsbrecherisch und weitreichend. Man musste vor allem das Geld haben, um zu setzen, die Züge wagen, dann war es ganz leicht; wenn auch am Ende nicht nur die Höhe des Einsatzes, sondern das Geschick entschied, ob man gewann oder verlor. Alles andere würde sich von selbst ergeben.

Ohne sich auszukleiden, warf sich Amélie mit einem Seufzer der Erleichterung auf den Diwan ihres kleinen Boudoirs, dessen Wände mit rosafarbenem Satin bespannt waren, um ihm ein warmes, gedämpftes Licht zu verleihen. Der um diese Zeit halb verdunkelte Raum mit seinem kleinen Balkon zum schattigen Innenhof des Palais war angenehm luftig. Trotz der fortgeschrittenen Jahreszeit herrschte draußen eine stickige Hitze, die Luft flirrte über den aufgeheizten Steinen der Häuser und verdichtete sich zu einem unbeweglichen Dunst in den engen Gassen und Straßen. Im gedrängten Zusammenwohnen der kleinen Leute im Bereich der ärmeren Viertel von Beaubourg um die Kirche Saint Merri, war der pestilenzartige Gestank, der im Sommer aus Rinnsteinen, Abflüssen und Hinterhöfen drang und sich bis in die besseren Quartiere und zum Platz der Revolution ausbreitete, kaum auszuhalten. Wie ruhig war es dagegen in der Rue des Capucines, in dem von alten Bäumen beschatteten Palais!

Endlich alleingelassen, atmete Amélie auf und begann, ihre Gedanken aufs Neue zu ordnen. Nun war sie wieder im Hier und Jetzt und die Schatten der Vergangenheit sanken für eine Weile ins Dunkel zurück. Aus den Kinderzimmern drang kein Laut. Die Bonne machte auf ihre Anregung hin mit Sophie-Benedicte und Aurélie einen Ausflug aufs Land. Sie hatte eigentlich vorgehabt, gemeinsam mit den Kindern nach Valfleur zu fahren, aber seit sie wusste, dass Richard noch lebte, war sie nicht mehr dazu imstande, Paris zu verlassen. Aber was sollte sie jetzt bloß tun? Fabre hatte ihr verboten, in Zukunft das Haus allein zu verlassen und sie wusste, er meinte es ernst. Sie kam sich hilflos vor, im Stich gelassen und dem Schicksal ausgeliefert.

Ihr kleiner Pinscher Ludovico mit der bonbonfarbenen Satinschleife über einem lustigen Büschel Haare, der vor sich hin dämmernd auf einem Samtkissen in der Erkerecke des kleinen Nebenraums lag, entdeckte erst jetzt ihre Anwesenheit, sprang vor Freude hell kläffend von seinem Lager und versuchte vergebens, mit den kleinen Pfötchen an ihr hoch zu hüpfen.

„Sei still, Lulu, ich hab Kopfweh!"

Amélie schob ihn halbherzig von sich, hob ihn aber, als er nicht abließ, seine Freude zu zeigen, schließlich hoch und drückte ihn mit nervöser Affektion so fest an ihre Brust, dass er erschrocken aufjaulte. Mit einer ungeschickten Drehung entwand er sich und plumpste dabei in einem harten Salto zu Boden. Die kleinen Öhrchen angelegt, duckte Lulu sich nieder und sah Amélie mit seinen großen, hervortretenden Glupschaugen vorwurfsvoll an. Schwach mit dem kleinen Stummelschwänzchen wedelnd, erholte er sich jedoch rasch von seinem Schrecken und duldete mit dem Ausdruck einer beleidigten Diva ihre versöhnlich ausgestreckte Hand, indem er ihr erlaubte, sein seidiges Fellkleid zu streicheln. Als sie jedoch weiterhin zerstreut schien und ihn nicht weiter beachtete, begann er in schuldbewusster Erinnerung zerbissener Seidenschuhe und stibitzter Leckereien das Sofa zu umkreisen, um schließlich einen erneuten, vorsichtigen Satz auf das Fußende zu wagen, sich demütig heran zu schleichen und ihr zurückhaltend die Hände zu lecken.

„Oh, mein armer, kleiner Lulu – ich wollte dir doch nicht weh tun!"

Amélie nahm ihn auf den Arm, schmiegte ihre Wange an die wolligen Löckchen seines Kopfes und kraulte ihn flüchtig in der Halsbeuge. Seufzend und voll innerer Unruhe lehnte sie sich wieder auf ihr Ruhebett zurück und legte den vorbereiteten Eisbeutel auf ihre brennende Stirn.

Ihre Blicke wanderten zerstreut durch den Raum und blieben an dem pastellfarbenen Gemälde von François Boucher ihr gegenüber hängen. Die junge, halbnackte Frau, die sich in ihrem Schlafgemach von einem Herkules im Lendenschurz nur halb abwehrend leidenschaftlich umarmen ließ, schien mit einem zweideutigen Lächeln auf sie herab zu sehen. Zum ersten Mal, seit sie dieses Bild besaß, schaute sie genauer hin, betrachtete versunken die vollblütige Schönheit, deren widersprüchliche Gefühle der Künstler so geschickt zum Ausdruck brachte. Die roten, heißen Wangen unter den fliegenden, goldblond schimmernden Haaren, die über die weiße Haut des halbentblößten Busens fielen, ihre verräterisch glänzenden, lustvoll nach oben verschwimmenden Augen und die scheinbar ablehnende Gebärde, mit der sie ihre Hüften gegen den muskulösen Körper ihres Eroberers mehr zu schmiegen, als ihn beiseite zu drücken schien, sprachen ihre eigene Sprache. Ob ein Mythos oder ein wahres Ereignis als Vorbild gedient hatte – auf jeden Fall handelte es sich bei dieser Darstellung um das ewige Spiel von Forderung und Hingabe. Dem Maler war es gelungen, in den Gebärden der Protagonisten den ganzen Zwiespalt der Situation auszudrücken. Abwehrend streckte die Schöne ihre Hände gegen den Fremden aus, spielte nach außen hin die Entrüstete, während sie in Wirklichkeit sichtlich die verbotenen Liebkosungen genoss. Glich diese Frau nicht ein wenig ihr selbst? Liebte sie nun Richard – oder etwa doch Fabre? Kam es in der Liebe auf Zuverlässigkeit, Beständigkeit und Treue an oder handelte es sich hier nur um leidenschaftliche Besessenheit, Verwirrung der Gefühle und eine dunkle, geheimnisvolle Macht, deren zerstörerischen Kräften man nicht entrinnen konnte?

Sie erhob sich, wie um die wispernde Stimme in ihr zum Schweigen zu bringen, die fast hämisch wiederholte: Weißt du denn überhaupt, was Liebe wirklich ist? Du kannst ja nicht einmal entscheiden, wen du liebst, nicht einmal das wahre, das richtige Gefühl erkennen… „Doch ich kann es…“, murmelte sie trotzig vor sich hin.

Leise klopfte es an der Tür und die Zofe Claire erschien mit dem Tablett ihrer nachmittäglichen Teezeremonie. Während sie mit kleinen Schlucken das starke, belebende Getränk schlürfte, dachte sie darüber nach, wie geschickt Sheba es gleich am Anfang geschafft hatte, die Aufmerksamkeit Fabres von ihrer Person abzulenken. Das dunkelhäutige Mädchen, das sich ihr im Palais des Anges wie ein Schatten an die Fersen geheftet hatte, würde wohl alles tun, um bleiben zu können! Vielleicht war es ja sogar hilfreich, eine Vertraute wie sie zu besitzen, jemanden, der ihr ganz ergeben war!

Seufzend beugte sich Amélie zu Ludovico herab und hob das hin und her zappelnde Hündchen hoch.

„Du hältst zu mir Lulu, mein Süßer, du bist doch mein einziger Freund, nicht wahr?“, flüsterte sie in sein weiches Fell.

Der Hund japste zustimmend, doch er schien unaufmerksam und versuchte, immer wieder seinen Kopf durch ihre Ellenbeuge zu stecken. Er schien etwas gefunden zu haben, das ihn brennend interessierte. Mit hechelnder Zunge beschnüffelte er erregt Amélies Kleid und vergrub seine Nase in einer Seitentasche. Spielerisch begann er dort an etwas zu zupfen, zu knabbern, mit seinen weißen, kleinen Zähnen ein Stück Papier nach dem anderen, herauszuziehen. Amélie achtete nicht auf die Beschäftigung, der sich der Hund mit so großem Eifer hingab und spann ihre Überlegungen weiter, während Ludovico mit seinem feuchten, schwarzsamtenen Näschen ein zerknittertes Etwas beschnupperte, das er ausfindig gemacht hatte und mit seinen winzigen Zähnen in viele kleine Fetzen zerriss.

„Pfui Lulu“, murmelte Amélie abwesend und entfernte undefinierbare, aufgeweichte Stücke aus seinem Maul, „musst du immer alles zernagen?“

Ludovico knurrte ärgerlich, als sie ihm sein Spielzeug entzog, er stürzte sich auf den Rest weißen Papiers, das so verführerisch aus der Rocktasche herausragte, biss zu und zog es mit einem Ruck vollständig heraus. Hurtig sprang er mit seiner Beute im Maul von der Bettdecke und verzog sich triumphierend auf sein Kissen. Amélie fuhr auf.

„Hierher Lulu!“

Ludovico verharrte reglos, um zu erkunden, ob sie es ernst meinte oder nicht. Amélie packte ihn und versuchte, den weißen Umschlag aus seinem Maul zu ziehen, auf dem noch verschwommene, blaue Schriftzüge und Reste eines roten Siegels zu erkennen waren. Im gleichen Moment fiel ihr jedoch siedeheiß die Situation im Palais des Anges ein – der von Dimanche verlorene Brief, den sie aufgehoben und beim plötzlichen Auftauchen Shebas aus Verlegenheit in die Tasche gesteckt hatte. Im Verlauf der Ereignisse hatte sie ihn dann einfach vergessen. Das Einzige, woran sie sich erinnerte, war, dass er an einen gewissen Chevalier de Rougeville adressiert war – der Name jenes Mannes, der Cécile zu sprechen wünschte, als sie beide in dem kleinen Kabinett saßen. Der Pinscher entzog sich jetzt mit einer geschickten Drehung ihrem Griff, sprang unter einen Stuhl und legte unentschlossen die Öhrchen an.

„Lulu, gib sofort den Brief her!", befahl Amélie, doch bevor sie ihn noch beim Kragen packen konnte, war er schon mit einem Satz unter dem Bett verschwunden. Das versprach, ein interessantes Spiel zu werden – endlich kümmerte sich Frauchen einmal richtig um ihn. Kaum war Amélie, die das steife Seidenkleid behinderte, halb unter das Bett gekrochen, so sprang das kleine Fellbündel quirlig wieder hervor und erwartete, den Brief mit seinen spitzen Zähnen zusammenknickend, geduckt hinter dem nächsten Stuhlbein, die neue Attacke. So leicht würde er sich jetzt nicht fangen lassen.

„Lulu – das ist jetzt kein Spaß mehr – komm her!"

Aber selbst Schmeicheln und Bitten nützte nichts, der freche Kerl sprang von einer Zimmerecke in die andere und hinterließ überall Fetzen weißen Papiers. Atemlos von der wilden Jagd hielt Amélie schließlich inne, nahm ein kleines Kuchenstück und legte sich damit auf die Lauer.

„Komm Lulu, deine Leibspeise!"

Sie wusste, dass das genäschige Tier einem solchen Leckerbissen nicht würde widerstehen können. Und wirklich, Lulu ließ augenblicklich das halb zerfetzte Papier fallen, schüttelte sich, um den faden Geschmack von der Zunge zu vertreiben und kam neugierig herbeigetrippelt.

Hastig packte Amélie den Rest des Umschlags und besah ihn kopfschüttelnd von beiden Seiten. Was würde Cécile von ihr denken, wenn sie ein Dokument, das gar nicht für sie bestimmt war, in einem solch desolaten Zustand zurückgab? Den Namen des Adressaten konnte man nicht mehr richtig entziffern und nur ein Bruchstück war übriggeblieben.

Sie drehte und wendete unschlüssig den zerknitterten und zerbissenen Bogen in den Händen und versuchte, die blauen, verwischten Schriftzüge zu lesen. Ihr Blick glitt wie von selbst zu der halb erhaltenen Signatur, einem Namenszug, bei dem die Schrift noch einigermaßen zu erkennen war. Ihr sehr ergebener J... Lav..llier... Ihre Lippen formten den fremden Namen. Sie war blass geworden und ihr Herz begann wild zu klopfen. Nicht der Rest des Namens, sondern die langgezogene Form der Linien, die schwungvollen Bögen und die Art, wie die Buchstaben gesetzt waren, elektrisierten sie. Kein Zweifel, die zerlaufenen Fragmente wiesen eine geradezu frappante Ähnlichkeit mit Richards Schrift auf!

Mit fliegenden Fingern versuchte sie, die Fetzen zusammenzusetzen, aber die Bruchstücke ergaben kein geschlossenes Bild. Sie ließ sich auf die Knie nieder, um auch die letzten Papierschnitzel und ein größeres Stück einzusammeln. Dann glättete sie den zerknitterten Brief mit einem Buchrücken. Der Atem stockte ihr - es traf sie wie ein Blitz. Kein Zweifel, das war ganz sicher Richards Schrift! Sie kannte seine Art, hastige Zeichen aufs Papier zu werfen, die er am Ende mit einem kleinen Schnörkel versah, nur zu genau.

Fieberhaft überflog sie die wenigen Worte, die sie auf den ersten Blick darauf erkennen konnte.

„Sie persönlich kennenlernen und alles besprechen... hörte von Ihnen... M.A. vorbereiten ....ein Billet, unter einer Nelke versteckt. ...Man wird sie einlassen, da Michonis..."

Damit endete der Fetzen. Amélie, immer noch auf den Knien, ließ die Hand sinken: Michonis! Wo hatte sie diesen Namen schon einmal gehört? War das nicht der Generalinspektor der Gefängnisse von Paris? Und dieser Brief — bedeutete er nicht, dass tatsächlich eine Spur Richards in die Villa führte, den Ort, den sie so fluchtartig verlassen hatte? Welch geheimnisvolle Dinge gingen in dem barocken, mit lieblichen Putten dekorierten Palais des Anges vor sich?

Mit heißen Wangen bemühte sie sich, die restlichen Schnipsel aneinander zu setzen und den Sinn der verwischten Worte zu enträtseln. Leise murmelte sie schließlich den sich ergebenden Text vor sich hin: „...ein Treffen, so bald wie möglich, an dem Ort, den Sie kennen... zehntausend Livres, notfalls in Assignaten. Ich bin sicher, S.M. vertraut Ihnen, überzeugen Sie sie ...in wenigen Tagen in Freiheit zu sein! Die Entführung duldet keinen Aufschub mehr. ...unter den Gendarmen der Conciergerie, ... Tag und Nacht Wache ... ganz sicher sein, bin in wenigen Tagen in Paris, um... Vive la Reine, es lebe die Königin!"

Plötzlich begriff sie: Es ging um nichts Geringeres als um die Entführung der Königin aus der Conciergerie! Wie betäubt sank sie auf einen Sessel. Was für ein unglaubliches Dokument hatte ihr da der Zufall in die Hände gespielt! Wenn Fabre das finden würde!

Sie faltete das erhaltene Blatt sorgsam zusammen und schüttelte die übrigen Schnipsel, die die scharfen Hundezähne für immer unkenntlich gemacht hatten, auf den Boden. Erneut starrte sie auf die Schriftzüge „...bin in wenigen Tagen in Paris." Keine Täuschung war möglich; ganz deutlich blieb es Richards Schrift, die in den abgerissenen Sätzen des merkwürdigen Puzzles zum Leben erwachte. Also gab es doch in Céciles Spielsalon, ihrem merkwürdigen Bordell irgendeine Verbindung, ja Beziehung zum Widerstand gegen den Konvent!

„Dringend", sie erinnerte sich an das rot unterstrichene Wort auf dem Umschlag. Dieser Brief war also dringend – aber zum Glück waren nur wenige Stunden vergangen, seit sie ihn gefunden hatte. Sie musste diese wichtige Botschaft - und sei es auch nur in Fragmenten, unbedingt wieder an den Ort seiner Bestimmung gelangen lassen! Doch Fabre hatte ihr verboten, auszugehen! Sie hastete an ihren kleinen Schreibtisch und verfasste eine kurze Nachricht an Cécile, in der sie diese bat, sie so bald wie möglich aufzusuchen, da sie unbedingt mit ihr sprechen müsse. Schnell siegelte sie den Brief und lief zu dem kleinen Kabinett in der Nähe der Kinderzimmer, das sie Sheba zur Verfügung gestellt hatte. Das Hündchen folgte ihr wichtigtuerisch kläffend. Ungeduldig klopfte sie an die Tür, aber als sie vorsichtig die Klinke drückte, fand sie das Zimmer leer. Ratlos kehrt sie in ihr Boudoir zurück. Was sollte sie jetzt tun? Hilflose Verzweiflung übermannte sie, Tränen schossen in ihre Augen, sie warf sich aufs Bett und schluchzte haltlos in die Kissen.

Erst als eine braune Hand zögernd und wie mit einem Hauch die ihre streifte, sah sie auf. Die Mulattin war unhörbar wie ein Schatten ins Zimmer geglitten, kniete neben dem Bett und blickte sie stumm mit ihren rätselhaft hellen Augen an, deren klare, schimmernde Oberfläche kaum Gefühle oder Regungen reflektierten. Das pechschwarze Haar hing ihr wie ein dichter Vorhang bis zum Gürtel und ihre ganze Haltung drückte eine einzige unausgesprochene Frage, eine demütige Bereitschaft, zu dienen, aus.

„Sheba!" Amélie wich unwillig der Berührung aus und sah das Mädchen mit verweinten Augen an. „Wo warst du?" Instinktiv blieb immer noch ein Rest Misstrauen gegen sie in ihrem Herzen; ihre so laszive Attitüde im Palais des Anges, die obszöne Art, mit der sie sie in kecker Frechheit als „Dummerchen" betitelt hatte, der lockende Blick, den sie Fabre vorhin zugeworfen hatte, die stumme Zwiesprache einer Frau, die sich mit einem Mann auch ohne Worte zu verständigen weiß, verstärkten ihre Skrupel.

Als hätte Sheba ihre Gedanken erraten, warf sie wie ein schmollendes Kind die Lippen auf. „In der Küche. Ist das nicht recht?"

Amélie antwortete nicht und tupfte sich mit ihrem Taschentuch die Tränen ab.

„Was soll ich tun, damit Sie mit mir zufrieden sind, Madame d'Églantine?" Sheba warf ihr einen flehenden Blick zu.

Amélie zögerte nur einen Moment. „Geh zum Palais des Anges", stieß sie hervor. „Du musst eine Nachricht überbringen, einen Brief…"

„Niemals!", schrie Sheba auf, „Niemals gehe ich dorthin zurück."

„Dann scher dich zum Teufel!", fuhr Amélie sie wütend an. „Du bist genauso falsch, wie dein Freund, diese abstoßende Missgeburt von Zwerg…"

„Nein, das ist nicht wahr", es klang wie ein Schrei. „Ich bin nicht so – und Dimanche hat ein gutes Herz!"

„Das glaube ich nicht", Amélie lachte bitter auf, „und ich werde dir jetzt auch sagen, warum: Ich bin deinem hässlichen Freund, den du Dimanche nennst, schon einmal begegnet. Er kennt keine Gnade und hat verhindert, dass ich meine Freundin Manon Roland ein letztes Mal in der Zelle besuchen konnte! Wegen ihm habe ich mir in den dunklen Gängen der Conciergerie fast den Hals gebrochen; er hat mich verfolgt, bedroht und erschreckt!"

Sie machte eine kleine Pause, um Atem zu schöpfen.

Sheba sprang auf und ihre Augen glühten jetzt in leidenschaftlichem Feuer. „Wenn Dimanche in der Conciergerie arbeitet, so ist das seine Sache und ich habe damit nichts zu tun."

„Dann beweise deine Treue", beharrte Amélie, „und bring den Brief zurück! Heute noch! Es reicht, wenn du ihn unter der Tür durchschiebst, zusammen mit einer Nachricht von mir an Madame Cecilia! Und wenn du zurückkommst, erzählst du mir alles, was du von den Vorgängen im Palais des Anges weißt! Alles!"

Sheba zuckte die Schultern und in ihrem Gesicht spiegelten sich widerstreitende Gefühle. „Gut!", sie presste die Lippen zusammen. „Ich gehe hin, weil ich möchte, dass Sie mir in Zukunft vertrauen!"

Mit einem hastigen Schritt trat sie rückwärts und stieß dabei so unglücklich gegen den Frisiertisch, dass eine kristallene Puderdose mit lautem Geklirr herabfiel und in tausend Stücke zerbrach.

Die Tür öffnete sich und Fabre stand auf der Schwelle, die metallisch schimmernden Haare wie einen goldenen Helm glatt nach hinten gebürstet und einen starken Duft nach Vetiver, seinem Lieblingsparfum verbreitend. Sein weißes Hemd unter dem offenen, dunkelblauen Schlafrock war bis zum Gürtel geöffnet und ließ eine breite, athletische Brust sehen, das Ergebnis täglichen, harten Fechttrainings, zu dem er extra einen Lehrer engagiert hatte. Sein Blick fiel auf die Splitter am Boden im hellen Staub des Puders.

„Schade um das schöne Stück!", bedauernd sah er zu den beiden Frauen hinüber. „Ein kleiner Streit unter Damen? Darf ich wissen, worum es geht, ohne allzu indiskret zu erscheinen?" Seine Stimme klang leise und maliziös, wie immer, wenn er sich in ungnädiger Stimmung befand. „Bist du etwa unzufrieden mit deiner neuen Dienerin?", fragte er zweideutig zu Amélie gewandt. „Dann solltest du sie vielleicht an mich abtreten, was meinst du?"

Er trat auf Sheba zu, packte sie rücklings an den langen, schwarzen Haaren und bog ihren Kopf grob zurück. „Wir beide würden uns sicher sehr gut verstehen, nicht wahr? Mir scheint, als hätten wir die gleiche Wellenlänge."

Das Mädchen schrie bei dem harten Griff laut auf und warf ihm einen wilden Blick zu.

„Lass sie in Ruhe!" Amélie wusste selbst nicht, warum sie plötzlich Partei ergriff, „Sie muss sich erst eingewöhnen - und außerdem war es Lulu, der die Dose heruntergestoßen hat!"

„So, so, Lulu", Fabre warf einen zweifelnden Blick auf das Hündchen, das jetzt träge auf seinem Kissen ruhte und unschuldig den Kopf hob. „Ich bitte dich, doch nicht zu sehr die Gewohnheit anzunehmen, mich zu belügen – ich hasse es, wenn man das tut!"

Die Stimme Fabres hatte eine kalte, schneidende Nuance bekommen und er trat einen Schritt näher. Seine türkisfarbenen Augen, die jede Kleinigkeit zu bemerken schienen, glitzerten in jenem frostig prüfenden Glanz, den Amélie so fürchtete.

„Nun, was hast du denn da? Du verbirgst doch etwas vor mir."

Amélie legte rasch die Hand mit den Resten des Briefes auf ihren Rücken und schloss fest die Finger um das Papier, während Teile des weißen Umschlags unglücklicherweise zu Boden flatterten. Rasch bückte sich Fabre danach, doch in diesem Moment hatte Sheba Amélie blitzschnell das halb zerknüllte Papier aus der Hand gerissen.

Als Fabre Sekunden später aufsah, war es schon in den Tiefen ihres Ausschnitts verschwunden und durch ihre weite Bluse unauffindbar bis zur Taille gesackt. Er riss das leere Kuvert auseinander, es misstrauisch betrachtend.

„Ich liebe es nicht, wenn meine Frau Geheimnisse vor mir hat, das solltest du dir ein für alle mal merken!" Seine Stimme hatte jetzt einen befehlenden, bösen Ton. „Und deshalb wirst du mir sofort den Inhalt dieses Umschlags aushändigen!"

Amélie stellte sich ahnungslos, in der Hoffnung, Fabre würde nicht auf ihrem Sekretär nachsehen und ihre Zeilen an Cécile finden.

„Inhalt? Welchen Inhalt? Das ist der einfache Umschlag eines Briefes, an dem ich gerade schreibe."

„So, du schreibst! Und an wen, wenn ich fragen darf?" Der scharfe Ton der Stimme ging ihr durch Mark und Bein und sie zögerte eine Sekunde.

„An…an Madeleine, ich meine, die Marquise de Bréde."

„Ach, sieh an – du meinst doch nicht etwa Mademoiselle Dernier - die schlichte Gouvernante, die sich einen Marquis angeln konnte, der so dumm war, sie zu heiraten!", höhnte Fabre, der bei Nennung dieses Namens fast vor Wut erstickte. „Ein Bericht an Madeleine, die Wundervolle und Sentimentale!" Geschickt versuchte er, seinen Ärger hinter Ironie zu verbergen. „Das kannst du dir sparen! Gib mir den Brief – ich will wissen, was du ihr zu schreiben hast!"

Er zog Amélie grob zu sich heran und begann, hastig und schamlos ihre Kleidung zu durchsuchen. Amélie ließ sich willenlos abtasten wie eine leblose Puppe und als er nichts fand, musste sie vor Erleichterung plötzlich laut auflachen.

„Was gibt es da zu lachen?" Die Stimme Fabres hatte immer noch einen feindseligen Unterton, aber Amélie entdeckte in seinem Blick, mit dem er sie streng ansah, eine aufkommende, altbekannte Schwäche, ein weiches Verschwimmen. Die Anwesenheit der Mulattin ignorierend, lehnte sie sich stärker an ihn und Fabre unterdrückte vergeblich den Wunsch, sie ganz an sich zu pressen. Zum Donnerwetter, sie war so schön, wenn sie den Kopf wie jetzt mit einer stolzen Geste in den Nacken warf und ihn herausfordernd ansah. Ihre samtbraunen Augen, die je nach Stimmung heller und dunkler schimmern konnten, suchten selbstbewusst seinen Blick. Ihr Ausdruck war von rätselhafter Tiefe, einer unergründlichen Verführung, der er schwer widerstehen konnte. Mit einer ihm selbst fremden Zärtlichkeit hob er die Hand und ihr kastanienbraunes Haar mit den bronzenen Reflexen ringelte sich wie von selbst um seine Finger. Ihr Duft berauschte ihn. Unbewusst verlor er sich in ihrem Blick und spürte, wie sein Ärger schwand und alles nichtig wurde. Wie unabsichtlich tastete Amélie jetzt sanft über seine nackte Brust, streichelte zärtlich über seinen Rücken und ließ langsam ihre Finger tiefer gleiten. Mit verlockendem Augenaufschlag sah sie zu ihm auf.

„Vielleicht, weil es mich so merkwürdig schwach macht, wenn du mich anfasst…"

„Du bist ein raffiniertes Biest…aber eine Frau, die…"

Seine Stimme wurde rau, erstickte und er sprach den Satz nicht zu Ende, sie leidenschaftlich umfassend. Ihre vollen, glänzenden Lippen öffneten sich halb und so, als könne er gar nicht anders, presste er seinen Mund schnell und heiß auf den ihren. Amélie erwiderte ebenso leidenschaftlich seinen Kuss, erneut der seltsamen Magie unterworfen, die von seiner Nähe ausging und der sie nicht widerstehen konnte. Es war, als versetzten sie die Zärtlichkeiten Fabres in eine Art Trance, in der sie nicht nur ihre Umgebung, sondern auch Vergangenheit und Gegenwart vergaß. Sie sank in einen süßen Taumel des Vergessens, in dem es nur ihre beiden Körper gab und das brennende Gefühl, das sie zwang, sich ausgerechnet dem Mann zu unterwerfen und hinzugeben, den sie im Zustand nüchterner Betrachtung verachtete und ablehnte. Fabre verwandelte sich für sie beinahe ohne Übergang von einer Minute auf die andere in den lang ersehnten Märchenprinzen, dessen Augen unbewusst den meergrünen Glanz des romantischen, Liebesgedichte schreibenden Poeten annahmen und dessen Blick sie verzauberte. Sein Körper brannte fordernd an dem ihren, als er mit gekonntem Griff ihr Mieder öffnete und ihre Hüften fest zu sich zog. Haltlos schmiegte sie sich mit geschlossenen Augen an ihn, besinnungslos hingegeben an das Gefühl grenzenloser Wollust, das Fabres Berührungen noch verstärkte.

Sie stöhnte leise auf, als er sie auf den Diwan warf und sich über sie beugte. Doch plötzlich, als habe er noch etwas vergessen, hielt er inne und richtete sich halb auf. Hinter dem Rücken Amélies machte er der unschlüssig im Hintergrund verharrenden Sheba ein ungeduldiges Zeichen zu verschwinden. Sie nickte und huschte mit einem beinahe verschwörerischen Lächeln geräuschlos durch den noch offen stehenden Türspalt.

9. Kapitel
Der Friedhof von Montmartre

In den engen Kellergängen unter dem Kloster der alten Kirche St. Pierre zu Montmartre flackerte ein unsteter Lichtschein, der sich langsam von dem verborgenen Ausgang hinter einem großen Denkmal in Form eines steinernen Engels wegbewegte. Der Mond goss sein kaltes Licht über die verwitterten Grabsteine des vernachlässigten Friedhofs, auf dem nur ein paar Katzen herumschlichen. Niemand aus der Umgebung wagte es, nachts diesen abseits liegenden Ort zu betreten, aus Angst vor Geistern, die keine Ruhe fanden und dort umgehen sollten.

Plötzlich zeichnete sich der Schatten einer buckligen Gestalt in grotesker Form an der Mauer der Kirchenwand ab und ein seltsames Wesen, das wie ein Zwerg aussah, humpelte mit einem irdenen Gefäß langsam die Böschung hinunter. An einem steinernen Brunnen stellte es sein Windlicht ab und betätigte den quietschenden Zug, um den Krug zu füllen.

Ein leiser Pfiff tönte in diesem Moment wie ein Erkennungszeichen gedämpft durch die Nacht. Der Zwerg spähte erschrocken durch das Dunkel: „Sacrebleu! Graf de Montalembert!", rief er überrascht aus. „Seid Ihr es wirklich?"

Richard war lächelnd nähergekommen und trat jetzt offen auf den zugewachsenen Pfad, sich geschickt an umgeworfenen Steinen und verrosteten Kreuzen vorbeidrängend.

„Guten Abend, alter Freund!", er streckte die Arme aus und wollte sich zu dem Verwachsenen herabbeugen, um ihn herzlich zu umarmen.

„Nicht doch", murmelte dieser jedoch, in scheuer Zurückhaltung ausweichend, „ich bin dergleichen nicht gewohnt. Vor mir empfindet man gewöhnlich Abscheu!"

Richard lachte kurz auf. „Sei nicht albern, Dimanche! Du bist mein Schutzengel – ohne dich wäre ich schon längst nicht mehr am Leben!" Er griff nach dem Krug. „Komm, lass dir helfen!"

„Nein, nein - das ist meine Sache!"

Der Zwerg schüttelte abwehrend den Kopf und hob die Lampe höher, als müsse er sich ganz genau von der Identität seines Besuchers überzeugen. „Welche Überraschung, Graf!"

„Ja, ich musste mich beeilen, um so schnell wie möglich in Paris zu sein", antwortete de Montalembert, „aber hast du denn meine Nachricht nicht erhalten – zusammen mit dem Brief an den Chevalier de Rougeville?"

142

„Doch, aber…", der Zwerg zauderte ein wenig mit der Antwort, „ich werde Euch gleich berichten, was ich weiß! Doch das hier ist nicht gerade der geeignete Ort. Geht nur schon voraus, Ihr kennt ja den Weg!"

Er japste atemlos, den scheinbar unsichtbaren Pfad zwischen eingesunkenen Grüften und kleinen, hausartigen Denkmälern hindurch bis zur Friedhofsmauer. Richard überholte ihn mühelos, stieg mit schnellen Schritten über halb zerfallene Gräber hinweg und erklomm die Anhöhe zur Kirche. An ein eisernes Grabkreuz gelehnt, wartete er geduldig auf den Zwerg, seine Blicke über die schaurige Szenerie schweifen lassend.

„Ich gebe zu, der alte Friedhof ist um diese Zeit wirklich unheimlich!"

Der Mond hatte sich wie auf ein Stichwort halb hinter die fliehenden Wolken verzogen, die unruhige Schatten auf die dunklen Gräberfelder warfen.

„Eigentlich fehlt jetzt nur noch die Erscheinung des grünen Mannes!", er lachte belustigt auf. „Sag, Dimanche - spielst du immer noch das Spukgespenst?"

Der Gnom humpelte ungelenk herbei und rang nach Atem. „Nur hin und wieder", gab er zu, „um ein paar Neugierige zu verjagen. Der Ort hat einen schlechten Ruf - man meidet ihn!"

Richard nickte. „Stimmt, eine wenig einladende Stätte – trist und öde. Kaum zu glauben, dass ich dieser Totenstadt mein Leben verdanke!"

Der Zwerg grinste sarkastisch, gebeugt von dem Gewicht des schweren Buckels, der seinen Körper ungewollt vornüber zog.

„Es war wohl der einzige Platz in Paris, an dem man nach Ihrer Flucht aus dem Gefängnis nicht nach Ihnen suchte!"

Blinzelnd sah er zu dem Mann auf, der im Schimmer des Mondes auf den ersten Blick mit seinen Kniehosen unter einem Umhang von undefinierbarer Farbe einem einfachen Bürger glich. Plötzlich stolperte er und ließ beinahe den gefüllten Krug fallen. Leise stöhnte er auf.

„Was ist Dimanche?", fragte Richard besorgt. „Du bist doch nicht krank?"

„Nein, nein, nur erschöpft und müde", wehrte der Zwerg ab. „Die Arbeit, der lange Weg von der Conciergerie bis hierher – das wird mir manchmal zu viel!"

Die Klagen seines Gegenübers beunruhigten Richard. „Tut mir leid, Dimanche! Aber ich hab dir etwas mitgebracht, was dir neue Kraft geben wird!"

Der Zwerg sah zweifelnd und mit glanzlosen Augen zu, wie Richard das Sacktuch öffnete, das er geknotet über der Schulter trug.

„Sieh her! Lass uns teilen, wie in alten Zeiten!"

Er deutete auf einen duftenden Schinken und ein knuspriges Weißbrot und holte eine Flasche alten Burgunders aus seiner Tasche. „Heute ist schließlich der Tag meiner Wiedergeburt – darauf müssen wir trinken."

„Ja, ja, die Eure!" Dimanche stemmte mit einem Stoßseufzer den Wasserkrug wieder hoch. Seine Augen, die beim Anblick des Korbes und der Flasche für einen kurzen Moment aufgeleuchtet hatten, verdunkelten sich gleich wieder und seine Stimme klang verwaschen. „Und ich? Wenn es auch für mich einmal eine Wiedergeburt gäbe – in einer anderen Gestalt vielleicht!"

„Na, komm", munterte Richard ihn auf, „lass den Kopf nicht hängen – wenn unser Plan klappt, hast du ausgesorgt - du lebst bei mir in einem Palais, isst jeden Tag aus goldenen Tellern und wirst von schönen Damen bedient…"

„Ach Ihr, mit Euren Späßen. Als wenn ich so etwas wollte!"

Der Zwerg machte eine resignierende Handbewegung.

„Gib her", Richard nahm dem Widerstrebenden jetzt mit einem energischen Ruck das irdene Gefäß ab und drückte ihm stattdessen den Korb in die Hand, „du wirst sehen, nach einem Schluck alten Burgunder sieht alles anders aus!"

Ohne weiter auf das Gebrummel des Zwerges zu achten, trat er hinter den Marmorengel und schlüpfte durch das Gestrüpp. Er kannte die versteckte, brüchige Treppe, die zu den unterirdischen Carrières - den stillgelegten Steinbrüchen führte - genau. Während der Zwerg ihm eilig nachhumpelte, um die Spur des Lichtscheins nicht zu verlieren, stieg Richard halb gebückt, in beinahe nachtwandlerischer Sicherheit hinab und tastete sich den langen Gang entlang, alle Hindernisse, jeden Stein, das kleinste Loch im Boden vermeidend. Er kannte sich aus, schließlich war er ja eine geraume Weile hier zu Hause gewesen. Die unterirdischen Höhlen hatten ihm als Zufluchtsort gedient, als er mit Mühe und Not den Septembermorden in den Gefängnissen entkommen war. Nur des Nachts wagte er damals, sein Versteck zu verlassen. Der bucklige Zwerg, der das ungewöhnliche Domizil der Steinbrüche schon länger bewohnte, hatte sich anfangs gegen den fremden Eindringling erbittert zur Wehr gesetzt und versucht, ihn als geisterndes Gespenst zu verjagen. Dort ging der Sage nach nämlich der „Grüne Mann" um, der den Menschen Unglück brachte und sie in die Irre führte. Seit langer Zeit wagte sich deshalb niemand mehr auf den Friedhof. Richard dagegen ließ sich um keinen Preis vertreiben. Er fürchtete sich mehr vor den Lebenden als vor zweifelhaften Gespenstern der Unterwelt und so packte er eines Tages das geisternde Phantom mit dem grünen Umhang beherzt am Kragen und hielt es fest. Als er ihm die Kapuze herunterriss und die bizarre Fratze des abstoßend hässlichen Zwerges zum Vorschein kam, fuhr ihm allerdings ein nicht geringer Schrecken in die Glieder. Einen Augenblick glaubte er wirklich, den grünen Mann vor sich zu haben! Erst als er den Verwachsenen genauer betrachtete, der vor Angst und Erregung zitterte, begriff er, wie er zum Narren gehalten worden war. Er begann laut zu lachen – und Dimanche, der spürte, dass dieser Mensch nichts Böses gegen ihn im Schilde führte, stimmte schließlich mit ein. Das Eis war gebrochen – Dimanche akzeptierte von diesem Tag an seinen Mitbewohner und bald teilten sie sich in aller Freundschaft ihre ungewöhnliche Wohnstatt in dem alten Steinbruch, der den Hügel von Montmartre völlig unterhöhlte.

Die beiden langten nun in einem niedrigen, runden Gelass an, das mit allem Notwendigen ausgestattet war; einer Art fellgepolstertem Bett auf dem Boden und verschiedenen Steinen vor einer großen Platte, die als Tisch mit Sitzplätzen diente. Küchengeräte und Töpfe in einer Ecke enthielten noch Reste der letzten Mahlzeit und eine Feuerstelle mit geschicktem Abzug nach außen diente als Wärmequelle und Kochgelegenheit.

„Ich kann Euch nicht viel anbieten… nur das, was Ihr selbst mitbrachtet." Dimanche zuckte die Schultern, fegte einen Kanten trockenes Brot vom Tisch und sank schwer auf den mit zerfransten Kissen bedeckten Steinhocker. Bedrückt ließ er den Kopf hängen.

„Könnt Ihr Euch eigentlich vorstellen, welchen Spott, welche Verachtung ich draußen täglich ertragen muss? Den Schrecken, den mein Äußeres überall erregt, das Flüstern hinter meinem Rücken…", er brach ab. „Nur wenn ich die Zellen in der Conciergerie bewache, habe ich eine Weile Ruhe vor den Menschen, die mich anglotzen, als sei ich die Ausgeburt der Hölle. Und nachts verfolgen mich böse Albträume, in denen mir die Comprachicos auflauern, die mich einfangen wollen, weil ich ihnen auf Jahrmärkten Geld bringe! Zwar bin ich hier vor ihnen sicher - aber diese Einsamkeit."

Die Worte des Zwerges klangen bitter, aber Richard, der schon damit beschäftigt war den Wein in zwei Becher zu füllen, hörte nur mit halbem Ohr zu. Er reichte einen davon dem Zwerg und sagte beschwichtigend: „Lass doch die Vergangenheit, Dimanche! Das wird sich ändern! Es ist soweit – wir setzen alles auf eine Karte. Die Entführung Marie Antoinettes aus der Conciergerie ist beschlossene Sache!"

Der Zwerg sah ihn verwundert an.

„Wie wollt Ihr das anstellen?"

„Das lass nur meine Sorge sein. Hör mir gut zu, ich werde dir alles erklären: Ab morgen bin ich einer der Wachleute in der Conciergerie und wir werden uns dort öfter begegnen. Aber vergiss nicht: Ich heiße Jean Péléttier, geboren in Toulouse, und du hast mich noch nie im Leben gesehen. Die neue Bedienerin der Königin, Marie, ist meine Komplizin. Alles, was du zu tun hast, ist uns zur rechten Zeit alle Gefängnistüren zu öffnen. Und dann hoffe ich, deine Gastfreundschaft in den Carrières nie mehr in Anspruch nehmen zu müssen!", er lachte ein wenig gequält. „Ich bin ganz sicher, diesmal gelingt es! Wir haben Geld, viel Geld! Hier ist auch für dich ein kleiner Vorschuss!" Er warf einen Packen Scheine auf den Tisch.

Dimanche sah ihn fassungslos an. „Für mich?"

„Natürlich! Das Geld stammt aus einem geheimen Fond des Baron de Batz! Wir haben lauter verlässliche Leute - allein fünfundachtzig Getreue aus der Garde der Chevaliers du Poignard sind in Alarmbereitschaft...", er brach ab und sah nachdenklich auf die flackernde Flamme, die gespenstische Schatten auf die niedrigen, weißlichen Wände warf, „Aber bevor ich das Wichtigste vergesse. Was ist mit dem Chevalier de Rougeville? Ist er in Paris – hat er meinen Brief erhalten?"

Als Dimanche unsicher an ihm vorbeisah, fragte er misstrauisch: „Du hast den Brief doch zu Madame Cecilia gebracht?"

Der Zwerg wich aus. „Ja – und nein", druckste er herum, „ich wollte es Euch gerade berichten. Ein unglücklicher Zufall - ich habe ihn...", er starrte reglos auf das Geld vor ihm, ohne es anzurühren, „sozusagen verloren!"

Richard sprang erregt auf: „Was?", rief er und packte den Zwerg grob bei den Schultern. „Das ist doch nicht wahr?"

Dimanche wand sich unbehaglich. „Ich kann nichts dafür – ich brachte ihn bis zum Palais des Anges. Vor der Tür fiel er mir dann ... aus der Hand!"

Richard starrte ihn entgeistert an. „Du lässt einen Brief, den du persönlich überbringen sollst, einfach vor die Tür fallen..."

„Es war ein Versehen!", gestand der Zwerg. „Ich erschrak vor jemandem, mit dem ich am selben Tag eine Auseinandersetzung in der Conciergerie gehabt hatte! Es war die Frau des Abgeordneten d'Églantine!"

Richard schoss das Blut ins Gesicht, aber er versuchte, sich unbeteiligt zu geben. „Und? Was wollte sie dort?"

Der Zwerg zuckte die Schultern, stellte den Becher unberührt neben das flackernde Öllicht, stützte die kurzen Arme auf die Steinplatte und sah de Montalembert mit seinem grotesken Grinsen, den großen, durch die Straffung der Stirn hervortretenden, ein wenig entzündeten Augen an.

„Die Gefangene Manon Roland in der Zelle besuchen, die ich auf besonderen Befehl bewachte. Ich musste sehr energisch werden – ihr ein wenig Angst einjagen, Ihr wisst schon!"

Richard fuhr auf. „Was heißt das? Du hast ihr doch nichts getan?"

„Was denkt Ihr von mir", empörte sich der Zwerg, „ich habe nur meine Pflicht erfüllt. Gerne suchte ich mir eine andere Beschäftigung, als mein Leben als verachteter Gefängnisspion zu fristen!"

Der Graf strich sich über die Stirn, als müsse er einen Schleier wegwischen und seine Augen bekamen einen beinahe sehnsuchtsvollen Glanz.

„Madame d'Églantine – ich kenne sie von früher. Erzähl mir, wie sah sie aus, was hat sie gesagt? Schien sie... vielleicht unglücklich?"

Dimanche schüttelte verwundert den Kopf. „Darauf habe ich wirklich nicht geachtet!" Er machte eine kleine Pause, als müsse er nachdenken und fuhr dann fort. „Auf jeden Fall ist sie eine sehr schöne Frau – prächtig gekleidet!"

Richard sprang erregt auf und durchmaß mit ein paar Schritten den kleinen Raum bis zum anderen Ende, während Dimanche nachschenkte und Richard den gefüllten Becher hinhielt.

„Eine Frau, die so aussieht, kann nicht unglücklich sein. Diesem Schönling von d'Églantine laufen die Frauen doch nach, wie ich hörte! Einmal möchte ich gerne an seiner Stelle sein..."

Er zuckte zurück, denn sein Gegenüber hatte ihm wütend den Becher aus der Hand geschlagen und fuhr ihn an: „Was sagst du da?"

Der Zwerg sprang auf. „Seid Ihr verrückt geworden! Was hab ich Euch getan?"

Richard spürte, dass er zu weit gegangen war. Was konnte Dimanche dafür, dass Amélie einen anderen Mann geheiratet hatte! Doch zuviel hatte sich in letzter Zeit in ihm aufgestaut!

„Verzeih mir bitte, Dimanche!", seufzte er, „du weißt wenig aus meinem Leben vor der Revolution ...aber dieser windige Schmierenpoet von d'Églantine hat mich für tot erklären lassen, damit er mir meine Frau und meinen ganzen Besitz wegnehmen kann. Verstehst du jetzt?" Verzweifelt fiel er auf einen Steinbrocken nieder und stützte den Kopf in die Hände.

Der Zwerg sah erstaunt auf. „Dann war das also... Eure Frau?" Es entstand eine kleine Pause. „Das konnte ich wirklich nicht wissen. Aber beruhigt Euch – was den Chevalier de Rougeville betrifft, so hat er Euren Brief sicher erhalten. Er ist in der Stadt, ich habe ihn selbst am Palais des Anges gesehen!"

Erleichtert atmete Richard auf. „Warum hast du das nicht gleich gesagt? Gleich morgen werde ich bei Madame Cecilia nachfragen!" Er ballte die Faust. „Ach, Dimanche – wenn es nur endlich so weit wäre! Meine Nerven sind zum Zerreißen gespannt! Diesmal muss es einfach gelingen! Wenn die Königin frei ist, können wir endlich mit dem Konvent verhandeln und unsere Bedingungen stellen. Aber bis es so weit ist, vertraue ich unbedingt auf deine Hilfe!"

Dimanche nickte. „Ich habe bereits alle Schlüssel zu den Zellen der Conciergerie nachmachen lassen. Außerdem werden das große Portal und die Zwischentüren unverschlossen sein!"

Richard lehnte sich zurück und nahm einen großen Schluck des schweren Burgunders. „Auf ein gutes Gelingen! Ich hoffe nicht, dass ich noch einmal deine Gastfreundschaft in Anspruch nehmen muss!" Seine Stimme hatte einen ironischen Unterton. Er dachte an die Kalksteinbrüche, an die vielen Gänge unter der Stadt, die in Kellern alter Häuser mündeten. Es war gut zu wissen, dass er noch einen Fluchtweg wusste, einen Joker in dem gefährlichen Spiel besaß. Aber sich in dem unabsehbaren Geflecht der unterirdischen Carrières, die sich mit den Überresten aus römischer Zeit, den Katakomben und Höhlen von Paris zu unzähligen Gängen vereinigten und sogar unter dem Bett der Seine hindurchführten, aufzuhalten, war nicht ungefährlich. Und doch gab es keinen besseren Ort, kein sichereres Versteck vor der abergläubischen Obrigkeit, als dieses.

„Seid vorsichtig", gab der Gnom zu bedenken, der seine Gedanken zu erraten schien, „wer dieses Labyrinth nicht genau kennt, ist darin verloren!"

„Wer nicht wagt, kann nicht gewinnen!" Richard, entspannt vom Wein, prostete Dimanche zu, dessen dunkles Gesicht sich zu einer Grimasse verzog, von der man nicht wusste, ob sie Freude oder Schmerz ausdrückte.

Im Hintergrund war jetzt ein klägliches Miauen zu vernehmen und eine schwarz-weiß gefleckte Katze näherte sich vorsichtig.

„Oh, Minou! Beinahe hätte ich dich vergessen! Hier, hast du etwas Besseres als die mageren Mäuse." Dimanche streichelte zärtlich das weiche, flockige Fell des Tieres und hielt ihr einen Teil des Schinkens hin. „Die gute Minou ist meine einzige Gefährtin hier unten."

Schnurrend strich das Kätzchen um die Füße des Zwerges. „Wenigstens sie liebt mich!", seine Stimme hatte wieder den traurigen Unterton, der Richard aufhorchen ließ.

„Was ist eigentlich los mit dir, Dimanche? Hast du irgendeinen Kummer?" Dimanche antwortete nicht. Richard füllte ihm den Becher auf.

„Ich kenne dich doch! Dieses Mädchen, Sheba – sie ist deine unerfüllte Liebe, nicht wahr? Aber glaub mir, sie ist es nicht wert!"

„Das ist nicht wahr!", brauste der Zwerg auf, nahm einen tiefen Schluck und sank wieder in sich zusammen. „Außerdem ist sie fortgegangen!"

„Ah, das ist es!" Richard verzog das Gesicht. Dimanche hatte ihm einmal seine Geschichte erzählt und er wusste, dass die junge Mulattin außer ihm der einzige Mensch war, der ihm etwas bedeutete. Das Schicksal hatte Sheba und ihn zusammengeschweißt. Gemeinsam waren sie auf einem Sklavenschiff von St. Domingo nach Frankreich gekommen, bei einer günstigen Gelegenheit geflohen und orientierungslos durch Paris geirrt, bis es Sheba schließlich gelang, sich im Palais des Anges zu verdingen. Dimanche versteckte sich aus Angst vor den Comprachicos nachts in den Kalksteinbrüchen. Doch er konnte seine Gefährtin nicht vergessen und hing mit abgöttischer Liebe an dem schönen Mädchen. Sein scheues Herz, das im Leben noch nie etwas Gutes erfahren hatte, war unter ihren mitleidigen Worten entflammt, als fiele ein Stück Zunder in trockenes Stroh. Und in seinen Träumen wurde er der Mann, der er nie sein würde, der Zauberprinz, ihr Beschützer, der jeden töten würde, der ihr etwas zuleide tat. Trotzig schüttelte Dimanche jetzt den Kopf.

„Ach, Ihr kennt sie doch gar nicht - Sheba ist etwas Besonderes", seine Stimme wurde fast unhörbar, „sie ist nicht wie die anderen!"

„Nun, das musst du selbst wissen", seufzte Richard, „aber ich fürchte, sie wird dich nur unglücklich machen!" Er gab sich einen Ruck und stand auf. „Ich muss gehen, mein Freund, so leid es mir tut. Wir sehen uns morgen in der Conciergerie!"

Dimanche sah Richard mit dem ihm eigenen, melancholischen Grinsen nach, der ihm noch einmal zuwinkte, bevor er hinter der engen Biegung des Steinbruchs verschwand und die Treppen hinaufstieg, die zum verborgenen Ausgang hinter dem Marmorengel führten. Achtlos schüttete der Zwerg den letzten Becher des edlen Getränks hinunter und ließ seinen Kopf traurig auf die Armbeuge sinken.

„Oktober! Diese Bezeichnung sagt doch nichts aus."

Fabre d'Églantine, Sekretär und Vertrauter des großen Danton, beugte sich mit selbstgefälliger Miene über den breiten, überlasteten Schreibtisch seines mächtigen Freundes und Mentors, strich mit einem kräftigen Zug den Namen im Kalender aus und ersetzte ihn durch einen neuen. „Vendémiaire! Monat der Weinlese. Darin liegt doch eine gewisse Bedeutung!", rief er stolz aus, „Und dann… danach: Brumaire!" Er sah mit einem zufriedenen Lächeln vor sich hin. „Wie das klingt! Genau wie die wabernden Nebel eines frostigen Novembertages…"

„Ja, ja", wiegelte Danton ab und sah nachdenklich durch die hohen Fenster des Justizpalastes auf die dampfende Seine, „ich habe nur nicht so viel Sinn für Poesie wie du, mein Lieber. Und das, was jetzt hier vor mir liegt, ist das Dekret für die Abkürzung des Prozesses der Manon Roland - ein Federstrich und ihre Hinrichtung ist nur noch ein Frage von Tagen - wenn nicht gar Stunden. Gestern Marie-Olympe de Gouges, in der vergangenen Woche die Dubarry, heute bloß eine simple Dienstmagd, namens Clère, die „Vive le Roi" gerufen hat – wo führt das eigentlich hin!"

Er schlug mit der Faust auf seinen mit Papieren überhäuften Schreibtisch, so dass einige Blätter herunterfielen. „Wie ich es hasse, ausgerechnet Frauen auf dieses Blutgerüst zu bringen!" Er stützte den mächtigen Kopf in die Hände. „Wenn ich da an meine kleine Louise denke … Frauen lassen sich doch nur von ihren Gefühlen leiten… sie wissen ja gar nicht, in was sie sich da einmischen!"

D´Églantine sah ihn mit süffisantem Lächeln an. „Schau, schau, du nimmst plötzlich Partei für die Frauen. Aber da liegst du nicht ganz richtig! Man muss sie in Schach halten! Denk doch nur an diese Furie, die Théroigne de Méricourt!"

Er blätterte in dem neuen Kalender und murmelte vor sich hin: „Im neuen Floréal, im nächsten Frühling, werden diese Probleme alle beseitigt sein!" Dann wandte er sich dem wie träumend dasitzenden Danton zu. „Aber jetzt sollten wir uns mit deinem Geburtstag beschäftigen – 5. Brumaire! Ich habe an ein kleines Fest gedacht. Im Café Procope vielleicht, mit den Freunden, was meinst du?"

Danton seufzte und sah durch ihn hindurch. „Welchen Freunden? Es kommt mir so vor, als hätte ich gar keine. Ich würde am liebsten auf dem Land feiern, mit Louise – ganz allein! Ich bin dieses ganzen Geschwätzes von Verrat und Vaterland manchmal so müde!"

„Georges!", D´Églantine fuhr beunruhigt hoch. „Wie kannst du so etwas sagen! Meiner Meinung nach solltest du dich mehr in die Belange des Sicherheitsausschusses mischen. Merkst du eigentlich nicht, dass sie beginnen, dich auszuschließen? Das darfst du dir nicht gefallen lassen. Du verspielst die Macht!"

„Macht! Macht!" Danton fuhr sich mit seinen groben Händen durch die krausen, schwer zu bändigenden Haare. „Ich hab es satt – lieber will ich

Kartoffeln anbauen, als jeden Tag Menschen sterben zu sehen! Das drückt mir aufs Gemüt – diese Verantwortung! Kann ein Mensch das überhaupt tragen?" Er sah mit einem leeren Ausdruck vor sich hin.

„Was redest du denn da?" Fabre runzelte die Brauen. „So kenne ich dich gar nicht! Du machst mir Angst, bist deprimiert…." Ratlos ging er zum Fenster. „Auf jeden Fall darfst du nicht zulassen, dass nur noch Robespierre und Saint Just die Regierungsgeschäfte besorgen, dass sie die gesamte Leitung übernehmen! Es ist gefährlich, zu viel Vertrauen zu haben, mit dem du dich – und damit auch uns ganz in ihre Hand gibst! Warum willst du keine Funktion in diesem Komitee annehmen, von dem jetzt das Wohl und Wehe der ganzen Republik abhängt?"

„Niemals! Ich will keinem Ausschuss angehören, das habe ich mir geschworen. Meine Sache ist es, anzuspornen – den Geist der guten Sache aufrecht zu halten – und nichts weiter! Wenn es nach mir gegangen wäre…", er brach ab, als hätte er zu viel gesagt, seufzte schwer und lehnte sich in seinen Sessel zurück.

D'Églantine fühlte, dass er Danton nicht länger bedrängen durfte. Ein eigenartiges Vorgefühl stieg in ihm auf, eine Art Angst davor, dass dieser Felsen, diese Säule, die ihn stützte, eines Tages zusammenbrechen könnte! Denn dann würde er vielleicht auch ihn und viele andere mit sich reißen! Er schob diesen Gedanken energisch beiseite – das würde, ja das durfte niemals geschehen!

Am späten Abend pochte es heftig gegen die schwere Kerkertür der gut abgeschirmten Zelle Marie Antoinettes in der Conciergerie. Einer der beiden Gendarmen, die rund um die Uhr den Raum mit der Königin teilten, stand verschlafen und schwerfällig auf. An zusätzliche Kontrollen zu jeder Tages- und Nachtzeit gewöhnt, schien ihm ein später Besuch nicht allzu verwunderlich. Trotzdem brachte er sein Gewehr in Position.

„Wer da!"

„Öffnen - ich bin es, Michonis! Es lebe die Republik!"

Die Antwort kam schnell und der Wärter riegelte die Türen mit den vielen Schlössern von innen auf. Draußen stand der vertraute Gefängnisdirektor in Begleitung einer kleinen Gardemannschaft.

„Bonsoir Männer", schnarrte Michonis kurz, „alles in Ordnung? Wir machen nur einen kleinen Kontrollgang!" Er wandte sich wohlwollend an den Gendarmen, der ehrerbietig vor ihm stand. „Du bist ein braver Mann, Grillard. In letzter Zeit ist mir aufgefallen, dass du deine Pflicht immer in geradezu vorbildlicher Weise erfüllst. Ich habe deinen besonderen Einsatz und Eifer an oberer Stelle schon mehrfach erwähnt!" Er zwinkerte ihm zu und schlug ihm kameradschaftlich auf die Schulter. Erfreut und geschmeichelt rieb sich Grillard die Augen und nickte stolz; er war plötzlich hellwach. Ja, auf ihn konnte man sich verlassen, da gab es nichts.

Sein jüngerer Kollege Bonchamps, der sich ebenfalls so rasch wie möglich von der Pritsche erhoben hatte, kam jetzt hinzu und grüßte in strammer Haltung. „Es lebe die Republik!"

Er tauschte einen stummen, fast komplizenhaften Blick mit Michonis, um dessen Lippen ein leichtes Lächeln spielte. „Auch du tust deine Pflicht hervorragend, Bonchamps!" Einen Moment noch zögerte er, bevor er mit jovialer Geste eine Flasche Branntwein aus der mitgebrachten Tasche zog und sie den Wachleuten vor die Nase hielt. „Hier, Kameraden, etwas zur Stärkung; das hellt die Stimmung in dieser ewigen Dunkelheit auf."

Grillards Gesicht verzog sich zu einem breiten Grinsen. „Danke Patron... zu gütig, jawohl, das können wir hier brauchen."

Er betrachtete kennerisch die Flasche, während Michonis mit seinen Männern wie jeden Tag die Überprüfung der Zelle vornahm. Wie immer nahm sich der Gefängnisaufseher Zeit für ein kleines Schwätzchen, während die Bewacher ihm Rapport abstatteten.

„Ist die Königin wohlauf — wenn man das unter diesen Umständen so nennen kann?" Mit diesen Worten steckte er dem Aufseher Gilbert Bonchamps unauffällig einen Umschlag zu. Der Gendarm warf einen flüchtigen Blick auf die Geldscheine, die sich darin befanden und schob das Papier schnell in seine Jackentasche.

„Nun, die Königin, ich meine, die Witwe Capet verhält sich unauffällig, sie ist ruhig und beschäftigt sich in letzter Zeit hauptsächlich mit Handarbeiten und damit, ihre Wäsche zu flicken. Nadel und Faden hat man ihr gelassen und wir kontrollieren natürlich immer, ob sie sich nicht verletzt!"

„So, so" murmelte Michonis mit einem Zeichen des Einverständnisses, während er sich dem anderen zuwandte und mit erhobener Stimme rief. „Na, was sagst du mein Guter, ist doch kein schlechter Tropfen?"

Er warf noch einen flüchtigen Blick in das nur durch einen Paravent abgetrennte Gelass Marie-Antoinettes, die diese Prozedur schon kannte und sich nicht rührte.

„Alles in Ordnung!" In den vorderen Bereich zurückgekehrt, hielt Michonis die Öllampe ein wenig höher und leuchtete dem Gendarmen Grillard wie unabsichtlich ins Gesicht.

„Aber was... du siehst ja schlecht aus, Grillard – dir fehlt doch hoffentlich nichts?"

„Schlecht?", wiederholte der Gendarm verdattert und tastete besorgt über seine Wangen. Ja, es stimmte, in letzter Zeit fühlte er sich gar nicht wohl, in der bedrückenden Enge der Zelle, immer auf der Hut und selbst auch ständig unter Beobachtung. Und dann noch die arme Frau dort hinten, die gefangene Königin, die sich auch jetzt unter dem wollenen Bettzeug versteckte, nicht rührte und unbeweglich liegen blieb. Das schlug einem aufs Gemüt, ob man wollte oder nicht. „Ja, mein Magen", seufzte er mit leidender Miene, „der macht in letzter Zeit Probleme – und manchmal ist mir auch schwindlig. Die drückende Verantwortung! Und immer in dieser Finsternis. Aber die Pflicht geht eben vor!" Er warf sich in die Brust und seine Stimme bekam einen heroischen Klang. „Schließlich befinden wir uns alle in einer wichtigen Epoche – wir Vertreter des Rechts sind im Brennpunkt! Das gesamte Volk schaut auf uns und wir müssen sozusagen Vorbild sein..."

„Das weiß ich doch!", beruhigte Michonis seinen plötzlichen Wortschwall, „Aber wenn du ein paar Tage ausspanntest, würde das der Republik auch nicht schaden. Deinen Lohn behältst du natürlich – unter uns gesagt! Nur nichts herumschwatzen – das ist natürlich Ehrensache! Ich hätte da grad zufällig wen, der dich vertreten könnte! Ein gewisser Jean Péléttier, braver Soldat versteht sich, der mehrere Jahre in der Armee gedient und zuletzt in La Force den Schließer gemacht hat. Seine Frau Marie war dort Zugehfrau. Die Kommune musste sparen und ich war gezwungen, beide vor zwei Wochen zu entlassen. Armer Kerl! Ich glaube, so ein Aushilfsjob würde sein mageres Einkommen ein wenig aufbessern!"

Grillard sah ihn ein wenig misstrauisch und zweifelnd an. „Ja, glauben Sie denn, das ist erlaubt?"

„Na, na, na, mein Lieber, so kurze Zeit - da fragen wir doch gar nicht lange! Wer ist hier Leiter der Gefängnisse von Paris und wer hat zu bestimmen? Niemand anderer als ich selbst. Wenn du dich nicht gut fühlst, kann ich das durchaus verantworten. Das wird sowieso niemandem auffallen. Glaub mir, wenn der Prozess der Königin erstmal beginnt, dann ist hier was los, da kann ich dich nicht mehr entbehren, Tag und Nacht – das zieht sich hin. In dieser Zeit musst du natürlich ständig auf dem Posten sein. Und wenn du dann krank wirst..."

„Ja, eigentlich - warum nicht? Ein paar Tage ausruhen wäre wirklich nicht verkehrt – aber nur, wenn das in Ordnung geht...", stotterte der

Übertölpelte noch ganz ungläubig, aber mit einem Blick, in dem schon eine gewisse Vorfreude lag, den eintönigen Dienst eine Weile hinter sich zu lassen, „Was…denken Sie denn – wäre es möglich, gleich – ich meine morgen schon? Ich würde mich am Wochenende wieder zur Stelle melden!"

„Mal langsam!", dämpfte Michonis seinen Eifer, „Ich muss natürlich erst mit Péléttier sprechen. Vielleicht kann ihm seine Frau zur Hand gehen - wir haben hier überdies zu wenig Leute! Wichtig ist, dass du nichts an die große Glocke hängst. Das brächte nur unnötigen Ärger, verstehst du?"

„Wird gemacht", beeilte sich Grillard zu erwidern, „von mir soll keiner was erfahren. Ich kann schweigen."

„Du bist der richtige Mann für diesen Posten!", lobte ihn Michonis, „Ich werde dir noch heute Nachricht geben. Am besten, du lässt deine Dienstklamotten gleich hier, wenn du gehst; dann merkt niemand, dass du für eine Weile sozusagen - ausgetauscht bist!"

Grillard begann schallend zu lachen, als wäre das ein ausgezeichneter Witz – doch dann hielt er sich erschrocken die Hand vor den Mund.

„Verstehe: der Kommune überflüssige Arbeit ersparen! Meine Mutter sagt immer: alles so einfach wie möglich erledigen – kein langes Geschwätz!"

„Genau so ist es. Sehr weise, deine Frau Mutter! Also dann, gute Nacht!"

Michonis verabschiedete sich, nachdem er pflichtgemäß noch einige Male an den Gitterstäben verschiedener Fenster gerüttelt hatte. Der Schlüssel rasselte im Schloss und der Gefängnisdirektor war mit den Garden im Nu von der Dunkelheit des Ganges verschluckt, während Grillard ihnen mit offenem Mund unbeweglich nachsah und nicht richtig begriff, wie er denn eigentlich jetzt zu der Ehre der freien Tage gekommen war. Dieser Michonis war wirklich ein feiner Kerl! Der machte keine großen Umstände und sah sofort, wenn es seinen Leuten mal nicht so gut ging.

Mit einem heimlichen Blick auf die Uhr und dem dumpfen Gefühl des Überdrusses löste sich Fabre aus den Armen seiner Geliebten Simone Aubray. Die bekannte Schauspielerin, deren Talent viel dazu beigetragen hatte, dass seine Stücke beim Publikum so erfolgreich waren, hatte auch diesmal die Hauptrolle in seinem neuen Werk inne, einer eher oberflächlichen Farce, die sich „Der Hochmütige Dummkopf" nannte. Eigentlich war d'Églantine ja nur gekommen, um ihr möglichst schonend beizubringen, dass er sie in den nächsten Vorstellungen durch die jüngere, frische Rose Lacombe ersetzen wolle; aber dann hatte sie ihn mit einem köstlichen Dîner und guten Weinen ständig vom Thema abgebracht, so dass er wie immer wieder schwach geworden war.

„Es ist Zeit, Chérie!" Er streckte sich und wich einer erneuten, zärtlichen Berührung geschickt aus.

„Du gehst schon?" Simone warf sich schmollend auf die seidenen Laken zurück. Sie war nackt und nahm jene provozierende Pose ein, die ihre Wirkung bisher noch nie verfehlt hatte. Sehnsüchtig streckte sie die Arme nach ihm aus und spitzte die Lippen. „Nur ein letzter Kuss…"

Fabre warf ihr einen flüchtigen, kühlen Blick zu. In der Morgendämmerung bot sie für ihn keinen sehr verlockenden Anblick mehr. Das Lippenrouge war verlaufen, die geschwärzten Augenbrauen verschmiert und ihr dichtes, rotes Haar fiel zerzaust und strohig über ihre üppigen Brüste, denen man ansah, dass sie bereits ihre Elastizität verloren hatten. Ihre Haut wirkte im kalten Licht des aufgehenden Tages welk und voller Linien. Sie wird alt, fuhr es Fabre durch den Kopf, während er sie aus den Augenwinkeln betrachtete. Ich hätte sie schon lange ersetzen müssen! Als jugendliche Liebhaberin konnte man sie dem Publikum wirklich nicht mehr zumuten! Er wurde sich plötzlich bewusst, dass die vergangene Nacht diesmal nichts als einen schalen Geschmack in seinem Mund hinterlassen hatte.

Träge wandte Simone ihren voller gewordenen Körper zur Seite, um sich ein Stück Schokoladenkonfekt aus der silbernen, immer frisch gefüllten Schale neben ihrem Bett in den Mund zu stecken.

„Komm doch – nur noch einmal!", lockte sie mit gurrender Stimme, rollte sich seufzend auf den Bauch und nahm seine Hand, um sie über ihr hübsches, ausladendes Hinterteil genau zwischen ihre Schenkel zu führen.

Fabre zog seine Hand zurück, als hätte er eine glühende Herdplatte berührt.

„Du isst zu viel, du hast schon wieder zugenommen!", entfuhr es ihm gereizt. „Für die Rolle eines jungen Mädchens ist das nicht gerade vorteilhaft!" Damit sprang er aus dem Bett und griff nach seinem Hemd.

„Na und - mein Publikum liebt meine barocken Formen!" Simone nahm trotzig ein zweites Bonbon und räkelte herausfordernd ihren nackten Körper. „Dich schien es jedenfalls bisher nicht zu stören!"

Mit einem gekonnten Augenaufschlag griff sie nach einer dritten Praline.

„Geh nicht zu weit!" Ungeduldig schlug Fabre ihr die Leckerei aus der Hand, während Simones Ausdruck von kindlichem Erstaunen zu aufkommender Wut wechselte.

„Was fällt dir ein?"

Ohne auf ihren Aufschrei zu achten, sprach Fabre mit undurchdringlicher Miene weiter: „Ich muss sowieso mit dir reden! Ich wollte es gestern Abend schon tun. Und jetzt komme ich eben nicht mehr darum herum."

Seine Hemdknöpfe schließend, ging er zum Fenster und zog die Vorhänge ganz beiseite. Das Licht fiel grau, fahl und gnadenlos ins Zimmer und Simone fuhr auf und griff nach dem Bettlaken.

„Was soll das?", rief sie wütend.

„Sieh dich doch einmal an, meine Liebste!", sagte Fabre mit gleichgültiger Stimme, „Hier in diesem Spiegel - aber schau ganz genau hin, wenn ich bitten darf! Ich möchte dich natürlich nicht beleidigen, du bist immer noch eine wunderschöne Frau, aber…"

„Was soll das heißen?" Die Schauspielerin starrte ihn empört an und ihre Stimme bekam einen schrillen Unterton.

Fabre lächelte kühl und zupfte an seinen Spitzenärmeln. „Nun, ganz einfach: Du solltest einsehen, dass deine Zeit um ist und dass ich die Hauptrolle in der nächsten Saison einer Jüngeren geben muss."

„Schurke, Lügner…Schuft!" Simone sprang erbost auf, griff nach einer Vase, um sie nach Fabre zu werfen, der geistesgegenwärtig ihren Arm festhielt. Sie wand sich wie eine Löwin unter seinem Griff, sank schließlich atemlos aufs Bett zurück und brach in bitteres Schluchzen aus. „Das zahle ich dir heim, du…du…", brachte sie mit erstickter Stimme hervor.

Fabre, als sei nichts geschehen, kleidete sich seelenruhig weiter an, richtete seine gelbe Seidenweste, schlüpfte in die grüne Samtjacke, die über dem Stuhl lag, und kämmte sein bis auf die Schultern fallendes, blondes Haar straff zurück, es mit einem schwarzen Seidenband zusammenfassend. Dann betrachtete er sich eitel von allen Seiten im riesigen Barockspiegel vor dem Bett und ergriff seinen Mantel. Mit erstickter Stimme, ins Kissen schluchzend, stieß Simone hervor.

„Ich bin dir wohl nicht mehr gut genug? Diese Rose Lacombe, die dumme Gans – die sticht dir in die Augen, das habe ich doch schon lange gemerkt. Ist es sie, die meinen Platz einnehmen wird?" Fragend erhob sie das verweinte Gesicht, doch als Fabre hochmütig schwieg, richtete sie sich mit einem Ruck auf. „Aber hüte dich, es mit mir zu verderben! Ich weiß einiges, was dir in der Öffentlichkeit sehr schaden könnte!"

„Was? Was weißt du von mir?", Fabre fuhr herum und fixierte sie mit zusammengezogenen Brauen.

Simone warf den Kopf mit den flammenden Locken zurück. „Etwas über dich und deine Frau Amélie", verächtlich zogen sich ihre Mundwinkel nach unten, „die du gezwungen hast, dich zu heiraten, um an ihr Vermögen zu kommen!"

„Hüte deine spitze Zunge, verdammte Hure!" Fabres Gesicht verzerrte sich. „Wie kommst du auf so etwas?"

In Simones vom Weinen verquollenen Zügen malte sich ein triumphierendes Lächeln. „Wie ich darauf komme? Gerüchte kursieren, dass der Graf de Montalembert noch lebt; dass du ihn überall suchst, damit das Urteil gegen ihn endlich vollstreckt wird." Sie lachte trocken auf und weidete sich an dem Schrecken auf den Zügen ihres Geliebten. Da hatte sie wohl direkt ins Schwarze getroffen. Fabre stürzte mit ein paar Schritten auf sie zu, packte sie grob beim Handgelenk und stieß sie auf das Kissen zurück.

„Antworte, wer hat dir das gesagt? Was weißt du darüber?"

„Au, du tust mir weh!", Simone wand sich.

„Sprich, Hure!" Blind vor Wut begann Fabre, sie zu ohrfeigen.

Die Schauspielerin stöhnte auf. „Hör auf! Ich sage es schon!"

Fabre ließ die Hände sinken und starrte ihr ins Gesicht.

„Sprich ... ich will alles wissen."

Leise schluchzend, mit abgewandtem Gesicht, begann Simone: „Du hast wohl vergessen, dass ich damals die Geliebte des Baron d'Emprenvil war, dem Vater deiner Frau? Ich weiß noch, dass er alles versucht hat, seinen Schwiegersohn aus dem Gefängnis zu befreien – ich selbst habe ihm dafür eine ganz beträchtliche Summe geliehen. Im Wirrwarr der Gefängnismassaker wurde dem Baron irrtümlich gesagt, das Urteil gegen de Montalembert sei bereits vollstreckt. Auch du hast erst später erfahren, dass er die Septembermorde überlebt hat."

„Das genügt!"

Fabre ließ los und Simone wischte sich mit dem Handrücken die Tränen ab. Hassverzerrt stieß sie hervor: „Gib zu, du bist eifersüchtig auf ihn - hast Angst, seine Frau und die Erbschaft, die dir so leicht in den Schoß fiel, wieder zu verlieren! Dein Plan war doch, ihn während der Überstellung in ein anderes Gefängnis bei einem angeblichen Fluchtversuch erschießen zu lassen! Es sollte ganz zufällig aussehen. Eine gute Idee - nur mit dem Erschießen hat es nicht geklappt – de Montalembert konnte wirklich entkommen. Wie peinlich, wenn der Totgeglaubte plötzlich wieder auftaucht und sein Recht einfordert..." Triumphierend holte Simone tief Luft, um fortzufahren, doch Fabre verlor wieder die Beherrschung, beugte sich vor und schlug ihr erneut grob ins Gesicht:

„Hör auf, dumme Schlampe! Du kannst mir gar nichts beweisen!"

Sich die Wange haltend, voller Scham über die brutale Demütigung, stammelte Simone: „Und ob ich das kann. So einfältig, wie du meinst, bin ich nicht. Du hast Spitzel auf seine Spur gesetzt, du verfolgst ihn, um ihn dem Tribunal auszuliefern!"

Mit zusammengepressten Zähnen erwiderte Fabre in unterdrückter Wut: „Ich? Das ist doch lächerlich! Er ist enteignet - ein Feind des Vaterlandes, der dem König helfen wollte außer Landes zu gehen! Darauf steht die Todesstrafe." Er sah sie mit funkelnden Augen an. „Sieh dich vor! Vergiss nicht, dass auch ich dein Schicksal in der Hand habe!"

„Du Schuft!" Mit einem Wutschrei sprang Simone jetzt auf, stürzte wie eine Furie auf ihn zu und spuckte ihm ins Gesicht: „Das wirst du mir büßen. Ich werde deiner Frau die Wahrheit erzählen! Und nicht nur das: Wenn Rose meine Rolle bekommt, gehe ich zu Robespierre und plaudere ein wenig von deinen Machenschaften. Auch von dem mysteriösen Geld, das du mit vollen Händen ausgibst. Meinst du, ich kenne die Quellen nicht, aus denen du schöpfst? Die Compagnie des Indes! Glaub ja nicht, ich habe Angst vor dir! Man wird mich anhören – und ich werde erzählen, wie die Sache sich abgespielt hat – was du für ein Betrüger bist, der nicht einmal vor einem Mord Halt macht!"

„Lügnerin! Bestie!" Fabre war zurückgewichen und wischte sich mit einem Taschentuch angewidert über die Wange. Simones Ausdruck bekam einen verächtlichen Zug, während ihre Stimme sich zu einem Flüstern senkte.

„Ich werde dich denunzieren! Dann musst du die Quittungen vorlegen, aus denen dein ganzer Geldsegen auf dich herabgeregnet ist!"

„Falsche Schlange, du Miststück… ich warne dich!" Fabre kniff die Augen zu Schlitzen zusammen. „Wenigstens habe ich jetzt erfahren, wie ich mit dir dran bin – und wie viel du weißt! Nur, hüte dich! Man erpresst mich nicht, niemals! Ein Wort zu Robespierre – und du landest in der Gosse, da wo du hergekommen bist! In meinen Stücken wirst du nicht einmal mehr eine Nebenrolle spielen!"

Er versetzte Simone einen Stoß, mit dem sie hart gegen die Tür prallte – dann wischte er sie wie ein lästiges Insekt beiseite, so dass sie zu Boden fiel, riss die Tür auf und war im nächsten Moment verschwunden.

Simone wimmerte leise, ihm einen bitterbösen Blick nachsendend. Heiße Wut über die Kränkung erfüllte sie. Das sollte er ihr büßen - sie würde sich rächen, ihm einen Strich durch die Rechnung machen! So leicht ließ sie sich nicht abschieben!

10. Kapitel
Verhängnisvolle Leidenschaft

Amélie, ein Buch in der Hand, warf von Zeit zu Zeit nervöse Blicke auf die Wanduhr. Sie wartete auf die Rückkehr Shebas, die sie mit den Resten des Briefes an den Chevalier de Rougeville und einer persönlichen Nachricht an ihre alte Freundin Cécile zum Palais des Anges geschickt hatte. Sie musste noch einmal mit ihr sprechen - und Cécile sollte ihr jetzt endlich die Wahrheit sagen!

Der Uhrzeiger schien sich nicht zu bewegen, die Zeit schlich träge voran. Fabre hatte ihr verboten, das Haus ohne seine Einwilligung zu verlassen und sie wagte es nicht, sich dieser Anordnung entgegenzustellen. Ohne ein weiteres Wort an sie war er wie jeden Tag gegen Mittag fortgegangen, um sich zur Sitzung des Konvents zu begeben. Gewöhnlich nahm er dann an den anschließenden Dîners mit Danton teil, bei denen im privaten Kreis Beschlüsse und Verdächtigungen gegen bestimmte Personen erörtert wurden. Zu später Stunde kehrte er danach oft noch im „Theâtre des Italiens" ein, um sich vom Ensemble seiner Schauspieltruppe hochleben zu lassen und mit einer der Darstellerinnen zu soupieren. Noch nie hatte sie sich daran gestört – im Gegenteil, sie war oft froh, endlich allein zu sein. Doch jetzt bewegte ein eigenartiger Zwiespalt ihr Herz, sie war unruhig und ihr ganzes Wesen befand sich in ungewohntem Aufruhr. Fabres stürmische Umarmung in der vergangenen Nacht, die besonderen Zärtlichkeiten und seine ungewöhnliche Leidenschaft gingen ihr nicht aus dem Sinn und schienen ihr plötzlich so etwas wie ein verspäteter Liebesbeweis. Seine Seufzer, die Beteuerungen seiner Liebe, seine Lust – war das wieder nichts weiter gewesen als eine trügerische und schnell verrauchende Glut? Verloren in ihren eigenen Gefühlen, dem Rausch des Augenblicks gehorchend, hatte sie sich ihm ganz hingegeben und alles andere vergessen. Doch jetzt wollte die warnende Stimme in ihrem Innern nicht weiter schweigen - kannte sie doch die Unbeständigkeit seines flatterhaften Charakters. Es war gefährlich, die Augen vor seinen Schattenseiten zu verschließen; vor dem Wesen des eitlen Schauspielers, dem trickreichen Verführer, der immer neue Varianten seiner Kunst, sich zu verstellen erfand! Die Erinnerung an Richard, seines genauen Gegenteils, versetzte ihr jetzt förmlich einen Stich ins Herz. Heftig schüttelte sie den Kopf über die Verwirrung ihrer Gefühle, ihre innere Zerrissenheit, die sich über alle Vernunft hinwegsetzen wollte. Sie stand auf und öffnete das Fenster, damit die kühlere Nachtluft ihre heiße Stirn umfächeln konnte. Sie durfte die Vergangenheit und das, was damals geschehen war, niemals vergessen! Fabre d'Églantine war immer noch die gleiche Spielernatur; ein Seelenverkäufer, der nur auf seinen eigenen Vorteil aus war, ein Mann, der so unbekümmert mit den Herzen der Frauen spielte, als ginge es in der Liebe um nichts anderes als um eine Roulettekugel, die der simple Zufall einmal auf Schwarz und dann wieder auf Rot fallen lässt.

Kurz bevor die Pendeluhr zehn schlug, hörte sie endlich leichte Schritte im Hof und das Knarren des Eingangsportals. Amélie klappte das Buch, in dem sie zwar lesen wollte, aber in Gedanken immer wieder abgeschweift war, zu und erhob sich. Sie hatte schon fast gezweifelt, ob Sheba überhaupt noch einmal zurückkommen würde. Es klopfte dreimal leise an die Tür. Amélie öffnete erwartungsvoll und ließ das Mädchen ein.

„Und - warst du im Palais des Anges?"

„Ja, natürlich! Ich habe alles so gemacht, wie Sie gesagt haben", log Sheba glatt und ohne zu stocken. „Nur Madame Cecilia war nicht da – ich übergab die Briefe dem Diener!" In Wirklichkeit war sie müssig in der Stadt umhergestreift und hatte die Botschaft in den nächsten Rinnstein geworfen. „Aber sorgen Sie sich nicht – Jean hat versprochen, Madame so schnell wie möglich zu benachrichtigen!", fügte sie hastig hinzu, als sie Amélies enttäuschtes Gesicht sah.

Amélie seufzte: „Wird sie sich bald melden?"

„Ganz bestimmt tut sie das!" Sheba gähnte verhalten und wandte sich zur Tür. „Gute Nacht, Madame!"

Amélie zögerte. „Warte - bleib noch einen Augenblick."

Das Mädchen kehrte zurück und nahm gehorsam auf einem Kissen zu ihren Füßen Platz.

„Erzähl mir etwas aus deiner Zeit im Palais des Anges!", forderte Amélie sie auf. „Sag, bist du dort einmal einem Mann mit Namen Rougeville begegnet?"

Sheba hob den Kopf. „Der Chevalier de Rougeville, alias Monsieur de Maison Rouge? Natürlich! Er war einer unserer besten Kunden!"

Amélie wusste nicht, wie sie fortfahren sollte. Sollte sie Sheba in ihre Geschichte einweihen? Wenn sie es nicht tat, würde sie keinen Schritt weiter kommen! Sie entschloss sich, das Wagnis einzugehen. „Hör gut zu, Sheba", begann sie langsam, „ich möchte dir ein Geheimnis anvertrauen! Aber schwöre, dass du niemandem davon etwas erzählen wirst, vor allem meinem Mann nicht!"

„Ich schwöre es - bei meinem Leben!" Sheba hob mit falscher Emphase die Hand. „Sie können mir vertrauen!"

„Nun, der halb zerrissene Brief, den du eben zum Palais des Anges zurückgebracht hast, war für den Chevalier de Rougeville bestimmt!" Sheba nickte und Amélie fuhr hastig fort. „Dieser Brief fiel durch Zufall in meine Hände – ich sah, dass die Schrift darin aufs Haar der meines ersten Mannes glich, Richard de Montalembert."

„Sie waren schon einmal verheiratet?" Sheba blickte sie interessiert an.

„Ja! Aber er wurde vor einem Jahr vom Revolutionstribunal wegen Staatsverrat zum Tode verurteilt. Erst jetzt erfuhr ich, dass er noch lebt!" Amélies Stimme erstickte bei diesen Worten und Tränen verdunkelten ihren Blick.

„Lieben Sie denn diesen Mann noch?", die Stimme der Mulattin klang teilnehmend.

„Ja!", murmelte Amélie leise. „Ich versuchte, ihn zu vergessen – weiterzuleben, verstehst du!" Eine kleine Pause entstand, in der Amélie sich um Fassung bemühte. „Als ich seine vertrauten Schriftzüge auf dem Brief erkannte, war ich wie vom Blitz getroffen! Doch die Signatur lautete Jean Lavallier!"

Sheba schien in diesem Moment leicht zusammenzuzucken. „Jean Lavallier?" Sie überlegte kurz, ob es ratsam war, jetzt die Wahrheit zu sagen. Wenn sie es nicht tat, würde es ihr wahrscheinlich nie mehr gelingen, das Vertrauen ihrer neuen Herrin zu gewinnen! „Lavallier", wiederholte sie langsam, „es ist zwar schon einige Zeit her – aber gleich am Anfang, als ich zu Madame Cecilia kam, da gab es jemanden, der so hieß. Ich erinnere mich dunkel – er war einer derjenigen, die bei den geheimen, nächtlichen Zusammenkünften im Salon von Madame dabei waren!"

„Nächtliche Zusammenkünfte?", fragte Amélie erstaunt.

„Ja, in einem Nebenzimmer des großen Salons. Alle Beteiligten trugen einfache Namen, aber man erkannte an ihrem Benehmen und der Art zu sprechen, dass sie der Noblesse angehörten!"

Amélie fühlte ihr Herz schneller schlagen. „Kannst du ihn beschreiben - wie sah er aus?"

Sheba überlegte. „Groß und blond – und er trug eine fremde Uniform!" Amèlie schoss das Blut in die Wangen. „Sprich weiter!", drängte sie.

„Nun, ich war neugierig und habe oft gelauscht."

„Und was hast du gehört?", fragte Amélie, zum Äußersten gespannt.

„Ich weiß nicht mehr genau – etwas Politisches. Aber dieser Lavallier fiel mir auf, weil er ein eleganter, gutgewachsener Mann war – ich hielt ihn seiner Uniform wegen für einen Schweden. Doch dann...", sie brach ab und zögerte, bevor sie weitersprach, „zweifelte ich daran. Seine Sprache – es war ein sehr gutes Französisch, ganz ohne Akzent. Eines Tages", sie stockte, „ließ er dann sein Halstuch im Salon liegen!" Sie sah Amélie mit unsicherem Blick an. „Ich weiß nicht, wie ich es erklären soll – es ist mir sehr peinlich! Sie könnten etwas Falsches von mir denken!"

„Ganz gleich, was es ist – sprich weiter! Du hast mein Wort, dass ich dir keine Vorwürfe mache!", rief Amélie aus und Sheba fuhr mit niedergeschlagenen Augen fort: „Also, er vergaß es einfach… ein wirklich schönes Tuch", sie wand sich verlegen, „aus besticktem Batist mit feinen Spitzen. Es roch so gut – und ich nahm es an mich, bevor es eines der Mädchen gefunden hätte. Natürlich wollte ich es ihm beim nächsten Mal zurückgeben - doch dann dachte ich nicht mehr daran!" Sheba errötete. „Deswegen bin ich ja noch lange keine Diebin!" Sie fuhr mit belegter Stimme fort. „Später, als ich es genauer betrachtete, fiel mir das aufwendig gearbeitete Monogramm auf."

„Und wie lautete es?"

„Ich weiß nicht, irgendetwas mit einem M, vielleicht auch ein R. Ich wollte die eingestickten Buchstaben zuerst auftrennen, doch dann ließ ich es so wie es war, denn es tat mir um die schöne Arbeit leid." Sie brach wieder ab, als müsse sie nach den richtigen Worten suchen. „Ich dachte, wenn Monsieur Lavallier es nicht vermisst, dann würde es für mich gerade zu einem Brusttuch reichen! Irgendwie bildete ich mir ein, es bringe mir Glück, wenn ich es trage!"

„Und wo hast du es jetzt?" Amélies Kehle war wie zugeschnürt.

„Warten Sie einen Augenblick – ich hole es!", Sheba sprang auf und verschwand für eine Weile aus dem Zimmer. Amélie hatte sich nicht von der Stelle gerührt, als das Mädchen schon nach wenigen Minuten wieder erschien und ihr ein kleines Päckchen in die Hand drückte. Sie öffnete es und starrte fassungslos auf den schneeweißen Batist, der sich daraus entfaltete, die verschnörkelten, mit hellblau und goldgelbem Faden versetzten Buchstaben R. de M., die ihr auf dem feinen Stoff entgegenleuchteten und in denen sie die kunstvolle Stickerei erkannte, die nur Mademoiselle Derniers geschickte Hände so perfekt beherrschten! Da lag es, ganz unverwechselbar das Halstuch Richards, ihres verschollenen Ehemannes! Es war ein Geschenk der ehemaligen Gouvernante an ihn gewesen, das sie während der langen Stunden ihres Aufenthaltes in Paris mit viel Geduld und Mühe für ihn angefertigt hatte.

„Ich kenne es!", brachte sie mit erstickter Stimme hervor. „Hier, sein Monogramm – Richard de Montalembert!"

162

„Sie können es gerne behalten!", erklärte Sheba großzügig.

„Aber bist du sicher", rief Amélie plötzlich voller Zweifel aus, „dass es überhaupt dem Mann gehörte, der es besaß?"

Sheba nickte selbstbewusst und warf ihre schwarzen Haare in den Nacken. „Ganz sicher! Das Tuch war seins – weil ich später an seinen Handschuhen das gleiche, eingestickte Monogramm erkannte! Monsieur Lavallier und der Mann, den Sie suchen, sind ein und dieselbe Person! Ich sagte ja schon, in Madame Cecilias Salon trat niemand unter seinem richtigen Namen auf!"

Aufgeregt zerknüllte Amélie den schmeichelnden Stoff in ihren Händen und murmelte wie zu sich selbst. „Wenn das stimmt, dann ist das der Beweis, dass Richard noch lebt!"

Sheba trat einen Schritt zurück und ihre Wangen röteten sich vor Eifer. „Sie sehen, alles was ich Ihnen erzählt habe, ist die Wahrheit. Die geheimen Treffen – auch Dimanche wusste davon. Er schien diesen Lavallier übrigens gut zu kennen. Ich habe selbst gesehen, wie sie oft miteinander sprachen."

„Und worum ging es bei diesen Treffen?", fragte Amélie, doch Sheba riss ihre blauen Augen angstvoll auf und senkte ihre Stimme zu einem Flüstern.

„Ich glaube, um eine Verschwörung! Aber ich möchte nichts darüber sagen! Madame Cecilia schüchterte uns ein, sie drohte, wenn wir etwas von dem verrieten, was im Haus vorging, könnten wir es uns aussuchen, ob sie uns nach Neu Guinea zurückschickt, ins Hôtel-Dieu oder zu den Madelonetten, dorthin, wo man die Prostituierten einsperrt. Auf den Inseln wären wir wieder Sklaven gewesen, Dimanche und ich; und ins Hôtel-Dieu geht man nur zum Sterben."

„Kann ich dir wirklich trauen?" Amélie forschte prüfend in der Miene des jungen Mädchens.

„Sie misstrauen mir wohl, weil Sie denken, ich habe das Tuch gestohlen?" Schmollend blickte Sheba zu ihr auf. „Schicken Sie mich nicht weg – ich kann Ihnen helfen, Ihren Mann zu finden!" Eine Pause entstand, in der Amélie versuchte, einen klaren Kopf zu behalten.

„Ich möchte diesen Jean Lavallier mit eigenen Augen sehen!", entschied sie schließlich. „Du musst ein Treffen mit ihm arrangieren, ganz egal wie du es anstellst! Davon soll es abhängen, ob ich dich bei mir behalte oder nicht." Sie sah Sheba fest in die Augen, die fühlte, dass sie jetzt nicht mehr ausweichen konnte.

Ihren Unwillen unterdrückend, lächelte diese jetzt mit gespielter Zuversicht. „Ich werde mit Dimanche sprechen – ich bin sicher, er findet eine Möglichkeit!"

Diesmal war es Amélie, die impulsiv die Hand der jungen Mulattin ergriff. „Du wirst es nicht umsonst tun! Wenn dir das gelingt – dann bin ich dir ewig dankbar!"

Sheba straffte die Schultern und erhob sich. „Madame, ich schwöre, Sie können mir in allem blindlings vertrauen! Gute Nacht!" Sie drückte rasch einen Kuss auf die Hand ihrer Wohltäterin und verließ mit leichtem, beinahe tänzerischem Gang den Salon.

Amélie nahm das Tuch und presste es an ihre Wangen. „Richard!", flüsterte sie leise in den Stoff und versuchte, seinen Duft einzusaugen, als könne die leichte Seide noch eine Spur von Richards Persönlichkeit enthalten. Dann sank sie bis ins Tiefste aufgewühlt in einen Sessel und blieb lange Zeit unbeweglich und von Erinnerungen überwältigt sitzen. Es war, als liefe ihr ganzes früheres Leben plötzlich vor ihrem inneren Auge ab und die Schatten der Vergangenheit nähmen neues Leben an. Erst als das Feuer im Kamin und beinahe alle Kerzen erloschen waren und sie im Dunkeln zu frösteln begann, erhob sie sich ernüchtert und wie betäubt. Im Hause klappte jetzt eine Tür und ihr war, als höre sie Stimmen. Das musste Fabre sein, der von seinen Gelagen zurückkehrte! Die Gegenwart hatte sie eingeholt und sie fühlte erst jetzt, wie eine bleierne Müdigkeit sie umfing. Morgen, morgen würde sie über alles neu Erfahrene nachdenken und entscheiden, was zu tun war.

Leise vor sich hin summend öffnete Sheba die Tür ihres Zimmers und schrak im selben Augenblick zurück. Im matten Licht einer einzigen Kerze sah sie den Schatten eines Mannes halb gegen den Pfosten ihres Bettes gelehnt. Der rote Schein einer glimmenden Zigarre leuchtete auf und der späte Besucher wandte ihr lächelnd sein Gesicht zu. Sheba fühlte ihre Kehle eng werden.

„Monsieur d'Églantine!", stotterte sie überrascht.

Fabre drückte nachlässig die Zigarre in einer Glasschale aus und erhob sich. Mit einem kennerischen Blick musterte er das Mädchen von oben bis unten und seine Stimme klang rau und verführerisch. „Du siehst zauberhaft aus, kleine Sheba! Der Gedanke an dich hat mir einfach keine Ruhe mehr gelassen und so zog es mich vom Theater direkt zu dir! Ich wusste vom ersten Augenblick an, dass wir uns besser kennenlernen sollten!"

Behutsam legte er seinen Arm um ihre Taille und zog mit dem anderen zärtlich ihre weit ausgeschnittene Bluse von den Schultern bis zu den Hüften herab. Das Mädchen wehrte sich nicht. Ein süßer Schauer überrann sie, als Fabre ihre Schultern liebkoste, seine Lippen auf ihre Haut presste und sie langsam zu ihren Brüsten gleiten ließ.

„Ich…", begann sie abermals, doch der Mann erstickte allen Widerstand in einem leidenschaftlichen Kuss. Sheba versank in einen köstlichen Strudel wilder Gefühle; sie fühlte ihr Blut heiß durch den Körper wallen, der zum ersten Mal erwachte, obwohl viele Männer ihn bereits besessen hatten. Wie im Rausch sank sie hingebungsvoll auf den Rand des Bettes und schlang die Arme um ihn. Seit dem ersten Blick, den er ihr geschenkt hatte, war es ihr nicht mehr gelungen, den Ausdruck seiner fordernden Augen aus ihren Gedanken zu verbannen. Willenlos, von einem plötzlichen, unsagbaren Glücksgefühl durchströmt, lag sie in seinen Armen. Nur noch ein letztes Mal bäumte sie sich auf, sträubte sich vergeblich gegen die dunkle Macht, die er auf sie auszuüben begann. Nichts erstaunte sie jedoch mehr, als dass Fabre sofort seinen Griff lockerte und sie tatsächlich und unerwartet los ließ. Langsam, als käme sie von weit her, öffnete sie die Augen, um wieder zu Bewusstsein zu gelangen. Ihr war, als hätte ein eiskalter Luftzug sie aus dem Taumel einer unbeschreiblichen Glückseligkeit gerissen.

„Nur eine Kleinigkeit noch…"

Im schmalen Strahl des Mondlichtes, der durch das Fenster fiel und der sich mit dem warmen Glanz der Kerze mischte, die das Zimmer matt erhellte und ihm eine beinahe intime, geheimnisvolle Atmosphäre verlieh, fühlte sie Fabres eisgrüne, bezwingende Augen mit einem seltsamen Ausdruck auf sich ruhen. Sheba richtete sich verwirrt auf und versuchte, die Bluse vor ihrer Brust zusammenzuraffen.

„Du kannst alles von mir haben, was du willst, mein entzückendes Kind, aber… du musst versprechen, auch mir manchen Gefallen zu tun!" Er näherte sich ihr erneut und drückte sie sanft aufs Bett zurück. Beinahe willenlos und mit verschwimmendem Blick sah Sheba zu ihm auf. „Sei meine Vertraute! Erzähl mir alles, was dir in diesem Haus - und ganz besonders bei deiner Herrin so auffällt!" Er hob ihr Kinn empor und zwang sie, ihm ins Gesicht zu sehen.

Sheba nickte, ihre Stimme gehorchte ihr kaum mehr und sie brachte nur ein undeutliches „Ja" hervor. Dann warf sie wie besiegt den Kopf zurück und genoss seine Lippen, die liebkosend über ihren Hals wanderten.

„Du sollst es nicht bereuen!", flüsterte er heiser an ihrem Ohr und das leise Streicheln seines rascher werdenden Atems kitzelte ihre Wange.

Sheba presste sich an ihn und küsste ihn mit der ganzen Leidenschaft ihrer jungen, von der Liebe noch weitgehend unberührten Seele.

„Halt!", die schrille Stimme des Zwerges hallte unheimlich durch das unterirdische Gelass des ehemaligen Steinbruchs am alten Friedhof von Montmarte und der dunkle, verkrümmte Schatten seines missgestalteten Körpers flackerte wie der eines gespenstischen Monsters im unruhigen Licht der brennenden Pechfackeln an den feuchten Wänden. „Keinen Schritt weiter! Wer ist da!"

Ein unbekümmertes Lachen klang durch den Gang.

„Lass doch den Unsinn, Dimanche! Hast du keine Augen im Kopf! Ich bins bloß!" Die Stimme Shebas klang fröhlich. Ohne das geringste Zeichen von Angst zwängte sie sich in gebückter Haltung unter dem überhängenden Rest eines geschwungenen Torbogens hindurch, der noch aus römischer Zeit stammte und näherte sich dem leise glimmenden Feuer, das in dem mit herumliegenden Kalksteinbrocken selbst gebauten Kamin manchmal hell aufflackerte. Der Bucklige ließ das gezückte, lange Messer sinken, das er im ersten Schreck gepackt hatte, und kam erleichtert hinter dem Fragment einer antiken Säule hervor. Sheba schien ihn bei einer Mahlzeit gestört zu haben, die er sich mit primitiven Geräten über den glühenden Scheiten selbst zubereitete.

„Mmmh, riecht das gut!", schnupperte sie genießerisch. „Aber die Umgebung ist nicht gerade einladend." Sie streifte die umherhuschenden Ratten mit einem flüchtigen Blick.

Die Züge des schwarzhäutigen Gnoms verzogen sich zu einer merkwürdigen Grimasse mit weiß bleckenden Zähnen, die ein freudiges Lächeln darstellen sollte.

„Mein Gott, Sheba – ich hoffte so sehr, dass du kommen würdest!", rief er aus. „Und jetzt bist du da! Wie bin ich froh, dich zu sehen. Ich ...ich fürchtete schon, du seist für immer verschwunden... Madame Cecilia hat sich fürchterlich aufgeregt und dich bereits überall suchen lassen. Sie verdächtigt dich, gestohlen zu haben! Du weißt doch, wie sie toben kann!"

Die Mulattin machte eine wegwerfende Handbewegung. „Was kümmerts mich? Jeder muss sehen, wo er bleibt. Mir scheint, als hätte ich das große Los gezogen! Stell dir vor, ich bin die Zofe und", sie machte eine bedeutsame Pause, „Vertraute der schönen Madame d´Églantine. Ihr Mann ist kein geringerer als die rechte Hand des großen Dantons...."

„Ich weiß, ich weiß, den kenne ich nur zu gut", unterbrach sie der Zwerg mit erloschenen Augen und verächtlichem Ausdruck. „Dieser Mann geht über Leichen, obwohl er sich für einen Poeten hält..., aber er ist bloß ein Schönling, der den Frauen gefällt! Hüte dich vor ihm, mein Engel!"

Behutsam ließ sich die Mulattin auf die Knie nieder und umarmte den hässlichen Zwerg zärtlich. „Mach dir keine Sorgen, mein dummer kleiner Nounours – ich geb Acht. Und ich habe dich schon so vermisst. Aber ich hatte es so satt – du weißt schon - mich an fremde Männer verkaufen zu lassen. Die Gelegenheit ergab sich – da musste ich fortlaufen."

„Ja, ja, du hast recht, alles ist besser als das!" Dimanche umfasste sie und legte seinen hässlichen Kopf mit den wirren Haaren für einen kurzen Moment beseligt an ihre Brust, doch Sheba versuchte sogleich, sich behutsam aus seiner engen Umklammerung zu befreien.

„Hör mir gut zu, mein Kleiner, ich brauche unbedingt deine Hilfe!" Ihre Stimme wurde eindringlich.

Der Zwerg trat erstaunt zurück. „Meine Hilfe?"

„Ja, du siehst doch, dass ich jetzt die Chance habe, ein ganz neues Leben anzufangen. Stell dir das wunderschöne Palais in der Rue des Capucines vor – mein Zimmer, ausgestattet mit allem Luxus, den man sich nur denken kann! Und in der Person Fabre d'Églantines irrst du dich bestimmt! Er ist ein berühmter Mann, mächtig - Mitglied des Konvents und des Sicherheitsausschusses! Viele seiner Theaterstücke werden in Paris aufgeführt!"

Dimanche schüttelte über Shebas Schwärmerei verärgert den Kopf, aber das Mädchen ließ sich nicht beirren.

„Das Wunderliche daran ist, seine Frau Amélie liebt ihn gar nicht - ihr Herz hängt an ihrem verschollenen ersten Ehemann...." Sie unterbrach ihren Redefluss, der immer schneller geworden war, als sie die Verwirrung in den ungläubig aufgerissenen Augen Dimanches sah. „Du siehst", fuhr sie mit ihrem verführerischsten Lächeln, in dem eine beinahe kindliche Variante lag, fort, „das Schicksal meint es endlich gut mit mir. Ich würde alles tun, um dort zu bleiben!"

Sanft streichelte sie seine Hand. „Und das ist der Grund, warum ich dich jetzt um einen ganz großen Gefallen bitten möchte, lieber, guter Dimanche!" Sie sah ihn ernst und eindringlich an, während Dimanches Mimik sich zu einem furchtsamen und abweisenden Ausdruck wandelte.

„Einen Gefallen – doch nicht zugunsten d'Églantines? Nein, und nochmals nein. Dieser Mann ist gnadenlos, listig...."

„Du täuschst dich", unterbrach ihn Sheba eigensinnig, „er ist sehr liebenswürdig!"

„Wenn du dir auch nur einmal ein falsches Wort entreißen lässt", Dimanches Lider, die verzogenen Lippen und erbärmlich gestrafften Partien seines Gesichtes begannen vor Aufregung unkontrolliert zu zucken, „wenn er etwas von den geheimen Treffen der Royalisten und Adeligen im Spielsalon Madame Cecilias erfährt…"

Sheba beruhigte ihn. „Ich sehe mich vor. Aber wenn man bedenkt, dass sich gleichzeitig die blutigsten Republikaner in ihrem Salon amüsieren…" Sie unterdrückte ein Kichern und sagte ernst. „Nein, du kannst dich auf mich verlassen - ich schweige wie ein Grab. Schließlich hat Madame Cecilia nicht nur andere, sondern auch uns beide vor dem Schafott bewahrt, nicht wahr?" Fragend und wie nach einer Bestätigung suchend, sah sie zu Dimanche hinüber, doch der verschränkte abweisend die Arme vor der Brust.

„Du möchtest mich in irgendetwas mit hineinziehen!", fuhr sie der Zwerg mit verfinstertem Gesicht an. „Was kümmert mich dieser d'Églantine? Ob König oder Revolutionär – ich unterscheide nur zwischen gut und böse, richtig oder falsch!"

„Aber reg dich doch nicht auf, Chéri!" Shebas Stimme klang schmeichelnd. „Es geht ja gar nicht um ihn, sondern um seine Frau! Einmal im Leben habe ich eine Bitte an dich – und du hast Bedenken! Ein so harmloser Gefallen - eine Lächerlichkeit sozusagen!"

Sie strich ihm zärtlich über die Wange, doch der Zwerg wandte sich brüsk ab. Sie kicherte leise, als wäre es ein Spaß, als Dimanche störrisch den Kopf schüttelte und die Augen verdrehte, bis man nur noch das Weiße sah.

„Nicht doch, du alter Komödiant! Du bringst mich damit nur zum Lachen. Jetzt hör zu, ich erzähl dir die ganze Geschichte: Also, meine neue Herrin, Amélie d'Églantine, hat erfahren, dass ihr erster Mann nicht, wie man ihr sagte, bei den Septembermorden umgekommen ist, sondern dass er noch lebt. Auf einem Brief an den Chevalier de Rougeville hat sie seine Handschrift erkannt. Und stell dir vor", sie lachte leise auf, „das Halstuch, das ich einmal bei Madame Cecilia nach den Treffen der Royalisten im Salon gefunden habe, trägt ausgerechnet die Initialen seines Namens, R. de M., also Richard de Montalembert. Ist das nicht ein seltsamer Zufall? Wir kennen den Mann, der dieses Tuch verloren hat, doch beide sehr gut – nur als Monsieur Lavallier!" Sie machte eine Pause und warf dem Zwerg, der bei der Nennung des Namens zusammengezuckt war, einen funkelnden Blick aus ihren wasserhellen Augen zu. „Madame d'Églantine ist völlig außer sich … sie möchte wissen, ob dieser Lavallier wirklich ihr Ehemann ist! Sie will ihn unbedingt sehen - wenigstens einen kurzen Augenblick! Ich weiß, dass du Lavallier gut kennst, Dimanche! Tu es für mich, arrangiere ein Treffen, bei dem sie ihm begegnet. Er muss es ja gar nicht merken. Ich kenne doch dein gutes Herz! Lass mich nicht im Stich!"

Auf der dunklen verzerrten Fratze des Gnoms malte sich Unsicherheit, Bedenken stiegen in ihm auf. Sollte er hinter dem Rücken des Freundes etwas tun, was diesem vielleicht schaden konnte? Aber er wollte doch auch Sheba helfen, denn er liebte sie mit der ganzen Kraft seiner einsamen Seele. Ihr Charme, ihr Liebreiz hatte so einen mächtigen Einfluss auf ihn, dass er ins Schwanken geriet.

Das Mädchen bemerkte seine Zweifel und fuhr schmeichelnd fort. „Du hast versprochen, dass ich mich immer auf dich verlassen kann!"

Der Zwerg nickte bedrückt, er sank auf das Fell zurück und sein Blick verlor sich im Zwiespalt seines Lebens, der Trübseligkeit seines Daseins. Aus seinem unbeweglichen Dauergrinsen ließ sich jedoch keinerlei Gefühl ablesen.

„Es soll ganz zufällig aussehen!" Sheba gab nicht nach, ihre Stimme wurde rau, drängend. „Du musst mir helfen – sonst wirft sie mich aus dem Haus und ich stehe wieder auf der Straße!" Sie zog einen Schmollmund, legte ihm die Arme um den Hals und schmiegte ihre Wange gegen seine Brust. „Dann sperrt man mich ein. Willst du das?"

Der Zwerg schüttelte den Kopf. Er heftete, gepeinigt und zugleich besiegt, seine großen, hervorquellenden Augen, in denen Tränen schimmerten, wie verzückt auf das geliebte Gesicht an seiner Brust, dessen bräunlicher Teint matt im Schein der Flammen aufleuchtete. Die seidige Flut der schwarzen Haare, aus denen ein Duft von Tuberosen aufstieg, rieselte zärtlich über seine Arme und kitzelte seine Wange. Erschauernd hob er vorsichtig die Hand und fuhr ganz sacht vom Stirnansatz der samtigen, jungen Haut über die dunkle Fülle, so wie er Minou streichelte, die kleine Katze. In seinem verzerrten Gesicht zuckte es wie Wetterleuchten und er öffnete den Mund, um etwas zu sagen, ohne dass er auch nur einen Ton hervorbrachte.

Sheba lächelte rätselhaft und richtete sich auf, um ihm eindringlich in die Augen zu sehen. „Wir werden doch immer zusammenhalten, wir beide, gegen den Rest der Welt, nicht wahr?"

Dimanche nickte wie betäubt. Er dachte an de Montalembert, seinen Plan und alles, was davon abhing. Konnte er es wagen, das Risiko einzugehen, hinter seinem Rücken seine Identität aufzudecken? „Verräter!", flüsterte es in ihm.

Shebas wasserblaue Augen mit den schweren, dunklen Wimpern senkten sich in die seinen, sie schienen ihn zu hypnotisieren, tief in seine Seele zu tauchen und seinen Willen auszulöschen. Ein süßer Schwindel überkam ihn. Schließlich seufzte er.

„Wenn es nur ein kurzer Augenblick ist – von Weitem, versteht sich…"
Sheba fiel ihm mit einem Jubelschrei um den Hals, aber er drängte sie ernst beiseite.

„Wenn ich es tue… dann musst du mir versprechen, darüber zu schweigen, egal was geschieht. Viele Menschen – auch mich - würdest du sonst ins Verderben stürzen!" Er sah das Mädchen eindringlich an, das zustimmend nickte. „Und Madame d'Églantine – ihr musst du sagen, dass sein Leben auf dem Spiel steht!"

Sheba lachte sorglos auf. „Verlass dich auf mich - sie wird kein Sterbenswörtchen verraten, dafür lege ich meine Hand ins Feuer! Sie liebt ihn doch und würde ihn niemals in Gefahr bringen!"

„Gut, aber ich mache es nur dir zuliebe!", die Stimme des Zwerges klang gepresst und traurig.

„Danke Dimanche!" Sheba umhalste ihn erneut und drückte Küsse auf seine narbige Wange. „Was meinst du, wo es geschehen soll?", flüsterte sie leise.

Dimanche fühlte ungewohnte Feuerströme durch seine Adern pulsieren – ihm war, als müssten ihm die Sinne schwinden. Verlegen befreite er sich aus der Umarmung und sagte nach einigem Nachdenken mit einem tiefen Seufzer: „Es muss ein öffentlicher Platz sein – wie der Markt an der Kirche des Place Valois. Und um ein Uhr mittags – das wäre die beste Zeit! Ich werde dir Bescheid geben. Aber du und deine Herrin, ihr dürft niemandem erzählen, wohin ihr geht! Schwöre es!"

„Ich schwöre alles, was du willst!" Shebas Augen leuchteten triumphierend auf und sie umfasste noch einmal stürmisch den Zwerg und drückte sich fest an ihn. „Bis bald - am Place Valois!"

Dann sprang sie leichtfüssig auf und lief winkend den unebenen Gang zurück, den sie gekommen war. Zwei, drei Stufen auf einmal nehmend stieg sie die halb verfallene, von Büschen zugewachsene Treppe empor. Von oben, auf dem Hügel Montmartre, sah sie atemlos die Stadt zu ihren Füßen liegen und ihr war, als täte sich eine neue, verlockende Welt vor ihr auf, mit ungeahnten Verheißungen und allem, was sie sich bisher erträumt und gewünscht hatte.

Unten in den Kellergewölben verharrte Dimanche noch lange reglos vor dem heruntergebrannten Feuer und presste seine Hand gegen die Wange, das süße Gefühl auskostend, das die Berührung ihrer Lippen in ihm hinterlassen hatte.

11. Kapitel
Heldenhafte Briganten

Dumpfer Kanonendonner, gefolgt vom Aufbrüllen heiserer Kehlen und krachenden Einschlägen ließen das Pferd Augustes sich aufbäumen, scheuen, und gerade in dem Augenblick, in dem er das Gewehr auf die mit Geschrei heranrückende, kleine Gruppe wilder Husaren, der ›Blauen‹, aus der Revolutionsarmee, richten wollte, einen heftigen Satz zur Seite machen, der ihm das Gleichgewicht raubte und ihn aus dem Sattel unsanft in den Graben schleuderte.

„Verdammte Bande!", entfuhr es ihm nach der harten Landung in einem stacheligen Gebüsch. Blitzschnell brachte er sich hinter einem Strauch in Deckung, fluchend sich den geprellten Rücken reibend. Das war wohl noch einmal glimpflich ausgegangen! Scheinbar schien er irgendwo einen Schutzengel zu haben, der ihn aus gefährlichen Situationen errettete! War nicht der hartnäckige Widerstandskampf gegen die terroristischen Republikaner in Paris sowieso eine verlorene Sache, in die er mehr aus Not als aus dem Glauben an einen Sieg hineingeraten war? Er ging in die Hocke und kauerte sich tiefer ins Gestrüpp, um abzuwarten, was geschah.

Damals auf Pélissier, dem Schloss seiner Vorfahren hatte er, Auguste de Platier, sich sein künftiges Leben wahrlich anders vorgestellt. Eine Karriere am Hof oder an der Spitze einer siegreichen Armee – aber doch nicht bei einem zum Tode verurteilten Häuflein armseliger Waffenbrüder in der abgelegensten Ecke Frankreichs, der unwegsamen Vendée! Nicht einmal genügend Munition und Kanonen besaßen sie – nur ein heißes Herz und den Wunsch zu siegen. Wer hätte denn geahnt, welches Drama sich innerhalb kürzester Zeit in Frankreich abspielen würde! Dass man den König einkerkern, töten und im ganzen Land schreien würde: „Hängt die Aristokraten an die Laterne!" Damit hatte weder er, der Spross einer ehrbaren Familie, noch irgendeiner seiner Standesgenossen wirklich gerechnet.

Wenn er diesmal dem Henker noch in letzter Minute entkommen war, dann hatte er es nur Amélie zu verdanken, seiner Jugendliebe, die den Einfluss ihres Mannes, des Konventsmitglieds d'Églantine geltend gemacht hatte! War es nicht beinahe schicksalhaft, wie ihm an allen wichtigen Stationen seines Lebens immer die Frau begegnete, die er schon so lange liebte und verehrte? Und doch war er für Amélie immer nur ein guter Freund geblieben, jemand, an dessen Schulter man sich anlehnen konnte, der einen tröstete und beriet. Er robbte vorsichtig auf dem Bauch nach vorne. Die verräterische Stille machte ihm beinahe Angst. Die Angreifer mussten sich in den Hinterhalt zurückgezogen haben, um die Reaktion auf ihre Attacke zu beobachten, und seine eigene Truppe hatte sich ebenfalls unsichtbar gemacht, um sich zu sammeln. Er saß buchstäblich mittendrin, in der Falle.

Schlimmer konnte es wirklich nicht kommen. Dabei war er nach seiner Flucht aus Paris froh gewesen, dass Henri de Rochejaquelein, der junge General der ʾWeißenʾ, wie man die Truppen des Königs dort nannte, ihn, den abgerissenen, halb verhungerten Flüchtling überhaupt in seine Brigantenarmee aufgenommen hatte! Die beiden Männer kannten sich vom Sturm auf die Tuilierien, bei dem sie zusammen den König und seine Familie verteidigt hatten. Auguste sah nach seiner Verurteilung für sich keine andere Möglichkeit mehr, irgendwo Fuß zu fassen und so kam er auf den Gedanken, sich den Briganten in der Vendée anzuschließen, die Rochejaquelein befehligte. Im Überschwang der Gefühle hatte er Henri geschworen, mit ihm zu kämpfen, um die republikanischen Umstürzler, die den kirchentreuen Adeligen und Bauern Vorschriften machen wollten, schnellstens davonzujagen. Doch die Sache, die zuerst so leicht aussah, wurde schwierig, als nach den ersten Siegen besser formierte Soldaten der republikanischen Armee zurückkamen und die miserabel ausgerüsteten Briganten eine Niederlage nach der anderen hinnehmen mussten.

Auguste unterdrückte ein Stöhnen und betastete vorsichtig sein schmerzendes Knie. Wenn er auch notgedrungen gelernt hatte, sich fast perfekt auf jeder Art von Boden abzurollen, wenn ein Gaul ihn abwarf, so war er doch nicht ganz darum herumgekommen, für diese Technik einiges Lehrgeld in Form von verstauchten Knöcheln oder einer ausgekugelten Schulter zu bezahlen. Und diesmal war er auch noch in kratzigem Gestrüpp und wehrhaften Brennesseln gelandet! Er hob den Kopf und duckte sich schnellstens wieder, als Kugeln an ihm vorüberpfiffen. Sein ungehorsamer Brauner, der ohne seinen Reiter unschlüssig am Rande einer Böschung stehengeblieben war, preschte jetzt in Panik davon und brach unter einer tödlichen Salve der in einem nahegelegenen Waldstück verborgenen Soldaten der Revolutionsarmee zusammen.

Merde, wie sollte er jetzt hier wieder herauskommen? Das sah doch verdammt nach einer Falle aus. Auguste fluchte leise und zwängte sich rückwärts tiefer unter die buschigen Zweige. Warum mussten sie sich überhaupt hier als Landsleute gegenseitig totschlagen? Es gab doch genug äußere Feinde, die Frankreich jetzt den Krieg erklärt hatten. Waren Österreich,

Preußen, Spanien, Holland und England denn nicht genug? Aber die in Paris spielten einfach verrückt – sie wollten von ihrem Konvent aus die ganze Welt verändern. Er verstand, dass die hart arbeitenden Bauern im unteren Teil des Poitou eigentlich nichts mit den Entscheidungen der unzufriedenen Bürger in den Städten zu schaffen haben wollten; mit den ehrgeizigen Emporkömmlingen, die sich nur selbst bereicherten! Dieser Teil Frankreichs war eben kirchen- und königstreu, man achtete die Rechte der Feudalherren und die Religion war im Wesen der ländlichen Bevölkerung fest verankert. Empört stellten sich die ansässigen Bauern nicht nur auf die Seite der katholischen Priester, sondern auch auf die der Aristokraten, von denen sie ihr Leben lang nur Gutes erfahren hatten! Kein Mensch in diesem friedlichen Landstrich sah ein, was er mit den Revolutionären aus Paris zu schaffen hatte, die sich mit den Idealen der „Gleichheit" und ihren Philosophen wichtig machten. In einer so abgelegenen Region wie der Vendée zählten eben ganz andere Werte.

Irgendwo hinter Auguste knackten jetzt verdächtig ein paar Zweige. Endlich! Das musste die Verstärkung seiner Männer sein. Nach vorne hin blieb alles still, so als hielt der Feind den Atem an.

Ein spitzer, merkwürdiger Vogelschrei ertönte, einmal, zweimal und beim dritten Mal brachen wie aus dem Nichts von allen Seiten der unwegsamen Gehölzlandschaft Männer hervor, wilde Gesellen, die statt einer Uniform nur ein Erkennungszeichen trugen: entweder ein weißes Tuch am Hut, um den Hals oder aber das Sacre-Coeur, das aufgestickte Herz an der Jacke. Sie waren mit Gewehren, Messern, Sicheln und allem bewaffnet, was ihnen gerade in die Hände gefallen zu sein schien und scheuchten mit Kampfgeschrei die im Waldstück verborgenen republikanischen Soldaten aus ihrem Versteck, die versuchten, sich mit ihren Gäulen in Schlachtordnung zu bringen. Ohne viel Federlesen schossen sie die von einem so plötzlichen, wilden Gegenangriff überraschten Soldaten der Patriotenarmee von den Pferden und lachten ihnen frech hinterher, als diese dann, von ihren steifen Schaftstiefeln mit Sporen behindert, in konfuser Flucht gänzlich das Weite suchten und Waffen und Kanonen zurückließen.

Auguste hatte fast ein schlechtes Gewissen, nicht mitgekämpft zu haben - aber allein, ohne sein Pferd und mit verstauchten Gliedern wären seine Chancen schlecht gewesen. Immerhin machten solche Erfolge neuen Mut. Vielleicht hatte er doch zu schwarzgesehen und die Brigantenarmee würde über die Republikaner siegen, wie einst David über Goliath. Er erhob sich jetzt mühselig und klopfte den Staub aus den Kleidern.

Henri, Marquis de la Rochejaquelein, der General der Truppe, kam in schnellem Galopp herangeritten, sein Rappe, ein edles Tier, das auf den geringsten Schenkeldruck reagierte, blähte die Nüstern und tanzte wendig hin und her, als Henri die Zügel leicht anzog. Schnaubend senkte das Pferd jetzt den Kopf, sich ganz seinem Reiter anvertrauend.

„Bist du verletzt?", fragte er Auguste, der kopfschüttelnd verneinte. „Ein neues Pferd!", rief er dem Stallburschen zu, bevor er sich an die wilden Gesellen wandte, die ihre abenteuerlichen Waffen beiseite geworfen hatten und schon mit dem Teilen der Beute beschäftigt waren. „Morbleu! Ich komme wohl zu spät, Männer! Ihr habt ja schon alles selbst gemacht! Heute Abend gibt es Freibier für alle! Vive la France! Vive le Roi!", schrie er zu seiner Truppe hinüber und schwenkte lachend seinen Hut.

Der junge, kaum zweiundzwanzigjährige General, der wie gewöhnlich todesmutig die anderen anführte, achtete der Gefahr nicht, die ihn überall umgab. Es war, als habe der knabenhafte Jüngling einen besonderen Schutzengel oder als wagten die groben Vertreter der Revolutionsarmee nicht, auf diesen blonden Helden, dessen langes Haar offen im Winde wehte, zu schießen. Vielleicht lähmte es ihnen die Hände, stieg eine vage Erinnerung in ihnen auf, dass es einst die Adeligen waren, die sie geschützt und für ihren Besitz, ihr Land gegen äußere Feinde gekämpft hatten! Nicht wenige ließen die Waffen beim Anbrausen dieser mutigen Jugend, die einem Schlachtengemälde des Malers David entsprungen zu sein schien, erstaunt sinken und sahen mit offenem Munde zu, wie der kindhafte Held auf seinem Rappen blindlings der Gefahr entgegenstürzte, statt ihr auszuweichen. Sogar die schlagkräftigsten Soldaten zögerten verblüfft und bildeten eine Gasse, durch die der Junge auf dem schwarzen, tänzelnden Pferd wie eine Phantomgestalt hindurchpreschte und mit leidenschaftlichem Feuer schrie: „Mit Gott, für den König, die Monarchie und die Kirche! Folgt mir Freunde, nieder mit der Revolution der Königsmörder in Paris!" Bei diesem Ruf fassten selbst die Vorsichtigen in der Bauerntruppe Mut, sie packten ihre Gewehre und ritten dem Tollkühnen nach. Der wilde, schnelle Angriff brachte die Blauröcke der Revolutionsarmee so sehr aus der Fassung, dass sie ohne Ordnung durcheinanderstoben und schließlich wie vom Teufel gejagt, ziellos davonliefen. Ihre Kanonen, Pulver und Kartuschen blieben als Beute zurück und die Briganten feierten mit Hurrageschrei ihren Sieg und den vergötterten Helden Rochejaquelein.

Ein wenig atemlos ließ sich Henri vom Pferd gleiten und übergab, ein triumphierendes Lächeln auf den Lippen, den Rappen seinem Knecht.

„Na, was ist, mein Freund! Soll ich dir ein paar Bauernmädchen schicken, die dir die Dornen aus dem Hintern pieksen?"

Auguste verzog das Gesicht in einer Grimasse zwischen Schmerz und Belustigung. „Du hast leicht reden, mit deinem Galan – der folgt doch aufs Wort – aber meiner…", er stockte. „Was ist das? Du bist ja verletzt?"

Der junge Marquis sah achtlos an seinem rechten Arm herab, wo das Blut durch den Ärmel tropfte und die gelbe, enge Hose mit hässlichen Flecken beschmutzte. „Wahrscheinlich ein Kratzer – dann schieße ich eben mit der Linken."

„Blödsinn, komm, lass dich verbinden!"

Henri, dessen Blick zu den eilig hin und her laufenden Männern schweifte, die die Rolle der Sanitäter übernahmen und auf Tragen die Toten und stöhnenden Verwundeten einsammelten, wehrte ab. „Später, du siehst doch, dass die jetzt anderes zu tun haben!" Er riss sich die schwarze Schärpe von den Hüften und fertigte mit ein paar Handgriffen eine Schlinge, in die er seinen Arm legte. „Siehst du, so geht es auch. Ich hab gar keine Schmerzen!" Trotz dieses Bekenntnisses wurde sein schmales Gesicht auf einmal bleich und von wächserner Durchsichtigkeit. Henri schwankte plötzlich und Auguste stützte ihn besorgt.

„Du musst dich ausruhen…" Er sah ihn forschend an.

„Von einem General erwartet man nicht, dass er sich ausruht! Auf jeden Fall haben wir sie zurückgeschlagen! Der alte Haudegen Westermann hat für einen einstigen Stallmeister beim Grafen keine schlechte Strategie – aber wir sind besser."

Henris Stimme wurde schwach und er ließ sich langsam zu Boden gleiten. Einen Augenblick lang schloss er die Augen, doch dann kämpfte er gegen die plötzliche Ermattung an.

„Gib mir einen Schluck Branntwein – hier, aus der Feldflasche. Das wird mich wieder auf die Beine bringen."

„Für meinen Geschmack bist du ein wenig zu unvorsichtig, ohne Pause …immer an der Spitze…" Auguste vollendete den Satz nicht, nahm sein Schnupftuch, band es geschickt um den blutenden Arm des jungen Mannes und legte ihn in die Schlinge zurück.

Nachdem der Freund einen tiefen Schluck genommen hatte, befestigte er die Feldflasche wieder am Gürtel Henris, an dem außer zwei kurzen Pistolen mit Patronen, einem Messer und einigen Gebrauchsgegenständen auch das in einer Tabaksdose versteckte Porträt seiner Geliebten hing. Man munkelte, dass die schöne Baronin Florence de Sabron, eine verheiratete Frau aus der Nähe von Châtillon, wegen ihrer Affäre mit dem jungen Heißsporn sogar ihren Mann verlassen wollte.

Der hohe, schwarze Hut Henris mit der weißen Kokarde war ins Gras gefallen, als er erneut, die Augen geschlossen, in einem Anflug von Schwäche den Kopf in den Nacken legte. Er stöhnte leise und seine Brust hob und senkte sich mit heftigen Atemzügen. Auf der dunklen Jacke prangte weithin sichtbar das „Sacre coeur" das Wahrzeichen für das er kämpfte: ein rotes Herz auf weißem Grund, über dem ein schwarzes Kreuz thronte.

Besorgt sah Auguste dem Freund ins Gesicht: „Soll ich nicht doch lieber einen Arzt holen?"

Henri öffnete langsam die Augen und winkte ab: „Unsinn, so was brauch ich nicht. Nur einen Moment - es geht gleich wieder."

Pulverqualm lag über dem verlassenen Gefechtsfeld, auf dem man immer noch die dunklen Schatten gefallener Soldaten mit verrenkten Gliedern liegen sah. Schwere Wolken zogen auf, Blitze zuckten über den Himmel und es begann, zuerst langsam, aber nach und nach in immer dichteren Strömen zu regnen. Auguste stützte Henri und sie zogen sich hinter die Linie in eines der primitiv aufgestellten Zelte zurück, vor dem man schon einen großen Suppenkessel aufs Feuer gesetzt hatte. Eine Flasche machte bei den erschöpften Männern die Runde. Heute würde es wohl bei diesem Wetter nichts mehr geben – beide Parteien mussten erst ihre Wunden lecken und neue Kräfte sammeln.

„Wir werden es schaffen!", Henri, der meistens mit seinen Leuten aß, hatte sich gefangen und nahm gedankenvoll einen Schluck aus der Blechtasse. Umständlich nestelte er mit der Linken seine Schnupftabakdose aus der Tasche und öffnete sie. Lange betrachtete er das eingelegte, pastellfarbene Medaillon mit dem Bildnis Florences, bevor er eine Prise nahm. Der braunhäutige Landmann neben ihm, in verschwitztem Leinenhemd, auf dem Kopf einen verwegenen Federhut, putzte sorgfältig sein Gewehr und nickte, ohne aufzusehen.

„Wenn Sie es sagen, Monsieur le Marquis… auf uns können Sie rechnen! Lieber sterben, als Knechte dieser vorgeblichen Republik sein, an der sich nur die bereichern, die es nicht verdienen!"

La Rochejaquelein antwortete nicht. Seine Augen sahen träumerisch in die Ferne, während er das Bildnis streichelte. Augustes nachdenklicher Blick glitt von ihm in die Flammen der zischenden Feuerglut, die ihre Wärme bis zum Eingang des Zeltes sandte. Auch er war außerordentlich müde, ja erschöpft und der Branntwein erzeugte in ihm ein trügerisches Gefühl der

Gleichgültigkeit. Warum hatte er eigentlich niemanden, kein Mädchen, keine Frau, die ihn liebte und auf ihn wartete? Aber eigentlich wusste er seit seiner Kindheit schon, dass es für ihn immer nur die eine geben würde: Amélie, seine erste und einzige Liebe, das Nachbarmädchen von Schloss Valfleur! Seit sie am Platz der Revolution wie ein Engel so unerwartet vor ihm aufgetaucht war, um ihn vor dem Henker zu retten, spukte sie wieder unablässig durch seine Gedanken. Woher hatte sie überhaupt gewusst, dass er in so großer Gefahr schwebte? Es war ihm ein Rätsel und sein Herz war jetzt nicht nur von Liebe, sondern auch von großer Dankbarkeit ihr gegenüber erfüllt. Ihre im Licht des frühen Morgens so zerbrechlich scheinende Schönheit, ihr blasses, ernstes Gesicht hatte alle früheren Erinnerungen an sie wach werden und seine Liebe neu aufflammen lassen. Wie spöttisch sie früher immer auf ihn, den ungeschickt errötenden Landgrafen, der meistens das Falsche tat, herabgesehen hatte! Ein neues Bild tauchte vor seinen Augen auf, in dem sie, schön wie ein Engel in ihrem weißen, duftigen Brautkleid, mit einem entrückten, glücklichen Lächeln auf den Lippen im großen Salon von Valfleur stand. Er war von ihrem Anblick wie geblendet gewesen. Aber schon damals gehörte sie einem anderen, dem Grafen Richard de Montalembert, und er spürte auch heute noch die glühende Aufwallung jäher Eifersucht, als er, sich äußerlich zur Gleichgültigkeit zwingend, einen höflichen Glückwunsch murmelte, sich abwandte und hinausging. Später, kurz nach dem Tod ihres Mannes, als sich die Ereignisse in Paris überschlugen, war sie seinem Herzen wieder näher gekommen. Vor den Schergen der Revolution, von denen sie gesucht wurde, hatte er sie während ihrer schweren Krankheit in seiner Wohnung versteckt und es schien ihm nachträglich, als sei das die schönste Zeit seines Lebens gewesen. Doch in alter Gehemmtheit, taktvoller, aber schüchterner Zurückhaltung wollte er abwarten, bis sie sich von all den schmerzlichen Ereignissen erholt hatte. Ihre übereilte Eheschließung mit dem eitlen Fabre d'Églantine, diesem einflussreichen, nach oben geschwemmten Politiker, traf ihn dann wie ein Faustschlag der Enttäuschung. Nun war sie vollends unerreichbar für ihn geworden und er kannte seitdem die Schmerzen verschmähter und unglücklicher Liebe in allen Variationen.

„Auguste", die sanfte, hohe Stimme Henris, die so gar nicht zu seiner draufgängerischen Kämpfernatur im Feld passen wollte, riss ihn aus seinen Betrachtungen, „darf ich dich um einen Gefallen bitten?"

Der junge General war aufgestanden und hatte sich an den kleinen, wackligen Feldtisch gesetzt. Den verletzten Arm aufgestützt, mit der Linken die Feder haltend, mühte er sich, einige verzerrte Buchstaben zu Papier zu bringen. Er drehte sich zu Auguste und seine bittenden, fast unschuldig wirkenden, blauen Augen hatten einen sehnsüchtigen Schimmer.

„Es ist… wegen Florence!", seufzte er. „Wir wollten uns heute Abend treffen! Sie wird sich wundern, warum ich nicht komme. Aber ich schaffe es beim besten Willen nicht. So", er hielt die verkrampfte Hand in die Höhe, „kann ich kaum einen Zügel halten. Geh zu ihr, mein Freund, und bring ihr diesen Brief. Ich hab es versprochen!" Henri reichte ihm das Schreiben, dann drückte er das kalte Metall eines Medaillons mit der gemalten Miniatur von Florence innig an seine Lippen. „Sie sorgt sich um mich und ich will ihr wenigstens ein Lebenszeichen geben!"

Auguste schüttelte den Kopf. „Du bist verrückt… was hat sie denn von einem solchen Stück Papier!"

Henri seufzte erneut und legte das Blatt ungeschickt mit einer Hand zusammen. „Das verstehst du vielleicht nicht – ich bitte dich nur, es für mich zu tun!"

„Und ihr Mann – wenn er es bemerkt?"

Henri zuckte die Schultern.

„Ihr Mann? Er kümmert sich nicht um sie. Florence liebt ihn nicht. Es war eine Vernunftehe."

„Na gut, und ich soll jetzt meinen Kopf dafür hinhalten und durch die feindlichen Reihen schleichen, nur weil du vor Liebessehnsucht nicht schlafen kannst!", murrte Auguste.

Henris Gesicht verfinsterte sich und er sprang auf. „Gut! Dann reite ich eben selbst! Ich muss sie warnen! Ich weiß, dass sie nur wegen mir in Châtillon bleibt - aber es ist höchste Zeit, sie muss fort! So wie es aussieht, werden die ‚Blauen' demnächst jeden Schlossherrn der Gegend massakrieren!" Er schwankte leicht bei diesen Worten und Auguste drückte ihn seufzend wieder auf seinen Platz zurück.

„Gut, ich machs!" Einem dermaßen Verblendeten wie Henri war einfach nicht zu helfen! Er würde wahrscheinlich jede Dummheit begehen, um die Geliebte zu retten!

Henri wollte begeistert seine Hand ergreifen, doch von einem stechenden Schmerz in seinem rechten Arm durchzuckt, sank er zusammen und stieß einen unterdrückten Fluch aus.

„Diese verdammte Verletzung! Ich danke dir, aber glaub mir, wenn ich könnte, wie ich wollte – ich würde auf der Stelle zu ihr reiten, sie in meine Arme schließen…"

„Du wirst den Teufel tun!", unterbrach Auguste den Freund, stand auf und legte noch ein Scheit in das fast verlöschte Feuer. „Aber bedenke, dass betrogene Ehemänner nicht ganz ungefährlich sind! Er könnte den trotteligen Baron nur spielen – aus Liebe zu seiner Frau! Eines Tages wird er dich fordern – oder dir ganz einfach auflauern und dich wie einen frechen Eindringling niederschießen."

„Glaubst du wirklich?" Henri, mit schmerzlich verzogenem Gesicht und auf den Ellenbogen des gesunden Armes gestützt, sah ihn mit seinen hellen, fast kindlich blickenden Augen entsetzt an. „Denkst du denn, er ahnt etwas?"

Auguste antwortete nicht, er zuckte die Schultern und nahm die Blechtasse Henris, um ihm noch ein wenig von dem warmen Sud einzuflößen, den ihnen eine Kräuterfrau aus der Region gebracht hatte.

„Trink lieber deine Medizin!"

Henri nahm gehorsam ein paar Schlucke von dem bitteren Gebräu. „Danke, es wird schon besser werden. Ich brauche einfach einmal genügend Schlaf – ein wenig Ruhe; dann komme ich wieder zu Kräften. Lass uns hier draußen bleiben, unter dem Sternenhimmel – ich ersticke im Zelt."

Er seufzte und seine fein gezeichneten, blassen Züge unter dem hellen Haarschopf sahen müde und fast durchsichtig aus. Wenn er auch schmal und knabenhaft wirkte, so ritt und schlug er sich wie der Teufel; mit seinem jugendlichen Feuer schien er stärker als all die bäurischen Kämpfer, die ihn begleiteten, und jeder Anstrengung gewachsen. Auguste stocherte in den aufzüngelnden Flammen und der Widerschein beleuchtete sein ernstes Gesicht, in dem sich Zweifel spiegelten.

„Glaubst du nicht, dass du ein wenig zu jung für sie bist?" Henri antwortete nicht und so fuhr er fast aufgebracht fort. „Nicht nur, dass sie verheiratet ist, du bist gerade einundzwanzig; sie dagegen eine reife Frau, die weiß, was sie tut, eine Frau, die Kinder hat, die beinahe so alt sind, wie du… denk darüber nach! Eine solch gefährliche Geschichte kostet dich zu viel Kraft und das ist es, was dich ablenkt. Diese unsinnige Leidenschaft höhlt dich aus, nimmt deine Gedanken gefangen! Wir haben doch andere Ziele, höhere…"

Er sprach nicht weiter, denn Henri, auf dem Rücken liegend und den unverletzten Arm über die Augen gelegt, waren von einer Minute auf die andere die Lider zugefallen und sein leises Schnarchen kündete von tiefem Schlaf. Achselzuckend bückte sich Auguste über den Freund und zog mit fürsorglicher Geste die Felddecke, auf der „Dieu le Roi", der Wahlspruch der Royalisten, eingestickt war, über seine Schultern. Das rote „Sacre Coeur" leuchtete in der aufzischenden Flamme des Feuerscheins wie ein rotes Mal auf. Hier, auf bloßer Erde, nicht anders als seine Soldaten, lag nun der junge, heißblütige General der aufrührerischen Vendée-Armee, der an der Spitze seines Heeres schon so viele Siege erfochten hatte – und träumte von seiner Geliebten und dem Sieg über die schändlichen Republikaner, die glaubten, ihre papierenen Ideale aus dem Pariser Konvent auf einen Landstrich übertragen zu können, der von dem ihren so verschieden war wie Feuer und Wasser.

Seinen Pistolengürtel umschnallend, rief Auguste nach dem schon zur Ruhe gegangenen Stallburschen, damit er ihm eines seiner Pferde sattelte. Das Gewitter schien vorüber, die Nacht war dunkel und der Mond hinter undurchdringlichen Wolken verborgen. Er hoffte, dass die feindlichen Posten von den turbulenten Kämpfen des Tages so müde sein würden, dass sie ihn nicht bemerkten. Seinem Pferd band er Lappen um die Hufe, um den Tritt zu dämpfen und ließ es am langen Zügel und im langsamen Schritt vorwärtsgehen, sich möglichst im Schatten des Waldes haltend. Leichter Regen tröpfelte herab und er fürchtete eine Wetterverschlechterung, etwa einen Wolkenbruch, der auf ihn niederprasseln könnte. Der Weg war nicht weit, aber er musste einen Umweg zu der kleinen Ortschaft Châtillon sur Sèvre nehmen, wo das Schloss des Barons in einer kleinen Talmulde lag. Nichts rührte sich, niemand wäre auf die Idee gekommen, dass nach den anstrengenden Kämpfen des Tages noch jemand von der royalistischen Armee unterwegs sein könnte.

Auguste verstand im Übrigen nicht recht, was Henri an der um einiges älteren, gar nicht einmal so außergewöhnlich schönen Frau des bescheidenen Landbarons, die er nur einmal flüchtig gesehen hatte, fand. Der junge Marquis hätte jedes junge Mädchen in der Gegend haben können. Aber dieser Frau war es gelungen, Henri völlig den Kopf zu verdrehen. Wie der Freund ihm gestanden hatte, war er lange heimlich in sie verliebt gewesen, während sie ihn zunächst wie einen launischen Knaben behandelte, den man nicht ernst nehmen konnte.

Übermüdet wie er war, fielen Auguste die Augen durch den wiegenden Rhythmus des Rosses einige Male zu und er stieg schließlich ab und führte das Pferd am Zügel. Die schlichte Silhouette des Schlosses erhob sich so plötzlich vor ihm, dass er mit einem lauten Poltern gegen die geschlossene Zugbrücke stieß und sein Pferd erschrocken aufwieherte. Die Hunde schlugen an und ein Fenster wurde hell. Ein verschlafener Diener beugte sich, das Gewehr im Anschlag, hinaus und rief: „Holla, wer da?"

Auguste hütete sich zu antworten und zog sich nur vorsichtig unter die dichten Kastanienbäume zurück, die die Allee umsäumten und verharrte dort in Erwartung der Dinge, die da kommen sollten. Wenn diese Madame Florence wirklich auf den Brief Henris wartete, würde sie auch ein Mittel finden, ihn entgegenzunehmen. Wirklich Unsinn, sich auf so eine Komödie einzulassen – aber dem Freund schien die Sache wirklich viel zu bedeuten. Durch die Äste spähend lehnte er sich an den Stamm des Baumes; der Gaul knabberte mit mahlenden Kiefern ruhig an den Blättern, die er von tief hängenden Zweigen zu sich herabzog. Ob er um Amélies willen auch solche nächtlichen Transaktionen wagen würde? Der Gedanke schien ihm vermessen – vor allem deswegen, weil sie ihn wahrscheinlich auslachen würde, wenn er ihr seine Liebe gestehen würde. Doch von ihr träumen, das konnte ihm keiner verbieten! In seiner Fantasiewelt lebte sie als sein Geheimnis, seine Zuflucht und heimliche Geliebte, von der niemand etwas ahnte – und vor allem nicht sie selbst.

Ein Gewehrlauf bohrte sich plötzlich unsanft in seine Rippen.

„Hände hoch, Bürschchen! Wer bist du? Und sag mir, was du hier machst?" Ein alter Mann mit buschigem, weißem Haar, das wild um seinen Kopf lohte, dessen Augen aber jugendliche Funken sprühten, zerrte ihn mit hartem Griff unter dem Baum hervor. Als habe der Mond auf diesen Augenblick gewartet, zeigte er sich für einige Minuten hinter den ziehenden Wolkenfetzen und warf sein bleiches Licht kurz auf das Symbol des „Sacre Coeur" und die überraschte Miene Augustes zugleich.

„Ah, du bist einer von uns!" Erleichtert erkannte der Alte die weiße Kokarde an der Brust des Eindringlings, ließ ihn los und senkte die Waffe. „Ich dachte, es käme schon eine Abordnung von Republikanern, um mich auf der Stelle zu enteignen!" Er lachte laut auf, als wäre das nur ein guter Witz.

„Ich... ich", verzweifelt suchte Auguste nach einer Ausrede, doch dann sagte er einfach: „Sie müssen Baron de Sabron sein. Ich bin nach dem letzten Gefecht dort drüben versprengt worden – und es war so finster, dass ich meine Truppe nicht mehr finden konnte."

„Na, na, wer's glaubt", entgegnete der Alte augenzwinkernd, „wahrscheinlich ein Liebchen im Gebüsch, nicht wahr? Aber woher kennst du mich?"

„Man sprach mir von Ihnen", antwortete Auguste ausweichend. „Aber erlauben Sie, dass ich mich vorstelle!" Er räusperte sich und nahm Haltung an. „Leutnant Auguste de Platier!"

„So, so", murmelte der Baron, höflicher geworden, „aber wenn Sie sich schon verlaufen haben, dann kommen Sie doch einen Moment herein und nehmen einen Schluck. Sie sind zwar nicht weit von ihren Leuten entfernt, aber ich kann Ihnen von dort aus", er wies auf den Turm der dunklen Fassade, auf dem jetzt zwei Fenster erhellt waren, „zeigen, in welche Richtung Sie marschieren müssen. Ein Glück, dass es noch Kerle gibt, die für uns den Hals hinhalten", brummelte er vorausgehend mehr in seinen Bart, als zu seinem Begleiter, „die meisten sind einfach feige, eingeschüchtert von dem Gerede über die Gleichheit und die Freiheit und zum Schluss sind es doch wieder die Falschen, die davon reich werden. Gerechtigkeit gibt es eben nicht! Basta!"

„Ich habe es eigentlich eilig", setzte August an, während der Brief warnend in seiner Tasche knisterte und ihn an sein Versprechen erinnerte, „aber zu einem kleinen Schluck lass ich mich gerne überreden", lenkte er bei dem enttäuschten Blick des Barons ein und folgte ihm über eine kleine, vergitterte Passage in den Schlosshof.

Man bat ihn in den Salon, in dem ein anheimelndes Feuer prasselte. Auguste sah sich um. Hoffentlich würde sich recht bald eine Gelegenheit ergeben, seine Botschaft loszuwerden. An den heißen Wangen der Hausherrin, die wie zufällig erschien, in ein roséfarbenes Negligé gehüllt, die langen, dunklen Haare offen bis zur Taille fallend, den üppigen Busen hochgeschnürt, konnte Auguste erkennen, dass sie bereits ungeduldig gewartet hatte. Sie gab sich dem Gast gegenüber kühl und hochmütig, aber ihre Augen sprachen von Erregung und innerem Aufruhr.

Auguste war entschlossen, seinen Auftrag so schnell wie möglich zu erledigen; er fühlte sich bleischwer und hatte nur Lust endlich auf sein Feldlager zu sinken. Aber der Baron ließ ihn nicht so schnell gehen. Als schlechter Schläfer, wie er selbst sagte, schien er jetzt hellwach und zu einem nächtlichen Schwätzchen über die politische Lage durchaus aufgelegt. Endlich konnte er seinem Ärger über die zwielichtigen Reden Dantons und die gestelzte Tugendhaftigkeit Robespierres einmal kräftig Luft machen. Er ließ Wein holen und hielt den unerwarteten Gast fest.

Auguste sah keine Gelegenheit den Brief unauffällig zu übergeben. Schließlich wurde es ihm zu bunt, er legte, Madame de Sabron beschwörend ansehend, seinen Hut wie zufällig auf eine alte Truhe, schob den Brief darunter und lenkte die Aufmerksamkeit des Barons auf dessen Waffensammlung an den Wänden. Der, ein großer Jäger, berichtete begeistert von ungewöhnlichen Jagdsituationen und dem zahlreichen Wild der Umgebung. Mit einer flüchtigen Geste machte Auguste der Baronin, die inzwischen aufgestanden war, ein Zeichen und sie tat, als wolle sie am Fenster frische Luft schnappen.

Aus der Nähe sah man ganz deutlich die feinen Linien um ihre Augen und die schon ein wenig weich gewordenen Rundungen ihrer leicht barocken Figur. Aber sie war immer noch eine schöne Frau von jener gepflegten Eleganz und Raffinesse, die nur wenige Frauen schaffen, Tag und Nacht aufrecht zu halten. Und sie besaß Geist, wie ihre hohe Stirn und der wache Blick bewiesen.

Als sie nahe genug an ihm vorüberging, flüsterte Auguste, ohne sich umzudrehen: „Henri will Sie warnen... verlassen Sie Châtillon!" Mit keiner Regung zeigte Madame de Sabron, dass sie die Botschaft verstanden hatte.

Auguste fiel es in seiner nüchternen Art schwer, die Sorge Henris nachzuvollziehen, zu verstehen, dass Henri so viel aufs Spiel setzte, um dieser Frau Liebesschwüre zu überbringen und seinerseit so unsinnige Seligkeit darin fand, auch von ihr solche zu erhalten. Aber seine Liebe war scheinbar so ungeduldig, dass sie keine Gefahr achtete, um nicht die kleinste Geste, die winzigste Regung der geliebten Seele zu versäumen.

Madame de Sabron hatte im Vorüberstreifen den Hut zur Seite geschoben und den darunterliegenden Brief an sich genommen. Gleichzeitig ließ sie ihr Taschentuch fallen und während sie so tat, als suche sie es, hauchte sie Auguste zu: „Warum ist er nicht selbst gekommen?"

Auguste deutete auf eine kurze Handfeuerwaffe und fragte den Baron laut: „Haben Sie dazu noch Munition?" Dabei bückte er sich, als wolle er ihr helfen und erwiderte leise: „Ein Streifschuss..."

Madame de Sabron wurde blass und ihre Hände zitterten, als sie das Taschentuch entgegennahm. Ihre Augen flehten mit unruhigem Flackern um Erklärungen, doch Auguste fand keine Gelegenheit zu einem Kommentar. Schließlich, als die Erregung und Blässe der Baronin schon auffallend wurde und sie sich in einen Sessel sinken ließ, murmelte er halblaut: „...aber er ist wohlauf."

Der Baron fixierte ihn mit einem scharfen Blick und fragte: „Was sagten Sie eben, mein Lieber?"

Geistesgegenwärtig antwortete Auguste auf ein weiteres Stück der beachtlichen Waffensammlung deutend: „Äh, ...da oben drauf – das ist wohl ein älteres Modell?"

Der Baron nickte ihm zerstreut zu, doch sein Blick ging misstrauisch zu seiner Frau: „Warum gehst du nicht zu Bett, Liebste? Du siehst müde und leidend aus!" Dann nahm er, auf einen Stuhl steigend, die Waffe herab, polierte das glänzende Metall an seinem Ärmel, streichelte sie mit Kennermiene und wog sie in der Hand. „Dieses sehr sorgfältig gearbeitete Stück ist eine Spezialanfertigung. Sie gehörte schon meinem Vater. Sehen Sie nur, wie wundervoll die Verzierungen mit dem funktionellen Teil verbunden sind…"

Auguste nickte bewundernd, zog seine Taschenuhr hervor und stieß einen gespielt überraschten Ausruf aus. Er erhob sich mit einem Ruck, warf noch einen kurzen Blick aus den Augenwinkeln auf Madame, die ihren Schal fröstelnd um die Schultern zog und unterbrach die Erzählungen seines Gastgebers unvermittelt.

„Es ist spät geworden. So sehr mich Ihre Sammlung interessiert, Baron, aber Sie müssen mich entschuldigen. Ich danke für Ihre Gastfreundschaft – aber morgen wird die Schlacht weitergehen. Wir haben sie noch nicht gewonnen. Ich rate Ihnen im Übrigen dringend, die Gegend hier bald zu räumen. Die ‚Blauen' machen vor nichts mehr halt. Seit Kurzem sind sie dazu übergegangen, die Schlösser zu plündern und anzuzünden. Sie wollen nur noch verbrannte Erde hinterlassen…"

„Ha, hier kommt mir niemand rein! Ich habe alles abgesichert", der Baron ereiferte sich, „Bin schon mit anderen Halunken fertig geworden! Wir haben immerhin noch unsere stabile Zugbrücke und einen tiefen Graben. Das könnte den Blauen so passen, dass wir aufgeben und alles im Stich lassen, damit sie als die Herren hier hausen können! So leicht gebe ich mich nicht geschlagen!"

Auguste zuckte die Schultern. „Wie Sie wollen. Ich habe Sie gewarnt! Aber nun, au Revoir, Baron – es war mir ein Vergnügen."

Immer noch ärgerlich grummelte der Baron. „Meinen Sie, ich fürchte mich vor den komischen Gesellen, die man für diese republikanische Armee aufgetrieben hat – Schlachter, Maurer und Legionäre? Das ist doch der Abschaum von Paris! Die haben doch gar keine Lust zu kämpfen!"

„Nun, die Unseren sind auch keine Feingeister!", setzte Auguste lächelnd hinzu, „Aber es sind brave, christliche Leute, die sich zu verteidigen wissen, wenn es ihnen an den Kragen geht!"

„Ich wünsche Ihnen Glück! Wenn ich jünger wäre, würde mich nichts hier auf meinem Schloss halten und ich zöge mit Ihnen in diesen Krieg! Aber mein kaputtes Kreuz – damit komme ich ja kaum mehr aufs Pferd!"

Auguste reichte ihm die Hand.

„Auf jeden Fall", der Baron ließ nicht nach, „schauen Sie wieder einmal vorbei, wenn Sie meine Waffensammlung genauer ansehen möchten. Ich könnte Ihnen einige Stücke vorführen – Sie wären überrascht!" Der Baron streifte die geölte, blanke Pistole mit einem letzten, fast zärtlichen Blick und hängte sie sorgfältig und mit einem gewissen Bedauern wieder zu den anderen.

Die undurchdringlich dunklen Regenwolken lichteten sich und der Mond erhellte von Zeit zu Zeit den schmalen Waldpfad, als Auguste sich bedrückt und von plötzlich aufkommendem Neid erfasst, auf den Rückweg machte.

Wie hatte die zwar nicht mehr ganz junge, aber in ihrer Verliebtheit ungemein anziehend wirkende Madame de Sabron um Henri gezittert, welch tiefer Glanz strahlte in ihren vor Sorge feucht gewordenen Augen, welch inneres Leuchten beseelte das schmale und eher herbe Antlitz mit der ein wenig zu ausdrucksvollen Nase und den hohen Wangenknochen! Das Schönste an ihr schien aber die dunkle, bis zu den Hüften üppig gelockte Haarpracht zu sein, die im Kerzenschein ein wenig ins Rötliche schimmerte und die ihren alabasterfarbenen Teint fast durchsichtig wirken ließ. Und er, er war nur ein Übermittler von Nachrichten, die verstohlene Träne galt wie immer einem anderen! Warum nur musste er bloß ständig Zuschauer sein, warum war nicht er einmal in ein solch aufregendes Liebesdrama verwickelt, galt ihm die Sehnsucht einer Frau, ihre schmachtenden Blicke und verzehrenden Seufzer! Was war das Geheimnis einer solchen Anziehung, die nur immer den Lieblingen der Götter wie Henri zuteil wurden, was missfiel dem ungerechten, tückischen Amor an ihm, der ihn unbeachtet links liegen ließ? Niemals im Leben hatte er das Gefühl gekannt, angeschwärmt zu werden, hoffnungslos geliebt zu werden, wie der Freund, wählen zu können unter vielen schönen Frauen, die ihn, nur ihn allein haben wollten! Fast wütend gab er dem müden Gaul, der unwillig den späten Gang machte und immer wieder stehen blieb, um an grünen Gräsern zu zupfen, die Sporen. Aber es war eben nicht zu übersehen, die Natur hatte ihn, trotz seiner Bemühungen um sorgfältige Pflege, Kleidung und Putz, eher etwas benachteiligt. Nicht dass er hässlich war, nein, ganz und gar nicht. Aber eher unscheinbar, alltäglich. Er sah betrübt an sich herab. Im Sattel machte er keine schlechte Figur, aber sein Körper wirkte, trotzdem er sich beim Essen zügelte, immer ein wenig dicklich, mit kurzen, stämmigen Beinen, die einen eleganten Gang unmöglich machten. Seine blauen Augen wirkten rund, jungenhaft und verhehlten die angeborene Gehemmtheit, die er oft hinter lautem und arrogantem Gebaren zu verstecken suchte, nicht. In unangenehmen Situationen stieg ihm das Blut gleich so zu Kopf, dass er unmäßig zu schwitzen begann. Er hatte dann das Gefühl zu zerfließen; seine aschblonden, von Natur aus farblos scheinenden Haare, die der Coiffeur sorgfältig ondulierte und denen er mit einer leichten Färbung einen goldenen Ton verlieh, verloren dann jegliche Form und hingen ihm dünn und strähnig in die Stirn und um seine leicht pausbäckigen Wangen. Manchmal, in Gesellschaft, wenn große Spiegel im Kerzenlicht seine Gestalt in perfekt sitzender Uniform reflektieren, seine blonden Locken frisch gelegt waren, fand er sich jedoch ganz passabel und fragte sich, warum es ihm immer nur gelang, die hässlichen, mageren und kleingewachsenen Frauen, all jene, die ihm nicht gefielen, an seine Seite zu ziehen!

So in Gedanken versunken, trottete er gleichmäßig daher, bis sein Pferd plötzlich ohne einen erkennbaren Grund anhielt und die Ohren spitzte. Nicht lange danach ertönte in einiger Entfernung hinter seinem Rücken das trockene Geräusch knallender Gewehre und ein aufzischender Feuerschein zerriss die Schwärze der Nacht.

Auguste war plötzlich hellwach und ohne an sein eigenes Leben zu denken, galoppierte er zurück, erklomm eine kleine Anhöhe und spähte durch die Bäume in die Talmulde.

Dort, wo das Schloss des Barons lag, zuckten Flammen in die Nacht, Kanonendonner durchbrach die Ruhe und Geschrei und raue Soldatenbefehle drangen gedämpft herüber. Ein Überfall der „Blauen", so wie Henri es befürchtet und vorausgesehen hatte! Sie mussten kurz nach seinem Wegritt angegriffen und das Schloss in Brand gesetzt haben!

Was sollte er jetzt tun? Er war allein - ohne Verstärkung und Rückendeckung! Es schien heller Wahnsinn und entgegen jede Vernunft, zurückzureiten! Und bis er am eigenen Feldlager anlangte, um Alarm zu schlagen, war es bestimmt schon zu spät! Was würde es auch helfen? Henri war verletzt und seine Männer erschöpft und in tiefem Schlaf. Das Chaos würde ausbrechen – und der Freund vor Angst um seine Geliebte halb wahnsinnig sein! Ohne lange zu überlegen, wendete er sein Pferd und sprengte in rasendem Galopp zurück nach Châtillon.

12. Kapitel
Ein fast unfehlbarer Plan

Der Schlüssel an der faustdicken Pforte der am Morgen wie am Abend dunklen und abgeschirmten Zelle der Königin rasselte; die beiden Wache haltenden Gendarmen, gelangweilt hin und herschlendernd, blickten neugierig. Jede Abwechslung war willkommen, denn der Dienst hinter den feuchten, grauen Mauern war eintönig und es schien ihnen so, als seien sie selbst eingesperrt. Im Grunde konnten sie das Mitleid mit der Königin, die in der Schwärze der dunklen Zelle nicht mehr die lebenslustige, putzsüchtige Österreicherin, sondern nur noch eine arme, gepeinigte Frau war, nicht ganz verbergen.

Bei aller Liebe zur Republik – aber was konnte dieser gebrochene, kranke Mensch noch bewirken? Hatte Hébert, der Journalist und Sprecher des Jakobinerclubs Angst, wenn er in seiner Zeitung, dem Père Duchesne, so gehässig schrieb: „Diese Hure ist zu allem fähig, das verruchte Weib, das in seiner Eitelkeit nun endlich einmal den Kragen des Henkers anprobieren soll! Macht sie fertig und zwar bald. Einen Kopf kürzer, wie ihren dummen Louis, der durch sie zum Hahnrei geworden ist…"

Ohne Aufsehen zu erregen, war es dem Gefängnisdirektor Michonis gelungen, Richard als zweiten Wachmann in die Conciergerie einzuschleusen. Schon bewährt als Vertretung für den allzu republikanisch eingestellten Gendarmen Grillard, teilte Richard sich jetzt die Wachablösung vor der Zelle mit dem in langjährigem Dienst stehenden Posten Antoine Boucher. Grillard war in ein anderes Gefängnis versetzt worden und ein junger und willigerer Kollege namens Nicolas Panier nahm jetzt seinen Platz ein. Die Summe, die man diesem jungen Mann anbot, würde er nie im Leben wieder so leicht verdienen können! Panier war sofort bereit gewesen und verdrängte jegliche Bedenken. Was sollte er für das Geld schon groß machen? Nur seinen Dienst tun und - Augen und Ohren zum gegebenen Zeitpunkt fest verschließen. Das konnte ihm später niemand ankreiden. Der Gefängnisdirektor würde schon wissen, was er tat.

Nur seinen Kollegen Gilbert, auch anfangs völlig ohne Skrupel, beschlich seit der Auswechslung seines Gefährten Grillard ein banges Gefühl, das er nie mehr ganz los wurde. Er war nervös und fuhr jedes Mal wie ertappt herum, wenn sich die Zellentür zu ungewohnter Stunde öffnete. Doch diesmal war es nur der Wachtposten Antoine, der in Begleitung einer neuen, unbekannten Bedienerin eintrat.

„Mademoiselle Rosalie ist erkrankt", knurrte Antoine mürrisch, „und der Gefängnisinspektor schickt uns Ersatz zur Bedienung der Königin und Reinigung der Zelle. Die Frau von Péléttier, Marie, hat vorher in La Force gearbeitet."

Die Gendarmen betrachteten flüchtig die Frau mittleren Alters mit der Baumwollhaube und nickten dem Wachmann kurz zu.

Es war so weit, das schon in allen Einzelheiten abgekartete Spiel konnte beginnen – in ihren Taschen klirrten bereits die Goldstücke und bald würden sie hoffentlich über alle Berge und aller Sorgen ledig sein. Die Verantwortung lag schließlich nicht bei ihnen, dafür war Michonis zuständig, der oberste Direktor der Gefängnisse von Paris, und dem konnte man einfach nichts anhaben.

Die Fremde in der schlichten, nicht ganz sauberen Kleidung einer einfachen Dienstmagd murmelte einen Gruß, band eine geblümte Schürze um und schlurfte in löcherigen Ledersandalen über den Steinboden. Dann stellte sie ohne ein weiteres Wort ihren Korb ab, nahm den Besen und begann, ohne Umstände die Zelle zu fegen. Die Königin saß stumm und totenbleich an ihrem wackligen kleinen Tisch und hielt ein Buch in den Händen, über das sie die Neuangekommene beobachtete. Sie war bereits angekleidet, in ihr schlichtes, schwarzes, schon abgenutztes Taftkleid gehüllt, das nur ein weißes Batistschultertuch aufhellte. Die grau gesträhnten Haare, im Nacken locker zusammengehalten, ließen sie älter aussehen und sie glich in nichts mehr der strahlenden Schönheit, die jahrelang die Mode diktiert und ganz Paris in ihren Bann gezogen hatte. Doch ihre Haltung war stolz, ihr Blick leidvoll, aber gefasst. Die neue Aufwartefrau begann, die Kissen des einfachen Bettes aufzuschütteln und das Laken glatt zu ziehen.

Die Gendarmen hatten sich mit dem Rücken zu ihnen in dem abgeteilten Raum der Zelle an einem kleinen Tischchen niedergelassen und setzten, nachdem sie mit einem Blick auf die beiden Frauen einige gedämpfte Worte untereinander gewechselt hatten, ihr Kartenspiel fort. Die leise, brüchige Stimme Marie-Antoinettes war kaum zu vernehmen.

„Wer sind Sie?"

Marie Péléttier, oder vielmehr die Marquise de Bréde - denn sie war es, die sich unter dem Habit einer schlichten Reinemachefrau verbarg - legte leicht den Finger auf den Mund und flüsterte:

„Jemand, der es gut mit Ihnen meint, Majestät! Haben Sie Vertrauen zu mir, ich helfe Ihnen, hier herauszukommen! Sie werden leben – Sie und Ihre Kinder! Gute und treue Freunde wachen über Sie und werden Sie niemals im Stich lassen! Ihr ehemaliger Schützling, der Chevalier de Rougeville ist einer von Ihnen; er wird kommen, Ihnen Nachrichten übermitteln und die Ihren entgegennehmen. Zeigen Sie vor allem keine Überraschung, wenn er in der Verkleidung eines englischen Touristen vor Ihnen erscheint. Rougeville wird sich benehmen wie die anderen, die aus Neugierde und gegen ein gutes Trinkgeld nur einen Blick auf die eingekerkerte Königin werfen wollen."

Marie-Antoinette, der die Worte Madeleines fieberhaft das Blut in die Wangen getrieben hatten, nickte erregt.

„Man sieht mich an, wie ein gefangenes Tier im Käfig... ich weiß." Zweifelnd, mit ängstlichem Gesichtsausdruck fuhr sie fort: „Aber ich kann mich doch nicht nur selbst retten, ohne an meine Kinder zu denken!"

„Majestät!", versuchte Madeleine ihre Bedenken zu zerstreuen, „Ihre Kinder werden in dem Moment frei sein, wenn Sie es auch sind!"

„Ich hatte so einen schrecklichen Traum heute Nacht!" Die Königin presste ihr Taschentuch gegen den Mund, um ein heftiges Husten zu ersticken. Erschöpft sah sie Madeleine an. „Vielleicht ist es nicht richtig, wenn ich fliehe, - ein Eingeständnis von Schuld, die ich nicht fühle!"

Die im Halbdunkel weiß aufleuchtende Stirn der Königin zog sich zusammen und ihre Mundwinkel senkten sich in tiefer Bitterkeit.

„Majestät, denken Sie jetzt nicht darüber nach – es ist der letzte Moment, dem Schafott zu entgehen. Später können Sie sich Ihre Verteidigung überlegen – in Freiheit! Aber jetzt will man nur Ihr Todesurteil - glauben Sie mir! Nur Sie und der Dauphin stehen der Republik noch im Wege! Man will Sie hinrichten und damit auch Ihre Anhänger mundtot machen!"

Madeleines Stimme wurde so eindringlich, dass einer der Gendarmen aufsah. War es die gefahrvolle Situation, die alle nervös machte, oder erkannte sie in den Augen des jungen Mannes Zweifel und ein gewisses Schwanken? Schnell sah er weg, doch die Königin begann am ganzen Körper zu zittern und Tränen traten in ihre Augen.

„Und wenn es misslingt – wenn ich es nicht wage?"

Madeleine antwortete nicht sofort, sie entnahm ihrem Korb zuerst einen zusammengefalteten Uniformmantel samt Militärmütze, steckte ihn unter die Matratze und legte die Bettdecke sorgfältig darüber.

„Es wird schon alles gut gehen! Verlassen Sie sich auf mich!", flüsterte sie beruhigend. „Vertrauen Sie mir! Ich werde Sie, wenn es soweit ist, persönlich in dieser Verkleidung begleiten!"

„Und wann ...wann kann ich damit rechnen?"

Madeleine zuckte die Schultern. „Das wird sich zeigen!"

Mit einem Seufzer legte sich die Königin nieder, während Madeleines Blicke noch einmal kritisch zu den Gendarmen hinüberschweiften. War ihnen wirklich zu trauen? Immer noch war der Zeitpunkt der Flucht ungewiss, aber wenn es dazu kam, dann zählten Minuten, musste jeder Handgriff stimmen. Madeleine selbst wusste nur so viel: Im entscheidenden Moment würde im Schutz der Dunkelheit der bestochene Kommandant Cortey mit seiner Truppe der Nationalgarde einmarschieren, denn diese bestand aus angeworbenen Royalisten, die man so verteilen würde, dass alle Ausgänge von den Eingeweihten besetzt waren. Glücklicherweise war in letzter Zeit im Konvent häufig darüber diskutiert worden, dass es besser sei, eine so hohe Gefangene während des Aufsehen erregenden Prozesses in einem Spezialgefängnis wie dem abgelegenen Temple aufzubewahren, statt in der so übel beleumundeten Conciergerie mitten in der Stadt, in der es wie in einem Taubenschlag zuging! So würde eine Überführung bei Nacht und Nebel kaum verwundern. Draußen würde der Chevalier de Rougeville die Königin empfangen, in einer Kutsche unerkannt aus der Stadt schleusen und sie für ein paar Nächte im Landhaus des Baron de Batz außerhalb von Paris unterbringen. Erst wenn die Luft rein wäre und die erste Aufregung sich gelegt hätte, sollte Graf von Fersen in Erscheinung treten und sie, als sein eigener Bursche verkleidet, über die Landesgrenze nach Österreich bringen.

Es war im Grunde der gleiche Plan, der im Temple im letzten Moment durch das zufällige Eintreffen des misstrauischen Schusters Simon, Mitglied in der Stadtverwaltung, vereitelt worden war. Damals war der Mann nach einem ausgiebigen Schwätzchen mit Michonis beruhigt wieder abgezogen, als er den Gefängnisinspektor persönlich zur Bewachung der Königin anwesend fand. Als er dann endlich ging, hatte aber der Zeitverlust alles so durcheinander gebracht, dass man vorsichtshalber die Aktion stoppte und abbrach. Diesmal gab es jedoch kein Zögern, kein Zurück mehr; nun war es fünf Minuten vor zwölf und wenn etwas geschehen sollte, dann musste es bald sein.

Das immense Vermögen des Baron de Batz hatte inzwischen seine volle Wirkung entfaltet und gewaltige Summen den Besitzer gewechselt. Ein hohes Ziel winkte. Alle wichtigen Männer an den obersten Regierungsstellen waren im Geheimen bestochen und für den Plan gewonnen, allen voran der vorausschauende Danton, der schon lange sah, dass das Schiff der

Revolution auf eine Sandbank zusteuerte. Der populäre Volksheld schloss bei der versprochenen Million die Augen, stellte sich stumm und taub und deckte den Gefängnisdirektor Michonis. Kein einziger würde wagen, auch nur seinen Namen im Zusammenhang mit der Flucht zu nennen; er, der die schlimmsten Hassparolen gegen die Königin schleuderte, war über jeden Verdacht erhaben! Doch als weitblickender Politiker wollte er sich auch nach beiden Seiten gleichzeitig absichern. Gelang die Sache, dann saß er am längeren Hebel, seine Position war gerettet und er musste sich nicht ständig im Sicherheitsausschuss rechtfertigen, in dem Robespierre auf den kleinsten Fehler von ihm lauerte und andere Abgeordnete versuchten, ihm ein Bein zu stellen. Ging irgendetwas schief, wäre es unmöglich, ihm etwas nachzuweisen. Überhaupt waren mittlerweile bereits so viele wichtige Persönlichkeiten in hohen und höchsten Positionen in das Komplott verstrickt, dass die Gefahr eines Verrats so gut wie ausgeschlossen erschien.

Die Blicke des jungen Gendarmen Nicolas, der Ersatzmann für den allzu republikanisch gesinnten Grillard, wanderten unzufrieden über die bunten Karten in seiner Hand und er seufzte.

„So ein schlechtes Blatt. Hab wahrscheinlich zu viel Glück in der Liebe. Du kommst."

Er zog die Stirn zusammen, strich sich über seinen schwarzen Schnurrbart und wippte auf dem harten Stuhl ungeduldig hin und her. Gilbert antwortete nicht gleich, sondern starrte versonnen auf die gemalten Köpfe auf dem biegsamen Pappkarton zwischen seinen Fingern, die er gar nicht zu sehen schien.

„Na was, schläfst du? Leg endlich aus, Träumer!"

Nicolas wurde ernst, beugte sich vor, um dem Kameraden, der nicht zuhörte, verständnislos ins Gesicht zu sehen und schlug dann laut mit der Faust auf den Tisch. Gilbert fuhr wie bei einem Gewehrknall zusammen.

„Ja, ja, ich… war noch nicht soweit!" Mit Gewalt versuchte er sich auf das Spiel zu konzentrieren. Er fühlte sich wie gerädert. Inzwischen waren ihm doch große Zweifel gekommen, die ihn nächtelang nicht mehr schlafen ließen. Auf was hatte er sich da eingelassen? Was wäre, wenn die ganze Sache aufflog? Würde man ihn nicht zur Rechenschaft ziehen? Schweißperlen traten ihm auf die Stirn, seine Hände waren fahrig und er konnte sich kaum mehr die Karten in seiner Hand merken. Von Zeit zu Zeit schweiften seine Blicke hastig und unruhig zu den beiden Frauen, der Königin und der neuen, falschen Bedienung hinüber. Man sah ihm die Angst und die trüben

Gedanken, die durch seinen Kopf fuhren, förmlich an. Was tat er da? Er verriet für vierhundert Louis d'Or die Republik - Judas der er war! Wie hatte er vorher in den Straßen gegen den König gewettert, und nun? Was würde man mit ihm machen, wenn alles herauskäme? Das Beil der Guillotine schien hinter ihm aufzublitzen, sich zu senken – ein kurzer Schlag und dann war es vorbei! Der Henker machte nicht viel Federlesen!

„Nicolas...", seine Stimme wurde zum Flüstern, „ich weiß nicht... wegen der Sache da - ich glaub, ich steig aus. Ich kann nicht schweigen. Wir kommen hier in Teufels Küche. Was nützt uns der Batzen Geld, wenn wir keinen Kopf mehr haben?"

„Ach, was, du Hosenscheißer", beruhigte ihn der andere, „man muss etwas wagen! Willst du ewig hier in der Dunkelheit hocken und Verbrecher bewachen? Ich will etwas Besseres in meinem Leben. Was meinst du, was wir mit dem Gold alles machen können! Wenn alles gut geht, wird niemand danach fragen, von wem es stammt – und wenn doch – dann haben wir eben nichts gesehen und gehört. Der alte Michonis trägt die Verantwortung – wir führen nur die Anordnungen aus. Uns kann keiner was anhaben!"

„Aber wie...", drängte der andere, „wenn Michonis selber dran ist – dann wird man fragen, warum wir nichts gemeldet haben. Vielleicht sollten wir wenigstens die Beschließerin, Madame Richard einweihen, dann haben wir die Verantwortung abgewälzt."

„Quatsch, hör endlich auf, Gilbert – du bist ein guter Kerl, aber was soll das bringen? Madame Richard liebt die Königin, sie hat Mitleid mit ihr, das sieht doch ein Blinder. Wahrscheinlich weiß sie alles, sonst wäre Rosalie als Bedienung nicht abgelöst worden und sie hätte sich schon längst hier blicken lassen. Jeden Morgen hat sie die Zelle persönlich kontrolliert und nach dem Rechten gesehen! Und gestern? Und heute? Und morgen wird sie auch nicht erscheinen, glaub mir. Also halt jetzt endlich das Maul. Hier, Pique Ass, was sagst du nun... zieh!"

Der junge Nicolas knallte die Karten mit solchem Nachdruck auf den Tisch, dass Gilbert erneut erschreckt zusammenzuckte.

13. Kapitel
Der geheimnisvolle Unbekannte

Der Morgen des zweiten Septembers erhob sich leuchtend über der noch ruhigen Stadt und schickte fröhliche Sonnenstrahlen in die dunkelsten Ecken und Winkel. Die noch teilweise sommerlichen Temperaturen brachten bereits die Spur einer deutlich kühleren Brise mit sich, in die sich ein paar herbe, erdige Düfte mischten, die der Wind von den Feldern außerhalb von Paris herbeitrug und der das undefinierbare Gemisch aus Mensch, Schweiß, Abfällen, Parfüm und Lebensmitteln ein wenig auffrischte. Etwas ungreifbar Herbstliches lag bereits in der Luft, ein matter Dunst mit der bangen Ahnung von Vergehen und Moder; eine gewisse Tristesse, die den unaufhaltsamen Untergang einer glänzenden Epoche erahnen ließ.

Amélie, die auf Valfleur den Übergang zwischen Sommer und Herbst so geliebt hatte, empfand die sanfte Schwermut dieser Jahreszeit diesmal als Bedrückung. Es war ihr, als spüre sie schon jetzt die durchdringende Kälte absterbenden Lebens, als fege der Winter, gleich wie die Revolution, bald alles Schöne und Blühende erbarmungslos hinweg.

Die Nachricht Shebas, sie habe mit Dimanche gesprochen, ließ jedoch jegliche Melancholie in ihrem Herzen verschwinden. Das Mädchen hatte tatsächlich ihr Versprechen wahr gemacht und Amélie unter rätselhaften Andeutungen eine mögliche Begegnung mit dem geheimnisvollen Jean Lavallier in Aussicht gestellt. Dieses Treffen, von dem Zwerg vermittelt, sollte ganz unverbindlich am Markt St. Honoré auf dem nahe gelegenen Place Valois stattfinden, wo immer ein buntes Treiben herrschte und sogar etliche Komödianten ihre Kunst zeigten. Amélie musste schwören, sich auf gar keinen Fall zu zeigen und sich auch dann nichts anmerken zu lassen, wenn sie den Besagten erkannte. Mit der ein wenig widerwilligen Erlaubnis Fabres, der mit Argusaugen über dem Kommen und Gehen seiner Frau wachte, brachen sie an dem bezeichneten Tag unter dem Vorwand, Einkäufe machen zu wollen, am späten Vormittag auf.

Amélie war aufgeregt wie ein kleines Kind. Schlaflos hatte sie die ganze Nacht wachgelegen und gespürt, wie die Spannung in ihrem Innern von Stunde zu Stunde stieg. Endlich war es soweit und die beiden Frauen saßen in der Kutsche, die sie zum Markt bringen sollte. Obwohl sie von ihrer neuen Herrin ein paar abgelegte Kleider bekommen hatte, trug Sheba wieder ihre weiße Bluse mit dem roten, rüschenbesetzten Zigeunerkleid, von dem sie behauptete, es bringe ihr Glück. Dem Kutscher gebot Amélie, etwas abseits in der schmalen Passage einer kleinen Gasse, der Rue du Rempart, anzuhalten. Es war etwa zwei Stunden vor der vereinbarten Zeit und sie sollten zuerst mit Dimanche besprechen, wie alles zu verlaufen habe. Der populäre Markt im Schatten der Église Collégiale St. Honoré mit Obst- und Käseständen, einem Altkleidermarkt, Trödel und allem möglichen Krimskrams war auch heute gut besucht und das drängende, turbulente Volksgemisch begünstigte das Vorhaben.

Mit einem großen Korb, in dem die Einkäufe verstaut werden sollten, drängte sich Sheba unternehmungslustig durch die Menge. Amélie folgte ihr blass und zerstreut, das dunkle Haar sorgfältig hochgesteckt und unter einem Strohhut verborgen. Ihr Herz klopfte wie rasend und sie fühlte sich wie in einem schlechten Traum.

„Madame, nur einen Sou die wunderschönen Brombeeren…, Schokoladenpulver aus St. Domingo… schauen Sie, die neuen Schultertücher, fein gewebt … auch in den Revolutionsfarben!"

Das übliche Stimmengewirr summte über dem Platz, die schmeichelnden Verführungen der Marktleute, die ihre Waren anboten, drangen vereinzelt an ihr Ohr. Mechanisch tat Amélie so, als prüfe sie die ausgestellten Dinge, während ihre Blicke unauffällig suchend von den beladenen Ständen zu den Gesichtern der Menschen glitten, die geschäftig vorbeieilten oder betrachtend stehen blieben. Die verkrüppelte Gestalt Dimanches war bisher nirgendwo zu sehen gewesen. Wenn er nun gar nicht kam? Wenn alles ein Lügenmärchen gewesen war?

Sheba bemerkte ihre Unruhe und flüsterte ihr beschwichtigend zu. „Dimanche wird uns schon finden – aber er ist scheu und fürchtet neugierige Blicke."

Mit diesen Worten zog sie Amélie zum Vorplatz der kleinen Kirche, auf deren breiten Marmorstufen wie üblich ein paar Bettler gegen das Geländer gelehnt müßig herumlungerten, in die Sonne blinzelten und den mitleidig gestimmten Besuchern die Hände nach einer Gabe entgegenstreckten. Als sie langsam an der steinernen Statue des heiligen Honoré vorbeischlenderten, stand plötzlich wie aus dem Nichts der verwachsene Zwerg vor ihnen. Amélie erschrak bei seinem Auftauchen; sie musste am kühlen Stein der Statue Halt suchen, während Sheba ihn herzlich und unbekümmert umarmte.

„Dimanche! Da bist du ja endlich!"

Sie küsste ihn ungeniert auf die Wange und einige Passanten starrten neugierig herüber und zeigten mit den Fingern auf das ungleiche Paar und die elegante Dame in ihrer hellgrünen Seidenrobe. Amélie begann sich unbehaglich zu fühlen, doch der Zwerg, dessen schwarzer, von unwillkürlichem Grinsen verzogener Fratze keine Gemütsbewegung anzusehen war, trat nun einige Schritte zurück und musterte sie aus der Distanz mit einem befangenen Blick.

„Madame d'Églantine kennst du ja bereits", begann Sheba mit einem unschuldigen Augenaufschlag und verhaltenem Kichern in der Stimme. Sie schob den Zwerg nach vorne. „Sag, wann werden wir den geheimnisvollen Lavallier sehen können?"

Amélie fühlte einen Stich im Herzen und wandte mit leisem Schauder ihren Blick von der abstoßenden Mimik des verwachsenen Gnoms ab, seinen halb verdrehten, weiß schimmernden Augäpfeln, mit denen er lauernd zu ihr hinaufschielte. Seine dunkle Haut war mit glitzernden Schweißperlen bedeckt, das entstellte Gesicht von krausem, abstehendem Haar umlodert. Warum starrte er sie jetzt so an und sagte kein Wort? Worauf wartete er? Nervös geworden, nahm sie ein Beutelchen mit Goldstücken aus der Tasche.

„Es ist nicht so, dass du das alles umsonst machen sollst. Hier... du bekommst, was du willst!"

Der Zwerg schüttelte heftig den Kopf und warf einen beinahe hilfesuchenden Blick zu Sheba hinüber. „Ich will kein Geld!", kam es trotzig von seinen verzogenen Lippen.

Sheba ergriff den Beutel an seiner Stelle, umfasste ihn wie ein ungehorsames Kind und sah ihn mit einem weichen, fast zärtlichen Ausdruck an: „Ich weiß, Chéri! Du tust das alles nur mir zuliebe!" Dann wandte sie sich Amélie zu und wisperte ihr ins Ohr: „Er ist manchmal ein bisschen schwierig!"

Amélie nickte gequält und krampfte die Hände um die Geldtasche. Doch jetzt schien der Zwerg Mut zu fassen. Er richtete sich auf und wies nach unten. „Sehen Sie dort den Brunnen? Um ein Uhr wird er dort sein!" Er hob beschwörend seine krächzende Stimme. „Meine einzige Bitte ist, dass Sie sehr diskret vorgehen! Er darf Sie nicht sehen! Das könnte uns alle ins Verderben stürzen!"

Dann wandte er sich um, winkte Sheba und Amélie ihm zu folgen und humpelte mit seinen kurzen, klumpfüßigen Beinchen, die Mühe hatten, seine verkrüppelte, schiefe Gestalt zu tragen, die Kirchenstufen hinauf. Er wies auf eine schattige Nische am Portal der Kirche, in der eine Marienstatue stand.

„Von hier aus können Sie den Platz am besten überblicken und sich notfalls auch dahinter verbergen!"

Amélie starrte mit trockener Kehle auf die Statue. Sie ergriff die Hand Shebas. „Glaubst du, er hält sein Wort?", flüsterte sie ihr leise zu.

„Ich habe Ihnen doch gesagt, auf Dimanche können Sie sich verlassen!", antwortete das Mädchen selbstbewusst.

„Schau Mama, was für ein hässlicher Mohr!", rief in diesem Moment ein kleines Mädchen und zeigte mit dem Finger auf Dimanche.

Amélie wich einigen Passanten aus, die sich mit einem Mal um den grotesken Zwerg wie um einen fremdländischen Gaukler scharten, in der Erwartung, er würde auf der Stelle irgendein Kunststück vorführen. Dimanche erschrak, drängte sich durch die Neugierigen und war unversehens hinter der Kirche verschwunden.

Sheba lachte, warf mit funkelnden Augen und lasziver Gebärde ihre schwarzen Haare in den Nacken, zog Amélie mit sich und bahnte ihr den Weg. „Machen Sie sich keine Sorgen, Madame! In einer Stunde wissen wir mehr!"

„Erst in einer Stunde!", wiederholte Amélie unsicher, während sie Shebas Hand wie einen Rettungsanker umklammerte.

Der Gendarm Gilbert wurde immer unruhiger. Unablässig grübelte er über seinen angeblichen „Verrat" nach. Er und Nicolas hatten in den letzten Tagen jedesmal diskret die Augen abgewendet, wenn der geheimnisvolle Fremde erschien und der Königin das kleine, immer frische Nelkenbouquet überreichte, das er in seinem Knopfloch trug. Auch der Einfältigste konnte sich vorstellen, dass darin wahrscheinlich geheime Botschaften versteckt waren! Er versuchte sich einzureden, dass ihn das überhaupt nichts anginge. Schließlich hatte er sein Geld schon bekommen! Aber die lumpigen vierhundert Louis d'Or, die bereits in seinen Taschen klimperten, war das wirklich genug, um ein neues Leben anzufangen? Er hatte von ganz anderen Summen gehört.

Stirnrunzelnd warf er einen Blick auf die neue Hilfe, Marie Péléttier, die mit der Königin ständig zu tuscheln hatte. Und dann ihr Mann Jean, der abwechselnd mit dem altgedienten Antoine draußen vor der Tür Wache schob und es zuließ, dass der angebliche, englische Tourist in den letzten Tagen jederzeit Zutritt hatte! Seine Kleidung wies ihn zwar als Bürgerlichen aus, aber man sah doch auf hundert Stunden, dass er kein einfacher Mann war!

Vierhundert für ein solches Wagnis? Lächerlich! Vielleicht fünftausend – oder gleich zehntausend Livres! Das war eigentlich nicht zuviel - für zehntausend, ja dafür konnte man schon mal seinen Kopf hinhalten – und nicht für diese lumpigen paar Hunderter! Er würde das Geld einfach verlangen und sonst... sonst sollten sie einen anderen Dummen finden! Seinem Kameraden Nicolas sagte er kein Wort. Das war doch ein Weichling, ein Schwachkopf dazu, der dauernd Mitleid mit der Königin hatte und nicht darüber nachdachte, wie viel bei dieser Sache wirklich zu holen war.

Sein Blick wanderte zu der neuen Bedienerin, die, den Kopf gesenkt, mit Besen und Putztuch hantierte, während die Königin reglos auf ihrem Bett lag und gegen die Wand starrte. In diesem Augenblick sah Madeleine hoch, ihre Augen trafen sich mit denen des Gendarmen und sie erschrak über den fordernden und agressiven Ausdruck, der sich darin malte. Sie zog ihr Kopftuch tiefer ins Gesicht und fegte heftiger den Unrat in die Ecke.

Seit sie im düsteren Wartesaal des Todes, der Conciergerie arbeitete, war es ihr nicht immer leicht gefallen, die Nerven zu behalten. Ständig fürchtete sie eine Entdeckung, nicht für sich, eher für Marie-Antoinette, die sie in ihr Herz geschlossen hatte und die nicht im Geringsten dem Bild entsprach, dass man sich von ihr in der Öffentlichkeit gemacht hatte. Die Königin war eine gebrochene Frau, krank und von Depressionen niedergedrückt. Würde sie das alles noch durchhalten, was auf sie zu kam, sie und ihr Sohn, der schwache Knabe, der noch im Temple schmachtete? Zweifel daran stiegen manchmal in ihr auf und sie wurde sich bewusst, auf welchem spaltbreiten Steg sie alle über dem Abgrund balancierten.

„He Marie! Schläfst du?", die Stimme Gilberts sollte gleichgültig klingen, doch sie schwankte unsicher. „Die Mahlzeit für die Königin – Madame Richard hat sie sicher schon in ihre Loge kommen lassen."

Madeleine fuhr zusammen. „Schon so spät? Ja, ich hole es gleich!"

Warum war es heute so still, warum ließ sich niemand blicken, nicht einmal die Frau des Beschließers?

„Es wäre zu schade, wenn das Essen kalt würde", beeilte sie sich zu Gilbert zu sagen, stellte die gebrauchte Tasse vom Frühstück auf das Tablett und legte das nur halb gegessene Croissant dazu, zusammen mit den übrigen Viennoiserien, die man der Königin selbst im Gefängnis nicht vorenthielt, um ihr wenigstens im kulinarischen Sinne etwas Gutes zu tun. Dann klopfte sie mit dem vereinbarten Zeichen an die Tür. Gilbert selbst riegelte von innen auf und die Wache draußen ließ sie passieren. Das Essen für Marie-Antoinette war vorzüglich, ein knuspriges Hähnchen mit feinem Kartoffelgratin und zarten Karotten. Jeder auf dem Markt gab nur das Beste für sie und der Koch mühte sich, es besonders schmackhaft zuzubereiten. Madame Richard überreichte ihr die Schüsseln und sah sie mit einem Blick des Einverständnisses von der Seite an, ohne etwas zu sagen. Auch ohne eingeweiht zu sein, hatte die Frau des Beschließers in Madeleine auf den allerersten Blick keine Zugehfrau aus dem Volk gesehen.

In der Zwischenzeit nahm Gilbert allen Mut zusammen und näherte sich vorsichtig der Königin. Sein Kollege hielt ein kleines Schläfchen und sein Kopf war zur Seite gegen die Wand gerutscht. „Psst!"

Marie Antoinette schreckte zusammen und ihre Augen weiteten sich, als der Gendarm vor ihr stand. „Was wollen Sie?"

„Mehr Geld!", antwortete dieser rasch und rücksichtslos mit verhaltener Stimme. Wozu lang Umschweife machen? „Zehntausend Livres", zischte er leise, „oder Sie können mit mir nicht rechnen. Ich bin doch nicht verrückt!"

Marie Antoinette war nahe daran, die Fassung zu verlieren und ihr ohnehin wachsbleiches Gesicht wurde noch transparenter. „Zehntausend? Ich habe nichts!", würgte sie mit Anstrengung hervor, „Sie wissen doch, dass man mir hier alles abgenommen hat! Später, später... gebe ich Ihnen soviel Sie wollen!"

„Später", höhnte der Gendarm heiser, „später, wer soll das glauben! Ich will es jetzt, auf der Stelle. Tun Sie doch nicht so, Sie haben sicher noch irgendwo was..."

Die Königin wich vor dem kalten, gierigen Glanz in seinen Augen zurück. „Ich schwöre Ihnen, ich... besitze nur das Notwendigste! Sie können alles durchsehen, wenn Sie wollen – ich spreche die Wahrheit!"

Der Gendarm schlug die Bettdecke zurück und die Königin flüchtete sich in eine Ecke hinter den Paravent. Hastig hob er die Matratzen hoch, schnitt mit dem Messer hinein, bis das Rosshaar hervorquoll und wühlte berserkerhaft in jeder Ritze. Der Uniformmantel und die Mütze fielen achtlos zu Boden und wurden mit einem Fußtritt in die Ecke befördert. Erst ein Klopfen ließ ihn einhalten.

Nicolas war erwacht und gähnte ausgiebig. Er erhob sich von seinem Platz, entriegelte die Tür und ließ Madeleine ein, die mit dem gefüllten Essenstablett die Zelle betrat. Misstrauisch warf er einen kurzen Blick auf Gilbert und fragte: „Ist was, Alter?"

„Nein, reine Routineuntersuchung. Wie jeden Tag!", war die lakonische Antwort, während er hastig alles zurückstopfte und die Decken darüber

198

schlug. Er winkte der Königin mit dem Gewehrlauf, sich auf die Bettstatt zu setzen und flüsterte heiser. „Schaffen Sie die zehntausend herbei...aber rasch und – bevor Sie hier verschwinden! Sonst garantiere ich für nichts!"

Mit rotem Kopf, Schweiß auf der Stirn, ordnete er seine Uniform und ging in seinen Bereich zurück.

„Die Witwe Capet hat nach der Wäscherin gefragt", beruhigte er seinen Kollegen und fügte zweideutig hinzu, „aber bald braucht sie sowieso keine mehr!"

Nicolas grinste: „Du sagst es. Aber da bin ich selbst schon längst über alle Berge." Salopp legte er die Beine in den hohen Stiefeln auf den Tisch und seufzte behaglich, „Auf jeden Fall raus aus diesem Loch! Und du?"

Gilbert antwortete nicht und tat so, als habe er die Frage nicht gehört. Er kratzte sich ausgiebig.

„Verflixt, in den alten Matratzen sind ne Menge Flöhe!"

Marie Antoinette, an allen Gliedern vor Angst schlotternd, legte sich wieder auf ihr Bett und bedeutete Madeleine, das Tablett auf das wacklige Tischchen zu stellen.

„Ich habe keinen Hunger", murmelte sie und drehte sich zur Seite. Fieberhaft schossen die Gedanken durch ihren Kopf. Jetzt, so kurz vor dem entscheidenden Moment, in dem sie die Conciergerie verlassen sollte, eine solche Forderung! Zehntausend! Was sollte sie tun? Wo so viel Geld auftreiben und von wem? Der Chevalier de Rougeville fiel ihr ein – vielleicht kam er heute! Sie musste ihm irgendwie eine Botschaft zukommen lassen! Dieser unverschämte Gendarm schien plötzlich größenwahnsinnig geworden zu sein. Aber wenn sie nicht nachgab, würde alles auffliegen.

„Gib mir das kleine Stoffsäckchen!"

Marie Antoinette richtete sich auf, als ihr Madeleine das Gewünschte reichte und sah sie mit furchtsam geweiteten Augen an.

„Was ist mit Ihnen, Majestät?"

Die Königin antwortete nicht. Sie kramte in fieberhafter Eile die feine Nähnadel hervor und begann, mit angestrengtem Blick und zusammengezogenen Brauen durch viele kleine Einstiche Buchstaben zu formen, mit denen sie den Fetzen Papier durchlöcherte, der in ihren verkrampften Fingern kaum ruhig bleiben wollte. „

Der Gendarm Gilbert verlangt Geld, so viel, dass ich nicht weiß, wie ich es aufbringen soll", flüsterte sie schließlich, ohne von ihrer Beschäftigung aufzusehen. „Gib dies Papier Rougeville! Er soll versuchen, die Summe aufzutreiben. So schnell wie möglich..."

Sie zögerte und ließ die Hände sinken.

Madeleine erschrak bis ins Tiefste, doch nach außen hin blieb sie ruhig, legte beschwichtigend die Hand auf den Arm der Königin. „Wieviel?"

„Zehntausend Livres", war die gehauchte Antwort.

Die Gedanken Madeleines überschlugen blitzschnell alle Möglichkeiten. Sie selbst verfügte in Paris über nicht mehr als dreitausend, die sie in bar und Assignaten in ihrem kleinen Zimmer versteckt hielt. Wegen der neugierigen Hausleute oder einer möglichen Durchsuchung des Zimmers hatte sie nicht gewagt, mehr Geld mitzunehmen.

Laut sagte sie, sich zum Tisch wendend: „Ihr müsst essen, Hoheit!"

Sorgfältig legte sie ein kleines Stückchen weißes Hähnchenfleisch auf den Teller und goss ein wenig Sauce darüber. Das Gemüse war zart und mit Butter und Kräutern zubereitet. „Essen Sie – wir werden einen Ausweg finden", forderte sie die Königin auf, die abwehrend den Kopf schüttelte, „Rougeville wird bestimmt noch einmal kommen… ich werde sehen, was ich tun kann."

Sie goss ein Glas frisches Wasser aus der einfachen Karaffe ein und reichte ihr die weiße Serviette. Dabei steckte sie die beinahe unsichtbare Botschaft in ihre Tasche, nahm den Besen, begann erneut zu kehren und näherte sich unauffällig dem Raum der Gendarmen. Mit einer Kopfbewegung machte sie Gilbert ein Zeichen, der sich daraufhin von seinem Platz entfernte.

„Muss ein paar Schritte gehen", ächzte er in die Richtung seines Kollegen, der die Karten mischte, „mir tut ganz schön der Rücken weh von der ewigen Sitzerei!"

Als er in ihrer Nähe war, wisperte ihm Madeleine mit geräuschvoller Schlurfbewegung des Besens zu. „Dreitausend!"

Gilbert schüttelte mit zusammengebissenen Zähnen stur den Kopf und tippte sich an die Stirn. „Zehn! Und sofort! Ich lass mich nicht hinhalten…" Er spuckte wie zur Bekräftigung aus und rief laut: „Vergiss nicht, den Teppich auszuschütteln, Marie. Er ist ganz feucht…"

Madeleine zuckte zurück, doch dann seufzte sie auffällig und kehrte den Schmutz mit einem ärgerlichen Schwung in die Ecke. „Dieser Dreck hier!", versuchte sie mit absichtlich keifender Stimme wie ein Marktweib zu schimpfen, „wo kommt das nur alles her! Es rieselt ja von den Wänden…"

Dann fügte sie verhalten hinzu: „Du bekommst das Geld. Hier! Gib das dem Monsieur, wenn er kommt! Dem mit dem Nelkenbouqet!" Sie drückte ihm die Zettel in die Hand, „Dann bist du bald reich!"

„Ich nehme dich beim Wort, sonst…", drohte Gilbert, doch der junge Nicolas, der die Karten neu ausgeteilt hatte, sah auf.

„Übertreib bloß die Putzerei nicht!", lachte er Madeleine an.

„Du bist ziemlich pingelig, meine Liebe! Besser du leerst erst mal die Nachttöpfe aus, das ist gescheiter! Ich sagte doch, drei mal am Tag! Da war Rosalie ein bisschen geschickter… und hübscher dazu!", murmelte er die letzten Worte in seinen Bart.

In fest geschlossener Kutsche und tief in die Stirn gezogenem Hut war de Montalembert an diesem Morgen mit mehr als bitteren Gefühlen an seinem früheren Palais vorbeigefahren, das nun Fabre d′Églantine gehörte. Es war gefährlich, sich in der Stadt zu zeigen, denn man kannte ihn noch zu gut - seine hoch gewachsene Gestalt, sein markantes Gesicht ließen sich nicht so leicht unter einer Verkleidung verstecken. Wehmütig betrachtete er die hohen, abweisenden Fenster in der Rue des Capucines, das geschlossene Tor zum Hof, sein steinernes Wappen und die beiden Statuen, die das Portal säumten. Alles schien wie früher und doch gehörte es ihm nicht mehr. Es war ihm, als presse sich eine eiskalte Hand um sein Herz und er musste fast gewaltsam nach Luft ringen. Endlich bogen sie in die Rue d′Antin ein und er atmete einige Male tief durch, um seine aufgepeitschten Nerven zu beruhigen. Um ein Uhr am Brunnen des Place de Valois! Warum hatte Dimanche ihn bloß so dringend an diesen öffentlichen Ort bestellt? Was konnte er ihm Besonderes zu sagen haben? Er nahm die Nachricht ernst; erfuhr doch der Zwerg in seiner Eigenschaft als „Mouton", einer der öffentlichen Spitzel in der Conciergerie, mehr als jeder andere.

Beunruhigt ließ er die letzten Ereignisse Revue passieren und forschte in seinem Gedächtnis nach einem ungewöhnlichen Zwischenfall. Doch es gab seines Wissens nichts, das nicht schon besprochen, vorbereitet und durchgespielt war und er sah gespannt der letzten Versammlung der Verschwörer im Palais des Anges am Nachmittag entgegen. Dann konnte es endlich losgehen! Heute und morgen hatte Antoine Dienst und übermorgen Abend würde er wie üblich seine Schicht als Wachmann übernehmen. Eigentlich konnte er die Stunde kaum mehr erwarten, in der er das letzte Mal im dunklen, feuchtkalten Gang Posten vor der Zelle der Königin bezog. Der eintönige Dienst, bei dem er die ganze Nacht in der modrigen, von den Seufzern der Gefangenen geschwängerten Luft des Kerkers ausharren musste, immer in der Angst, plötzlich festgenommen und verraten zu werden, hatte an seiner Kraft gezehrt.

Aber das Wichtigste war, dass der Plan gelänge, dass die Monarchie, die alte Ordnung und ihre Werte endlich wieder einen festen Platz einnähmen! Es war mehr als überfällig, dass die Guillotine bald still stand, dass diesen Wahnsinnigen, die alle Widersacher der Revolution ohne längere Verhandlung aufs Schafott schickten, endgültig das Heft aus der Hand genommen wurde!

Wenn die Königin gerettet und in Freiheit war, konnte die Armee des Prinzen von Coburg, die Truppen des Herzogs von Braunschweig aufrüsten, Paris belagern und endlich der Schreckensherrschaft ein Ende machen!

Der Place de Valois mit seinem unbeschwerten, geschäftigen Markttreiben lag jetzt vor ihm; in der Mitte der plätschernde Brunnen, auf dem ein Neptun im Kreise von Meerjungfrauen das Zepter schwang und im Hintergrund über breite Marmorstufen erreichbar, die alte Kirche St. Honoré. De Montalembert zögerte noch einen Augenblick, dann ließ er den Kutscher halten, entlohnte ihn und verließ das stickige Gefährt. Er war ein wenig zu früh vor dem verabredeten Zeitpunkt eingetroffen und schlenderte unschlüssig durch das Gedränge. Trotz der schwülen Luft hielt er den Mantelkragen hoch geklappt, das Halstuch fast bis zum Kinn gebunden und den Hut ganz tief ins Gesicht gezogen. Er war nervös und in Gedanken schon bei den versammelten Verschwörern im Palais des Anges, die ihn vielleicht schon erwarteten! Mit einem unterdrückten Seufzer sah er wieder zur Kirchenuhr hinauf, deren Zeiger nicht vorrücken zu schienen. Es war jetzt immer noch kurz nach zwölf.

„Gewonnen!", die verblüffte Stimme Nicolas, der die Karten triumphierend auf den wackligen Tisch schmiss, riss Gilbert aus seinen Gedanken, mit denen er schon die ganze Zeit wie benommen in die Luft starrte, „Was ist los - hab ich plötzlich eine Glückssträhne oder passt du bloss nicht auf? Drei Mal hintereinander gewonnen – obwohl ich das schlechtere Blatt hatte. Du schuldest mir zwanzig Sous!"

„Zwanzig Sous!", höhnte Gilbert verächtlich. „Was ist das schon gegen die Summe, die wir bekommen könnten!"

„Ach, das geht dir wieder im Kopf herum!" Nicolas gähnte mit weit offenem Mund, griff die Flasche, die in seiner Nähe stand und nahm einen kräftigen Schluck.

„Ahh! Bald kann ich mir mal was anderes kaufen, als dieses Gemisch da! Besser den Spatz in der Hand, als die Taube auf dem Dach, sage ich immer. Ich will sowieso hier weg – mir wird das Pflaster zu heiß! Ein entfernter

Vetter von mir ist ein adeliger Bastard! Wenn das aufkommt..., man weiß ja nie. Und so hab ich wenigstens was im Beutel!"

„Ja, du!", murrte Gilbert. „Du denkst ja nur von hier bis zur nächsten Ecke. Aber was wird, wenn sie uns schnappen?"

„Ach, hör doch auf mit deinen Unkenrufen. Könnt ja gar nicht besser laufen – wir machen doch nur, was Michonis sagt!"

„Hier", er hielt ihm die Flasche hin, „nimm mal einen guten Schluck, dann sieht die Welt schon anders aus!"

„Billiger Fusel!" Gilbert machte eine ablehnende Gebärde, sah finster vor sich hin und wischte sich mit dem Sacktuch die Stirn ab. Er schwitzte unablässig in der stickigen Kerkerluft, die ihm plötzlich beinahe den Atem nahm – jetzt waren es schon zwei der heimlichen Billetts mit fast unsichtbar durchstochenem Papier, die verräterisch in seiner Tasche raschelten und ihm den Geldsegen garantieren sollten. Aber wo blieb der Nelkenbringer? Sonst war er doch dauernd am Gefängnisgitter herumgelungert! Was wäre, wenn man die blöden Zettel bei ihm fänd! Er wollte sie endlich loswerden! Teufelsdonnerwetter! Ausgerechnet jetzt ließ der Kerl sich nicht mehr blicken! Aber nur Ruhe – vielleicht kam er heute und hatte dann das Geld gleich dabei! Möglich war's, die Reichen liefen doch immer mit einem Paket Scheine in der Tasche herum! Sollte er Nicolas einweihen? Aber dann müsste er ja teilen! Nein, alles auf eine Karte... bloß wenn das Geld nicht bis morgen Abend da war, wie die Königin ihm versprochen hatte, dann würde er.... Ja, was würde er dann tun?

„Los, komm!", forderte ihn Nicolas gutgelaunt auf. „Mach schon, ein neues Spiel, das treibt die dunklen Gedanken fort!"

Er mischte und gab aus. Stumpfsinnig sah Gilbert auf die Karten und legte fast widerwillig ein Blatt heraus.

Und wie, als wende eine tückische Schicksalsmacht im Buch der Geschichte die Seiten um und diktiere die Regeln des Spiels, so hielt der Chevalier de Rougeville es ausgerechnet an diesen beiden Tagen, als der Posten Antoine Boucher Dienst tat, für überflüssig, mit seinen gefälschten Besuchsscheinen noch einmal in der Conciergerie zu erscheinen. Aus seinen Nelkenbotschaften kannte die Königin die Umstände der Entführung und war vorbereitet. Seine neu gewonnenen Freunde, der Gefängnisdirektor Michonis und ein gewisser Fontaine, ein eingefleischter Jakobiner, mit denen er nahezu fast jeden Abend verbrachte, wiegten ihn außerdem in Sicherheit. Michonis hatte erst gestern in seiner Wohnung im Marais ein großes Dîner gegeben und verlauten lassen, alles liefe ganz nach Wunsch.

Das ihm zugeflossene Geld des Baron de Batz war bereits im Ausland und Michonis berauschte sich schon an den Möglichkeiten, die ihm dann geboten wurden. Auch ließ ihn die entgegenkommende Haltung der Königin glauben, er stehe mit ihr auf besonders gutem Fuß und habe eine glänzende Zukunft vor sich! Eine solche Frau konnte man doch nicht der Guillotine überantworten! Republik hin oder her!

Unglücklicherweise erfuhren dadurch weder er noch de Montalembert etwas von der prekären Lage, in der sich die Königin befand und das verzweifelte Billett mit der Bitte um zehntausend Livres konnte seinen Empfänger nicht erreichen. Für Madeleine, die ihren Dienst Tag und Nacht versah, war es unmöglich, ihren Platz als Aufwartefrau zu verlassen, um die Schließer, die das Kommen und Gehen kontrollierten, nicht misstrauisch zu machen. Sie wartete auf eine günstige Gelegenheit und hoffte immer noch auf das Erscheinen Rougevilles, dessen Abwesenheit sie sich nicht erklären konnte. Bis dahin war es nötig, den aufrührerischen Gilbert mit Versprechungen hinzuhalten. Madeleine hatte ihm die volle Summe in Aussicht gestellt und hoch und heilig geschworen, sie würde sich persönlich für ihn einsetzen. Dreitausend konnte sie selbst für ihn aufbringen. Immerhin nicht wenig für den Anfang!

Die Zeit verging für alle Beteiligten unerträglich langsam, die Stunden tropften wie zähflüssiges Blei und schienen sich in unendliche Minuten auszudehnen. Für die Insassen der beiden kleinen Kerkerräume stieg die Spannung ins Unerträgliche. Gilbert hielt sich vorläufig ruhig und machte nicht mehr den Eindruck, als wolle er seine düsteren Drohungen, die Sache auffliegen zu lassen, wahr machen. Doch das Billet der Königin brannte in seiner Tasche und er konnte es nicht loswerden. Jetzt befand er sich erst recht in der Klemme. Nach außen hin war er vorläufig auf den Vorschlag Madeleines eingegangen – aber in seinem Innern schwankte er noch.

Madeleine hatte in den letzten Nächten auf dem harten Notbett der Zelle schlecht geschlafen, von bösen Träumen gequält und von einer seltsamen Vorahnung, einer bohrenden Unruhe ergriffen. Der geldgierige Gendarm, dieses kleine Rädchen in der Maschine konnte, sich querstellend, ein ernstzunehmendes Hindernis bedeuten. Der Königin gegenüber ließ sie sich nichts anmerken, beruhigte sie und versicherte ihr, Rougeville würde den Burschen schon zufriedenstellen. Unablässig untersuchte sie in Gedanken alle Möglichkeiten, auf irgendeine Weise früher zu den Zehntausend zu kommen – aber die dicken Mauern des ehemaligen Königsschlosses vereitelten im vorhinein jeglichen Versuch. Also blieb nichts anderes übrig, als sich in Geduld zu üben, denn jeden Moment konnte das langerwartete Signal zur Entführung gegeben werden.

Sie rief sich noch einmal die einzelnen Schritte ins Gedächtnis. Der Plan war bis aufs Kleinste berechnet – jeder hatte seine Aufgabe: Jean Péléttier, alias de Montalembert, der ab heute Abend draußen Wache stehen sollte, würde Michonis mit seiner Delegation einlassen, die die Königin aus Sicherheitsgründen auf angeblichen Befehl des Konvents an einen anderen Ort bringen sollte. Sie, Madeleine, würde in einen Uniformmantel gehüllt, an der Seite Jean Péléttiers mitmarschieren, der die Delegation als Wache begleitete. Dimanches Aufgabe war es, die Türen der Conciergerie zu öffnen. Wenn alles glatt lief und sie rechtzeitig das Gefängnis verlassen konnten, würde es später so gut wie unmöglich sein, jemanden zur Verantwortung zu ziehen. Draußen wartete dann die Kutsche des Baron de Batz und im Schutz des Wagens sollten Madeleine und die Königin die Kleider tauschen, Marie Antoinette den Uniformmantel anziehen und die Kappe aufsetzen; Madeleine im schwarzen Kleid der Königin als Doppelgängerin ihren Platz einnehmen.

Der Plan schien genial und musste gelingen. Fast alle in der Umgebung der Königin waren mit Bestechungsgeldern zum Schweigen gebracht worden und fühlten in ihrem Rücken die starke Deckung Michonis, auf den sie sich im Notfall herausreden konnten.

Nur Gilbert war unzufrieden. Er zweifelte und es ließ ihm keine Ruhe, dass er für einen Hungerlohn seinen Kopf hinhalten sollte. Die Angst vor der Gefahr, das schlechte Gewissen, das ihn plagte, würde sich vielleicht nur durch genügend Geld besänftigen lassen! Es war, als flüstere es aus jeder Ecke des Gefängnisses: „Unter die Guillotine, du Verräter!" Er sah schon den Schatten des Henkers, die drohenden Gesten, mit denen er das Messer schärfte! Sogar die Blicke Antoines, des braven Wachmanns schienen ihm plötzlich voller Argwohn und heimlichen Verdachts. Der gute Mann tat wenigstens seine Pflicht und wusste von nichts. Vielleicht wartete er aber auch nur darauf, dass er, Gilbert, einen Fehler machte, um die Verhaftungsfalle zuschnappen zu lassen! Ihm war heiß, seine Ohren dröhnten vom ständigen Blutandrang - aber nichts ging voran, verdächtiges Schweigen überall, jeder schien den Atem anzuhalten. Weder Madame Richard, die immer die Zelle so genau nach der Sauberkeit kontrollierte, noch ihr Mann, der Kerkermeister, erschienen am nächsten Morgen. Alles blieb unheimlich still, wie in der Ruhe vor dem Sturm. Und der geheimnisvolle Unbekannte, der das Geld bringen sollte, war weit und breit nicht zu sehen! Gilbert verfiel in dumpfes

Brüten und sah überall Gespenster. Wenn er nichts bekam, dann musste er wenigstens jeden Verdacht von sich weisen. Also weg mit den albernen Zetteln, sie am besten verbrennen! Er hatte schon einen Span entzündet, als ihm plötzlich eine Idee kam. Warum sollte er sich eigentlich nicht Madame Richard anvertrauen, die sich so verdächtig im Hintergrund hielt? Er würde ihr einfach die beiden Zettel zeigen und sie fragen, was sie davon hielte. Es stand ja nichts darauf, wenn man von den beinahe unsichtbaren Nadelstichen absah. Mochte sie dann damit machen, was sie wollte. Damit hatte er sich elegant der Last der verräterischen Botschaft entledigt und den Vorfall gemeldet. Klappte die Sache, so bekam er vielleicht sein Geld – wenn nicht, dann hatte er ja seine Pflicht getan und stand völlig unschuldig da.

Entschlossen, und ohne Nicolas etwas davon zu sagen, ging er langsam durch die hallenden Gänge bis zur Loge der Frau des Beschließers. Der Kerkermeister Richard selbst hatte sich in weiser Voraussicht ein paar Tage beurlauben lassen und seine Frau, die wie immer strickend an ihrem Platz saß, sah ihm erstaunt entgegen.

„Gilbert? Sie? Gibt es irgendetwas Wichtiges, dass Sie Ihren Posten verlassen und zu mir kommen?" Ihr Ton klang beinahe abweisend und sie schien nicht wirklich wissen zu wollen, ob etwas nicht in Ordnung war.

Gilbert druckste herum. „Nichts... nichts direkt Außergewöhnliches eigentlich. Aber..."

Die beleibte Dame legte ihr Strickzeug zur Seite, rückte ihre Haube zurecht und bat ihn in die einfache Kammer.

„Nun, was haben Sie denn auf dem Herzen? Aber fassen Sie sich kurz, meine Zeit ist begrenzt; ich muss meine Kontrollrunde machen. Es wird sonst zu viel getratscht und die Zellen nicht richtig gesäubert."

Gilbert sah sie forschend an, er hoffte an ihrer Haltung irgendein Zeichen zu erkennen, das verriet, ob ihre scheinbare Gleichgültigkeit nur gespielt oder ob sie so unwissend war, wie sie tat. Er schwieg und stand tollpatschig und unschlüssig im Raum.

„Ich...ich", begann er hilflos, „wollte eigentlich nur fragen, wann die Wachablösung kommt. Der Dienstplan wurde geändert und Antoine..., also ich meine, Boucher, der Posten ist sich nicht sicher..."

Madame Richard schien erleichtert, setzte ihre Brille auf und blätterte in dem Heft vor ihr.

„Nun, wenn es weiter nichts ist. Also, um sechs Uhr kann er nach Hause gehen. Aber auf eine halbe Stunde hin und her wird es ihm ja wohl nicht ankommen. Sonst noch was?"

„Nein…, ich gehe wohl wieder…", stotterte Gilbert, im letzten Moment von seiner Courage verlassen und trat auf den nasskalten Gang hinaus. Doch plötzlich durchfuhr es ihn: „Feigling!" Das Blut schoss ihm glühend durch die Adern, in seiner Tasche brannten die Zettel wie Feuer und er riss die Tür noch einmal auf.

Madame Richard erschrak, als er wieder vor ihr stand. „Was ist denn noch? Sie sind ja so bleich wie der Tod!"

Gilbert fasste in seine Tasche und hielt die beiden zerdrückten Papierchen auf der ausgestreckten Hand vor sich hin. „Fast hätte ich es vergessen. Das hier… habe ich bei der Königin gefunden und natürlich gleich beschlagnahmt. Daher wollte ich es gleich in Ihre Hände legen!"

„In meine Hände!" Madame Richard wich entsetzt zurück. „Was habe ich denn damit zu tun!" Dann fasste sie sich, nahm die zusammengeknüllten Billetts und sagte, sich mäßigend und mit erzwungener Gelassenheit. „Das… das ist sehr aufmerksam! Ich weiß ja, Sie tun als treuer Republikaner nur Ihre Pflicht!" Prüfend nahm sie ihre Brille und entfaltete die beiden Zettel. „Es steht ja nichts darauf – ich glaube, das ist nichts Wichtiges und man kann es unbesorgt wegwerfen!"

Gilbert sah sie lauernd an: „Glauben Sie das wirklich? Es könnte ja auch eine geheime Nachricht sein. Vielleicht sollten wir das weitergeben."

„Natürlich, da haben Sie recht", bestätigte die Beschließerin hastig. „Überlassen Sie das nur mir. Wir werden die Sache genau untersuchen. Ich danke Ihnen für Ihre Wachsamkeit!"

Gilbert nickte und zog sich zurück. Ihm war, als habe er ein schweres Gewicht von seinen Schultern geladen. Egal, was geschah, es war nicht mehr sein Problem, jetzt sollten andere entscheiden, was zu tun war.

In die Zelle zurückgekehrt, klopfte er lächelnd dem über seine plötzliche gute Laune erstaunten Nicolas auf die Schultern: „Na, noch ein kleines Spiel, Kumpel?"

Der Angesprochene sah verwundert zu ihm auf. „Na, klar, Gilbert, warum auch nicht! Gib aus, mal sehen, ob du heute mehr Glück hast!"

14. Kapitel
Rendezvous mit einem Bettler

Amélie stand neben der Marienstatue, blinzelte angestrengt in die Sonne und versuchte, den Brunnen mit dem Neptun nicht aus den Augen zu lassen. Die Wasserfontänen fingen das Licht ein und ließen es schimmern und glitzern. Außer ganz normalen Passanten, Marktleuten, die dort eine Ruhepause einlegten, und Kindern, die sich gegenseitig mit Wasser bespritzten, war ihr noch niemand Besonderer aufgefallen. Der unaufhörlich plappernden Sheba, deren Gegenwart sie nervös machte, hatte sie erlaubt, sich eine Weile im verlockenden Marktgetümmel umzusehen und Einkäufe zu tätigen. Das Mädchen, ausgestattet mit einer gewissen Summe, war ihrer Aufforderung begeistert gefolgt und so sah Amélie nur ab und zu an den Ständen ihren wehenden, roten Rock aufblitzen, wenn sie dabei war, den großen Korb zu füllen.

Die Herbstsonne brannte jetzt unbarmherzig auf die Steine des kleinen, schattenlosen Platzes und erhitzte sie mit ihren mittäglichen Strahlen. Amélie fühlte sich nach der schlechten Nacht und all der Aufregung plötzlich erschöpft. Ihre Beine wurden schwer, das Seidenkleid mit dem Schal beengte sie und der Hutrand drückte unangenehm gegen ihre Schläfen. Es war nicht mehr lange bis zum versprochenen Rendezvous, aber trotzdem eine träge sich hinziehende Zeitspanne, in der sie nichts anderes zu tun wusste, als unablässig auf den Platz hinunter zu starren, damit ihr möglichst keine Bewegung am Brunnen entging. Sie nahm den Hut ab, aber ihr Kopf schmerzte wie in Eisenstangen gefangen – alles um sie herum schien sich zu drehen und vor ihren Augen flimmerte es. Sie hatte das Gefühl, jeden Augenblick in Ohnmacht sinken zu müssen. Der Trubel, das Stimmengewirr um sie herum dröhnte unheilverkündend und hallend in ihren Ohren. Sie schloss kurz die Augen und hielt sich an der Marienstatue fest, um nicht niederzusinken. Dann versuchte sie, ein paar Schritte auf und ab zu gehen, um kein Aufsehen zu erregen. Aber schon nach einer kurzen Weile musste sie sich hilflos gegen das aufwendig geschnitzte, mit Heiligen versehene Kirchenportal lehnen, das sich unvermittelt unter dem Druck ihres Körpers öffnete. Sie taumelte mehr, als sie ging, hinein. Kühle strömte ihr entgegen, Ruhe umfing sie und sie ließ sich schwer auf eine der Kirchenbänke fallen, den Kopf in beide Hände gestützt.

Ein paar Bettler saßen wie üblich auf den Stufen zur kleinen Kirche St. Honoré in der Sonne, dort, wo sie die Kirchgänger am besten zu einer kleinen Gabe abfangen konnten. Es war der Stammplatz der immer gleichen, ihren Sermon monoton herunterleiernden Gesellen, die den Besucher mit schwärzlichen Stummelzähnen angrinsten, die Hand mit bittender Geste ausgestreckt. Richard, der die Treppe zum Gotteshaus mit ein paar raschen Schritten genommen hatte, um die gesamte Umgebung besser überblicken zu können, streifte die abgerissenen Gestalten nur mit abwesendem Blick. Langsam stieg er wieder herab, umkreiste erneut den Brunnen und schlenderte dann ziellos, in seine eigenen Gedanken versunken, über den Markt. Obwohl er so tat, als betrachte er die Waren, so drang der Anblick der Stoffe, Hüte, Bänder und der Leckereien, wie Honig, Gewürze und exquisite Kakaopulver verschiedener Sorten nicht wirklich in sein Bewusstsein. Ungeduldig sah er wieder und wieder zur Kirchturmuhr hinauf, die endlich eins schlug. Er gab Dimanche nur noch eine kleine Frist, dann würde er verschwinden. Komisch, er war doch sonst so verlässlich – warum ließ er sich jetzt nicht blicken? Ob das Ganze eine Falle war? Das merkwürdige Gefühl, man könnte ihn beobachten, beschlich ihn plötzlich und hielt ihn ab, sich noch einmal zum Brunnen zu begeben. Aber er wollte jetzt nicht einfach davongehen, ohne zu wissen, warum Dimanche ihn herbestellt hatte! Ein paar Minuten würde er noch warten, um zu sehen, was weiter geschah. Den Mantel eng um sich ziehend, das bunte Marktgetümmel zu seinen Füßen nicht aus den Augen lassend, setzte er sich ganz in die Nähe der kleinen Gruppe Clochards, die auf den ausgetretenen Stufen kauerten und den fremden Eindringling, der nicht zu ihnen gehörte, mit abweisenden und scheelen Blicken streiften.

Madame Richard drehte aufseufzend die Augen zum Himmel, als der Gendarm Gilbert ihre Loge verlassen hatte und warf die beiden Papierfetzen energisch und mit Schwung in den großen Abfallkübel in der Ecke des Raumes. Diese übereifrigen jungen Leute! Jetzt noch mit so etwas daherzukommen! Es war doch alles abgemacht und tausendmal besprochen! Sie verstand nicht, was der Mann überhaupt wollte! Einer der beiden fein zusammen gefalteten, zerknüllten Zettel hatte sein Ziel verfehlt und war daneben gefallen. Er leuchtete auf dem dunklen Steinboden wie ein Mal und die Frau des Kerkermeisters bückte sich, um ihn aufzuheben. Plötzlich stutzte sie mitten in der Bewegung, während ihre strenge, aber gutmütige Miene sich mehr und mehr umwölkte. Man sah ganz deutlich ein Muster von Löchern, durch die der schiefergraue Boden hindurchschimmerte. Trübe Zweifel begannen, in ihr aufzusteigen. Sollte sie die Meldung des

Gendarmen wirklich kommentarlos übergehen? Wenn an der Sache etwas schief ging, konnte er später immer sagen: Ich habe ja Madame Richard die Billetts ausgehändigt! Damit wäre sie, die sich bisher geschickt aus allem herausgehalten hatte, verdächtig, von der Verschwörung gewusst zu haben. Kraftlos fiel sie auf ihren verschlissenen Sessel zurück. Diesem Gilbert war es tatsächlich gelungen, ihre vielgerühmte Gemütsruhe zu stören. Da waren auch wieder die bohrenden Kreuzschmerzen und der Schwindel, der sie in letzter Zeit immer überfiel, wenn sie intensiv nachdenken musste. Sie erhob sich mit einem unwillkürlichen Stöhnen, ging in der engen Loge hin und her und streifte unschlüssig mit scheuem Blick das noch am Boden liegende Papierknäuel, bis sie sich letztlich wieder auf ihrem Platz niederließ. Schließlich öffnete sie die Schublade des Pultes, entnahm ihr eine kleine Medizinflasche und massierte sich die Stirn mit einigen Tropfen der scharfen Kampfer-Tinktur. Sie atmete tief ein und aus und seufzte sorgenvoll mehrere Male laut auf. Jetzt war es natürlich zu spät, ihren Mann um Rat zu fragen. Was sollte sie also tun? Schwerfällig erhob sie sich erneut und bückte sich ächzend zu dem kleinen Papierstück herab. Dann fischte sie auch das zweite aus dem Kübel und hielt es sinnend in den Händen.

„Madame!" Die schüchterne Stimme des Hilfsmädchens Rosalie riss sie aus ihren Gedanken und sie fuhr mit ärgerlich auffunkelnden Augen herum.

„Was ist denn!"

„Madame, ich bin jetzt fertig mit der Zelle von Madame Roland! Man hat sie schon abgeholt – mit dem Karren." Ängstlich sah die Kleine sie an. „Ich hab ihr geholfen, die Haare abzuschneiden und daraus Locken für ihre Lieben zu drehen. Sie war so… gefasst – würdig und sehr schön, wenn ich das bemerken darf! Der Henker wird vielleicht Mitleid mit ihrer Jugend…"

„Schweigen Sie doch still, Rosalie und schwatzen Sie nicht so viel", keifte sie erbost das junge Mädchen an und schloss im selben Moment wie ertappt die Finger so fest um das Papier, dass es sich in ihrer feuchten Hand zu einem Klumpen zusammenballte. „Machen Sie Ihre Arbeit und sonst nichts! Wo kommen wir denn hin, wenn wir jeden bei seinem letzten Gang bedauern. Da sollten Sie sich lieber eine andere Beschäftigung suchen!"

„Ich meine ja nur - die arme Madame Roland!", schluchzte Rosalie auf, lief fluchtartig hinaus und ihre Schritte hallten hinter ihr unheimlich den Gang entlang.

Der Hausbesorgerin Richard lief ein kalter Schauer über den Rücken und sie fröstelte plötzlich so stark, dass sie sich fester in ihr gehäkeltes Schultertuch wickelte. Sie betrachtete die Stelle im Regal, wo sie die Kassette mit den Goldtalern gut verschlossen unter ihren persönlichen Utensilien aufbewahrte. Eigentlich wollte sie heute das gute Stück, unter ihrem Rock versteckt, mit nach Hause nehmen. Der wichtigtuerische Gendarm brachte mit seinen Zetteln wirklich alles durcheinander. Aber es stimmte, diese Sache war gefährlicher als alles andere! Es handelte sich schließlich um die Königin. Hatte sie jetzt etwa Angst? Es war noch nicht zu spät. Schließlich musste sie ja nicht alles erzählen. Nur dieses dumme Papier loswerden, von dem der Gendarm wusste. Die Figur des Henkers vor dem Blutgerüst tauchte wie ein unheimliches Mahnmal vor ihren Augen auf. Eine dumpfe Schwere legte sich wie ein Gewicht auf ihre Brust. Die Gewissheit wuchs in ihr, dass sie etwas tun musste - auf jeden Fall ihrem Vorgesetzten Clignard, dem zweiten Verwalter der Conciergerie das unschuldig aussehende Papier aushändigen. Der war ja auch einer von denen, die die Hand nach dem Geld aufgehalten hatten - und er wusste schließlich Bescheid. Und wenn Clignard nichts sagte, dann war sie aus der Klemme und hatte weitere Entscheidungen von ihr und ihrem Mann abgewälzt. Damit verstieß sie keineswegs gegen die Abmachung, die sie gegen Aushändigung des Goldes getroffen hatte! Entschlossen erhob sie sich zu ihrem schweren Gang und steckte die beiden Papierbällchen sorgfältig in die Schürzentasche.

Nach und nach wich der Druck in Amélies Kopf und sie konnte wieder freier atmen. Das Innere der Kirche war fast menschenleer und der tiefe Friede des Ortes tat ihrem aufgewühlten Herzen gut. Wohltuende, dämmrige Kühle herrschte ringsum und nur die Schritte vereinzelter Besucher hallten gedämpft auf dem zerbröckelten Mosaik des alten Steinbodens. Der Altar war zwar von groben Händen geplündert, alle silbernen Messgeräte entfernt, aber die Heiligenbilder an den Wänden lächelten wie immer in unbewegter Ruhe, milde und scheinbar nachsichtig auf sie herab. Irgendjemand, wahrscheinlich ein treuer, alter Küster hatte - Revolution, höchstes Wesen und Göttin der Vernunft hin und her - achtungsvoll die Kerzen vor dem Kreuz Jesu angezündet und einige matt gewordene Blumensträuße lagen zerstreut in Ermangelung der einst vorhandenen, messingfarbenen Vasen auf dem kalten Marmor. In respektvollem Abstand knieten ein paar alte Frauen, zusammengekrümmt und in ihre Andacht vertieft, im dunklen Kirchengestühl vor einer bemalten Marienstatue, die ein kräftiges, lebensfroh lächelndes Jesuskind in den Armen hielt. Die dunklen, harten Bänke knarrten bei jeder Bewegung. Amélie faltete die Hände und sprach ein leises Gebet. Es tat gut, so zu sitzen und ihre Seele in Gott ruhen zu lassen, durchströmt von der Stille und sanfter Gelassenheit dieses Ortes, dem kein noch so schreckliches Ereignis etwas anhaben konnte. Langsam beschwichtigte sich in der friedvollen Umgebung die Unruhe ihres Herzens und als sie aufblickte, schienen ihr die halb verwischten, mit einstiger Sorgfalt gemalten Fresken an den Wänden vergangene Geschichten der Heiligen zu erzählen, ihr Schicksal, ihre Zweifel und den Frieden, den sie gefunden hatten. Sie verwunderte sich plötzlich über ihre Sorgen, Richard mit der stummen Frage des „Warum" in die Augen zu sehen – oder aber einem völlig Fremden gegenüber zu stehen!

„Madame", das leise Murmeln einer brüchigen Stimme weckte sie aus ihrer andächtigen Versenkung, „verzeihen Sie, aber wir müssen die Kirche schließen. Die Anordnungen des Sicherheitsausschusses!" Ein kleines vertrocknetes Weiblein, das bunte Kopftuch fest um ihr faltenreiches Gesicht geschlungen, bewaffnet mit Besen und Staubtuch, hatte sie leise an der Schulter berührt.

„Anordnungen des Sicherheitsausschusses?", fragte Amélie überrascht.

„Ja, der Priester dieser Gemeinde hat den staatlichen Eid verweigert – und da hat man ihn verhaftet!", flüsterte die Alte und verdrehte die Augen nach oben, als käme von dort Antwort und Hilfe. „Aber wir öffnen die Kirche heimlich zu den Stunden des Marktes – in denen die Leute des Viertels ungestört beten können und ich hier ganz nebenbei für Ordnung sorge. Zwanzig Jahre habe ich geputzt und die goldenen Ornamente poliert! Nun ist der Altar vernachlässigt und voller Staub. Soll jetzt etwa alles verkommen? Der Strahlenkranz unseres lieben Jesus schwarz werden? Wenn er nur dort bleiben kann – diese gierige Bande hat hier schon so viel gestohlen! Möge der Zorn Gottes über sie kommen, dieses Republikanerpack... so wie sie unseren guten König ermordet haben, so wollen sie jetzt auch Gott töten! Aber das wird ihnen nicht gelingen!"

Die Alte redete sich in Rage, sah dann reuevoll zur Marienstatue auf, tupfte sich die Augen mit einem Zipfel ihrer Schürze und bekreuzigte sich, demütig flüsternd: „Möge die heilige Mutter Gottes mir verzeihen – man soll doch seinen Feinden vergeben." Mit diesen Worten huschte sie davon, noch einmal, quasi im Vorbeigehen verschämt den restlichen Staub von den unzähligen Nischen und Ecken der Apsis, den Marmorsäulen und den steinernen Statuen und Ornamenten fegend, so als müsse sie jede Minute ihrer freiwilligen Tätigkeit nutzen.

Die Glocke schlug ein Uhr, mit einem hohl nachhallenden Klang, der Amélie zusammenfahren ließ. Sie erhob sich überhastet und trat in banger Erwartung hinaus in das gleißende Sonnenlicht des frühen Herbsttages. Geblendet schloss sie die Augen und blinzelte hinter der vorgehaltenen Hand in den blauen Himmel. Als das schwere Portal mit den eisernen Scharnieren dumpf hinter ihr zuschlug, fuhr sie fast erschrocken zusammen.

Beinahe reglos, den Kopf in die Armbeuge auf die angezogenen Knie gelegt, saß Richard immer noch auf den harten Marmorstufen, die zur Kirche führten. Obwohl er den Blick ständig auf den Neptunbrunnen geheftet hielt, hatte sich dort nichts Verdächtiges getan. Kinder spielten am hervorsprudelnden Wasser, einige Leute kamen und füllten Flaschen oder Behälter mit dem wichtigen Nass; andere lehnten sich nur gegen das Geländer und sahen auf die spiegelnde Oberfläche. Ab und zu ließ er seine Augen über die bunte Marktszenerie schweifen und glaubte in einer versteckten Ecke die täuschenden Umrisse des buckligen Zwerges auftauchen zu sehen. Den Hut hatte er abgelegt und die Kapuze des Mantels halb über den Kopf gezogen. Er nahm kaum Notiz davon, dass mitleidige Passanten ein paar Münzen neben ihn fallen ließen. Gerade als er sich resignierend entschloss aufzustehen und zu gehen, fiel ein Schatten über sein Gesicht. Erstaunt sah er auf. Einer der Bettler, ein Einäugiger mit schwarzer Augenklappe, hatte sich, von den anderen aufgestachelt, in seinen stinkenden Lumpen drohend gegen ihn erhoben und schwenkte seinen Stock.

Mit rauer Stimme kläffte er ihn an. „Höh… du da! Du denkst wohl, du kannst hier absahnen! Verschwinde gefälligst… das ist unser Platz! Da könnte ja jeder kommen. Such dir gefälligst was anderes, mach dich fort."

Der Chor der zerlumpten Gestalten um ihn fiel beifällig ein. „Hau ab! Da könnte ja jeder kommen – das ist unser Revier – wir werden dir sonst Beine machen…"

Richard, zuerst halb empört, dann halb amüsiert über die Aufregung der Clochards, wandte sich zurück, um etwas zu erwidern. Doch dann verschlug es ihm die Sprache. Erschrocken und wie geistesabwesend blickte er an den Clochards vorbei. Seine Aufmerksamkeit war von einem Anblick gefesselt, der ihm durch alle Glieder fuhr. Er sprang auf, drängte den Mann, der mit dem schmutzigen Stock vor seiner Nase herumfuchtelte, unsanft zur Seite und starrte wie gebannt auf das sich öffnende, von der Sonne beschienene Kirchenportal, aus dem er wie eine Halluzination Amélie heraustreten sah. Das Blut schoss ihm in der ersten Aufwallung heiß ins Gesicht, die Beine begannen unter ihm zu wanken und der Atem stockte ihm. Wie lange hatte er sie nicht gesehen und nur von ihr träumen können!

Reglos und wie gelähmt dastehend, umfasste er ihre Gestalt mit seinem Blick. Sie war noch schöner geworden, als er sie in Erinnerung hatte. Das volle Sonnenlicht warf schimmernde Reflexe auf ihr ungepudertes, kastanienbraunes Haar und ließ es kupferfarben aufleuchten. Ihre Züge waren ernst, der Blick träumerisch und fast abwesend in die Ferne gerichtet. Das Licht schien sie zu blenden und sie hob mit einer graziösen Geste die Hand mit den weißen Spitzenhandschuhen und beschattete ihre Augen.

Wie hypnotisiert beobachtete er, wie sie ihr Taschentuch herauszog und sich damit sacht über die Stirn tupfte. Ihr Gesicht leuchtete rosig und golden, wie umgeben von einer Aureole heller Sonnenstrahlen. Alles Verspielte, Mädchenhafte war aus ihren Zügen gewichen, während eine neue, frauliche Reife und ein melancholischer Zug um die Lippen ihre Schönheit noch unterstrichen. Er fand in dieser eleganten Gestalt das ein wenig unsichere und verträumte junge Mädchen aus Valfleur, in das er sich einst verliebt und das er geheiratet hatte, kaum wieder. Dort stand eine selbstbewusste Frau, anmutig und berückend, von einer Vollkommenheit, die ihn berauschte. In einer instinktiven Regung unterdrückte er die aufsteigende Sehnsucht, auf der Stelle zu ihr zu eilen und sie in seine Arme zu schließen.

Aber hatte er nicht das Recht auf sie verspielt? Sie war mit einem anderen Mann verheiratet – und er hatte es zugelassen! Es durchfuhr ihn wie ein Dolchstoß und eine heiße Flamme der Eifersucht zerriss plötzlich sein Herz. Wie verzaubert hingen seine Augen an ihrer Erscheinung und er bemühte sich, alle Einzelheiten des Bildes in sich aufzunehmen. Sie hielt einen Strohhut in der Hand und in ihrem dichten, im Nacken gelockten Haar, das von einer duftigen Spitzenschleife locker zusammengehalten war, schimmerten winzige Nadeln mit kleinen Perlenköpfen. Das grüne Kleid war aus leichter Sommerseide und fiel, von weißen Volants mit gleichfarbenen Bändern gesäumt, glockig um die schmale Taille, an der es sich zu einer spitzenunterlegten Falte öffnete. Immer noch starrte er sie reglos an, wie einen Spuk, ein unwirkliches Traumbild. Sie sah über den Platz, als suche sie jemanden. Langsam begann sie, immer wieder stehen bleibend, die Treppen herabzusteigen.

Mit einem Schlag, fühlte er sich völlig ernüchtert. Hatte sie ihn gesehen, erkannt? Das durfte gerade jetzt, im ungünstigsten Augenblick seines Lebens, an der Wende, an der sich sein Schicksal und damit auch das ihre entschied, niemals geschehen! Doch ihr Blick ging achtlos über ihn hinweg und sie wandte ihm sogar den Rücken, abgelenkt von einer fliegenden Händlerin, die ihr wortreich Ware anbot.

214

Aufatmend nahm er seinen Hut, zog ihn tief ins Gesicht, im Begriff sich rasch und ohne Aufsehen davonzumachen. Doch im selben Moment sah er unten, am Fuß der Treppe mit gelassenem Schritt zwei bewaffnete Gendarmen vorbeispazieren, die wachsam um sich blickten und den Brunnen umkreisten, als seien sie auf der Suche nach jemandem. Richard fuhr zurück. Also doch eine Falle, schoss es ihm blitzartig durch den Kopf! Das konnte einfach kein Zufall sein!

Die Gendarmen marschierten bis zum anderen Ende des Platzes und Richard folgte ihnen aufmerksam mit den Blicken. Sie traten an einen dunklen Wagen und schienen dort ein paar Worte mit dem Insassen zu wechseln. Als dieser sich leicht aus dem Fenster beugte und den Kopf hob, um sich mit lässiger Geste ein Zigarillo anzuzünden, erhellte ein einfallender Sonnenstrahl seine Züge und Richard erkannte mit leisem Schreck unter den halblangen blonden Haaren das Gesicht Fabre d'Églantines, seines schärfsten Widersachers; des Mannes, der ihm kaltblütig alles weggenommen hatte, was ihm lieb und wert war. Aber nicht genug: Seit d'Églantine wusste, dass er den Septembermorden entkommen war, spürte er ihm heimlich nach und verfolgte ihn überall mit seinem Hass, um ihn zu denunzieren und damit für immer unschädlich zu machen. Nun, diesen Gefallen wollte er ihm gerade jetzt nicht tun!

Richard verzog sarkastisch die Mundwinkel. So leicht ließ er sich nicht in einen Hinterhalt locken. Aber er musste jetzt zusehen, wie er sich aus der Affäre zog. Den Atem anhaltend, blickte er wieder zu Amélie hinüber. Einer spontanen Eingebung folgend, duckte er sich rasch zu Boden, stülpte mit entschlossener Gebärde den Hut bis über die Ohren, schob die Kapuze darüber und gebrauchte dann rücksichtslos die Ellenbogen, um sich so nah wie möglich an die Seite der schmutzigen Bettler zu drängen, in die Mitte des verwahrlosten Grüppchens, das den Fremden schon vorher wütend beäugt und angefeindet hatte.

Sie stießen ihn zurück und murrten: „Hö, was soll das? Bist du lebensmüde, Fremder? Pack dich, du Scheisskerl! Hast du nicht gehört, was Pipou sagt, …du sollst abhauen - wir sind hier genug!"

Auch die anderen begannen zu revoltieren und der Pipou Genannte hieb ihm schmerzhaft seinen Stock in die Rippen. Richard wies den Vorwitzigen seinerseits mit einem heftigen Stoß des Kolbens seiner Pistole in die Schranken und flüsterte ihm drohend zu: „Rühr dich nicht oder deine letzte Stunde hat geschlagen!"

„Donner und Wolkenbruch…"

Pipou schnaubte wütend und versuchte sich aufzurappeln. Als er aber das dunkle Metall der Waffe unter dem Mantel des Fremden aufblinken sah, hielt er sofort ein. Seine Zunge stockte, er erbleichte und wich eingeschüchtert auf seinen Platz zurück.

„He, he, reg dich doch nicht auf - nicht so wild", flüsterte er beschwichtigend. „Sapperlot - hast du einen Schlag! Ich will ja nicht streiten…"

Richard legte den Finger auf die Lippen und flüsterte: „Kein Wort – oder es war dein letztes." Er sah auf seine dunkle Augenklappe. „Und gib mir die schwarze Binde, die du über dem Auge trägst, schnell, mach schon!"

„Hä? Was?" Der Alte starrte ihn verständnislos an. „Du bist wohl verrückt geworden! Die brauche ich selbst!"

Ohne weitere Erklärung riss Richard ihm mit einem Ruck die Binde herunter und stieß ihm gleichzeitig die Mündung seiner Pistole so energisch in die Rippen, dass er keinen Muckser mehr wagte. Die anderen verharrten wie erstarrt und warfen ihm eingeschüchterte Blicke zu.

„Leute bleibt ruhig! Setzt euch ganz dicht, so nah wie möglich, zu mir! Und seid still - ein Wort zuviel – und ihr schwimmt morgen tot in der Seine!", zischte er den verblüfften Clochards zu, die widerwillig, aber respektvoll ihren alten Platz einnahmen.

Mit einer Hand setzte er die Augenklappe auf, mit der anderen schlug er hastig den Mantel über seine Schultern und lehnte sich schlafend stellend, zusammengekauert gegen den Stufenvorsprung. Amélie würde vorbeigehen, ohne ihn gesehen zu haben.

„Merde!", murmelte Pipou und zwinkerte verständnislos mit seiner linken, leeren Augenhöhle, die sich grässlich blicklos wie ein Krater in seinem von unzähligen Falten durchzogenen Gesicht auftat. „Ein Irrer!" Er tippte sich mit dem Finger an die Stirn.

Seine Kumpane nickten furchtsam und blieben reglos sitzen. Aufpassen! Der Mann hatte den Verstand verloren und drehte durch! Das gab es manchmal. Am besten man ließ ihn solange in Ruhe, bis er sich von selbst wieder verkrümelte.

Amélie fuhr zusammen, als jemand ihren Arm berührte: „Die Trikolore, Madame, sehen Sie, selbst gefertigt – nur ein paar Sous!"

Sie wandte sich der verhärmten, jungen Mutter zu, die ihr Kind, in ein Tuch gebunden, auf dem Rücken mit sich trug und ihre selbstgefertigte Handarbeit anbot. Sorgfältig hatte sie mit Wollfäden an kleinen Emblemen der weiß-blau-roten Kokarde gestickt und versuchte nun, sie an Vorübergehende zu verkaufen. Da der Konvent inzwischen verlangte, dass jedermann das einfach aufzunähende Symbol an Hemd, Hut oder Bluse trug, fand sie immer ein paar Kunden. Mitleidig kaufte auch Amélie der Frau das Revolutionszeichen ab und schäkerte ein wenig mit dem zahnlos lächelnden Säugling, bevor ihr Blick von einem kleinen Tumult abgelenkt wurde, einem Streit zwischen den Clochards, die weiter unten auf eine milde Gabe der Kirchgänger warteten.

Den Blick auf den Brunnen fixiert, beschloss sie, die restlichen Sous den armen Kerlen dort unten zu schenken. Vielleicht brachte ihr das Glück. Durch Amélies teilnehmendes Interesse ermutigt, sahen die schmutzigen und verwahrlosten Bettler am Fuß der Treppe neugierig zu ihr auf, ein reiches Almosen witternd, das bei dieser Gelegenheit vielleicht von der schönen Dame für sie abfallen konnte.

Pipou hob den Kopf und pfiff leise durch die Zähne. O lala! Das Kleid, die Frisur, der Schmuck! So etwas sah man hier nicht oft. Da musste man gleich die Mitleidstour einlegen; das konnte sich lohnen! Wenn ihnen nur der Neue, dieser Verrückte nicht in die Quere kam! Doch der blickte gar nicht auf und schien unter seinem Mantel eingedöst zu sein.

Bevor Amélie zu dem verwahrlosten Grüppchen trat, überflog sie mit einem kurzen Blick noch einmal die Umgebung des Brunnens, der genauso in der Sonne lag, wie vorher. Auch Sheba war verschwunden und sie konnte sie im Marktgetümmel nirgendwo mehr ausmachen. Ihr Unbehagen wuchs – eine Viertelstunde war bereits vergangen, ohne dass sich irgendetwas getan hatte. Das Mädchen mit ihren vollmundigen Versprechungen – der Zwerg Dimanche, dem sie immer noch nichts anderes als Misstrauen entgegenbringen konnte! Wahrscheinlich war das Ganze nichts als Schaumschlägerei, eine abgesprochene Sache gewesen und die beiden hatten sich längst mit ihrem Geld davongemacht und amüsierten sich über die Einfalt, mit der sie ein so simpel gestricktes Märchen geglaubt hatte!

Die Clochards murmelten den leisen Chor gewohnter, monotoner Bitten und sie warf ihre restlichen Sous in die ausgestreckten Hände. Ohnehin wehmütig gestimmt, zog sich ihr Herz beim Anblick der in Lumpen gehüllten Krüppel, die sie mit flehenden Blicken ansahen, zusammen. Diese kleine Gabe, war sie nicht nur ein Tropfen auf dem heißen Stein? Kurz entschlossen nahm sie einen ganzen Louis d'Or, der wenigstens einem dieser Bedürftigen einen Platz in einem Asyl und ordentliche Pflege garantierte.

Ihr Blick fiel auf eine halb auf den Stufen zusammengekrümmte Elendsgestalt, einen Mann, der reglos, mit gesenktem Kopf dalag, bis zum Hals zugedeckt von einem weiten Mantel mit Kapuze, den Schlapphut tief in die

Stirn gezogen. Er schien von Fieber geschüttelt und nur eine schwarze Augenbinde schimmerte zwischen Hut und Kragen hervor. Ein Blinder also, der zweifellos schwerkrank war – vielleicht sogar dem Tode nahe! Wie unter einem seltsamen Bann näherte sich Amélie dem zusammengesunkenen, förmlich unter seinem Umhang begrabenen Menschen.

„Hören Sie…", begann sie leise und berührte sacht seine Schulter.

Der Kranke gab keine Antwort und regte sich nicht. Vielleicht war er gar bewusstlos, schoss es Amélie durch den Kopf. Dann gehörte er dringend in ein Bett, ein Spital, in dem man ihm vielleicht noch helfen konnte.

„Ist Ihnen nicht wohl, guter Mann?", fragte Amélie erneut und beugte sich ein wenig zu ihm herab.

Der Blinde verneinte mit einer leichten Neigung seines Kopfes, der sich noch tiefer zwischen die Schultern zu ducken schien. Dicke Schweißtropfen rannen inzwischen von seiner Stirn herab und hinterließen dunkle Flecken auf dem Stoff des Mantels. Amélie wandte sich entmutigt ab. Diesem Mann war eben nicht zu helfen. Sie legte den Louis d'dor vor ihn hin.

„Nehmen Sie das, damit können Sie sich Medizin kaufen!"

Unter dem Mantel war immer noch keine Regung zu erkennen.

Die anderen beobachteten die Szene mit finsteren und eifersüchtigen Blicken. Ein zahnloser Alter brummelte endlich, schlitzohrig zwinkernd: „Pah! Der ist ja gar nicht krank, liebe Dame. Ich glaube, der tut bloß so. Eben war er jedenfalls noch ganz munter. Aber geben Sie uns doch das Geld, wir heben es für ihn auf."

Er kicherte hämisch, während die anderen prustend zu lachen begannen. Der Einäugige neben ihm glotzte sie mit offenem Mund und einem Blinzeln der entzündeten, grässlich leeren und blutunterlaufenen Augenhöhle an und nickte, kühner geworden, zustimmend.

„Paco hat recht, der gehört ja gar nicht zu uns! Der hat uns bedroht und nimmt uns nur den Platz weg! Und dann will er auch noch das meiste Geld kassieren. Mir hat er sogar meine Augenbinde geklaut!"

Aufgebracht und mit neu erwachtem Mut versetzte er dem scheinbar hilflosen Nachbarn einen so kräftigen Tritt mit seinem löcherigen Stiefel, dass jener durch den unerwarteten Stoß von der Stufe rutschte und das Gleichgewicht verlor. Im Fallen öffnete sich ungewollt sein Mantel und der Hut rollte ihm vom Kopf. Gepflegte dunkelblonde Haare, von einem Samtband zusammengehalten, tauchten unter der schützenden Kopfbedeckung auf, ein wütend blitzender Blick aus blauen Augen über einer weißen Seidenkrawatte traf den Angreifer, bevor der vermeintliche Bettler rasch auf seine

218

eleganten, schwarzen Lederstiefel sprang. Das blasse, entschlossene Gesicht mit den geliebten Zügen, die große, schlanke Gestalt im dunklen Rock, all das, was Mantel und Hut bisher verhüllten, war nun für ein paar kurze Sekunden Amélies erstaunten Blicken preisgegeben.

Vor Überraschung und Schreck erstarrt, blieb sie ohne ein Wort, ohne die geringste Regung, fassungslos auf der Stelle stehen. Ihrer trockenen, zusammengeschnürten Kehle entrang sich nicht einmal ein Schrei. Unter Tausenden hätte sie dieses Profil, diese Statur wieder erkannt!

Doch der Mann ließ ihr keine Zeit, etwas zu sagen, er drückte, noch ehe sie reagieren konnte, den Hut wieder ins Gesicht, raffte den Mantel zusammen und war wie ein Geist unter den Händlern in der Menge verschwunden.

„Richard!", murmelte sie totenbleich mehrere Male vor sich hin, „Richard!"

Das hämische Lachen der Bettler hallte laut in ihren Ohren, als sie, sich hastig in ihren Röcken verheddernd, die Treppen herunterstolperte.

Ein fremder Kavalier packte sie beim Arm. „Sind Sie von den Schmutzfinken dort oben bestohlen worden, Madame? Kann ich Ihnen helfen? Die Polizei ist hier! Man sucht einen Aristokraten, Feind der Republik – er ist flüchtig…"

Sie stieß den Fremden ohne Antwort beiseite und lief, von ungeahnten Kräften vorangetrieben, hinter dem vermeintlichen Clochard her, die enge Gasse entlang. „Richard! Bleib stehen,…"

Erst als ihr der Atem ausging und sie, weitab vom Platz Valois und seinem Marktgetriebe, sich in den kaum belebten, engen Gassen einer unbekannten Gegend verlaufen hatte, hielt sie endlich ein und versuchte, Luft zu schöpfen. Er war es gewesen, zweifellos – sie hatte Richard gesehen! Das konnte keine Verwechslung, keine Sinnestäuschung sein! Oder etwa doch? Wie nach einem schrecklichen Schock sank sie in sich zusammen, während Tränen ihr Gesicht überschwemmten. Alles schien plötzlich nur noch ein seltsamer Spuk, ein Fantasiegebilde ihrer Gedanken! War dieser Bettler wirklich Richard gewesen und nicht irgendein Spaßvogel, der sie erschrecken wollte, der ihm vielleicht ähnlich sah… Und doch, die Augen, dieser Blick, der sie nur eine Sekunde getroffen hatte, wie ein Blitzstrahl!

Aber wenn das Richard gewesen war, warum blieb er dann nicht stehen? Hatte er Angst vor ihr, vor der Wahrheit, davor, ihr in die Augen sehen zu müssen, zu erklären, was in der Vergangenheit geschehen war? Sie wusste es nicht. Mit einem abgerissenen Absatz ihrer staubigen Schuhe in der Hand, humpelte sie schluchzend zurück, bis sie die schmale Gasse, die zum Place

Valois führte, erreichte. Am Fuße des steinernen Heiligen leuchtete ihr das rote Kleid Shebas schon von Weitem entgegen, die, den gefüllten Einkaufskorb im Arm, umrahmt von zwei Gendarmen in der Mitte eines kleinen Menschenauflaufs stand. Sie deutete gestenreich redend über den Platz, auf dem man offensichtlich jemanden zu suchen schien. Als sie Amélie kommen sah, schrak sie wie ertappt zusammen und machte mit ein paar leisen Worten eine fast unmerklich Kopfbewegung zu ihrer Seite. Mit einem kurzen Gruß zerstreuten sich die Uniformierten sofort in der Menge.

Tiefes Misstrauen gegen Sheba stieg wieder in Amélie auf, als sie ihr jetzt besorgt entgegenlief, so als habe sie die ganze Zeit nur auf sie gewartet. Was hatte der Fremde vorhin gesagt? „Die Polizei sucht hier einen Aristokraten…" War es etwa Richard, den sie meinten? Spielte dieses Mädchen ein doppeltes Spiel und hatte gar verraten, wen sie hier treffen wollte? Oder sah sie jetzt schon überall Gespenster?

„Madame… wo waren Sie bloß – ich habe überall nach Ihnen Ausschau gehalten!" Atemlos langte Sheba bei ihr an. Nichts am Benehmen des jungen Mädchens, ihrer Aufregung und der unschuldig fragenden Augen deutete auf ein schlechtes Gewissen hin. Als sie Amélies verstörtes Gesicht, ihre aufgelösten Haare und beschädigten Schuhe sah, schrie sie leise auf. „Oh Gott, was ist geschehen? Ich konnte Sie nirgendwo finden - die Kirche war zugesperrt. Ich hab mir Sorgen gemacht - den ganzen Platz abgesucht!" Sie dämpfte jetzt ihre Stimme zu einem triumphierenden Flüstern. „Haben Sie ihn gesehen, den geheimnisvollen Jean Lavallier? Dimanche hält immer sein Wort!"

Amélie versuchte in ihrer Verwirrung einen klaren Gedanken zu fassen. Irgendetwas in ihrem Innern war alarmiert und sie nahm sich vor, sich in Acht zu nehmen. Spielte Sheba ein falsches Spiel?

„Ich dachte einen Augenblick, dass er es ist", sagte sie so gleichmütig wie möglich, „aber dann erkannte ich meinen Irrtum!" Mühsam versuchte sie sich zusammenzureißen und mit fester Stimme fortzufahren. „Es war ein Fremder! Ich bildete mir ein, er habe eine gewisse Ähnlichkeit mit Richard… doch das war eine Täuschung. Er lief dann davon - wahrscheinlich vor der Polizei!" Sie lacht künstlich auf und schluckte die aufsteigenden Tränen hinunter.

„Der Mann, den Sie sahen, ist also davongelaufen?"

Sheba sah sie beinahe ungläubig an.

„Ja", antwortete Amélie kurz und zog ihr Taschentuch aus dem Ärmel. „Er kann es nicht gewesen sein. Und du?", lenkte sie ab. „Als ich aus der Kirche kam, warst du verschwunden und jetzt sah ich dich bei den Gendarmen stehen. Was wollten sie von dir?"

„Ach die!", antwortete Sheba, die nicht verhindern konnte, dass ihre Lider bei dieser Frage leicht flackerten. Mit wegwerfender Geste fügte sie hinzu. „Es war nichts Besonderes! Sie fragten mich, ob ich jemanden gesehen habe – einen Dieb…"

Amélie erinnerte sich an die Worte des Unbekannten, der ihr vorhin zu Hilfe kommen wollte. „…sie suchen hier einen Aristokraten, Feind der Republik…" Warum sprach Sheba dann von einem Dieb?

Als sie das Mädchen misstrauisch und zweifelnd ansah, fuhr Sheba empört auf. „Glauben Sie mir etwa nicht? Sie denken doch nicht… ich hätte etwas verraten – nur weil die Gendarmen zufällig hier vorbeikamen?" Ihr Gesicht nahm einen gekränkten Ausdruck an. „Niemals würde ich das tun. Ich schwöre… beim Leben meiner Mutter! Außerdem hasse ich Gendarmen wie die Pest…ich…"

Amélie bedeutete ihr zu schweigen. Dieses Mädchen würde ihr niemals die ganze Wahrheit sagen. Doch tief in ihrem Herzen ahnte sie dunkel, dass Sheba ihr immer noch nützlich sein konnte, auch wenn sie log und sie hinterging. Ohne sie hätte sie nie etwas über Richard erfahren, ihn niemals gesehen! Enttäuschung, ja beinahe Wut, erfüllte sie. Stumm und gekränkt bestieg sie die Kutsche. Sheba sah sie beklommen von der Seite an und als sie merkte, dass Amélie nicht sehr gesprächig war, verstummte auch sie und hoffte, sie würde einem genaueren Verhör gnädig entgehen.

In der Zwischenzeit, ohne dass Richard und seine Verbündeten auch nur das Geringste davon ahnten, entschied sich das Schicksal, nahmen die beiden so unschuldig aussehenden Billetts ihren Weg aus der Zelle Marie Antoinettes nicht wie vorgesehen zum Chevalier de Rougeville, sondern sie gingen durch viele zweifelnde Beamtenhände und verwirrten einige Gemüter, die im Grunde der Monarchie und vor allem der Königin zugeneigt waren. Aber der Kopf saß in diesen blutigen Zeiten so locker auf den Schultern, dass jeder die Verantwortung dem anderen zuschob, einem anderen, der ebenfalls eine solche Last nicht zu tragen wagte. Doch immer stand im Hintergrund der Auslöser, der Gendarm Gilbert, das blockierende Rädchen, ein Stein, der das sorgfältig eingefädelte Komplott in Gefahr brachte, stocken ließ und dafür andere Ereignisse ins Rollen brachte.

15. Kapitel
Entscheidung über Leben und Tod

In vollem Galopp sprengte Auguste den Weg zurück nach Châtillon, zum Schloss des Barons. Er musste dem unwilligen Pferd hin und wieder einen scharfen Hieb verpassen und ihm rücksichtslos die Sporen in die Weichen pressen, damit es nach dem ermüdenden Ritt überhaupt noch vorwärtsging. Der Feuerschein aus der Talmulde flammte jetzt hoch hinauf in den Himmel und der feuchte Rauch, der in dichten Qualmwolken von der Brandfläche stieg, stach ihm beim Näherkommen beißend in die Nase. Er zügelte sein Pferd am Saum des kleinen Wäldchens, das fast bis an den Schlossgraben heranreichte und stieg ab. Vorsichtig spähte er durch die Bäume und versuchte, zwischen den halb verkohlten Mauern des Schlosses, aus dem die Flammen schlugen, und dem darüberliegenden, schwarzen Rauch etwas zu erkennen. Pferde wieherten angstvoll, entfernte Befehle, Rufe und Stimmengewirr klangen an sein Ohr und er sah bewaffnete Soldaten durcheinander laufen.

„Die Blauen", fuhr es ihm durch den Kopf, „sie haben den Baron und seine Frau überfallen!" Henris Vorgefühl hatte sich doch bewahrheitet.

„Halt! Keinen Schritt weiter oder du bist ein toter Mann!", rief ihn eine raue Stimme an, „Was machst du hier? Gehörst du auch zu denen?"

„Nein!", Auguste wagte nicht, sich zu rühren. Verdammt! Warum hatte er sich so leicht erwischen lassen! Er machte eine leichte Neigung des Kopfes zum Schloss hin. „Ich bin einer von euch! Eben aus Paris eingetroffen…"

„Beweg dich, los", unterbrach der Soldat in der blauen Uniform der Republikaner, der als Späher unterwegs war, ihn grob, „das kannst du dem Leutnant erzählen!"

Er trieb Auguste mit groben Stößen seines Gewehrkolbens vor sich her. Dieser fand in der Dunkelheit gerade noch Zeit sich des weißen Emblems an seinem Revers, der verräterischen Kokarde der Royalisten, zu entledigen.

Je mehr sie sich dem Schauplatz näherten, umso stärker wurde die Hitze, die von dem brennenden Gemäuer ausging. Eine gezielte Kanonenkugel hatte den Turm zerstört und ein verborgenes Waffenlager zur Explosion gebracht. Dennoch wagten sich vereinzelt immer noch Männer mit rauchgeschwärzten Gesichtern hustend in das zusammenbrechende Bauwerk, um alles, was ihnen wertvoll schien, herauszuschleppen. Es gelang ihnen allerdings kaum mehr Beute zu machen, da der stürmische Wind die Flammenzungen über das Dach wie rasend auf die hölzernen Ställe im Anbau übergreifen ließ. Als sie die Kastanienallee überquerten, die zum Schlosshof führte, sah Auguste im Funkenregen mitten auf der Zugbrücke eine reglose Gestalt mit durchschossenem Schädel liegen. Er rieb sich die Augen, die höllisch vom aufsteigenden schwarzen Qualm brannten und versuchte, etwas zu erkennen. In diesem Moment fiel ein brennender Balken wie eine Fackel vom Dach aufzischend in den hochspritzenden Schlossgraben. Einen Moment lang erhellte das Feuer geisterhaft die entstellten Züge des Baron de Sabron, der sich sichtlich bis zum letzten Moment verteidigt hatte.

„Los, hier entlang!", der Soldat versetzte ihm einen heftigen Stoß, der ihn stolpern ließ und direkt vor die Füße des Kommandanten beförderte.

Als Auguste den Kopf hob, sah er geradewegs in die hochmütige Miene Ronsins, dem gefürchteten Brigadegeneral der Blauen, auf dessen Konto die letzten Siege der straff geführten Revolutionsarmee gingen. Er kannte ihn noch gut aus dem Dienst seiner Armeejahre und hatte gehört, dass man ihn neuerdings das „Eisenschwert der Hébertisten" nannte. Vor seinem Wechsel zu den Republikanern hatten sie zusammen bei La Rochelle gekämpft, wo Ronsin einen seiner spektakulärsten Siege errang.

„Was machst du hier, Bursche?", fuhr Ronsin ihn mürrisch an. „Bist einer der Briganten, nicht wahr? Sprich! In welchem Schlupfwinkel verstecken sich deine Kameraden?"

„Nein", beteuerte Auguste, „Ihr irrt Euch! Ich bin einer der Eurigen! Erkennt Ihr mich nicht, mon General?"

Der General stutzte.

„Augenblick! Lass ihn los", rief er dem Soldaten zu, der Auguste immer noch mit hartem Griff gepackt hatte und die Gewehrmündung schmerzhaft in den Rücken bohrte.

Auguste strich sich das feuchte Haar aus der Stirn und warf sich, so gut es ging, in die Brust. „Colonel Auguste de Platier! 14. Regiment der Feuerlinie von La Rochelle, erinnern Sie sich nicht?"

Ronsin zögerte, doch dann erhellten sich seine Züge. „De Platier – tatsächlich! Sie sind es, Mann? Aber was machen Sie denn hier, in diesem abgelegenen Loch?"

„Bin versprengt", erwiderte Auguste leicht verlegen, „hab außer ein paar Leuten meine Truppe verloren. Die Weißen, diese Bastarde von Briganten, haben uns hinterrücks überfallen und einige von uns massakriert. Sie müssen ganz in der Nähe sein."

„Tja, da bitte ich Sie um Entschuldigung, de Platier! Wenn wir Ihnen irgendwie helfen können… Am besten Sie schließen sich vorerst uns an, bis Sie neu eingeteilt werden. Wir können jeden Mann brauchen."

„Danke, danke", wehrte Auguste ab, „ich komme schon durch. Es gibt da hinten einige verletzten Kameraden – die möchte ich nicht im Stich lassen. Wir werden schon wieder zu unserer Truppe stoßen!"

„Wie Sie wollen – aber trotzdem wäre es besser, wenn Sie bei uns blieben. Diese verdammten Briganten lauern quasi hinter jedem Busch! Aber wir räuchern sie langsam aus, wie Sie sehen." Er deutete mit einem trockenen Auflachen auf das brennende Schloss und den Toten auf der Zugbrücke. „Dieser halsstarrige Idiot wollte partout nicht klein beigeben! Das hat er jetzt davon!"

Auguste nickte mit zugeschnürter Kehle und fragte vorsichtig. „Hat er allein hier gehaust?"

„Natürlich nicht!", knurrte Ronsin. „Seine Frau ist uns entwischt. In Männerkleidern. Ein verrücktes Weib! Sie ritt wie der Teufel durch den Kugelhagel und war im Unterholz verschwunden, bevor meine Leute ihr folgen konnten. Aber was soll's - eine Frau kommt hier sowieso nicht weit."

„Sicher!" heuchelte Auguste verständnisvoll. „Und die Leute des Barons?"

„Die haben wohl im wahrsten Sinne Lunte gerochen. Bis auf ein paar Alte sind sie auf und davon wie die Hasen! Aber die kriegen wir! Es ist Zeit, dass wir diese eigensinnigen Royalisten einen nach dem anderen mit Stumpf und Stiel ausrotten!"

Nachdem er Ronsin zugesichert hatte, er würde sich sobald wie möglich wieder bei ihm melden, fing er sein Pferd ein, das immer noch an der gleichen Stelle graste, schwang sich in den Sattel und ritt schleunigst davon. Nur ein Gedanke beherrschte ihn jetzt: Henri vor den Blauen zu warnen, die mit ihrem neuen starken Regiment, mit Kanonen und Kavallerie bereits Châtillon besetzten! Der Konvent schien seine Drohung wahr zu machen, die besten Generäle einzusetzen, um den Aufstand in der widerspenstigen Vendée niederzuschlagen!

Todmüde und erschöpft gelangte er schließlich ohne weiteren Zwischenfall ins Lager und machte dem Posten das verabredete Zeichen.

„Weck sofort General Rochejaquelein!", fuhr er ihn erregt an. „Ich habe wichtige Neuigkeiten für ihn! Ronsin ist mit einer ganzen Armee auf dem Vormarsch!"

Henri schien schwächer als gestern, er hatte Fieber bekommen und empfing Auguste mit schmerzverzogenem Gesicht auf seinem Lager. Der

Wundarzt hatte die entzündete Wunde in der Nacht mit einem in Alkohol getauchten Lumpen ausgebrannt. Es war eine Tortur gewesen, doch Henri hatte sie heldenhaft und stoisch ertragen. Auguste beschloss, ihm in diesem Zustand nur das Nötigste mitzuteilen. Henri schwieg eine Weile, bedrückt und nachdenklich. Dann richtete er sich halb auf.

„Was ist – mit Florence?" Seine blassen Wangen färbten sich lebhaft.

Auguste zögerte einen Augenblick, ob er dem Freund die ganze Wahrheit sagen sollte. Dann entschloss er sich, nur einen Teil preiszugeben. „Ich habe Florence den Brief übergeben…"

Die Augen Henris glänzten fiebrig auf. „Und? Was hat sie gesagt – wie sah sie aus? Beschreibe mir alles, ihr Aussehen, ihr Kleid!"

„Hier, nimm zuerst mal einen Schluck." Auguste nahm die verbeulte Blechtasse mit dem heißen Frühstückstrank entgegen, die der Bursche in diesem Moment gebracht hatte und reichte sie an Henri weiter. „Ihr Mann ließ sie nicht aus den Augen. Aber ich glaube, dein Brief hat sie sehr glücklich gemacht… ich bemerkte ihre Ungeduld!"

„Wirklich?" Ein seliges Lächeln trat auf die Züge Henris, der sich nun mit einem unterdrückten Stöhnen auf seinen gesunden Ellenbogen stützte und linkisch aus der Tasse trank, die Auguste ihm reichte. „Hast du Florence gesagt, dass sie mit ihrem Mann Schloss Sabron so schnell wie möglich verlassen soll?", beharrte er. „Ich möchte sie in Sicherheit wissen!"

Der Freund, der nicht wagte, die Wahrheit zu gestehen, nickte, ohne ihn anzusehen.

„Und als sie erfuhr", begann Henri erneut, schwärmerisch vor sich hin blickend, „ich sei verletzt – zuckte sie da zusammen… oder schien sie dir eher gleichgültig?"

Auguste stellte sich gelangweilt und verdrehte die Augen. „Mein Gott, ich erinnere mich nicht so genau. Sie… sie war wohl aufgeregt… das ist alles!" Als er sah, wie Henri enttäuscht die Schultern sinken ließ, fügte er hinzu. „Nun, wenn ich recht darüber nachdenke… ihre Wangen waren rosig, ja fast hitzig – und ihre Augen glänzten in einem gewissen Feuer! Ich muss zugeben, sie hat sehr schöne Augen, gefühlvoll - man könnte fast sagen, beseelt!"

Henri strich eine blonde Strähne zurück und ergriff euphorisch Augustes Hand. „Gefühlvoll, beseelt – ja, das ist wahr, du sagst es, du sprichst es aus. Diese Augen sind wie ihr ganzes Wesen – so zartfühlend, so schön, dass man für immer darin vergehen könnte!" Er ließ sich kraftlos auf sein Lager zurückfallen.

Die beiden Männer schwiegen jetzt eine Weile, jeder in seine eigenen Gedanken versunken. Auguste starrte durch die Zeltöffnung in die aufzuckenden Flammen des Lagerfeuers, das der Bursche draußen stärker anfachte, damit der Küchenmeister bald den Topf mit der Suppe darüberhängen konnte. Die Gesichter der Männer, die sich ringsum erhoben und am Feuer wärmten, sahen im Licht des frühen Morgens abgezehrt und hoffnungslos drein. Der Einsatz General Ronsins hatte sich im Lager bereits herumgesprochen und diente nicht dazu, die Stimmung zu heben. Die Kraft der tapferen Briganten war von den heißen Kämpfen der letzten Tage völlig erschöpft und der Zustand der Truppe keineswegs großartig. Sie hatten unerwartet viele Leute verloren und fast nichts an Kanonen oder Waffen erbeutet. Auch die Munition, die in den Schlössern der königstreuen Adeligen deponiert war, wurde rar, weil die Blauen jeden eroberten Besitz einfach niederbrannten. Wenn auch die Bevölkerung ringsum die Briganten hingebungsvoll verpflegte und nach Kräften unterstützte, so war es doch nicht einfach, der unzähligen Verwundeten Herr zu werden. Und nun war auch noch Rochejaquelein verletzt, ihr General, der sich jedes Mal todesmutig an der Spitze der Voranstürmenden in die Schlacht warf; er, der immer diejenigen ansporne, die begannen, langsam den Mut zu verlieren!

„Hast du etwas von den Engländern gehört?", fragte Auguste, die Stille unterbrechend. „Ich dachte, sie wollten mit neuen Waffen und einer Truppe Freiwilliger übersetzen und uns zu Hilfe kommen?"

„Ach", Henris Stimme klang resignierend. „Leere Versprechungen! Die denken doch auch nur daran, ihre eigenen Gebiete zu verteidigen. Die bedrohlichen Nachrichten aus Paris haben ihnen gleich das Herz in die Hose fallen lassen!"

„Als wenn es mit dem Teufel zuginge", Auguste sprang wütend auf. „Plötzlich erringt die Revolutionsarmee im Ausland Sieg um Sieg! Ich verstehe das nicht!"

Henri senkte den Blick. „Das ist leider noch nicht alles: Unser Kurier berichtete, dass in Paris Tag und Nacht auf öffentlichen Plätzen Waffen geschmiedet werden und man alles zu Blei einschmilzt, was nur aufzutreiben ist! Die Schmieden der Stadt sollen unablässig arbeiten, in einem Hämmern und Schlagen, in dessen Rhythmus die Leute ‚Ça ira' singen. Kannst du dir das vorstellen?"

Auguste hielt sich die Ohren zu.

„Ein grässliches Szenario! Die wollen uns unbedingt Angst einjagen – was sonst?"

Henri, der die Decke zurückschlagen wollte, um aufzustehen, verzog sein Gesicht vor Schmerz und presste die Lippen zusammen. „Sag den Männern, sie sollen alles bereit machen. Wir brechen in einer Stunde auf."

„Was?" Auguste sah ihn verständnislos an. „Du hast Fieber, Henri!"

„Na und? Man wird mich in den Sattel heben! Im Bett ist es auch nicht besser."

In diesem Augenblick hörte man draußen das Wiehern und den schnellen Galopp eines heranbrausenden Pferdes.

Der Posten des Lagers stieß einen rauen Ruf aus, in den sich der Ton einer hellen Frauenstimme mischte. „Vive le Roi!"

Auguste schob die Zeltplane ganz auseinander und spähte hinaus. In Männerkleidung, mit wehendem offenen Haar, den Schlapphut in der Hand, sprang Florence de Sabron aus dem Sattel und sah sich suchend um. Im grauen Morgenlicht war sie blass und geradezu von ätherischer Schönheit. Auguste schüttelte den Kopf – er hatte beinahe so etwas geahnt! Dann machte er ihr ein Zeichen mit der Hand und sie lief auf ihn zu.

Ein leiser Aufschrei entrang sich ihrer Kehle, als sie Henri auf seinem Lager erblickte, der fassungslos die Arme ausbreitete.

„Florence! Du?"

Statt einer Antwort stürzte sie an seinen Hals und Henri fühlte weder Schmerz noch Fieber in der Seligkeit, die Geliebte endlich an seine Brust zu drücken.

Die sanften Töne eines melancholischen Adagios erfüllten den Raum, zart angeschlagene Tasten erklangen in einer berückenden Melodie, die sich hob und senkte wie eine heranflutende Welle. Im Schein der sparsam flackernden Kerzen, der das Zimmer fast im Dunkeln liegen ließ, flimmerte das blonde Haar des jungen Pianisten bei jeder Bewegung seines Kopfes golden auf. Ein märchenhafter Zauber erfüllte die Luft, in dem nur die Musik regierte, die eine Geschichte erzählte, der Patrick voller Staunen zu lauschen schien. Wieder ging es ihm so wie damals beim ersten Mal, im Salon der Gräfin von Weinstein. Noch nie war ihm eine Komposition so nahe gegangen, so dicht an sein Herz gedrungen, hatte ihn so ganz berührt und erfüllt wie diese. Das war nicht nur Musik, sondern der perfekte Ausdruck des Neubeginns, etwas Unbeschreibbares, dem Worte nicht genügten. Und es verschmolz für ihn mit der unglaublichen Gewandtheit der innigen Interpretation des Pianisten, jenes jungen schönen Blondschopfes, der wie ein Bote am Horizont das neue Zeitalter zu verkünden schien.

Heute waren sie endlich allein im Domizil des Grafen, ohne seine Einmischung, sein störendes Geschwätz. Patrick gab sich ganz der Musik hin, dem Anblick der harmonischen Bewegungen, der konzentrierten Gesichtszüge vor ihm. Eigentlich war es ja seine Absicht gewesen, bei dem begabten jungen Künstler Unterricht zu nehmen, aber sie hatten sich nach einigen Übungen nun schon so in das neue Thema, den Entwurf einer Sinfonie jenes unbekannten Beethovens verloren, dass die Zeit verrann, der Abend angebrochen war, ohne dass sie es bemerkten. Patrick neigte den Kopf zum offenen Fenster, um aufsteigende Tränen der Rührung zu verbergen. Es war schwül und bewölkt draußen, Blitze zuckten am Himmel und ferner Donner grollte leise aus der Ferne. Seine sentimentalen Anwandlungen genierten ihn – er wusste nicht, was mit ihm los war. Wahrscheinlich lag es an der Untätigkeit, mit der er hier wartend seine Tage verbrachte, der Langeweile und Öde in diesem ereignislosen Landstrich, trotz der Bälle, der Dîners und dem Luxus, mit dem der Graf d'Artois ihn überhäufte. Zu Beginn dachte er wie alle anderen, dass es nicht lange dauern konnte, bis sie im Triumph nach Paris zurückkehrten. Dieser Zusammenschluss ungeschlachter Revolutionäre, von Räubern und Dieben fremden Eigentums konnte nicht lange bestehen; der erste, heftige Windstoß würde sie in alle Richtungen zerstäuben. Doch nun schien es anders zu kommen, die Rückkehr verzögerte sich, in Frankreich war inzwischen der Bürgerkrieg ausgebrochen, seine ehrgeizige Idee einer Karriere als Kanzler des Grafen, dem künftigen Ludwig XVII, drohte im allgemeinen Chaos zu versanden. Die sanften Anschläge verhallten und Patrick erwachte wie aus einem tiefen Traum. Der junge Pianist verharrte schweigend und sah fast trotzig und mit herabgezogenen Mundwinkeln auf seine feingliedrigen Finger.

„Es ist nicht das Gleiche – ich schaffe es einfach nicht so wie Ludwig!", stieß er verärgert hervor. „Ich kann die Töne nicht mit demselben Feuer zum Leben erwecken, es fehlt etwas, egal wie ich mich bemühe!" Er sah anklagend zu Patrick hinüber und klappte den Klavierdeckel ein wenig unsanft herunter. „Es tut mir leid! Wenn es nicht so klingt, wie ich es mir vorstelle, dann kann ich Ihnen auch keinen Unterricht geben. Meinen Freund, den Komponisten Ludwig van Beethoven müssten Sie hören – er spielt dieses Stück einfach genial!"

„Nein, ganz im Gegenteil", Patrick war voll Begeisterung aufgesprungen. „Sie irren sich! Es war wunderbar, himmlisch – einfach großartig! Es könnte nicht besser sein! Wenn Sie wüssten, wie mir Ihr Spiel zu Herzen geht!"

Enthusiastisch ergriff er die Hände des jungen Mannes.

„Sie sind ein begnadeter Pianist – ich gäbe viel darum, wenn ich einen solchen Anschlag hätte wie Sie. Mein eigenes Spiel ist dagegen doch nur ein Gestümper, ein seelenloses Geklimpere; ich weiß es wohl!"

Verlegen senkte Julius den Blick und befreite sich sacht aus dem Druck der mit Juwelen geschmückten Hände des Adjutanten. Er wusste nicht, was er dem gewandten, prächtig gekleideten Franzosen antworten sollte. Er war so anders! Noch niemals hatte er gesehen, dass jemand so viele, mit auffälligen Steinen und Brillanten geschmückte Ringe übereinander und an jedem Finger der Hand trug! Ob das in Frankreich üblich war? Kein Wunder, dass sich das Volk empörte! Und erst die Broschen, der Gürtel und das kostbare Spitzengeriesel um Hals und Handgelenke; ganz zu schweigen von der riesigen glitzernden Spange, die die langen, schwarzen Locken des extravaganten Barons heute zusammenhielt! Seine goldbestickte Brokatweste, die samtene Jacke mit den dunklen Schleifen und Brillantknöpfen... Nein, noch nie war ihm ein Mann begegnet, der einen solchen Aufwand mit seinem Äußeren trieb, seine unverhohlene Eitelkeit so offen zur Schau stellte – aber auch noch nie einer, dessen männliche Schönheit so ins Auge stach. Die Fürsten und Herzöge aus deutschen Landen kleideten sich hier doch entschieden bescheidener! Das schwere, orientalische Parfum, das Patrick d'Emprenvil umgab, betäubte ihn in seiner Nähe förmlich und er wusste plötzlich nicht mehr, was er ihm antworten sollte.

„Ich... Sie spielen übrigens auch sehr gut", murmelte er betreten, „gar nicht so schlecht, wie ich finde..."

Es kam ihm vor, als fasele er dummes Zeug, dieser Mann musste ihn wirklich für einen unreifen Jungen halten. Er ordnete die Notenblätter und legte sie zusammen. Ohne aufzusehen spürte er mit wachsender Unruhe die dunkel glühenden Augen des eleganten Adjutanten auf sich ruhen, und als er den Blick hob, erschrak er fast davor, dass ihr Ausdruck, in dem er vorher noch träumerische Sentimentalität gelesen hatte, sich plötzlich gewandelt hatte und er ihn wie ein sprungbereites Raubtier zu fixieren schien. Sie glitten mit herausforderndem Begehren über sein Gesicht, seine Gestalt, so als müssten sie alle Einzelheiten wahrnehmen, bevor sie sich mit beinahe hypnotischer Gewalt in die Seinen senkten. Julius Lider begannen zu flackern, er versuchte, den Blick abzuwenden, doch Patrick legte ihm jetzt mit einem selbstvergessenen Lächeln die Hand auf die Schulter. Ein warmer Strom durchlief ihn, vor dem er fliehen wollte, es aber nicht fertigbrachte.

„Sie können sich gar nicht vorstellen, was diese Musik... was Sie mir bedeuten! In dem Augenblick, in dem ich mich selbst verachtete... da erscheinen Sie wie ein Engel und bringen all meine Pläne, ja mein gesamtes Weltbild ins Wanken!"

„Aber der Graf…"

„Der Graf hat keine Ahnung… von nichts, nicht von Musik, nicht von Politik und vor allem, nicht von mir." Patricks Züge belebten sich mit einem jungenhaften Lächeln, das mit der kleinen Grube am Kinn so unwiderstehlich sonnig und heiter wirkte. „Ich habe mich entschlossen, mein Leben zu ändern – und diese Einsicht haben Sie mir gegeben…", er verbesserte sich, als er den Schrecken sah, der sich auf Julius Zügen malte, „Sie und die neue Musik dieses Beethoven."

„Ich?" Eine rote Welle der Verwirrung ging über die Wangen des jungen Mannes, er schlug seine langen, mädchenhaften Wimpern nieder und wusste nicht mehr, was er sagen sollte. Das alles schien ihm wie ein Traum, diese Lehrstunde, die keine war, die nicht abzustreitende Faszination, die dieser gut aussehende Fremde auf ihn hatte, der zwar alle männlichen Tugenden besaß, aber dessen innere Gefühlswelt so von der ihn umgebenden Menschen abwich! Sein unerfahrenes Herz, das sich heftig zu ihm hingezogen fühlte, wusste nicht, was es von all dem halten sollte. Eine warnende Stimme in seinem Innern erhob sich jedoch, schien ihn fernhalten zu wollen, von diesem fremden Schönling, der einem gefallenen Engel glich und der ihn mit seiner dunklen, geheimnisvollen Macht an seine Brust ziehen wollte. Doch ein unerklärlicher Bann fesselte ihn im gleichen Moment fest an seinen Platz.

Patrick beugte sich zu ihm herab, hob die Hand und strich ihm mit einer zarten Gebärde eine widerspenstige Locke aus der glatten, noch von keiner Leidenschaft oder Aufruhr des Herzens getrübten Stirn.

„Zeigen Sie mir einfach diesen wundervoll sanften Anschlag, den Sie beherrschen… und spielen Sie mir etwas von Ihren eigenen Kompositionen! Sie brauchen wirklich keine Angst vor mir zu haben, mein kleiner Liebling."

Bei diesem letzten Wort erwachte Julius aus seinem tranceähnlichen Zustand und mit einem lauten Knarren rückte er den Stuhl heftig nach hinten; er erhob sich übereilt, während er stammelte: „Angst? Durchaus nicht. Warum sollte ich auch? Aber wenn Sie gestatten – ich spiele vielleicht ein anderes Mal, wenn meine Mutter es erlaubt… ich glaube, ich bin auch nicht so recht vorbereitet!"

Patrick fasste mit verschattetem Gesicht seinen Arm: „Ich verstehe. Aber gehen Sie noch nicht, wir haben ja bisher noch gar nicht ernsthaft gearbeitet!"

In diesem Augenblick fiel die Tür mit einem hässlichen Geräusch ins Schloss und zerstörte die zauberische Stimmung auf einen Schlag. Begleitet von einem Leutnant der Garde du Corps stürmte der Graf d'Artois, den Hut in der Hand und ohne Perücke, die schon grau werdenden, aufgelösten Haare wirr über dem Kragen hängend, polternd ins Zimmer. Er war noch in Jagdmontur, nachlässig gekleidet, die helle Hose schmutzbespritzt und die Stiefel grau von Staub. Auf seinem breiten, rot angelaufenem Gesicht standen Schweißperlen, die Stirn war ärgerlich zusammengezogen und die vollen, weiblich geschwungenen Lippen fest zusammengekniffen.

„Parbleu, das habe ich mir doch gedacht. Für mich sind Sie krank – aber wohl gesund genug, um Ihre kleinen Freunde zu empfangen!"

Ohne den jungen Pianisten auch nur eines Grußes zu würdigen, baute er sich mit vorwurfsvoller Miene dicht vor Patrick auf, der mit einem überlegenen Lächeln in den Mundwinkeln einen Schritt hinter den Tisch zurücktrat und mit äußerlicher Ruhe aus der darauf liegenden Tabatière ein Zigarillo entnahm.

Patrick wusste genau, was jetzt kam. Der Graf würde ihm gleich eine dieser abscheulichen Szenen machen, die sich in letzter Zeit immer öfter zwischen ihnen abspielten, und er hoffte nur, dass der arme Bursche nicht Zeuge eines jener unkontrollierten Ausbrüche wurde, mit denen d'Artois ihn oft terrorisierte.

„Julius, wir setzen den Unterricht morgen fort – wenn Ihre Mutter es erlaubt, selbstverständlich!", beschied er dem eingeschüchterten Pianisten, der eilig die Notenblätter einsammelte. „Und vergessen Sie nicht, eine Ihrer eigenen Kompositionen mitzubringen. Ich bin sehr gespannt, sie zu hören."

Diese letzte Bemerkung konnte er sich doch nicht verkneifen, bevor er, so als handele es sich um ein kommendes Theaterstück, vor dem Grafen eine förmliche Haltung annahm.

„Ich freue mich, Eure Exzellenz schon jetzt zu sehen – bei dem Wetter ist ein allzu ausgedehnter Jagdausflug wohl nicht ratsam... ein Gewitter zieht auf..."

„Hören Sie doch auf Phrasen zu dreschen!", schnitt ihm d'Artois erbittert das Wort ab und schlug mit der Faust auf den Tisch. „Das hätte Ihnen wohl gepasst, dass ich noch länger weg geblieben wäre! Aber diesen Gefallen tue ich Ihnen nicht! Und überhaupt, was ist jetzt mit Ihrer angeblichen Indisposition? Während ich mir unnötige Sorgen mache, Ihnen meinen Leibarzt schicke... scheinen Sie ja wunderbarerweise wieder genesen zu sein!"

Julius, der schon die Klinke in der Hand hielt, fuhr zusammen, als eine donnernde Stimme ihm plötzlich Einhalt gebot.

„Hier geblieben, junger Herr! Sie können ruhig mit anhören, was ich zu sagen habe." D'Artois drehte sich mit einem höhnischen Auflachen zu dem unschlüssig an der Tür verharrenden Jungen um, der nicht wusste, ob er bleiben oder gehen sollte. „Ich möchte doch gar zu gerne diese lächerliche Farce mit ansehen, wie mein Adjutant, der so viele Instrumente geradezu meisterlich beherrscht, bei einem jungen Schnösel wie Ihnen Unterricht nimmt. Was können Sie ihm schon beibringen? Ha, Ha!" Sein Lachen klang krächzend und seine Stimme brach. „Los, wie sieht denn diese Lehrstunde aus? Gar zu gerne wäre ich Zeuge bei dem Tête-à-Tête, wo man, gemeinsam über Notenblätter gebeugt, die Köpfe zusammenstecken kann... wer lernt da bei wem was, ha?"

Er geiferte, Schaumbläschen traten auf seine Lippen und er rollte zornig die rotgeäderten Augen mit den schlaffen Lidern, während er anklagend von einem zum anderen sah.

Die Zornesfalte auf Patricks Stirn vertiefte sich und er sah, kleine Rauchwölkchen ausstoßend, den Grafen schweigend und mit jenem ironischen Ausdruck an, der ihn am meisten reizte.

„Ich habe Ihre geschmacklosen Auftritte satt! Endgültig!", die Worte fielen leise, aber trocken wie ein Pistolenschuss in die eingetretene Stille. „Das alles ekelt mich an!"

Mit einem Schlag war d'Artois so ernüchtert, als habe ihm jemand eiskalte Finger um den Hals gelegt. „Was heißt das... wie meinen Sie...", stotterte er heftig schnaufend.

Ohne den Satz zu Ende zu bringen, fuhr er sich mit den Händen verlegen durch das wirre Haar und heftete seinen Blick, in dem die Wut erloschen war, fast ängstlich auf das Gesicht Patricks. Die dunklen Augen seines Günstlings hatten jetzt den wilden, ungebändigten Ausdruck, den er an ihm fürchtete und der in ihm die Angst auslöste, eines Tages könne der schöne, gefangene Tiger ganz einfach aus seinem Käfig ausbrechen und ihn verlassen. Dann bliebe er ganz allein im Exil und die Sonne seines Lebens wäre mit der Hoffnung auf ein neues Leben für immer entschwunden. Wofür lohnte es sich dann noch, König zu werden, zu regieren, ohne den Vertrauten seiner Seele, ohne seine Stütze, seinen Rat?

„Dieser Bursche mit seinem Klaviergeklimpere hat Ihnen wohl völlig den Kopf verdreht...", eine Handbewegung ließ ihn innehalten und er spürte, dass er zu weit gegangen war.

Und in der Tat, noch nie hatte Patrick sich von seinem Gönner so angewidert gefühlt wie heute. Immer war es d'Artois gelungen, zumindest die Konventionen zu wahren, nie die Maske so völlig fallen zu lassen wie heute. Der ganze Aufzug des sonst so überaus eitlen und eleganten Grafen, der seine äußeren Mängel mit einem großen Aufwand an Gepflegtheit und kultiviertem Benehmen ausglich, der Verlust seiner Selbstachtung, der ihn in dieser Stunde in nichts von einem eifersüchtigen Bauernlümmel unterschied, ließ den letzten Respekt vor ihm dahinschmelzen.

Patrick sah ihn verächtlich an. Dieser Mann wollte König werden? Ein vulgärer Intrigant und eitler Rechthaber, der hier mit seinem Argwohn eine solch lächerliche Figur abgab? Er hatte nur noch den einen Wunsch: frei zu sein, fortzugehen, weg aus seiner aufdringlichen Nähe, der klettenhaften Anhänglichkeit, die ihm die Luft zum Atmen abschnitt.

Julius, unfreiwilliger Zeuge der Auseinandersetzung, war unfähig einen Schritt zu tun. Er hielt sich mit totenblassem Gesicht mühsam an der Türklinke fest und zitterte am ganzen Körper. Was hatte er nur getan? Wenn seine Mutter erführe, dass der zukünftige König von Frankreich so ärgerlich auf ihn war! Ohne d'Artois weiter zu beachten, kam Patrick jetzt gelassen auf ihn zu und legte ihm kameradschaftlich den Arm um die Schultern.

„Vergessen Sie das alles, Julius! Mein Wagen wird Sie heimbringen. Seine Exzellenz hat schlecht geschlafen, er ist launisch und wird morgen nicht mehr daran denken. Und - beunruhigen Sie Ihre Mutter nicht mit dieser dummen Geschichte."

Julius schluckte krampfhaft, verbeugte sich gegen den Grafen, der mit gesenktem Kopf wie ein gescholtener Schuljunge zur Seite getreten war und zog die Tür vorsichtig hinter sich zu, nicht ohne hinter sich den Gruß des Adjutanten „Auf morgen, um die gleiche Stunde!", vernommen zu haben.

Patrick trat zum Fenster und sah, nervös an seinem Zigarillo ziehend, in den Nachthimmel hinaus, während d'Artois mühsam versuchte, seine Fassung wiederzugewinnen, die verrutschte Krawatte zu ordnen und die Knöpfe seiner Weste zu schließen.

„Das... das haben Sie eben doch wohl nicht ernst gemeint?", fragte er schließlich unsicher.

Eine ganze Weile herrschte betretenes Schweigen, bis Patrick mit einem trockenen Satz die ganze Welt des Grafen zum Einsturz brachte: „Doch! Ich gehe nach Frankreich zurück", sagte er mit Nachdruck und ohne zu überlegen.

Seine Stimme war ebenso leise wie vorhin, doch dem Grafen, dessen Jähzorn so plötzlich wie er gekommen erloschen war, tönte sie wie eine Posaune in den Ohren.

„Nach Frankreich… allein?" Mit einem ungläubigen Lächeln stieß er hervor: „Wegen eines so lächerlichen Streites? Das können Sie mir doch nicht antun! Was soll aus unseren Plänen werden?" Er fiel in einen versöhnlich klingen sollenden Unterton. „Seit wann sind Sie denn so empfindlich? Das war doch nur ein Anfall von… mauvaise Humeur, wie… wie eine bedeutungslose Gichtattacke! Sie kennen mich doch! Vergessen Sie das Ganze! Und Ihr junger Fant da – meinetwegen nehmen Sie so viele Stunden, wie Sie mögen…"

„Ich sagte, ich habe es satt." Patrick schnellte mit wutglühenden Augen herum und versetzte dem Grafen, der sich ihm zu weit genähert hatte, einen kurzen Stoß vor die Brust. „Ich habe von Ihren Launen, Ihrem mauvaise Humeur, wie Sie ihn zu nennen pflegen, genug! Ich kann es nicht mehr ertragen, dieses Kalt und Heiss, das Theater, das Ihnen vielleicht die Langeweile in diesem Provinznest vertreiben soll - aber in mir jeden Respekt für Sie auslöscht!"

„Respekt! Ich dachte, es ist ein wenig mehr als das… ich gebe Ihnen doch alles!" Fassungslos sah ihn d'Artois an, den undezenten Stoß ignorierend. „Verlangen Sie, was Sie wollen, mon Cher….ich tue doch alles…."

„Ja", fuhr Patrick außer sich fort, „alles! Sie stopfen mich bis oben hin voll mit allem Kram, Luxus, Liebenswürdigkeiten, Empfängen, wichtigen Leuten und Versprechungen – aber ich kann nicht mehr – mir ist, als müsse ich all das ausspeien, mich erbrechen vor diesem überflüssigen Gewäsch, dem unnützen Warten, auf etwas, was vielleicht nie eintritt…"

Der Graf war blass geworden. „Wie meinen Sie das? Ich bin der Nächste auf dem Thron, bald bin ich König und wir werden zusammen zurückkehren… wie wir es erträumt haben… wir beide! Nehmen Sie doch diese kleine Streiterei nicht so ernst! Verlassen Sie mich nicht, ich flehe Sie an – wie soll ich durchhalten, ohne Sie!"

„Sie haben doch eine Frau, Kinder, eine Familie!", Patricks Unterton war jetzt zynisch. „Sie wird Ihnen Kraft geben!"

„Lächerlich!", protestierte d'Artois. „Eine Farce, diese Ehe! Das wissen Sie so gut wie ich! Also, was wollen Sie – zum letzten Mal; ich bin bereit, Ihnen alles zu geben, was in meiner Macht steht!"

Eine Pause entstand, in der Patrick auf und ab ging. „Ich will nichts – ich will einfach nur dieses Land verlassen und nach Frankreich zurückkehren!"

Seine Stimme klang beinahe trotzig. „Vielleicht möchte ich mich einfach nützlich machen…"

„Zurückkehren? Sie sind ja verrückt!" Der Graf fühlte sich wieder sicherer. „Wem soll das nützen, wenn man Sie sofort unter die Guillotine legt und einen Kopf kürzer macht? Dann sind Sie statt Kanzler nichts anderes als ein Märtyrer der Revolution, einer unter vielen, nach denen schon nach einer Weile kein Hahn mehr kräht!"

Patrick antwortete nicht, er starrte unbeweglich in den Himmel, als suche er dort nach einem Stern, der in der Dunkelheit verschwunden war. Er wusste, der Graf hatte recht. Die Konsolenuhr tickte aufdringlich in die eingetretene, bedeutungsschwere Stille, die an den Nerven zu zerren schien.

„Ich möchte Ihnen nur das Eine sagen", d'Artois besann sich auf seine Würde und richtete sich auf. „Wenn Sie mich verlassen, wenn Sie mir antun, dass ich mein Gesicht verliere - dann werden Sie das nicht überleben!" In seiner aufgebrachten, vor Erregung näselnden Stimme klang jetzt eine ernste, unverhüllte Drohung mit. „Dafür sorge ich. So etwas kann ich mir, nach all dem, was geschehen ist, nicht bieten lassen. Ich werde mich zu rächen wissen! Seien Sie also auf der Hut."

Er presste die Kinnbacken zusammen und sah sich wie gehetzt um, bis sein Blick an dem jungen, groß gewachsenen Gardeleutnant, der ihn in letzter Zeit immer begleitete, hängen blieb, ein rotblonder ehrgeiziger Bursche mit einem Athletenkörper. Dieser Mann wollte Karriere machen, egal was er dafür tun musste! Seine graugrünen Augen in dem hellen, wachen Gesicht unter den rotblonden Locken sahen ihn mit einem Ausdruck an, der zwischen Ergebenheit und einem ungewissen Versprechen lag.

„Wie heißen Sie eigentlich, mein Guter?"

Die Stimme des Grafen bebte noch vor unterdrückter Wut, während er ein paar Schritte auf ihn zu machte und ihn von oben bis unten musterte.

Der Gardeleutnant verbeugte sich devot: „Guy de Savalles, Exzellenz! Immer zu Ihren Diensten!"

„Zu allen?", fragte d'Artois beinahe lauernd und immer noch nach Fassung ringend, während er mit einer gezierten Bewegung den immer bereiten Fächer aus dem Ärmel zog.

„Selbstverständlich zu allen!", bestätigte der Leutnant mit Nachdruck und warf sich stolz in die Brust.

Sich mit heftiger Gebärde Luft zufächelnd, nickte der Graf ihm vielsagend zu und schickte ihm einen langen, bedeutungsvollen Blick, der nichts heißen sollte, aber alles versprach.

16. Kapitel
Zerreissprobe

Am nächsten Tag brach Auguste auf Henris Befehl mit einem Teil der Truppe auf, um sich nach Brissac zu begeben, dem zu einer kleinen Festung ausgebauten Schloss des verbündeten Grafen Fontevieux. Dort sollten sich die Männer vorerst verschanzen, neuen Proviant einholen und sich mit Waffen und Munition eindecken. Die Verletzten konnten dort in der Privatapotheke des Grafen angemessen behandelt und mit Medikamenten versorgt werden. Bevor es zu neuen Gefechten kam, war es aber auch dringend erforderlich, den anderen erschöpften Kämpfern eine kleine Ruhephase zu gönnen. Henri de la Rochejaquelein hatte beschlossen, mit seiner Garde und einigen Freiwilligen noch einen Tag länger im Lager zu bleiben, das in einem versteckten, unwegsamen und buschigen Gelände lag. Einmal, um eine mögliche Vorhut der Blauen abzuwehren, zum anderen, weil sein Zustand einen längeren Ritt bedenklich erscheinen ließ.

Florence hatte fast den ganzen Tag damit zugebracht, den Geliebten zu pflegen, um sein Wundfieber zu senken. Ihre bloße Anwesenheit, die sorgfältigen Salbenverbände und der Kräutertrank, von dem sie ihm alle Stunde ein paar Schlucke einflößte, zeigten schon nach kurzer Zeit ihre Wirkung. Schon am Abend war Henri völlig fieberfrei, während Florence ihrerseits in einen tiefen Schlaf der Erschöpfung fiel. Henri zog die Zeltplane zu, legte den gesunden Arm um Florence und bettete seinen Kopf an ihre weiche Schulter.

Als er beim ersten Morgengrauen nach einem erquickenden Schlummer die Augen aufschlug, fiel sein erster Blick auf die Geliebte, die im Halbdunkel auf dem Rücken liegend, den Arm auf dem Kissen unter dem Kopf verschränkt malerisch ausgestreckt auf dem Lager ruhte. Ihre hilflose Schönheit rührte ihn und sein Herz begann gleichzeitig wild zu pochen. Sie hatte Männerhosen und Reitstiefel abgelegt, nur das Hemd anbehalten und die weiße Schärpe locker um ihre Hüfte geschlungen. Vorsichtig richtete sich Henri halb auf und betrachtete verzückt ihr blasses entspanntes Gesicht, als müsse er sich jede Einzelheit für immer einprägen. Nun war sie bei ihm — nicht nur für kurze Minuten, die sie sich stehlen mussten, nein, sie gehörte ihm ganz, wenn er nur die Hand nach ihr ausstreckte! Seine Blicke glitten langsam über ihren halb entblößten Körper. Unter dem über die Schultern gerutschten, offenen Männerhemd war sie völlig nackt. Der dichte Schleier ihres hüftlangen, schwarzen Haares fiel in wirren Locken über ihre festen

236

Brüste, die sich im Rhythmus ihrer Atemzüge hoben und senkten. Im Schlaf schob sie nun bei einer leichten Bewegung die Decke von sich und das geheimnisvolle Dämmerlicht des Zeltes enthüllte vor Henris Augen den vollkommenen Körper einer üppigen Venus. Noch nie hatte er sie so gesehen: ihre samtigen Schultern, die weißen, festen Brüste über der schmalen Taille und den verlockenden Bogen der Hüften, mit den wohlgeformten Beinen.

Aufglühend streckte Henri die Hand nach ihr aus und streichelte, mitgerissen von seiner eigenen Begierde, sanft über die verführerischen Rundungen ihres weiblichen Körpers. Wie schön sie war, wie vollkommen! Wie weich sich ihre Haut anfühlte! Florence seufzte leise, streckte sich und drehte sich ihm zu. Der seidige Stoff der Schärpe löste sich von ihren Hüften. Henri schoss das Blut heiß durch die Adern. Er zitterte vor Verlangen, seine Hand auf die Wölbung und den Schatten zwischen ihren Schenkeln zu legen, doch er fürchtete, sie zu erschrecken. Leise entledigte er sich seiner Kleider, beugte sich vorsichtig über sie und berührte zart die Lippen der Schlafenden mit den seinen, um sie zu wecken. Ihre dunklen Wimpern zitterten, als sich ihre Augen langsam öffneten und ihn mit gespieltem Erstaunen ansahen.

„Henri!"

Er presste seine Lippen erneut gegen die ihren, diesmal heftiger und fühlte mit unsagbarem Entzücken, wie sie sich öffneten und seinen Kuss mit einer Leidenschaft erwiderten, die ihn in einen so heftigen Strudel der Lust stürzten, dass er weder seinen verletzten Arm noch eine Nachwirkung des Fiebers mehr spürte.

Florence drängte sich ihm entgegen. „Liebster!", flüsterte sie. „Endlich!"

Vorsichtig schob er das grobe Hemd ganz herab, vergrub sein Gesicht zwischen ihren weichen Brüsten und bedeckte die duftende Haut mit heißen Küssen. Florence seufzte und warf den Kopf zurück. Ihr Atem ging rascher, als Henri die rosige Rundung ihrer Brustwarzen zart mit der Zunge umspielte und er spürte triumphierend, wie sie sich, begleitet von einem leisen Aufstöhnen Florences, lustvoll zusammenzogen. Aufs Äußerste erregt tastete er über die Rundungen ihrer Hüfte und drängte sich stärker an sie. Ihre Schenkel öffneten sich jetzt wie von selbst und Florence murmelte mit halb erstickter Stimme immer wieder seinen Namen. Seine Hände wurden hastiger, erkundeten jeden Winkel ihres Körpers, bis sie sich schließlich wie spielerisch ihrem Schoß näherten. Der Druck ihrer Brüste, die sich fordernd gegen seinen nackten Oberkörper pressten, ließ heiße Wellen durch seinen Körper pulsieren. Er schob sie leicht von sich, doch Florence, die

Lippen halb geöffnet, die Augen geschlossen, bog ihm nun ungeduldig ihren Körper entgegen. Henri versuchte sich trotz seines jugendlichen Ungestüms noch zurückzuhalten und sein Verlangen zu bremsen. Wie in der Schlacht wollte er zuvor den Gegner schwach sehen, bevor er ihn besiegte. Erst, als er merkte, dass sie im Begriff war, die Beherrschung zu verlieren, genoss er den Triumph des Aufbäumens, mit dem sie sich ihm hingab, die Ungeduld, mit der sie es kaum mehr erwarten konnte, dass er ganz und gar von ihr Besitz ergriff. Eine wilde und blinde Lust packte ihn, ein Rausch, der alle seine Sinne gefangen nahm und der ihn alle Zartheit, alle Rücksicht vergessen ließ.

Die Welt versank, die beiden Liebenden im brennenden Taumel der Leidenschaft mit sich reißend. Florence klammerte sich an ihn, als wolle sie ihn nie mehr loslassen, Tränen strömten aus ihren Augen und ein selbstvergessenes Lächeln lag über ihrem Gesicht, als sie sich endlich voneinander lösten.

Wie gehetzt, mit langen Schritten lief Richard de Montalembert noch eine Weile ziellos durch die engen Pariser Gassen, bis ihm der Atem ausging und er schließlich vor dem weitläufigen Gebäude des Klosters St. Martin stehen blieb. Er sah sich nach allen Seiten um, jedoch nur gleichgültige und erstaunte Blicke der Passanten streiften ihn und niemand schien ihm zu folgen. Schweißgebadet entledigte er sich seines schweren Mantels und des Schlapphutes. Eine frische Brise umfächelte seine Stirn und brachte Kühlung. So gelassen wie möglich schlenderte er weiter und versuchte, Ordnung in seine Gedanken zu bringen. Amélie, seine geliebte Amélie! Plötzlich war sie vor ihm gestanden – und sie hatte ihn erkannt, das war ganz sicher! Was würde sie von ihm denken, nachdem er so schmählich vor ihr davongelaufen war, statt sie in die Arme zu schließen, wie seine erste Regung es ihm eingegeben hatte! Aber noch war es zu früh, sein Inkognito zu lüften, sich zu erkennen zu geben!

Er runzelte die Stirn. Die Gendarmen! Wie aus dem Nichts heraus, waren sie plötzlich aufgetaucht und hatten ihn verfolgt! War es vielleicht kein Zufall, dass Amélie und Fabre d'Églantine am Place Valois gewesen waren? Er hielt sich am schmiedeeisernen Geländer des Klostertores fest, als müsse er dort Halt suchen. Seit Langem war ihm bewusst, dass ihn d'Églantine als sein schlimmster Feind unerbittlich verfolgte! Ein hässlicher Verdacht keimte ihm in ihm: Hatte etwa Dimanche ihn mit dem Rendezvous in eine Falle locken wollen? Er schüttelte den Kopf. Niemals würde der treue Zwerg einen solchen Vertrauensbruch begehen! Doch was auch immer hinter dieser Komödie steckte, und welche Rolle Amélie darin spielte – er durfte jetzt nicht sein Ziel aus den Augen lassen: die Entführung der Königin! Erst, wenn das gelungen und Frankreich gerettet war, konnte er Amélie diesem schäbigen Betrüger und Schauspieler, der zweifelhafte Karriere gemacht hatte, wieder entreißen! Dann sollte sie entscheiden, auf welcher Seite sie stand – wen sie wirklich liebte!

Entschlossen sah er zurück. Harmloses Alltagsgewimmel umgab ihn. Er straffte die Schultern und schlug den Weg zum Palais des Anges ein. Es war so weit, die letzten Stunden vor dem Komplott waren angebrochen und die Verbündeten warteten sicher schon ungeduldig auf ihn. Diesmal musste der Plan gelingen – es war die allerletzte Chance, das Geschick Frankreichs noch einmal zu wenden!

Schon nach kurzer Zeit lag das elegante Palais mit den sich tummelnden Putten friedlich vor ihm in der Sonne und schien an diesem Nachmittag noch wie in einen Dornröschenschlaf versunken. Mit einem entschlossenen Ruck zog Richard die Glocke. Das große Portal öffnete sich so rasch, dass er bemerkte, wie ungeduldig man ihn bereits erwartet hatte. Mit unbewegtem Gesicht schloss der Diener die Tür hinter ihm und murmelte im Vorbeigehen diskret: „Madame hat sich bereits Sorgen gemacht." Mit einem merkwürdig flauen Vorgefühl, einer seltsamen, ungeduldigen Bangigkeit trat er ein. War irgendetwas Unvorhergesehenes geschehen?

Auch in der Conciergerie lag die Spannung fast greifbar in der Luft.

Langsam tropften in der Zelle die Stunden dahin. Marie Antoinette saß schon seit Stunden sorgfältig angekleidet, frisiert, aber mit versteinertem Gesicht auf ihrem Bett und ihr war, als könne sie die mit Zweifeln gemischte Aufregung, die sie erfüllte, nicht mehr lange ertragen. Selbst die beiden Gendarmen hatten aufgehört, Karten zu spielen. Sie lehnten reglos, das Gewehr in Position, zu beiden Seiten der eisenbeschlagenen Tür mit dem viereckigen Guckloch. Ab und zu spuckte der junge Nicolas, der sich jetzt auch eines mulmigen Gefühls nicht erwehren konnte, nervös auf den Boden. Nicolas und Gilbert sprachen kein Wort mehr als nötig miteinander und die Branntweinflasche war bis auf den letzten Schluck geleert. Jetzt konnten sie nicht mehr zurück – sie wussten es und waren auf ihre Rolle vorbereitet.

Draußen auf dem Gang rumorte es. „Bist du das Péléttier?", Nicolas erhob sich erwartungsvoll, öffnete das Guckfenster.

„Nein, immer noch ich, verflixt noch mal…" Ein bellender Hustenstoß hallte von den Wänden und Antoine, der Posten krächzte mit rauer Stimme. „Ich warte auf die Ablösung. Es wird Zeit, dass er endlich kommt, der säumige Monsieur! Es ist schon eine halbe Stunde über der Zeit!" Eine neue Hustenattacke erschütterte seine Brust. „Merde, hab mir wahrscheinlich was geholt hier, in dem feuchten Loch!" Er nieste zur Bestätigung, schlurfte heran und knurrte, durch das vergitterte Guckloch blinzelnd: „Mir reicht's – kann mich kaum noch auf den Beinen halten. Wo bleibt bloß der verdammte Péléttier? Schöner Wachmann, den uns Michonis da aufgehalst hat. Hab gleich gesagt, der taugt nichts! Wer weiß, was der früher gemacht hat. Hast du schon mal seine Hände angesehen? Von Arbeit merkt man da nichts! Was meint ihr, soll ich Meldung machen?"

„Nein… noch nicht. Geh lieber auf deinen Platz, der Péléttier wird schon kommen", stotterte Nicolas kreidebleich und schloss das Fenster wieder.

Er und Gilbert sahen sich mit angstvoll geweiteten Augen an, in denen die gleiche Frage stand.

„Vielleicht stimmt da irgendwas nicht!", murmelte Nicolas verwirrt. „Der Péléttier war bisher immer pünktlich." Unheilvolles Schweigen erfüllte für eine Weile den Raum, in der die beiden bei jedem Geräusch auf dem Gang aufhorchten. „Was sollen wir sagen, wenn er Meldung macht?" Nicolas fuhr sich durch die Locken und begann, nervös an seinen Nägeln zu kauen.

„Du, hör mal!", druckste Gilbert mit rotem Kopf und aus allen Poren schwitzend herum. „Ich muss dir was sagen…" Er zog den jungen Burschen hastig beiseite. „Ich glaub, ich hab Mist gebaut - noch mehr Geld verlangt. War mir einfach zu wenig. Natürlich wollte ich mit dir teilen – ist doch klar…"

Nicolas riss sich los: „Teilen - du? Jetzt brauchst du nichts mehr sagen, du Idiot – ich hab doch die ganze Zeit gewusst, dass du was im Schilde führst!"

„Hör zu, die Sache ist wahrscheinlich schiefgelaufen – aber uns kann gar nichts passieren. Ich hab die Verantwortung auf Madame Richard abgeschoben!"

„Welche Verantwortung?" Nicolas sah ihn entgeistert an. „Wovon sprichst du denn?"

„Na, ja…" Gilbert zögerte, wischte sich den Schweiß von der Stirn und sah sich nach allen Seiten um. Die beiden Frauen, beunruhigt über das heftige Geflüster und die Nachricht, Péléttier sei nicht gekommen, sahen zu Tode erschrocken zu den Gendarmen hinüber.

„Eine kleine Zeitverzögerung", beruhigte Madeleine, die einen dumpfen Druck von drohendem Unheil auf ihrer Brust spürte, die Königin und ergriff ihre eiskalte Hand.

Marie Antoinette, wachsbleich unter der schlichten Haube, nickte, sie hatte die Augen geschlossen und schien, ergeben in ihr Schicksal, alles mit sich geschehen lassen zu wollen. Die beiden Frauen warteten in atemloser Spannung, der Uniformmantel lag griffbereit unter der Decke. Wenn doch nur de Montalembert, alias Péléttier endlich erschiene und sie von der Qual des Wartens, ihrer inneren Unruhe erlösen würde!

„Also los, rück raus – sag endlich die Wahrheit!", flüsterte Nicolas.

Gilbert sah sich nach allen Seiten um und beugte sich vor.

„Na, die Nachricht – die Zettel!"

„Welche Zettel? Red endlich!" Nicolas sah ihn verständnislos an.

„Von der Königin an Péléttier oder Rougeville, was weiß ich – jedenfalls an ihre Freunde nach draußen. Da mach ich mir nicht die Hände schmutzig. Ich hab das der Beschließerin Madame Richard übergeben, kapierst du denn nicht? Vorsichtshalber! Wenn ich das ganze Geld bekommen hätte – für dich natürlich die Hälfte, keine Sorge", fügte Gilbert hastig ein, als er die drohenden Falten auf Nicolas Stirn sah, „dann wäre die ganze Sache das Risiko wert gewesen. Nach der Entführung gleich über die Grenze. Ich hab schon falsche Pässe machen lassen. Aber jetzt – jetzt wird mir das Ganze zu heiß!"

„Was?", Nicolas schnellte hoch und baute sich in grimmiger Haltung vor ihm auf. „Was erzählst du da für komisches Zeug? Wir haben doch schon unser Geld bekommen!"

Gilbert duckte sich und stammelte verlegen: „Zu wenig, mein Lieber – zu wenig zum Leben und zu viel zum Sterben – denk doch mal nach!"

„Du Idiot! Wieviel hast du verlangt?", Nicolas versetzte seinem Kumpel in aufbrausender Wut einen harten Stoß gegen die Brust, der ihn schmerzhaft gegen die Mauer prallen ließ.

„Zehntausend Livres!", stotterte Gilbert, ließ sich wieder auf den harten Stuhl fallen und stützte niedergeschmettert den Kopf in die Hände.

Nicolas packte ihn mit drohender Geste am Kragen. „Du Schwein! Jetzt versteh ich. Du hast sie also verraten, nur um deinen Hals zu retten! Wie konntest du!" Es entstand eine betretene Stille, dann sagte Nicolas: „Du Idiot hast uns erst recht in Gefahr gebracht, kapierst du das denn nicht! Und alle anderen auch. Aber ich hoffe nur noch, dass es zu unserem Glück vielleicht jetzt keine Rolle mehr spielt. Ich bin sicher, Madame Richard hat ein mitleidiges Herz. Dafür verwette ich meine vierhundert Louis d'Or! Und wenn du ab jetzt nicht die Klappe hältst, kriegst du es mit mir zu tun, du Feigling!"

Gilbert stöhnte und rieb sich die Schulter. Dann warf er seinem groben Genossen von unten herauf einen wütenden Blick zu. Der würde schon sehen, was passierte, dieser Schnösel. Nicht er allein war es, der alles falsch gemacht hatte.

De Montalembert betrat den verdunkelten Salon, in dem nur ein einziger, flackernder Kerzenleuchter schummriges Licht auf die Versammelten warf. Als diese ihm mit finsterem Ernst entgegenblickten, wusste er sofort, dass etwas Unvorhergesehenes geschehen sein musste.

Der Gefängnisdirektor Michonis ging mit langen Schritten auf und ab, die Stirn unheilvoll zusammengezogen. „Da sind Sie ja endlich!", rief er aus, als er de Montalembert erblickte. „Warum so spät? Sie waren nirgendwo aufzuspüren!"

„Was sehen Sie mich so an?", die von der Vorahnung kommenden Unheils fast brüchige Stimme Richards wollte sich kaum aus seiner Kehle lösen. „Ist etwas passiert?"

„Das kann man wohl sagen", nickte Graf de Mercy-Argenteau, der österreichische Botschafter, resignierend und warf einen besorgten Blick auf seine Taschenuhr. „Aus, es ist aus! Die Aktion ‚Ass-Karte' so gut wie gescheitert. All unsere Anstrengungen für nichts, die ganze Geheimhalterei, von dem Geld ganz zu schweigen. Wir können die Sache abblasen."

„Gescheitert?", Richard spürte die Worte wie einen harten Schlag in den Magen. „Und wieso, warum?"

Er sah von einem zum anderen – in den verdüsterten Zügen las er Hoffnungslosigkeit. Beinahe zehn Personen waren in dem abgeschirmten Raum zusammengekommen – die wichtigsten Figuren, zu allem entschlossen, in einem Schachspiel, bei dem es um nicht weniger als das Leben der Königin und die Zukunft der Nation ging.

„Ich rate von weiteren Schritten dringend ab. Irgendjemand hat nicht dichtgehalten – wir müssen aufgeben!" Die Stimme von Daubrus, dem Anwalt der Königin, klang metallisch und bestimmend.

„Niemals", knirschte Richard zwischen zusammengebissenen Zähnen und sah in die Runde. „Ich gebe nicht auf - nicht so kurz vor dem Ziel!"

Keiner antwortete ihm, alle blickten in beinahe stumpfem Brüten vor sich hin, als suche jeder für sich nach einem letzten Ausweg aus der verfahrenen Situation, die so lange mit Sorgfalt vorbereitet worden war.

„Also Verrat?", fragte er erneut. „Wer war es? Wo ist die undichte Stelle?"
Wieder Schweigen und Achselzucken.

„Wir wissen es nicht genau!", antwortete ihm schließlich verdrossen der
Baron d'Aubier, ehemaliger Gentilhomme de la Maison du Roi, einer der
geheimen Informanten, der noch den König bis in das Gefängnis des Temples
begleitet hatte, dann aber untergetaucht war. „Aber man scheint ein Billet
Marie Antoinettes an Sie, Rougeville, gefunden zu haben, in dem sie
ihre Entführung andeutet und Geld verlangt, um einen Unbekannten zu
bestechen. Das Billet war zwar nur mit Nadeln durchstochen – aber man
konnte es entziffern."

Der Chevalier de Rougeville sah fassungslos auf. „Aber wer... wer hat es
denn weitergeleitet? Alle waren doch eingeweiht?"

„Ein Gendarm, der plötzlich die Hosen voll hatte, muss es Madame Richard
übergeben haben", fuhr Monsieur Ribbes, der Bankier, dem im Auftrag von
de Batz die Geldangelegenheiten oblagen, dazwischen, „und die wollte es
vermutlich auch nicht behalten - aus Angst vor der Verantwortung, die ihr
der Gendarm damit so einfach zugeschoben hatte. Es ist nicht ihre Schuld
- sollte sie das Billet vernichten? Immerhin gab es einen Mitwisser. Schließlich legte sie es dem zweiten Inspektor der Conciergerie vor. Sein Gehilfe,
ein Wichtigmacher, der das mitbekam, verständigte den Konvent..."

„Man hätte dem Gendarmen eine größere Summe für sein Schweigen
bieten sollen!", de Rougeville warf hitzig seine Handschuhe auf den Tisch,
doch d'Aubier sah ihn ungerührt mit einem ironischen und vorwurfsvollen
Ausdruck an: „Natürlich, und das hat man auch getan, das gerade wollte die
Königin ja in die Wege leiten, aber Sie waren natürlich nicht zur Stelle...."

„Ich?", de Rougeville erblasste und begann zu stottern: „Ich dachte, alles
wäre geregelt ....ich wollte keinen unnötigen Verdacht durch meine ständige Anwesenheit..."

„Ach, hören wir doch auf mit diesen Schuldzuweisungen!" Ribbes behielt kühles Blut. „Vielleicht ist ja noch etwas zu retten! Ich werde mich
mit Danton in Verbindung setzen. Ich gehe zu ihm! Gleich! Vielleicht kann
er das Schlimmste verhindern – schließlich hat er ja auch genügend Geld
eingesteckt."

Aubier nickte beifällig von leiser Hoffnung erfüllt und Ribbes nahm seine
Tasche und ging entschlossenen Schrittes hinaus. Die Tür fiel hinter ihm ins
Schloss und die anderen blieben bedrückt zurück.

„Tatsache ist jedenfalls, dass der Konvent bereits alarmiert ist", mischte
sich der Anwalt Daubrus trocken ein. „Da kann Danton vielleicht auch

nichts mehr ändern. Wenn sie nicht schon jetzt in der Conciergerie sind und alles durchsuchen, alle verhören…."

„Um Himmels willen - malen Sie den Teufel nicht an die Wand. Dann wäre es geboten, uns selbst in Sicherheit zu bringen!" Navarre, Spion und ehemaliger Tanzmeister, der sich ängstlich in eine Ecke gedrückt hatte, trommelte nervös mit den Fingern auf seinem Tamburin.

„Pah, Geschwätz! Mir kann keiner etwas nachweisen – man soll es nur wagen!" Michonis, der Gefängnisdirektor behielt seine Selbstsicherheit und warf sich in die Brust. Niemand würde ihm die ungeheure Summe wieder abnehmen, die er bekommen hatte, auch wenn das Unternehmen scheiterte! Erneutes, ratloses Schweigen breitete sich aus.

„Dimanche muss gewusst haben, dass irgendetwas nicht stimmt", begann Richard nachdenklich und beinahe zu sich selbst. „Er hat mich zum Place Valois bestellt. Und dort hat mir d'Églantine die Gendarmen auf den Hals gehetzt!"

„Was auch immer geschehen ist, wir müssen jetzt vor allem Ruhe bewahren." Die hohe Stimme Céciles erklang überraschend aus einer Ecke des Raums, in der sie beinahe versteckt in einem breiten Ohrensessel saß. Ihr barocker Körper war von einem rosa Samtumhang mit Pelzbesatz verhüllt und sie sah, ein Lorgnon vor der Nase, von einem Blatt Papier hoch, auf das sie, halb auf ein kleines Tischchen gestützt, im Schein des diffusen Lichtes Schriftzüge kritzelte.

Die Feder fiel ihr aus der Hand, doch niemand bückte sich danach. Rasch bewegte sie die kleine Silberglocke vor ihr und der helle Ton vibrierte unheilvoll in den Ohren der Anwesenden. Dann warf sie mit ihrer hohen Kinderstimme ein: „Ich frage mich nur, wer es war, der gewisse Informationen weitergegeben hat. Ich persönlich verdächtige Sheba, diese kleine Mulattin! Ein durchtriebenes Biest - ich habe ihr nie getraut. Und dann war sie plötzlich verschwunden! Trotz aller Vorsicht könnte sie von unseren Vorbereitungen etwas mitbekommen haben, denn ich habe sie einmal im Salon beim Lauschen erwischt. Wie ich in Erfahrung gebracht habe, ist sie jetzt Zofe im Hause d'Églantines, direkt in der Höhle des Löwen!"

Niemand antwortete. Trotz ihrer Fülle erhob sie sich anmutig wie eine Katze und raffte die Schleppe ihres Umhangs zusammen. Eine tiefe Falte grub sich in die weiße Stirn ihres hübschen, sorgfältig geschminkten Puppengesichtes.

„Ich hätte besser auf sie aufpassen sollen!", murmelte sie vor sich hin und schüttelte wie abwesend den Kopf, das Schreiben dem Zimmermädchen übergebend, das auf Madames Läuten erschienen war. „Bring die Nachricht sofort ins Hotel Liberté, Rue de Marly 22, und übergib es Graf von Fersen persönlich! Lauf, es ist sehr eilig", fügte sie noch hastig hinzu.

Ihr Gesicht lag im Schatten und Richard konnte seinen Ausdruck nicht erkennen. Er wandte sich ihr zu: „Sie hätten auch nichts ändern können, Cécile! Außerdem glaube ich nicht, dass Sheba etwas wusste."

De Rougeville erhob sich erregt und ballte die Faust. „Ich könnte dem besagten Gendarmen eigenhändig den Hals umdrehen, wenn ich ihn erwische. Es ist nicht zu fassen, dass dieser so unendlich perfekte Plan, bei dem wir jedes Detail berücksichtigt haben, in letzter Minute ins Wanken gerät! Aber ich gebe nicht auf! Wir sollten das Wagnis der Entführung trotzdem eingehen – aber keine Minute mehr verlieren! Jetzt sofort!"

„Ich bin ganz Ihrer Meinung", meldete sich de Montalembert zu Wort. Er versuchte ruhig zu bleiben und die aufkommende Panik einzudämmen, „und ich bin dabei. Sicher hat man jetzt noch keine besonderen Maßnamen getroffen! Wann haben Sie die Nachricht erhalten?"

„Vor einer halben Stunde kam eine eilige Depesche. Ich habe natürlich gesagt, es handele sich möglicherweise um eine Falschmeldung...", erwiderte der Gefängnisinspektor besorgt, bevor de Montalembert ihn hastig unterbrach: „Versuchen Sie, die Sache zu verzögern, alles abzuwiegeln. So haben wir vielleicht noch eine Chance. Die Aktion ‚Ass-Karte' muss sofort, in dieser Minute noch beginnen, es wird ein Wettlauf mit der Zeit, wenn wir die Königin befreien wollen! Notfalls müssen wir es mit Gewalt versuchen!"

Michonis wiegte abschätzend den Kopf hin und her, dann sah er mit unsicherer Miene auf: „Gewalt? Nicht mit meiner Unterstützung. Ich bin wirklich kein Feigling – aber ich weiß nicht, ob ich mich so weit vorwagen kann. Damit würde ich mich im Fall des Scheiterns völlig kompromittieren! Das müssen Sie einsehen!"

De Montalembert sah mit blitzenden Augen auffordernd in die Runde der Männer. „Es wird nie wieder eine solche Möglichkeit geben. Die Zukunft Frankreichs, sein Geschick steht auf dem Spiel. Und unsere Köpfe! Wir müssen es riskieren! Wer geht mit mir?"

„Sinnlos!" Michonis versuchte, ihn zu beruhigen. „Ohne mich - ohne die Garde geht gar nichts, man wird sie ja nicht einmal durchlassen."

„Geben Sie mir die Uniformen – ich bringe die beiden Frauen auch so hinaus!" De Montalembert gab nicht nach.

„Das ist doch Selbstmord!" Michonis packte ihn am Ärmel.

Mit einem heftigen Ruck riss Richard sich los. Sein Atem ging rasch und ein wildes Feuer leuchtete aus seinem Blick, als er hervorstieß: „Die Königin hat nichts mehr zu verlieren und auch ich kann nicht mehr zurück! Meine Vertraute Madeleine befindet sich noch in der Conciergerie und damit in allergrößter Gefahr! Soll ich sie im Stich lassen, bei allem, was sie für mich gewagt hat? Die Mühlen der Justiz mahlen langsam. Decken Sie mich – nur für eine Weile! Als Jean Péléttier verdächtigt man mich nicht – ich habe Einlass und werde jetzt wie gewohnt meine Wache antreten. Wenn die beiden Frauen noch in der Zelle sind, schmuggle ich sie als begleitende Garde verkleidet hinaus. Und wehe dem, der mich aufhalten will!"

Er zog die Waffe aus dem Gürtel und seine Augen leuchteten in fiebrigem Glanz.

„Bleiben Sie, das ist absolut verrückt, was Sie da vorhaben!" Daubrus wollte ihn zurückhalten. „Sie bringen uns alle in Gefahr!"

„Mantel und Mütze!", Richard hörte nicht auf ihn. Er war wie im Rausch. „De Rougeville, Sie warten wie vereinbart vor dem Gefängnis im Wagen auf mich!"

Der Chevalier nickte beifällig mit leuchtenden Augen. „Ich bin dabei!"

De Montalembert wandte sich mit erzwungener Ruhe wieder an Michonis. „Ich bitte Sie nur um das Eine – das müssen Sie noch für mich tun! Sie sind es mir schuldig – mir und der Königin." Er sah dem Gefängnisdirektor direkt in die Augen und dieser wich vor der Glut, die darin flammte, zurück. Ein Tollkühner, der zu allem entschlossen war. Man musste ihn gehen lassen.

„Sie überschätzen meine Möglichkeiten, aber…", lenkte er ein, „nun gut, ein letzter Versuch, Sie Wahnsinniger – aber bedenken Sie, wenn man Sie einsperrt und Sie zum Sprechen gebracht werden, dann kann es meinen Kopf kosten!"

Richard sah ihn beschwörend an und versuchte, seine steigende Ungeduld zu meistern. „Ich weiß… aber von mir wird niemand etwas erfahren! Ich schwöre es bei Gott!" Er hob die Hand.

Der Gefängnisdirektor machte eine kleine Pause, um nachzudenken und rückte mit mechanischer Gebärde seinen Hut zurecht. „Gut. Wir treffen uns also in der Conciergerie, ohne einander zu kennen, versteht sich. Es wird ganz normal scheinen, dass ich nach den beunruhigenden Nachrichten mit ein paar Soldaten einen Kontrollgang mache. Ich sondiere das Terrain und gebe Ihnen unbemerkt ein Zeichen, wenn Sie Wache stehen. Die benötigten Uniformen werden Sie hinter der dritten Tür rechts in einer dunklen Ecke finden. Alles andere ist ab jetzt Ihre Sache – ich habe nichts mehr damit zu tun. Aber nun los. Es wird höchste Zeit, dass ich mich in der Conciergerie blicken lasse und nach dem Rechten sehe, wenn ich mich nicht unnütz verdächtig machen will! Vorausgesetzt, man hat die Königin noch nicht...", er hielt ein und vollendete den Satz nicht.

Richard atmete erleichtert auf und legte ihm mit Tränen in den Augen die Hand auf die Schulter. „Das werde ich Ihnen nie vergessen, mein lieber Michonis! Sie sind ein guter Mensch! Ich danke Ihnen!"

„Danken Sie mir nicht – ich persönlich glaube nicht, dass Sie Erfolg haben! Aber eins noch..., warten Sie... so warten Sie doch..." Michonis blieb der Satz im Halse stecken, denn Richard, begleitet von dem kühnen Chevalier de Rougeville, war schon draußen und schlug das Portal mit einem solchen Schwung hinter sich zu, dass die Fensterscheiben klirrten und die Versammelten nervös zusammenzuckten.

„Wir sollten die Königin sobald wie möglich in den Temple überstellen!" Robespierre sah über seinem Wasserglas mit finster zusammengezogenen Brauen in die Runde. „Es gibt Gerüchte über ein Komplott, sie zu entführen... man will einen Zettel gefunden haben..."

„Unmöglich!", winkte Delacroix gelangweilt ab. „Das haben wir doch schon oft gehabt." Er spießte ein Stück zarte Kalbslende auf die Gabel, wälzte es in der würzigen Kräuterbutter und kaute mit Behagen. „Es ist einfach lächerlich - die Mauern sind schließlich schwer bewacht!" Dann, nachdenklicher geworden, hielt er ein, bevor er fortfuhr: „Aber vielleicht hast du recht, Maximilian – und es wäre tatsächlich vernünftiger. Die Wachen wechseln sehr oft!"

Einer der jungen Servierburschen, die im Panache d'Or aushalfen, beugte sich jetzt zu Danton, der mit Robespierre, Delacroix, Desmoulins und Hérault de Seychelles nach alter Gewohnheit zum Freitags-Dîner an einem Tisch saß und flüsterte ihm diskret etwas ins Ohr. Dantons breites Lachen gefror, er erblasste und ließ das Brotstück, mit dem er gerade den Rest der Fleischsauce auftunken wollte, unachtsam auf die Tischdecke fallen. Er winkte den Kellner, der auf eine Antwort zu warten schien, ärgerlich beiseite und schien einen Augenblick zu überlegen. Die anderen nahmen keine Notiz von ihm, sie waren in eine lebhafte Diskussion verwickelt, bei der sie sich gegenseitig beinahe überschrieen.

„Ich verlange auf jeden Fall die Todesstrafe für jeden, der einen wie immer gearteten Ausgleich mit dem Feinde vorschlägt!", ließ sich erneut Robespierres trockene, gequetschte Stimme hören, der als einziger völlig nüchtern, sorgfältig gekleidet und frisiert in aufrechter Haltung am Tisch saß und von Zeit zu Zeit an einem Glas Wasser nippte. Nur seine schmalen Hände, mit denen er nervös die Krümel zerrieb, die auf dem Tischtuch herumlagen, verrieten seine innere Anspannung. „Wir dürfen uns auf keinen Kompromiss einlassen, nicht wahr Georges!"

Einverständnis heischend sah er zu Danton hinüber, der nicht mehr zuhörte und geistesabwesend vor sich hin starrte.

„Ja, das ist auch meine Meinung. Niemand darf geschont werden – auch wenn wir kalten Blutes hunderttausende Verbrecher der Revolution opfern müssten!", warf Delacroix mit Feuereifer und schon vom Wein etwas schwerer Zunge ein.

Hérault de Seychelles tupfte sich nach dem letzten Bissen seiner Pastete elegant die Lippen mit der Serviette ab, sorgfältig darauf bedacht, seine überlangen Spitzenmanschetten nicht zu beschmutzen.

„Auch nicht diese Hundsfotte von Händlern, die die Waren zurückhalten und dadurch eine künstliche Hungersnot erzeugen. Ja, wir sollten dabei weder den elendsten Gemüsekrämer noch den dicksten Großhändler schonen!"

„Aber Frankreich dürstet nicht nach Blut, sondern nach Gerechtigkeit!", gab Desmoulins zu bedenken. „Sollen wir etwa den Verrätern Amnestie gewähren? Entweder alles, oder gar nichts!"

Robespierre streifte Desmoulins mit düsteren Blicken. „Ich warne dich, Camille! Du willst plötzlich Milde walten lassen? Du, der als einer der Ersten den höchsten Preis für die Revolution gefordert hat?"

Desmoulins senkte die Augen. Er konnte sich seit einiger Zeit des Gedankens nicht erwehren, dass diese Revolution schon zu viele Opfer gekostet hatte und noch kosten würde, ohne dem Volk bisher die Erleichterung zu bringen, nach der es verlangte. Es gab einfach zu viele korrupte Bürger, die sich bereicherten und profitierten, anstatt gemeinsam die neue Regierungsform zu unterstützen.

„Was sagst denn du dazu, Danton?" Robespierre heftete seine kleinen, eisgrauen Augen kühl auf Danton, der geistesgegenwärtig den Faden aufgriff:

„Das zu entscheiden, sollte allein Sache des Wohlfahrtausschusses sein, der eine Errungenschaft der Freiheit ist! Ich plädiere öffentlich dafür, dass diese Institution fünfzig Millionen Livres zur freien Verfügung erhält, dass sie über alle anderen Ausschüsse bestimmt und somit die Regierung bildet!"

Entrüstetes Gemurmel breitete sich aus.

„Weißt du, was du da sagst?", Robespierres Augen flammten auf. „Fünfzig Millionen Livres!"

Danton nickte gleichmütig. „Außerdem schlage ich dich als Vorsitzenden vor, Maximilian, und dich, Saint Just", er blickte den schweigend die Unterhaltung verfolgenden blassen Jüngling durchdringend an, „als seine rechte Hand. Damit habt ihr die größte Macht."

Robespierre schwieg überrascht und ein wenig unsicher. In seinem Gesicht malte sich Triumph, während er nach einer Weile beherrscht erwiderte. „Mich…?"

Danton unterbrach ihn: „Wen sonst? Du giltst als der Unbestechliche!"

Robespierre, nicht wenig geschmeichelt, schien noch zu zögern.

„Gut, wir werden den Antrag stellen. Wenn die richtigen Leute darüber verfügen – warum nicht. Aber als Regierungsform… ich muss darüber nachdenken. Das wäre eine große Verantwortung!"

Seine Stimme hatte einen zweifelnden Unterton, während Danton sich mit einer gemurmelten Entschuldigung langsam erhob und seinen massigen Körper zum Nebenzimmer bewegte, wo Monsieur Ribbes, der Finanzexperte und Unterhändler, ihn schon ungeduldig erwartete.

„Sind Sie verrückt, mir bis hierher nachzukommen!", fuhr Danton, einen unruhigen Blick über die Schulter zurückwerfend, den Wartenden unwirsch an.

„Aber es ist ungemein wichtig und duldet keinen Aufschub – sonst wäre ich Ihnen nicht bis hierher gefolgt!" Ribbes flüsterte beinahe und Danton trat näher an ihn heran.

„Wichtig! Ich habe dauernd wichtige Dinge zu erledigen – aber ich möchte auch einmal in Ruhe mit meinen Freunden zusammen essen. Also was gibt es?"

Er schloss die Tür und zog den Engländer in die äußerste Ecke.

„Nun?"

„Die Aktion ‚Ass-Karte' ist wahrscheinlich gescheitert. Irgendeine undichte Stelle… ich…"

„Zum Donnerwetter noch mal", fluchte Danton mit rot angelaufenem Gesicht und warf seine Serviette, die er noch am Kragen trug, zornig zu Boden. „Das habe ich befürchtet!"

Er ging mit schweren Schritten auf und ab. Dann blieb er stehen und blickte den Unterhändler scharf an: „Hören Sie, ich kenne Sie nicht und habe Sie niemals gesehen! Das Geld kann ich Ihnen auch nicht zurückgeben, richten Sie das dem Baron de Batz aus. Im Übrigen will ich mit der Sache weiter nichts mehr zu tun haben, verstanden! Ziehen Sie mich da nicht mit hinein. Es war ein Versuch, nichts weiter. Man muss jetzt den Dingen ihren Lauf lassen. So war's abgemacht – mehr nicht. Sehen Sie selbst zu, wie Sie sich da herauswinden! Au Revoir, Monsieur und gute Reise!"

Ribbes stockte und tupfte sich die Schweißperlen von der Stirn. „Aber warten Sie, Monsieur Danton…, ich meine, ich will sagen, es gibt noch eine Hoffnung…"

„Au Revoir, ich sagte, gute Reise!" Dantons Stimme klang grollend wie ein aufziehendes Gewitter.

Ribbes stammelte, sich eingeschüchtert zurückziehend: „Aber ich…, was soll ich den anderen sagen?"

Danton trat mit gerunzelter Stirn drohend auf ihn zu: „ Sagen Sie, dass mir eine ‚Ass-Karte' nur vom Kartenspielen bekannt ist! Hinaus!"

„Dann… dann entschuldigen Sie die Störung… und …. Bonsoir der Herr!" Ribbes verbeugte sich devot, doch Danton hatte sich in diesem Moment schon umgedreht und den Raum verlassen.

Blass und verwirrt gab Amélie dem Kutscher die Anweisung, auf direktem Weg in die Rue des Capucines zurückzukehren. Sheba versuchte, die gespannte Atmosphäre mit ständigem Geplapper zu überspielen und betrachtete mit künstlichem Interesse die Einkäufe in ihrem gefüllten Korb.

„Sehen Sie nur, Madame, diese wundervollen Auberginen! Ich habe sie für nur 2 Sous bekommen! Zwei Kilo – das ist beinahe geschenkt. Natürlich musste ich handeln! Der Verkäufer hat gemerkt, dass ich mich auskenne! Und hier, prächtige Weintrauben – ich habe die Rebe selbst herausgesucht, es war die üppigste."

Sie nahm eine pralle Beere und bot sie Amélie an, die ablehnend und stumm den Kopf schüttelte. Schulterzuckend steckte sie sich die Frucht schließlich selbst in den Mund.

„Sie machen sich zu viele Sorgen, Madame d'Églantine. Vergessen Sie diesen Mann – wenn er nicht gekommen ist, dann will er Sie wahrscheinlich nicht wiedersehen! Dimanche hat getan, was er konnte!"

Amélie, die blicklos aus dem Fenster sah, antwortete nicht. Irgendetwas hielt sie davon ab, Sheba die Wahrheit zu sagen.

„Ich…", sie stockte, aus Angst sich zu verraten, doch ihre Stimme erstickte in Tränen, „ich begreife das alles nicht!" Sie schluchzte leise auf.

Sheba sah sie mitleidig an. „Glauben Sie mir, das war meine erste Lektion im Leben: Männer sind einfach treulos! Es wäre besser, Sie denken nicht mehr daran und quälen sich nicht weiter. Wahrscheinlich hat er längst eine andere."

Amélie fühlte es wie einen Stich durch ihre Brust gehen. „Richard ist nicht so!", fuhr sie auf. „Das passt so gar nicht zu seinem ganzen Wesen! Warum bat er mich in seinem Brief auf ihn zu warten?"

Sheba machte eine abfällige Geste, während Amélie ins Wesenlose starrte. Unter ihren dunklen, verweinten Augen lagen leicht bläuliche Schatten, die ihrem blassen Gesicht einen transparenten Porzellanschimmer verliehen.

„Wenn man ihn fände", begann sie erneut und fixierte Sheba mit forschendem Blick, „würde er erneut als Staatsfeind verurteilt, nicht wahr? Es waren ja die Gendarmen auf dem Platz! Wie kam es, dass du mit ihnen gesprochen hast? Wiederhole mir noch einmal genau, was sie sagten, Wort für Wort!"

Sheba konnte ein leichtes Erröten nicht verhindern und sie wandte den Blick ab. Schnell fasste sie sich jedoch und erwidert schlagfertig: „Nun, es war mehr ein Zufall, dass ich den Flics über den Weg lief. Ich bin froh, wenn ich mit dieser Sorte Mensch nichts zu tun habe – ich hasse sie wie die Pest! Auf jeden Fall suchten sie jemanden und fragten mich, ob ich etwas Verdächtiges gesehen hätte."

Die freche Lüge ging ihr glatt über die Lippen. Was ging Madame ihr kleines Geheimnis an, dass sie dem Geld und den schmeichelhaften Worten Monsieurs nicht hatte widerstehen können und ihm den kleinen Gefallen gerne getan hatte? Ein paar Andeutungen über so ein geheimnisvolles Rendezvouz waren ja wohl noch kein Verbrechen! Man musste sich schließlich nach allen Seiten absichern.

„Nur eine Frage…", sie legte die Trauben in den Korb zurück und lenkte das Thema geschickt wieder zum Ausgangspunkt. „Ich verstehe nicht, warum Ihr Herz immer noch an einem Mann hängt, der sich für tot erklären lässt und den Teufel darum schert, wie es Ihnen danach ergeht? Wenn Sie Monsieur d'Églantine, Ihren Retter nicht getroffen hätten, säßen Sie vielleicht jetzt noch im Gefängnis – oder…", sie machte eine wirkungsvolle Pause, „wären mit den anderen unter der Guillotine gelandet!"

Amélie spürte, wie ihr jetzt wirklich Tränen in die Augen schossen. Ihre Mundwinkel zitterten verräterisch, als sie die Wahrheit gestand: „Das verstehst du nicht. Richard war eben meine erste, ganz große Liebe!"

Sie barg das Gesicht in den Händen und schluchzte tief auf.

Sheba seufzte zustimmend mit falscher Teilnahme und lehnte sich träge und mit halb geschlossenen Augen in die Polster zurück. Amélie konnte das herablassende Lächeln nicht sehen, das um ihren Mund spielte. Insgeheim fand sie die heimliche Suche nach dem verschollenen Grafen ausgesprochen übertrieben. Schließlich besaß ihre Herrin ja einen Ehemann – einen äußerst attraktiven noch dazu! Sie rief sich die zärtliche Umarmung Fabres, die verführerische Anziehung seines muskulösen Körpers und die lockende Magie seiner grünen Augen unter den ungewöhnlich hellblonden Haaren ins Gedächtnis. Und elegant war er, gut aussehend, einflussreich! Hatte er nicht das gewisse Etwas, von dem Frauen träumten?

Mit einem tiefen Atemzug stützte Amélie den Kopf in die Hände.

„Ich werde gleich zu Bett gehen. Mein Kopf schmerzt und ich fühle mich nicht gut!" Fröstelnd hüllte sie sich fester in ihr Schultertuch.

Sheba, aufmerksam geworden, beugte sich zu ihr hinüber und legte ihr mit sanfter Gebärde die Hand auf die Stirn.

„Lassen Sie mich einmal sehen!", sie fuhr zurück. „Wirklich, Sie haben ja Fieber! Ihre Stirn ist ganz heiß!"

Amélie lehnte sich heftig atmend mit geschlossenen Lidern in die Polster und ergriff die Hand des Mädchens, als müsse sie sich daran festhalten.

„Mag sein. Ich friere jedenfalls schon die ganze Zeit und fühle mich schrecklich. Bleib heut Nacht in meiner Nähe, ich möchte nicht allein sein!"

Sheba nickte, riss das Fenster auf und rief dem Kutscher zu: „Schneller Garçon, fahr zu, Madame geht es nicht gut!" Dann legte sie tröstend ihren Arm um Amélie. „Unser kleiner Ausflug hat Sie zu sehr aufgeregt! Morgen werden Sie sich sicher wieder besser fühlen."

Amélie schwieg. Ein heftiger Schüttelfrost überlief sie bei einem kühleren Windstoß, der aus dem offenen Fenster in die Kutsche drang und sie kauerte sich tief und wie Schutz suchend in ihren Sitz.

„Pardon!"

D´Églantine, der auf die Zusammenkunft mit den anderen Konventsmitgliedern im Panache d´Or nicht verzichten wollte, stieß an der Tür beinahe mit Ribbes zusammen, der den Hut schief auf dem Kopf, vor sich hin murmelnd über die Schwelle stolperte.

„He, wohl ein Glas zuviel erwischt", rief er ihm, in letzter Minute ausweichend, zu.

War das nicht ein bekanntes Gesicht gewesen? Dieser Engländer, Unterhändler des Baron de Batz, der ihn in Spekulationen der Compagnie des Indes verwickelt hatte? Von diesen Aktiengeschäften zu seinen Gunsten durfte natürlich niemand etwas wissen. Und auf Danton konnte er sich verlassen.

Der hatte doch auch überall die Finger drin und würde ihm keine Steine in den Weg legen. Was trieb der Finanzmann wohl hier? Er verzog das Gesicht, als hätte er auf etwas Saures gebissen. Obwohl er sich noch niemals so mächtig gefühlt hatte, von Ruhm und Einfluss in das Licht der Öffentlichkeit gezogen, war er irgendwie verstimmt.

Das demütigende Gefühl der Eifersucht nagte an ihm und verdarb ihm die Laune. Es war ihm, als lägen ihm alle Frauen zu Füßen, nur seine eigene nicht, die immer noch dem unsichtbaren Rivalen, ihrem früheren Mann nachtrauerte! Wenn er nur den Schatten de Montalemberts endlich auslöschen könnte, der zwischen ihm und Amélie stand! Aber dazu müsste er ihn erst einmal aufspüren, aus seinem Versteck jagen! Mehr als einmal war er ihm bereits entwischt! Die unfähigen Gendarmen brachten aber auch gar nichts zuwege, nicht einmal am Place Valois, wo die Gelegenheit günstiger nicht hätte sein können! Immerhin hatte die kleine Mulattin Sheba ihn gut informiert – die würde ihm in Zukunft sicher noch nützlich sein.

Um seine schlechte Laune zu verscheuchen, rief er sich die erreichten Erfolge ins Gedächtnis. Alles schien ihm jetzt zu gelingen und außer den Geld bringenden Aktien warf auch die „Gazette de France", deren Herausgeber er war, ganz schön etwas ab. Damit konnte er die Geschäfte so hin und her schieben, wie es ihm beliebte und die öffentliche Meinung beeinflussen. Aber die Zeitung, die Politik, das Theater und vor allem die Frauen, wuchsen ihm allmählich über den Kopf.

Er lebte in einem Überschwang, als müsse er jetzt nachholen, was ihm früher verwehrt war. Nun besaß er endlich all das, was er sich immer gewünscht hatte, er konnte die Bälle der Macht geschickt hin und her jonglieren und sich aller Kanäle bedienen, die sich anboten – von der Pariser Unterwelt angefangen, über den republikanischen Konvent bis hin zu den Intrigen des Auslandes. Er und Danton waren eine starke Verbindung; sie verwirklichten ihre Träume und lebten wie in einem dauernden Rausch. Alles mitnehmen, was das Leben bot, das war die Devise! Aber warum fühlte er sich, trotz seiner Erfolge, trotz des unaufhörlichen Amüsements nicht zufrieden? Vielleicht ließ er sich in letzter Zeit allzu hemmungslos von seinen Sinnen treiben, seinen Leidenschaften hinreißen!

Eine Art falscher Reue erfasste ihn, der Wunsch, wie damals in Valfleur auf dem Lande mit Amélie ein neues Leben zu beginnen! Doch schon dort war er sich seiner größten Schwäche bewusst gewesen: die Finger niemals von anderen Frauen lassen zu können, immer eine neue Geliebte finden zu müssen! Er brauchte die Bewunderung, den trunkenen Glanz in ihren Augen, wenn sie ihn ansahen, das Spiel des magischen Zaubers von Eroberung und Besitz.

„Merde, diese Weiber!", fluchte er und überlegte gleichzeitig, wie er sich endlich aus dem Klammergriff Simone Aubrays befreien könnte.

Wenn sie auch eine ganz passable Schauspielerin mit unglaublichen Erfolgen war, so ging sie ihm jetzt ziemlich auf die Nerven mit ihren Szenen. Doch es war schwer, sie abzuschütteln. Er hatte wirklich mehr als genug von dieser rothaarigen Bestie. Dabei ging es eigentlich nur darum, dass er die Rolle der Isabelle de Salisbury in seinem neuen, gleichnamigen Stück mit der jungen Akteurin Rose Lacombe besetzen wollte!

Die kleine Rose war einfach zauberhaft! Genau das Gegenteil von Simone, eine blonde, naive Unschuld. Immer lustig und gut aufgelegt, ein blutjunges, frisches Ding, das ihn nicht mit ihren Launen terrorisierte, wie Simone! Sie würde seine Stimmung ganz entscheidend heben! Natürlich musste er investieren, ihr eine Wohnung ganz in seiner Nähe mieten – das kostete einiges und obwohl er in seinem Leben noch nie über so viel Geld verfügt hatte wie heute, befand sich immer noch zu wenig in seiner Tasche. Er erschrak, als er sein finsteres Gesicht mit müdem Ausdruck, die sorgenvoll gefurchte Stirn im Garderobenspiegel des Flurs erblickte. Die durchwachten Nächte gingen nicht mehr so spurlos wie einst an ihm vorüber! Sei's drum - auf die Frauen wirkte er wie eh und je. Er versuchte, sich selbst ermunternd zuzulächeln, glättete seine Krawatte und rückte die heruntergerutschte Satinschleife im Nacken zurecht. Dann tupfte er mit dem Taschentuch die Spuren verräterrischen Lippenrots von seinem Hals. Energisch öffnete er die Tür zu dem rauchgeschwängerten, geräuschvollen Hinterzimmer, in dem die Freunde saßen.

Man blickte auf. Danton, mit hochgekrempelten Ärmeln, das gewohnt breite Lachen um den Mund, rief ihn an: „Ah, Fabre, endlich… wir dachten schon, du kommst nicht mehr! Aber ein süsses Dessert lässt du dir ja nie entgehen!"

Allgemeines Gelächter antwortete und Fabre setzte sich an den Tisch. „Nun, was steht denn heute im Zentrum der Diskussion?"

Robespierre musterte ihn kühl mit einem seiner frostigen Blicke und rückte unmerklich ein Stück von ihm ab. „Vielleicht, dich aus dem Sicherheitsausschuss auszuschließen, mein Lieber! Du bist der Unehrenhaftigkeit verdächtigt worden!"

Plötzliche Stille trat nach dieser ungeheueren Anschuldigung ein und alle blickten erstaunt auf den Sprecher. Fabre ließ seine Augen von einem zum anderen wandern und fühlte die Gefahr wie einen eisigen Luftzug an ihm vorüberstreifen. Mit gespieltem Gleichmut verzog er den Mund zu dem sonnigen, unverschämten Lächeln, das man an ihm kannte, und rief aus: „Das soll wohl ein guter Witz sein. Glaubt das wirklich irgendeiner von euch?"

„Ich mache niemals Witze!" Robespierre ließ sich nicht beirren und krümelte weiter mit nervösen Fingern an seinen Brotresten.

Fabres Lächeln erlosch: „Ich bin einer der leidenschaftlichsten Republikaner – man beweise mir das Gegenteil! Nennt Namen für diese Verleumdung!" Er sprang auf und sah mit blitzenden Augen um sich.

Robespierre duckte sich und murmelte ausweichend, aber doppeldeutig: „Vielleicht sind das nur Gerüchte... wer weiß!"

Danton mischte sich ein: „Dummes Zeug, Kinder. Verderben wir uns nicht den Abend, indem wir uns gegenseitig verdächtigen. Ich bürge für Fabre, er ist", er zwinkerte listig mit den Augen und lenkte geschickt ab, „bis auf seine Weibergeschichten äußerst verlässlich! Nur zum Donnerwetter... du solltest dir das Hemd auch hinten in die Hose stecken, wenn du die Damen verlässt!"

Brüllendes Gelächter antwortete und die Atmosphäre entspannte sich. Fabre sprang verlegen auf und ordnete seine ohnehin tadellose Kleidung.

„Trinken wir auf den Schöpfer des Revolutionskalenders – auf unseren Poeten!"

Danton nickte Fabre wohlwollend zu. Wer sich mit ihm oder seinen Protegés anlegen wollte, der sollte es doch nur einmal versuchen! Das Volk würde sich für ihn in Stücke reißen lassen, das zeigte sich Tag für Tag überall da, wo er in der Öffentlichkeit erschien. Er war über jede Verdächtigung erhaben – und damit auch seine Freunde!

Robespierres schmale Lippen blieben ernst, ohne auch nur die Spur eines Lächelns zu zeigen und er sah mit ausdruckslosen Augen auf den Grund seines Wasserglases, als könne er dort die Zukunft lesen.

17. Kapitel
Es lebe die Monarchie!

Henri beugte sich über das Gesicht Florences, die noch schlafend in seinen Armen lag. Als würde sie spüren, dass er sie beobachtete, öffnete sie die Augen. Ein glückliches Lächeln trat auf ihre Lippen.

„Chéri", flüsterte sie, „du bist bei mir!"

Sie schmiegte sich mit ihrem weichen und warmen Körper an ihn, schlang die Arme um seinen Hals und flüsterte: „Ich liebe dich so sehr!"

Henri küsste sie zärtlich auf Mund und Stirn. „Und ich bete dich an, das weißt du!"

Draußen vor dem Zelt waren Rufe zu vernehmen und das Geräusch trabender Pferdehufe. Henri hob den Kopf und rückte leicht von seiner Geliebten ab.

„Ich will dich nicht drängen, mein Engel. Aber es ist heller Tag – ich fürchte, dein Mann erwartet dich bereits ungeduldig! Ein Mann meiner Garde wird dich zum Schloss begleiten – er kennt hier alle Schleichwege!"

Florence fuhr abrupt hoch, ihre Mundwinkel zuckten und die Realität überfiel sie mit all ihrer Grausamkeit. „Ich kann nicht zurück!"

„Was?" Henri sah sie erstaunt an. „Warum nicht?"

Mit einem tiefen Atemzug strich sie sich das Haar aus der Stirn und senkte den Blick. „Hat de Platier dir denn nichts gesagt? Die ‚Blauen' haben unser Schloss niedergebrannt – mein Mann ist tot. Sein Munitions- und Waffenlager explodierte nach einem Kanonenschuss... es ging sehr schnell."

„Er ist tot?", wiederholte Henri ungläubig. „Aber... was willst du jetzt machen? Ich kann nicht bei dir bleiben - ich muss zu meinen Männern, sie warten auf mich..."

„Ich gehe mit dir, was sonst?", unterbrach Florence ihn entschlossen, streifte rasch das Männerhemd über und stieg in die Reithosen, die sie mit der Schärpe zusammenband. Darüber legte sie den Pistolengürtel und nahm das Gewehr auf, das am Boden lag.

„Aber wie stellst du dir das vor!", protestierte Henri und sprang auf. „Das ist ein Krieg ohne Pardon! Wir werden hart kämpfen – und es wird Blut fließen, Tote, Verletzte geben! Du weißt nicht, auf was du dich da einlässt!"

„Na und? Warum sollte eine Frau nicht kämpfen können? Nimm keine Rücksicht auf mich." Florence ließ sich von ihrem Vorsatz nicht abbringen. „Ich kann besser reiten als manch anderer! Und mit der Waffe umzugehen, hat mich mein Mann gelehrt. Soll ich dir zeigen, wie treffsicher ich bin?" Sie nahm die Pistole aus dem Halfter, zog die Zeltplane beiseite und legte an.

„Bist du verrückt?", Henri packte blitzschnell die Waffe. „Wenn ein Schuss fällt, verraten wir unser Versteck und haben gleich die ‚Blauen' auf dem Hals. Ich kann dich nicht mitnehmen, Florence – so gerne ich es auch möchte! Das musst du einsehen!" Henri sah sie jetzt flehend an, doch Florence zog einen trotzigen Schmollmund.

„Und? Wo soll ich dann hingehen? Soll ich bettelnd durch die Straßen ziehen?"

„Sag so etwas nicht!", erwiderte Henri zutiefst betroffen. Und nach einigem Nachdenken fügte er hinzu. „Gut, ich nehme dich vorerst mit, als… sagen wir, als mein Adjutant. Später sehen wir weiter. Los, beeil dich, zieh deine Reitstiefel an und nimm deinen Hut."

Florences Augen glänzten auf. „Hilfst du mir, mein Haar abzuschneiden? Dann wirke ich echter – niemand wird bemerken, dass ich eine Frau bin!"

Henri schüttelte sorgenvoll den Kopf und sein Blick glitt über die Wölbung ihres Hemdes. „Das müsste schon ein Blinder sein!"

Florence kicherte und angesteckt von ihrem Lachen, fiel auch Henri mit ein, ihr noch einen letzten Kuss raubend.

Lautes Hufgetrappel und das Schnauben eines Pferdes ertönte jetzt vor dem Zelteingang.

„Mon General!", rief eine raue Stimme. „Galan ist gesattelt – könnt Ihr reiten? Wie geht es Eurem verletzten Arm?"

Henri schlug die Plane beiseite. „Nicht schlecht!", er zwinkerte Leclerc, einen alten Haudegen, der ihm in der Schlacht immer den Weg frei hielt, übermütig zu. „Er ist fast wieder wie neu! Ich bin in wenigen Minuten bereit. Und - sattle auch den Braunen der Dame. Sie kommt mit uns!"

„Die Dame - mit uns?", Leclerc verzog sein braunes, von der Sonne gegerbtes Gesicht, als habe er in eine saure Zitrone gebissen und verharrte fassungslos.

„Na, mach schon, tu, was ich dir sage!" Mit lautem, unverständlichem Gebrummel und einem saftigen Fluch zog Leclerc ab. Henri lächelte seiner Geliebten zu und reichte ihr die Hand. „Komm Florent, mein schöner Adjutant! Du stehst ab jetzt unter meinem Befehl!"

Florence warf ihm einen blitzenden Blick zu und nie war sie Henri schöner erschienen als in diesem Moment.

Als Henri mit Florence im Zentrallager des Schlosses Fontevieux eintraf, erfuhr er sogleich von dem verlustreichen Gefecht bei Cholet, bei dem sich die „Königlich-Christliche Armee", wie sich die verstreut in der Vendée kämpfenden Royalisten bezeichneten, so tapfer wie möglich geschlagen hatten. Es ging das Gerücht, General Lescure, einer der ältesten, bisher noch unbesiegten Vendée Generäle habe schwer verletzt aufgegeben! Das musste doch mit dem Teufel zugehen! Die Republikaner schickten auf einmal ihre besten Soldaten, die fähigsten Generäle, um den Aufstand niederzuschlagen. Und gegen die vorzüglich ausgerüsteten Soldaten in der blauen Uniform wirkten die „Königlichen" eher wie eine Horde Bauernlümmel, die sich zwar verzweifelt schlug, aber kaum eine Chance hatte. Niedergeschlagenheit herrschte im Lager, die sich erst besserte, als überraschend ein Geheimkurier eintraf.

„Henri!", Auguste schwenkte schon von Weitem strahlend einen geöffneten Brief und unterbrach den jungen General ohne Umschweife bei seinen Beratungen mit den Offizieren. Aufgeregt zog er ihn nach einem leicht irritierten Blick auf Florence, die in Männerkleidung neben Henri stand, beiseite. „Lies! Was sagst du dazu! Die Aktion ,Ass-Karte' wurde bereits gestartet! Die Königin ist vielleicht schon auf freiem Fuß! Man will sie über die Normandie nach England bringen."

Henri überflog die wenigen Zeilen und seine ernsten Züge erhellten sich. „Wenn das stimmte – ich wäre der glücklichste Mensch! Die Königin in Freiheit, das ist der größte Trumpf, den wir gegen die Republikaner haben könnten! Lass die Nachricht auf jeden Fall im Lager verbreiten, das hebt die Stimmung für den nächsten Kampf!"

Mit aufleuchtenden Augen wendete er das Schreiben hin und her und betrachtete das Siegel, das man mit gutem Willen für eine Lilie halten konnte. Der Brief war mit der Signatur Fouguet, dem Decknamen des Baron de Batz unterzeichnet.

„Wir können dringend Ermunterung und Hoffnung brauchen!"

Henri sprang mit einem Satz auf sein Pferd und ritt mitten unter die Soldaten, die auf der Lichtung ihr Camp aufgeschlagen hatten.

„Vive la Reine! Vive Louis XVII!", rief er im Überschwang. „Hört alle zu, Leute! Die Königin ist in Kürze in Freiheit und ihr werdet bald einen neuen, jungen König haben!"

„Vive le Roi, Vive la Monarchie!", antwortete ihm begeistert der raue Chor wie aus einer Kehle, die Männer sprangen auf und winkten freudig mit dem weißen Symbol der Royalisten, das sie entweder als Stofffetzen am Gürtel befestigt hatten, oder als Emblem am Hut trugen. Nach einem rasanten Galopp um das Lager, bei dem er die weiße Fahne, das Banner mit den Lilien, schwenkte, kehrte Henri langsameren Schrittes und mit einem glücklichen Strahlen auf den Zügen zu Auguste zurück. Er konnte jedoch ein leises Aufstöhnen, das seinem verletzten Arm galt, nicht unterdrücken, als er sich wieder vom Sattel gleiten ließ.

„Ich kann dir gar nicht sagen, wie froh ich über diese gute Nachricht bin", sagte er erleichtert und noch außer Atem. Seine glänzenden Augen verdunkelten sich leicht. „Aber die schlechte ist, dass mein Cousin und guter Freund Lescure eine Kugel in den Kopf bekommen hat. Es steht sehr ernst um ihn - aber das möchte ich den Leuten gar nicht erzählen."

„Ausgerechnet Lescure?", fragte Auguste mit einem bitteren Unterton. „Die Männer vergöttern ihn wie einen Heiligen. Wenn er stürbe – sähen sie das als schlechtes Vorzeichen!"

Er hielt ein und biss sich auf die Lippen. Das Gespenst der Aussichtslosigkeit, das ihm seit einigen Tagen den Schlaf raubte, die dunklen Zweifel, dass der mit so viel Enthusiasmus begonnene Widerstand in diesem verödeten Gelände nicht gut enden konnte, stiegen wieder in ihm auf. Doch wenn die Nachricht stimmte, dass die Königin frei war, brauchte man diesen blutigen Streit mit seinen unzähligen Opfern vielleicht gar nicht mehr weiterzuführen!

„Noch etwas", begann er, „sei mir bitte nicht böse, Henri", er sah dem Freund fest in die Augen, „aber ich habe eben Madame de Sabron bei dir gesehen. Das ist nicht richtig. Ich finde, die Frauen und Kinder, die alten Leute, die jetzt mit den Soldaten ziehen, sollten von der Armee ferngehalten werden! Das schwächt die Moral, den Kampfesmut der Truppe! Du solltest darin ein Vorbild sein!"

„Du hast ja recht", Henri strich sich seufzend eine blonde Strähne aus der Stirn, warf sich ins Gras und starrte in das Blau des Himmels. „Aber Florence hat keine Heimat mehr - sie wusste nicht wohin. Und ich liebe sie!"

„Ich verstehe!", Auguste seufzte, setzte sich neben ihn und suchte nach einem Übergang zu dem heiklen Thema, das ihn seit Wochen bewegte. Doch dann fasste er sich ein Herz und begann stockend. „Henri, ...was hältst du davon, wenn ich mich einmal in Paris umsehe?" Er verbesserte sich, als er Henris sich verdüsternden Blick auffing und fügte hastig hinzu: „Nur für kurze Zeit. Wir tappen doch hier völlig im Dunkeln – und unsere Vorräte sind erschöpft!"

„Stimmt!", bestätigte Henri nachdenklich. „Du könntest Waffen und Munition besorgen, die wir dringend brauchen…"

„Und herausfinden, was die Republikaner in Zukunft vorhaben", fügte Auguste hinzu. „Wenn das so weitergeht, machen sie uns völlig fertig! Ich kenne da jemanden von den ‚Blauen‘, mit dem ich früher im selben Regiment war. Mercier! Er ist plötzlich General geworden und ich könnte ihm Informationen herauslocken!" Übereilt fuhr Auguste fort: „Und dann…", er zögerte verlegen, „wollte ich mich nach meiner Schwester Cécile erkundigen und sehen, was aus Schloss Pélissier, unserem alten Familiensitz geworden ist. Es soll vorübergehend als Soldatenkaserne dienen!"

Henri nickte und sah ihn forschend an: „Ist das alles?"

„Nicht ganz!", druckste Auguste herum. „Ein kleiner privater Besuch vielleicht noch – du weißt doch, Amélie, die Nachbarstochter aus Valfleur, ein Mädchen, das ich einst sehr verehrt habe…"

„Einst?", unterbrach ihn Henri mit einem spöttischen Auflachen. „Hast du jemals an eine andere gedacht! Ich kenne diese Geschichte – aber ich warne dich, gegen d′Églantine hast du keine Chance!"

„Es ist nicht so wie du denkst", fuhr Auguste erregt fort. „Ich mache mir Sorgen um sie – möchte nur wissen, wie es ihr geht - an der Seite eines solchen Schurken! Ich empfinde Freundschaft – ja, eine gewisse Verantwortung für sie. Als verheiratete Frau ist sie für mich natürlich tabu…"

„Na, na", wiegelte Henri ab und machte sich an seinen Sporen zu schaffen, „Gefühle lassen sich nicht dirigieren. Florence war doch auch schon vergeben…"

„Du willst alles falsch interpretieren", brach Auguste entmutigt ab. „Aber es ist auch nicht einfach zu erklären. Ich fühle nur, dass sie mich vielleicht braucht – einen guten Freund, jemanden, der sie wirklich versteht…"

„Ja und der möchtest du sein!", Henri schien sich über ihn zu amüsieren, sein jungenhaftes Temperament brach durch. „Na schön, dann berate sie doch – bei einem kleinen Tête-à-Tête und Kerzenschein… rücke schön nahe zu ihr und trockne die Tränen… ein kleines Küsschen ist schnell geraubt…." Er sprang auf, gestikulierte und verdrehte die Augen schmachtend gen Himmel.

„Nein, nein", wehrte Auguste ab, fiel aber schließlich gegen seinen Willen in Henris Lachen mit ein - es war einfach zu komisch, wie kindisch Henri, der in der Schlacht so ernst und kühn sein konnte, sich jetzt benahm. Er fand seine eigene Erklärung allerdings auch wirklich ein klein wenig dürftig.

„Also abgemacht – ich reise sofort?", rief er, als er wieder zu Atem gekommen war.

„Wie du willst!" Henri wurde plötzlich ernst. „Es ist nur ein sehr ungünstiger Moment. Ich kann hier wirklich jeden Mann brauchen, das siehst du ja!"

„Ich komme zurück, sobald es geht!", erwiderte Auguste, nicht ganz überzeugend. In Wahrheit quälten ihn schon seit Langem ernsthafte Zweifel am Erfolg des ganzen Aufstandes und die zusätzliche Verletzung General Lescures legte sich wie ein bedrückender Ring um seine Brust. Aber Henri war auf diesem Ohr taub, so oft er versuchte, ihm reinen Wein einzuschenken.

„Halte mich bitte nicht für einen Feigling, Henri", begann er vorsichtig, „aber wir sollten auch das Schlimmste in Betracht ziehen. Was ist, wenn wir verlieren? Unsere Brigantenarmee ist doch jetzt schon am Ende! Und wenn Marie Antoinette aus irgendeinem Grunde etwas passiert - wenn sie nicht frei kommt – was dann? Dieser Brief – er war doch recht vage. Hast du im schlimmsten Falle jemals an eine Kapitulation, eine Amnestie gedacht? Weiteres Blutvergießen könnte damit verhindert werden!"

„Hör endlich auf!", schrie Henri wütend. „Du siehst immer nur schwarz!"

„Schau der Wahrheit ins Auge! Wir haben doch gegen die Übermacht dieser Berufsarmee mit ihrer perfekten Ausrüstung, der unerschöpflichen Munition und den vielen Kanonen überhaupt keine Chance!", fuhr Auguste unbeirrt fort. „Paris zieht jetzt alle Truppen hierher zusammen – sie sind nach unseren ersten Erfolgen erst wach geworden! Wir sollten verhandeln…" Er sah Henri an, dessen Augen unter den zusammengezogenen Brauen in wildem Feuer aufglühten.

Seine Antwort kam wie ein Pistolenschuss. „Niemals - so lange ich lebe und auch nur ein Tropfen Blut in meinen Adern fließt - gebe ich auf! Gerade jetzt, wo die Karten mit der Befreiung der Königin neu gemischt werden! Und wir haben Verbündete!" Der junge General blieb starrköpfig. „Die Engländer wollen uns zu Hilfe kommen – in der Bretagne warten hunderttausend Mann nur aufs Losschlagen!"

Auguste, der spürte, dass es keinen Sinn hatte, Henri von seinen dunklen Vorahnungen zu überzeugen, sah ernst zu Boden.

Der Freund stellte sich dicht vor ihn auf: „Sei ehrlich – glaubst du überhaupt noch an mich – und an unsere Sache?"

„Wäre ich sonst hier?", ein wenig halbherzig stieß Auguste diese Worte hervor, ausweichend zur Seite sehend.

„Nun, dann bin ich ja beruhigt!" Henri hielt ihm erleichtert die Hand hin: „Schlag ein! Ich wünsche dir Glück!"

Auguste packte die Hand des Freundes und umarmte ihn gerührt. „Halt – so schnell wirst du mich nicht los! Ich wollte meine Truppe noch bis Laval begleiten, eine Lagebesprechung machen und die Soldaten erst dort an de

Baugé übergeben. Das ist ein tapferer Mann, der mich in meiner Abwesenheit gut vertreten wird! In Laval gibt es ein kleines Gasthaus; wenn ich mich recht entsinne, heißt es ‚Le Moulin'. Wir könnten uns dort treffen und du kannst mir eine genaue Aufstellung von dem geben, woran es am meisten mangelt."

„Du hast wohl schon alles genau durchdacht!", nickte Henri und versuchte ein schwaches Lächeln.

„Nun, sollte die Befreiung der Königin gelingen, bin ich auf dem schnellsten Wege zurück. Dann erhalten wir ohnehin genügend Verstärkung!", rief Auguste, schwang sich auf seinen neuen Schimmel und war, ohne sich noch einmal umzusehen, mit schnellen Galoppsprüngen im angrenzenden Waldstück verschwunden.

Henris Lächeln verschwand, er stand enttäuscht, mit hängenden Armen da und sah ihm nach. Alle Hoffnungen lasteten wie ein schweres Gewicht auf ihm – und gerade jetzt wollte ihn auch noch der Freund verlassen, dem er am meisten vertraute! Er hatte seine Zweifel, seine Bedenken gespürt, aber für ihn war es zu spät, umzukehren – er blieb der Gefangene seines eigenen Mutes.

Angetrunken knallte Fabre d'Églantine die Tür hinter dem verschlafenen Diener Paul ins Schloss. Es war halb zwei und obwohl er den ganzen Abend den unterhaltsamen Charmeur im „Panache d'Or" gespielt hatte, war seine Laune auf dem Nullpunkt. Das miesepetrige Gesicht Robespierres hatte sich im Verlauf des Abends nicht aufgehellt und auch Danton, der ihn vordergründig in Schutz nahm, täuschte die anderen nicht über den aufkeimenden Argwohn hinweg, den der Angriff des Unbestechlichen hinterlassen hatte.

„Ich muss vorsichtiger sein – dieser Geizkragen kommt auf die dümmsten Gedanken... er spioniert mir nach", murmelte er ärgerlich vor sich hin und warf seinen silbernen Spazierstock mit einem hässlichen Krachen in die Ecke.

Der Diener, an ähnliche Jähzornsanfälle gewöhnt, zuckte nur leicht zusammen, empfahl sich aber dann so rasch ihn seine Beine trugen.

„Verdammt!", Fabre hatte sich den Kopf an einem venezianischen Wandleuchter gestoßen und das Glas klirrte zu Boden.

„Amélie!", brüllte er mit schwerer Zunge, so laut er konnte. „Wo bist du? Steh auf, du Miststück, ich werde dir zeigen, was es heißt, mit einem Mann wie mir verheiratet zu sein! Der Name Fabre d'Églantine wird respektiert

- man bewundert, man achtet mich in ganz Paris.... Merde!". Er hatte sich den Finger an einem Stück spitzen Glassplitter verletzt und polterte umso heftiger los: „Weißt du meine Talente überhaupt zu schätzen? Dichter, Politiker und Herausgeber einer Zeitung in einer Person – ist das etwa nichts? Und im Sicherheitsausschuss entscheide ich – ich wiederhole, ich entscheide über Leben und Tod! Von mir", er schnipste mit den Fingern, „nur von mir hängt die Zukunft vieler Menschen ab! Wenn das keine Karriere ist!"

Er taumelte in den Salon und suchte nach Feuer. Der Mond warf ein blasses Licht in den eleganten Raum und die Gemälde der Vorfahren de Montalemberts an der Wand schienen spöttisch auf ihn herabzusehen. Es gelang ihm nicht, die Streichhölzer zu entzünden und er warf sie fluchend zu Boden. Dann riss er mit einem einzigen Ruck das Porträt des Comte herunter und trampelte wild darauf herum, bis sogar der Rahmen splitterte.

„Ich bin es leid, dass du mich so hochnäsig anglotzt! Zum Teufel mit dir!" Er versetzte den Resten noch einen kräftigen Tritt. Dann schwankte er zur Treppe, die nach oben führte, und hielt sich am Geländer fest.

„Amélie!", schrie er nochmals rücksichtslos. „Wenn du nicht sofort herunterkommst, hole ich dich! Ich weiß genau, von wem du die ganze Zeit träumst, untreue Schlampe!", stieß er verächtlich hervor. „Aber dein geliebter Richard schert sich einen Dreck um dich! Er ist ein Staatsfeind, ein Verräter", höhnte er. „Diesmal ist mir der Feigling ja wieder entwischt, aber Gnade ihm Gott, wenn wir ihn finden! Der Henker wartet nur auf ihn, verdammt noch mal!"

Schwankend stolperte er die Stufen hinauf. „Kapier es doch endlich – der ist froh, dass er dich los hat!"

Er begann zu lachen, ein hämisches, aufgesetztes Lachen, das ganz plötzlich in seiner Stimme erstarb, als Sheba, nachlässig in einen weißen Schal gehüllt, auf dem Treppenabsatz erschien und den Finger auf den Mund legte. Sie lächelte, als wäre sein Geschrei etwas ganz Natürliches und warf ihre schwarzen langen Haare, die offen bis zu den Hüften wallten, zurück.

„Oh, Monsieur d′Églantine! Wünschen Sie etwas?"

Als sie sich bewegte, rutschte das Tuch von ihren Schultern und gab einen Augenblick ihre nackten Brüste frei. Sie hatte es nicht eilig, es wieder über die Schultern zu ziehen und drehte sich provozierend hin und her. Ihre braune Haut schimmerte im Schein der Kerze, die sie in der Hand hielt.

„Was willst du? Weck meine Frau. Sie... sie soll runterkommen und mir Gesellschaft leisten!", grollte d′Églantine mit fast verrauchter Wut, während seine Blicke, sich langsam erwärmend, über ihren kaum bekleideten Körper glitten.

„Psst! Nicht so laut! Madame ist krank! Sie fiebert und braucht dringend Ruhe. Aber vielleicht kann ich Ihnen helfen… sollten Sie etwas benötigen!" Ihre blauen Augen strahlten ihn in geheimnisvoller Faszination vielsagend an und er bemerkte, dass sie ihren Mund trotz der späten Stunde brandrot geschminkt hatte. Verblüfft starrte er sie an.

„Eigentlich warst du mir schon fast aus dem Sinn gekommen…", seine Züge glätteten sich nach dem plötzlichen Zorngewitter und das gewohnt verführerische Lächeln trat wieder auf seine Lippen. „Aber ich bin doch recht froh, dass du da bist, schönes Kind!"

Seine Augen streiften jetzt gierig über den fast durchsichtigen Stoff, unter dem die makellosen Beine und die Form der Hüften hindurchschimmerten. Sie hielt seinem Blick stand, einen ihrer nackten zierlichen Füße vorstreckend und nahm langsam und mit katzenhaften Bewegungen eine Stufe nach der anderen, bis sie ganz dicht vor ihm stand.

„Aber Sie bluten ja!", rief sie mit vorgetäuschtem Schrecken und ergriff seine Hand. „Lassen Sie mal sehen."

„Das ist nur ein kleiner Kratzer…."

Sie presste instinktiv ihre Lippen auf die Wunde und d'Églantine vergaß, ihr die Hand wieder zu entziehen.

„Donnerwetter – ich wusste gar nicht, dass auf dieser weltvergessenen Insel St. Domingo solche Schönheiten blühen – Kleine… ich habe doch tatsächlich deinen Namen vergessen…"

„Sheba", flüsterte das Mädchen mit einem gespielt vorwurfsvollen Augenaufschlag und trat noch näher an ihn heran, „beim letzten Mal haben Sie ihn doch noch gewusst…"

Der weiße Schal rutschte erneut über ihre Schultern und fiel zu Boden. Fabre packte ihn rasch und bei dem Versuch, ihn ihr umzulegen, glitten seine Hände wie unabsichtlich tiefer und streichelten die samtbraune Haut ihrer Brüste.

„Solche Schätze sollte man eigentlich nicht verstecken!", murmelte er mit belegter Stimme und zog das Mädchen, das willig nachgab, eng an sich. „Du duftest wie eine tropische Blüte deiner Insel – und ich bin sicher, du besitzt noch andere Qualitäten! Komm, du wirst sie mir zeigen!"

Er streifte mit den Lippen ihren Hals und liebkoste mit überraschender Zärtlichkeit ihren nackten Rücken und ihre Hüften. Sheba antwortete nicht. Wie betäubt schmiegte sie sich in seine Arme und diesmal spielte sie nicht, wie bei Madame Cecilia das gefügige Mädchen, sondern rutschte von der bisherigen Rolle direkt in die Realität.

„Ich habe Sie jedenfalls nicht vergessen", hauchte sie dicht an seinem Ohr und erstickte die warnende Stimme in ihrem Innern und ihr schlechtes Gewissen in einem leidenschaftlichen Kuss. Instinktiv hatte sie schon bei der ersten Begegnung gespürt, dass dieser elegante d'Églantine ihr gefährlich werden konnte, dass er genau jener Typ des Verführers war, der Mädchenherzen raubte, ohne nach der Erlaubnis zu fragen.

Noch einmal fühlte sie ein kurzes Aufbäumen der Vernunft und wich ein wenig zurück. „Madame... ich meine Ihre Gattin... sie wäre sicher nicht einverstanden..."

„Ach, was!" Fabre wischte ihren Einwand nachlässig beiseite. „Sie weiß, dass ich nicht treu sein kann – und es kümmert sie wenig!"

Täuschte sich Sheba oder sah sie in diesem Moment einen bitteren Zug um seine Mundwinkel?

Er vergrub sein Gesicht an ihrem Hals und flüsterte: „Ich bin eben so – den Verlockungen einer schönen Frau kann ich niemals widerstehen... und du, du bist wunderschön, meine kleine Gazelle!"

Sheba, die sich eigentlich geschworen hatte, in dieser Affäre die Oberhand zu behalten, spürte die geschickt eingesetzten Komplimente wie süßes Gift in ihre Adern dringen, und erregt von den kühnen Zärtlichkeiten des Mannes, in den sie sich schon auf den ersten Blick verliebt hatte, schlang sie die Arme um seinen Hals und zog ihn mit sich.

Von Fieberträumen gepeinigt, schreckte Amélie schweißgebadet mehrmals in der Nacht aus dem unruhigen Schlaf hoch, in den sie am Abend wie bewusstlos gefallen war. Immer wieder hörte sie Richards Stimme, der ganz deutlich ihren Namen rief. Doch er schien weit fort zu sein, ein Schemen in der Dunkelheit, den sie vergeblich versuchte zu erreichen. Sie wollte ihm antworten - doch ihrer Brust entrang sich kein Laut, so sehr sie sich auch mühte und langsam verschwamm sein Schattenbild vor ihren Augen und wurde zu der Gestalt Fabres, der sie höhnisch und überlegen ansah und die Geste des Halsabschneidens machte. Mit einem Aufschrei erwachte sie tränenüberströmt und klingelte nach Sheba, die am Abend zuvor versprochen hatte, während ihres Unwohlseins im Gang vor der offenen Zimmertür zu schlafen. Doch niemand erschien. Mit bebender Hand entzündete Amélie die Kerze auf ihrem Nachttisch. Es war zwei Uhr morgens und noch völlig dunkel. Leichter Schwindel warf sie wieder auf ihr Lager zurück. Trotzdem fühlte sie sich nicht mehr so schlecht wie noch am Abend, das Fieber schien gefallen und ihr Kopf war freier.

Sie rief sich die gestrigen Erlebnisse auf dem Markt de Valois in Erinnerung. Mit einem Schlag war sie hellwach und sich völlig sicher, dass dort keine Halluzination und kein Nervenfieber sie genarrt hatten – der Mann bei den Bettlern war unzweifelhaft Richard gewesen! Tränen traten in ihre Augen und tiefe Traurigkeit erfüllte ihr Herz. Richard hatte sie vergessen – er liebte sie nicht und hatte sie vielleicht nie geliebt!

Mit trockener Kehle tastete sie nach dem Wasserglas – doch es war leer. Die Karaffe stand auf dem kleinen Tisch in der Mitte des Zimmers. Ein wenig unsicher noch stand sie auf und trat, von leisen, merkwürdigen Geräuschen angezogen, neugierig auf den Flur in den Zwischenraum hinaus, der ihren und Fabres Schlafraum miteinander verband. Shebas Bett, das sie sich dort gerichtet hatte, war unbenutzt. In aller Deutlichkeit hörte sie jedoch unterdrücktes Stöhnen, leises Kichern und verhaltene Stimmen in Fabres Schlafzimmer.

Sie fühlte, wie plötzliche Erbitterung in ihr aufstieg. Jetzt brachte Fabre seine wechselnden Geliebten schon mit ins Haus! Erbost klopfte sie laut und unüberhörbar, gleichzeitig an der Klinke rüttelnd. Die Tür gab unerwartet nach und Fabre, ein Zigarillo im Mundwinkel, stand auf der Schwelle, von Kopf bis zu den Füßen nackt, seinen seidenen Schlafrock nur achtlos um die Schultern gehängt.

Er versperrte ihr den Weg und seine türkisfarbenen Augen, die den genussvollen Ausdruck eines satten Katers hatten, verdunkelten sich: „Amélie? Was willst du? Was machst du für einen Krach?", murrte er unwillig, sich nicht im Geringsten genierend.

Im Hintergrund hatte sie einen spitzen Aufschrei gehört und versuchte, ihm über die Schulter zu sehen.

„Das fragst du noch!", rief sie empört. „Während ich krank bin, amüsierst du dich mit einer Geliebten. Du weißt, wir haben ein Arrangement – du wolltest diese Frauen niemals mit nach Hause bringen!"

„Habe ich das wirklich versprochen? Nun, mag sein!", Fabre lachte leise auf, glättete seelenruhig sein zerzaustes blondes Haar und warf einen halben Blick zurück über die Schulter. „Dann… ist das heute eben eine Ausnahme! Aber jetzt verschwinde – ich hasse eifersüchtige Ehefrauen!"

„Und ich hasse dich!" Amélie stürzten die Tränen aus den Augen; sie presste und stemmte sich verzweifelt gegen die Tür, die Fabre gegen ihren Widerstand ganz einfach ins Schloss drückte.

266

Die Kerze, die sie in der Hand hielt, erlosch. Gekränkt, hilflos vor sich hinweinend, tastete sie sich im Finstern wieder ins Bett zurück. Warum ärgerte sie sich eigentlich über Fabres Untreue - sie wusste doch genau, dass er vor keiner Geschmacklosigkeit zurückschreckte!

Verwirrt und schluchzend drückte sie ihr Gesicht in die Kissen und wälzte sich, auf jedes Geräusch in den Nebenräumen hörend, lange Zeit hin und her. Vergeblich wünschte sie sich den unschuldigen Schlaf ihrer Kindheit in Valfleur herbei, die Bewusstlosigkeit jenes traumlosen Zustands, bei dem jeglicher Kummer am nächsten Morgen beim Zwitschern der Vögel ausgestanden und vergessen war.

„He, Antoine", die Stimme Richard de Montalemberts in der Kleidung des Wachmanns Pélettier sollte unbeschwert und gut gelaunt klingen, „danke, du bist doch ein wahrer Kamerad, der die Stellung hält, ohne gleich Theater zu machen!"

„Lässt sich bei deiner Verspätung gut sagen, Péléttier", brummte Antoine missgelaunt. „Grad wollt ich Meldung machen!" Er nieste mehrmals hintereinander. „Hab mir was geholt, hier! Meinst wohl, das ist nichts, sich die Beine in den Bauch zu stehen, während du dich draußen amüsierst!"

„Na, na", wiegelte Richard ab, „wird wohl nicht so schlimm sein. Hab einen alten Kumpel aus ‚La Force' getroffen – da gabs viel zu erzählen, sag ich dir."

„Na, ja, brauchst du mir nicht zu erklären – ich weiß ja, wie das ist." Antoine, halbversöhnt, schielte nach der bauchigen Flasche, die der Reserveposten vor seiner Nase herumschwenkte. „Man bleibt hängen bei den alten Geschichten!"

„Ja, und deshalb hab ich dir zur Entschädigung einen Gesundheitstrank mitgebracht. Ein ganz guter Tropfen – der hilft gegen das Kratzen im Hals. Gibt's was Neues?" Er reichte sie dem Wachmann, dessen Laune sich sogleich besserte.

„Nein, alles beim Alten. Mmh, wo hast du die denn her? Doch nicht geklaut?", mit Kennerblick betrachtete er das Etikett. „Sieht teuer aus. Der ist doch für mich viel zu schade!"

„Für meine Freunde ist mir nichts zu schade! Wär mir übrigens lieber, du hältst den Mund über meine Verspätung. Der Inspektor, der nimmt alles so genau! Aber jetzt hau ab, Alter, und ruh dich aus!"

Antoine nickte, schnaufte erleichtert, steckte die Flasche unter den Arm und verschwand eilig um die nächste Ecke.

De Montalembert begann hastig in seiner großen Tasche verschiedene Gegenstände zu ordnen. Er gab das Klopfzeichen und ließ sich von den Gendarmen die Zellentür aufschließen, die kommentarlos wieder in ihrer Ecke Platz nahmen. Die beiden Frauen sahen ihm entgeistert entgegen. Madeleine blickte verstohlen auf ihre Uhr.

„Ist es schon so weit? Ich dachte, erst um Mitternacht…"

De Montalembert beschwichtigte sie mit verhaltener Stimme: „Es ist etwas Unvorhergesehenes dazwischengekommen. Wir müssen früher anfangen. Aber kein Grund zur Besorgnis."

Er sah die plötzliche Angst in den aufgerissenen, ein wenig heraustretenden Augen der Königin, das Zittern ihrer leicht vorgewölbten Habsburger Unterlippe. Sie erhob sich, aufrecht, gerade und majestätisch in jahrzehntelang geübter Attitüde, wie in ihren besten Jahren.

„Sagen Sie mir die Wahrheit – was ist passiert? Je mehr ich über alles nachdenke, desto herzloser kommt es mir vor, alles zurückzulassen. Mein Sohn, meine Tochter… sie werden die Strapazen im Kerker vielleicht nicht überstehen."

Richard unterbrach sie kurz: „Gestatten Majestät, es ist jetzt keine Zeit für sentimentale Anwandlungen. Ich garantiere Ihnen - wenn Sie frei sind, dann werden es Ihre Kinder auch bald sein. Dann wird man uns endlich ernst nehmen und unsere Bedingungen akzeptieren. Wir haben nur den Zeitplan ein wenig geändert, alles bleibt, wie besprochen. Haben Sie Mut – seien Sie stark!" Um die Königin nicht weiter zu beunruhigen, vermied er es, von Verrat zu sprechen. Doch Schweißperlen standen auf seiner Stirn und er horchte unruhig auf jedes Geräusch.

„Sie wissen nicht alles!", stieß Marie Antoinette jetzt mit gebrochener Stimme hervor und sank auf ihren Stuhl zurück. „Dieser Gendarm Gilbert! Ich traue ihm nicht. Er verlangte Geld… zehntausend Livres! Da wir Sie nicht erreichen konnten, habe ich eine Nachricht an den Chevalier de Rougeville verfasst – er kam doch jeden Tag, um mir unter einem Nelkensträußchen verborgene Nachrichten zukommen zu lassen und auch die Meinen zu empfangen! Doch plötzlich blieb er aus - er erschien nicht mehr, so dringend ich ihn erwartete! Ich konnte also dem Gendarmen Gilbert das versprochene Geld nicht geben…" Mit einem Schluchzen verbarg sie den Kopf zwischen den Händen. „Das Schicksal ist mir nicht wohlgesinnt - ich fürchte, es hat alles keinen Zweck mehr!"

„Das werden wir regeln", mit einem misstrauischen Blick streifte Richard die beiden Gendarmen, die scheinbar seelenruhig an ihrer Partie Karten sa-

ßen und nicht aufblickten. „Der Mann wird sich gedulden müssen. Das Geld
- er wird es eben später bekommen - haben Sie ihm das nicht gesagt?"

Er wartete die Antwort nicht ab und warf die beiden Militärmäntel mit
den Kappen hinter den bescheidenen Paravent, der der Königin zum Wa-
schen und Kleiderwechseln zur Verfügung stand.

„Das ist für Sie beide!", sagte er kurz. Er selbst nahm die Uniform, die
unter der Matratze versteckt war. Dann drehte er den Frauen den Rücken
zu. „Schnell, beeilen Sie sich! Achten Sie darauf, dass die Haare unter der
Mütze verschwinden und schlagen Sie die Krägen hoch."

Hinter sich hörte er das Rascheln des Stoffes und das leise Flüstern der
beiden Frauen. Madeleine befreite mit geschickten Griffen die Königin aus
ihrem schwarzen Taftkleid und nahm ihr die weiße Haube ab.

Sie waren ganz in die Vorbereitungen vertieft, als plötzlich Fäuste gegen
die dicke Zellentür schlugen und das Geräusch eines rasselnden Schlüs-
selbundes zu hören war. Verängstigt hielten sie inne. Niemand anderer als
Michonis hatte die Schlüssel und der würde sich hüten, sich in einem so
kritischen Moment durch sein plötzliches Erscheinen in der Zelle verdächtig zu machen!

Nicolas und Gilbert, die beiden Gendarmen sahen abwartend von ihrer
Partie Bésigue auf, in die sie demonstrativ vertieft waren und hielten den
Atem an. Gilbert warf unsichere Blicke zur Tür und das Blut stieg ihm ins
Gesicht. Es war also so weit! Er hatte es insgeheim erwartet und befürchtet.
Ade, Geld – aber lieber kein Geld als keinen Kopf auf den Schultern.

Madeleine schrak zusammen, ergriff jedoch geistesgegenwärtig den Besen und begann unsichtbaren Schmutz zusammenzufegen, während Marie
Antoinette, die ihr Kleid schon abgelegt hatte und im Begriff war, in den
Mantel zu schlüpfen, mit flatternden Pulsen gleichsam in der Bewegung erstarrte und sich hinter die simple Bretterwand, die sie vor Blicken schützte,
duckte.

Die Eisentür öffnete sich quietschend wie in Zeitlupe und Richard hatte gerade noch die Möglichkeit, dem auf dem Boden liegenden Taftkleid
der Königin einen raschen Fußtritt zu versetzen, mit dem es bis auf einen
schwarzen Zipfel hinter dem Paravent verschwand.

Ein fremder, rundlicher und kleingewachsener Mann, den großen
Schlüsselbund der Conciergerie in der Hand, erschien auf der Schwelle.
Er war angetan mit der dunklen Funktionärskleidung, die aus Kniehosen,
einfachem Hemd und einem Redingote aus grobem, gestreiftem Stoff bestand.

„Sind Sie Pélettier?", er sah Richard mit hinter einem kleinen Kneifer wach funkelnden Augen argwöhnisch an. „Was machen Sie hier drinnen? Ihr Platz sollte draußen vor der Tür sein?"

Richard wusste nicht, was er sagen sollte. Durch seinen Kopf schossen verschiedene Möglichkeiten wie bunte Leuchtkugeln. Irgendetwas lief jetzt ganz schief. Wer war dieser Unbekannte, der über den Schlüsselbund, der eigentlich nur dem Gefängnisinspektor der Conciergerie oder aber dem Schließer Richard zustand, verfügte? Um Zeit zu gewinnen und seine Überraschung zu verbergen, räusperte er sich mehrere Male, nahm hastig sein Gewehr auf, das er auf den kleinen, wackligen Tisch gelegt hatte, welcher der Königin als Ablage diente, und präsentierte sich in strammer Haltung.

„Verzeihung... ich weiß, mein Benehmen ist natürlich nicht korrekt, aber ... es war ein Notfall. Der Königin wurde schlecht – und..." Er sah zu den beiden Gendarmen hinüber. „Ich wurde zu Hilfe gerufen! Wir mussten sie ins Bett tragen!"

Nicolas und Gilbert, die näher gekommen waren, nickten stumm zur Bestätigung. Dann blieb Richard stecken und sah den Beamten ein wenig hilflos an. Die Brillengläser seines Gegenübers blitzten und er versuchte, zu dem in der Ecke stehenden, vom Paravent verdeckten Bett hinüberzusehen.

„Verstehe! Sie wundern sich vielleicht darüber, wer ich bin. Ein dringender Befehl des Konvents. Ich bin Ihr neuer Vorgesetzter. Der Direktor Michonis und auch der Oberaufseher Richard wurden ersetzt – ab jetzt trage ich die Verantwortung für dieses Gefängnis. Das Gerücht einer Verschwörung ist plötzlich aufgetaucht und ich wollte nur nachsehen, ob alles in Ordnung ist. Man kann ja nie wissen. Mein Name ist übrigens Didier Bault! Ich war zuvor Kerkermeister in La Force." Er ließ seine Blicke durch die nur unzureichend erhellte Zelle schweifen. „Ich wollte mich selbst von der Unversehrtheit und Anwesenheit der Witwe Capet überzeugen. Ich habe ihr außerdem etwas zu überbringen."

Richard sah ihn unverwandt an. Seine schlimmste Befürchtung bewahrheitete sich! Der bestochene Beschließer entlassen – Michonis ersetzt! Also hatte der Konvent doch schon Verdacht geschöpft und gehandelt! Gab es jetzt noch eine Chance? Er warf einen unauffälligen Blick durch die offene Tür in den dunklen Gang. Inspektor Bault schien nur in Begleitung zweier einfacher Wachen zu sein. Jetzt musste er genau überlegen, was er tat. Langsam nahm er die Waffe von der Schulter und legte unauffällig den Finger an den Abzug. Sie war mit scharfer Munition geladen und in seinen ausgebeulten Taschen unter der weiten Jacke fühlte er die beiden Pistolen mit den

Patronen. Sollte er diesen Mann auf der Stelle erschießen, sich den Weg an den Wachen vorbei freikämpfen und mit den beiden Frauen fliehen? Draußen wartete Rougeville in der Kutsche… alles war vorbereitet. Er würde es notfalls auch ohne Hilfe der Truppe von Michonis schaffen, hinauszukommen. Der Zwerg Dimanche, der mit den nachgemachten Schlüsseln irgendwo in den Gängen wartete, hatte sicher bereits die Ausgänge geöffnet.

Er sah zu Madeleine hinüber, in deren Augen er stumme Entschlossenheit las. Sie blickte den Inspektor mit gespielter Unterwürfigkeit an: „Ich bin Marie Pélettier, die Bedienerin und helfe der Witwe Capet gerade, sich umzuziehen! Sie wird sofort zu Ihrer Verfügung stehen."

Mit diesen Worten trat sie unerschrocken hinter den nicht einsehbaren Paravent, hob den Militärmantel auf, legte ihn um die Schultern der schwankenden Königin und versuchte, ihre grau gewordenen Haare unter der Mütze zu verbergen.

Draußen hörte man hallende Schritte und energische Stimmen. Richard krampfte die Hand um die Waffe unter seiner Jacke. Es musste jetzt alles ganz schnell gehen. Er machte Madeleine ein Zeichen mit den Augen und schob ihr die zweite Pistole zu. Jetzt wurde es ernst; sie nahm die Waffe und straffte den Rücken. Die Tür sprang auf und zur Überraschung Richards stand der Gefängnisinspektor Michonis persönlich in Begleitung eines kleinen Wachtrupps im Raum.

18. Kapitel
Verrat aus Liebe

Das Greinen des kleinen Philippe-François weckte Amélie am nächsten Morgen schon sehr früh. Ihre Kopfschmerzen waren glücklicherweise verschwunden, obwohl sie in der Nacht eine Weile wach gelegen und über ihre verfahrene Situation nachgedacht hatte. Es war ihr jedoch unmöglich gewesen, sich einen Reim auf die Geschehnisse zu machen, geschweige denn, irgendeinen Entschluss zu fassen. Sie stand auf, ging ins Kinderzimmer und nahm den Säugling auf den Arm. Die Wärme des kleinen Körpers, seine weiche Haut und der weizenblonde Flaum seines Haares über seinen großen, unschuldig zu ihr aufgeschlagenen Augen rührten sie und sie drückte ihn fest an sich. Zärtlich wiegte sie ihn hin und her, küsste abwechselnd seine rosigen Händchen und samtigen Wangen und summte ihm zur Beruhigung ein Lied. Ihr Blick schweifte über das Bild der noch friedlich schlafenden Mädchen, die sich zusammen in ein Bett gekuschelt hatten. Aurélie, die Ältere, hatte den Arm um die Kleinere geschlungen, als wolle sie sie beschützen und Sophie Benedicte schmiegte sich, den Daumen im Mund, zufrieden an sie. Amélie war stolz auf ihre wohlgeratenen, hübschen Kinder, die ihr die Kraft gaben, an der Seite Fabres durchzuhalten und all das zu ertragen, was das Schicksal ihr auferlegte. Der zahnende Philippe-François quengelte jetzt unruhig; er verlangte nach Nahrung und so übergab Amélie ihn nach einer Weile der Obhut der Amme.

Als sie den Salon betrat, war sie überrascht, Fabre schon am Schreibtisch des kleinen, meistens unbenutzten Sekretärs in der Ecke vorzufinden. Er war noch im Schlafrock, ganz gegen seine Gewohnheit unrasiert und sein blondes Haar fiel wirr auf die Schultern. Vor ihm lagen Akten, die er mit fiebriger Hand sortierte. Einige Papiere riss er entzwei und warf sie in die aufzüngelnden Flammen des Kaminfeuers. Ungnädig sah er auf, als sie eintrat.

„Was willst du?", fragte er mürrisch und fuhr in seiner Beschäftigung fort.

Amélie wusste nicht, was sie sagen sollte – doch im selben Moment enthob sie das Klopfen des Dieners einer Antwort.

„Verzeihung, Monsieur d'Églantine – eine Dame möchte Sie sprechen!"

„Verdammt!", entfuhr es Fabre unbeherrscht. „Doch nicht jetzt! Was für eine idiotische Idee..."

Er kam nicht weiter, denn Simone Aubray drängte sich ins Zimmer. Verblüfft sah sie Amélie an. „Oh Verzeihung Madame", stammelte sie, „ich wusste nicht, dass Sie... um diese Zeit schon..."

Amélie trat empört einen Schritt zurück. Was fiel dieser Frau ein, ihr bis hierher nachzukommen? Sie biss sich auf die Lippen und wandte sich ostentativ ab. Die Schauspielerin mit dem roten, flammenden Haar und dem schon am Morgen dick geschminkten Gesicht ließ Erinnerungen in ihr wach werden, die ihr ein beinahe körperliches Unwohlsein verursachten. Fabre war aufgesprungen.

„Was zum Teufel willst du hier?", fuhr er die Besucherin an.

„Ich muss dich sprechen!" Simone hatte sich nach einem beinahe entschuldigenden Blick in Amélies Richtung wieder gefasst. „Unter vier Augen!"

„Du bist wohl verrückt geworden!", geiferte Fabre wütend. „Mach, dass du raus kommst!" Doch dann fasste er sich und sagte nach einem Blick auf seine Frau mit der gewohnten Kühle: „Es gibt zwischen uns nichts mehr zu besprechen, Mademoiselle Aubray. Wenn Sie mir etwas sagen wollen, dann wird Ihnen die Direktion des ‚Théâtre Molière' einen geeigneten Termin nennen."

Simone Aubray war das Blut wie eine Flamme ins Gesicht geschossen, ihre Augen glühten auf. „Wie du willst!" Ihre Brust hob und senkte sich in schnellem Takt. „Ich wollte dich nur warnen! An dem, was jetzt geschieht, wirst du selbst schuld sein!"

„Raus!", Fabre trat drohend auf sie zu und seine Stimme war so kalt wie seine Augen. „Verschwinde - und lass dir nie wieder einfallen, bei mir zu Hause aufzukreuzen!"

Das Gesicht der Schauspielerin verzerrte sich, sie schien nach Luft zu ringen, brachte aber kein Wort mehr hervor. Dann drehte sie sich auf dem Absatz herum und knallte, ohne dass der erstaunte Diener es verhindern konnte, die Tür mit einem so heftigen Schlag zu, dass die Fensterscheiben klirrten.

„Eine lästige Person!", um Fabres Lippen spielte ein verächtliches Lächeln. „Nach ein paar Erfolgen bildet sie sich schon wer weiß was ein!"

Amélie starrte Fabre verständnislos an. „Was... was meinte Sie damit – was soll denn geschehen, an dem du selbst schuld bist?"

Fabres Gesicht verschloss sich auf der Stelle wieder. „Das war nur dummes Geschwätz", erwiderte er so barsch wie vorher, packte die Akten zusammen, warf sie mit einem Schwung in die Schublade und schloss ab. „Wenn ich alle hysterischen Weiber am Theater ernst nähme, könnte ich mir gleich die Kugel geben!" Seine Züge blieben bei diesen Worten gleichmütig, doch Amélie bemerkte zum ersten Male, dass in seinem flackernden Blick so etwas wie Unsicherheit und Angst lag.

Er sah zur Pendeluhr in der Ecke hinüber und erhob sich hastig: „Höchste Zeit, dass ich mich ankleide! Ich muss zu einer wichtigen Sitzung. Wo bleibt bloß dieser säumige Barbier?" Wie auf ein Stichwort meldete der Diener den Mann, der mit seinen Utensilien beladen, unterwürfig eintrat.

„Kannst du nicht aufpassen, ungeschickter Kerl!"

Mit einem Fluch stieß Fabre schlecht gelaunt den Barbier beiseite, der ihn beim Rasieren geschnitten hatte. Das Porzellanbecken fiel zu Boden und das schäumende Wasser ergoss sich auf den Teppich. Er sprang vor den Spiegel und presste die weiße Serviette gegen die Wunde.

„Hau ab, verschwinde, ich mache es selber, du Tölpel!", schrie er den verwirrten Burschen an, der mit einer Entschuldigung rasch gebührenden Abstand zwischen sich und den Wütenden brachte. Eine Flut von wilden Beschimpfungen entlud sich trotzdem über ihn. Fabre zerrte an den aufgeweichten Ärmeln seines frischen Hemdes. Verflixt, schon jetzt schien alles schief zu laufen. Dabei war die Zeit mittlerweile wirklich knapp, weil die Sichtung seiner Papiere heute Morgen doch mehr Sorgfalt bedurft hatte, als er dachte. Nachdem Klagen laut geworden waren, ging es im Sicherheitsausschuss erneut um die leidige Prüfung der Akten der Compagnie des Indes und man verlangte einen noch genaueren Rapport von ihm. Der Blick Robespierres neulich war ihm durch Mark und Bein gegangen! Aber im Grunde konnte er dieser Sitzung jetzt ganz ruhig entgegensehen; was sollte man ihm schon beweisen? Der Hauptverdächtige, auf den er alle Schuld der Betrügereien geschoben hatte, ein gewisser Abbé d'Espagnac war mittels seiner heimlichen Hilfe vor ein paar Tagen aus dem Gefängnis geflüchtet und mit den kompromittierenden Dokumenten bereits über alle Berge. Alle anderen Tricksereien hatte er dann selbst in tagelanger Arbeit vernichtet, gefälscht und ausgelöscht. Die Hauptsache war, dass wegen der Compagnie auf ihn kein konkreter Verdacht fiel.

Er zog die Mundwinkel zu einem zynischen Lächeln nach unten. Das Hochtreiben der Aktien war leichtes Spiel für ihn gewesen und damit hatte er immer genügend Geld in der Tasche, um geschwätzige Mäuler zu stopfen, die ihm schaden konnten – und auch um seinen aufwändigen Lebensstil sicher zu stellen. Danton und die anderen waren doch auch keine Engel - er kannte zu viele ihrer Geheimnisse! Sie würden zu ihm halten wie bisher, dessen war er sich so gut wie sicher.

Achtlos warf Fabre das weiße Seidenhemd zur Boden und betrachtete missmutig im Spiegel die Tränensäcke unter den Augen und die scharfen

Linien um seinen etwas zu weichen Mund. Ausgerechnet heute fühlte er sich ausgebrannt und müde. Die Nacht mit der jungen Mulattin Sheba, die sich als raffinierte Geliebte erwies, war nicht spurlos an ihm vorüber gegangen. Früher hätte ihn das nicht touchiert – ganze Nächte hatte er mit den Schauspielerinnen der Truppe Montansier in Versailles durchgemacht! Er erinnerte sich nicht ungern an die wilden Zeiten! Aber jetzt musste er vor allem ruhig bleiben, gelassen alle Angriffe abwehren, um seinen Kopf aus der Schlinge zu retten. Es galt, kaltes Blut zu bewahren, sich ahnungslos zu stellen, bis die Sache mit der Compagnie des Indes erledigt war. Eine Rolle zu spielen war ihm doch noch nie schwergefallen! Er atmete tief durch, strich sich sein Haar mit einer gewohnheitsmäßigen Geste in den Nacken, überlas noch seine Rechtfertigungsrede und verglich sie mit den Fakten in seiner Akte. Nichts, man konnte ihm rein gar nichts beweisen. Jede Anschuldigung würde er als lächerlich zurückweisen. Erleichtert atmete er auf, steckte die Papiere in seine Tasche und machte sich auf den Weg zum Konvent.

Robespierre saß sehr früh schon am kleinen Schreibtisch in seinem neuen Quartier in der Rue St. Honoré, das er bei dem Tischler Duplay gefunden hatte, und schrieb an einer geschliffenen Rede, die er später im Sicherheitsausschuss halten wollte. Er zog sich oft in die idyllische Ruhe dieses kleinen Hinterhofs zurück, wenn ihm der Trubel um seine Person zu viel wurde. Völlig versunken in seine Tätigkeit, füllte er Seite um Seite. Diesmal wählte er die Worte schärfer, zündender und fast drohend. Ein für alle Mal wollte er es allen Widersachern und Neidern im Konvent zeigen; ihnen die Maske vom Gesicht reißen! Ducken sollten sie sich und endlich akzeptieren, dass es ihm um die reine Wahrheit, um Tugend und Aufrichtigkeit ging! Frankreich musste endlich von allen Lügnern und Heuchlern befreit werden!

Seufzend legte er die Feder beiseite, als die kleine, schüchterne Elisabeth, die Tochter des Tischlers, ihm eine Besucherin meldete, die sich nicht abweisen ließ. Warum gönnte man ihm nicht die Ruhe, die er brauchte, um nachzudenken und zu formulieren? Er hasste es, dass die Frauen ihm plötzlich so nachliefen, sich für ihn putzten und ihm schöne Augen machten! Früher hatten sie sich wenig um ihn gekehrt und er spürte, dass es ihnen jetzt nur um seinen Ruhm ging.

„Sag, ich sei sehr beschäftigt und wünsche, nicht gestört zu werden!"

Noch bevor das Mädchen diese Nachricht ausrichten konnte, drängte sich eine für den Vormittag zu stark geschminkte, vollbusige Frau an ihr vorbei.

„Lass nur, Kleines!", selbstsicher schob sie Elisabeth von der Schwelle.

Robespierre sprang auf, die Stirn gefurcht, die Wangen bleich. „Ich sagte doch, ich habe zu arbeiten…"

Simone Aubray glitt geschmeidig auf ihn zu, die Hüften wiegend. Sie trug ein weit ausgeschnittenes, mattblaues Satinkleid, das mit passenden Federn garniert war, und ihre roten Haare unter dem mit Blumen aufgetürmten Hut fielen in offenen Locken auf ihre nackten Schultern. Mit verzücktem Lächeln stieß sie einen theatralischen Schrei aus: „Oh, der große Robespierre! Der Held von Paris! Sie einmal am Arbeitstisch zu sehen, wo das neue Weltbild entsteht, die bahnbrechenden Gedanken ausgearbeitet werden! Darf ich mich vorstellen…"

Robespierre räusperte sich und rückte seine Brille zurecht. „Nicht nötig! Sie sind mir natürlich nicht unbekannt, Mademoiselle Aubray! Aber vielleicht erweisen Sie mir ein anderes Mal die Ehre, ich habe heute nicht die Zeit, um galant zu sein. Große Umstürze erschüttern das Land – kommen Sie zu einem späteren Zeitpunkt, wenn Sie ein Anliegen haben!"

Simone klappte enttäuscht ihren Fächer zusammen. Diesem trockenen Federfuchser konnte man mit fraulicher Raffinesse nicht beikommen! „Ich bin tatsächlich nicht hier, um mit Ihnen Galanterien auszutauschen", sagte sie trocken und kurz. „Ich wollte Sie nur warnen."

Robespierre hob interessiert die Augenbrauen.

„Warnen? Mich? Wovor?"

Simone raffte ihr Kleid und trat ganz dicht an den mächtigsten Mann im Konvent heran, während ein süffisantes Lächeln um ihren Mund spielte. „Nicht, dass Sie denken, ich möchte jemanden denunzieren! Aber das Vaterland – Sie verstehen – es erfordert, dass man neu aufflammende Korruption schon in den Anfängen erstickt!"

Robespierre wich angewidert von dem Duft des starken, süßlichen Moschusparfums zurück, das die Schauspielerin umhüllte. Er fühlte großes Unbehagen gegenüber dieser Art von Frauen, die für ihn Kokotten darstellten, aufgetakelt, geschminkt und unnatürlich. Doch er beherrschte sich und fragte in säuselndem Ton: „Denken Sie an etwas Bestimmtes, Bürgerin Aubray? Und um wen handelt es sich?"

Simone senkte die Augen mit den geschwärzten Wimpern und zögerte: „Jemand, von dem Sie es vielleicht nicht vermuten…, aus den eigenen Reihen, ein Konventsmitglied mit höchster Protektion. Und es geht um Unterschlagung von Staatsgeldern, um Lieferungen an die Armee, die niemals ankamen."

Das Interesse Robespierres war geweckt, seine kleinen, kalten Augen blitzten wachsam auf. „Diese Behauptung ist ausgesprochen kühn! Sagen Sie mir den Namen, Madame!"

Simone tat, als ziere sie sich. „Mein Herr, es kostet mich sehr große Überwindung…", sie schwieg, während Robespierre ungeduldig wurde und mit den Fingern auf den Schreibtisch trommelte.

„Ich könnte das ‚Théâtre Molière' schließen lassen, das wissen Sie!", murmelte er unheilverkündend.

„Nun, wenn Sie darauf bestehen, mich sozusagen zwingen – vertraue ich Ihnen das Geheimnis an!", Simone klappte den Fächer wieder auf und sah über den oberen Rand beinahe kokett zu ihrem Gesprächspartner hinüber. „Ich sage nur so viel: Einer der mächtigsten Männer dieses Staates, kein Geringerer als Danton, hält seine schützende Hand über ihn."

„Ach", ein Wetterleuchten durchzuckte die Miene Robespierres und er verzog seine dünnen Lippen zu einem beinahe triumphierenden Lächeln. „Sie meinen doch nicht etwa denjenigen, den ich schon lange im Verdacht habe… Fabre d'Églantine?"

Die Schauspielerin nickte mit einem rätselhaften Lächeln. „Niemand anderen!"

Es entstand eine kurze Pause, in der Robespierre sinnend seine Papiere ordnete. „Ich werde der Sache nachgehen und danke Ihnen, Bürgerin. Sie haben nur Ihre Pflicht erfüllt! Aber ich brauche Beweise!"

Simone senkte den Kopf. „Wenn Sie mehr wissen wollen, dann sehen Sie sich doch einmal die Akten der Armeelieferungen für Ausrüstung und Lebensmittel an. Sie sollten einen gewissen Abbé d'Espagnac dazu befragen. Ansonsten stehe ich Ihnen selbstverständlich zu allen weiteren Auskünften zur Verfügung." Mit diesen Worten raffte sie ihre Röcke, drehte sich um, nickte dem Unbestechlichen kurz zu, eilte an der ihr neugierig nachsehenden Tochter des braven Tischlers vorbei und überquerte den sonnenüberfluteten Hof mit dem kleinen, in ländlicher Blüte stehenden Garten. Ein Gefühl großer Genugtuung, geradezu des Triumphes, bewegte sie und erleichtert trat sie auf die von quirligem Leben erfüllte Straße und winkte einer Droschke.

Michonis und Bault sahen einander kurze Zeit schweigend an, um sich zu taxieren und herauszufinden, was der eine vom anderen wusste und inwieweit sie sich in dieser mehr als kritischen Situation trauen konnten. Mit einem kurzen Befehl schickte der Gefängnisdirektor die Wachen schließlich vor die Tür. Bault ergriff zuerst das Wort, sich an Richard wendend: „Ich kann mir denken, was Sie vorhaben und bin wohl im richtigen Augenblick gekommen!", begann er trocken, ohne jegliche Einleitung.

Richard kniff die Augen zusammen, erhob die Waffe und richtete sie auf ihn. „Aus dem Weg, gehen Sie – Sie können mich nicht mehr aufhalten!"

Bault, die gegen ihn gerichtete Pistole ignorierend, hob die Hand und winkte gelassen ab. „Sparen Sie sich die Mühe für später. Nur so viel: In ‚La Force' habe ich mehr als zweihundert Leuten das Leben gerettet – und ich schrecke erst recht nicht davor zurück, wenn es sich um die Königin handelt."

Richard zögerte, er sah Michonis verwundert an, der schließlich begann: „Halt, Péléttier! Ich bin sicher, Bault sagt die Wahrheit. Er ist einer der Unseren. Und er würde sich, genau wie ich, wahrscheinlich eher aufs Schafott schicken lassen, als die Königin diesen Blutsäufern auszuliefern!"

Bault nickte zustimmend, während der Gendarm Gilbert, der nicht alles von der Unterhaltung verstand, mit weit aufgerissenen Augen aus dem offenen Nebenraum zu den Männern hinüberstarrte. Der Schweiß lief ihm in Bächen Stirn und Rücken hinunter. Was ging hier vor? Was sollte er davon denken? Vielleicht stand er ja jetzt als Verräter da? Dann ging es ihm an den Kragen. Man wusste in diesem Wirrwarr nicht einmal mehr, wer Freund noch Feind war! Doch niemand kümmerte sich um ihn und um seinen Kollegen Nicolas, der ebenfalls verstohlene Blicke in die abgeteilte Zelle warf.

Richard blieb noch eine Weile unschlüssig, doch dann ließ er die Pistole sinken. „Ich glaube Ihnen – Michonis Wort hat für mich Gewicht. Lassen Sie uns vorbei - wir dürfen keine Minute mehr verlieren! Draußen wartet mein Wagen. Wir bringen die Königin an einen sicheren Platz! Geben Sie mir Rückendeckung, damit wir die Conciergerie ohne Schwierigkeiten verlassen können. Wir nehmen die Königin und ihre Begleiterin in die Mitte – als Wachen verkleidet. Jeder hat gesehen, dass Michonis mit bewaffneten Soldaten hereingekommen ist…"

Michonis fiel ihm ins Wort: „Und ich gehe mit Ihnen ganz ruhig auf dem gleichen Weg wieder hinaus! Genauso, wie es von Anfang an geplant war. Das wird niemandem auffallen und wenn – dann soll er es wagen, sich uns in den Weg zu stellen!" Seine Augen leuchteten, er heftete sie in schwärmerischer Ergebenheit auf das auf dem Bett zusammengesunkene Häufchen Elend im rauen Militärmantel, das einst die am meisten geliebte und bewunderte Frau Frankreichs gewesen war und verbeugte sich leicht: „Ich gebe mein Leben für das Ihre, Majestät!"

278

Marie-Antoinette hob nur leicht den Kopf, um ihm schwach zuzunicken.

Michonis zögerte nun keine Sekunde länger, er ging rasch den dunklen Gang entlang und nahm den erstbesten, stramm stehenden Garden die Piken ab. Als er zurückkehrte, wandte er sich an den Kerkermeister: „Bault, wenn Sie auf unserer Seite sind, dann sorgen Sie dafür, dass uns niemand folgt – zerstreuen Sie jeden Verdacht – schließen Sie die Zelle und lassen Sie die Schlüssel eine Weile unauffindbar bleiben."

„Ich komme mit!", die Stimme Baults ließ keinen Widerspruch zu.

Die Königin richtete sich auf und ihre Augen schienen ins Wesenlose zu gehen. „Meine Beine tragen mich nicht", sie stöhnte mehr, als sie sprach. „Ich kann nicht! Vielleicht ist es falsch, zu fliehen! Ich sollte mich dem Prozess stellen und man wird feststellen, dass ich unschuldig bin. Ich habe Angst!"

Richard fuhr herum und sah sie eindringlich an: „Majestät! Ich beschwöre Sie! Sie dürfen nicht aufgeben! Es ist nur ein kurzer Weg, der in die Freiheit führt - aber er ist für die gesamte Nation von entscheidender Bedeutung. Doch Sie müssen ihn allein gehen - ich kann Sie nicht einmal stützen! Ich bitte Sie, nehmen Sie Ihre ganze Kraft zusammen. Das ist die letzte Chance!"

„Ich weiß nicht, ob eine solche Entscheidung richtig ist. Ich habe mit dem Leben abgeschlossen. Meine Kinder…", die Lippen der Königin zitterten und aus ihren Augen strömten die immer bereiten Tränen, „man wird sie vor Wut töten, wenn ich verschwunden bin…"

„Man wird sie erst recht töten, wenn Sie in dieser Zelle bleiben!" Richards Stimme wurde so laut, dass Bault ihn anstieß und den Finger auf die Lippen legte. Beschwörend sah er die arme, gebrochene Frau an, die totenblass auf ihrem Bett saß, den um ihre abgemagerte Gestalt schlotternden Militärmantel um die Schultern und die groteske Mütze schief auf dem Kopf, darunter die blassen, leidenden Züge. Madeleine warf ihr einen ermutigenden Blick zu, zog sie hoch und fasste sie dann fest unter den Arm. Sie drückte ihr die Pike, die Michonis ihr reichte, in die feingliedrige, weiße Hand, die kaum imstande war, sie zu halten und schlüpfte dann selbst in ihre Verkleidung, die Kappe tief ins Gesicht drückend. Richard winkte den Gendarmen und der kleine Trupp nahm die beiden Frauen in die Mitte, die von den Wachen zusammengedrängt, sich bemühten, den Marschschritten der anderen durch den hallenden Gang der Conciergerie anzupassen. Madeleine war trotz der großen Gefahr dieser Stunde ganz ruhig; seltsamerweise fielen ihr nur die Worte des Dichters Ducos ein, der einstmals auf Schloss Valfleur zu den bevorzugten Gästen gezählt hatte. „… durch die Mauern der Conciergerie düster und dunkel – dringt niemals der Strahl des Sonnengefunkel…"

Die Treppe, die aus den feuchten Gängen des Souterrains hinaufführte, war ohne Zwischenfall glücklich genommen und der lange Korridor, mit den einzelnen Zellen, der in der Eingangshalle endete, erstreckte sich, von wenigen flackernden Pechlaternen erhellt, als letztes Hindernis vor ihnen aus. Die vergitterten Zwischentüren waren geöffnet. In einer dunklen Ecke duckte sich der Zwerg Dimanche und sah mit weit aufgerissenen Augen dem Geschehen zu. Michonis ging mit entschlossenen Schritten voran – niemand wagte es, sich ihm entgegen zu stellen. Die Wachen grüßten ihn, nahmen gewohnheitsmäßig Haltung an. Man kannte und fürchtete seine Person, obwohl Bault, am Schluss der kleinen Prozession marschierend, bereits offiziell seine Vertretung übernommen hatte.

Plötzlich vernahmen sie lautes Stimmengewirr und energische Befehle aus der Halle, man hörte die schwere Eisentür krachend zuschlagen und das Quietschen des breiten Riegels, der sich wieder davor schob. Große Aufregung schien zu herrschen, das Klappgeräusch schwerer Stiefel auf dem Steinboden und metallisches Klirren von Säbeln drangen an das Ohr der Flüchtenden, die ihre Schritte zunächst erschrocken verhielten und danach wieder beschleunigten.

„Nicht zögern! Weiter!", stieß Michonis mit unterdrückter Stimme hervor. „Wir sind gleich draußen. Halten Sie durch. Sie werden uns nicht beachten!"

In der Halle trafen sie in der Tat direkt auf eine Abordnung des Konvents, begleitet von Delacroix und Collot d'Herbois, dem Konventskommissar. Kaltblütig trat Michonis vor, während er Richard mit seinen Schützlingen und dem verunsicherten Bault ein Zeichen machte, weiterzumarschieren.

„Was ist geschehen, Bürger?"

Collot d'Herbois baute sich mit gerunzelter Stirn vor dem Gefängnisdirektor auf. „Das Gerücht einer Verschwörung! Die Königin soll entführt werden! Gut, dass Sie da sind, Michonis. Man wollte Sie verleumden – aber ich sehe, Sie sind vor Ort und erfüllen Ihre Pflicht. Als Verstärkung haben wir Inspektor Bault eingesetzt."

Delacroix mischte sich ein. „Es soll sich um ein Komplott handeln - der wachhabende Gendarm hat eine geheime Nachricht der Königin an ihre Helfershelfer gefunden!"

Michonis blass geworden, lachte gekünstelt und schlug mit der Faust wie prüfend gegen die dicken Quadersteine. „Aus diesen Mauern kommt so schnell keiner heraus. Aber man sollte Gerüchten nicht allzu viel Glauben schenken. Von mir aus gesehen, war nach einer Inspektion alles in Ordnung!" Er wies den langen Gang entlang. „Aber am besten, Sie überzeugen sich selbst. Gehen Sie in die Zelle. Die Königin ist krank. Sie liegt zu Bett. Ich komme eben von ihr!"

Bault nickte bestätigend, bevor er weitermarschierte. „Ich habe mich selbst davon überzeugt, dass alles ruhig ist!"

Collot d'Herbois winkte unschlüssig seinen Begleitern und dem Sergeanten der Garde und zögerte. „Wenn Sie das sagen, sind wir hier vielleicht überflüssig. Man hat schließlich noch andere Dinge zu tun. Ich kann mich doch auf Sie und Inspektor Bault verlassen?"

In diesem Moment erklang aus der anderen Ecke des Saales, vor dem gewaltigen Eingangsportal ein schlurfendes, dumpfes Geräusch, so als fiele ein schwerer Gegenstand unvermutet zu Boden. Michonis erstarrte. Schweigen breitete sich aus und die Männer der Abordnung wandten ihre Köpfe in die Richtung der kleinen Gruppe unter Bault, auf dessen Befehl die Soldaten bereits die Riegel zum Außentor geöffnet hatten. Die Königin war in ihrer Mitte, ohne dass Madeleine sie halten konnte, plötzlich zusammengebrochen, der Militärmantel hatte sich geöffnet, die Mütze war davongerollt, und gab die gelösten, in der Haft ergrauten Haare in langer Flut frei. Das totenblasse Gesicht Marie Antoinettes nahm sich von den dunklen Steinfliesen erbarmungswürdig hilflos aus.

„Was ist denn das?", würgte Michonis mit entsetztem Blick schließlich ratlos hervor, als wisse er nicht, worum es ginge.

„Festnehmen! Schnell!" Die Stimme des Sergeanten knallte wie ein Pistolenschuss durch die Halle und alles geriet in aufgeregte Bewegung. Wachen stürzten herbei. Madeleine versuchte noch ein letztes Mal die Königin mit de Montalemberts Hilfe zum Aufstehen zu bewegen, sie mit ihren ganzen Körperkräften hochzustemmen. In diesem Moment erlangte Marie Antoinette zwar das Bewusstsein wieder, aber sie erkannte die Aussichtslosigkeit der Situation sofort und begann, sich sanft zu wehren.

„Fliehen Sie allein! Ich kann nicht mehr! Gott wird mir helfen!", flüsterte sie mit blutleeren Lippen.

„Nein, niemals! Geben Sie nicht auf – nur noch ein paar Schritte… denken Sie an die Freiheit, daran, was auf dem Spiel steht!" Madeleine bemühte sich hartnäckig, den schlaffen Körper der Königin aufzurichten und ihr Mut einzuflößen. Doch diese schüttelte nur noch stumm den Kopf und sank entkräftet zurück. Gewehrsalven durchschnitten die Luft.

„Lassen Sie sie los! Es ist zwecklos." Richards Stimme klang drängend und wie von Weitem an ihr Ohr. Er war bereits draußen und hatte mit einigen

Schüssen schon die ersten Verfolger abgewehrt, die sich in Deckung zurückzogen. Als er jedoch sah, dass Madeleine die Königin nicht allein lassen wollte, kehrte er tollkühn noch einmal um. „Kommen Sie!", schrie er und gab ihr einen heftigen Stoß nach vorn. „Schnell, bringen Sie sich in Sicherheit. Es ist zu spät! Das hat jetzt keinen Sinn mehr."

Madeleine fühlte nur noch, wie er sie grob beim Arm packte und mit sich zerrte. Erst, als einer der Wachmänner drohend die Pike gegen sie erhob, erkannte sie den wirklichen Ernst der Lage. In letzter Minute wich sie, sich zurückwerfend, dem Angreifer aus. Wie gejagt rannte sie hinter Richard her, der sich von Zeit zu Zeit umdrehte und gezielte Schüsse auf seine Verfolger abgab. Der lange Mantel war hinderlich und sie warf ihn einfach, einen Haken schlagend, einem verdutzt stolpernden Gardesoldaten vor die Füße. Ohne sich noch einmal umzudrehen, zwängte sie sich durch den Spalt des halb geöffneten, äußeren Tores hindurch, an den zu spät reagierenden Wachen vorbei, lief blindlings über die viel befahrene Straße, ungewollt beinahe vor die Räder der Kutschen und die Hufe sich aufbäumender Pferde stürzend. Ein Fuhrwerk ging durch, riss ein entgegenkommendes mit und die Kutscher der verkeilten Fahrzeuge sandten ihr lästerliche Flüche nach.

Wie durch ein Wunder gelang es ihr, im Durcheinander des Unfalls zu entwischen und unbeschadet die Seinekais zu erreichen. Verwirrt bemerkte sie erst jetzt, dass sie, ohne sie benutzt zu haben, immer noch die Pistole in der Hand hielt, die Richard ihr in der Zelle gegeben hatte und steckte sie in die Tasche ihres Rocks. Glücklicherweise war auf der anderen Straßenseite Markt und zwischen den Buden herrschte das übliche Getümmel.

Ohne nachzudenken mischte Madeleine sich unauffällig unter die Buden der Händler am Ufer der Seine, und drängte sich, ihre Ellenbogen gebrauchend, eilig weiterlaufend in das unübersichtliche Getriebe von Paris, bis ihr schließlich der Atem ausging. Mit stechenden Lungen und rasendem Herzschlag blieb sie endlich stehen und sah sich wie gehetzt um, ohne zu wissen, wo sie sich genau befand.

Sie hatte nicht nur ihre Verfolger, sondern auch Richard verloren und niemand von den gleichgültigen Passanten achtete inzwischen mehr auf die Frau, die jetzt fröstelnd am Ufer des Flusses stand und enttäuscht in die glitzernden Wellen sah. Vorbei! Aller Ehrgeiz, alle Bemühungen, all das Geld - vergebens! Die Würfel waren gefallen, das Spiel aus - sie hatten verloren. Nun gab es nichts, aber auch gar nichts mehr, was die Monarchie noch retten konnte.

19. Kapitel
Ein seltsamer Abbé

Langsam verschwand die kühle Sonne des kurzen Oktobernachmittags hinter dem Horizont und es begann zu regnen. Schon seit einer Weile waren nirgendwo mehr Häuser oder Ansiedlungen zu sehen. Florence und Henri ritten schweigend am Kopf der Truppe auf dornigen Pfaden und von Gebüsch überwachsenen Feldern nebeneinander her. Wie lange würden sie noch brauchen, bis zum Gasthaus „Le Moulin", das nicht weit entfernt vom royalistisch gesinnten Städchen Laval lag? Florence versuchte, sich ihre Müdigkeit, die schmerzenden Glieder und ihre vom Reiten tauben Beine nicht anmerken zu lassen. Endlich erhoben sich vor ihnen aus dem Nebel die Umrisse eines Bauernhauses, an das sich eine halb verfallene Mühle anschloss. Ein windschiefes Schild kündigte die langersehnte Unterkunft an.

Mit einem Seufzer der Erleichterung warf sich Henri auf die harte Holzbank der Gaststube, knöpfte seine Jacke auf und legte Hut und Pistolengürtel auf einen Stuhl. Florence war mit geschlossenen Augen wie besinnungslos neben ihn hingesunken, streckte ihre vom langen Sitzen im Sattel verkrampften Beine auf der Bank aus und legte den Kopf auf Henris Schoß. Manchmal gelang es ihr eben doch nicht so ganz, ihre Rolle als männlicher Adjutant aufrecht zu halten. Henri sah nachsichtig lächelnd auf sie herab. Unglaublich, welche Strapazen diese Frau auf sich nahm, um bei ihm zu sein! Seine Augen brannten vor Müdigkeit, Erschöpfung und Schlafmangel. Halb erfroren vom tagelangen Reiten machte es ihm sogar Mühe, sich zu bücken und die festsitzenden Sporen zu lösen. Seine Verwundung im rechten Arm war auch noch nicht richtig geheilt und stach unangenehm bei der feuchten Kälte, die draußen herrschte. Der Wirt näherte sich mit ängstlichem Gesichtsausdruck.

Ohne aufzusehen, linkshändig mit den drückenden Schnallen seiner Stiefel beschäftigt, rief Henri ihm zu: „Wir sind hungrig, Herr Wirt! Heizt die Küche ein - ich zahle gut. Ein schmackhaftes Essen und eine gute Suppe für unsere Leute, ausreichend heißen Würzwein; bringt alles, was ihr habt! Und genügend Hafer für die Pferde – Euer Stall ist zum Glück geräumig! Richtet Zimmer und Lager mit Betten oder Stroh. Meine Leute sind nicht anspruchsvoll. Aber für mich und meinen Adjutanten das bequemste Zimmer, das Ihr habt! Hier!", er ließ ein paar Goldstücke über den Tisch rollen, die der beleibte Wirt hastig auffing. Dieser zögerte und begann zu stottern.

„Zu Diensten, mon General, aber es mangelt an Platz! Ich bin nicht vorbereitet – leider ist das beste Zimmer bereits an einen Abbé vermietet, der aus dem nahegelegenen Kloster unserer lieben Frau auf der Flucht ist, das die ‚Blauen‘ in Brand gesetzt haben.“

„So, so ein Abbé“, wiederholte Henri nachdenklich. „Habt Ihr sonst nichts? Ich könnte noch was drauflegen! Außerdem will ich heißes Wasser und ein Bad – für meinen Adjutanten und mich!“

Florence öffnete bei diesen Worten die Augen, richtete sich auf und rückte den Hut aus dem Gesicht. „Ein Bad? Das wäre großartig!“

Der Wirt sah misstrauisch auf sie herab. „Wie Ihr wünscht! Ich werde Euch zu meiner Frau bringen!“

Henri musste lachen; er dehnte und reckte ausgiebig die schmerzenden Glieder. „Vor allem bring den Wein – rasch, mir ist kalt - und etwas Brot, bevor ich hier am Tisch einschlafe!“

Der Wirt dienerte, strich das Geld ein und wollte sich mit Florence entfernen, als Henri noch einmal den Kopf hob. „Halt! Der Abbé! Ruf ihn her! Die armen Teufel haben im Moment nichts zu lachen – lad ihn zur Tafel. Er soll mit uns speisen.“ Dann setzte er, mehr zu sich selbst, hinzu: „Außerdem will ich ihn mir mal etwas genauer ansehen.“

Man musste auf der Hut sein. Die meisten Priester waren als Eidverweigerer auf der Flucht, aber es gab trotzdem auch einige schwarze Schafe unter ihnen, die den ‚Blauen‘ als Spitzel dienten.

Im Hof wieherten die Pferde, die seine Leute absattelten, um ihnen das Futter zuzuteilen, das der Wirt herausgab. Aus der Ferne erklang jetzt das Geräusch gedämpften Galoppes. Der junge General versuchte, das klemmende Fenster zu öffnen, doch ein eisiger Windstoß riss es ihm aus der Hand und es schlug wieder zu. Er beugte sich vor, hauchte gegen die kleine, halbblinde Fensterscheibe und versuchte, im Halbdunkel des trüben Regentages die schemenhaften Gestalten draußen zu erkennen. Endlich! Das war Auguste, der in Begleitung seines Burschen auf einem Schimmel herangesprengt kam. Die beiden schienen es ziemlich eilig zu haben. Auguste saß rasch ab und stürzte überhastet und beinahe atemlos in die enge Stube.

„Die ‚Blauen‘ – sie sind überall! Wir können hier nicht bleiben!“

Henri zuckte die Schultern und blieb mit kaltblütiger Gelassenheit sitzen. Mit einem Griff entfernte er nur die weiße Kokarde von seinem Rock und steckte sie in die Tasche.

Dann sah er ruhig zu dem Freund auf. „Nicht so eilig! Du sagst, sie sind überall - na und? Glaubst du, ich könnte meine Männer jetzt noch einmal wegschicken? Sie sind am Ende, die Pferde erschöpft. Und ich denke den ‚Blauen' geht es nicht anders."

„Ja, aber…, wenn sie uns hier aufspüren – wenn sie ebenfalls hier Quartier nehmen wollen?" Auguste sah ihn besorgt an, doch Henri lächelte nur müde und rührte sich nicht von der Stelle.

„Wenn – wenn! Darauf müssen wir es ankommen lassen. Aber dieses bescheidene Haus ist ziemlich abgelegen. Wir haben sie ganz schön herumgejagt und ich schätze, sie werden in der Stadt bleiben."

Auguste nestelte das weiße Abzeichen der Royalisten von seinem Revers. „Gut so! Wer soll uns jetzt beweisen, dass wir auf der anderen Seite sind? Bei dem Durcheinander von Freund und Feind, das hier herrscht! Die blauen Husaren sind doch nach diesen heißen Kämpfen froh, wenn sie ein Bett finden. Aber keine Sorge, wenn es ungemütlich wird, werden wir uns schon zu wehren wissen!"

„Deine Gemütsruhe fehlt mir – aber vielleicht hast du recht!" Auguste ließ sich mit einem erleichterten Atemzug neben dem Freund auf die harte Bank fallen und wischte sich den Schweiß von der Stirn.

Der Wirt stellte im selben Augenblick zwei Humpen warmen Würzwein auf den Holztisch. „Der Herr Abbé lässt sich zum Abendessen entschuldigen. Er hat noch an einer Predigt zu arbeiten", richtete er aus.

Henri wechselte einen skeptischen Blick mit Auguste, bevor er einen tiefen Zug aus dem Krug nahm. „Um diese Zeit?", antwortete er dann. „Bringen Sie den Mann her! Sagen Sie ihm, ich will ihn kennenlernen, er hat von mir nichts zu befürchten. Und – bestellen Sie ihm vor allem, wenn er nicht kommt, lasse ich ihn holen!"

Die Stimme des jungen Generals hatte einen befehlenden Ton angenommen und der Wirt, hinter dem in diesem Augenblick mit schüchternem Lächeln ein junges Bauernmädchen auftauchte, das einen irdenen Teller mit Butter und einem Kanten Brot trug, zog die Schultern ein und dienerte.

Henri, dessen Sinne der Wein belebt hatte, sprang auf: „Danke, meine Schöne!" Galant nahm er ihr mit einem tiefen Blick in ihre hübschen Augen die Last ab. Das Mädchen flüchtete errötend aus der Stube und Henri wandte sich nach einem weiteren großen Schluck des heißen Tranks wieder dem Wirt zu. „Komm Alter, das alles dauert mir zu lange! Vielleicht haben wir wirklich nicht mehr viel Zeit und müssen vorzeitig aufbrechen. Mein Magen knurrt gewaltig! Wie wärs mit einem - Omelett, sagen wir als Vorgang? Also, Herr Wirt, bereitet rasch ein gutes, saftiges Omelett mit viel geschmolzener Butter und nehmt dazu alle Eier, die ihr auftreiben könnt!"

Der Wirt wiederholte: „Ein Omelett vorab, der Herr", und entfernte sich eilig in die Küche, in der seine Frau schon mit den Töpfen klapperte.

„Und den Herrn Abbé nicht vergessen!", rief ihm Henri noch gut gelaunt nach. „Geschmort oder gegrillt!" Die beiden Freunde brachen trotz der ernsten Lage in Lachen aus und prosteten sich zu.

Während die beiden Männer sich bei der Vorspeise lebhaft in die Einzelheiten der Mission Augustes vertieften, begann draußen ein wütender Herbststurm die restlichen Blätter von den Bäumen zu reißen und eisige Regenschauer verwandelten die gesamte Umgebung im Handumdrehen in ein einziges Schlammloch. Henri hatte recht, die ‚Blauen' blieben bei diesem Sturm lieber in der Stadt und niemand von ihnen verspürte Lust, den Feind noch nachts in abgelegenen, schäbigen Gasthäusern zu suchen.

Florence war nach dem Bade erfrischt zurückgekehrt, der Wirt hatte aufgetischt, seine Frau gekocht und gebraten, was Haus und Stall hergaben und die Gäste konnten sich nach Herzenslust einmal richtig sattessen, ohne gleich wieder in Hab-Acht- Stellung auf die Pferde stürzen zu müssen. Die arme Florence musste sich jedoch nach ein paar Bissen und einem Becher heißem Wein entschuldigen - die Augen fielen ihr vor Müdigkeit immer wieder zu und sie sank förmlich am Platz in sich zusammen. Die Frau des Wirtes hatte Mitleid und bot ihr in der Kinderstube ein Matratzenlager mit ein paar Decken an. Dankend willigte der „Adjutant" des Generals ein und begab sich auf der Stelle zur Ruhe. Während Auguste sich mit einer knusprigen Hähnchenkeule, die geschmackvoll mit Kräutern und Knoblauch gewürzt war, beschäftigte, versuchte Henri in Abwesenheit seiner Geliebten übermütig die Hand der schönen Tochter des Wirts zu ergreifen, die mit einem scheuen Blick auf die Gäste und vor allem auf den blonden jungen Mann, der schon General sein sollte, die Teller abräumte.

„Köstlich", murmelte er mit vollen Backen, „bist du es, die so gut zu kochen versteht?"

Die Kleine errötete aufs Neue, senkte verlegen den Kopf und stammelte: „Die Mutter ... sie hats im Kloster gelernt!"

Als sei ihm etwas eingefallen, ließ Henri die Hand des Mädchens schlagartig los und zog die Stirn finster zusammen.

„Kloster... richtig – wo bleibt eigentlich unser geheimnisvoller Abbé? Noch nie habe ich erlebt, dass die Geistlichkeit nicht erscheint, wenn man sie zum Essen einlädt!"

Brüllendes Gelächter seiner Männer, die es sich an der Tafel gut gehen ließen, antwortete ihm.

Doch Henri schien mit einem Mal ernüchtert; er nahm Auguste beiseite. „Ich hab da so ein Vorgefühl – ich glaube, diesen fremden Pfaffen sollten wir uns doch einmal genauer ansehen."

Auguste nickte. Ihm war der gleiche Gedanke gekommen. Der Wirt stellte sich ihnen beunruhigt entgegen, als sie in die Kammern hinaufsteigen wollten.

„Seine Hochwürden hat sich entschlossen, abzureisen. An der Küste der Normandie wartet ein Schiff auf ihn, sagt er - er befindet sich auf der Flucht..."

„Er will abreisen? Mitten in der Nacht – und bei diesem Sturm? Ohne sich vorgestellt zu haben? Das scheint mir doch recht unwahrscheinlich! Lasst uns durch."

Der Wirt gab nur ungern den Weg frei. Er hatte seinem geheimnisvollen Gast gegen ein gutes Trinkgeld versprochen, die Männer fernzuhalten. Doch Auguste, dem nichts Gutes schwante, drängte sich jetzt energisch an ihm vorbei und hastete die Treppe hinauf. Die Kammertür war abgeschlossen, doch von drinnen war ein ungewisses Rumoren zu hören.

„Öffnen, im Namen des Königs!"

Unter einem gezielten Tritt sprang die von innen nur mit einem morschen Holzriegel verschlossene Tür auf und man sah gerade noch die von einer groben Kutte verhüllte Gestalt hinter dem Fensterkreuz verschwinden. Das Zimmer lag im ersten Stock und sein Bewohner, der sich gerade aus dem Staub machen wollte, suchte vergebens an den Mauervorsprüngen Halt.

„Sieh da, ein Abbé in einer simplen, groben Mönchskutte!", rief Auguste und packte ihn am rauen Stoff des Klosterkleides, während Henri mit einem geschickten Satz aus dem Fenster sprang und den zappelnden Flüchtling von unten an den Beinen festhielt. „Ich werd euch helfen, so mir nichts dir nichts zu verschwinden, Mönchlein. Wer seid Ihr?"

Der Angesprochene, dem die sackartige Kapuze vom Kopf geglitten war, antwortete nicht und Henri zerrte den Widerstrebenden zusammen mit einem seiner auf den Lärm herbeigeeilten Wachleute, in den engen Hausgang. Er riss ein Windlicht von der Wand und leuchtete dem Fremden ins Gesicht. Zu seiner Überraschung fand er einen gepflegt gekleideten Mann vor, dessen Habit zusammen mit den Ringen an seinen Fingern von Wohlstand sprach.

„Was fällt Euch ein?" Außer Atem von der Anstrengung, aber mit einer gewissen energischen Indignation versuchte sich der vorgebliche Abbé los zu machen. Seine Augen blitzten in verhaltener Wut. „Ich bitte um ein wenig

Anstand... meine Herren, Ihr wisst wohl nicht, wen Ihr vor Euch habt..."
Seine Stimme stockte und erstarb, als er Augustes ansichtig wurde.

Er wurde blass und wich zurück, währenddessen Auguste erstaunt ausrief:
„Abbé....Abbé d'Espagnac! Ihr? Seid Ihr es wirklich?"

Der Wirt hatte sich unterdessen verdrückt und die beiden Männer starrten
sich verdutzt an.

Henri fasste sich als Erster. „Du kennst den Mann, Auguste? Was bedeutet
diese Komödie, das seltsame Versteckspiel?"

„Meine Herren! Ziehen Sie keine falschen Schlüsse!" D'Espagnac setzte
ein gekünsteltes Lächeln auf und machte eine Handbewegung zur Stube
hin. „Ich kann Ihnen alles in Ruhe erklären... Sie sehen doch, Graf de Platier ist gewissermaßen ein alter Freund..."

Auguste protestierte aufgebracht: „Das dürfte wohl zu viel gesagt sein..."
Dann verbesserte er sich, zu Henri gewandt: „Der Abbé d'Espagnac war ein
Freund meines Vaters – sie spielten auf Pélissier in früheren Zeiten einmal
in der Woche miteinander Schach – aber im Verlauf der Revolution hat sich
seine Gesinnung plötzlich gewandelt. Er schwor den Eid auf die Verfassung,
ließ meine Familie eiskalt fallen und gab Pélissier dem Ruin preis. Und heute... heute ist er, soviel ich weiß, ein einflussreiches Mitglied des Jakobinerclubs in Paris..."

„Unsinn - die Umstände...", unterbrach ihn d'Espagnac, „lassen Sie mich
doch erklären..."

Henri warf die härene Kutte beiseite und stieß ihn vorwärts in die Gaststube. „Da gibt es, glaube ich, nicht mehr viel zu erklären! Und was ist das
hier?" Er wies auf eine schwarze Mappe, die der Abbé versuchte, unter
seinem nagelneuen, pelzbesetzten Reisemantel, den er unter der Kutte
getragen hatte, zu verbergen. „Das alles ist wohl ein bisschen zu elegant
für einen Mönch, mein Lieber – und ebenfalls für einen Fürsprecher der
Gleichheit und Brüderlichkeit!"

Spöttisch sah Henri ihn von oben bis unten an. „Lasst doch einmal sehen,
was darin ist...."

Mit diesen Worten wollte er ihm die Mappe entreißen, doch der Abbé
wich ungewöhnlich wendig zur Seite.

„Privatdokumente", stammelte er, „Familienunterlagen. Ich muss fort -
bin geächtet", fügte er hastig hinzu. „Meine Herren, Sie wissen nicht, wie
es in Paris zugeht, was man mir angetan hat. Man hat mich verleumdet -
unschuldig ins Gefängnis geworfen und mir keine Chance gelassen, mich
zu verteidigen..."

„Diese Chance sei Euch hiermit gegeben!" Henri stieß den sich Sträubenden unsanft auf die harte Bank der Wirtsstube. „Macht es kurz und gebt die Tasche her!"

Der Abbé öffnete mit hastigem Griff ein verborgenes Seitenfach und holte ein Bündel Assignaten hervor. „Hier ist Geld!", stieß er hervor. „Wieviel wollt Ihr?"

„Sollen wir das erledigen, mon General!", grollte einer aus der Gefolgschaft Henris, erhob sich drohend und schüttelte kampfbereit seine Fäuste. Es war der ehemalige, herkulische Hufschmied Marogne, der sich für den jungen Marquis hätte in Stücke reißen lassen.

„Lass nur, Pierre, mit dem werd ich allein fertig!" Henri winkte ab und schüttelte lächelnd den Kopf. „Geht schlafen, Männer, legt euch nieder – morgen ist wieder einiges zu leisten, das nützlicher ist, als sich um diesen Wicht zu kümmern!"

Die Soldaten nickten zustimmend, verabschiedeten sich polternd mit einem Nachtgruß und waren von Herzen froh, endlich ihr Lager im Stall aufsuchen zu können.

Henri wandte sich erneut d'Espagnac zu, dem der Schweiß auf der Stirn stand und herrschte ihn an. „Ihr seid wohl taub! Die Papiere her, sagte ich!"

In der Zwischenzeit hatte Auguste ihm die Tasche mit einem kurzen Ruck entrissen. „Wollen doch mal sehen, was Ihr da so mit euch tragt! Vorher lassen wir Euch nicht gehen."

Henri schloss die Tür zur Wirtsstube und drehte den Schlüssel herum. Während Auguste den Abbé nach Waffen untersuchte, beugte sich Henri über die Tasche. Dann winkte er seinen Freund beiseite, hob unmerklich die Augenbrauen und sah ihn vielsagend an.

„Nun, was ist dir sonst noch über diesen Mann bekannt? Ist er ein Spion?"

Auguste überlegte und wiegte den Kopf: „ Ich weiß nicht alles. Doch ich kenne ihn seit Langem. Mein Vater schätzte ihn einst als sanftmütigen, geduldigen Beichtvater. Sie waren beinahe befreundet. Die Revolution muss ihn total verändert haben – ich hörte, er war einer der Schlimmsten, die gegen die Kirche wetterten und die Verstaatlichung der Kirchengüter beantragten. Später stand er im Sold des Herzogs von Orléans, so viel ich weiß – und dann habe ich ihn ehrlich gesagt, aus den Augen verloren."

Henri leerte die Tasche mit einem Ruck, sodass sämtliche Dokumente, Bündel mit Assignaten und ein Beutel voller Goldstücke auf den Boden fielen. Ohne darauf zu achten legte er die Papiere auf den Tisch und beugte sich mit aufgestützten Ellenbogen darüber.

Versunken murmelte er vor sich hin: „Sieh mal einer an! Ein Dokument über ein Unternehmen, das sich ‚Masson' nennt und sich mit der Beauftragung von militärischem Material für die Armee, von Waffen, Pferden und deren Beförderung befasst …“. Er wühlte in Zetteln und Quittungen. „O lala, das sind ja ganz nette Summen – und sie tragen alle den Bestätigungsvermerk von seiner Hand. Aber was ist denn das?“ Er zog einen Durchsuchungsbefehl des Polizeikommissariats aus dem Wust von Papieren. „Feststellung einer unparteiischen Kommission. …“ Er ließ einige Absätze aus und las schneller: „Anklage wegen Unterschlagung von – ja das haut doch dem Fass den Boden aus - sage und schreibe fünfundzwanzig Millionen Livres!“

Auguste starrte wie gebannt auf das Dokument. „Da, sieh mal, darunter, dort!“, rief er aufgeregt. „Ein Dekret: Verurteilung des Marc René Marie d'Amarzit de Sahuguet, genannt Abbé d'Espagnac, wegen Veruntreuung von Geldern. Zur Verwahrung bis zum Prozess vor dem Revolutionstribunal in Untersuchungshaft im Staatgefängnis der Abbaye.“

D'Espagnac war von seiner Bank gesprungen. „Das ist alles nicht wahr! Glauben Sie es nicht - man hat sich nur meines Namens bedient! Es war Chabot, der ehemalige Kapuzinermönch und - d'Églantine, der Abgeordnete Fabre d'Églantine – er ist der Hauptschuldige. Ich hätte ja gar nicht die Macht dazu gehabt!“

Auguste zuckte bei der Nennung dieses Namens erschrocken zusammen.

„Kein anderer als er hat mich dazu überredet – und jetzt kennt er mich nicht mehr… schiebt mir und Chabot alles in die Schuhe. D'Églantine hat versprochen, mich aus dem Gefängnis zu befreien – wenn ich mit den Dokumenten verschwinde und sie dann vernichte. Mit seiner Hilfe konnte ich aus der Abbaye fliehen – er selbst ließ mir die Türen öffnen. Aber nur damit er mich los wird – ein wichtiger Zeuge mit den Beweisen seiner Schandtaten. Ich habe nichts damit zu tun und nur getan, was er gesagt hat! Aber man glaubt mir ja nicht!“

Auguste, die beiden Pistolen, die er vorher d'Espagnac abgenommen hatte, noch verblüfft in der Hand haltend, rief aus: „Was sagt Ihr da? Ihr beschuldigt d'Églantine, den Freund Dantons…“

„Ja!“, schrie der Abbé völlig außer sich. „Ein falscher Freund! Ich spreche die Wahrheit – ich schwöre es bei Gott!“

„Schwören Sie nicht, Sie Gotteslästerer, Sie Abtrünniger!“ Henri riss Auguste die Pistole aus der Hand und wollte sich in rasender Wut auf d'Espagnac stürzen. „Ihr seid einer von denjenigen, die Gott und den König verraten haben.“

„Nicht Henri – lass ihn, er wird seine Strafe bekommen." Auguste hielt den Freund zurück. „Könnt Ihr beweisen, dass es Fabre d'Églantine war, der Euch dazu angestiftet hat?"

„Beweisen – ha?" Der Abbé lachte wie irr auf, stürzte zum Tisch und wühlte in den Dokumenten. „Nichts leichter als das! Hier", er zog ein Papier mit einer markigen Unterschrift aus dem Durcheinander, „die Beweise! Die Quittungen der Armeelieferungen – Manipulationen der Compagnie des Indes wie Hochtreiben der Aktien,... was Sie wollen! Und dann - die Vollmacht mit d'Églantines ausdrücklichem Befehl, ihm die Summe, die dort steht, persönlich auszuhändigen. Sehen Sie sich einmal die Unterschrift an!" Er wies mit zitternden Fingern auf die Signatur. „Er hat den Empfang sogar bestätigt, mit seinem Namen unterschrieben, so sicher fühlte er sich! Ich sollte das alles verbrennen, verschwinden lassen. Dafür hat man mir die Freiheit gegeben. Aber dann wäre ich als der allein Schuldige dagestanden! So dumm bin ich nicht. Ich habe alles behalten – genau für den Fall, der jetzt eingetreten ist."

Er hob seine Stimme und fluchte: „Verdammter Kerl, dieser d'Églantine! Ein Schauspieler und skrupelloser Gauner. Er fühlt sich unangreifbar – als Vertrauter Dantons! Und dann will er es nicht gewesen sein! Ich habe es vorausgesehen – er lässt mich fallen – opfert mich... gnadenlos!"

Erschöpft und an allen Gliedern schlotternd, sank er auf die Bank zurück und brach zum Erstaunen der beiden in Tränen aus. „Ich will nicht sterben – warum soll ich meinen Kopf ausgerechnet für diesen Verse reimenden Schönling hinhalten, für einen Fälscher, der mich hintergangen und betrogen hat? Er war es, der das ganze Geld eingesteckt hat, ich habe nur die Brosamen erhalten..."

„Und von den Brosamen konntet Ihr anscheinend recht gut leben!", erwiderte Henri, der seinen spöttischen Blick über die kostbaren Ringe an den Händen des Abbés, die echten Brüssler Spitzen, den nach der neuesten Mode geschneiderten Rock mit Pelzkragen, bis zu den weichen, aus Kalbsleder gefertigten Stiefeln gleiten ließ. „Keine schlechte Idee, die Dokumente unter einer härenen Kutte zu verstecken – in England wärt Ihr mit dieser Ausstattung", er warf den Geldsack und die Assignaten auf den Tisch, „ein gemachter Mann."

Nachdenklich machte er ein paar Schritte durch den Raum und blieb dann dicht vor d'Espagnac stehen. „Geht!", sagte er plötzlich brüsk. „Mir sind Männer, die über sich selbst heulen, zuwider. Verschwindet!"

Der Abbé starrte ihn erstaunt und mit offenem Mund an.

„Gehen?" Sein Mund verzog sich ungläubig. „Ihr… Ihr wollt mich wirklich gehen lassen?"

Äußerlich ruhig und beherrscht erwiderte Henri: „Natürlich! Aber zieht Euch vorher aus – die Kleider runter! Und her mit den Unterlagen, Quittungen, alles was Ihr davon besitzt. Schnell. Habt Ihr nicht gehört?"

Auguste sah seinen Freund an, als habe er den Verstand verloren. „Mach keine Dummheiten, Henri! Du willst diesen Mann in die Freiheit entlassen?"

Lakonisch erwiderte Henri: „Was soll ich mit so einem Schurken und Feigling? Er wird nicht weit kommen, ohne Geld, ohne Papiere, nur mit seiner Kutte. Die ‚Blauen' werden nicht glauben, dass er einer von ihnen ist! Und du spielst diese Dokumente mit der Unterschrift d'Églantines dem Revolutionstribunal in die Hände! Dann wird die Wahrheit ans Licht kommen!"

Verblüfft ließ Auguste die Pistole sinken. Erst in diesem Augenblick wurde ihm klar, dass er das Schicksal eines der wichtigsten Männer im Konvent in Händen hielt. „Ja!", stieß er mit blitzenden Augen hervor. „Du hast recht – ein exzellenter Coup! Wenn das auf dem Schreibtisch Robespierres, des Unbestechlichen liegt, dann wird d'Églantine seiner gerechten Strafe nicht entgehen."

Henri nickte, warf dem Abbé, der splitternackt vor ihm stand, die Kutte über, schloss die Tür auf und stieß ihn in Wind und Regen hinaus.

„Er hätte Schlimmeres verdient", wagte Auguste noch einzuwerfen, der ihm kopfschüttelnd nachsah, doch Henri packte den Humpen mit Wein, nahm einen Schluck und bot ihn dann dem Freund an.

„Trink! Ich bin nicht sein Richter! Wir müssen sehen, wie wir uns selbst durchschlagen. Wer weiß, was die Zukunft bringt!"

Auguste nickte, trübe Ahnungen verdunkelten plötzlich sein Gemüt, doch dann fasste er sich, prostete Henri mit einem etwas gezwungenen Lächeln zu und nahm einen tiefen Zug. „Ich wünsche dir Glück – vielleicht hat dieser Spuk, die schaurige Vision einer Freiheit, die nur mit Mord und Totschlag erkämpft werden kann, bald ein Ende! Du kehrst auf dein Schloss zurück, deine Bauern können wieder ihre Erde bebauen, jeden Sonntag in die Kirche gehen und Gott und den König loben! Das alles wird nur ein schlechter Traum gewesen sein! Und dies hier", er hielt triumphierend die ungeordneten Dokumente in die Höhe, bis sie langsam zu Boden flatterten, „wird wie eine Bombe einschlagen - und nicht nur d'Églantine den Kopf kosten!"

In der Zwischenzeit ging in Paris die Nachricht von der gescheiterten Entführung der Königin wie ein Lauffeuer von Mund zu Mund. Diese Neuigkeit, die selbst die von den Hinrichtungen abgestumpften Gemüter erregte, war bedauerlicherweise noch nicht bis zu den Aufständischen in die abgelegene Landschaft der Vendée gedrungen, zu den Männern, die sich noch in der Hoffnung wiegten, alles würde sich in Bälde zum Guten ändern.

Henri wusste auch nichts von der doppelzüngigen Rede, mit der Saint-Just am gleichen Tag vor dem Konvent gegen die „Feinde der Republik" hetzte: „Es wäre schön, nach den Maximen des Friedens und der Gerechtigkeit zu regieren, aber zwischen dem Volk und seinen Feinden gibt es als Gemeinsames nur das Schwert. Wenn man durch Gerechtigkeit nicht regieren kann, muss man durch das Schwert herrschen! Es gilt jetzt, der Königin so schnell es geht, den Prozess zu machen!"

Auguste, kaum in Paris angekommen, erfuhr die traurigen Neuigkeiten direkt auf der Straße, wo die Leute in Grüppchen beisammenstanden und die Zeitungsverkäufer sich gegenseitig überschrien:

„Flucht der Königin vereitelt!"

„Gefängnisdirektor Michonis verhaftet – Inspektor Bault in Verdacht!"

„Geheimes Komplott aufgedeckt! Haupttäter auf der Flucht!"

Überall verkaufte man die neuen „Libellen", die Tagesblätter und die aktuelle Ausgabe des zynischen und ordinären „Père Duchesne" des Konventsmitglieds Hébert, dessen Artikel mit Hasstiraden gespickt waren.

Das unsichtbare Damoklesschwert über seinem Haupt schweben fühlend, kehrte d'Églantine an diesem Abend früher als gewöhnlich in sein Palais zurück. Er war missgestimmt, weil er mehr getrunken hatte, als er vertragen konnte. In seinem Kopf dröhnte es und er schloss sich sofort in sein Arbeitszimmer ein. Nicht umsonst hatte er auf das anschließende Dîner verzichtet; es war ihm unmöglich, den Kollegen, allen voran Robespierre in die Augen zu sehen. Irgendetwas braute sich gegen ihn zusammen und er musste in Ruhe nachdenken, wie er reagieren und sich im besten Falle verteidigen sollte. Mit aufgestützten Händen starrte er reglos vor sich hin.

Er rief sich die Sitzung im Konvent ins Gedächtnis zurück, nach der er versucht hatte, das vage Gefühl unsichtbarer Bedrohung zunächst mit Alkohol hinwegzuspülen. Doch es war ihm nicht gelungen, sich so weit zu betäuben, um die Fakten und versteckten Drohungen Robespierres zu vergessen, die in seiner langen Rede im Konvent indirekt an ihn gerichtet waren. Wusste dieser Tugendwächter von seiner Beteiligung, von der Anfertigung billiger Armeestiefel, die schon nach dem ersten Tragen unbrauchbar und auseinandergefallen waren, von seinen Manipulationen mit den Aktien? Wer hatte ihm solche Halbwahrheiten erzählt, wie die der angeblich nicht angekommenen Lebensmittellieferungen? Das war doch alles kein Problem; schließlich hatte jeder dabei verdient!

Seine Gedanken suchten nach der undichten Stelle, nach dem Schuldigen, nach dem Verräter. War es d'Espagnac gewesen, der jetzt sicher schon über alle Berge war? Doch der hätte vor seiner Flucht niemals ein Wort erwähnt, um nicht selbst in die Grube zu stürzen. Also wer konnte es sein? Blitzartig leuchtete das enttäuschte, wutentbrannte Gesicht Simones vor ihm auf. Diese Schlange! Warum hatte er ihr in schwachen Stunden nur so viel erzählt? Er dachte an den letzten Streit, ihre Drohung, ihn zu vernichten, zu Robespierre zu gehen. Daher also wehte der Wind – jetzt war ihm alles klar! Rächen wollte sich die Hexe, jetzt nachdem die junge, bildschöne Rose Lacombe seine Geliebte geworden war. Aber er würde ihr die Suppe versalzen, ihr zuvorkommen, das schwor er sich. Büßen sollte sie! Und es gab nur ein Mittel, sie mundtot zu machen! Er selbst würde sie kalten Blutes denunzieren! Sollte er selbst zu Fouquier-Tinville gehen, morgen, oder besser, gleich heute noch? Doch er hasste diesen primitiven Ankläger, der gleich weiterschwatzen würde, dass er es gewesen war, der.... Nein, es war besser und unauffälliger, ihm eine geheime Liste Verdächtiger zuzuspielen, in der unter anderen Namen auch der Simones stand, mit diversen Ausführungen; wie sie zum Beispiel damals einen Richter bestochen hatte, damit der Verurteilte de Montalembert entfliehen konnte, der gefährliche Royalist, der die Republik im Untergrund mit umstürzlerischen Plänen bedroht hatte! Jetzt, wo im Konvent schon jeder um seinen Hals fürchtete, würde das genügen, um sie auf der Stelle unter die Guillotine zu bringen. Aber es musste schnell gehen, bevor weitere Einzelheiten bekannt wurden und sein Name in diesem Zusammenhang fiel. Es blieb nicht mehr viel Zeit, diese Zeugin zu beseitigen, die mehr von ihm wusste, als ihm lieb war.

20. Kapitel
Flucht

Im Aufruhr der Pariser Straßen, mitten im Hexenkessel der Revolution begann Auguste sich immer unbehaglicher zu fühlen und er hätte die Stadt am liebsten auf der Stelle wieder verlassen. Die Emotionen der Menge waren durch die gescheiterte Flucht der Königin aufs Äußerste geschürt und seine Mission lag ihm wie ein Stein im Magen. Er wollte sie nur noch sobald als möglich erfüllen! Die Bilder aussichtsloser Kämpfe, der mutige Einsatz Henris, die verlorenen Schlachten der vom Bürgerkrieg geschüttelten Vendée suchten ihn ja schon seit Wochen als allnächtlicher Spuk heim. Der Gedanke an ein Ende mit Schrecken verfolgte ihn unablässig; daran, dass alle Anstrengungen, die ‚Blauen' zu besiegen, letztendlich umsonst sein würden. Am liebsten wäre er ins Ausland emigriert, um all das Elend zu vergessen, das die neue, republikanische Regierung über Frankreich brachte. Doch wenn er an Henri dachte, der auf ihn wartete, der ihm vertraute – an seine Enttäuschung, die verächtliche Herablassung, mit der er sich von ihm als Deserteur und Fahnenflüchtling abwenden würde – dann riss er sich zusammen und versuchte, trotz allem Haltung zu bewahren.

Als Erstes wollte er sich des brisanten Materials in seinem Gepäck entledigen: der Dokumente, die sie dem Abbé d'Espagnac abgenommen hatten und die vor allem gleich an die richtige Adresse gelangen sollten, um nicht irgendwo ungelesen in Aktenstößen zu verschwinden. Er würde den Schurken der neuen Regierung die Maske vom Gesicht reißen. Fabre d'Églantine war einer der Ersten, die daran glauben mussten! Man würde ihn bestimmt sofort verhaften, wenn seine Veruntreuungen herauskämen. Mit leisem Schrecken dachte er an Amélie. Was würde sie tun – was geschah mit ihr? Würde er nicht auch ihr Leben zerstören, statt sie von diesem Emporkömmling zu befreien? Er musste sie auf jeden Fall warnen, bevor er die Beweise auf den Tisch legte! Halbherzig beschloss er, zunächst nur eine anonyme Anzeige beim Revolutionstribunal zu machen und die Vorlage der echten Dokumente für später anzukündigen. Dann würde er Amélie aufsuchen, ihr die falschen Quittungen der Compagnie des Indes, sowie das Original mit der fatalen Unterschrift d'Églantines übergeben und ihr den Zeitpunkt einer letzten Entscheidung selbst überlassen! Sie musste die Wahrheit über den Mann erfahren, dem sie vielleicht noch vertraute!

Nachdem er den Brief mit einer Abschrift der Dokumente und Fakten dem Sekretär des Polizeichefs Fouquier-Tinville übergeben hatte, fuhr er klopfenden Herzens direkt in die Rue des Capucines. Er vermutete, dass sich d'Églantine um diese Zeit im Konvent befinden würde. Als er die Seine überquerte, in der sich das Blau des Himmels spiegelte, das vertraute Bild von Notre Dame und der Île de la Cité vor Augen, spürte er, wie seine Stimmung sich hob, das Blut ihm durch die Adern brauste wie nie zuvor in seinem Leben! Er würde Amélie wiedersehen, ihr gegenüber stehen! Er konnte es kaum erwarten. Ihr Schicksal lag diesmal nun buchstäblich in seinen Händen und er fühlte sich mächtig, als Richter über Leben und Tod.

War sie immer noch so schön – oder hatte sie sich verändert? Beinahe fieberhaft trieb er den Kutscher zur Eile an. Egal was geschähe – sie sollte jetzt entscheiden.

Eine Weile zögerte er noch, bevor er mit Entschlossenheit die Glocke vor dem Tor des hübschen Palais läutete, das ruhig vor ihm in der Sonne lag. Ein Livrierter öffnete und führte ihn durch den aus früheren Zeiten so gut bekannten Hof über die neu gebaute, von griechischen Statuen gesäumte Freitreppe. Alles war frisch renoviert und überaus reich ausgestattet. Der Diener teilte ihm auf seine Frage hin mit, dass der Hausherr sich, wie im Geheimen erhofft, in einer Krisensitzung des Sicherheitsausschusses befände. Aber Madame sei anwesend. Nervös ging er im Vorzimmer, in dem ein Feuer im Kamin angenehme Wärme verbreitete, auf und ab. Alles war anders, aber dennoch vertraut. Die raschelnde Seide eines Kleides ließ ihn aufblicken. Amélie hatte den Raum betreten und stieß einen leisen Ruf der Überraschung aus. Auguste war wie gelähmt. Er wollte eine galante Wendung hervorbringen, doch seine Zunge gehorchte ihm nicht. Sprachlos stand er der Frau, die er schon seit Jahren hoffnungslos liebte, gegenüber. Das Schweigen dauerte an, es ließ für eine Weile Raum und Zeit verschwimmen und Auguste bemerkte zu seiner Genugtuung, dass auch sie verlegen schien und über und über errötete. Sein Herz machte einen raschen Sprung. Vielleicht war er ihr doch nicht so ganz gleichgültig? Jedenfalls schien die spöttische Verachtung, die sie ihm vor Jahren als junges Mädchen bei jeder Gelegenheit gezeigt hatte, ganz aus ihrem Wesen verschwunden. Ihre frauliche, zur Vollendung gereifte Schönheit, die leisen Spuren einer geheimnisvollen Trauer in ihrem Blick, bannten ihn an seinen Platz und er vergaß plötzlich, was er überhaupt sagen wollte und warum er gekommen war.

„Amélie… ich musste dich sehen…", stotterte er hilflos. Plötzlich wurde aus ihm wieder der verlegene, ein wenig dickliche und vor Aufregung schwitzende Auguste, der sich auf Pélissier vor den frech funkelnden Augen der kessen Amélie in seinem Samtanzug und den gedrehten Locken immer so ungeschickt gefühlt hatte. Aber dennoch war diesmal alles anders - Amélie zeigte Überraschung und echte Freude; ihre Augen leuchteten, als sie ihn so plötzlich vor sich sah.

Und sein Gefühl hatte ihn nicht betrogen – auch Amélie spürte ihrerseits ein merkwürdiges Kribbeln, eine freudige Überraschung, den alten Freund, das Einzige, was ihr aus der Vergangenheit noch geblieben war, wiederzusehen. Und jetzt war es, als stünden ihre gegenseitigen Gedanken und Träume sich plötzlich in Wirklichkeit gegenüber. Den ehemaligen Auguste aus Pélissier; den tölpischen Freund ihres Bruders Patrick, den hatte Amélie längst vergessen. Der hier, dieser gut aussehende Mann mit den sensiblen Zügen, dem bärtigen Gesicht und verträumten blauen Augen, die fast weibliche Seelentiefe besaßen, das war der Vertraute, aus der höheren Sphäre einer geistigen Verbundenheit, der ihr zuhörte, sie verstand; der jede ihrer Regungen aufnahm und sie mit sanftem Widerhall zurückwarf. Es bestand etwas Ungreifbares zwischen ihnen beiden; so als hätten sie schon unendlich viel Zeit miteinander verbracht; als wären sie durch die gemeinsamen Erlebnisse der Kindheit und Jugend für alle Zeiten zusammengeschweißt.

Amélie wagte in seltsamer Befangenheit nicht, ihn in die Arme zu schließen und so küsste er ihr nur galant die Hand. Auguste sah den Glanz in ihren Augen, die Freude, mit der sie ihn anblickte und doch, weit entfernt vom Ziel seiner Wünsche, war es nicht das, was er wirklich wollte – er spürte es in diesem Moment ganz deutlich. Ein guter Freund zu sein, Connaisseur und Vertrauter ihrer Seele – so viel hatte er erreicht; aber nicht mehr und es musste ihm vorerst genügen.

Ernst und ein wenig betroffen saßen die Mitglieder des Jakobinerclubs nach der heutigen Sitzung im Panache d'Or um den gedeckten Tisch und es schien ihnen sichtbar am nötigen Appetit zu fehlen. Nach der gnadenlosen Hinrichtung der Mitglieder der Girondisten Partei wütete Robespierre nun mit verschärftem Eifer gegen weitere „Tugendlose". Sein aktueller Rapport im Jakobinerclub enthielt so viele neue, unverhüllte Drohungen, dass selbst Camille Desmoulins, einstmaliger Befürworter des Terrors, den Kopf dazu schüttelte. Er spürte, dass alles in Gefahr war aus den Gleisen zu geraten, dass Robespierre den Sicherheitsausschuss langsam in ein Polizeibüro verwandelte. Nach langen schlaflosen Nächten hatte er sich schließlich dazu durchgerungen, in der aktuellen Ausgabe seiner Zeitung, dem „Vieux Cordelier", zur Nachsicht zu mahnen. Zum ersten Mal wagte er öffentlich für den inneren und äußeren Frieden des Landes, gegen die vom Mäntelchen der Moral verbrämte Mordlust zu plädieren, doch insgeheim fühlte er sich gar nicht wohl in seiner Haut. Nervös und in Gedanken spielte er mit den Fransen des Tischtuches und hörte kaum den Ausführungen seines Cousins, dem öffentlichen Ankläger Fouquier-Tinville zu, der seine Meinung ganz und gar nicht teilte und ihn wortreich davor warnte, sich in seinem Blatte zu sehr gegen den mächtigen Robespierre zu wenden.

Die Tür öffnete sich jetzt und Fabre d'Églantine trat mit einer Mappe unter dem Arm ein. Suchend sah er um sich, bis sein Blick an Desmoulins hängen blieb. Trotz seiner sprichwörtlichen Eleganz wirkte d'Églantine unordentlich und sein Ausdruck gehetzt.

„Bonsoir Camille!" Ohne den übereifrigen, ein wenig hölzernen Fouquier-Tinville, auf den er seit jeher mit spöttischer Arroganz herabsah, auch nur eines Grußes zu würdigen, setzte er sich neben Desmoulins, zog ein Papier hervor und sagte mit leiser Stimme. „Ich denke, wir sollten den Aufruf Robespierres ernst nehmen. Ich musste mich überwinden - aber das Vaterland erfordert eine Auswahl der Personen, die der guten Sache schaden könnten. Hier", er hielt ihm das vollbeschriebene Blatt unter die Nase, „auf dieser Liste wird er alle Verräter finden, die mit den Girondisten sympathisiert haben, oder Schlimmeres planen."

Desmoulins sah verwundert auf das Schriftstück. „Weitere Verräter? Fabre – hast du nicht meine neue Nummer des „Cordelier" gelesen? Ich bin eher zu der Auffassung gelangt, dass wir umkehren müssen – dass wir diesen blutigen Weg nicht weiter beschreiten dürfen, dass…."

D'Églantine nickte mit zusammengepressten Kinnbacken, er schien wie von Furcht gepackt. Sich zu ihm herabneigend flüsterte er beinahe heiser an seinem Ohr: „Natürlich hast du recht – später! Aber jetzt, spürst du es nicht – dass Robespierre dabei ist, uns zu stürzen? Hast du ihm heute nicht aufmerksam zugehört und die Drohung hinter seinen Worten vernommen? Das ist kein Spiel mehr! Wir müssen sehen, wo wir bleiben – ihm zuvorkommen! Robespierre muss fallen — er oder wir, begreifst du das nicht? Aber halt – es gilt, vorsichtig zu sein, er darf noch nicht spüren, was wir vorhaben! Hier, das wird ihn fürs Erste beschwichtigen und jeglichen Verdacht von uns ablenken!"

Er schob dem bleichen Desmoulins die Aufstellung zu, auf der an oberster Stelle der Name Simone Aubrays stand, und erhob sich gleich wieder.

„Ich bin in Eile - gib dieses Dokument, das ich zusammengestellt habe, ohne Verzug unter dem Siegel der Verschwiegenheit an Robespierre weiter. Es sind all die Namen derer darin, die uns verderben wollen."

Mit diesen Worten grüßte er, nahm seinen Hut und eilte an dem dienernden Wirt vorbei.

„Warte doch, Fabre…."

Der leise Anruf verhallte ungehört, übertönt vom monotonen Klang der näselnden Stimme Robespierres, der, eine grüne Brille auf der Nase, zum Dessert eine Gratulationsrede für einen Abgeordneten vom Blatt ablas.

Desmoulins blieb wie gelähmt sitzen, auf die Todesliste starrend, die er in Händen hielt. Denunziation! Zwanzig Namen! Ein ungewohnter Schauer überlief ihn, Grauen packte ihn. Schon wieder neues Futter für die Guillotine. Das war es ja gerade, was er durch den Aufruf in seiner Zeitung verhindern wollte! Jede Nacht schreckte er schweißgebadet aus dem Schlaf auf, aus Träumen, in denen er im Blut watete und den kühlen Stahl des Messers an seinem Hals fühlte. Eine innere Stimme rief ihm dabei zu: „Zurück Camille, es ist genug!"

Ihm schwindelte plötzlich, ein gespenstisches Gefühl nackter Angst breitete sich in ihm aus und schnürte ihm die Brust zusammen. Ohne das Schriftstück weiter anzusehen, sprang er auf und lief wie kopflos aus dem Raum, als wolle er d'Églantine nachlaufen und ihn festhalten. Das Blatt entglitt ihm dabei und flatterte zu Boden.

Fouquier-Tinville bückte sich danach und hob es unauffällig auf. Als er auf der Anklageschrift ganz obenauf den Namen Simone Aubrays las, verzog ein hämisches Lächeln seine dünnen Lippen und er steckte das Papier sorgsam in seine Jackentasche. Ausgerechnet die eitle, hochmütige Schauspielerin Aubray! Das würde ihm doch besonderen Spaß machen und die trockene Atmosphäre des Verhörs ein wenig würzen! Einmal hatte er es bei ihr versucht – aber er war ihr wohl nicht schön und reich genug. Jetzt war sie in seiner Hand und sollte um Gnade betteln. Damit war er endlich seinem sich wichtig machenden Rivalen Vadier aus dem Sicherheitsausschuss ein Stück voraus! Nichts konnte außerdem seine Reputation bei Robespierre mehr verbessern, als eine so interessant scheinende Liste! Erst kürzlich hatte sich der „Unbestechliche" über die Langsamkeit der Justiz beklagt, über die lästige Anhörung offizieller Verteidiger, die Prozesse unnötig verzögerten. Diesmal würde er die Verhaftungsbefehle der verdächtigen Personen schnell ausstellen! Zufrieden, mit breitem Grinsen trank er sein Glas aus, verlangte die Rechnung und begab sich auf direktem Weg ins Polizeipräsidium.

Verfolgt von den Garden der Conciergerie hatte de Montalembert Madeleine völlig aus den Augen verloren. Er hoffte, sie würde es schaffen, den verabredeten Ort an der Straßenecke rechtzeitig zu erreichen. Doch sie blieb verschwunden – und Warten bedeutete für ihn die sichere Gefangennahme. So sprang er, Haken schlagend und Schüsse aus seiner Waffe auf die Verfolger abgebend, in letzter Minute in die auf ihn und seine Begleitung wartende, getarnte Chaise de Poste.

Der als Kutscher verkleidete Chevalier de Rougeville, den die Verspätung und der Schusswechsel in der Conciergerie gewarnt hatten, war jedoch bereits im Schatten der anliegenden Gassen untergetaucht und Richard ließ mit einem Peitschenschlag die sich aufbäumenden Pferde mit allen Kräften losgaloppieren.

Fluchend wichen Passanten zur Seite, als das schmale, wendige Gefährt mit halsbrecherischen Manövern halb über das Trottoir schlenkerte, sich rücksichtslos an anderen Wagen vorbeidrängte und manchmal, auf einem Rad balancierend, umzukippen drohte.

Die verfolgenden Soldaten gaben nicht auf, schickten nach Verstärkung und teilten sich in den Gassen, um Abkürzungen zu nehmen und sich dem rasenden Fluchtfahrzeug entgegenzustellen. Schon war man auf der Pont St. Arthur und die Kutsche blieb in einem der üblichen Staus erbarmungslos eingezwängt stecken. Da half alles Antreiben der Pferde, kein geschicktes Ausweichen mehr.

Richard sprang kurzentschlossen herab, ließ Pferd und Wagen im Stich und suchte Hals über Kopf zu Fuß das Weite. Ohne sich umzusehen, in rasendem Lauf sich rücksichtslos durch die flanierende Menge drängend, trieb es Richard vorwärts, ohne dass er genau wusste, wohin.

Nur ein Gedanke beherrscht ihn noch, Enttäuschung, gepaart mit einem dumpfen Gefühl der Ernüchterung. Alles war vorüber, vorbei – in letzter Minute auf so unvorhersehbare Weise fehlgeschlagen.

Nach Atem ringend blieb er mit schmerzenden Lungen einen Augenblick lang stehen und sah sich um. Automatisch hatte er den Weg zum Bastilleviertel eingeschlagen, um die Verfolger in den dunklen und unübersichtlichen Gassen des Marais abzuschütteln und das Haus des Baron de Batz in der Rue de Douze Portes zu erreichen. Doch man war ihm zu dicht auf der Spur und selbst mit den gefälschten Pässen konnte er nicht wagen, jetzt noch sinnloserweise den Aufenthaltsort dieses mutigen Mannes zu verraten, der so viel Einsatz gebracht und sein Vermögen einer Sache geopfert hatte, die sich nun als gescheitert erwies.

Der plötzliche Knall eines Schusses peitschte ihn auf und jagte ihn sogleich wieder vorwärts. Die Verfolger unablässig auf den Fersen, versuchte er jetzt, sie in entgegengesetzter Richtung in die Irre zu führen und selbst irgendwo am linken Ufer des Flusses Unterschlupf zu finden.

Er kletterte geschickt zu den Plätzen der Wäscherinnen hinab, folgte dem Lauf der Seine und schlug sich bis zur kleinen Kirche Saint Julien le Pauvre durch. Diese Kirche galt als eine der ältesten in Paris, unscheinbar grau und ein wenig verfallen, duckte sie sich unweit des linken Flussufers in den Schatten größerer Gebäude, so als wolle sie im Schutz der großen, prächtigen Kathedrale Notre Dame ihr gegenüber, so wenig wie möglich auffallen. Dimanche hatte ihm in der Zeit, als er sich vor der Polizei in den Carrières von Montmartre versteckte, erzählt, dass das eher bescheidene Kirchlein unmittelbar mit dem unterirdischen System der geheimen Gänge, das sich am linken Seineufer in Paris befand, verbunden sei. Er hatte damals die Bekanntschaft des Frère Tremouille, eines Paters gemacht, der sich mit Archäologie, den alten Gängen und geheimen Caveau beschäftigte, die schon in früheren Jahrhunderten in Zusammenhang mit den römischen Überresten als mögliche Fluchtwege ausgebaut worden waren. Geheimnisvolle Symbole sollten bei diesem ausgeklügelten System den Weg weisen. Er wusste auch, dass bei Aufständen sogar die früheren Könige, die damals im Schloss der heutigen Conciergerie wie in einer Festung residierten, davon profitiert hatten.

Richard zögerte nicht, er trat durch die Pforte und überquerte im Laufschritt den verfallenen Kreuzgang mit den bemoosten Pflastersteinen. Hinter abgebrochenen zierlichen Steinsäulen und kreuzbogenförmigen Durchlässen erstreckte sich linker Hand der ehemalige Friedhof mit verfallenen Grabsteinen; eine verwahrloste Stätte, halb zugewachsen von Unkraut und Büschen. Vielleicht gelang es ihm, hier irgendwo Zuflucht zu finden.

21. Kapitel
Saxa loquuntur – Die Steine sprechen

Schwer atmend blieb Richard schließlich stehen und überflog den beinahe verwunschenen Ort mit einem prüfenden Blick. Vögel zwitscherten, das dumpfe Brausen der Stadt drang nur von weit her und alles schien friedlich, wie ein von Menschen vergessener, verwaister Platz. Er verließ den Kreuzgang und lauschte nach verdächtigen Geräuschen, Befehlen oder Rufen. Nichts rührte sich. Er schien seine Verfolger für einen Augenblick abgeschüttelt zu haben. Immer noch auf der Hut, lief er über das von Gras überwachsene Kopfsteinpflaster des Weges. Die äußeren Bäume und wild wachsenden Büsche des Gartens, die die Kirche Saint Julien le Pauvre mit seinem angrenzenden kleinen Kloster umgaben, waren so dicht belaubt und verwildert, dass er nicht ohne Mühe die enge Pforte erreichen konnte. Mit aller Kraft rüttelte er an dem alten Eichenportal, doch zu seiner Enttäuschung blieb es fest verschlossen. Er lenkte seine Schritte auf den engen Pfad zu einer grauen, halb verfallenen Behausung, die sich unscheinbar an den hinteren Teil der Kirche schmiegte. Zunächst leise, dann immer kräftiger, pochte er mit dem Pistolenlauf an die wacklige Holztür – und als sich nichts rührte, gegen die zerbrochene, mit Pappkarton ausgekleidete Scheibe des einzigen Fensters auf der anderen Seite. Unendliche Zeit schien zu vergehen, bis mit verdrossenem Gesicht ein alter Mann auf der Schwelle erschien. Er schlurfte herbei, einen Schwarm hungriger Tauben im Schlepptau, die sich wie auf Kommando flügelschlagend erhoben. Einige setzten sich ihm auf Arm und Schulter und nachdem der Alte Richard einen misstrauischen Blick zugeworfen hatte, begrüßte er zuerst seine gefiederten Freunde.

„Später Gourrou, ein wenig Geduld, du auch Tintin…" Erst dann wendete er sich dem Fremden zu und fuhr ihn barsch an. „Seid Ihr verrückt geworden? Ihr reißt mir ja noch den Rest meines Häuschens ein", er spuckte verächtlich aus.

„Sperrt die Kirche auf – ich bitte Euch!", rief Richard und versuchte, seine Erregung so gut es ging zu verbergen.

Der Alte schüttelte unwillig den Kopf. „Die Kirche? Ich denke nicht daran!"

„Wo ist Pater Tremouille? Ich bin ein Freund von ihm." Die Antwort war ein gleichgültiges Schulterzucken, doch Richard blieb hartnäckig. „Ist er nicht hier?"

Der Pförtner blieb unzugänglich und brummte nur in seinen Bart: „Hier ist alles beschlagnahmt – den Pater hat man weggeführt!"

„Lasst mich ein – es soll Euer Schaden nicht sein….", bat Richard ungeduldig.

„Ich will damit nichts zu tun haben – hab schon genug Ärger. Der Pater hat sich gewehrt - und was hat er jetzt davon? Einen Kopf kürzer – und Jesus hat ihm auch nicht geholfen!" Der Alte scheuchte eine Taube, die sich auf seinen Kopf gesetzt hatte, davon.

„Ich bin Richard de Montalembert,…"

„Interessiert mich nicht, wer Ihr seid. Verschwindet! Ich will mit den Adeligen nichts zu tun haben." Er drehte sich mürrisch um und humpelte, begleitet vom flügelschlagenden Geschwader seiner gefiederten Freunde, den kleinen Pfad zurück.

Stimmengewirr und Rufe näherten sich jetzt aus der Ferne aus der Richtung des Flussufers. Das Blut stieg Richard heiß in Gesicht. Das mussten die Gendarmen sein!

„Halt!", rief er dem Entschwindenden nach und klimperte laut mit den Münzen, die er noch in der Tasche trug. „Lasst mich ganz einfach in die Kirche hinein und schließt hinter mir zu!" Seine Stimme wurde drängend. „Nichts weiter – Ihr habt mich nie gesehen! Da ist nichts zu verlieren - eine kleine Gefälligkeit für schnell verdientes Geld!"

Der Pförtner zögerte, verlangsamte seinen Schritt und wandte sich um. „Nur hinein – und zuschließen?", fragte er, einen gierigen Blick auf die Münzen werfend. Unschlüssig kratzte er sich am Kopf, doch schließlich streckte er die Hand aus. „Gebt her! Aber was wollt Ihr da drinnen?"

„Das geht Euch nichts an! Und zu niemandem ein Wort. Jetzt macht endlich auf." Richard wurde immer ungeduldiger, wie ein eingekreistes Tier witterte er die Gefahr. Die Stimmen kamen näher und man hörte Befehle. Schnell wechselten die Goldstücke den Besitzer und der Pförtner, der für sich selbst keinen Grund zur Eile sah, machte sich brummelnd an der Tür zu schaffen. Der Schlüssel drehte sich viel zu langsam quietschend und sperrig im rostigen Schloss und Richard drängte sich durch die Pforte an dem Alten vorbei in das dämmrige Innere der kleinen Kirche. Die schwere Tür fiel krachend hinter ihm zu; er hörte, wie von außen abgeschlossen wurde und sich die Schritte des Küsters entfernten.

Nun war er allein und die plötzliche Stille zusammen mit dem Geruch des muffigen Gemäuers fiel ihm drückend auf die Brust. Sein Herz begann unruhig zu klopfen. Hier drinnen, in dieser alten Kirche am linken Seineufer sollte, wenn der bucklige Dimanche die Wahrheit gesprochen hatte, irgendwo der Einstieg in die Caveau des Oubliettes, die in Vergessenheit geratenen Keller, wie man sie im Volksmund nannte, sein. Aber wo? Befand sich der Eingang unter der Kanzel, in einer verborgenen Nische oder unter einer lockeren Fliese im Boden? Gab es geheime Zeichen, die er nicht kannte?

Seine Augen begannen sich nur langsam an das schattige Dämmerlicht im Innern der kleinen Kirche zu gewöhnen. Mit fiebriger Hast tastete er sich in dem gotisch-romanischen Gotteshaus vorwärts, in dem einst die Pilger auf dem Weg zum Heiligen Jakob von Compostella Halt machten. Heute gab es hier nur noch ein wüstes Durcheinander umgeworfener, tönerner Heiligenfiguren, zerbrochene Reste alter Schalen und Vasen, alles bedeckt von Staub und Spinnweben. Einige Säcke, die scheinbar Futtermittel enthielten, lehnten in bunter Unordnung neben und hinter der Apsis und zeugten davon, dass man die Kirche als Kornlager benutzte. Eine dicke Ratte huschte aufgescheucht über seine Füße ins knarrende Kirchengestühl. Im diffusen Licht der farbig schimmernden Vitragenfenster erblickte er einen eisernen Kerzenständer voller Wachsreste, von dem er die noch halbwegs intakten Kerzenstummel ablöste und in die Tasche steckte. Ein zerbrochener Marienkopf lächelte ihn dabei vom Boden her an und er konnte nicht anders als ihn aufzuheben und auf den Rest einer Säule zu stellen. Er schien ihm wie ein Symbol, ein Zeichen in der Zeit der unbarmherzigen Guillotine zu sein: Selbst Maria, die Gottesmutter verschonte man nicht und es gab auch für sie keine Erbarmen.

Die Zeit drängte — wo war bloß der geheime Zugang zu den Kellern? Er ließ sich auf alle Viere nieder, kroch auf dem mit einer grau eingefressenen Schmutzschicht überzogenen Mosaikboden herum und klopfte die Fliesen ab. Doch nicht ein Kratzer, keine verdächtige Fuge ließ von außen her auf einen verborgenen Eingang zu den Caveau schließen; alles schien fest mit dem Untergrund verankert zu sein. War es vielleicht doch nur ein Gerücht, ein Märchen gewesen, dass sich geheime Gänge unter dieser Kirche befanden? Sein Puls beschleunigte sich. Nur nicht in Panik verfallen! Aber wenn er den Eingang nicht fand – es ihn vielleicht gar nicht gab, saß er wie eine Maus in der Falle. Bei der Empore schien ihm der Ton ein wenig hohl zu klingen. Der Staub kratzte in seiner Kehle und nahm ihm die Luft.

Als er sich erhob, fiel sein forschender Blick auf die mannshohe Heiligenfigur in einer Nische. Der ausgehöhlte Hintergrund wies verdächtige Spalten auf und er versuchte, mit aller Kraft die Statue beiseite zu rücken. Heftig atmend vor Anstrengung gab er schließlich auf. Eine Säule mit einer steinernen, flachen Weihwasserschale, die sich in nur geringem Abstand zwischen der dunkelsten Ecke der hinteren Kirchenwand und einem der Pfeiler befand, zog seinen Blick wie magisch an. Dieser Bereich lag völlig im Schatten und er versuchte, einer verzweifelten Eingebung folgend, sich ganz einfach in den Zwischenraum zu zwängen. Dort spürten seine Füße plötzlich keinen Boden mehr und buchstäblich in letzter Minute konnte er sich noch stolpernd an den Vorsprüngen der Säule hochziehen.

Endlich! Das musste es sein! Unter ihm taten sich, von altem Mauerschutt und einer verrutschten Steinplatte fast verdeckt, enge, bröcklige Steinstufen auf. Langsam kletterte er, überflüssige Steine beiseite und in die Tiefe hinabstoßend, die krumme, halb verfallene Treppe hinab, die in eine vergessene Gruft zu führen schien. Doch schon nach kurzer Zeit endete der Weg zu seiner Enttäuschung in einem simplen, abgezirkelten Souterrain ohne Ausgang, einer Art Gruft, die aussah, als lägen darin die uralten Gräber der Priester und Äbte. Es war so finster, dass er einen der Kerzenstummel entzünden musste. Behutsam leuchtete er die mit Scharnieren versehenen Steinplatten ab. Das war wohl nur eine ehemalige, längst vergessene Grabstätte mit in die feuchten Wände eingelassenen Sarkophagen! Man konnte nicht einmal mehr genau die eingravierten Namen der Verstorbenen erkennen.

Richard kniff angestrengt die Augen zusammen und entzifferte an einer leeren Stelle die halb verwischten, von einem Stern gekrönten lateinischen Buchstaben: „Saxa loquuntur". Er murmelte die Worte nachdenklich ein paarmal vor sich hin. „Saxa loquuntur..." Das hieß nichts anderes als: „Die Steine sprechen". Unschlüssig kratzte er das Moos von der steinernen Verzierung, die einem Griff glich, ab und zog mit aller Kraft daran. Gerade, als er aufgeben wollte, bewegte sich wie von Zauberhand der Sarg, rückte beiseite und gab eine dunkle Öffnung frei, an dessen Ende man ganz deutlich weitere, in die Mauer gehauene Steinstufen erkennen konnte, die abwärts zu führen schienen. Das war der Eingang zu den Caveau des Oubliettes! Vorsichtig zwängte er sich durch den engen Spalt und kroch ein Stück durch die schmale Höhlung zu den Stufen. Als sich ein dichtes Spinnennetz in seinen Haaren verfing, wich er erschrocken vor den dicken, schwarzen Krabbeltieren zurück, die blitzschnell und aufgeregt das Weite suchten.

Ausgerechnet jetzt fiel ihm die Geschichte des Küsters vom Kloster Val de Grace ein, den der Teufel in den alten Steinbrüchen geholt haben soll, weil er heimlich den köstlichen Chartreuse stibitzte, den die Mönche dort lagerten. Jahre nach seinem Verschwinden fand man erst sein Skelett. Wie, wenn es ihm auch so ging, wenn auch er sich ohne Plan in den finsteren Gängen verlief und keinen Ausgang fand?

Er scheuchte die unheimlichen Gedanken beiseite. Er würde es schaffen, der Teufel war schließlich nicht hier unter der Erde, sondern trieb sein Unwesen mitten unter den Republikanern! Auf jeden Fall war es ratsam, den Weg zu markieren. Sollte er Kerben in die Mauern kratzen? Aber das war wohl recht mühsam. Er stieg wieder in die Kirche hinauf, untersuchte die gelagerten Futtermittel unter denen sich auch etliche Mehlsäcke befanden und füllte sein Taschentuch auf gut Glück mit Körnern und einer Art Linsen. Wenn das nicht gleich die Ratten fräßen, konnte er damit für eine gewisse Zeit eine Spur legen. Und für den Fall, dass er sich wirklich in dem unterirdischen Labyrinth verirrte, war das vielleicht besser als gar nichts.

Gedämpfte Geräusche, näher kommendes Stimmengewirr und kurze Befehle von draußen versetzten ihn in Alarm. Er hörte den rostigen Schlüssel in der Tür quietschen. Schnell kletterte er in sein Versteck an der Treppe, schob die Platte und den Mauerschutt hinter sich so gut es ging an die ohnehin fast unsichtbare Öffnung zwischen Pfeiler und Brunnen und stieg die brüchigen Stufen hinunter. Von oben hörte er jetzt ganz deutlich das durchdringende Knarren der Kirchentür und laute Stiefeltritte. Er hielt den Atem an. Der schwache Lichtschein einer Lampe fiel matt durch die Ritzen in den schmalen Durchgang zur Gruft. Raue Stimmen erklangen.

„Los, du fauler Sack, beweg dich!"

Der Pförtner stieß einen Schmerzenslaut aus und klagte greinend: „Ich hab nichts damit zu tun…"

Grobes Lachen unterbrach ihn. „Das sagt doch jeder!"

Ein anderer, die Lampe schwenkend, rief aus: „Er spricht die Wahrheit, Leute. Niemand hier. Nichts als Staub und Dreck. Hab ich doch gleich gesagt."

Ein besonders hartnäckiger Gendarm näherte sich der Treppe und Richard duckte sich unten gegen die Mauer. „Leuchte mal hierher, Antoine, in die dunklen Ecken!", rief er.

„Ach was!", war die lakonische Antwort des anderen. „Der ist doch schon längst über alle Berge."

„Er muss doch irgendwo stecken", beharrte der Gendarm eigensinnig. „Mir war, als hätte ich ihn genau in diese Richtung laufen sehen! Eine im Gebüsch versteckte Kirche – der ideale Platz, um sich unsichtbar zu machen! Seht mal, …ein zerbrochenes Fenster!"

Sein Kollege packte den Pförtner beim Kragen: „He Alter, sprecht, oder ich nehm Euch mit: Habt Ihr den Mann gesehen - oder gar in die Kirche gelassen?"

Der Pförtner protestierte weinerlich: „Niemals – ich schwöre, ich hab niemanden gesehen! Vive la Republique!"

„Aber er kann sich ja schließlich nicht in Luft auflösen! Wir haben bereits die ganze Gegend abgeriegelt!"

„Zurück!", der mit dem Befehlston musste ein Sergeant sein, „Fehlanzeige. Hier ist niemand. Schließ wieder zu, Alter. Da sind nur ein paar alte Steine und dreckige Mehlsäcke. Vergeuden wir keine Zeit - suchen wir lieber den Garten ab!"

Wieder quietschte die Kirchentür hinter den hallenden Schritten, sie schlug zu, der Schlüssel drehte sich im Schloss und die Stimmen entfernten sich.

Richard atmete erleichtert auf. Seinen Ekel vor dem feuchten, dumpfen Kellerloch überwindend, drängte er sich jetzt, die flackernde Kerze behutsam mit der Hand schützend, rasch durch die enge Öffnung und zog die dünne Bretterwand des Sarkophags vorsichtig hinter sich zu. Bröcklige Stufen führten weiter abwärts. Ein finsterer, schmaler Gang breitete sich unten in einer langen Windung vor ihm aus und ein kleines Rinnsal gluckerte leise zu seinen Füßen.

In der Rue des Capucines ergriff Amélie jetzt herzlich die beiden Hände des unerwarteten Gastes und zog ihn mit sich über die Schwelle des Salons.

„Du kannst dir nicht vorstellen, wie ich mich freue, dich gesund und wohlbehalten wiederzusehen, mein Lieber", meinte sie voller Wärme. „Komm, setz dich zu mir. Du wirst von der Reise erschöpft sein. Doch bevor wir von alten Zeiten plaudern, musst du mir erzählen, was es Neues gibt!"

Sie klingelte nach dem Diener, um einen kleinen Imbiss servieren zu lassen, doch Auguste wehrte verlegen ab: „Danke, sehr liebenswürdig – aber ich habe schon gespeist, ich…"

Er blieb stecken und sah sich in dem hellen, mit üppigen, goldverzierten Möbeln, schwülstigen Gemälden und exotischen Teppichen überladenen Raum um. Wie hatte sich doch hier alles verändert! Tiefe, mit hellen Brokatstoffen überzogene Sessel gruppierten sich um einen Kamin, der mit seinen wie gedrechselt scheinenden, riesigen Marmorsäulen nach einem italienischen Modell gefertigt war. Die Möbel Richards mit den Porträts seiner Vorfahren waren verschwunden, hatten einem neuen Stil, einer neuen Mode Platz gemacht. Trotzdem alles, worauf sein Auge fiel, von erlesener Kostbarkeit und neuerworbenem Reichtum sprach, schien es irgendwie nicht zueinander zu passen und aus verschiedenen Epochen zusammengewürfelt. Die Kommoden und Tische waren überladen mit einer Anzahl kostbarer Sammlerstücke, silberner Karaffen, Bibelots und Uhren in allen Variationen. In der Nähe des Kamins kauerte auf einem Kissen am Boden eine junge Schwarze, die mit einer Handarbeit beschäftigt schien, aber dennoch unter halbgeschlossenen Lidern neugierig herübersah.

„Du musst meine Kinder sehen – sie sind gewachsen und wohlgeraten!" Mit einem stolzen Lächeln gab Amélie der Mulattin, die sich träge von ihrem Kissen erhob, ein Zeichen. „Sheba, sag Marie Bescheid…"

Auguste unterbrach sie ein wenig zu heftig mit einer ablehnenden Geste. „Später Amélie, nicht jetzt! Ich… bin gekommen, um…"

Das Lächeln Amélies erlosch und sie sah ihn erstaunt an. Auguste wusste nicht, wie er fortfahren sollte und fühlte sich erneut ungeschickt und tölpelhaft wie ein kleiner Junge. Womit sollte er nur beginnen, warum in dieses scheinbar friedfertige Familienleben mit einer Schreckensnachricht einbrechen? Aber er durfte nicht schweigen. Als er unsicher den Blick hob, bemerkte er, dass Amélie durchaus nicht so unglücklich aussah, wie er gedacht hatte. Sie schien ihm so schön, so elegant wie niemals zuvor, mit ihren weicher gewordenen Zügen, der immer noch mädchenhaft zarten Figur und der Grazie ihrer Bewegungen. Ihr Ausdruck war anders als damals in Valfleur, ihr hochmütiges, stolzes Wesen, ihr verträumter Blick einem Lächeln von sanfter Melancholie gewichen. In ihren topasfarbenen Augen war jedoch das alte Feuer nicht ganz erloschen und im Hintergrund schien auch noch der frühere, einst von ihm so gefürchtete Spott zu lauern. Nein, diese Frau war nicht gebeugt von Demütigungen, sie schien sich in diesem Haus, in dieser Umgebung nicht einmal unwohl zu fühlen. Aber trotz allem drohte ihr Unheil - er musste handeln ohne zu viel Zeit zu verlieren.

„Nun?", sie sah ihn freundlich, aber abwartend an.

Er holte tief Luft: „Amélie", begann er aufs Neue und fühlte, wie seine Hände feucht wurden, „ich bin nicht gekommen, um mit dir zu plaudern, oder von alten Zeiten zu sprechen. Ich muss dir etwas Ernstes, sehr Wichtiges mitteilen, etwas, das deine Zukunft, dein Leben angeht." Er warf einen Blick zu der jungen Mulattin hinüber, die scheinbar ungerührt über ihre Perlenstickerei gebeugt, eifrig die Nadel bewegte und flüsterte ihr dann leise zu: „Unter vier Augen!"

Amélie folgte seiner Aufforderung und gab Sheba einen Wink. Das Mädchen nickte, schlenderte mit schwingenden, beinahe lasziven Bewegungen ihrer Hüften hinaus und schloss die Tür hinter sich fast geräuschlos.

Auguste nahm seinen ganzen Mut zusammen: „Ich wollte dich warnen...", er brach ab und wusste nicht, was er weiter sagen sollte.

Amélie wurde blass und wich bestürzt zurück. „Warnen – wovor?"

„Du bist in großer Gefahr. Ich weiß nicht, wie ich dir alles erklären soll – d'Églantine, ich meine, dein Mann - er hat Verbrechen begangen, deren man ihn bald anklagen wird. Du musst mit seinem Sturz rechnen und man wird möglicherweise auch dich verhaften...."

Amélie senkte die Lider. „Fabre? Was hat er getan? Verschweig mir nichts, ich bin darauf gefasst." Ihre Lippen zitterten und sie flüsterte beinahe, mehr zu sich selbst: „Schon lange habe ich geahnt, gefürchtet, dass eines Tages irgendetwas Schlimmes über ihn ans Licht kommt..."

Auguste zögerte, doch dann entschloss er sich, die ganze Wahrheit zu sagen. Er legte eine Mappe mit einem geordneten Bündel Papiere vor ihr auf den Tisch. „Hier findest du die Originale von Rechnungen und Quittungen, auf denen die unehrenhaften Manipulationen deines Mannes aufgeführt sind. Ich lege sie in deine Hand, weil ich will, dass du mir das Ungeheuerliche wirklich glaubst. Es geht um Unterschlagungen, sehr viel Geld – fünfundzwanzig Millionen, die d'Églantine durch Manipulationen der Compagnie des Indes, sowie falschen Lieferungen an die Armee, unrechtmässig verdient hat. Eine Anzeige mit detaillierter Schilderung der Umstände liegt dem Sicherheitsausschuss bereits vor. Und diese Unterlagen", er deutete auf die Mappe, „stammen aus den Händen des Abbé d'Espagnac, dem Komplizen deines Mannes, der mit seiner Hilfe aus dem Gefängnis geflohen ist. Er sollte die Dokumente verbrennen und seine Spur im Ausland verwischen – aber er hat alles behalten, um sich selbst abzusichern."

„Der Abbé d'Espagnac?", stieß Amélie verwundert hervor. „Nicht möglich! Er ist damals in Schloss Valfleur ein und aus gegangen – er war sogar der Beichtvater von Maman!"

Auguste nickte mit bitterer Resignation. „Und ein guter Freund meines Vaters, bevor er einer der leidenschaftlichsten Republikaner wurde! Es ist ihm gut gelungen, sich zu verstellen! Nun, in dieser Sache sollte er alle Schuld auf sich nehmen, doch er hat listigerweise die Unterlagen für den Notfall behalten, um seinen Kopf zu retten. Wir haben versprochen, ihn laufen zu lassen, wenn er uns die Wahrheit erzählt und die Dokumente überlässt. Nur dadurch kann dieser zum Himmel schreiende Schwindel einmal aufgedeckt, das ganze Lügengebäude, das gewisse Mitglieder des Konvents errichtet haben, zu Fall gebracht werden." Er machte eine Pause, bevor er weitersprach, während Amélie ihn mit ängstlicher Erwartung ansah. „Es war dein Mann, der das Ganze inszeniert und sich damit ein Vermögen verdient hat! Man wird ihn festnehmen – und verurteilen!" Er nahm die Mappe, schlug sie auf und hielt ihr wie zum Beweis eines der Dokumente mit Fabres Unterschrift entgegen. „Sieh dir das genau an – wenn du auch nur den geringsten Zweifel hast! Behalte es solange, bis du Vorkehrungen getroffen hast, dich zu retten."

Amélie schüttelte den Kopf und nahm zögernd die Akte entgegen. „Was... was soll ich damit?" Sie überflog einige Schriftstücke und besah die Quittungen.

„Du musst Paris so schnell wie möglich verlassen!" Augustes Stimme wurde beschwörend, drängend. Er fasste sie bei den Schultern, doch Amélie schien nicht hinzuhören, sie starrte auf die Unterschrift und schob die Akte fast achtlos beiseite, sodass die Dokumente auf den Boden flatterten.

„Ich will das nicht behalten - nimm es, bring es weg!", stammelte sie. Ihr schwindelte, als habe sie in einen Abgrund geblickt. Wie benommen schloss sie die Augen und stützte sich hilfesuchend auf Augustes Arm. Wieder, wie schon einmal in ihrem Leben schien ihre Existenz Stück für Stück zusammenzubrechen! Langsam sank ihr Kopf mit einer müden Bewegung an seine Brust. Die Flut der glänzend hellbraunen, mit perlenbesetzten Kämmen über den Schläfen zurückgehaltenen Haare streifte kitzelnd Augustes Wange. Ihre Schultern, die zwischen dem verrutschten, hellen Seidentuch verlockend hervorschimmerten, lehnten sich mit sanftem Druck gegen ihn. Ihr Duft, ihre Nähe berauschten Auguste.

„Amélie...", sehnsuchtsvoll und mit inbrünstiger Zärtlichkeit stieß er ihren Namen hervor, „du weißt nicht, wie viel du mir bedeutest. Geh mit mir fort..."

Als hätte sie seine Worte nicht verstanden, hob sie langsam den Kopf, befreite sich aus seinen Armen und sah dem Jugendfreund zweifelnd in die Augen. „Fort? Mit dir? Wie stellst du dir das vor? Meine Kinder! Und dann - du weißt ja nicht, was inzwischen alles geschehen ist – und warum ich jetzt Paris auf gar keinen Fall verlassen kann..."

Sie schwankte und Auguste führte sie sacht zu einem der breiten Sessel, die den Kamin umreihten. Er ließ ihre Hand nicht los, die in der Seinen vertraulich wie mit einem stummen Versprechen lag. Ein lastendes Schweigen wie vor einer schweren Entscheidung stand im Raum und auch Auguste fehlten die Worte. Seine Kehle war trocken. Würde sie mit ihm kommen? Doch plötzlich schien der Bann gebrochen, Amélie befreite sich wie erwachend aus der sanften Berührung und sprang auf.

„Auguste, ich habe etwas Unglaubliches erfahren! Ich muss es dir sagen, auch wenn du mich für verrückt hältst! Richard de Montalembert – er lebt! Er ist nicht bei den Septembermorden umgekommen – es existiert ein Brief von ihm, der das beweist! Er musste sich verborgen halten und war vielleicht immer in meiner Nähe. Dieser Brief fiel unglücklicherweise Fabre in die Hände und...."

Auguste war wie unter einem Hieb zusammengezuckt. Er hörte nur eins aus Amélies Worten heraus. „Richard de Montalembert ... ist gar nicht tot!" Seltsamerweise schien ihm diese Nachricht wie sein eigenes Urteil. Er hatte gehofft – ja, was hatte er sich eigentlich vorgestellt? Dass Amélie ihm in die Arme fallen, alles zurücklassen und mit ihm fliehen würde?

Amélie sah ihn mit glänzenden, erwartungsvollen Augen an. „Ich bin davon überzeugt, dass er lebt! Und ich kann Paris nicht verlassen, bevor ich nicht Gewissheit habe. Ich muss ihn sehen, sprechen, wissen, was passiert ist, aber ..." Ihre Stimme erstickte, doch dann fuhr sie gefasst fort: „Fabre bespitzelt mich! Vielleicht kannst du mir helfen!"

„Ich?", Auguste versuchte, den Aufruhr seiner Gefühle zu verbergen und zwang sich zu einer interessierten und leicht skeptischen Miene. „Ach, Amélie! Wie viel ist seitdem geschehen! Ich halte es für unmöglich, dass Richard den Septembermorden entkommen konnte!", stammelte er unsicher. „Dieser Brief ist bestimmt eine Fälschung!"

Amélie schüttelte heftig den Kopf.

„Aber ich habe ihn mit eigenen Augen gesehen! Ich weiß, dass er im Untergrund den Sturz der Republikaner vorbereitet." Sie machte eine kleine Pause. „Glaubst du, dass er mich noch liebt - nach all der Zeit?" Ihre Stimme bekam einen zärtlichen, fast heiseren Unterton; sie schien ihm nicht zufällig diese Frage zu stellen und trat so nah an ihn heran, dass er den Duft ihrer Haut und ihres Parfums spüren konnte.

Er wagte im ersten Moment nicht, sie zu berühren. Heiße Glut stieg ihm ins Gesicht und verdunkelte seinen Blick. Und plötzlich, ohne dass er eine solche Geste erwartet hatte, brach ihr aufgesetztes Selbstbewusstsein zusammen, sie fiel ihm unvermutet um den Hals und schlang die Arme hilfesuchend um ihn.

„Oh, Auguste!", schluchzte sie verzweifelt an seiner Brust, „Du bist der einzige Freund, den ich habe – was soll ich nur tun?"

Auguste erfasste eine Art Schwindel, er stand mit herabhängenden Armen da, überwältigt von seinen Gefühlen. Schließlich presste er Amélie mit einer verzweifelten Gebärde an sich, streichelte sacht über ihre Haare, die halbnackten Schultern und küsste sanft ihren Hals, während er beruhigende Trostworte in ihr Ohr murmelte. Unendliche Zärtlichkeit durchströmte ihn. Es kam ihm vor, als sei sein Traum nun endlich wahr geworden, als hätte sich dieses widerspenstige Geschöpf endlich ergeben, als hielte er es jetzt in seinen Armen, um es nie wieder loszulassen.

„Amélie", flüsterte er berauscht und nicht mehr Herr seiner Sinne. „Das sind Illusionen! Komm mit mir! Lass alles zurück. Wir gehen nach England, nach Amerika. Dort herrscht Gerechtigkeit, Ordnung! Du wirst hier nicht glücklich. Ich beschütze dich! Niemand liebt dich so wie ich, niemand! Und du weißt es. Schon so lange träume ich von dir!"

Aus ihrem Kummer gerissen, hob Amélie mit verweinten Augen den Kopf und sah ihn fast verwundert an. Vor Augustes Blick verschwammen die geliebten Züge und überwältigt von einem magischen Zauber, fühlte er, wie er die Beherrschung verlor, sich vorbeugte und seine Lippen mit fast ausgehungerter Heftigkeit leidenschaftlich auf ihren Mund presste. Die junge Frau war so überrascht, dass sie sich erst nach einer Weile gegen den Druck seines Körpers wehrte, doch Auguste ließ sie nicht los, zu viele Nächte aufgestauter Sehnsucht brannten in seinem Herzen, zu viele Hoffnungen hatten seine Seele bis zum Bersten mit enttäuschter Liebe gefüllt. Amélie, die zunächst wie betäubt stillgehalten hatte, beinahe hilflos den leidenschaftlichen Küssen Augustes ausgeliefert, wand sich jetzt verzweifelt in seinen Armen. Sie wusste nicht, wie ihr geschah, aber dunkle Angst überschwemmte sie wie schon einmal in ihrem Leben, in dem schrecklichen Augenblick, als man ihr Gewalt antun wollte. Mit aller Kraft stemmte sie sich gegen den überraschenden Angreifer und trommelte mit den Fäusten gegen seine Brust. Auguste war wie von Sinnen und begriff nur allmählich. Schließlich gab er Amélie frei. Ihre Augen funkelten wild, ihre Wangen glühten in unnatürlichem Rot und die gelösten Haare fielen ihr wirr und in langen Locken über Schultern und Brust. Mit der freien Hand holte sie aus und schlug ihm hart ins Gesicht.

„Bist du verrückt geworden?", rief sie mit erstickter Stimme. „Du willst ein Freund sein?" Sie warf wütend den Kopf zurück und blitzte ihn aus ihren dunklen Augen verächtlich an. „Lass mich allein!"

Auguste ertrug den Schlag wie erstarrt, mit einem Mal ernüchtert. Er begriff sich selbst nicht mehr. Was hatte er getan? Er öffnete den Mund, um sich zu entschuldigen, zu erklären, dass das alles ein Missverständnis sei und er immer noch der treue Kamerad war, den sie vorher in ihm gesehen hatte – dass er alles, ja sogar sein Leben für sie wagen würde. Doch seiner Kehle entrang sich kein Wort. Stumm und beschämt wandte er sich schließlich ab und schritt, einen Fuß mühsam vor den anderen setzend, beinahe schwankend zur Tür. Auf dem Boden vor ihm lag noch die Akte, aus der das Dokument mit der Unterschrift d'Églantines herausgefallen war. Er bückte sich beinahe mechanisch, hob alles auf und steckte es ein.

Die junge Mulattin stand mit einem unverschämten Lächeln im offenen Türrahmen, ihn mit schadenfroh glitzernden Augen von oben bis unten messend. „Pech gehabt, nicht wahr?", flüsterte sie maliziös.

Auguste stieß sie wortlos beiseite und verließ mit gesenktem Kopf und tränenverschleiertem Blick den Raum. Jetzt hatte er alles verdorben, das Vertrauen Amélies verspielt. Nun mochte das Schicksal für ihn und für sie seinen Lauf gehen, er war machtlos und konnte es nicht mehr ändern.

Nachdem Fouquier-Tinville, der öffentliche Ankläger, seinen Namen unter den letzten Verhaftungsbefehl gesetzt und damit die Liste der neuen Verdächtigen abgehakt hatte, ließ er die Feder mit einem langen Seufzer sinken. Dann rückte er seine Brille gerade, öffnete die schwarze Mappe, die vor ihm lag und studierte noch einmal genau ihren Inhalt.

Das sarkastische Lächeln, das ihm jetzt auf die Lippen trat, gab seiner bleichen Miene mit den buschigen, dunklen Augenbrauen und schwarzen Haaren einen tückischen Anschein. Immer wieder überlas er das Schriftstück mit der anonymen Anzeige und blätterte in den Abschriften gewisser Belege, um sich zu versichern, dass er den eigenen Augen auch wirklich trauen konnte. Der Sache würde er nachgehen! Er schüttelte beinahe ungläubig den Kopf. Das wurde ja immer schöner, je mehr er den Inhalt studierte. Auf jeden Fall war es wohl der Gipfel der Unverschämtheit! Fünfundzwanzig Millionen – und heute war überraschenderweise noch ein weiteres Dokument mit der eindeutigen Unterschrift d'Églantines in dieser Sache eingegangen! Alle Achtung! Endlich hatte man mal etwas Ordentliches gegen den üblen Schmarotzer, diesen eingebildeten Burschen und eitlen Schmachtsänger namens d'Églantine in der Hand, der ihn immer so herablassend behandelte! Er entsann sich der arroganten Manier, mit der er ihn beim letzten Mal im Panache d'Or geflissentlich übersehen hatte! Diesen windigen Burschen, der sich mit seinem Revolutionskalender aufspielte, hatte er nie leiden können und ihm schon immer misstraut. Mit solchen

Fakten konnte er ihm endgültig den Gnadenstoß geben und unter die Guillotine verfrachten, dort wo solch zwielichtige Abenteurer schon lange hingehörten! Nicht einmal seine angeblich besten Freunde, und wäre es sogar Danton selber, würden ihn, Fouquier-Tinville, jetzt noch daran hindern! Es war ihm eine Genugtuung, dass früher oder später doch alle falschen Republikaner, die Schwätzer, welche sich im Licht der Revolution sonnten und im Konvent mit der Gleichheit brüsteten, in seine Hand fielen. Nur einer der größten Übeltäter, der schlitzohrige Abbé d'Espagnac, war nicht nur aus dem Gefängnis der Abbaye, sondern auch über die Landesgrenzen entkommen. Dafür sollte ihm d'Églantine und wer sonst noch die Finger in der Sache hatte, doppelt büßen.

Er legte die Mappe befriedigt in ein Geheimfach seines Schreibtisches und schloss sorgfältig ab. Da sah man es wieder, die Gerechtigkeit siegte immer! Am besten, man packte diesen Schurken gleich morgen Abend im Jakobinerclub am Kragen. Aber zuerst wollte er Robespierre von der Sache unterrichten. Er signierte für alle Fälle einen sofortigen, dringenden Verhaftungsbefehl auf d'Églantines Namen, versah ihn mit den Worten „Wichtig", schwenkte ihn mit spitzen Fingern hin und her und läutete dem Bürovorsteher.

Mit einem lauten Knall schlug die Tür des Kinderzimmers, das an das Appartement Amélies grenzte, zu. Es war beinahe halb drei Uhr morgens. Die Kleinen begannen, aus dem Schlaf gerissen, laut zu greinen und Marie, die Bonne, fuhr schlaftrunken auf und versuchte, mit unsicheren Fingern ein Licht zu entzünden. Verstört sah sie den Mann an, der so unerwartet ins Zimmer gedrungen war.

„Sie, Monsieur d'Églantine…"

Fabre achtete nicht auf sie. Er war stark angetrunken, schlechter Laune und gerade von einer der jetzt täglichen Sitzungen mit anschließendem Gelage heimgekehrt. Leicht schwankend stieß er im Halbdunkel gegen ein Möbelstück und fluchte lästerlich. Dann trat er ohne Umschweife an die Wiege und hob seinen kleinen Sohn, der nicht wusste, wie ihm geschah, mit einem groben Griff heraus.

„Um Himmels willen, Philippe-François ist gerade eingeschlafen, er hatte ein wenig Fieber…", versuchte das Kindermädchen, dem der verstört schreiende Kleine leid tat, schüchtern einzuwenden.

„Halt den Mund", die heisere Stimme des Mannes war laut und scharf geworden, er drängte sich an ihr vorbei und stieß die Tür zum Boudoir

314

Amélies heftig auf. Die junge Frau, die nach dem Besuch Augustes und den aufwühlenden Enthüllungen die halbe Nacht wach gelegen hatte, war schließlich erschöpft in tiefen Schlaf gefallen.

Die lange, nussbraune Haarflut ringelte sich wie eine dunkle Wolke auf den roséfarbenen Kissen und umrahmte das blasse, ein wenig schmal gewordene Gesicht. Sie schlief so fest, dass sie erst dann mit einem erschrockenen Schrei hochfuhr, als Fabre das Kind grob auf ihr Bett warf. Schlaftrunken nahm sie den Kleinen, der zappelnd und schreiend auf der Satindecke lag, in ihre Arme und bettete ihn sorgfältig auf das Polster.

„Wie kannst du nur!" Ein vernichtender Blick traf den Mann, der übernächtigt, mit wirren Haaren und vom Alkohol aufgedunsenen Zügen vor ihr stand. Am ganzen Körper zitternd, sprang sie jetzt aus dem Bett. „Du gehst zu weit, Fabre!", rief sie völlig außer sich. „Was soll das Theater mitten in der Nacht! Warum reisst du Philippe-François um diese Zeit aus dem Schlaf? Du weißt wohl nicht, dass dein Sohn krank war!"

„Mein Sohn!", höhnte Fabre. „Das will ich ja gerade wissen! Ist er überhaupt mein Sohn? Bei deinen vielen Liebhabern, die hier scheinbar ein und aus gehen? Nimm dich in Acht und schlag dir endlich diesen Halunken Montalembert aus dem Kopf! Wenn ihn die Würmer bis jetzt noch nicht gefressen haben, dann sorge ich bald dafür! Sechzig Verurteilungsdekrete pro Tag! Wir sind dabei, ganz Paris von den Verrätern zu reinigen!" Er packte sie grob am Arm und versuchte, sie hochzuziehen. Die Seide des Nachthemdes riss und gab die bloße Schulter frei.

Diesmal wehrte sich Amélie und stieß ihn zurück. „Bist du verrückt geworden?"

Fabre taumelte und stieß dabei eine Vase vom Podest, die klirrend am Boden zerbrach. „Dann sag mir doch, wer war das gestern, der Mann, dieser blonde Kavalier, der es gewagt hat, dich in meinem Hause zu besuchen? Ich weiß alles! Eure Umarmungen – eure Küsse! Du falsches Weibsstück! Aber das Maß ist voll, ich…"

„So, du weißt alles? Und von wem?" Amélie fühlte, wie ihre Angst vor Fabre einer kalten Wut wich. „Auf jeden Fall hab ich genug von deinen ständigen Ausfällen und Beschuldigungen. Und das Kind kann nichts dafür, dass du dich hier wie ein Wahnsinniger aufführst!"

In der Tat schrie der kleine Philippe-François wie am Spieß und das ängstliche Gesicht der Bonne erschien vorsichtig hinter dem Türspalt. Mit klopfendem Herzen lugte sie hindurch und wartete auf die Gelegenheit, den unschuldigen Jungen rasch aus dem Zimmer zu holen. Das arme Kind! Es war immer das Gleiche, dieselben Szenen, die sie mitansehen musste, die Monsieur seiner Frau machte, wenn er schlechter Laune war und sich abreagieren musste. Dieser Tyrann versuchte, sie zu demütigen, wo es nur ging.

Amélie hob ihren Sohn vom Bett, lief mit bloßen Füßen zur Tür und legte den verstört schreienden Kleinen schnell der Kinderfrau in den Arm. Erleichtert drückte sie ihn schützend an ihre Brust, wiegte ihn beruhigend und versuchte, nicht auf die Stimmen im Nebenraum zu hören, die sich nun mit steigender Lautstärke erhoben.

„Ja, du weißt alles", fauchte Amélie Fabre nun ihrerseits mit blitzenden Augen an. „Du spionierst mir nach! Aber auch ich habe etwas erfahren - mit jemandem gesprochen, der mir sehr aufschlussreiche Dinge erzählt hat. Dinge, die dich den Kopf kosten können, wenn sie an die Öffentlichkeit gelangen!"

Fabre horchte auf: „Mich? Was redest du da für einen Unsinn?", er lachte gekünstelt.

Amélie ließ sich nicht beirren und fuhr fort. „Unsinn? Das wird sich zeigen. Du hast Gelder der Compagnie des Indes unterschlagen und Belege gefälscht, die Aktien deiner Zeitung hochgetrieben, steigen und fallen lassen, wie es dir gerade passte und militärische Lieferungen gelistet, die niemals getätigt wurden!"

Fabres zynisches Lächeln gefror. „Du weißt wohl nicht, wovon du sprichst! Willst du mir damit drohen, du Ehebrecherin? Vor allem", er lachte höhnisch auf, „wie willst du das beweisen?"

„Die Unterlagen, die ich gesehen habe, sind ungeheuerlich!", fuhr Amélie ungerührt fort. „Sie geben Aufschluss über ein Netz von abscheulichen Machenschaften, die eines Konventsmitglieds unwürdig sind…"

„Ich glaub dir kein Wort. Nenn mir den Namen – von wem hast du diese Information?"

Amélie sah Fabre fest in die Augen. Seine Lider begannen unter ihrem Blick unsicher zu vibrieren. „Der Abbé d`Espagnac…", begann sie ruhig, doch Fabre fiel ihr sofort ins Wort und fluchte.

„Teufel auch! Dieses verdammte Schwein ist ein Verräter, übler Geschäftemacher – und ohne mein Zutun aus dem Gefängnis entflohen. Er lügt - du glaubst doch nicht, dass auch nur ein Körnchen Wahrheit an dem ist, was er sagt?"

„Ich glaube es nicht nur, sondern ich bin mir ganz sicher!" Amélie spürte, wie sie an Boden gewann, doch Fabre versuchte erneut, ihre Einwände hinweg zu wischen.

„Pah, ein notorischer Lügner – ein Betrüger! Das alles ist aus der Luft gegriffen…"

„Ich kann es beweisen!", Amélie blieb gefasst. „Wenn du mich nicht in Ruhe lässt, dann werde ich schon morgen…", sie zögerte das Wort auszusprechen, „um eine Audienz bei deinem Freund Robespierre bitten, ihm erzählen, was ich weiß und ihm… gewisse Papiere vorlegen!"

Fabre erbleichte. „Was, du willst mich denunzieren? Meine eigene Frau?"

„Ich habe deine Unterschrift unter diesem Dokument gesehen! Seit Langem frage ich mich, wo all das Geld herkommt, mit dem du deine glanzvollen Theateraufführungen finanzierst, dich feiern lässt, alle Schauspielerinnen aushältst…, die Lieferungen feiner Wäsche und das ganze Silber der prunkvollen Karossen, die aus Brüssel ankamen – die an Danton adressiert waren und deren Inhalt von dir beschlagnahmt wurde – woher stammte das alles?"

„Sagtest du nicht eben, dass du… irgendwelche Papiere besitzt?", fragte Fabre lauernd, während seine Augen aufglühten.

Amélie setzte zu einer Antwort an, doch er hörte schon nicht mehr zu, stürzte wie rasend zu ihrem Sekretär, zog eine Schublade nach der anderen auf und wühlte mit fahrigen Fingern in den Papieren. Schließlich hob er den Blick und sah Amélie mit einem seltsamen, schiefen Lächeln an. „Du fantasierst, redest Unsinn… du willst mich erschrecken!"

Amélie erwiderte fest seinen Blick. „Glaubst du das wirklich?"

Heiße Röte stieg ihm ins Gesicht und er brüllte völlig außer sich: „Wo sind sie – wo hast du sie versteckt… die Papiere, die angeblichen Beweise?"

Amélie zog es vor zu schweigen und hielt seinem drohenden Blick stand. Fabre sank plötzlich auf den zierlichen Stuhl und stützte den Kopf in die Hände.

„Das, das… glaube ich einfach nicht! Ausgerechnet du, du willst mich erpressen, mich vernichten?" Er sprang wieder auf, stieß sie beiseite, versetzte der Schranktür einen Tritt, sodass sie aus den Angeln brach, demolierte die restlichen Schubfächer und durchwühlte in blinder Wut Kleider und Wäsche. Als er nichts fand, zerrte er ungeduldig alles heraus und warf den gesamten Inhalt auf den Boden. „Du undankbare Kreatur! Was wirfst du mir eigentlich vor? Ich habe Valfleur für dich wieder aufgebaut – das Schloss hat Unsummen verschlungen; es war der größte Luxus, den ich mir je geleistet habe!"

Amélie hob den Kopf und sah ihn mit funkelnden Augen an: „Ja, das hast du getan. Aber erst, nachdem das Schloss auf dich überschrieben wurde!"

Fabre hörte nicht zu - wie im Fieber suchte er in ihrem Schreibtisch nach Geheimfächern, ließ das Holz splittern und hieb schließlich mit der Faust auf das zierliche Möbelstück ein. „Ich bring dich um! Sag mir, wo hast du die Papiere versteckt, verdammt noch mal?" Wie besessen kroch er auf dem Boden herum, um in jeden Winkel zu sehen, bis er sich schließlich schwer atmend an der Kommode hochzog, langsam die Stirn mit seinem seidenen Taschentuch trocknend. „Amélie!", er versuchte, seiner Stimme den alten, beschwörenden Klang zu geben. „Überlege es dir gut! Gib diese Unterlagen heraus!" Bittend hob er die Hände.

Amélie hatte ihm unbeweglich, ja beinahe gleichgültig zugesehen. Sie war jetzt fest entschlossen, Fabre mit einem Bluff in die Knie zu zwingen. „Du wirst nichts finden, bemüh dich nicht – es ist alles an einem sicheren Ort. Und außerdem liegt die Anklage ganz ohne mein Zutun bereits dem Revolutionstribunal vor."

„Ich glaube dir nicht …", flüsterte Fabre lauernd mit drohendem Unterton und ließ Amélie nicht aus den Augen.

Sie spürte seine Unsicherheit und ihre Überlegenheit wuchs. Je mehr er außer sich geriet, desto größere Gelassenheit durchströmte sie. Tief durchatmend ließ sie sich auf der Bettkante nieder. Sie hatte plötzlich keine Angst mehr vor diesem Lügner und Betrüger, vor dem Menschen, der aus Geld- und Machtgier aus allem nur seinen eigenen Vorteil herausholte und selbst vor Mord nicht zurückschreckte.

„Du tust mir leid", sagte sie beinahe gerührt und fühlte ein weiches, sentimentales Gefühl in sich aufsteigen. „Was hast du aus deinen Talenten gemacht – ich hätte dich lieben können, ja … vielleicht habe ich es getan. Aber du hast alles zerstört!"

Fabre sah sie erstaunt an und wechselte den Ton: „Amélie", seine Stimme, von heftigen Atemzügen erschüttert, sollte zärtlich klingen, „das ist doch nicht dein Ernst! Gib mir die angeblichen Beweise! Lass sie mich wenigstens sehen! Glaub dem Schurken von d'Espagnac kein Wort! Das verpfuschte Leben dieses sogenannten Abbés ist nichts mehr wert! Ich werde ihm den Hals umdrehen, wenn ich ihn aufspüre!"

Amélie richtete sich auf: „Du willst ihn ja gar nicht finden – du bist froh, wenn er weit weg ist! Weil sonst vielleicht die Wahrheit ans Licht käme, dass du und Danton…, dass ihr es wart, die genau das alles eingefädelt haben!"

Zu ihrer Überraschung sackte Fabre plötzlich in sich zusammen und verbarg das Gesicht in den Händen. Seinen Körper erschütterte ein trockenes Schluchzen.

„Du hast recht!", stieß er hervor. „Ich bin verloren – wir alle … sind verloren, wenn das ans Tageslicht kommt!" Er sank in die Knie, schlang die Arme um Amélie und presste ihren Körper wie mit einem Schraubstock an sich. „Amélie, ich liebe dich über alles! Du kannst doch nicht meinen Tod wollen! Bleib bei mir, Liebste, halte zu mir – alles hat sich gegen mich verschworen. Robespierre will mich verderben – ich weiß es. Er wartet nur auf einen Grund! Und Danton, mein Freund, mein Bruder - er zeigt plötzlich Schwäche – lebt wie in anderen Sphären. Georges will die Wirklichkeit nicht sehen, nichts unternehmen … er ist müde, müde des Kämpfens. Er macht sich Illusionen – aber ich, ich sehe, dass man mich greifen will! Nur ein falsches Wort und das Messer wird nicht nur für mich…", er hielt ein und wandte ihr sein verzerrtes Gesicht zu, „sondern auch für dich fallen. Wenn alles herauskommt, werden wir zusammen sterben, hörst du!"

Amélie wich zurück, doch er packte sie fester. Seine Augen glänzten wie im Wahn.

„Gib mir die Belege! Ohne sie kann man mir nichts beweisen! Wir werden alles verbrennen, wenn du mir sagst, wo du sie versteckt hast. Ich zahle dem, der die Papiere besitzt, jede Summe…"

Amélie spürte, wie ihr beinahe die Luft wegblieb, sie versuchte sich mit ihrer ganzen Kraft aus seinem Klammergriff zu befreien.

„Ich habe sie nicht! Das ist die Wahrheit!", stöhnte sie. Ein plötzlicher Schauer des Grauens überlief sie. Ein Blitz der Erinnerung erhellte das schmale, weiße Gesicht Manons in der dunklen Zelle, als sie sie das letzte Mal sah. Wie oft war schon der Kopf Unschuldiger oder wegen einer Nichtigkeit Verurteilter im Korb des Henkers gelandet? „…das Messer wird auch für dich fallen… wir werden zusammen sterben!", war das wirklich Fabre, der diese Drohung ausgesprochen hatte? Konnte er das wollen, auch wenn sie unschuldig war? Einer Ohnmacht nahe, fühlte sie, wie die Knie unter ihr weich wurden und umklammerte krampfhaft die Sessellehne.

„Ich liebe dich doch, Amélie!" Fabre, der hinter sie getreten war, wechselte plötzlich den Ton, er zog sie hoch wie ein Kind und nahm sie stark, besitzergreifend und mit ungewohnter Zärtlichkeit in seine Arme. Sie hatte nicht die Kraft, sich zu wehren und stemmte nur hilflos die Hände gegen seine Brust.

„Ich kann ohne dich nicht leben!", flüsterte er an ihrem Ohr, und seine Lippen streiften wie unabsichtlich ihren Hals und ihr Dekolleté. „Mon Amour, meine einzige Liebe!", er zog sanft die Seide ihres Hemdes herab, seine Hände glitten über ihren nackten Rücken und Amélie spürte ihren Körper unwillkürlich in süßer Schwäche erschlaffen und ihre Gedanken sich verwirren. „Ich liebe dich – ich habe dich immer geliebt!" Er flüsterte es noch einmal und immer wieder. „Und auch du liebst mich – ich weiß es!"

Fast gewaltsam presste er seine Lippen auf ihren Mund und obwohl sie sich zuerst wehrte, gab sie nach und verlor sich im Rausch eines wilden Begehrens, mit dem sie seine Küsse so leidenschaftlich erwiderte, dass es beinahe schmerzte.

Sie wusste nicht, wie viel Zeit inzwischen vergangen war, als sie atemlos inne hielt und den Kopf wie besinnungslos an seine Schulter lehnte. Er hatte gesagt, dass er sie liebte! Wollte sie denn wirklich seinen Tod? Der melodische Klang der Laute mit den zärtlich betörenden Tönen seiner Stimme klang in ihrem Ohr. „Tu es la tourmente de mon âme violente..." Doch die Worte: „Wir werden zusammen sterben!", mischten sich plötzlich dazwischen.

Mit aller Kraft stieß sie Fabre von sich. „Aber ich liebe dich nicht – und ich habe dich nie geliebt!"

Als habe ein kalter Wasserstrahl ihn getroffen, verzerrte sich Fabres Gesicht von einem Augenblick auf den andern. Er wurde blass wie der Tod, schwankte und ließ sie mit einem Ruck los. Dann richtete er sich gerade auf und rückte mit noch zitternden Händen seinen Kragen und die Spitzenkrawatte zurecht. Mit einem Schlag wirkte er wieder kühl und gefasst, so als sei er als Schauspieler nur in eine andere Rolle geschlüpft. „Gut, wie du willst. Wenn du etwas vor mir versteckst, werde ich es finden. Aber vergiss nicht: Wenn ich falle, reiße ich dich mit, das garantiere ich dir!"

Amélie war, als zöge man langsam einen Schleier von ihren Augen. Das war wieder der Fabre ohne Maske, der berechnende Intrigant, der eiskalt seine Chancen kalkulierte, der sie erpresste und für seine Zwecke benutzte. Sie wich vor seinem frostigen Blick zurück, als er sich näherte und sie mit hartem Griff an den Haaren packte.

„Du Hure, ich werde dir zeigen, wer hier der Herr im Haus ist!" Seine Stimme klang rau und gewalttätig. Er stieß sie zu Boden und zerfetzte die Seide ihres dünnen Hemdes. „Sagst du mir jetzt, wo du die Papiere versteckt hast?"

„Ich habe sie nicht!" Amélie stieß einen verzweifelten Schrei aus, bedeckte die nackten Brüste mit den Händen und sah sich wie gehetzt nach allen Seiten um, ob ihr niemand zu Hilfe kam. „Ich wollte nur…"

„Was wolltest du?" Fabre versetzte ihr einen Tritt, als sie versuchte, aufzustehen. „Mich ausliefern?" Rücksichtslos schob er das Nachtkleid hoch, bis

320

nur noch ihre Taille von Stoff bedeckt war und spreizte ihre Schenkel grob zwischen seinen Knien. Als sie sich wehrte, schlug er ihr rechts und links ins Gesicht, presste seine Hände um ihren Hals und drückte zu. „Das werde ich dir austreiben!"

Amélie rang nach Luft, ihr Gesicht färbte sich und sie brachte nur noch ein ersticktes Gurgeln hervor. Im letzten Augenblick ließ Fabre von ihr ab und sie fiel wie betäubt zurück. Hilflos sah sie zu, wie er jetzt ruhig seine Hose aufknöpfte, sich mit einem Ruck über sie warf und sie so brutal nahm, als sei sie eine Beute, die er so weit wie möglich erniedrigen wollte. Unbeweglich und gefühllos lag sie unter ihm, von seinen Bewegungen hin und her geschüttelt wie eine starre Puppe. Sie spürte, wie in diesem Augenblick jegliches Gefühl, das sie jemals für ihn empfunden hatte, in ihr erstarb.

Verschwitzt, die blonden Haare wirr ins Gesicht hängend, löste sich Fabre von ihr und erhob sich. Mit rotem Gesicht, beinahe verlegen und auf gewisse Weise ernüchtert an ihr vorbeisehend, ordnete er seine Kleidung. Tiefes Schweigen herrschte plötzlich. Amélie schien es, als seien ihre Glieder aus Eis und sie zog mit einer marionettenhaften Bewegung das zerrissene Hemd über ihren Körper. Tränen liefen über ihre Wangen und sie begann, leise zu schluchzen. Fabre wandte sich um, als wolle er etwas sagen.

„Geh!", schrie sie ihn mit dem Mut der Verzweiflung an. „Verschwinde aus meinem Leben. Ich hasse dich!" Zu ihrer unaussprechlichen Verwunderung gehorchte er. Eine seltsame Erschütterung durchzuckte seine Brust und für einen Augenblick wusste Amélie nicht, ob es ein stummes Schluchzen oder nur ein ersticktes Lachen war. Mit einem Knall, der etwas Endgültiges hatte, fiel die Tür hinter ihm ins Schloss.

Sheba, die wie ein Schatten im Gang gehorcht hatte, schlich Fabre auf Zehenspitzen nach und klopfte mehrmals leise mit dem verabredeten Zeichen an seine Schlafzimmertür. Dann drückte sie die Klinke und glitt mit geschmeidiger Geschicklichkeit hinein. Doch ihr Geliebter wirkte wie ein gebrochener Mann und war wenig erfreut über ihr Erscheinen:

„Was willst du?", murrte er unwillig. „Geh zum Teufel, lauf mir nicht dauernd hinterher; du bist die Letzte, die ich jetzt brauchen kann. Verschwinde!"

Sheba, die Arme nach ihm ausgestreckt, sah demütig zu ihm auf: „Ich habe alles gehört!", stammelte sie. „Wenn ich helfen kann…" Shebas Stimme klang klein und kindlich, doch der drohende Blick Fabres ließ sie zurückweichen. Er knirschte wütend mit den Zähnen und trat mit den Füßen nach einem im Weg stehenden Schemel, der krachend umfiel. Sheba senkte bestürzt den Kopf und drückte sich gegen die Tür.

„Halt! Warte!" Fabre schien plötzlich eine Idee gekommen zu sein. „Warum eigentlich nicht? Vielleicht kannst du mir doch helfen. Hör gut zu: Man hat Belege gefunden, die mir das Genick brechen könnten. Natürlich alles gefälscht, unwahre Verdächtigungen! Eine Intrige!"

Sheba nickte mit zusammengezogenen Brauen.

„Wenn sie gestohlen würden, könnte man mir nichts nachweisen, verstehst du!"

„Was soll ich tun? Ich bin zu allem bereit, um bei Ihnen zu bleiben.... Ich liebe Sie!", flehte Sheba, krallte sich beinahe krampfhaft an ihn und versuchte, seine Hände und alles was sie erreichen konnte, mit Küssen zu bedecken.

Unwillig machte Fabre sich los. „Von mir aus, ja, das ist mir egal! Aber verschaff mir das, was ich suche, hörst du? Verdammter Mist!" Er fegte mit der Faust eine zierliche Schäferinnenfigur vom Tisch, die an der Wand in tausend Stücke zerbrach, bevor er nachdenklich innehielt. „Die Anklage, die Belege, ich muss sie haben, sonst ist alles verloren!"

Er raufte sich die Haare. Unvermittelt, als sei ihm plötzlich eine Idee gekommen, erhellte ein flüchtiges Lächeln sein verfinstertes Gesicht; er warf sich angezogen aufs Bett und starrte eine Weile vor sich hin, während Sheba unschlüssig an der Schwelle verharrte.

Schließlich bückte sie sich und sammelte demütig die Scherben auf. Vor sich hin brütend murmelte Fabre zwischen den Zähnen: „Sicher wird es eine Weile dauern, bis bei dem ganzen Papierkram so etwas Diffuses wie eine Denunziation überhaupt angesehen wird..." Auf seine weichlichen, schönen Züge trat plötzlich ein beinahe sardonischer Ausdruck. „Das ist meine einzige Chance!", stieß er, ohne aufzublicken hervor.

Mit einem tiefen Atemzug setzte er sich auf und, als erinnere er sich jetzt erst wieder der Anwesenheit Shebas, rief er sie unvermittelt mit sanft gewordener Stimme an.

„Komm her zu mir, meine Süße!"

Das Mädchen, in der Hoffnung, er wolle sich zärtlich von ihr verabschieden, stürzte beinahe zu ihm aufs Bett und wollte ihn mit ihren Armen weich umfangen. Fabre packte sie mit gewohnter Rücksichtslosigkeit bei den Haaren und schob sie von sich.

„Nicht jetzt, hör auf mit den Dummheiten. Dieser schwarze Krüppel, Dimanche – du hast doch gesagt, der tut alles für dich – ist dir treu ergeben?

Nun, dann wirst du ihn davon überzeugen, dass er die Akte der Compagnie des Indes verschwinden lässt! Die Conciergerie, in der er arbeitet, besitzt einen direkten Zugang zum Justizgebäude. Es ist ganz einfach - er braucht nur in das Zimmer Fouquier-Tinvilles einzudringen. Aber es muss bald sein – es geht um mein Leben, meine Existenz!" Er dachte noch einen Moment nach. „Und gleichzeitig sollte er auch meinem Freund Robespierre einen kurzen Besuch abstatten! Bei einem von beiden muss die Anklage schließlich liegen!"

Er sprang vom Bett, nestelte an einer kleinen Schatulle, die auf seinem Schreibtisch stand und hielt dem Mädchen einen eisernen Schlüsselbund vor die Nase. „Hier, nimm mein Engel! Das sind die Schlüssel zum Jakobinerclub! Ich hab mir auf alle Fälle welche für den Schreibtisch des Unbestechlichen nachmachen lassen! Als wenn ich ahnte, dass ich sie noch einmal brauchen würde!" Er schnalzte mit der Zunge und ein plötzliches Lächeln überzog sein Gesicht wie mit einem Hoffnungsstrahl.

„Und was ist - wenn Dimanche nichts findet?", fragte Sheba furchtsam und beinahe scheu.

Über d'Églantines Gesicht flog ein Schatten und er zog die Stirn in finstere Falten. Dann fasste er sich und antwortete mit einer wegwerfenden Geste. „Er muss etwas finden, sonst…" Shebas ängstliche Blicke übersehend, zog er sie zärtlich an seine Brust und drängte mit sanfter, verführerischer Stimme: „Sonst bin ich verloren! Du wirst ihn überreden, nicht wahr?"

Sheba nickte und trunken von seinen Zärtlichkeiten ließ sie sich ganz in den Strudel ihrer aufgewühlten Empfindungen ziehen. Nur entfernt drangen die beschwörenden Worte d'Églantines noch an ihr Ohr, während sie die Nähe seines Körpers genoss, den Druck seiner Hände und seiner Lippen, die zwischen seinen Worten ungewöhnlich sanft Hals und Wangen streiften.

„Wenn die Beweise, die Quittungen fehlen, dann kann mir eigentlich gar nichts mehr passieren." Er vergrub seine Hände jetzt in der dunklen Flut ihres seidigen Haares und suchte ihre Lippen zu einem leidenschaftlichen Kuss. „Du wirst es nicht bereuen, mir geholfen zu haben meine Kleine…", er vollendete den Satz nicht und bedachte sie nur mit einem schmelzenden Blick.

Sheba nickte wie gebannt und sah mit verklärten Augen, auf deren Grund sich die ganze, der Wirklichkeit entrückte Welt einer verliebten Frau spiegelte, die der Vernunft nicht mehr zugänglich ist, zu ihm auf. „Ja", stammelte sie, „ja, ich mache es - alles, was Sie von mir verlangen!"

22. Kapitel
Die „Blumenkönigin" in der Rue du Four

Sich immer wieder wie gehetzt umsehend, ob sie verfolgt würde, irrte Madeleine zwischen den grauen Häuserreihen von Paris so lange durch die Straßen, bis die Dämmerung langsam hereinbrach. Von der Conciergerie aus hatte sie im Zickzackkurs die Brücken des Flusses zur linken Seite der Seine überquert – sie war einfach drauflosgelaufen, bis ihr der Atem ausging. Zu Tode erschöpft ließ sie sich schließlich auf die krummen Steinstufen eines einfachen Bürgerhauses fallen und starrte stumpf und betrübt vor sich hin. Alles war vergeblich gewesen, die Entführung der Königin endgültig gescheitert, die sorgfältig ausgeklügelten Pläne wie ein Kartenhaus zusammengestürzt und sie auf der Flucht allein zurückgeblieben. Krampfhaft versuchte sie, sich an die auswendig gelernten Adressen des Baron de Batz zu entsinnen. Sie waren auf mehrere Stadtteile verteilt gewesen, denn das Netzwerk der Mittelsmänner und Anhänger der Monarchie erstreckte sich durch ganz Paris. Am linken Ufer der Seine gab es eine, die man ihr besonders ans Herz gelegt hatte: Den Blumenladen La Reine du Fleur in der Rue du Four am Kloster Saint Sulpice. Aber wie sollte sie sich bloß in dem Gewirr von Gassen, Plätzen und Kirchen zurechtfinden – eine Bleibe finden, bevor es dunkel wurde? In ihr bescheidenes Zimmer in der Rue de la Corderie konnte sie auf keinen Fall zurückkehren; es war sicher schon von Gendarmen durchsucht worden. Und den Rest Geld, den sie besaß, hatte sie am Morgen überflüssigerweise noch dem treulosen Gilbert zugesteckt.

Mit schweren Füßen setzte sie sich wieder in Bewegung. Kaum jemand nahm Notiz von der unscheinbaren, blassen Frau im grauen Kleid einer Dienstmagd, deren Saum durch den nassen Unrat der Straßen schleifte. Mit einer mechanischen Geste zog sie das Kopftuch tiefer in die Stirn. Sie fror und fühlte sich müde und entäuscht. Was war wohl aus de Montalembert geworden? Hatte er genau wie sie entkommen können? Auf der Flucht auseinandergerissen, war jeder nur damit beschäftigt gewesen, die eigene Haut zu retten. Auf der noch belebten Straße rauschte das Leben unbekümmert von den Ereignissen an ihr vorüber. Der Geruch frischgebackenen Brotes stieg ihr in die Nase und mahnte sie daran, dass sie an diesem Tag noch nichts gegessen hatte. Eine Schlange Wartender stand vor einem Bäckerladen, Boutiquen und aneinandergereihte Stände mit Waren wiesen darauf hin, dass sie sich in einer der geschäftigen Marktstraßen von Paris befand, in die die Dienstmädchen gehobener Bürgerfamilien auch in schlechten Zeiten immer noch genügend Lebensmittel fanden, die ihre Herrschaft für den täglichen Bedarf benötigte.

Die Reihe der schiefen, grauen Häuser, die verwinkelt und zusammengepresst die Passage nur durch kleine Gassen und Hinterhöfe erlaubten, gaben plötzlich oberhalb ihrer Dächer den majestätischen Anblick zweier dunkler Türme vor dem noch hellen Hintergrund bauschiger Wolkenfetzen frei. Wie Mahnmale der göttlichen Welt, weit über dem ärmlichen Treiben der Menschen stehend, reckten sie sich stolz gen Himmel. Madeleine betrachtete das Bauwerk und überlegte, welche der unzähligen Kirchen von Paris sie hier wohl vor sich hatte.

Sie rief einem geschäftigen Botenjungen zu: „Diese Türme dort – welche Kirche ist das?"

Der Junge sah sie erstaunt an und rief, bevor er weitereilte: „Kennen Sie Saint Sulpice nicht, Madame!"

Madeleine nickte erleichtert. Also konnte die Rue du Four des Blumenhändlers nicht mehr weit sein. Sie entzifferte den Straßennamen, der in die Mauer eines Hauses eingegriffelt war: Rue Princess, eine Straße, von der sie nie zuvor gehört hatte. Kleine, enge und schmutzige Gassen zweigten hier in ein Labyrinth von Häusern ab, an denen bizarre Schilder auf Garküchen hinwiesen, aus denen es nach ranzigem Fett roch. Sie wanderte weiter über das Straßenpflaster um die Kirche herum, überquerte den großen Platz und verlor sich in engen Passagen, zwischen Menschen und Läden, die sich um den mächtigen Bau des Klosters gruppierten. Wenn sie nur irgendwo eine Weile ausruhen, zu sich kommen könnte! Ihre Beine waren wie aus Blei und sie wünschte sich nur noch ein Bett, auf dem sie sich ausstrecken konnte!

Erschöpft setzte sie sich schließlich auf die steinernen Stufen eines Hauseingangs. Unmittelbar danach öffnete sich hinter ihr die Tür und der abgestandene Dunst von Zigarrenrauch und Bier schlug ihr daraus entgegen.

Eine üppige, nicht mehr ganz junge Frau sah ihr misstrauisch ins Gesicht und fuhr sie mürrisch an: „Verschwinde hier – ich hab nur ehrbare Gäste!"

Madeleine erhob sich hastig und bemerkte erst jetzt das Wirtsschild „Au Mouton" und die steinerne Skulptur eines Hammels an der Hausmauer. Gleich daneben befand sich ein Metzgerladen, aus dem ein dünnes Rinnsal Blut über den Bürgersteig in die Gosse floss.

„Verzeihung, Bürgerin", sagte sie schüchtern, einem plötzlichen Einfall gehorchend, „ich suche ein Zimmer!"

Argwöhnisch musterte die Wirtin ihre Kleidung. „Hast du Geld?"

Madeleine wurde erst jetzt bewusst, dass sie nicht einen Sou besaß. „Nein", stotterte sie verlegen, „aber ich könnte später zahlen…"

Das Gesicht der Frau rötete sich und ihr Ton wurde hart: „Das kenne ich, du Schlampe. Such dir deine Freier woanders und mach, dass du zum Teufel kommst. Wir sind ein ehrbarer Gasthof!" Sie ergriff drohend den Besen, der vor der Tür stand und Madeleine wich erschrocken zurück und taumelte weiter über das von schmutzigem Unrat bedeckte Trottoir.

Plötzlich schien es ihr, als mische sich in schweren Gestank, der von den Abflüssen der seitlichen kleinen Gassen und deren Höfen drang, der unverkennbare Duft frischer Blumen. Sie beschleunigte ihre Schritte und siehe da, nach wenigen Metern tauchte an der nächsten Straßenecke, der Rue des Canettes, die hell erleuchtete Auslage eines großen Blumenladens auf. Vor dem Schaufenster blieb sie zwischen ausgestellten Töpfen mit Pflanzen stehen und betrachtete die sorgfältig gesteckten Bouquets, die in der Auslage prangten, bevor ihr Blick zu einem aus eisernen Rosen geformten Schild hinaufglitt. „La Reine des Fleurs", die Blumenkönigin, verkündete eine bunte Schrift mit verschnörkelten Buchstaben. Das Windspiel klingelte und der Ladeninhaber, ein beleibter Herr mit einem riesigen Schnauzer trat aus der Tür und musterte sie prüfend, an seiner kalten Pfeife ziehen.

„Kann ich etwas für Sie tun, Mademoiselle? Ein kleines Sträußchen vielleicht?"

Madeleine fuhr herum. „Nein, nein eigentlich nicht, ich… suche nur ein Blumengeschäft gleichen Namens in der Rue du Four."

Der Patron lachte ein gemütliches Lachen, bei dem sein fülliger Bauch hin und her wogte und antwortete, sich stolz aufrichtend. „Die ‚Blumenkönigin' gibt es weiß Gott nur einmal in Paris! Hier sind wir in der Rue des Canettes – aber sehen Sie mal, dort um die Ecke, wo mein Laden weiterläuft - da beginnt die Rue du Four!"

Madeleine nickte und ging gehorsam an der Vitrine entlang. Tatsächlich, der Mann hatte recht!

„Wollen Sie sich bewerben?" Die Stimme des Patrons, der ihr gefolgt war, klang freundlich.

„Ich…" Madeleine wusste in ihrer Vewirrung nicht, was sie sagen sollte. Erst jetzt fiel ihr Blick auf ein breites Schild in der Mitte der Scheibe „Blumenverkäuferin gesucht" und sie stammelte: „Ja natürlich, ich … verstehe etwas von Blumen!"

„Dann kommen Sie doch herein! Ich bin Mâitre Caron." Er machte eine einladende Geste und sie traten in den wundervoll duftenden, hübsch ausgestatteten Laden, auf dessen Regalen sich außer Blumen auch Cremetiegel, Flakons und Seifen türmten. „Sehen Sie", die sanfte, freundliche Stimme beruhigte Madeleines heftig klopfendes Herz, „das Durcheinander hier – ich bräuchte dringend Hilfe", er deutete auf die Büsche neuer Lieferungen vom Markt, „und mein Ladenmädel ist krank."

Er zog heftig an seiner kalten Pfeife und in den vorher so freundlichen Augen stand plötzlich Missmut. „Früher, in den Zeiten der Monarchie, als der König noch lebte, da gingen die Geschäfte mehr als gut. Da achtete man auf Putz, Puder und Schminke, auf Eleganz und besonders auf Blumen! Und heute? Man macht sich ja schon verdächtig, wenn man Wert auf sein Äußeres legt. Aber das darf man ja in einer Republik nicht laut sagen, nicht wahr?" Er sah Madeleine herausfordernd an. „Na, wie wärs? Sie gefallen mir und könnten gleich anfangen! Seit meine Frau gestorben ist, bringt unser Ladenbursche die Blumen zwar ins Haus - aber ich bräuchte jemanden, der die Zusammenstellung übernimmt, der Geschmack hat wie meine selige Elise!" Er wirkte tatsächlich ein wenig hilflos inmitten all der Sträuße, der bunten Blütenköpfe, die in Mengen den Raum füllten.

„Sie verkaufen auch Düfte – und Seifen?" Madeleine sah sich neugierig um.

„Alles was Sie wollen, Parfum, Puder, Rouge - selbst angefertigt – und meine ganz spezielle Veilchencreme ist sehr gefragt! Riechen Sie mal!" Er öffnete stolz einen großen Tiegel und Madeleine schnupperte angeregt an der weißen Masse. „Ich selbst bin natürlich nicht so geschickt im Verkauf. Aber was bleibt mir übrig?", er zuckte die Schultern. „Die Herstellung der Cremes, die Kasse, die Buchhaltung, neue Lieferungen ..."

„Eigentlich..." Madeleine setzte zu einer Erklärung an, doch in diesem Augenblick ging das Windspiel.

„Bonsoir!" Maître Caron verbeugte sich höflich vor einer Kundin, die gerade den Laden betrat. „Was kann ich für Madame tun?"

Madeleine wandte sich diskret ab und machte sich probeweise daran, ein paar der duftenden Rosen mit weißen Lilien und Schleierkraut zusammenzulegen. Als der Patron mit einem Strauß Nelken an ihr vorüberging, um ihn der Kundin zu zeigen, zupfte sie ihn beinahe schüchtern am Ärmel und zog ihn beiseite: „Abgemacht, ich bleibe – aber haben Sie nicht auch zufällig ein Zimmer zu vermieten? Vive la Reine", flüsterte sie leise ohne ihn anzusehen.

Er stutzte, ohne jedoch seine Überraschung zu zeigen und sagte dann mit gedämpfter Stimme: „Ah, verstehe, daher weht der Wind! Für einen solchen Fall kann ich Ihnen eine bescheidene Dachkammer dort oben anbieten." Er lächelte verständnissinnig. „Wenn Sie damit zufrieden sind! Sie ist winzig - hat aber den Vorteil, zwei Zugänge über den Hof zu besitzen - an jeder Straße eine. Aber sagen Sie mir zuerst den Namen der Person, die sie empfohlen hat."

„Foguet!" Madeleine gebrauchte den Decknamen des Baron de Batz.

Der Blumenhändler zog achtungsvoll die Augenbrauen empor, nickte unmerklich, ging zu seiner Kundin zurück und säuselte: „Madame, sehen Sie nur diese Nelken hier — ein zartes Rosa, wie wäre das... zusammen mit weißen Tulpen?"

„Hmh", die Dame schüttelte unentschlossen den Kopf, während sie von der Seite her zögernd den Rosenstrauß in der Hand Madeleines betrachtete. „Ich dachte eher an das, was Ihre Verkäuferin gerade in den Händen hält! Ein wenig üppiger vielleicht... breiter!" Madeleine lächelte ihr freundlich zu und fügte noch einige der aufgeblühten Rosen hinzu.

„Ganz wie Sie wünschen, Madame! Und ich habe auch noch etwas Besonderes für Sie. Haben Sie Monsieur Carons wunderbare Veilchencreme schon einmal probiert?"

Die Kundin verneinte. Madeleine reichte ihr den Tiegel und ließ sie daran schnuppern, während sie weiter an dem Strauß arbeitete. Es schien wie ein Wunder. Ihre Erschöpfung war verflogen – vorläufig war sie in Sicherheit, hatte Arbeit und vor allem ein Dach über dem Kopf. Niemand würde wohl in der einfachen Blumenverkäuferin eine Komplizin bei der Entführung der Königin vermuten!

Die Diligence nach Paris war fast leer und es schien, als nähmen sich sogar die Postpferde viel Zeit, den Ort zu erreichen, an dem nur noch der Terror regierte. Die beiden Reisenden Julius von Weinstein und Patrick d'Emprenvil waren unauffällig gekleidet – doch einer von ihnen besaß so viel Gepäck, dass sich ein Teil davon auch im Innern der Kutsche stapelte. Koffer mit goldenen Beschlägen, Felltaschen und weiche Safranlederbeutel in allen Größen, sowie silberne Schachteln und Kästen verrieten mehr als ihre bescheidene Kleidung einen gewissen Wohlstand. Ihre Pässe wiesen sie als Deutsche, als Klavierkünstler Jonas Winter und seinen Agenten, Paul Emmerich aus. Die Zollbeamten warfen nur einen flüchtigen Blick in die Papiere und nach dem Kassieren eines fürstlichen Trinkgeldes ließen sie den Wagen großzügig passieren. Seit der Entführung der Königin waren wohl die Kontrollen der Einreise verschärft worden, doch selbst in einer Republik musste man auf den eigenen Geldbeutel schauen. Touristen – oder auch nicht! Selbst wenn jetzt noch Adelige nach Paris wollten – was ging sie das an? Die Guillotine brauchte Nachschub. Bei der Ausreise schauten sie generell schon etwas genauer hin und setzten auch das Trinkgeld höher an.

Erleichtert schlug Patrick seinen Kragen zurück, während er mit einem feinen Lächeln auf die dunstige Silhouette von Paris blickte. „Siehst du, Julius – dort? Diese wunderbare Stadt mit all ihrem Glanz und Gloria liegt jetzt zu deinen Füßen - die Summe Frankreichs. Da, wo das wirkliche Leben braust - das ist Paris! Ich habe das Gefühl, als käme ich endlich heim!" Die letzten Worte murmelte er so leise, dass Julius ihn beinahe nicht verstand.

Aufgeregt beugte sich der junge Mann weit aus dem Fenster. Die blonden Locken fielen ihm ungeordnet in die heißen Wangen und seine Augen leuchteten. Ja, das war sie: die Welt der Philosophen, der Künste, der Mode! Die berühmten Maler, die Musiker, die von dort wie von einer glänzenden Plattform aus den Sprung in die große Welt wagten, kamen ihm in den Sinn. Die Stadt der Gleichheit, Freiheit und der Brüderlichkeit, in der man das Prinzip Rousseaus nicht nur predigen, sondern auch leben wollte! Er fühlte sich wie ein Vogel, der aus seinem engen Nest gehüpft ist und sich nun erstaunt in der neuen und aufregenden Fremde umsieht.

„Was sagst du nun Julius? Habe ich übertrieben? Hier wird dein Talent erst wirklich zur Entfaltung kommen!" Patrick wies stolz auf die Kuppeln, Dächer und Kirchturmspitzen, die im Abendlicht zusammen mit dem Flusslauf der Seine silbrig aufschimmerten. Die Laternen waren schon angezündet und unzählige Lichter flimmerten wie bei einem Festbankett.

„So habe ich es mir nicht vorgestellt! Grandios!" Julius von Weinstein lächelte seinen Freund glücklich an.

„Dort unten, da siehst du die Conciergerie, das schreckliche Gefängnis, in dem so viele Royalisten unschuldig schmachten – und in das man jetzt auch die bedauernswerte Königin gesperrt hat!", Patrick wurde ernst und deutete auf ein dunkles, wuchtiges Gebäude mit unheildrohenden Türmen. „Als ich das erste Mal nach Paris kam, habe ich gleich mit diesem ungemütlichen Ort Bekanntschaft gemacht! Aber diese Geschichte erzähle ich dir ein andermal!"

Julius sah ihn verwundert an, wagte aber nicht, weiter in ihn zu dringen. In diesem Augenblick ließ er endgültig alles hinter sich und die bohrenden Fragen, was werden würde, die Vorstellung über den Schreck seiner Mutter, wenn sie feststellte, dass er fort war, die Ungewissheit und dunkle Gefahr, der er sich in Begleitung Patrick d'Emprenvils mitten auf diesem für Adelige äußerst gefährlichen Pflaster aussetzte, all dies verschwand wie ein Schemen hinter dem Horizont seines bisher behüteten Lebens. Er war ein Mann und kein Kind mehr und das prickelnde Gefühl der Freiheit, die Chance, sein Leben in einer solch prächtigen und verlockenden Stadt selbst in die Hand zu nehmen, übte einen unsagbar starken Reiz auf ihn aus.

Euphorisch rief er: „Du hattest so recht – hier brodelt das Leben! Wir stürzen uns hinein, wir packen es an, egal was passiert. Nur nicht als feige Zuschauer versauern…"

„Nicht so heftig, mein Lieber", Patrick warf ihm einen nachsichtigen Blick zu. „Das habe ich auch mal gedacht! Wir müssen vorsichtig sein und uns vor allem zunächst eine schlichte Herberge suchen. Vergiss nicht: Wir sind Deutsche, republikanisch gesinnt, versteht sich. Und uns interessiert nur die Kunst – die Musik. Du hast ein Engagement! Und denk daran, wenn man herausfindet, dass ich Patrick d'Emprenvil bin, Adjutant des Grafen d'Artois, und hier den Herzog von Chartres treffen möchte, ist unsere Reise zu Ende! Ich habe noch einige gute Verbindungen in der Stadt und Chartres will mit mir darüber sprechen, wie er seinen Vater, den Herzog von Orléans, am besten aus den Fängen des Tribunals befreien kann. Wir müssen uns sehr in Acht nehmen. Es gibt überall Spitzel!"

„Ausgerechnet den Herzog von Orléans will das Volk unter der Guillotine sehen?", staunte Julius. „Ist er nicht der eifrigste Republikaner, den man sich denken kann? Ich hörte, er hat sogar seinen Adelstitel abgelegt und sich ‚Philippe Égalité' genannt!",

„Genauso ist es!", bestätigte Patrick und eine Zornesfalte trat auf seine Stirn. „Und sein Sohn, der Herzog von Chartres, war einst Mitglied im Jakobinerclub! Doch Orléans hat das Pech, der Vetter des hingerichteten Königs zu sein. Man kann ihn nach Meinung der Halsabschneider im Konvent nicht leben lassen! Robespierre kennt keine Gnade. Er hat nur ein Ziel: den Adel auszurotten - mit Stumpf und Stiel! Aber das muss verhindert werden!", er ballte die Faust. „Und deshalb hat der Herzog von Chartres sich seit der Inhaftierung seines Vaters den Chevaliers du Poignard, den Royalisten, angeschlossen. Er bat mich, ihm zu helfen – in der nächsten Woche wird er mir seine Pläne mitteilen! Wir haben ein Treffen in der Auberge Séraphin vereinbart!"

„Dann sind wir wohl nur deswegen nach Paris gekommen?", die Stimme von Julius klang ein wenig enttäuscht.

Patrick blieb eine Weile stumm, dann sah er auf, als hätte man ihn aus tiefen Betrachtungen gerissen. Ausweichend antwortete er: „Nein, natürlich nicht nur aus diesem Grund!" Er nahm Julius Hand und seine Züge entspannten sich. „Wir sind hier, damit du die große Welt kennenlernst – ein berühmter Musiker wirst!" Er seufzte tief auf. „Und ich will ein neues Leben anfangen - meine Schwester Amélie wiedersehen! Lange haben wir nichts voneinander gehört – seit sie nach den Terrortagen und dem Tod ihres ersten Mannes so überstürzt diesen republikanischen Emporkömmling d'Églantine geheiratet hat!"

„Einen Republikaner?", fragte Julien verwundert.

Patrick schüttelte ärgerlich den Kopf. „Ja! Ich habe ihre Entscheidung nie verstehen können! Und was das Schlimmste ist: Sie hat ihm sogar Valfleur, den Besitz unserer Ahnen überschrieben!"

Julius, der die royalistische Einstellung seines Freundes nicht in allen Punkten teilte, sah fasziniert auf die Umrisse der Stadt, deren Gebäude sich allmählich deutlicher herauskristallisierten und lenkte ab. „Wo, ... ich meine in welcher Gegend befand sich eigentlich euer Stadtpalais?"

Patrick deutete zur anderen Seite des Flusses. „Dort – ein wenig abgelegen, nahe der Faubourgs, in der Rue Dauphine." Fast nachdenklich fügte er hinzu. „Ich möchte wirklich wissen, ob das alte Gebäude noch steht - oder was man daraus gemacht hat!"

Er wandte sich Julius mit einem verschmitzten Lächeln zu. „Wenn ich jetzt das Gesicht des guten d'Artois sehen könnte! Mon dieu, mon Cher!"

Mit gezierter Gebärde imitierte er den Grafen und hob mit ausgestrecktem kleinen Finger sein Spitzentuch an Stirn und Augen. Julius prustete los.

„Er wird nicht glauben können, dass ich fort bin! Aber ich habe lange genug bei ihm ausgeharrt und gewartet, dass unsere kleine Armee die Republikaner zurückschlägt und im Triumph nach Paris einzieht!" Bedrückt fuhr er fort. „Nichts, aber auch gar nichts ist geschehen! Damals habe ich d'Artois noch geglaubt, dass alles bald wie ein böser Spuk vorrüber sein wird!" Er machte eine große, weit ausholende Geste: „Die ganze Welt schien uns damals offen zu stehen, aber er hat unsere Freundschaft systematisch zerstört! Seine vollmundigen Versprechungen, dass ich Kanzler, Minister, sein engster Berater würde - endeten nur in untätigem Warten. Zu spät habe ich eingesehen, dass er zu schwach, zu weich ist, um die Monarchie neu zu errichten."

„Denk nicht zurück!", tröstete ihn Julius. „Du hast dich eben anders entschieden – für mich, für uns, für dein Land!" Er sah ihn mit seinen blauen Augen so strahlend an, dass Patrick den Arm um ihn legte und ihm einen Kuss auf die hohe, ernste Stirn drückte.

„Mein Engel", flüsterte er in die blonden Locken. „Du hast mich aus diesem Sumpf der Lügen und Verstellung herausgeholt. Und wenn wir zusammen sterben müssten – nichts wird uns in diesem Leben mehr trennen!"

Julius befreite sich verlegen und deutete auf die Brücke mit ihren Verkaufsständen, die sie gerade überquerten und unter der das trübe Wasser der Seine gurgelte. „Sag, ist das erlaubt, einen Markt auf einer Brücke zu errichten?"

Patrick lachte auf und zwinkerte ihm zu. „In Paris ist vieles erlaubt, was du vielleicht noch nie gesehen hast!"

Stunden waren vergangen und tiefe Stille herrschte in den dunklen, feuchten Gängen, in denen sich Richard mit Hilfe des unruhig flackernden Kerzenstummels umhertastete. „Saxa Loquuntur", die Steine sprechen. Er fand diese rätselhaften Worte an jeder Gabelung des Wegs, gekrönt von einem in die Mauern eingegrabenen, geschweiften Stern und begriff bald, dass das geheimnisvolle Symbol eine bestimmte Richtung anzeigte. Wie vermutet, befand er sich jetzt in den halb verfallenen und vergessenen Gängen der römischen Überreste des alten Paris, die mit den Gipsbrüchen, den Carrières und den sogenannten „Caveau des Oubliettes", den Verliesen, verbunden waren. Immer wieder murmelte er die lateinischen Worte vor sich hin, als wolle er ihre Bedeutung nicht vergessen, während er mit Hilfe des Taschentuchs Mehl und Linsen auf den mit Geröll und abgebröckelten Steinen übersäten Boden rinnen ließ, in der Hoffnung, bei den vielen Abzweigungen wenigstens einen geringen Anhaltspunkt zu haben. Doch in der Feuchtigkeit verschmolz die Masse zu einem grauen Brei, sodass er seine Bemühungen bald aufgab.

Niemals wäre ihm vor seiner Verurteilung auch nur der Gedanke an eine unterirdische Welt, ein verborgenes Gesicht dieser Stadt gekommen; an die antiken Mauern und Katakomben, die weitverzweigt den Untergrund von Paris unterhöhlten. Erzählungen davon, mit Spukgeschichten ausgeschmückt, hatte er lange Zeit auch für solche gehalten. Erst nach seiner Flucht, als es ihm gelang, sich in den Höhlen der Gipsbrüche von Montmarte vor seinen Verfolgern zu verstecken, begann er den unterirdischen Bereich von Paris, der sich bis zu drei Etagen von der Seine über die beiden Klöster Port Royal und Val de Grace bis hin zum Palais Luxembourg erstreckte, zu erkunden. Damals entdeckte er, dass diese Verbindung gar nicht die einzige darstellte, sondern dass sich auch unter dem gesamten Quartier Latin eine ganz eigene Welt befand. Mit dem Vorwand, ein paar Kisten des wertvollen Chartreuse-Likör kaufen zu wollen, war er sogar einmal in die Verliese des Klosters Val de Grace, wo die Mönche ihn herstellten und lagerten, eingestiegen. Der redselige Prior fasste Vertrauen zu ihm und holte nach ein paar Probegläschen des grünen Elixiers stolz ein verwittertes Pergament aus einem Tresor hervor. Fein eingezeichnet und sorgsam benannt konnte man darauf das unterirdische Netz mit den verschiedenen Ausgängen, die sich zumeist in den Kellern der heutigen Adelspaläste, aber auch in anderen, einfachen Bürgerhäusern befanden, verfolgen. Von der kurzen Zeit, in der er das Dokument in den Händen hielt, war allerdings nur noch ein vager Eindruck geblieben.

Wie er feststellen konnte, ging es jetzt weiter abwärts, die Luft wurde langsam stickig und die kleine Flamme am Kerzendocht bedrohlich gering. Das Atmen fiel ihm schwer und er blieb einen Augenblick stehen. Er konnte nur hoffen, dass die alten Einstiege in die Kalkbrüche noch existierten; die tunnelartigen Durchgänge nicht inzwischen eingefallen oder vermauert waren. Glücklicherweise fand sich immer wieder der seltsame Stern, der einen Weg wies, von dem er nicht wusste, wohin er führte. Einen Fuß vor den anderen setzend, teilweise durch eingestürzte Mauerbrüche kletternd, blieb Richard schließlich nach Luft schnappend stehen und wischte sich den Schweiß von der Stirn. Es roch muffig und feucht.

Nach einer Weile tastete er sich weiter – immer aufs Neue mühsam Hindernisse aus dem Weg räumend; Steine, die eine Passage versperrten, abgebrochene, gipsartige Klumpen, die sich gelöst hatten. Jegliches Gefühl für die Zeit verlierend, musste er sich immer öfter ausruhen. Plötzlich weitete sich der schmale Durchgang unvermittelt zu einem größeren Raum, der mit Streben abgestützt war. Kalkstaub bedeckte mit weißer Schicht den Boden; hier hatte man gearbeitet und es fanden sich noch Reste menschlicher Tätigkeit, sogar ein Meißel.

Wo waren bloß die Männer, die unter Tage mit dem Kalkabbau beschäftigt waren, hereingekommen? Er beleuchtete genau den Boden der sich teilenden Gänge, um Spuren zu finden. Kein Stern zeigte die Richtung, alles schien unter weißem Staub verschwunden. Er kratzte an den Wänden, schabte mit seinen Nägeln Moos, Algen und Kalk herunter, in der Hoffnung, das Zeichen zu finden. Schließlich erkannte er es mit Erleichterung über einem herausgemeißelten Steinstück und zwängte sich durch eine, von Geröll beinahe versperrte Lücke. Der unterirdische Weg schien kein Ende zu nehmen. Sicher war draußen schon längst der Morgen angebrochen. Es ging immer weiter abwärts und die undefinierbaren Dämpfe erschwerten das Atmen. Wasser gurgelte neben ihm, umspülte seine Füße und er balancierte am Rand des Ganges.

Dort! Eine vergessene Leiter! Vorsichtig erklomm er die morschen Stufen und ein frischer Luftzug löschte das ohnehin spärliche Licht seiner Kerze aus. Doch es war jetzt nicht mehr völlig finster; von irgendwo her schimmerte ein schwacher Lichtschein und er vernahm Geräusche, Pferdehufe, Räderrollen, menschliche Laute. Erleichtert zwängte er sich mühsam in den engen Schacht, aus dem der Lichtstrahl drang, doch von oben verschloss ein festes Eisengitter den Ausgang. Verblasste Malereien ließen auf römische Einflüsse schließen und ein kurzer Blick in das Netzrippengewölbe über ihm gab ihm die Gewissheit, im antiken Stadtpalast der Äbte von Cluny zu sein. Befreit atmete er auf: Er war auf dem richtigen Weg, denn die großen Kalkbrüche befanden sich oben hinter dem Luxembourg Palais.

Wieder wurde der Gang enger, gabelte sich und endete unerwartet vor einer nachlässig zusammengesetzten Mauer. In der Hoffnung, an einem der ehemaligen, zugemauerten Ausgänge angekommen zu sein, warf sich Richard mit der ganzen Kraft seiner Schultern gegen die losen Steine, die nachgaben und zu bröckeln begannen. Nach neuen, heftigen Stößen fiel schließlich alles in sich zusammen. Hustend, in eine weiße Staubwolke gehüllt, tastete sich Richard über den Schutt hinaus. Er erkannte zunächst nur die Umrisse eines weitläufigen, uralten Kellergewölbes. Säcke mit Lebensmitteln und Holzvorräte lagerten ordentlich in einer Ecke und Weinflaschen waren in großen Mengen in Regalen gestapelt. Richard griff nach einer der Flaschen, köpfte sie an einem Stein und ließ den Inhalt in seine ausgetrocknete, raue Kehle rinnen.

Mit einem unsagbar tiefen Gefühl der Erlösung lehnte er sich erschöpft gegen die Wand. Gerettet! Dieses Haus war bewohnt – jetzt musste er nur noch ins Freie. Eine steile Steintreppe führte nach oben und siehe da, die morsche Holztür, nur von einem wackligen Riegel verschlossen, ließ sich leicht aufbrechen. Richard stand in einer Art Vorratskammer, die reich gefüllt war. Doch er hatte kein Auge für die kulinarischen Schätze, die ihn umgaben. Vorsichtig öffnete er die Tür und sah auf den Hausgang hinaus.

Gedämpftes Klavierspiel ertönte aus einem der Räume und er bemühte sich, so leise wie möglich aufzutreten. Hinter einer angelehnten Tür vorbeispähend, sah er ein junges Mädchen am Piano sitzen, das mit gelangweiltem Gähnen unter den Augen eines bebrillten Lehrers seine Übungen absolvierte. Die Mutter saß mit einer Handarbeit am Fenster und aus der

Küche drangen verlockende Gerüche, Klappern von Geschirr und lautes Schwatzen der Dienstboten. Das schwere Eichenportal schien ihm wie der Weg zur Freiheit. Ein Griff, und er war draußen.

Die Sonne blendete seine ans Dunkel gewöhnten Augen, als er sich umsah. Ein kleiner, gepflegter Vorgarten mit Vogelgezwitscher empfing ihn und der Wind umfächelte mit frischer Brise seine Stirn. Linker Hand blitzte die Kuppel des Panthéons hinter den Dächern auf, dahinter ragte unverkennbar die Kirche Saint Geneviève empor. Unglaublich, welchen Weg er unterirdisch zurückgelegt hatte!

Erschöpft setzte er sich auf die kleine Gartenmauer – aber dem angenehmen Gefühl, in die Freiheit entronnen zu sein, folgte mit einem Schlag die bittere Erinnerung an das Drama der misslungenen Entführung! Um Haaresbreite nur wäre alles gelungen, der entscheidende Staatsstreich geglückt, wenn die geschwächte Gesundheit der Königin die Flucht nicht in letzter Minute hätte scheitern lassen! All seine ehrgeizigen Pläne waren mit einem Schlag zunichte gemacht - seine Zukunft mit Amélie ungewiss, sein gesamtes Leben erneut in Scherben zerbrochen. Sollte er etwa so vor Amélie hintreten? Als ein vom Schicksal besiegter, ärmlicher, von der Polizei gesuchter Gefängnisinsasse, der sich seit Monaten auf der Flucht befand? Allein die Vorstellung davon schmetterte ihn endgültig nieder.

Er hatte versagt! Und er wusste nicht einmal, was aus der armen Madeleine geworden war. Lebte sie überhaupt noch? Er hatte zugelassen, dass sie ihre Existenz für eine Seifenblase, die so leicht zerplatzen konnte, aufs Spiel setzte! Mutlos und ernüchtert senkte er den Kopf und ohne dass es ihm bewusst wurde, rannen Tränen der Wut und Hoffnungslosigkeit zugleich über sein staubiges Gesicht.

Der tollkühne Entführungsversuch aus der Conciergerie beschleunigte unglücklicherweise den Prozess der Königin. In aller Eile und mit aus der Luft gegriffenen Vorwürfen wurde das Urteil nun binnen zweier Tage gefällt.

Als Marie Antoinette am 16. Oktober um vier Uhr morgens geschwächt und ausgebrannt von den Vernehmungen und dem niederschmetternden Urteil in ihre Zelle zurückkehrte, wusste sie, dass es keinen Ausweg mehr gab und dass nur der Tod sie erwartete. Eine letzte Handlung lag ihr noch am Herzen: ihr Testament in Form eines Briefes an die Schwester Elisabeth verfassen, um ihren letzten Willen, die Beteuerung ihrer Unschuld für die Nachwelt festzulegen. Nach diesem endgültigen, mit Tränen gesiegelten

Lebewohl fiel sie in einen schwarzen, abgrundtiefen Schlaf der Erschöpfung, aus dem erst das dumpfe Klopfen an der Tür der düsteren Zelle sie aufschreckte.

Wie benommen richtete sie sich auf, einen kurzen Augenblick wähnend, sie läge in ihrem weichen Daunenbett in Trianon und all das Unbegreifliche sei nur ein schlechter Traum gewesen, der ihr die Nacht verdorben hatte. Doch die Wirklichkeit holte sie in dem Augenblick ein, als sie den Geistlichen in schwarzer Soutane die Zelle betreten sah. In ihr Los ergeben, hob sie mühsam den Kopf und blickte ihm mit einem abweisenden Ausdruck entgegen. Ihre Züge schienen wächsern, gezeichnet von Kummer, die Augen rot und verschwollen von unzähligen Tränen, die jederzeit bereit waren, über ihre Wangen zu strömen.

„Madame, ich bin gekommen, Ihre Beichte zu hören, obwohl man es mir verboten hat! Keine Angst – ich habe niemals der katholischen Kirche abgeschworen!", flüsterte der Geistliche und zeigte ihr das Kruzifix, das er heimlich bei sich trug. „Doch mehr konnte ich nicht tun – auf dem schweren Weg zum Schafott wird sie ein konstitutioneller Priesters begleiten!"

„Ich bin froh, dass Sie gekommen sind!" Dankbar sah ihn Marie Antoinette, sich heimlich bekreuzigend, an und er setzte sich an ihre Seite auf das ungehobelte Holzbrett und begann, ihrem letzten Bekenntnis zu lauschen.

Draußen, am Revolutionsplatz standen bereits dreißigtausend Soldaten unter Waffen im Spalier. Sie bildeten eine Reihe von der Conciergerie bis zum Schafott, um jede Möglichkeit eines erneuten Entführungsversuchs zugunsten der Königin zu verhindern.

Der Tag war neblig, kalt und ein eisiger Wind wehte von der Seine in Böen durch die Straßen. Trotzdem befanden sich viele Zuschauer schon seit Tagesanbruch auf den Beinen und hatten sich an Fenstern, auf den Dächern und sogar auf Bäume platziert, um nichts von dem Spektakel zu versäumen, das sie erwartete. Auch die Chevaliers du Poignard duckten sich versteckt unter die Schaulustigen und harrten, bleich und unfähig zu irgendeiner Handlung, den Dingen, die da kommen würden. Immer noch beherrschte sie die irrwitzige Hoffnung auf ein Wunder, das unvermutet geschehen könnte, um das Rad des Schicksals noch einmal zu drehen.

Marie Antoinette schrak vor dem Anblick der Menge zurück, als sie, die Hände gebunden, auf den wackligen Karren mit schmutzverkrusteten Rädern steigen sollte. Zum ersten Mal malte sich so etwas wie Furcht auf ihren ausgemergelten Zügen.

„Glaubt Ihr, dass ich diesen Weg machen werde, ohne dass mich die Leute zerreißen?", fragte sie zögernd den überraschten Scharfrichter, der keine Worte der Erwiderung fand und an ihr vorbei sah.

„Madame", beeilte sich einer der Gerichtszeugen, ein ruhiger Mann, statt seiner zu antworten, „das Volk wird Ihnen nichts Böses tun…"

Der begleitende Geistliche, vom Konvent ausgewählt, warf mit harter Stimme ein: „Wenn Sie bereuen, wird Ihr Tod Sühne sein für Ihre Sünden…"

In die Augen der Königin trat der alte Stolz der Habsburger. Sie warf ihm einen majestätischen Blick zu, straffte die Schultern und unterbrach ihn: „Sühne? Ich habe nichts getan, was Sühne verlangte!" Ihre frühere Kraft und Festigkeit schien zurückzukehren und sie bestieg entschlossenen Schrittes das einfache, ungefederte Gefährt, das beim Anrollen hin- und herstieß.

„Na, das ist wohl was anderes als deine gepolsterten Karossen… die weichen Kissen bei deinen Liebhabern in Versailles", kam es aus der Menge.

Erhobenen Hauptes hielt Marie Antoinette dem Hohngeschrei der Zuschauer, dem Brüllen der Beleidiger, stand. Leiser Regen nässte ihr dünnes, weißes Kleid, durch das der Wind wie mit eisiger Hand hindurchfuhr und ihren ohnehin vor Kälte und Kummer erstarrten Körper vollständig gefühllos machte. Wie in einem bunten Teppich glitten die Erinnerungen durch ihren Kopf und das hasserfüllte Grölen der Menge verwandelte sich in den Jubel ihrer Ankunft, der glühenden Begeisterung, die man einst der Kronprinzessin entgegenbrachte.

„Seht! Noch vor dem Henker trägt sie ihre schwarzen Stöckelschuhe, die Hure!", kreischte eine dicke Fischverkäuferin und ein Offizier der Nationalgarde, der glaubte seine Verachtung öffentlich zeigen zu müssen, ritt schauspielhaft hervor, stellte sich in die Steigbügel und wies mit seinem Säbel demonstrativ auf die Königin.

In diesem Augenblick konnte Marie Antoinette die Tränen nicht mehr zurückhalten. Ihre Seele war vom vielen Leiden erschöpft. Sie senkte den Kopf mit der einfachen Haube und man sah die grob abgeschnittenen, grau gewordenen, stumpfen Spitzen der einstmals so kunstvoll aufgetürmten Lockenpracht, die zu ihrer Glanzzeit von allen mondänen Pariserinnen nachgeahmt wurde. Es schien ihr fast wie eine Erleichterung, als das Schafott endlich neben der Säule der Freiheit auftauchte. Ihr Blick ging noch einmal über die Tuilerien, die unverändert unter dem grauen Regenhimmel lagen und schweifte mit einem Aufblitzen hoffnungsvoll über die Zuschauer, so als erwarte sie in letzter Minute das Erscheinen eines mysteriösen Retters, der sie dem Fallbeil noch entreißen würde; sie sah lange um sich, so als könne sie den Chevalier de Rougeville irgendwo in der Menge erspähen, den Mann, der sein Gelöbnis noch einlösen wollte, das er ihr einst in guten Tagen geschworen hatte. Sein Leben für das ihre! Doch die Menge blieb gesichtslos und so legte sie denn gefasst und in ihr Schicksal ergeben, den Kopf auf den Richtblock.

Ihr letzter Gedanke galt in einem Gebet ihren Kindern, die nun endgültig zu Waisen wurden; ihrer Tochter Thèrese und besonders ihrem Sohn, dem kleinen Louis, der immer noch in den Mauern des Temple schmachtete. Gott mochte ihm helfen! Der Henker, der geduldig gewartet hatte, spürte, wie eine plötzliche Schwäche seinen Arm lähmte, doch das Anfeuern der Menge zwang ihn zur Pflicht und er ließ das Beil fallen.

„Es lebe die Republik!", erschallte es aus Tausenden von Kehlen, die schon bald ernüchtert nach einem neuen König rufen sollten.

Für die wehrlos zuschauenden Royalisten, die sich geschworen hatten, bis zum Letzten zu kämpfen, aber in diesem Augenblick nur noch die Faust in der Tasche ballen konnten, war das der schwerste Schlag, den sie verkraften mussten. Doch es blieb immer noch der junge Ludwig XVII, als die allerletzte Hoffnung, an die sich die Anhänger der Monarchie jetzt klammerten.

„Garçon!" Die Stimme Patricks hatte einen nervösen Klang. „Hat wirklich niemand nach einem Paul Emmerich gefragt?"

Der Bedienstete in der weißen Jacke näherte sich verlegen und verneinte zum dritten Mal. „Niemand, Monsieur!"

„Gut!" Patrick warf die Serviette auf den Tisch und ließ seine Blicke durch den bereits geleerten Gastraum schweifen, in dem die Kellner schon die Tischdecken abräumten und die langen Schürzen auszogen. „Eine halbe Stunde warten wir noch. Wie spät ist es?"

„Halb eins", dienerte der Angesprochene, „wir schließen um eins, mein Herr!"

Julius saß betreten am Tisch und knetete mit seinen langgliedrigen Fingern kleine Brotkügelchen. In dem Glas Champagner vor ihm befand sich nur noch ein abgestandener Rest. Das Dîner hatte so überschäumend glücklich begonnen wie das Getränk in der Flasche, doch nun blieb nur ein schaler, unbestimmter Geschmack. Hochgestimmt waren beide zum Rendez-vouz mit dem Herzog von Chartres erschienen, doch der Herzog war ohne Entschuldigung, ohne eine Nachricht zu schicken, ganz einfach ausgeblieben.

Patrick zündete sich mit unsicherer Hand ein neues Zigarillo an, sog hastig den Rauch ein und ging mit unruhigen Schritten hin und her: „Ich kann mir gar nicht vorstellen, dass Chartres uns so grundlos sitzen lässt!"

„Messieurs..." Einer der Kellner machte einen erneuten Anlauf, doch als Patrick eine unwillige Handbewegung machte, verstummte er und begann mit lautem Geklapper ostentativ die Stühle auf die Tische zu stellen.

„Er muss in Paris sein", beharrte Patrick, „Ort und Stunde unseres Treffens stimmen!"

Julius warf ihm einen ängstlichen Blick zu. „Und wenn ihm etwas zugestoßen ist?", stammelte er.

Patrick wurde einen Augenblick ernst, doch dann zuckte er die Schultern und sah den kleinen Rauchwölkchen nach, die von seinem Zigarillo in die Luft stiegen. „Nein – das kann ich mir nicht vorstellen! Es wird einen anderen Grund geben!" Er ergriff Julius Hand. „Mach dir keine Sorgen, mein Lieber. Ich weiß ja, wie sensibel du bist – vor deinen Konzerten. Irgendein dummer Zufall hat Chartres zurückgehalten!"

Julius sah ihn fragend und mit großen Augen an. „Ich kann nicht verstehen, dass der Herzog von Orléans so weit gegangen ist, seinen Namen in ‚Philippe Égalité' zu ändern! Es ist doch Wahnsinn, wenn ein Herzog, Bruder Ludwig des XIV, gemeinsame Sache mit den Königsmördern macht!"

Mit nervösen Fingern schnippte Patrick die Asche fort. „Ja, natürlich. Und jetzt bekommt er seine Strafe für den Verrat! Robespierre will ihn aus dem Weg haben! So nahe an der Thronfolge, das ist ihm zu gefährlich!"

Der blonde Jüngling nickte mit trockener Kehle. Tod und Verderben – Berechnung und Verrat! So hatte er sich den Umsturz, die Revolution, wie sie in Beethovens Musik aufklang, nicht vorgestellt!

„Wir dürfen die Geduld jetzt nicht verlieren – ich habe die Adressen einiger Mitglieder der Chevaliers du Poignard" Patricks Augen glühten vor innerem Feuer. „Ich muss wissen, wie die Sache steht. Der Duc de Chartres war wie ich der Meinung, dass die allerletzte Möglichkeit darin bestände, den jungen König zu retten. Der kleine Louis ist ja noch ein Kind – trotzdem wäre es eine Chance, die man nicht ungenutzt verstreichen lassen sollte!"

„Aber ich – mein Konzert...", der junge Mann verstummte, als Patrick hastig einlenkte.

„Ja, natürlich, Chéri! Aber du bist mir doch nicht böse, wenn ich meine Interessen und die des französischen Volkes voranstelle! Wir sind ja nicht nur deswegen hier, damit du eine rauschende Karriere machst..."

Julius sah seinen Freund wie aus allen Wolken gerissen an. „Es geht also nur um deine Interessen? Warum hast du mir das nicht vorher gesagt! Hast du denn kein Vertrauen zu mir? Du konspirierst mit dem Herzog von Chartres, planst im Geheimen die Entführung des Königssohns und gaukelst mir meine Erfolge als Pianist in großen Konzerten nur vor…"

Patrick verdrehte die Augen nach oben, als habe er ein ungezogenes Kind vor sich. Dann strich er sich mit einer energischen Bewegung die schwarzen Locken aus der Stirn und sagte mit erzwungener Liebenswürdigkeit.

„Nun sei nicht so ungeduldig, Julius. Bald wirst du beweisen müssen, was in dir steckt – im Théâtre de l'Ambigu! Und was all das andere anbetrifft – meine eigenen Pläne… das war noch zu vage. Ich wollte nicht Dinge ausplaudern, die noch nicht spruchreif sind. Für mich steht so viel auf dem Spiel…", er vollendete den Satz nicht und sah abwesend in die Ferne, als suche er dort seinen verlorenen Traum.

Julius antwortete nicht auf dieses Bekenntnis, geängstigt von einer bangen Vorahnung. So kannte er den Freund gar nicht! Seit einiger Zeit waren sie bereits in Paris und hatten wunderbare Momente miteinander erlebt. Doch nach all den bewegenden Ereignissen schien es ihm, als habe Patrick nur noch seine eigenen, eitlen Ziele im Sinn. Die glanzvollen Konzerte, die baldigen Erfolge, von denen er ihm vorgeschwärmt hatte, wurden kaum mehr erwähnt. Nur ein einziges Engagement hatte er, Julius, bekommen – für ein kurzes Klavierstück im Théâtre de l'Ambigu! War das etwa alles? Konnte es sein, dass sein romantischer und kunstbegeisterter Freund auch berechnend und nur auf sein eigenes, politisches Interesse bedacht war? Er sah ihm fragend in die Augen, die seinen Blick mit sanfter Zärtlichkeit zurückgaben.

„Es gibt keinen Grund nervös zu werden, mein Kleiner. Es wird alles gut!"

Patrick nahm seine Hand, doch Julius entzog sie ihm unwillig. Er mochte es nicht, wenn man ihn nicht für voll nahm. Was wusste er überhaupt von dem rätselhaften, dekadenten Baron, der ihn überredet hatte, alles im Stich zu lassen und mit nach Paris zu kommen? War es nicht so, dass er bisher die Augen vor den Tatsachen verschlossen hatte und nur die Illusion und das Abenteuer genoss, in das er sich gestürzt hatte?

Aus den Augenwinkeln sah er zu ihm hinüber, doch die für einen Augenblick gelassenen Züge des Barons verfinsterten sich sofort wieder und er blickte starr auf die Uhr.

„Noch zehn Minuten… ich gebe ihm noch zehn Minuten!"

Die Kellner, die schon die Gedecke für den morgigen Tag vorbereitet hatten, standen bereits tuschelnd und mit verstohlenen Blicken auf die späten Gäste am Ausgang und gähnten hinter der ausgestreckten Hand.

Verunsichert rutschte Julius auf seinem Platz hin und her. Er wusste nicht, was er sagen sollte und wagte nicht, aufzustehen. Wie glücklich, wie unbeschwert sie beide erst noch vor zwei Stunden gewesen waren! Welch ein exzellentes Mahl hatten sie genossen, mit gutem Wein, Champagner und vorzüglichem Dessert! Sie hatten über Musik diskutiert, Zukunftspläne geschmiedet und einverständige Blicke getauscht. Nun war das Feuer des Abends erloschen und hatte nichts als Asche zurückgelassen. War also nur seine politische Ambition der Grund, warum Patrick nach Paris gekommen war? Nicht, um mit ihm ein neues Leben anzufangen, es ganz der Musik zu widmen? Leichte Bitterkeit, die er versuchte, hinter einer gelassenen Selbstverständlichkeit zu verbergen, stieg in seinem jungen Herzen auf.

Der Zeiger der Uhr rückte jetzt auf die Eins. Patrick erhob sich so abrupt, dass der Stuhl hinter ihm krachend zu Boden fiel. Julius fuhr zusammen und sprang ebenfalls auf.

„Entschuldige!" Der schöne Adjutant schien wie aus einem Traum zu erwachen. Seine Stimme war wieder sanft geworden und er legte Julius den Arm um die Schulter. „Lass uns gehen, mein Liebling! Morgen werden wir weitersehen…"

Julius nickte mit zugeschnürter Kehle. Er war müde, sein Kopf schmerzte von all den ungewohnten Getränken und seine Glieder schienen wie aus Blei. „Morgen, ja, morgen…", murmelte er und lehnte den Kopf an Patricks Schulter, „morgen wird sich alles aufklären!"

23. Kapitel
In den Verliesen von Paris

Julius blickte besorgt aus dem Fenster des bescheidenen Gasthofes in der Rue de Saintonge auf die graue, verwitterte Häuserreihe vor ihm. Er versuchte, die bangen Gedanken an das verpasste Rendezvous vor einigen Tagen in der Auberge „Séraphin" zu verscheuchen. Immer noch gab es vom Herzog de Chartres keine Spur. Es war noch früh am Morgen, aber er konnte nicht mehr schlafen. Draußen regnete es in feinen Tropfen, aber dazwischen riss der Himmel immer wieder ein wenig auf. Würde es kalt sein, im ungeheizten Saal des Thèatre de l'Ambigu, morgen Abend, bei seinem ersten Konzert? Er fürchtete um die Geschmeidigkeit seiner Hände, für das Tempo seines Spiels, bei dem sie warm und gelenkig sein mussten. Sein Schlaf war oberflächlich und unruhig gewesen. Hatte man genügend Karten verkauft? Konnte er dem verwöhnten und anspruchsvollen Pariser Publikum überhaupt genügen, oder würde es die neuartige, schwere Musik Beethovens und dazu noch die nie gehörten Kompositionen eines unbekannten Musikers wie er es war, nicht etwa langweilen? Wenn man ihn gar auspfiff? Welch ein Wagnis stellte dieses Konzert dar!

Er öffnete die Terrassentür, trat auf den winzigen, mit einem schmiedeeisernen Gitter umfassten Balkon und reckte sich über die Balustrade. Hinter weitläufigen Schlossanlagen in der Ferne ragte der graue Turm des Temple über den Dächern empor, an dem der gleichnamigen Boulevard entlangführte, nicht weit vom Theater de l'Ambigu. Ein frischer Windstoß ließ ihn frösteln. Durch die angelehnte Tür blickte er zurück ins Zimmer, wo Patrick in seinem spitzenumrieselten Batisthemd, die reich beringte Hand über den Kopf gehoben, noch friedlich schlafend in den Kissen lag. Seine dunklen langen Haare schlängelten sich in offenen Wellen auf dem weißen, feinen Stoff und sein blasses, schönes Gesicht hatte den unzufriedenen Zug eines verwöhnten Kindes, des verweichlichten, mit reichen Gaben beschenkten Lieblings der Götter. Um seinen Hals hingen in loser Unordnung unzählige kostbare Ketten, an der Brust prangten Agraffen und Broschen, die er am Abend zuvor nicht abgelegt hatte, weil er sie aus Angst vor Diebstahl während der ganzen Reise versteckt am Körper trug.

Das einfache Hotel stellte inzwischen bereits die dritte, immer bescheidener werdende Unterkunft dar und ihr kleines, ein wenig schiefes Zimmer war vollgestellt mit Gepäckstücken, die die Reisenden mit Hilfe eines Hausdieners in den dritten Stock geschleppt hatten. Das ganze Mobiliar bildete fast nur das Bett und ein einfacher Tisch mit zwei wackligen Stühlen. Darüber lagen neben einem Samtmantel mit Pelzbesatz auch andere Kleidungsstücke, unordentlich durcheinandergeworfen und der Inhalt eines ungeduldig ausgekippten Reisenecessaires war überall hingerollt. Einer der ausgelaufenen Parfumflacons Patricks verbreitete einen herben Duft nach Zedernwurzel und Moschus.

Julius spürte, wie ein dumpfes Angstgefühl vor den kommenden Tagen und Wochen ihm plötzlich die Kehle zusammenzog. Wie sollte das alles weitergehen? Patrick, immer von Dienerschaft umgeben, war anspruchsvoll und einen luxuriösen Lebensstil gewohnt. Aber auch für ihn, Julius, bedeutete es etwas Neues, so auf sich allein gestellt zu sein! Eingesperrt in einem engen, kalten Zimmer, in der muffigen Luft schmutziger und feuchter Wände, fürchtete er plötzlich, dass die Ideale, die in seiner Brust wohnten, unter dem Druck des Alltäglichen verblassen und schal werden könnten! Er dachte immer öfter an daheim und daran, wie es wohl der Mutter gehen würde, die außer dem flüchtig hingeworfenen Abschiedsbrief nichts mehr von ihm gehört hatte.

Beklommen schloss er die Tür und versuchte, die trüben Gedanken zu verscheuchen. Schließlich wollte er ja erwachsen sein, die Fesseln sprengen, die ihn an das Land banden, in dem er geboren war! Das Abenteuer, die Freiheit reizte – und die Versprechungen, die ihm Patrick gemacht hatte, wenn er mit nach Frankreich kam! Er war ihm gefolgt, fasziniert vom Mythos der Metropole Paris, in dem alle Träume wahr werden konnten – der Aussicht einer musikalischen Karriere! Aber war er nicht auch ebenso gebannt gewesen von den neuen Ideen der Revolution, dem Umsturz einer Epoche? Er wagte Patrick, der unbeirrt an die Monarchie glaubte, nichts davon zu sagen. Der von einer geheimnisvollen Aura umgebene Adjutant des königlichen Bruders verteidigte die Widerstandsbewegung der Chevaliers du Poignards und erzählte mit Pathos von ihren heldenhaften Zielen.

Doch die Wirklichkeit sah anders aus. Die geplatzte Verabredung mit dem Herzog von Chartres, der Patrick so viel Wichtigkeit beimaß, war kein gutes Zeichen gewesen! Julius' Herz begann unruhig zu klopfen, wenn er an die Unterhaltung im Restaurant dachte. Auf was hatte er sich da bloß eingelassen? Verschwörung der Adeligen – Entführung des jungen Königssohns? War es nur das, was Patrick im Sinn hatte? Trotz der unbegrenzte Möglichkeiten bietenden Zukunft, die noch vor wenigen Tagen so verlockend vor ihm gelegen hatte, fühlte er sich plötzlich entmutigt und ein wenig traurig. Im faden Licht des angebrochenen Tages sah alles ganz anders aus. Er konnte sich einer unheilvollen Vorahnung, die sich wie ein schweres Gewicht auf seine Brust legte, nicht erwehren.

Unten hörte er einen Zeitungsjungen mit monotoner Stimme schreien: „Neuigkeiten, Poste du Matin…."

Zögernd, aber doch voller Neugier trat er auf den Balkon und schaute hinunter. Der Bursche schwenkte ein Bündel Papiere und wiederholte. „Poste du Matin… Neue Nachrichten! Philippe Égalité unter der Guillotine! Der Herzog von Orléans hingerichtet!"

Tiefer Schrecken fuhr Julius in die Glieder und er zog sich verwirrt wieder ins Zimmer zurück. Das war vielleicht der Grund, warum der Herzog von Chartres das Rendezvous versäumt hatte! Er erschauerte und sah sorgenvoll zu Patrick hinüber, der sich im Schlaf murmelnd auf die Seite geworfen hatte und die Bettdecke höher zog. Er brachte es nicht übers Herz, ihn zu wecken, ihm die niederschmetternde Neuigkeit mitzuteilen. Ein unheimliches Gefühl beschlich ihn. Die Stadt, die ihm vor Kurzem noch so leuchtend, glitzernd und vielversprechend erschienen war, zeigte sich plötzlich abweisend und schmutzig wie ein gefährliches, graues Gespenst, das sie alle bedrohte.

Die trüben Befürchtungen Julius' bestätigten sich später bei Lesen der Morgenpost des „Mercure". Der Herzog von Chartres hatte die Guillotinierung seines Vaters in Paris noch in letzter Minute verhindern wollen - doch alles war vergeblich gewesen. In seiner Erschütterung über die kaltblütige Hinrichtung wollte er dann in Verwirrung und Trauer sein Stadtpalais aufsuchen. Dort lief er direkt in einen Hinterhalt der Republikaner, die erfreut waren, ihn endlich in ihrer Gewalt zu haben. Man klagte ihn der Fahnenflucht sowie der Konspiration mit den Österreichern an und setzte ihn unverzüglich unter Arrest. Eine der wichtigsten Schachfiguren im Spiel um die Macht in gefährlicher Nähe der Thronfolge war damit vorerst matt gesetzt.

Aufgewühlt von der Auseinandersetzung mit Fabre, seinen düsteren Drohungen und den unheilvollen Gewitterwolken, die sich in Paris seit der Hinrichtung der Königin nun auch langsam über dem Konvent und seinen Mitgliedern zusammenbrauten, wagte Amélie kaum mehr, ihr Palais zu verlassen. Ihr schien, als sei sie unter der ständigen Beobachtung ihres Mannes in einer Art Lähmung erstarrt, in der sie auf irgendetwas wartete, ein Geschehen, ein Wunder, das ihr den Mut gäbe, eine Flucht zu wagen und Fabre zu verlassen. Wenigstens hatte er ihr erlaubt, die Kinder mit der Bonne nach Valfleur zu schicken, um sie dem heißen Boden des vom Fieber der

Hinrichtungen geschüttelten Paris zu entziehen, wo die Luft vergiftet war von unsinnigen Denunziationen, Gefängnis und Tod. Ihre Hoffnung, Richard wiederzusehen, schmolz zusehends, während ihre Angst täglich stärker wurde. Ihr war, als wanke der Boden unter ihren Füßen, als spüre sie nirgendwo Halt. Nur fliehen, fort aus dieser blutrünstigen Stadt, in der jeden Augenblick Unschuldige auf den Henkerkarren gezerrt wurden, weg von Fabre, der mit düsteren, misstrauischen Blicken jeden ihrer Schritte beobachtete! Selbst im Schlaf schreckte sie auf und glaubte ihn über sich gebeugt, um versteckte Papiere unter ihrem Kopfkissen zu suchen. Ganz Paris schien sich unter dem drohenden Fallbeil zu ducken, dem mittlerweile nicht nur die Adeligen zum Opfer fielen. Ständig neue, erschreckende Nachrichten verbreiteten sich in der Stadt, immer mehr unschuldige Opfer wanderten unter die Guillotine und ihre Schemen zeichneten sich unheilvoll am Horizont einer ungewissen Zukunft ab, die sie alle auszulöschen drohte.

Fabre ging nicht mehr aus; er wollte niemanden sehen und beschäftigte sich jeden Abend damit, einen Wust Papiere und Akten im Kamin zu verbrennen. Dann betrank er sich sinnlos, warf Gegenstände gegen die Wand, zertrümmerte Möbel in seinem Zimmer, um schließlich erschöpft auf sein Bett zu fallen und den Rausch auszuschlafen.

Sheba schlich wie ein flüchtiger Schatten umher und hoffte inbrünstig darauf, dass es wenigstens Dimanche gelang, die Gefahr, die über ihrem Geliebten schwebte, abzuwenden. Am gleichen Tag noch, als Fabre ihr die Schlüssel zum Jakobinerclub ausgehändigt hatte, war sie eilig zum alten Friedhof St. Pierre hinaufgestiegen.

Dimanche wehrte zunächst ab, doch nachdem sie ihn eine Weile umschmeichelt, auf die Wangen geküsst und ihm schließlich gedroht hatte, er würde sie nie wiedersehen, war ihm in seiner Verzweiflung nichts anderes übrig geblieben als in den Handel einzuwilligen. Wenn Robespierre nichts vorlag, wenn dem Gerichtspräsidenten die Unterlagen und damit die Beweise fehlten, konnte er auch keine Anklage gegen d'Eglantine erheben; das waren seine eigenen Worte gewesen. Immer musste sie daran denken, wie zärtlich ihr Fabre über die Haare gestrichen, wie süß er sie geküsst hatte, bevor er ihr den Schlüssel reichte. „Wenn du das für mich fertigbringst, dann gehen wir beide zusammen fort – weit weg, wo mich niemand kennt. Nach Amerika – dort gibt es die wirkliche Freiheit!" Beglückt hatte sie seinen Worten gelauscht, hingerissen, blind in ihrer Verliebtheit und nur von dem einen Gedanken besessen: ihm zu gehören, ihm zu dienen und alles abzuwenden, was ihm je schaden könne.

Den Kopf in die Hände gestützt, starrte Richard entmutigt durch die kleine Öffnung am Einstieg der verlassenen Gipsbrüche, die ein Stück der grau vorüberziehenden Wolken des Himmels sehen ließ. Ob es überhaupt noch Hoffnung gab, nach der ungerechten, eiligen Verurteilung Marie Antoinettes? Es schien ihm alles so ausweglos. Etliche Tage waren vergangen, seit er in den verlassenen Gängen hauste. Die unterirdischen Verliese waren zwar ein ideales Versteck vor der Polizei, aber eine feuchte, eher ungemütliche Behausung. Die Steckbriefe von ihm, Madeleine und den anderen Beteiligten hingen überall und die Polizei suchte fieberhaft nach Jean Péléttier und seiner Komplizin. Der Baron de Batz und auch die übrigen Chevaliers du Poignard hatten Deckung genommen, hielten sich still im Hintergrund und schienen abzuwarten, bis ein wenig Gras über die Sache gewachsen war und sich die Spuren verwischten.

Richard wusste um die Gefahr, die ihn umgab und vermied es vorläufig, Kontakte zu den Verschwörern aufzunehmen. Es war eine Vereinbarung gewesen, an die er sich auch in der Not halten wollte. Mit großer Erleichterung hatte er jedoch inzwischen erfahren, dass die falsche Bedienerin der Königin, in diesem Fall also Madeleine, entkommen und untergetaucht sei, und dass auch de Rougeville und die restlichen Helfershelfer im Dunkeln geblieben waren. Nur Michonis und Bault befanden sich unglücklicherweise in Haft.

Was sollte nun werden? Die Gipsbrüche mit den unterirdischen Stollen boten ihm nur vorübergehend einen gewissen Schutz – er konnte sich schließlich nicht auf Dauer dort aufhalten. Es war geboten, die Position von Zeit zu Zeit zu wechseln, um kein Aufsehen zu erregen. Diesmal hatte er einen der größeren Eingänge am Luxembourg-Park gewählt und dort ein halbwegs bequemes Plätzchen gefunden, das nicht zu tief lag und an dem ihm höchstens die Ratten Gesellschaft leisteten.

Tagsüber wagte er sich dann manchmal wie ein Bauarbeiter, den in seiner schmutzigen Kleidung niemand beachtete, auf die Straßen. Die einzige Abwechslung waren die Zeitungsjungen, die jeden Tag mit den neuesten Gazetten vorbei eilten und laut die Schlagzeilen ausriefen. Richard erwartete sie auch heute schon ungeduldig; er kletterte die brüchige Leiter empor und verzog sich in eine uneinsichtige Straßenecke.

„Unruhen im Sicherheitsausschuss!" Die schon heiseren Stimmen der Ausrufer wiederholten monoton immer den gleichen Text. „Robespierre klagt die Mitglieder des Konvents der Korruption an!"

Richard spitzte die Ohren und nickte beifällig.

Genau, wie er es vorausgesehen hatte! Jetzt kam es also doch zum Äußersten – man war sich untereinander nicht einig und einer traute dem anderen nicht.

„Théâtre Molière geschlossen! Die Schauspielerin Simone Aubray im Gefängnis der Abbaye!"

Ein Blatt flatterte in den Straßendreck einer Pfütze. De Montalembert hob es schnell auf und warf neugierig einen Blick auf die dick gedruckte Sensationsmeldung. Er empfand Bedauern für Simone, doch die neuen, schockierenden Nachrichten prallten an seinem Herzen ab, das immer noch vom schmerzlichen Pfeil der Enttäuschung und des endgültigen Scheiterns verwundet war. Das Glück hatte ihm seine Gunst verweigert – wie es auch kam, das Ziel aller ehrgeizigen politischen Pläne, seine Auferstehung mit dem Wiedererlangen seiner Rechte, seines Hab und Guts, musste er nun endgültig begraben. Aber was noch schlimmer war: Blieb nun alle Hoffnung vergeblich, Amélie noch einmal wiederzusehen? Das Bild einer gemeinsamen Zukunft unter der neu aufgestellten Ordnung der Monarchie schien wie ein blasser Schimmer am Horizont zu verfließen, sich aufzulösen und zu verschwinden. Nur das höhnische Grinsen d'Églantines, dieses fest im Sattel sitzenden Emporkömmlings, der ihm das Liebste geraubt hatte, verfolgte ihn bis in die Träume. Er knüllte das dünne Papier wütend zusammen, warf es weg und zwang sich, die Tatsachen so kühl es ging zu analysieren: Mit dem beinahe gelungenen Versuch, die Königin zu entführen, hatte man geradewegs in das Wespennest des Konvents gestochen – jetzt würden sie noch schneller töten, mit Gewalt versuchen, alles auszulöschen, was ihnen künftig irgendwie gefährlich werden konnte. Blieb ihm überhaupt noch etwas zu tun übrig – außer einer baldigen Flucht ins Ausland?

Aber er durfte Madeleine nicht im Stich lassen, von der er nicht wusste, wo sie sich befand! Ob sie seinem Rat gefolgt war? Ganz in seiner Nähe befand sich der Laden „La Reine des Fleurs", die wichtigste Geheimadresse der Konspirateure.

Nachdem einige Zeit vergangen war, konnte er es vielleicht wagen, Maître Caron aufzusuchen! Entschlossen klopfte er sich den weißen Gipsstaub von der schäbigen, vor Schmutz starren Kleidung. Dann wanderte er unbeachtet die dunkle enge Rue Monsieur le Prince hinunter bis zur Kirche St. Sulpice. An der Rue du Four zögerte er kurz. Weithin sichtbar zeichnete sich das Schild der Blumenkönigin ab. Leise Hoffnung durchzog ihn. Würde er Madeleine dort finden?

Dimanche, der am Abend vorher mit den Schlüsseln Shebas in den Jakobinerclub eingedrungen war, hatte im sorgfältig geordneten Schreibtisch Robespierres keine einzige Spur der kompromitierenden Papiere gefunden. Das konnte bedeuten, dass sie schon den direkten Weg zu Fouquier-Tinville genommen hatten. Gleich am nächsten Tag, nachdem er seine gewöhnliche Tätigkeit, die Wache und das Zellenreinigen in der Conciergerie verrichtet hatte, kaufte er eine Flasche Schnaps sowie eine Schachtel Schnupftabak und kehrte bei Einbruch der Nacht noch einmal an seinen Arbeitsplatz zurück. Durch seine Spionagetätigkeit hatte er jederzeit freien Ein- und Ausgang zum Gefängnisgebäude, das an das Palais de Justice angrenzte. Er wusste, dass die alten Kumpel unter den Wachleuten sich über einen erwärmenden Tropfen immer freuten.

„He, Zwerg!", wurde er gleich von dem fast zahnlosen Briquet begrüßt, dem langjährigen Schließer und Mann fürs Grobe, einer, der wie er die Zellen säuberte, aber auch die Leute für die Hinrichtung vorbereitete. „Hast du was vergessen? Wenn ich dich nicht so gut kennen würde, wäre ich hier im Dunkeln gleich zu Tode erschrocken! Aber ich bin ja nicht abergläubisch."

Dimanche schluckte das zweifelhafte Kompliment hinunter, hinkte auf ihn zu und schwenkte die Flasche, bei der Briquets Augen aufleuchteten. „Hier Luc, das ist für dich. Ich weiß, dass du im Augenblick viel zu tun hast."

Der Angesprochene nickte trübsinnig. „Kann man wohl sagen, jeden Tag mindestens zehn, die für den letzten Gang hergerichtet werden müssen – und die dann auch noch Wünsche haben! Ich komm gar nicht mehr nach. Keine Minute Ruhe, sag ich dir. Wird Zeit, dass das mal ein Jüngerer macht. Aber ich brauch ja das Geld."

Dimanche sah sich in dem engen, dunklen Raum um, der Briquet als Aufenthaltsort diente. Dann nahm er die kleinen Zinnbecher aus dem Regal, entkorkte die Flasche und schenkte ein. Briquet stürzte das erste Glas herunter.

„Ahh! Ein guter Tropfen. Bist doch eine gute Seele - das ist das Wichtigste – was nützt da der äußere Schein, nicht wahr?" Nach dem dritten Glas wurde er immer redseliger und klagte wortreich über den schweren Dienst, bis Dimanche ihn plötzlich unterbrach und ihm sein Anliegen vortrug.

„Zu Fouquier-Tinville? Ins Palais de Justice?" Er kratzte unschlüssig seinen Bart. „Du weißt, die Räume mit den Prozessakten sind streng tabu. Man hat mir die Schlüssel dazu leider nicht überlassen!" Er grinste schlitzohrig, machte eine Pause und sah zu, wie der Zwerg ihm noch einmal nachschenkte. „Tja!", er blinzelte ihm listig zu. „Wie gesagt, ich hab keine

Schlüssel zum Palais de Justice, aber – ich weiß natürlich, wo welche sind!"
Er lachte schallend auf und Dimanche fiel mit ein. „Schau mal", sagte er
augenzwinkernd, „wir sind zwar nicht die Schönsten, aber hier oben…", er
tippte sich an die Stirn, „da sind wir nicht von gestern! Komm!"

Er erhob sich ächzend, die wehen, alten Knochen verfluchend. Den dunklen Gang entlang schlurfend, sah er sich nach allen Seiten um und schloss
dann einen engen, fensterlosen Raum auf, in dem ein wurmstichiges Brett
mit unzähligen Schlüsseln aller Formen und Größen befestigt war.

„Unsere Reserve, weißt du!", wandte er sich grinsend an Dimanche. „Ganz
geheim! Wenn mal was verloren geht."

Er zwängte sich in den mit Spinnenweben und Staub bedeckten Spalt, der
kaum eine Person aufnahm und betrachtete lange eins nach dem anderen
die vergilbten Etiketten der Schlüssel. Schließlich hielt er Dimanche ein
eher unscheinbares, leicht rostiges Stück Eisen hin.

„Hier! Für das Arbeitszimmer des öffentlichen Anklägers! Wird fast nie
benutzt! Ich lass dich persönlich in den Durchgang – aber alles andere musst
du selbst machen. Will gar nicht wissen, was du vorhast! Du kennst dich ja
aus."

„Danke Alter!" Dimanche steckte den Schlüssel ein. „Werd mich erkennt-
lich zeigen, keine Sorge! Ich bring ihn dir spätestens morgen zurück. Vielleicht auch früher, es dauert sicher nicht lange!"

Briquet begleitete den Zwerg über den Hof bis zur Verbindungstür und
sah ihm nach, wie er schneller, als man es ihm bei seiner verformten Gestalt
zutraute, hinter den dunklen Mauern verschwand.

„Armer Teufel", brummte er mitleidig, „deine grässliche Fratze täuscht
– dein Herz ist gut. Aber wen schert das schon…" An seinen Platz zurückgekehrt, schenkte er sich neuen Schnaps ein, nahm eine Prise des guten Ta-
baks und lehnte sich behaglich seufzend, die Füße auf dem wackligen Tisch,
zu einem Nickerchen zurück.

Inzwischen humpelte Dimanche, so rasch er es vermochte, die langen
menschenleeren Säle und Gänge entlang, bis er das Arbeitszimmer des
öffentlichen Anklägers Fouquier-Tinville erreichte. Er lauschte reglos an
der Tür. Manchmal blieb der überkorrekte Beamte, der schon um sieben
Uhr früh begann, auch länger. Als sich nichts rührte, schloss er auf, zündete
die Lampe an und betrachtete seine Umgebung. Akten über Akten häuften
sich in dem riesigen Raum auf Regalen, in Schränken und sogar am Boden.
Auf dem Schreibtisch lagerten Stöße von Papieren, in Mappen drängten
sich Schriftstücke. Er öffnete vorsichtig alle Schubladen, durchblätterte ein

Wirrwarr von Notizen und Briefen. Von dem hoffnungslosen Gefühl gepackt, eine Nadel im Heuhaufen finden zu müssen, hielt er ein und ließ seine Augen über die zahlreichen, zusammengezurrten Aktenbündel gleiten. Was für ein Wust von unnützen Papieren, Denunziationen und kleinen Beschuldigungen! Wie sollte er da etwas über irgendwelche Waffenlieferungen oder die Compagnie des Indes finden?

Seufzend begann er, ein Dossier nach dem anderen durchzublättern. Er schlug die dicken Register auf; sah zunächst nach dem Buchstaben C, dann E, Espagnac, Églantine.... Nichts. Mühsam schleppte er staubige Akten herbei, bis der Boden beinahe damit bedeckt war. Die Lampe wurde matt, die Stunden verrannen und die Morgendämmerung brach herein, ohne dass er auch nur den geringsten Anhaltspunkt gefunden hätte. Als die Kirchenglocke fünf Schläge tat, schrak er zusammen - ihm wurde gewahr, dass er aufgeben musste und dass es höchste Zeit war, zu verschwinden. Er sah das enttäuschte Gesicht Shebas vor sich! Nur noch wenige Minuten – vielleicht würde er gerade jetzt das Gewünschte finden. Doch der Uhrzeiger rückte unerbittlich voran. Fieberhaft verdoppelte Dimanche seine Bemühungen. Er gab sich noch eine Frist von einer halben Stunde, dann musste er spätestens das Gebäude verlassen haben. Immer hastiger überflog er die Seiten, der Aktenstaub kratzte in seiner Kehle, sein ohnehin verkrüppeltes Kreuz schmerzte rasend und die krummen Beine schienen wie abgestorben.

Schließlich begann er, völlig niedergeschlagen, die schweren Papierbündel wieder zu verschnüren und an ihrem Platz zu verstauen. Einige Zettel und Anmerkungen waren herausgefallen und lagen noch verstreut umher. Seufzend bückte er sich und sammelte, mühsam auf dem Boden herumkriechend, die Reste zusammen, um alle Spuren sorgfältig zu verwischen.

Unter dem Schreibtisch stieß er mit dem Kopf dabei unsanft an ein Hindernis. Er tastete die Schreibtischplatte von unten ab und entdeckte in ihrer Mitte eine Geheimschublade, deren Mechanismus er in der Eile mit einem Brieföffner zu Leibe rückte.

Die Lade glitt heraus, öffnete sich und präsentierte eine unscheinbare graue Mappe mit dem Titel: „Wichtige Abschriften!" Ordentlich eingereiht befanden sich dort die gesuchten Unterlagen unter dem Buchstaben C, Compagnie des Indes, fein säuberlich kopiert und klassifiziert, der Haftbefehl für Fabre d´Églantine mit Vermerk und Datum: „Kopie an Robespierre, Rue St. Honoré", beschriftet und zur Absendung bereit. Und da war es endlich, das Corpus Delicti, das Original mit d´Églantines Unterschrift – es lag vor ihm, zusammen mit einem dringenden Hausdurchsuchungsbefehl. Der schlaue Fouquier-Tinville hatte in penibler Beamtenmanier vorgesorgt, dass dieser unverzüglich durchgeführt werden konnte.

Dimanche steckte das kompromittierende Dokument ein, raffte die übrigen Blätter zusammen und legte sie erleichtert zurück in die Schublade. Gerade noch rechtzeitig hatte er es geschafft! Doch dann stutzte er erneut. In einer anderen Mappe, die „Noch zu Bearbeitendes" enthielt, befanden sich detailgerecht aufgelistet weitere Anklagepunkte gegen verschiedene Konventsmitglieder und außer dem Haftbefehl für den flüchtigen d'Espagnac, auch die für Danton, Delacroix und Desmoulins. Der Zwerg vertiefte sich mit Schaudern in die Ausführungen des unerbittlichen Anklägers, der Buchstabe für Buchstabe dem Gesetz folgte und sich rühmte, niemals Gnade walten zu lassen.

Das unheilvolle Knarren der halbgeöffneten Tür schreckte ihn aus seiner Versunkenheit und er blinzelte mit überanstrengten Augen in das erstaunte Gesicht Fouquier-Tinvilles, der vor der Fratze des Zwerges so heftig zurückzuckte, als habe er ein Gespenst vor sich. Die Glocken von Notre Dame schlugen zur gleichen Zeit mit einem dumpfen Ton sieben Uhr. Dimanche erwachte wie aus einer Betäubung, er sprang so hastig auf, dass er die Öllampe umwarf und flüchtete in seiner Verwirrung wie ein gefangenes Tier kreuz und quer durchs Zimmer. Schließlich riss er in seiner Not das Fenster auf und kletterte behände auf das schmale Sims. Doch auch dort gab es kein Entkommen, nur einen Sturz in die Tiefe, den er riskierte, wenn er sich an dem schmalen Mauerwerk entlanghangelte. Ihm schwindelte.

Die Donnerstimme Fouquier-Tinvilles, der erkannt hatte, dass er ein Wesen von Fleisch und Blut vor sich hatte, hallte unheilverkündend durch den Raum. „Stehenbleiben – wer du auch bist!"

Er richtete die Mündung einer Pistole auf ihn, die er zu seinem Schutz immer bei sich trug. Dimanche duckte sich und ließ kraftlos die Arme mit den entwendeten Papieren sinken. Sollte er um Gnade bitten – Ausreden erfinden? Dieser Mensch mit den kalten, grauen Augen und zusammengepressten Lippen, der so viele Leute aufs Schafott schickte und sich sogar das Schauspiel der Hinrichtung seiner Verurteilten nicht entgehen ließ, würde nicht einmal mit einer armseligen Kreatur wie ihm Mitleid haben!

Mutlos senkte er den Kopf und ergab sich. Es war zu Ende, er hatte verspielt. Adieu Sheba, adieu grausame Welt, die ihm in seinem kurzen, schmerzvollen Leben so gar nichts ersparte! Er sank zitternd zusammen und verbarg das Gesicht in den Händen, während der öffentliche Ankläger nach dem Wachmann brüllte.

Obwohl das Netz der Verdächtigungen sich immer enger um ihn zusammenzog, hatte es d'Églantine mit der ihm eigenen Kaltblütigkeit gewagt, sich am nächsten Morgen wie gewöhnlich in den Konvent zu begeben. Sein Selbstvertrauen war ungebrochen und er wollte sich mit seiner so hochgelobten Redegewandtheit persönlich gegen alle Beschuldigungen verteidigen. Getragen von der Hoffnung, sämtliche Vorwürfe in gewohnt eleganter und spöttischer Manier als unhaltbar zu entkräften, hatte er vorsichtshalber in der Nacht noch einen Kurier zu Danton geschickt. Er konnte sich selbstverständlich auf ihn verlassen – ein wahrer Freund stützte den anderen. Viel Lärm um nichts, man würde gemeinsam sämtliche Bedenken beiseite wischen. Schon immer war es ihnen gelungen, zu zweit die Vorwürfe und Klagen des näselnden Robespierres lächerlich erscheinen zu lassen, seinem kalten, forschenden Blick standzuhalten und mit einem geschickten Plädoyer alle Anklagen niederzuschmettern. Warum nicht auch heute?

„…und somit gilt als erwiesen, dass die ‚Compagnie des Indes' durch parlamentarische Machenschaften geschröpft wurde…", die Stimme Robespierres klang trocken und tonlos, während die Mitglieder des Wohlfahrtsausschusses den Atem anhielten.

Dann erhob sich entrüstetes Gemurmel. „Schmutzerei! Wir verlangen eine Erklärung, Bürger!" Der Chef der politischen Polizei des Sicherheitsausschusses, Vadier, horchte auf.

„Nun", Saint Just an der Seite des „Unbestechlichen" drängte sich vor, sah sich im Auditorium um und ließ die Antwort ganz langsam auf der Zunge zergehen, „es galt ganz einfach, die Aktien der Gesellschaft im Kurs herabzutreiben – soviel wie möglich davon aufzukaufen und sie dann wieder hochzutreiben. Der Gewinn war, wie jedermann sich einfach ausrechnen kann, ganz gewaltig."

„Pfui! Buh! Schande für das Vaterland!"

Die Rufe und Pfiffe verstärkten sich, bis Robespierre als Präsident heftig auf das Pult schlug.

D'Églantine blätterte scheinbar gleichmütig in seinen Akten, doch Vadier fuhr mit gefährlich glitzernden Augen, den Blick unverwandt auf ihn gerichtet, fort: „Wehe dem, der neben Fabre d'Églantine sitzt und sich jetzt noch von ihm anführen lässt!"

„Diese ungeheure Behauptung musst du erst einmal beweisen, Bürger!" Fabre sprang auf, sein Gesicht verzerrte sich vor Wut und die beiden maßen sich wie erbitterte Kontrahenten. „Du weißt genau, dass der Abbé d'Espagnac dafür verantwortlich war…."

„Und bereits außer Landes fliehen konnte! Aber er hat ein Vermächtnis hinterlassen." Die Stimme Vadiers klang ölig. „Ein Dokument, das mir Fouquier-Tinville, der öffentliche Ankläger selbst übermittelt hat und das von niemand anderem unterzeichnet ist, als von dir."

D'Églantines Lippen zitterten, er suchte zum ersten Mal in seinem Leben nach Worten.

„Aufs Schafott, Betrüger!", rief eine Stimme aus dem Publikum, während Vadier ein Dossier hervorzog und es triumphierend auf das Pult warf.

„Hier", er wandte sich zum Präsidenten, „ich hoffe, das ist Beweis genug!"

Aufatmend setzte er sich, während d'Églantine erblasste und sich zu Danton wandte, so als könne er dort Hilfe finden. Gelassen erhob sich der Mächtige und grollte mit Stentorstimme: „Bürger und Patrioten! Wollen wir uns jetzt gegenseitig verleumden und zerfleischen? Das ist nicht unser Ziel, es wäre besser, wir setzten unsere Kräfte für das Vaterland ein, statt uns gegenseitig Fehler vorzuwerfen. Ich lege für meinen Freund und Mitstreiter d'Églantine die Hand ins Feuer! Seine Absichten waren immer tadellos! Wer sagt uns, dass dieses Dokument nicht gefälscht ist?"

Robespierre nahm keine Notiz von ihm, putzte seine grünlich-gelben Brillengläser und nahm das Papier zur Hand. Alle schienen den Atem anzuhalten. Ein zögernder Sonnenstrahl aus dem Park der Tuilerien glitt durch das Fenster und ließ die Staubfäden im Rund der Manège wie Goldflitter aufleuchten. Als er wieder aufsah, waren seine Lippen zu einem Strich zusammengepresst und er verlautete mit säuerlicher Miene: „Das Volk will Gerechtigkeit – auch unter seinen Vertretern. Ich lege dieses Dokument mit den Anschuldigungen gegen Fabre d'Églantine und den Abbé d'Espagnac zur genaueren Prüfung dem Sicherheitsausschuss vor. Bis dahin", er gab den beiden Gendarmen einen Wink und warf gleichzeitig einen kalten Blick der Genugtuung auf d'Églantine, „kann ich leider eine vorläufige Festnahme nicht verhindern."

Das war endlich die Revanche! Lange genug hatte er sich von diesem Schönling lächerlich machen lassen, der ihn überall verhöhnte! Tumulte erhoben sich und die Posten traten vor.

D'Églantine, dem der Angstschweiß auf der Stirn stand, versuchte seine Stimme zu erheben, die im Gewirr unterging. Er sah zu Danton hinüber, der aufsprang und sein alles übertönendes Organ einsetzte, um die Zurufe zum Schweigen zu bringen.

„Ich bitte um Ruhe, Bürger! Diese ungeheuere Anschuldigung verlangt eine genaue Untersuchung. Du wirst doch wohl zuvor eine Rechtfertigung des Beschuldigten an der Barre zulassen, Maximilian, bevor du ein Leben zerstörst!"

Die Antwort kam kurz und knapp: „Mitleid mit den Schuldigen wäre ein Verbrechen!" Robespierre begann, demonstrativ seine Papiere zu ordnen.

„Hört mich an!" Danton drängte sich, unterstützt von seinen Freunden Delacroix und Desmoulins, protestierend vor, ballte gegen Vadier die Fäuste und versuchte mit großen Gesten, die Aufmerksamkeit auf sich zu lenken.

Robespierre drehte ihm absichtlich den Rücken und kramte in seinen Papieren. „Die Sitzung ist geschlossen!" Ein dumpfer Hammerschlag auf das Pult begleitete seine Worte.

Hastig schob sich Danton heran. „Warte doch, Maximilian..., lass dir erklären..."

Der Tugendsame mied ihn, wandte sich schroff um und war plötzlich eilig im Gedränge der Menge verschwunden. Die verstörten Blicke Delacroix und Desmoulins auf sich haften fühlend, streifte Danton kurz die verzerrten Züge Fabres. Ach was, Robespierre würde es nicht wagen, d'Églantine vor den obersten Gerichtshof zu bringen!

„Kommt! Macht nicht so ein Gesicht! Er musste so handeln, um den Schein zu wahren, glaubt mir." Danton lachte heiser und scheinbar unbesorgt auf und schlug Delacroix, der neben ihm stand, kumpelhaft auf die Schulter. „Das alles wird sich aufklären. Morgen sehen wir weiter. Jetzt erst mal ein Glas Wein auf den Schreck!"

Zu Fabre gewandt, den die Gendarmen in die Mitte nahmen, sagte er mit väterlicher Besorgnis. „Mut, mein Freund. Das ist alles nur Theaterdonner, glaub mir. Du bist bald wieder frei, dafür sorge ich persönlich. Dieser Wichtigtuer bläst sich auf, um mehr Popularität zu bekommen. Ich kenne ihn doch!"

„Aber... ich kann mich doch auf dich verlassen, Georges...", rief Fabre unsicher und mit angstvoll aufgerissenen Augen aus, während ihn die Gendarmen unsanft weiterdrängten und abführten. Als er noch einmal zu Danton hinübersah, zwinkerte dieser ihm ermunternd zu, das breite, vollblütige Gesicht zu einem Lächeln verzogen.

Er hob siegesgewiss die Hand und rief ihm zu. „Morgen lachen wir über die ganze Geschichte! Ich werde dem Sittenwächter mal einen gehörigen Denkzettel verpassen. Warte nur!" Die Tür der Manège fiel schwer hinter dem Festgenommenen ins Schloss und Dantons Mundwinkel sanken nach unten, während sich seine Miene im gleichen Moment verfinsterte.

24. Kapitel
Ein feiger Mord

Das Publikum des Théâtre de l'Ambigu im Marais war am Abend der Vorstellung bunt, laut und eher gewöhnlich. Es ging zu wie in einem Taubenschlag; der Logendiener rief mit monotoner Stimme das Programm aus, Orangen und Getränke wurden angeboten und jedermann lachte und lärmte. Julius knüllte unablässig ein Taschentuch zwischen seinen feuchtkalten Händen, in ständiger Angst, der Mangel an Übung in den letzten Tagen könnte der Beweglichkeit seiner Finger geschadet haben. Noch niemals im Leben hatte er solch einen unbekümmerten Wirbel in einem Theater oder Konzertsaal erlebt, so auffällige Roben, übertriebene Perücken und stark geschminkte Frauen gesehen, so wenig Respekt und Aufmerksamkeit bei den Darbietungen. Sein Klavierspiel stellte sich als eine Art Intermezzo heraus, das man nach einer Tanzdarbietung als Überleitung zu dem kurzen Schäferstück „La jolie Servante" eingefügt hatte. Würde seine ernste Musik zwischen der leichten Muse nicht langweilen? Plötzliche Furcht ausgepfiffen zu werden ergriff ihn und sein Herz klopfte hart gegen die Rippen.

Ohne sich umzudrehen, nur die Blicke fühlend, die plötzlich alle in eine bestimmte Richtung gingen, wusste er, dass hinter ihm in diesem Moment Patrick die Loge betreten hatte. Ganz in schwarzen Samt gekleidet, um die Schultern einen pelzgefütterten, weiten Mantel mit flauschigem Kragen und passend verbrämten Manschetten, wirkte er mit der ungewöhnlichen Blässe auf seinen feinen Zügen, den melancholisch verschatteten Augen wie einem Bild des italienischen Malers Mantegna entsprungen. Mit einer ausholenden Geste schüttelte er die dunklen, glänzenden Locken zurück, die er offen trug, immer im Bewusstsein, von den Leuten angestarrt zu werden.

Dann bemerkte er herablassend: „Dieses Theater scheint mir doch sehr gewöhnlich. Nun, wir werden sehen!"

Julius flüsterte ihm leise zu: „Wo warst du so lange? Ich habe mir Sorgen gemacht, dass du nicht rechtzeitig hier sein würdest. Deine Schwester Amélie – hast du sie angetroffen?"

„Nein", Patrick sah ausweichend an ihm vorbei, „ich wollte nichts übereilen und vor allem diesem Emporkömmling von d'Églantine nicht über den Weg laufen." Er presste die Lippen zusammen und seine Stimme verlor an Festigkeit. Eine Unmutsfalte erschien auf seiner glatten, hohen Stirn. „Zum Glück war ich nicht dort – sonst säße ich vielleicht schon im Gefängnis La

Force! Gerade eben habe ich erfahren, dass man den zweifelhaften Herrn verhaftet hat. Aber ich mache mir natürlich die größten Sorgen um Amélie – die Sache scheint ernst zu sein..." Er stützte sorgenvoll die Stirn in die Hand.

„Und was ist mit dem Duc de Chartres?", flüsterte Julius beklommen, der spürte, wie man sie beide beobachtete.

Patrick zuckte die Schultern und antwortete nicht. Seine Aufmerksamkeit war plötzlich abgelenkt und er blickte angespannt durch sein Opernglas. „Sieh mal einer an!", murmelte er erstaunt. „Dort – genau gegenüber – ich könnte schwören, dass ich gerade eben jemanden gesehen habe, den wir beide sehr gut kennen – erinnerst du dich an diesen rotblonden Laffen, den neuen Gardeleutnant des Grafen?"

Julius erschrak, ohne zu wissen warum, und blickte angestrengt in die gegenüberliegende, halb im Dunkel liegende Loge, in der etwas entfernt von der Brüstung ein Mann Platz genommen hatte. „Du meinst, Guy de Savalles? Ich kann ihn nicht genau erkennen." Mühsam versuchte er, seine aufsteigende Panik im Zaum zu behalten. „Aber möglich ist es. Der Graf wird dich verfolgen! Er wird es nicht hinnehmen, dass du ihn so einfach verlassen hast!"

„Na und?" Patrick richtete sich stolz auf und strich eine widerspenstige Locke zurück, die ihm in die Stirn gefallen war. „Ich habe keine Angst vor ihm. Er wird mich selbst mit Gewalt nicht mehr zurückholen können." Seine dunklen Augen verloren ihre romantische Tiefe und bekamen einen angriffslustigen Glanz. „Aber wahrscheinlich ist es eine Täuschung. Was schert uns dieser Kerl! So eine Allerweltsvisage gibt es öfter - und ich sehe wohl schon überall Gespenster." Er versuchte ein aufmunterndes Lächeln. „Nun komm, mein Kleiner, hinter die Bühne mit dir und bereite dich auf deine Musik vor. Ich bin gespannt. Und ich sage dir – die Pariser lieben das Neue, sie sind süchtig danach! Du wirst sehen – es wird ein Erfolg! Und wenn du erst einmal einen Namen hast, dann..."

Julius nickte. Er presste das Taschentuch bis seine Knöchel weiß wurden. Dann stand er auf und ging mit einem letzten kritischen Blick ins Publikum hinaus. Ein merkwürdig beklemmendes Gefühl nahm ihm beinahe den Atem. War das Lampenfieber? Nicht nur – es war ein Zusammenkrampfen der Seele, eine unbestimmte, seltsame Vorahnung.

Julius nahm am Flügel Platz, legte seine Hände auf die Tasten und warf die blonden Locken zurück. Der Lärm war unbeschreiblich und er fragte sich einen Augenblick, was er überhaupt hier tat. Doch dann versank die Welt um ihn herum und die Töne traten ihre Herrschaft an. Er begann mit einer sanften Sonate, die er selbst komponiert hatte. Das Geräusch der Stimmen im Saal wurde nach und nach schwächer, man blickte auf ihn und ihm war, als müsse er seine ganze Seele in die Hände legen, die die Tasten anschlugen.

Nach dem letzten Akkord hörte er das Klatschen eines einzigen Mannes und wusste, ohne hinzusehen, dass es niemand anderer als Patrick war. Zögernd stimmten einige der Zuhörer mit ein und es erhob sich ein schwacher Applaus. Und jetzt die Sonate von Beethoven, die wilde, rauschhafte, revolutionäre Musik. Würden sie es hören, seine Macht herausfühlen, diese oberflächliche Menge, die nur hergekommen war, um sich zu amüsieren? Julius begann, steigerte sich, tobte mit den Fingern über die Tasten und ließ sie dann wieder sanft, romantisch und gefühlvoll über das Instrument gleiten. Nicht einmal die plötzliche Stille um ihn herum bemerkte er, das Atemanhalten der Menschen, die den Geniestreich ahnten.

Als er endigte, schien er wie in einen Traum versunken und erst der rauschende Beifall, die Bravo- und Da Capo-Rufe rissen ihn aus seiner Versunkenheit. Er erhob sich mit verschämtem Stolz, um sich zu verbeugen, wieder und wieder und als es still wurde und er erneut auf dem wackligen Schemel Platz nahm, um ein weiteres Stück darzubringen, ertönte plötzlich ein durchdringendes, trocken knallendes Geräusch. Noch ein zweites und ein drittes Mal waren die Schüsse zu hören und erst spitze Schreie im Publikum brachten ihn zur Besinnung.

Panik brach im Saal aus, alles kreischte und schrie durcheinander, Stühle wurden umgeworfen, Leute liefen einander stoßend in alle Richtungen und es flüchtete, wer konnte. Julius hob verwirrt den Kopf, um zu Patrick in die Loge hinaufzusehen, doch er war nicht mehr dort, der Platz war leer. Sein Blick streifte mit einer bösen Ahnung den gegenüberliegenden Rang. Guy de Savalles, der rotblonde Gardeleutnant, stand mit triumphierendem Lächeln aufrecht an der Brüstung der Loge und steckte gelassen seine Pistole ins Futteral. Mit frecher Unverschämtheit reckte er sich noch einmal vor, um einen letzten Blick auf den jetzt unbesetzten Sessel ihm gegenüber zu werfen, drehte sich herum und war wie eine Vision im Hintergrund verschwunden.

Julius verharrte wie gelähmt. Die Worte des Grafen kamen ihm in den Sinn, der dunkle Racheschwur, den er unfreiwillig mit angehört hatte. Sein Verstand erwachte und seine Kräfte kehrten zurück. Wie rasend schlug er um sich, gebrauchte die Ellenbogen, um sich durch die im Aufruhr davonlaufenden Menschen zu drängen und nahm die Treppe mit doppelten Schritten.

Außer Atem erreichte er die Loge. Auf dem Boden lag Patrick mit offenen Augen und entspannten Zügen; die Stirn, in der ein hässliches Loch klaffte, war umrahmt von feuchten, schwarzen Locken. Seine Hand umkrampfte noch ein seidenes Taschentuch, mit dem Julius in der ersten Aufwallung das Blut aufzufangen suchte. Als er sah, dass es das Wappen des Grafen d'Artois trug, ließ er es angewidert fallen.

Seit geraumer Zeit versah Madeleine nun schon ihren Posten im Parfumladen der Blumenkönigin und entledigte sich ihrer täglichen Pflichten mit Sorgfalt. Mit Erleichterung hatte sie durch den Mercur de France erfahren, dass der Hauptverdächtige bei der Entführung der Königin, der angebliche Wachmann Péléttier seinen Verfolgern entkommen konnte. Seit dieser Zeit hoffte sie jeden Tag auf ein Zeichen von ihm. Machtlos, aber voll innerer Empörung, hatte sie in den Gazetten die Berichte über die rasante Beschleunigung des unwürdigen Prozesses gegen die Königin bis hin zu ihrem letzten Gang verfolgt. Die Bemitleidenswerte war ihr in den Gefängnistagen ans Herz gewachsen und ihr schmählicher Tod verstärkte noch ihre Abneigung gegen das Regime und die Republikaner; ein Gefühl, das sie vor allem mit Maître Caron teilte.

Madeleine war ihm inzwischen beinahe unentbehrlich geworden und sein Laden florierte wieder, so gut es die reduzierte Geschäftslage zuließ. Sie bewohnte jetzt das kleine Dachstübchen, das über einen Hof mit zwei Ausgängen zugänglich war. Eine geschlossene Falltür machte die schmale, schiefe Kammer nahezu unsichtbar und ein zurückgeschlagener Laden verdeckte außerdem die enge Fensteröffnung bei Bedarf völlig. Madeleine begriff sehr bald, dass sie sich bei dem unscheinbaren Maître Caron im Zentrum der Korrespondenz zwischen den Agenten und geheimen Abgesandten der Bourbonenanhänger befand. Um etwas Neues zu erfahren, stand sie oft herzklopfend hinter der Tür und lauschte, wenn abgerissene Fuhrleute oder Viehtreiber mit Pflanzen oder Wurzeln eintrafen, die Maître Caron für seine Schönheitscremes verwandte, Männer, die sich polternd als „Grand Jacques" oder „Meister Eisenbein" ankündigten. Wenn sie allein waren, titulierten sie jedoch einander mit „Herr Marquis" oder „Mein lieber Graf".

Maître Caron wollte im Übrigen gar nicht so genau wissen, warum Madeleine bei ihm Zuflucht gesucht hatte – er war froh, in ihr eine tüchtige

Verkäuferin gefunden zu haben. Abgesehen davon, dass er ein fanatischer Anhänger der Monarchie war, half er auch aus einem nicht ganz uneigennützigen Grund, die Royalisten zu stützen: Seine Umsätze waren zurückgegangen, seit die Republikaner am Ruder waren. Welche Mengen an Essenzen und Parfüms hatte er damals verkauft, als er als Hoflieferant in Mode war! Von seinem „Eau de la Reine" konnte er damals gar nicht so viel herstellen, wie verlangt wurde. Und jetzt gab es niemanden, der diesen Duft noch riechen wollte!

Bei jedem Treffen der geheimen Kuriere und Spione machte sich Madeleine unauffällig in deren Nähe zu schaffen, um etwas von den gedämpften Unterhaltungen aufzuschnappen. Als eines Tages der Name d'Églantine fiel, zuckte sie betroffen zusammen. „Grand Jacques" berichtete aufgeregt und mit verhaltener Stimme von tumultartigen Zerwürfnissen im Konvent, einem Unwetter, das sich zusammenbraue.

„Man hat Fabre d'Églantine die Maske des Ehrenmannes abgerissen – und hervor kam ein abgebrühter Schurke!"

„Was Sie nicht sagen, Marquis! Der enge Freund Dantons? Wie ist das möglich und um was geht es dabei?" Der vorgebliche „Eisenbein" nahm seinen Hut ab, den er tief ins Gesicht gedrückt hielt und sah gespannt auf.

„Manipulationen von Armeelieferungen und anderes mehr – also Gaunerei in großem Stil. Das wird ihn unter das Beil bringen!" Er machte die Geste des Halsabschneidens und seine Stimme war jetzt zu einem Flüstern herabgesunken.

„Parbleu…", stieß „Eisenbein" hervor und schüttelte erstaunt den Kopf, „Emporkömmlinge lassen sich ja einiges einfallen, wenn sie sich bereichern – aber dieser Schwindler d'Églantine setzt doch allem die Krone auf!"

„Ich hoffe, wir werden den Tag noch erleben, an dem sie sich im Konvent endlich alle selbst umbringen!"

Ein Kunde betrat den vorderen Laden und die beiden Männer fielen blitzartig in ihre alten Rollen zurück, riefen sich grobe Worte zu, fluchten und spuckten aus, während sie zum Schein Säcke mit Erde im Lager von einer Seite auf die andere schleppten.

Madeleine verharrte wie erstarrt; sie war zutiefst erschrocken von den Berichten über d'Églantine. Immer schon hatte sie etwas Ähnliches von dem rücksichtslosen Hazardeur befürchtet, der auf einem schmalen Grat über dem Abgrund balancierte! Doch diesmal würde sein Sturz auch Amélies Leben gefährden, auch sie wäre von der Guillotine bedroht, die schon so viele Unschuldige in den Tod gerissen hatte! Ihre eigene, hilflose Lage wurde ihr bewusst, in der sie unfähig war, ihr in irgendeiner Weise beizustehen! War es denn nicht allein ihretwegen gewesen, weshalb sie das Risiko der gefährlichen Rolle in der Conciergerie auf sich genommen hatte? Wieder sah sie die eindringlichen Augen von Amélies Vater, Baron d´Emprenvil, auf ihr ruhen und ihr war, als spräche er mit seinem halb scherzhaften Augenzwinkern: „Lassen Sie meine kleine Amélie niemals im Stich…"

Sie schluckte, wischte eine Träne aus dem Augenwinkel und murmelt leise vor sich hin: „Ja, ich verspreche es!"

Die monotonen Schreie der Zeitungsverkäufer auf der Straße rissen sie aus ihren trüben Gedanken. „Journal du Club! Die Gazette!"

Madeleine trat rasch vor die Tür und kaufte dem Garçon wie üblich ein Flugblatt ab. In großen Lettern las sie in noch feuchtem Druck: „Danton im Kreuzfeuer! Schlag gegen die Gemäßigten!"

„Camille Desmoulins, Fabre d´Églantine, Chabot und Delacroix des Verrats verdächtigt!" Darunter waren die lapidaren Worte Robespierres zitiert: „Das ist die Pflicht der revolutionären Regierung. Den Feinden des Volkes schuldet sie den Tod."

Madeleines Knie wurden weich, vor ihren Augen verschwammen die Worte und nur der folgende Satz kristallisierte sich heraus: „Fabre d´Églantine verhaftet!"Totenblass stützte sie sich gegen das Sims des Mauervorsprungs. Jetzt war eingetroffen, was sie vorhin nur befürchtet hatte! Es war so weit – jetzt nahm das Schicksal unerbittlich seinen Lauf. Aufschluchzend schlug sie die Hände vor die Augen.

Das Theater war in vollem Aufruhr, man trampelte sich in der Angst vor einem wahnsinnigen Attentäter gegenseitig auf die Füße, rannte einander um und drängte rücksichtslos zum Ausgang. Überhastet flüchtete, wer konnte und der Zuschauerraum leerte sich in nur wenigen Minuten. Um Julius war es plötzlich still geworden, ohne dass er sich dessen gewahr wurde. Er kniete schon eine Weile unbeweglich neben der Leiche seines vergötterten Freundes und sah das Blut langsam und dunkel in den Teppich sickern. In seinen Ohren klangen immer noch die Töne seines eigenen Klavierspiels, das von dem scharfen Knall der Pistolenkugel unterbrochen wurde. Er nahm Patrick in die Arme und drückte seinen Kopf mit einem Aufschluchzen an die leblose Brust, die den vertrauten Geruch von Zedernholz und Moschus ausströmte, seines Lieblingsparfums. Geräusche von Soldatenschritten und Kommandos hallten vom Vestibül her über die marmornen Treppenstufen und näherten sich. Plötzliche Panik durchzuckte ihn: Wenn man ihn hier fand, neben der Leiche des in ganz Frankreich bekannten Adjutanten des Grafen d'Artois, ihn gar des Mordes verdächtigte und einsperrte! In diesem Land des Aufruhrs, ausgestattet mit falschen Papieren und der Sprache kaum mächtig, konnte er sich ja nicht einmal verteidigen!

Er verließ die Loge, lief in den Gang und prallte zurück. Hier gab es kein Entkommen. Eilig lenkte er seine Schritte zurück in die Loge und schätzte den Abstand zwischen den Vorsprüngen zum Balkon des ersten Ranges. Sich auf die Verzierungen stützend und krampfhaft daran festhaltend, kletterte er geschickt hinunter. Die letzte Hürde nahm er mit einem gewagten Sprung. Jetzt befand er sich im Parkett und stieg über den Orchestergraben auf die Bühne zurück. Hinter dem Vorhang versteckt beobachtete er, wie republikanische Soldaten mit schussbereitem Gewehr in die Ränge eindrangen. Mit einem Satz hastete er in die verlassenen Garderoben, drängte sich durch den engen Bühneneingang und gelangte über eine durchdringend quietschende Brettertür endlich ins Freie, auf einen hässlichen Hof voller Gerümpel und Bühnenrequisiten am Hinterausgang des Gebäudes. Er rang einen Augenblick nach Luft und mischte sich im nächsten unter die Passanten im Gedränge des Boulevard du Temple, wo er von der vergnügungssüchtigen Menge, die das Ereignis schon genüsslich beschwatzte, mitgenommen und vorwärtsgeschoben wurde.

25. Kapitel
Die Drohung der Guillotine

„Sheba?" Entrüstet, ihre leere Reisebörse aus einer aufgebrochenen Schublade in der Hand, durchquerte Amélie das Ankleidezimmer und blieb vor der Zimmertür Shebas stehen. Dieser Diebstahl konnte nur auf ihr Konto gehen, dessen war sie sich sicher! Ohne es bisher beweisen zu können, verdächtigte sie die junge Mulattin seit geraumer Zeit, heimlich in ihren Sachen herumzuwühlen. Wie leichtsinnig, einer so fragwürdigen Kreatur wie diesem ehemaligen Freudenmädchen Vertrauen zu schenken! Aber sie hatte sich zu sehr von ihren Intrigen leiten, von ihren fantasievollen Beteuerungen einlullen lassen und nicht wahr haben wollen, dass sie sich schon lange auf die Seite Fabres geschlagen hatte, der sie ausnützte, wie jeden Menschen, der ihm in die Hände fiel.

Zögernd klopfte sie an die Tür, doch niemand antwortete. Im Haus war es merkwürdig still und Amélie beschlich ein unheimliches Gefühl. Die Dienstboten schienen sich zurückgezogen zu haben, als witterten sie unsichtbare Gefahr und Fabre befand sich bei einer plötzlich einberufenen Sitzung des Sicherheitsausschusses. Sie hatte den Entschluss gefasst, ihn zu verlassen und Paris den Rücken zu kehren, so lange es noch möglich war. Nie war die Gelegenheit günstiger gewesen! Nur fort von ihm und dem Radius seiner düsteren Blicke; weg aus der Stadt mit ihrem Blutgeruch! In Valfleur würde sie endlich zur Ruhe kommen und darüber nachdenken, wie sie ihr Leben neu einrichten konnte. Aber die dringend benötigte Summe, die sie vorsichtig beiseite gelegt hatte, war nun verschwunden! Der freche Diebstahl, den sie niemand anderem als Sheba zutraute, empörte sie. Auf jeden Fall würde sie das Mädchen zur Rede stellen!

„Sheba?" Sie klopfte ein zweites Mal energischer an ihre Tür und drückte dann die Klinke, zaudernd auf der Schwelle verharrend. Das Zimmer war verdunkelt, die Vorhänge zugezogen und man konnte auf den ersten Blick nichts erkennen. Als sie sich an das Dämmerlicht gewöhnt hatte, bot sich ihren Augen ein heilloses Durcheinander von Kleidungsstücken, Bettzeug und Essensresten dar. Ein vereinzelter Schuh lag auf der Fensterbank, Kämme, Puder und Cremereste verunzierten die Nachtkonsole und zwei halbleere Gläser Rotwein ließen darauf schließen, dass Sheba in der Nacht nicht allein gewesen war. Und dort – war das nicht die türkisgrüne Samtjacke Fabres? Angewidert wandte sich Amélie ab. Es war nichts anderes von ihm zu erwarten, dieser Schuft hatte auch vor der jungen Sheba nicht Halt gemacht!

Wieder sah sie sein verzerrtes Gesicht, hörte den Klang seiner Stimme: „Wenn ich falle, dann reiße ich dich mit!" Es war nur noch Verachtung, was sie für ihn empfand - seine dreisten Betrügereien mit Millionenbeträgen setzten den Unverschämtheiten, die er sich bisher geleistet hatte, die Krone auf. Alles andere nahm sich dagegen wie Lappalien aus. Und jetzt waren seine dunklen Machenschaften dabei, ihm endgültig das Genick zu brechen! Wenn sie bei ihm blieb, würden die Revolutionsschergen auch sie nicht verschonen; die Guillotine machte auch vor den Unschuldigen nicht halt. Heiß aufschießende Angst presste ihr bei diesem Gedanken die Kehle zusammen.

Fluchtartig verließ sie das Zimmer Shebas und erschrak beinahe vor ihrem eigenen Abbild im vergoldeten Spiegel auf dem Gang, der ihr ängstliches Gesicht mit fieberheißen Wangen, glänzenden Augen und nachlässig angelegter Kleidung zurückwarf. Rasch ordnete sie ihr grünseidenes Reisekleid, rückte das Mieder zurecht und steckte ein paar ungehorsame Locken fest. In die unheilverkündende Ruhe, die im ganzen Haus herrschte, drang plötzlich ein merkwürdiges Geräusch, das wie das unterdrückte Wimmern eines Kindes klang. Amélie lauschte mit angehaltenem Atem an der Balustrade des Treppenhauses auf die seltsamen Töne und schlich dann auf Zehenspitzen den Gang entlang. Bestürzt hielt sie inne, als sie im Zwielicht Sheba auf dem Boden vor dem Schlafzimmer Fabres kauern sah.

Die schwarze Haarflut hing wirr über ihr gerötetes Gesicht, sie rieb sich die verschwollenen Augen und sah mit glasigem Blick zu Amélie hinauf.

„Was starren Sie mich so an? Keine Angst", sie lachte fast höhnisch auf, „Sie brauchen mich nicht wegzuschicken. Ich gehe selbst." Ihre Stimme überschlug sich und wurde wieder weinerlich. „Dabei hätte ich alles, alles für ihn getan... wirklich alles." Sie schluchzte laut auf. „Und jetzt, wo ich meine Schuldigkeit getan habe – da kann ich gehen." Sie stützte sich auf die Ellenbogen und sah ins Leere: „Das war's - adieu, meine Kleine!" Beim Versuch, Fabres Ton nachzuäffen, erstickte ihre Stimme. „Er will mich nicht mehr – abgetan und bald vergessen!" Ihre Stimme wurde laut und schrill: „Er denkt doch, dass ich nur eine Hure bin!" Sie setzte die Flasche an den Mund, die sie im Arm gehalten hatte, erhob sich taumelnd und schwankte auf sie zu.

Voll Abscheu trat Amélie ein paar Schritte zurück. „Du bist ja betrunken!"

„Na und?" Sheba spuckte verächtlich aus. „Wen kümmert das?"

Amélie versuchte, ihrer Stimme einen festen Klang zu geben. „Was hat er dir getan?"

Das Mädchen sank ihr ungeschickt vor die Füße und brach in hysterisches Lachen aus. Heftig packte sie Amélies Rock, als wolle sie sich an ihr hochziehen.

„Was er mir getan hat? Gespielt hat er mit mir – sein Vergnügen gehabt! Und jetzt stößt er mich von sich! Aber ich halte trotzdem zu ihm – ich werde ihn retten!", lallte sie undeutlich. „Alle Männer sind so - nur Dimanche ist anders! Bloß ein hässlicher Zwerg – aber seine Liebe ist echt! Wenn man ihn jetzt tötet – dann ist es meine Schuld… Ich hab ihn ins Verderben gestürzt! Aber ich räche mich… ich bringe alle um, die ihm ein Leid zufügen wollen…"

„Was redest du da bloß für einen Unsinn!" Amélie riss sich los und nahm all ihren Mut zusammen. „Wenn du dich betrinkst, so ist das deine Sache – aber kein Grund, mich frech zu bestehlen."

Sheba warf aus den Augenwinkeln einen nachlässigen Blick auf die lederne Tasche, dann prustete sie los und steigerte sich unter Amélies wütenden Blicken in ein beinahe kreischendes Gelächter hinein. So plötzlich, wie sie damit angefangen hatte, brach sie jedoch ab und stieß hervor: „Ich brauche Geld – genau wie das hier!" Sie packte ein Messer, das sie unter ihrem Rock versteckt hatte und schwenkte es triumphierend in der Luft. „Damit werde ich ihn verteidigen! Und wehe dem, der mich aufhält!"

Amélie wich vor dem aufschimmernden Metall und dem hasserfüllten Ausdruck in Shebas wasserhellen Augen zurück und floh ein Stück die Treppe hinauf.

„Keine Sorge, Madame", Sheba, die das Messer wieder in den Gürtel gesteckt hatte, glich mit ihren wirren, wild um den Kopf hängenden schwarzen Haaren einer Megäre. „Sie werden mich nicht wieder sehen! Ich werde ihm helfen – ihn befreien!" Sie lief mit unsicheren Schritten die Treppe herab durch die Halle und Amélie hörte mit Erleichterung, wie die schwere Tür des Eingangsportals hinter ihr ins Schloss fiel.

Ihr Herz klopfte wie rasend und schien ihre Brust zu sprengen. Ihm helfen – ihn befreien? Diese Irrsinnige meinte Fabre! Was wusste sie?

Amélie hielt sich am Pfosten der Treppe fest. In ihrem Kopf drehte sich alles. Nur ein Gedanke beherrschte sie noch: Fort, fort aus dem Teufelskreis der unsichtbaren Gefahr, die sich ihr langsam wie eine Schlinge um den Hals zu legen schien und sie zu ersticken drohte.

Wahllos begann sie, Kleidung und Gegenstände in ihren Koffer zu werfen, als es zaghaft an die Türe klopfte und das Hausmädchen Claire mit verschrecktem Gesichtsausdruck erschien.

„Madame, es wünscht Sie jemand dringend zu sprechen!"

Amélie hielt ein, ihre Stimme zitterte. „Ich bin nicht zu Hause! Bring die Koffer rasch durch den Dienstbotenausgang in die Kutsche!" Sie stopfte mit fiebriger Hast noch einige Wertgegenstände und Silberzeug in eine Tasche. Wenn sie schon keinen Pfennig mehr besaß, so wollte sie doch nicht völlig mittellos die Reise, die eher eine Flucht war, antreten.

„Ja, aber... Die Dame lässt sich nicht abweisen", beharrte das Mädchen.

„Dann richte ihr aus, sie soll ein anderes Mal wiederkommen."

„Aber sie sagt, sie wäre Ihre Freundin und es ginge um Leben und Tod!"

„Lass mich durch – ich brauche keine Anmeldung..." Rücksichtslos drängte sich eine beleibte Frau durch die Tür.

Amélie blieb verblüfft auf dem Treppenabsatz stehen. „Mein Gott, Cécile!" Die füllige Besucherin, vom Kopf bis zu den Schuhen in dunkles Violett gekleidet, schlug den dichten Schleier vor dem Gesicht zurück und ließ ihren schwarzgefütterten Samtmantel achtlos zu Boden gleiten. Blonde, sorgfältig ondulierte Locken quollen unter dem mit schwarzen Marabufedern besetzten Hut hervor und Cécile wandte ihr das unter einer dicken rosa Puderschicht blasse und übernächtigte Gesicht zu. Mit einem theatralischen Aufschrei stürzte sie in ihre Arme.

„Amélie, Chérie... welch ein Glück, dass ich dich antreffe!"

„Cécile, du - welche Überraschung!", stammelte Amélie verwirrt. Vor der betäubenden Wolke des schwülstigen Patschuli-Parfums zurückweichend, befreite sie sich verlegen aus der Umarmung. „Es tut mir leid, aber... ich wollte gerade ausfahren!"

„Du verreist - jetzt?" Cécile hob geziert ein diamantenbesetztes Lorgnon und betrachtete das Durcheinander im Zimmer, während Amélie nach einer plausiblen Ausrede suchte.

„Ja, nach Valfleur, um ein wenig frische Luft zu atmen. Die Kinder sind schon dort – man erwartet mich." Cécile nickte ein wenig abwesend und Amélie fuhr mit einem gezwungenen Lächeln fort: „Also nimm es mir nicht übel..."

„Du wunderst dich sicher", unterbrach sie Cécile, die sich schwer atmend in einen Sessel fallen ließ, „dass ich nach all der Zeit so hier hereinplatze!" Kleine Schweißperlen standen auf ihrer Stirn und beinahe schuldbewusst senkte sie den Kopf. „Ich hätte es schon viel eher tun müssen – ich meine, dir die ganze Geschichte erzählen. Aber ich wollte noch abwarten..."

Amélie holte tief Luft und antwortete kühl.

„Welche Geschichte? Wenn du mir erzählen möchtest, dass Richard noch lebt, dann finde ich es nach all der Zeit, die vergangen ist, ein bisschen spät!"

„Urteile nicht voreilig, Liebes!" Cécile stützte sich auf die Lehnen des Sessels und suchte nach Worten. Sie ergriff Amélies Hand. „Wie soll ich nur beginnen? Ach Amélie - verzeih mir, aber bei deinem letzten Besuch schien alles noch zu unsicher – ich wagte nicht, ganz offen mit dir zu reden. Und dann warst du plötzlich fort! Graf de Montalembert – dein verschollener", sie zögerte, bevor sie sich verbesserte, „dein erster Mann - hat mir selbst das Versprechen abgenommen, zu schweigen und seine Identität geheim zu halten!"

„Richard?", Amélie spürte eine bittere Enge, so etwas wie ein unterdrücktes Schluchzen in der Kehle und zog ihre Hand unwillig zurück. „Ja, weil ihm mein Schicksal völlig gleichgültig ist!" Sie fügte beinahe tonlos hinzu: „Aber gestatte mir eine Frage: Wie kann es sein, dass du mehr über ihn weißt als ich – und woher?"

„Es ist nicht so, wie du denkst! Du solltest ja erst später alles erfahren." Cécile legte ein geheimnisvolles Pathos in ihre Stimme: „Du ahnst ja nicht, was alles geschehen ist!"

Ungeduldig sah Amélie die ehemalige Freundin an. „Nun, warum erzählst du es mir dann nicht?"

Cécile senkte den Kopf und befeuchtete nervös ihre Lippen, bevor sie in klagendem Ton begann. „Mein Engel, es ist so, dass ich durch meine Gutmütigkeit plötzlich selbst den Kopf in der Schlinge habe! Um die Wahrheit zu gestehen: Ich unterstütze in meinem Spielsalon seit einiger Zeit die Untergrundbewegung der Royalisten, die ‚Chevaliers du Poignard'. Du erinnerst dich doch an die ehemalige Elitetruppe des Königs, das Bataillon ausgewählter Adeliger, zu dem auch dein Mann gehörte? Nach dem Tod des Königs gab ich ihnen im Palais des Anges die Gelegenheit, sich heimlich zu treffen und die Pläne für die Entführung der Königin auszuarbeiten."

„Ich verstehe" nickte Amélie und sah sie traurig an. „Aber warum wusste ausgerechnet ich nichts davon - warum ließ mich Richard im Ungewissen, wenn er noch lebte?"

Cécile seufzte, ostentativ die Augen nach oben rollend. „Du kannst dir wohl denken, dass ein Totgeglaubter die besten Möglichkeiten hat, unauffällig gegen das Revolutionsregime zu konspirieren! Jemanden, den es nicht gibt, kann man auch nicht verfolgen! Sein Plan, mit der Entführung der Königin die Monarchie wiederherzustellen, sollte zuerst gelingen – erst dann wollte er dir alles sagen. Es wäre sinnlos gewesen, dich vorher unnötig aufzuregen oder in Gefahr zu bringen." Ein wenig maliziös fügte sie hinzu: „Und schließlich bist du ja freiwillig die Ehefrau Fabre d'Églantines geworden, des glühendsten Republikaners und Intimfreund des großen Dantons! Ein unbedachtes Wort von dir…"

Amélie sah starr vor sich hin. „Es war also gefährlich, mich einzuweihen?"

„Verzeih mir, Amélie", wich Cécile aus. „Ich weiß, ich hätte eher zu dir kommen sollen." Sie machte eine kleine Pause und zupfte nervös an ihren Spitzenhandschuhen und stieß dann hervor. „Seitdem die Entführung der Königin gescheitert ist, kann ich nicht mehr schlafen. Irgendjemand muss nicht dicht gehalten haben, denn mein Etablissement wurde gestern überraschend von einer Abordnung des Konvents durchsucht. Man verdächtigt mich! Nur Robespierre, dieser Teufel, kann dahinter stecken - der Einzige, der nie mein Gast war." Sie schluchzte auf, übermannt von ihren Gefühlen.

Amélie schwieg ein wenig hilflos und versuchte zu begreifen. „Und Richard… was hat Richard damit zu tun? Wo ist er?", beharrte sie.

Cécile betupfte sich die Augen mit ihrem Spitzentuch. „Ich weiß nur, dass er flüchten konnte und seitdem verschwunden ist. Auch die anderen Verschwörer konnten sich retten und man hat Gott sei Dank nur die Gefängniswärter gefasst. Nur ich… ich stehe jetzt im Brennpunkt!"

Amélie, die aufgesprungen war und mit unruhigen Schritten im Raum auf und ab ging, fiel ihr ins Wort. „Du hättest mir damals alles sagen müssen, mir vertrauen…"

„Pah, vertrauen! Wie stellst du dir das vor? Hast du mir etwa vertraut – bei deinem letzten Besuch? Du bist heimlich verschwunden", mit beleidigt zugekniffenen Lippen zog Cécile das eng anliegende, leicht zerknitterte Seidenkleid zurecht, „und hast noch dazu diese junge Mulattin, Sheba, mitgenommen." Aufgeregt fächelte sie sich Luft zu und seufzte. „Vielleicht war sie es, die alles verraten hat! Ich habe sie oft beim Lauschen ertappt."

Amélie biss sich auf die Lippen und nickte. „Ja, das war wohl ein sehr großer Fehler – aber nun ist es zu spät!" Alles fügte sich nun in ihren Augen wie bei einem Puzzlespiel zusammen und heftiger Zorn gegen Cécile, Richard und die ganze Welt erfasste sie. Sie fuhr Cécile heftig an: „Jetzt, wo es um deinen eigenen Hals geht, da entsinnst du dich meiner – dann, wenn es schon zu spät ist!"

„Aber Amélie", lenkte Cécile hastig ein und tupfte sich die Schweißperlen von der Stirn. „Bei unserer alten Freundschaft - du wirst mir das doch nicht übel nehmen?" Rote Flecken bedeckten plötzlich ihren Hals und ihre Augen bekamen einen furchtsamen Ausdruck. „Aber du hast recht - ich stehe direkt am Abgrund! Mein Leben ist in unmittelbarer Gefahr!" Sie fasste hektisch Amélies Arm, als müsse sie sich an ihr festhalten. „Ich dachte, bei allem was ich für deinen Mann getan habe, könntest jetzt du mir aus der Patsche helfen!" Ihre Stimme wurde drängend. „Ich bitte dich - leg bei Fabre ein gutes Wort für mich ein! Er kennt mich gut, auch er war einer meiner Gäste! Ein kleiner Wink von Danton – und Robespierre wird kuschen. Du hilfst nicht nur mir, sondern auch der royalistischen Sache!"

„Ein Wort einlegen? Für dich - bei Fabre?" Amélie brach in beinahe hysterisches Lachen aus und sank dann wie betäubt zusammen. „Du irrst dich. Er kann nichts mehr für dich tun, er wird bald selbst vor dem Richter stehen!"

„Was meinst du damit?" Cécile starrte sie mit weit aufgerissenen Augen, unter denen sich bereits unerbittliche Tränensäcke abzeichneten, ungläubig und enttäuscht an.

„Fabre ist…", Amélies Stimme löste sich kaum aus der Kehle und sie musste zweimal ansetzen, bevor sie weitersprechen konnte, „wegen Unterschlagung angeklagt!"

„Unterschlagung?", wiederholte Cécile tonlos und in ihrem zu hell gepuderten Gesicht zuckte es.

Eine Weile stand sie mit hängenden Schultern da, bevor sie sich fasste, den violetten Samtmantel aufnahm und mit einem resignierten Seufzer ihren breitrandigen Hut zurechtrückte. Ihre Stimme zitterte verräterisch.

„Nun, dann bin ich wohl umsonst gekommen." Sie streifte langsam ihre Handschuhe über und sah mit einem letzten Hoffnungsschimmer zu Amélie hinüber. „Aber… wenn es sich nur um ein Gerücht handelt? Viele werden heutzutage mit Dreck beworfen – wer will so etwas überhaupt beweisen?"

„Ich! Ich habe das Dokument gesehen." Amélies Stimme brach und Cécile sah sie entgeistert an.

„Du?" Sie machte einen Schritt auf sie zu. „Aber warum hast du es nicht vernichtet? Man wird dich mit anklagen!"

„Fabre ist ein Betrüger, ein Schuft!" Trotzig presste Amélie die Lippen zusammen. „Ich wollte Gerechtigkeit!"

Cécile schüttelte fassungslos den Kopf. „Begreifst du denn nicht – du hast dich damit auch in Gefahr gebracht!"

„Ja, ich weiß!", schluchzte Amélie auf und fiel ihr um den Hals. „Oh, Cécile, es ist zu spät. Mir bleibt nur noch, Paris so schnell wie möglich zu verlassen!"

Cécile löste sich behutsam aus der Umarmung und die beiden Frauen sahen einander an, eine in den Augen der anderen die Hoffnungslosigkeit ihrer Situation lesend. Schließlich hob die Freundin beinahe zögernd ihre fleischige, weiße Hand und strich Amélie sanft über die Wange.

„Gott schütze dich, armes Kind!", seufzte sie. „Das Schicksal ist grausam! Ich hätte nicht nur dir, sondern auch Richard von ganzem Herzen gewünscht, dass sich alles zum Guten wendet, dass dieses blutige Regime endlich gestürzt wird…" Sie vollendete den Satz nicht und bewegte sich so langsam zur Tür, als könne sie sich nur schwer losreißen. Schließlich wandte sie sich noch einmal um. „Wer weiß, ob wir uns wiedersehen. Aber was immer auch geschieht, vergiss deine alte Freundin aus Pélissier nicht ganz!"

Amélie nickte unter Tränen, umarmte Cécile noch einmal und küsste sie auf die Wange. „Adieu, meine Liebe! Ich hoffe, dass man dich unbehelligt lässt – du hast ja nichts getan!"

„Nichts, was ich bereuen müsste. Ich habe viele Freunde unter den Konventsmitglieder, die niemals zulassen werden, dass man mich…."

Sie brach ab und das hilflose Lächeln ihrer rosa geschminkten Lippen verzerrte sich zu einer Grimasse. Doch dann riss sie sich zusammen und verließ so würdevoll wie möglich den Raum, während die schwarzen Marabufedern ihres Hutes schwungvoll auf und nieder wippten.

Amélie blickte ihr nur einen Moment verwirrt und betrübt nach, ohne ein Wort der Aufmunterung zu finden. Dann warf sie in fliegender Hast ihren Umhang über, nahm die Tasche mit den Wertgegenständen und lief wie gehetzt durch die Küche zum Hinterausgang, vor dem die Kutsche sie schon erwartete.

Die Türglocke kündigte mit hellem Klang einen neuen Kunden im bereits überfüllten Laden an. Madeleine, mit einem Bouquet beschäftigt, sah nicht auf.

„Bonjour, Mademoiselle…"

Bei der sonoren, vertrauten Stimme fuhr sie jedoch so heftig zusammen, dass ihr Herz einen großen Sprung machte. „Richard", murmelte sie unhörbar, während sie ein Gefühl großer Erleichterung überkam. Sie hätte den Grafen de Montalembert, der in seiner schmutzigen Kleidung eher einem Bauarbeiter glich, beinahe nicht erkannt. „Einen Augenblick, Monsieur", stotterte sie, „ich… äh, ich habe an Ihre Bestellung gedacht. Warten Sie dort auf mich." Sie wies auf einen kleinen Nebenraum, der sich dem überbordend mit Flacons und Tiegeln dekorierten Laden anschloss und legte den Strauß, den sie gerade für einen Kunden mit einer üppigen Schleife versah, mit nervös zitternden Fingern beiseite. Ungeschickt stach sie sich dabei an einem Dorn und griff nach ihrem Taschentuch, um das Blut zu stillen.

„Oh, ein kleines Malheur!", entschuldigte sie sich mit charmantem Lächeln. „Ich bin sofort wieder da!" Sich rasch durch die Wartenden drängend, verschwand sie im anliegenden Kabinett.

„Ich habe wenig Zeit, Mademoiselle!", rief der stehengelassene Kunde ihr in blasiertem Ton nach, während mürrische Stimmen im Hintergrund laut wurden, denn der Laden war voller Leute.

„Ich war vorher dran…", eine Dame, mit einem koketten Federhütchen auf dem gekräuselten Haar, drängte sich vor, „meine Veilchencreme…"

Madeleine schloss die Tür fest hinter sich. Ihre Wangen färbten sich glutrot. „Richard! Wie sehen Sie bloß aus – aber Sie leben… sind glücklich entkommen!", stammelte sie leise und sah zu dem Grafen auf. „Gott sei gedankt!" Sie drückte fest seine Hand, doch ihr Lächeln wirkte zaghaft. „Wie wird alles weitergehen? Man fahndet doch überall nach uns – und ich lebe in der Angst, jeden Tag festgenommen zu werden!"

„Beruhigen Sie sich Madeleine", flüsterte Richard, „vertrauen Sie mir – Sie sind bald in Sicherheit! Wenn alles gut geht, werden wir das Land verlassen, ohne dass uns jemand aufhält. Treten Sie morgen um die Mittagszeit ganz unauffällig vor die Tür und steigen Sie in den Wagen, der dort auf Sie wartet! Alles Weitere werden Sie später erfahren. Verhalten Sie sich jetzt so wie immer und sprechen Sie auch mit Maître Caron kein Wort darüber."

Madeleine bebte vor Aufregung am ganzen Körper. „Schon morgen? Und was wird aus Amélie?"

In Richards Augen lag zum ersten Mal so etwas wie Angst und Unsicherheit. „Das werden die nächsten Stunden entscheiden! Ich muss alles in eine Waagschale werfen – vielleicht geschieht ja ein Wunder!"

Eigensinnig fuhr Madeleine fort: „Ich werde Paris nicht verlassen, ohne mit ihr gesprochen zu haben! Und wir brauchen falsche Papiere, Kleider, um über die Grenze zu kommen! Wäre es nicht überhaupt besser, wir blieben noch hier, bis der Sturm sich ein wenig gelegt hat?"

„Unmöglich!", Richard schüttelte den Kopf. „Jetzt, nach der Ermordung der Königin, scheuen die Verbrecher im Konvent vor gar nichts mehr zurück. Der Sicherheitsausschuss ist alarmiert – das Blutrad dreht sich schneller und schneller! Haben Sie die heutigen Gazetten nicht gelesen?"

Madeleine zitterte wie Espenlaub.

„Ja, natürlich! Das ist es ja, was mich so beunruhigt! D′Églantine ist als Volksverräter angeklagt und Amélie dadurch in großer Gefahr! Ich fürchte mehr als zuvor um ihr Leben!"

„Ich weiß!", De Montalemberts nickte und biss die Zähne zusammen. Er war bei ihren Worten, die seine Besorgnis bestätigten, blass geworden, nur seine Augen brannten in wilder Entschlossenheit. „Ich schwöre Ihnen: Diesmal verlasse ich Paris nicht ohne sie – und sollte es meinen Kopf kosten! Wenn ihr etwas geschieht, dann ist mein Leben wertlos…"

„Zählen Sie auf mich", unterbrach ihn Madeleine, beschwörend ihre Hand auf die Seine legend. „Ich denke genau wie Sie! Wir müssen sie retten!"

De Montalembert senkte den Blick und stieß mit einem tiefen Seufzer hervor: „Aber was wird sie sagen, wenn ich plötzlich vor ihr stehe, als ein Totgeglaubter? Wird sie erschrecken – mich verachten, wenn ich ihr die Wahrheit gestehe? Vielleicht weigerte sie sich auch, mit mir zu kommen, weil sie… bei d′Églantine bleiben will?"

Madeleine fiel hastig ein: „Das wird nicht geschehen - ich kenne Amélie! Sie müssen das Risiko auf sich nehmen - aber seien Sie vorsichtig! Nach all der Zeit ist Ihr plötzliches Erscheinen sicher ein großer Schock! Sagen Sie ihr die Wahrheit, erklären Sie, warum Sie nicht anders handeln konnten – aus Liebe zu ihr und für ein gemeinsames Leben in Freiheit! Dass alles so ganz anders gekommen ist, daran tragen Sie schließlich keine Schuld! Das Schicksal hat entschieden!" Sie sah ihn eindringlich an.

Es klopfte zaghaft, aber unüberhörbar: „Mademoiselle!" Einer der Ladenjungen steckte seine Nase durch den Türspalt und warf Madeleine einen beschwörenden Blick zu. „Mademoiselle – die Leute beschweren sich…."

Richard flüsterte ihr zu. „Er hat recht – tun Sie Ihre Pflicht. Und vergessen Sie nicht – morgen Mittag!"

Beim Hinausgehen schickte er ihr noch ein ermunterndes Lächeln. „Wir werden es schaffen!"

„Aber wie…", ohne dass Madeleine den Satz beenden konnte, war der Graf bereits wie ein Schatten in der Gasse verschwunden. Madeleine kehrte verwirrt in den Laden zurück, in dem sich die Leute drängten.

„Die Veilchencreme, Mademoiselle – ich warte schon eine halbe Stunde!" „Meine Blumen…", immer mehr ungeduldige Stimmen wurden laut und Madeleine versuchte, mit unsicheren Fingern einen leeren Tiegel mit der duftenden Creme zu füllen, der ihr im gleichen Augenblick aus der Hand rutschte und am Boden zersplitterte. Maître Caron, gerade von den Hallen des Großmarktes zurück, erkannte in seiner gutmütigen Art die Situation, in der sich Madeleine, deren Gesicht jede Farbe verloren hatte, befand. Er rief das Lehrmädchen, das die Scherben beseitigte, schickte Madeleine hinaus und machte sich selbst daran, die ungeduldigen Kunden zu bedienen.

Tief in Gedanken versunken setzte Richard mechanisch einen Fuß vor den anderen. Er war fest entschlossen, jetzt alles auf eine Karte zu setzen. Würde es gelingen, Amélie, seine Frau, aus dem Bannkreis d'Églantines zu retten? Er sah an sich herab: Nichts an ihm deutete mehr auf den einst so eleganten Grafen de Montalembert hin, Abgeordneter der Nationalversammlung und Chevalier du poignard im Dienste des Königs! Sein Herz begann in unruhigem Rhythmus zu klopfen, wenn er sich vorstellte, was Amélie, kapriziös und verwöhnt, sagen würde, wenn er wie ein lästiger Bettler vor ihr stünde und sie aufforderte, ihm zu folgen! Er zog das kleine Medaillon mit Amélies Bildnis hervor, von dem er sich nie getrennt hatte und küsste es zärtlich. Ihr Anblick stärkte seinen Mut und er straffte die Schultern, bereit, ihr fest in die Augen zu sehen und sie zu beschwören, mit ihm zu kommen, egal was geschähe. Seine Schläfen hämmerten und tausend Gedanken schwirrten durch seinen Kopf. Wie sollte er so schnell einen Fluchtplan organisieren - wie an bürgerliche Kleidung, Pässe und Geld für die Mietkutsche und den Pferdewechsel bis zur Grenze kommen? Schließlich war sein ganzes Hab und Gut in dem vorbereiteten Wagen gewesen, der vergeblich auf ihn und die Königin vor der Conciergerie gewartet hatte. Es blieb eigentlich nur eine einzige Möglichkeit - den Ort aufzusuchen, der über jeden Verdacht erhaben schien: das Palais des Anges - den Spielsalon Céciles, der so viele Freunde und Gönner aus der Kommune hatte! Dort würde er am ehesten die Hilfe erhalten, die er so dringend brauchte.

Eine gewisse Vorsicht schien ihm dennoch geboten und so machte er sich wenig später getarnt als Arbeiter, mit einem halbvollen Sack gestohlener Kohlköpfe und anderem Gemüse, auf den Weg zum Boulevard St. Martin. Als sich das Palais des Anges gut sichtbar und mit geschlossenen Läden unter den entlaubten Bäumen abzeichnete, hielt er inne und zögerte noch einen Augenblick. Kritisch musterte er die Umgebung. Nichts, aber auch gar nichts deutete von außen auf etwas Verdächtiges hin. Langsam und in gebeugter Haltung näherte er sich dem schmiedeeisernen Tor. Es stand offen und niemand war dahinter zu sehen, außer der alten Madame Sabot, die bedächtig die Gartenwege fegte.

Seine Mütze tief ins Gesicht ziehend, rief er mit dumpfer Stimme: „Die Bestellung von den Hallen – wie jede Woche!"

Sie warf, ohne ihn zu erkennen, unter ihrem Kopftuch einen misstrauischen Blick auf den schmutzigen Jutesack und rief mürrisch: „Tragt mir hier keinen Dreck herein, Mann! Stellt die Ware einfach in die Ecke." Sie wies auf einen Schuppen.

Richard machte eine ablehnende Gebärde, während er sich unauffällig umsah. „Nein, nein, der Sack ist schwer, den bringe ich besser selbst in den Keller – das ist nichts für Euer schwaches Kreuz!"

Die Alte nickte mit gleichgültiger Miene. Alles schien wie immer. Keine Bewachung, nichts Ungewöhnliches. Er atmete erleichtert auf. Es sah wirklich ganz so aus, als wäre man weit davon entfernt, den öffentlichen Spielsalon Céciles als Konspirationsort der Royalisten zu verdächtigen. Wenn er Glück hatte, würde man ihm hier weiterhelfen und er konnte erfahren, wie es um die Sache stand und – vor allem, wie es den anderen ergangen war.

Zögernd läutete er an der Glocke, als hinter seinem Rücken eine befehlende Stimme ertönte: „Halt! Stehenbleiben! Ihr seid verhaftet!"

Richard zuckte zusammen, ließ den Sack fallen und wandte den Kopf. Zwei Gendarmen waren mit wenigen Schritten hinter den Sträuchern hervorgetreten, packten ihn grob und drehten seine Arme nach hinten.

„Sieh mal nach, was in dem Sack da ist, Maurice!"

Der Soldat ließ Kohlköpfe, Karotten und Kartoffeln die Stufen herunterrollen. „Nichts – außer Gemüse!", erwiderte er enttäuscht und musterte Richard misstrauisch. „Nun, was machst du hier? Wie heißt du? Hast du eine Bürgerkarte deiner Sektion? Erzähl bloß nicht, dass du nur den Proviant lieferst?"

„Doch, doch, wie jede Woche… immer das Gleiche, man hat mich noch nie nach der Karte gefragt", beteuerte Richard und suchte in seinem Gedächtnis nach einem unverfänglichen Namen. „Ich heiße Regnier, Etienne Regnier…"

„Wohnhaft?"

Noch bevor Richard zu einer Antwort ansetzen konnte, öffnete sich das Portal und ein bärtiger Polizeioffizier inmitten eines Trupps weiterer Bewaffneter kam auf ihn zu und versetzte ihm einen derben Stoß vor die Brust, der ihn die Treppen herabtaumeln ließ.

„Erzähl uns keine Märchen, Bursche! Du weißt, dass die Bürgerkarte Pflicht ist! Jeder, der ohne sie angetroffen wird, kommt mit aufs Kommissariat! Also gestehe: Wer bist du wirklich? Glaub mir, wir kennen mittlerweile alle Tricks!" Er wandte sich den anderen zu. „Gleich hart anfassen, dann kriegen wir schon heraus, was wir wissen wollen! Deinen richtigen Namen,

Titel, was auch immer, Marquis... Graf... aber schnell!" Er hielt plötzlich inne und starrte ihn prüfend an. „Aber ja – ich kenne dich doch..."

Richard sah auf seine Stiefelspitzen, den Kopf so tief wie möglich gesenkt. Er war jetzt völlig verwirrt. „Das muss eine Verwechslung sein...", stammelte er, ohne aufzusehen.

„Natürlich", der Offizier tippte sich an die Stirn, „jetzt weiß ich es! Bist du nicht der gesuchte Jean Péléttier, oder besser gesagt, Graf Richard de Montalembert; kein Geringerer als der gefährliche Konspirateur, der die Entführung der Königin angezettelt hat? Ha, ein guter Fang!" Er lachte hämisch und zwirbelte die schwarzen Spitzen seines riesigen Schnurrbarts. „Das habt ihr euch wohl anders vorgestellt, ihr sauberen Royalisten!"

In Richards Kopf überschlugen sich die Gedanken, seine Kehle war rau und trocken. Woher kannte ihn der Mann? Also war er doch direkt in die Falle gegangen! „Unsinn", stellte er sich dumm, „ich liefere bloß die Vorräte für die Küche..."

„Und die bringst du direkt ans Hauptportal, statt zum Dienstboteneingang?"

Verflixt, der Mann hatte recht, das war ein grober Fehler gewesen! Selbstzufrieden rückte der schnurrbärtige Offizier seinen Hut zurecht und entfernte ein unsichtbares Stäubchen vom Kragen seiner blauen Jacke.

„Leute, aufpassen – der wird nicht der Einzige sein. Zieht euch jetzt ins Haus zurück – und keinen Wachtposten draußen, sonst schöpfen seine Komplizen Verdacht. Es muss alles ganz ruhig aussehen und wir können uns einen nach dem anderen schnappen. Handschellen her! Ich bringe diesen Mann persönlich zum Revier, das ist ein ganz Gefährlicher."

Einer der Gendarmen legte das kalte Eisen um Richards Handgelenke und ließ es mit einem hässlichen Klacken zuschnappen. „Los, Aristokratenschwein, beweg dich, solange du noch kannst!"

Der arrogante Offizier versetzte ihm einen heftigen Stiefeltritt, bei dem Richard stolperte und unsanft am Boden landete. Gedemütigt und verunsichert erhob er sich, während er wieder und wieder einen groben Ruck erhielt, mit dem sein Begleiter ihn auf der Straße vorwärtstrieb wie ein Stück Vieh. Enttäuscht und vor Wut über die respektlose Behandlung beinahe zur Raserei gebracht, hielt er es plötzlich nicht mehr länger aus, er versuchte, dem ungehobelten Kerl die Kette aus der Hand zu reißen und sich mit seinem ganzen Körpergewicht zur Wehr zu setzen. Beide fielen zu Boden, die Mütze des Offiziers rollte davon und ein lautes Lachen, das er nicht zum ersten Mal vernahm, tönte an sein Ohr.

„He, halt, nicht so wild mein Lieber! Ich musste schließlich ein wenig übertreiben."

Wie vom Donner gerührt ließ Richard den zur Abwehr bereiten Arm sinken und blickte in wohlbekannte, abenteuerlich blitzenden Augen unter silbern gesträhnten Locken, die von der tief in die Stirn gezogenen Kopfbedeckung verborgen gewesen waren. „Baron de Batz?"

„Kommen Sie!"; der Baron winkte einer Kutsche und sie stiegen ein. Er zupfte an seinem falschen schwarzen Bart auf der Oberlippe und am Kinn und lachte über das verdutzte Gesicht seines Gegenübers schallend auf; die Situation schien ihn außerordentlich zu amüsieren.

„Ich hab Ihnen doch vorhergesagt, Sie würden mich nicht erkennen, nicht wahr?" In seinem Ton lag ein gewisser Stolz, bevor er schnell wieder ganz ernst wurde. „Es war ein bisschen unvorsichtig von Ihnen, hierher zu kommen – aber ich verstehe natürlich, dass Sie keine andere Wahl hatten. Natürlich habe ich eine solche Reaktion vorausgesehen und es ist mir bereits gelungen, nicht wenige der Unsrigen zu retten. Diese Republikaner sind nicht die Hellsten und es ist wahrlich nicht schwer, sie hinters Licht zu führen!"

Er nahm einen Schlüsselbund aus der Tasche und schloss mit einer raschen Bewegung die Handschellen auf. „Madame Cecilia ist außer Gefahr, ich habe sie in mein Haus schaffen lassen. Spätestens morgen ist sie über der Grenze. Der Spielsalon und das übrige Etablissement ist bereits an jemand anderen vermietet – eine völlig ahnungslose Dame, Madame Georgette Soubiras, an deren Aussagen sich die Kommissare die Zähne ausbeißen werden! Der Betrieb geht so weiter wie bisher, nur mit anderen Statisten. Da kann der gesamte Sicherheitsausschuss auch nicht mehr tun, als das ganze Bordell auf den Kopf zu stellen! Und ich versichere Ihnen, sie werden nichts anderes finden, als ehrenwerte Bürger und Konventsmitglieder!"

De Batz lachte in sich hinein, als amüsiere er sich köstlich. Doch dann wurde er wieder ernst und lehnte sich in die Polster zurück. „Spaß beiseite! Unsere Fahndungsbriefe hängen bereits überall in Paris. Doch die Polizei hat wie immer ein Brett vor dem Kopf – ich bewege mich kurioserweise völlig frei unter ihnen - Rougeville ist längst untergetaucht - und Sie haben es sicher auch bald geschafft!"

Richard konnte in diesem Augenblick ein bewunderndes Schmunzeln nicht unterdrücken. „Sie Teufelskerl!"

De Batz nickte geschmeichelt und drückte den Schnurrbart wieder passgerecht an seine Oberlippe. Die dunklen, künstlichen Brauen gaben ihm ein finsteres und fremdes Aussehen.

„Die Sicherheitskräfte von Paris mögen sich nicht schlecht über die Phantomtäter ärgern, die ihnen immer wieder entwischen! Glücklicherweise bleiben damit die Wichtigsten aus unserer Gruppe im Dunkeln. Nur Michonis und Bault... es tut mir wirklich sehr leid für sie! Das waren im Grunde ehrliche Kerle!" Er zuckte die Schultern und sah beinahe bedauernd vor sich hin.

„Aber wie soll ich... unter diesen Umständen..."

Richard begriff immer noch nicht ganz und de Batz fuhr ungerührt fort: „Ich weiß, was Sie sagen wollen. Aber machen Sie sich keine Sorgen. Wichtig ist, dass Sie mit der Marquise de Bréde sofort die Stadt verlassen. Für uns alle gibt es nach dem gescheiterten Plan vorerst nichts anderes mehr zu tun, als unsere Haut zu retten. Alles Weitere später! Fliehen Sie, schnell – wir sehen uns an einem friedlicheren Ort wieder! Und – hier, bevor ich es vergesse", er griff in seine Brusttasche und holte neben verschiedenen Dokumenten ein Bündel Geldscheine hervor, „das wollten Sie doch vermutlich im Palais des Anges, nicht wahr? Assignaten - mehr, als Sie ausgeben können. Und verschiedene Pässe, in die Sie nur die Namen nach Wahl einsetzen müssen. Am besten, Sie wechseln öfter Ihre Identität. Es sind sehr geschickte Fälschungen – haben Sie keine Angst."

Wie betäubt nahm Richard die Papiere entgegen und begann beinahe stockend: „Aber sagen Sie mir eins, de Batz - wie stehen Sie jetzt zu den Geschehnissen? Alles ist doch verloren - zusammengebrochen! Marie Antoinette hingerichtet! Unser Plan – hoffnungslos gescheitert!"

„Hoffnungslos?" Der Baron zog indigniert die falschen Augenbrauen hoch. „Ich sagte schon, dass wir ein andermal über die unglücklichen Umstände reden werden. Was bereits geschehen ist, interessiert mich nicht mehr. Noch ist nicht alles vorbei – es gibt andere Mittel und Wege. Ich schaue vorwärts und - ich gebe niemals auf. Niemals!" Der Baron sah ein paar Sekunden in die Ferne, als stünde am Horizont die Vision der wiederauferstandenen Monarchie. „Wir haben schließlich noch den jungen König!"

Richard schüttelt müde den Kopf. Dieser Mann steigerte sich in etwas hinein, das er mittlerweile schon aufgegeben hatte. Es war längst zu spät – die letzte Chance versäumt. Doch er widersprach nicht und fragte stattdessen: „Wo – ich meine, wie und wann sehen wir uns wieder?"

„Lassen Sie sich überraschen! Vielleicht eher als Sie denken", ein jungenhaftes, fast abenteuerlustig zu nennendes Lächeln flog über die schmalen Wangen von de Batz. „Doch wenn alle Stricke reißen, dann auf jeden Fall in Wien."

Er schien nicht aufhören können, zu taktieren; das gefährliche Spiel des Vorpreschens, sich Duckens, dem Gegner überraschend einen Schlag versetzen und ihm dann eine Nase zu drehen und unauffindbar zu verschwinden, war sein Leben geworden. „Viel Glück – und ich rate Ihnen, wählen Sie die Diligence über die Porte St. Denis – dort nimmt man es nicht so genau! Oder besorgen Sie sich ein privates Gefährt – es wird Ihnen schon etwas einfallen!"

Er setzte seine Mütze wieder auf und überprüfte fröhlich pfeifend in einem kleinen Spiegel den Sitz des falschen Schnurrbartes und der dunklen Augenbrauen, bevor er dem Kutscher ein Zeichen gab, anzuhalten, um Richard aussteigen zu lassen. Gut gelaunt winkte er ihm zu und Richard sah dem entschwindenden Gefährt verdutzt nach. Das Ganze schien ihm wie ein seltsamer Traum. Schließlich fasste er sich, überprüfte das Paket mit den Geldscheinen und die falschen Pässe und steckte alles sorgfältig unter sein Hemd.

Unbeschadet war Julius in der Rue de Saintonge angekommen. Er drückte sich mit einem gezwungenen Lächeln an der Concierge vorbei und nahm die knarzenden alten Treppen mit drei Stufen in einem Zug bis hinauf zum fünften Stock. Atemlos blieb er an der Türschwelle stehen. Der Duft von Patricks Parfum wehte ihm in schwüler Intensität entgegen und er fühlte seine Kehle eng werden. Tränen stiegen ihm in die Augen und liefen über seine Wangen. Er fiel auf das zerwühlte Bett und barg das Gesicht in den Händen, während heftiges Schluchzen seine Brust erschütterte. Schließlich hob er den Kopf und wischte tapfer die Spuren seines Schmerzes hinweg. Wer auch immer Patrick ermordet hatte und aus welchen Gründen - er musste so schnell wie möglich hier verschwinden und sehen, dass er über die Grenze kam. Man würde entdecken, dass die Pässe gefälscht und Patrick in Wirklichkeit der polizeilich gesuchte Adjutant des Grafen d′Artois war - dafür würde der Täter schon sorgen! Die Geschichte von dem geheimnisvollen Guy de Savalles in der Loge gegenüber, das Drama von Eifersucht und Neid, würde ihm wahrscheinlich keiner glauben. Und de Savalles war bestimmt schon über alle Berge, auf dem Weg, um dem Grafen d′Artois über seine gelungene Mission Bericht zu erstatten! Julius, dem bei diesen Gedanken der kalte Schweiß ausbrach, versuchte mühsam, ruhiges Blut zu bewahren.

Verunsichert blickte er auf das ungeordnete Chaos des viel zu engen Zimmerchens. Jeder freie Platz war belegt mit Kleidungsstücken, Hüten, Bändern und Handschuhen, die in beispielloser Unordnung verstreut waren. An Dienerschaft gewöhnt, ließ Patrick üblicherweise alles immer so liegen, wie er es aus dem Koffer gezogen hatte. Julius erhob sich; er stolperte in seiner Verwirrung über einzelne Schuhe, Quasten, Ketten, Puderdosen und griff dabei versehentlich in einen offenen parfümierten Salbentiegel. Die Schläfen wie von Eisenzangen umgeben, die ihn hinderten, klare Gedanken zu fassen, raffte er in fieberhafter Hast zunächst seine eigenen Sachen zusammen und suchte dann in dem ihn umgebenden Durcheinander nach den Reisepässen. Siedendheiß fiel ihm im gleichen Moment ein, dass er nicht einmal genug Geld besaß, um die Zimmerrechnung zu bezahlen! In seiner leichtsinnigen Unerfahrenheit hatte er sich in dieser Angelegenheit ganz auf den wohlhabenden Freund verlassen.

Er durchsuchte flüchtig und so, als täte er etwas Verbotenes, Patricks Sachen. Nichts. Seine eiskalten Finger schienen ihm nicht zu gehorchen, doch er durfte keine Zeit mehr verlieren. Wenn er das Hotel verließ, musste es so aussehen, als begäbe er sich auf einen Spaziergang. Eilig schob er die gefälschten Pässe in seinen Redingote, steckte Patricks silberne Tabatière ein und griff mit leichtem Zögern auch nach einer kostbaren, an einer seidenen Krawatte befestigten Diamantenagraffe. Dann stürmte er wie wild aus dem Zimmer. Im Flur versuchte er, seine Schritte zu mäßigen und gelassen hinauszuschlendern, um keinen Verdacht zu erwecken. Die dicke Concierge, die strickend an der Rezeption saß, sah beim Erscheinen des totenbleichen Gastes misstrauisch auf und reichte ihm ein zusammengefaltetes Papier.

„Ist Ihnen nicht gut? Hier, Ihre Rechnung, mein Herr — das ist die dritte Mahnung. Ich habe es Ihrem Freund schon gesagt. Wenn Sie nicht zahlen, muss ich leider die Polizei verständigen…"

„Ja, ja", Julius winkte so gelassen wie es ihm nur möglich war, ab, „alles ist hergerichtet. Ich bin in wenigen Minuten zurück…"

Er war schon draußen, doch die Concierge lief ihm nach und schrie: „Halt! Hierbleiben! Ich kann keinen Aufschub mehr dulden. Normalerweise bekomme ich mein Geld im Voraus…"

Julius beschleunigte seinen Schritt und war mit wehenden Locken bereits um die nächste Ecke verschwunden.

Die Frau sah ihm kopfschüttelnd nach, die Arme in die Hüften gestemmt. „Hab ich mir doch gleich gedacht, dass das Bürschchen nicht zahlen kann! Ist ja fast noch ein Kind!", murrte sie. „Na warte, dir werd ich's zeigen! Bis dein nobler Freund erscheint, will ich mal sehen, ob wir oben nicht noch etwas finden, was als Kaution zu gebrauchen wäre."

Sie nahm den Schlüssel vom Brett und schickte sich schwer atmend an, die steilen Treppen des schmalen Hauses hinaufzusteigen.

Die Nachricht vom gewaltsamen Tod Patrick d'Emprenvils, eingereist unter falschem Namen, schlug in Paris zunächst außerordentliche Wellen, verlief dann aber angesichts der neuen, die Öffentlichkeit erschütternden Ereignisse im Sande. Man stellte vage Verdächtigungsthesen gegen ihn auf und bezichtigte ihn vor allem, Spionage für den Grafen gegen die Republik getrieben zu haben. Der Konvent war davon überzeugt, dass er im Grunde der gerechten Strafe zum Opfer gefallen war und verzichtete auf weitere Nachforschungen nach dem Täter. Einer weniger für die Guillotine – es war unter diesen Umständen nicht der Mühe wert, den Mörder zu suchen.

Aufatmend schlug Amélie die Tür der Kutsche hinter sich zu und die Räder rollten sofort an. Das Palais de Montalembert blieb mitsamt ihrer Vergangenheit und allen Ängsten immer weiter hinter ihr zurück. Es war, als löse sich der schmerzhafte Druck auf ihrer Brust mit jedem Meter, der sie von der Rue des Capucines entfernte. Tränen der Erleichterung schossen in ihre Augen, doch die lauten Rufe der Zeitungsverkäufer unten auf der Straße schreckten sie wieder auf. In banger Vorahnung zog sie die Vorhänge beiseite und spähte aus dem Fenster.

Der monotone, sich wiederholende Singsang klang hohl zu ihr herauf: „Tumulte im Konvent! Anhänger Dantons verhaftet! Robespierre klagt an!"

Verstört, blass geworden, wich sie zurück. Nun war es soweit – das hatte sie insgeheim befürchtet und jetzt durfte sie wirklich keine Minute mehr verlieren. Sie trieb den Kutscher an, schneller zu fahren. In ihrem Kopf pochte es schmerzhaft, ein Wirbel von Plänen und Möglichkeiten, die alle in eine Sackgasse führten, kreiste hinter ihrer Stirn. Nur ein einziges Bild zog sich durch das Wirrwarr ihrer Gedanken, eine Vision, die sich langsam herauskristallisierte. Sie sah das helle Schlossgebäude hinter dem kleinen Wäldchen auftauchen, wie es auf seiner Anhöhe beinahe majestätisch auf die Felder und das winzige Dorf herabsah. Die von Brunnen und Wasserspielen durchbrochene, schattenspendende Pappelallee zog sich schnurgerade durch den blumenübersäten Park. Wie eine sanfte Brise schien der Duft von vergangenen Sommertagen über ihre brennende Stirn zu streichen. Heimweh und die ewige Sehnsucht nach der eigenen sorglosen Kindheit überfluteten sie so stark, dass Tränen in ihre Augen traten. Sie wischte sie entschlossen beiseite. Es war entschieden – Valfleur erwartete sie! Die kühlen Wiesen, der ländliche Friede des Schlosses würde ihr verstörtes Herz beruhigen. Das Gut schien ihr mit einem Mal wie eine Zuflucht, eine Rettungsinsel, eine Planke im Meer ihres aufgewühlten und wie eine mörderische Welle über ihr zusammenschlagenden Lebens.

Im Konvent herrschten tumultartige Zustände. Alle schrien wirr durcheinander. Jetzt, wo einmal eine Bresche gesprengt war, wurde die wahre Absicht Robespierres offenbar, dem sich niemand ernsthaft entgegenzustellen wagte: Seine ehemaligen Freunde, die nun seine Gegner waren, sollten nicht so einfach davonkommen. Mit einem einzigen Schlag konnte er die Unbequemen wie Danton, Desmoulins und alle anderen, die ihm im Weg standen, ganz einfach hinwegfegen. Es war die lange erwartete Gelegenheit, bisher versteckte Drohungen wahrzumachen. Wie ein Damoklesschwert hingen seine Worte über den beunruhigten Mitgliedern des Konvents: „Man muss die inneren und äußeren Feinde der Republik im Keim ersticken – auch wenn sie mitten unter uns sind..." Dieser Aufruf peitschte die Öffentlichkeit auf und verstärkte den Hass gegen die sogenannten „Tugendlosen".

Die geräumige Kutsche mit de Montalembert und Madeleine, die sich mit bescheidener Kleidung und einigen großzügigen Requisiten geschickt als gutbürgerliches Weinhändlerehepaar ausstaffiert hatten, drängte sich durch die Straßen der aufgewühlten Stadt.

Es schien, als käme das Fieber der ständigen Anklagen jetzt zu seinem Höhepunkt. Überall schrien die Gazetten und Flugblätter in Paris die Nachricht von der Verhaftung d'Églantines und Desmoulins hinaus. Man hatte Desmoulins Zeitung, den „Vieux Cordelier", beschlagnahmt und ihn kurz darauf selbst festgenommen, weil er in seiner letzten Ausgabe so unvorsichtig gewesen war zu verlangen, man solle dem Blutvergießen endlich ein Ende machen! Wollte sich Robespierre jetzt mit einem Schlag aller Gemäßigten entledigen, aller „Tugendlosen", die ihm noch dreinreden konnten? Zum ersten Mal entstand ein unbestimmtes Murren im Volk.

Der Wagen kam in einem unerwarteten Menschenauflauf ruckartig zum Stehen.

Spitze Schreie ertönten: „Haltet die Schwarze! Sie hat ein Messer bei sich!"

Ein junges Mädchen in rotem Rock, das, blindwütig um sich schlagend, sich durch die Menge drängte, lenkte die Aufmerksamkeit der Kutscheninsassen auf sich.

„Tod Robespierre, dem Heuchler!", kreischte sie wie von Sinnen und schwenkte ein bedrohlich aufblitzendes Messer.

Richard stutzte. Das war doch die blutjunge Mulattin, die im Spielsalon Céciles die Gäste bedient hatte! Sie glich einer wahren Furie mit ihrem schwarzen, hüftlangen Haar, das ungebändigt um die in unnatürlichem Rot glühenden Wangen wehte. Einigen Beherzten war es gelungen, sie aufzuhalten, doch sich wild wehrend, riss sie sich wieder los und lief mit großen Sprüngen über den Foire St. Germain davon. Die Leute sahen ihr kopfschüttelnd nach und zerstreuten sich dann. Es gab so viele, die in dieser Zeit den Verstand verloren, dass es sich nicht lohnte, größeres Aufsehen zu machen.

Richard gab dem Kutscher des Mietwagens das Zeichen, die Pferde anzutreiben und der Flüchtigen, deren roten Rock er von Ferne aufleuchten sah, durch die breite Rue de Tournon, die zum Palais de Luxembourg führte, zu folgen. Als sie sie beinahe eingeholt hatten, beugte er sich weit aus dem Kutschenfenster und rief dem Mädchen zu: „Sheba, bleib stehen! So warte doch!"

Die Mulattin schrak bei der Nennung ihres Namens zusammen; sie hielt heftig atmend inne und sah sich mit wirren Blicken um. Ernüchtert und ratlos versuchte sie schließlich, das Messer, das sie in der Hand hielt, hinter ihrem Rücken zu verbergen. Es war, als sei sie plötzlich aus einem Rausch erwacht – sie strich sich über die Stirn, als wüsste sie gar nicht, was um sie herum vor sich ging. Zögernd trat sie ein paar Schritte an das Gefährt heran, und sah trotzig und mit verweintem Gesicht zu den Insassen auf. Ihre Lippen kräuselten sich spöttisch, als sie Richard erkannte.

„Ah, – der geheimnisvolle Monsieur Lavallier! Oder sollte ich besser sagen, Graf de Montalembert? Na los, worauf warten Sie? Rufen Sie doch die Gendarmen, damit man mich festnimmt!" Ihre Augen loderten auf. „Ich habe keine Angst. Jetzt ist der Weg ja frei, für Sie – und Madame d'Églantine! Überall hat sie nach Ihnen gesucht – sie wollte nicht aufgeben!" Ihr Lachen sollte höhnisch klingen, aber der verzweifelte Unterton war nicht zu überhören. „Und dafür hat sie Fabre ins Verderben gestürzt! Er ist unschuldig – ich muss ihn retten!", sie schluchzte erstickt auf. „Wenn ihm etwas geschieht, bringe ich sie um – und diesen Teufel von Robespierre noch mit dazu!"

„Was redest du da – bist du völlig verrückt geworden?" De Montalembert war aus der Kutsche gesprungen und packte das Mädchen so heftig bei den Schultern, dass das Messer zu Boden fiel. „Was hat Amélie damit zu tun? Was weißt du von der Sache, von ihr?"

Sheba versuchte sich loszureißen, kratzte und spuckte ihm ins Gesicht.

„Ich hasse diese Frau. Sie lässt ihn im Stich, jetzt wo man ihn vernichten will." Ihr Gesicht, das sich zu einer wütenden Grimasse verzerrt hatte, wurde im gleichen Moment wieder weich. „Nur ich, ich bleibe an seiner Seite – und wenn ich am Ende mit ihm das Schafott besteigen muss!" Mit diesen Worten war sie in einer geschmeidigen Drehung entwischt, hatte das Messer aufgehoben und lief wie eine Besessene über die Straße in eine kleine Seitengasse.

Richard sah ihr kopfschüttelnd nach. Das Mädchen schien wirklich von allen guten Geistern verlassen! Wenn diese Wahnsinnige sich tatsächlich an Amélie rächen wollte? Er durfte keine Zeit mehr verlieren. Schnellen Schrittes ging er zur Kutsche zurück, ohne auf Madeleines fragende Blicke zu reagieren. Der Kutscher schnalzte den Pferden zu, die sofort antrabten. Richard starrte wie abwesend aus dem Fenster. Die schillernde Persönlichkeit d'Églantines nahm plötzlich bedrohliche Dimensionen an. Was war nur so Besonderes an ihm, diesem Schauspieler, dem sich skrupellos in die Politik mischenden Hazardeur, dass dieses Mädchen so verrückt nach ihm war? Sie war tatsächlich bereit, für ihn einen Mord zu begehen!

Madeleine betrachtete nervös und verunsichert seine bedrückte Miene. Schließlich konnte sie sich nicht enthalten zu fragen: „Woher kennen Sie um Himmels willen diese Zigeunerin?"

Richard, der versuchte, sich seine Besorgnis nicht anmerken zu lassen, wiegelte ab: „Ach, eines der Mädchen aus dem Spielsalon Céciles. Eine nicht wirklich wichtige Geschichte. Ich erzähle sie Ihnen, wenn wir alles hinter uns haben."

Es wäre unnütz, Madeleine zu beunruhigen, denn jetzt galt es, alle Kräfte anzuspannen, den ganzen Mut zusammenzunehmen! Sein Herz begann, laut und unregelmässig zu schlagen. Er wies den Kutscher an, in einer Seitenstraße in der Nähe der Rue des Capucines zu halten. Die letzten Meter wollte er zu Fuß zurücklegen. Ein Gefühl der Ohnmacht überkam ihn, als er vor seinem eigenen Palais stand und die Masken von Freude und Schmerz über dem Portal ihn so rätselhaft ansahen, dass er seinen Schritt verhielt. Unzählige Fragen marterten seine Seele. Wie sollte er Amélie gegenübertreten, ohne dass sie zutiefst erschrak? Welche Worte drückten in Kürze aus, was so schwer zu begreifen war? Würde sie überhaupt mit ihm kommen, nach all der Zeit, dem unverzeihlichen Schweigen, seinem vorgetäuschten Tod? Gab es noch eine Verbindung zwischen ihnen oder war ihre Liebe bereits erloschen, weil d'Églantine ihr Herz gewonnen hatte? Seufzend sah er, den breiten Schlapphut in der Hand, an seiner gebraucht erstandenen bürgerlichen Kleidung, der einfachen braunen Bauernjacke mit offenem Leinenhemd und passender Hose aus grobem Stoff herab. Alles schlotterte weit um ihn herum, verlieh ihm ein schäbiges, heruntergekommenes Aussehen. In aller Klarheit wurde ihm plötzlich bewusst, wie die vergangenen Monate des ständigen Versteckspielens ihn verändert haben mussten. Flüchtig strich er über seine eingefallenen, schlecht rasierten Wangen und suchte sein Spiegelbild in einer der matten, wie abweisend scheinenden Fensterscheiben des Palais. Sein Gesicht blickte ihm schmal und kantig mit einem beinahe düsteren Zug um die Mundwinkel entgegen und der frühere, heitere Glanz aus seinen grüngrauen, intensiv leuchtenden Augen schien wie weggewischt.

Bebend vor Aufregung folgte ihm Madeleine aus der Kutsche heraus mit den Augen. Die Spannung schien ihr beinahe unerträglich und ihre Gedanken eilten weit voraus. Sie glättete noch einmal die frischgestärkte Schürze über dem schlichten Habit einer braven Bürgersfrau und steckte ein paar Haarnadeln in die streng zu einem Knoten zusammengezurrte Frisur, bevor sie ein buntes Tuch darüberband. Auf dem Schoss hielt sie ein geblümtes Kattunkleid mit Strohhut für Amélie bereit, das sie als Gattin eines halbwegs wohlhabenden Weinhändlers ausweisen sollte. Körbe mit Flaschen aller möglichen Rebensorten klapperten auf dem Gepäcksitz und der Kutscher hatte ein fürstliches Trinkgeld erhalten, für das, wie er prahlte, er die Flüchtenden auch durch die halbe Welt fahren würde. Doch zunächst galt es nur, unbehelligt über eine der Stadtgrenzen zu kommen, an denen man die Kontrollen aufs Äußerste verschärft hatte.

Unschlüssig sah sie Richard immer noch reglos vor seinem eigenen Portal stehen. Nicht lange, nachdem er es endlich gewagt hatte, zu läuten, öffnete sich die schwere, geschnitzte Eichentür. Madame sei schon abgereist, beschied ihm der Hausdiener mit unbewegtem Gesicht auf seine beinahe schüchterne Frage. Erst nach einem guten Trinkgeld wurde der Mann gesprächiger.

„Die Kutsche ist schon eine Weile fort, Bürger. Aber du bist nicht der Erste, der nach Madame d'Églantine verlangt. Vor einer halben Stunde wollte eine Abordnung des Konvents sie sprechen. Ich sollte in diesem Fall ausrichten, sie habe sich gerade auf den Weg gemacht, um ihren Mann im Gefängnis zu besuchen."

„Und wohin ist sie wirklich gefahren?", drängte Richard, dem Mann ein weiteres Geldstück in die Hand drückend.

„Wohin?", der Diener kratzte sich unschlüssig am Kopf. „Das hat sie nicht gesagt. Aber sicher nicht zum Gefängnis." Seine Augen leuchteten auf, als Richard neue Münzen in seiner Hand gegeneinander klirren ließ. „Wenn ich genau darüber nachdenke", fuhr er listig fort, „und dem Gepäck nach zu schließen", er machte eine wirkungsvolle Pause und besah die Münzen von allen Seiten, bevor er weitersprach, „vermute ich eher, dass sie nach Valfleur gefahren ist, zu ihren Kindern. Madame verbringt im Sommer immer eine Zeitlang auf dem Gut, sie …"

„Nach Valfleur?", stammelte Richard mit trockener Kehle. „Nach allem, was geschehen ist?"

„Nun ja", der Diener zuckte gleichmütig die Achseln, „wenn sie die Verhaftung Monsieurs meinen – die ist doch nur vorgetäuscht und abgesprochen." Seine Rede belebte sich mit einem scheelen Blick auf das Geld zur Geschwätzigkeit. „Er hat es mir selbst gesagt – und dass ich mich darüber nicht beunruhigen soll. Es handelt sich um einen Irrtum der Behörden, einen Racheakt - er wird in zwei Tagen wieder frei sein und…"

Richard hörte schon nicht mehr zu. Brüsk hatte er sich umgewandt, war die Straße entlanggeeilt und an der Ecke in die Kutsche gesprungen. Madeleine sah ihm entgeistert entgegen.

„Amélie ist fort?"

Er antwortete nicht, beugte sich vor und rief dem Kutscher atemlos zu. „Porte Saint Denis, rasch!"

Es war die schnellste Route auf der man Valfleur erreichen konnte und er hoffte, Amélie auf diesem Weg noch rechtzeitig einzuholen.

Die Miene eines der beiden Gendarmen an der Barrière nahm ernste Züge an und mit gerunzelten Brauen verglich er die Papiere in seiner Hand mit den Dokumenten des Aktenordners.

„Madame Amélie d'Églantine? Bedauere, ich… kann Sie leider nicht passieren lassen."

Empört richtete Amélie sich im Sitz der Kutsche auf. „Und warum nicht? Ich fahre zu unserem Landgut, nach Valfleur. Das ist doch nicht verboten! Meine Kinder und die Bonne erwarten mich dort! Wie oft bin ich hier schon unbehelligt durchgefahren – warum nicht heute?"

Der Gendarm raschelte verlegen mit den Papieren und gab dem Kollegen einen Wink, seinen Platz zu übernehmen. Dann wandte er sich höflich, aber mit merklicher Kühle wieder an Amélie. „Weil …weil…, glauben Sie mir Madame, es liegt nicht an mir…"

„Und woran bitte, wenn ich fragen darf? Nennen Sie mir den Grund!", unterbrach ihn Amélie nervös.

„Gewisse Instruktionen... ich werde die Unterlagen prüfen! Echauffieren Sie sich nicht unnötig, Madame! Reine Routine. Ich muss Sie bitten, hier auf mich zu warten!"

Der Mann entfernte sich und Amélie fühlte, wie Panik in ihr aufstieg. Ihre Betroffenheit hinter vorgetäuschter Gleichgültigkeit verbergend, bedeutete sie ihrem Kutscher an den Straßenrand zu fahren. Mit erhobenem Kopf raffte sie die Schleppe ihres Seidenkleides und stieg aus dem stickigen Wagen, um ein paar Schritte auf und ab zu gehen. Ein unangenehmes Vorgefühl bedrängte ihre Brust. War es schon soweit - klappte die Falle schon zu? Was war, wenn man sie daran hinderte weiterzufahren, sie gar festnahm und nach Paris zurückbrachte? Die lange Gefängniszeit vor ihrer Hochzeit mit Fabre tauchte wie ein drohendes Gespenst vor ihren Augen auf. Niemals im Leben wollte sie wieder eine solche Demütigung durchmachen! Am liebsten wäre sie fortgelaufen!

Die Minuten zogen sich hin und der Gendarm war nun schon eine ganze Weile im Zollhäuschen verschwunden. Ein Vierspänner und mehrere Karossen erschienen und durften nach der Kontrolle ungehindert passieren.

„Gare! Gare!" Vom lauten Geschrei des Kutschers einer großen Droschke gewarnt, die in rasantem Tempo heranpreschte, trat sie in letzter Minute beiseite. Das Gefährt stoppte so unvermittelt und brüsk vor ihr, dass sich die Pferde aufbäumten und Dreck und Straßenkot Amélies Kleid in hohem Bogen über und über bespritzen.

Außer sich vor Schreck und Empörung stieß sie einen spitzen Schrei aus. Noch bevor sie sich über die Rücksichtslosigkeit des Kutschers beschweren und ihrem Ärger Luft machen konnte, stieg auf der anderen Seite seelenruhig ein bärtiger Mann in langem Mantel heraus und hob, ohne sie in ihrem beklagenswerten Zustand auch nur eines Blickes zu würdigen, vom Gepäckständer der Kutsche einen großen Weinkorb auf seine Schultern.

Offenbar ein Bauer oder Händler, schien er in seiner ungehobelten Art von dem Missgeschick gar nichts bemerkt zu haben. Den Schlapphut tief in das unrasierte Gesicht gezogen, schlurfte er jetzt auf den diensthabenden Gendarmen zu, stellte den Korb neben ihm ab und verwickelte ihn sogleich in ein Gespräch.

Starr vor Entrüstung wischte sich Amélie die Schmutzspritzer aus dem Gesicht und holte tief Luft, um den unverschämten Menschen zur Rede zu stellen. Doch bevor sie noch den Mund öffnen konnte, tat ihr Herz scheinbar grundlos ein paar schnellere Schläge. Etwas an der unförmigen Gestalt war ihr vertraut, der Gang, die Gesten. Sie rief sich selbst zur Ruhe. Diese unergiebigen Fantasien und falschen Hoffnungen, mit denen sie seit einiger Zeit in jedem Fremden Richard zu sehen glaubte, peitschten ihre Nerven nur unnötig auf. Der Mann dort war ein gewöhnlicher Weinhändler, wie man deutlich am Sortiment der Weinflaschen, seiner Kleidung und besonders an dem gewaltigen Wanst, den er vor sich herschleppte, erkannte. Breitbeinig dastehend, schwatzte er mit dem Gendarmen und drehte ihr gleichgültig den Rücken.

„Madame?" Der Kutscher des fatalen Gefährts, ein einfacher Bauernbursche, war jetzt vom Bock gestiegen und näherte sich ihr mit einer linkischen Verbeugung. „Verzeihung Madame, dass ich Sie so erschreckt habe! Aber die Pferde sind mir einfach durchgegangen ... ich hab noch wenig Erfahrung. Meine Herrin", er machte eine einladende Handbewegung zur Kutsche hin, „möchte sich bei Ihnen entschuldigen und die Unkosten für die Reinigung Ihres Kleides übernehmen."

Amélie sah verärgert zu dem wartenden Wagen hinüber, dessen Fenstervorhänge zugezogen waren. Durch die halboffene Kutschentür konnte sie im Innern nur schemenhaft die Umrisse einer Bauersfrau erkennen.

„Nein danke!", antwortete sie kühl und versuchte, den ärgsten Schmutz von ihrem ruinierten Kleid zu klopfen. „Sie kann sich die Mühe sparen. Das macht den Schaden auch nicht besser. In den Zeiten der Republik muss man sich wohl so ein rüdes Benehmen gefallen lassen."

Den Kopf stolz zurückwerfend, wandte sie sich ab, erblickte aber im gleichen Moment aus den Augenwinkeln den Beamten mit ihren Papieren, der gerade aus dem Zollhäuschen heraustrat. Mit einem Gesicht, das nichts Gutes verhieß, schien er nach ihr Ausschau zu halten. Ihr Herz krampfte sich vor Angst zusammen - sie spürte förmlich mit allen Fasern ihres Körpers die Bedrohung der über ihr schwebenden Gefahr. Schnell zog sie sich in den Schatten der Bäume zurück und verharrte einen Moment reglos. Dann besann sie sich plötzlich, trat mit ein paar schnellen Schritten an die fremde Kutsche heran, riss hastig die angelehnte Tür auf und war mit einem Satz im Innern.

„Madame! Sie müssen mir helfen... ich..."

Die Worte blieben ihr beinahe im Hals stecken; ein unterdrückter Schrei der Überraschung trat über ihre Lippen, als sie ihr Gegenüber erkannte und das Blut schoss ihr ins Gesicht.

„Mademoiselle Dernier?"

386

Die ehemalige Gouvernante schob das grobe Kopftuch von ihrem kastanienbraunen Haar und streckte gerührt beide Arme nach ihr aus.

„Oh Amélie! Ich habe es mir schwieriger vorgestellt, dich zu einer Mitfahrt zu überreden!"

Amélie starrte Madeleine wie eine Erscheinung noch eine Weile sprachlos an, bevor sie sich aufschluchzend in ihre Arme stürzte. Augenblicklich wurde sie wieder das kleine Mädchen, das sie einmal gewesen war; das bei jedem Ungeschick Trost bei ihrer Vertrauten findet und sich schutzsuchend an ihre Brust drückt. Mit Tränen in den Augen sah sie schließlich mit einem ungläubigen Lächeln zu ihr auf.

„Mademoiselle Dernier – nein, Marquise de Bréde! Sind Sie es wirklich - oder träume ich? Wie kommen Sie hierher - was hat das alles zu bedeuten?"

„Oh Amélie", flüsterte Madeleine bewegt, „dass wir uns erst unter solchen Umständen wiedersehen!" Sie warf einen vorsichtigen Blick durch das Kutschenfenster und legte dann geheimnisvoll den Finger auf die Lippen. „Ich beschwöre dich mein Kind, bleib ganz ruhig neben mir sitzen und sprich kein Wort! Die Gefahr ist noch nicht vorüber. Du wirst später alles erfahren."

Das Kopftuch wieder tiefer ins Gesicht ziehend, nickte sie Amélie ermutigend zu, legte ihr ein bereitgehaltenes, grobes Umschlagtuch über Kopf und Schultern und stellte einen großen Korb auf ihren Schoß, hinter dem sie beinahe verschwand. Wie im Traum ließ Amélie alles mit sich geschehen und duckte sich tief in den Sitz. Auf ein Zeichen fuhr die Kutsche nun in moderatem Tempo vor die Schranke, während im Gepäckständer Batterien gefüllter Weinflaschen und ein ansehnliches Sortiment Calvados und Armagnac unüberhörbar gegeneinander klirrten. Lautes Lachen über einen scheinbar deftigen Scherz ertönte an der Passkontrolle, ein Korb mit hochprozentigem Inhalt wechselte den Besitzer und der wohlwollende Zöllner war weitaus interessierter an den Etiketten der Flaschen, als an den beiläufig vorgezeigten Pässen.

„Meine Frau, meine Tochter", der Weinhändler deutete, ohne sich umzudrehen mit behäbigem Stolz nach hinten auf die beiden Frauen und Madeleine nickte dem Beamten freundlich zu. Der Gendarm verzog den Mund zu einem breiten Grinsen und streifte Amélie nur mit einem flüchtigen Blick.

Sein Kollege, der es nach einem kurzen Wortwechsel mit dem schläfrigen Bediensteten ihrer eigenen Kutsche und einem suchenden Blick über das Gelände pötzlich eilig zu haben schien, rief laut von Weitem: „He, André, komm doch mal rüber!" Er schwenkte ein Papier, das wie ein Steckbrief aussah.

Sein Stellvertreter ließ sich jedoch nicht aus der Ruhe bringen und reichte mit einem Augenzwinkern die flüchtig geprüften Pässe zurück. „Komme gleich", gab er dem lästigen Kollegen zu verstehen, „nur einen Moment noch!" Dann brummelte er beinahe unhörbar in seinen Bart: „So dringend wirds wohl nicht sein! Neidhammel! Bist nur neugierig und willst was abhaben..." Vorsichtshalber schob er den Korb mit den Flaschen ein wenig weiter ins Gebüsch.

„Gute Reise!", er winkte dem Weinhändler, der sich umgedreht und wieder auf den Bock gestiegen war, freundschaftlich zu. „Und vergiss beim nächsten Mal eine Probe des Mirabellenlikörs nicht...", ermahnte er spaßhaft mit verhaltener Stimme. Er gab Zeichen, die Kutsche passieren zu lassen.

„Hüh!" Ein zischender Peitschenschlag fuhr durch die Luft und der Wagen rollte mit einem scharfen Ruck vorwärts.

Amélie schien es, als erstarre ihr das Blut plötzlich in den Adern. Ein erstickter Schrei löste sich von ihren Lippen. Der blitzend blaue Blick unter dem Schlapphut war ihr bis ins Herz gedrungen - sie hatte Richard trotz seines Bartes in der Verkleidung des Weinhändlers erkannt. Die Pferde, von der Peitsche angestachelt, zogen heftig an und galoppierten mit aller Kraft vorwärts.

Das Gemüt von dumpfer Betrübnis umwölkt, die Brust vom Schmerz der Kränkung durch Amélies Abweisung zerrissen, verbrachte Auguste einige schlaflose Nächte im Zimmer seines Pariser Hotels.

Er betrachtete die verfahrene Lage, in der er sich befand, von allen Seiten, ohne zu einer wirklichen Entscheidung zu kommen. Entsetzt von der unablässigen Produktion der Gewehre, die in den neuen Manufakturen in Paris und Umgebung beinahe tausend Stück am Tag lieferten, von dem Schmieden weiterer Kanonen für die Revolutionsarmee, erkannte er die Unmöglichkeit genügend Waffen für die Kämpfer in der Vendée zusammenzutragen. Er tat jedoch, was er konnte, kaufte unter der Hand Gebrauchtes und wegen eines leichten Fehlers Aussortiertes, soviel auf dem Schwarzmarkt zu haben war. Doch wer sagte ihm, ob die getarnten Lieferungen überhaupt ankommen und nicht sogleich vom Feind abgefangen würden? Seit Tagen hatte er keine Nachricht von Henri, von der Situation der ‚Weißen'; es gab nur Siegesmeldungen der Revolutionsarmee. Alles schien hoffnungslos – und das zermürbende Warten auf General Marceau ließ ihm viel Zeit zum Nachdenken.

Am nächsten Morgen erreichte ihn endlich eine Nachricht von dem in der Revolutionsarmee zu Ehren gekommenen, alten Kameraden. Er war gerade in Paris eingetroffen und zeigte sich begeistert, den ehemaligen Waffenbruder wiederzusehen.

Als die beiden sich gegenüberstanden, fühlte sich Auguste ein wenig beschämt über die echte Freude des Generals. Ihm war, als begänge er Verrat an einer einstmals bestehenden Freundschaft, indem er verbarg, dass er mittlerweile auf der Seite der Royalisten kämpfte. Marceau, ein treuer Republikaner, setzte beim anderen selbstverständlich nichts anderes als die „richtige" Einstellung voraus. Nicht im Entferntesten wäre ihm die Idee gekommen, dass der ehemalige Kamerad bei den sogenannten „Briganten" der Vendée kämpfte! Im Verlauf des gemütlichen Dîners, bei dem Marceau mit seinen Erfolgen prahlte, lösten sich jedoch die Hemmungen Augustes mit einem Schlag; er dachte an die verzweifelte Lage, den Zustand der schlecht ausgestatteten, miserabel verpflegten Briganten und an das Versprechen, das er Henri gegeben hatte. Nach und nach gelang es ihm, den erfahrenen Soldaten ein wenig über die Lage der Truppenverbände auszuhorchen.

Marceau taute auf und erzählte arglos drauflos. „Wir könnten dich da draußen gut brauchen, mein Lieber! Wie wärs zum Beispiel mit einem Posten in Toulon, unter dem neuen Brigadegeneral Bonaparte – ein ausgesprochen fähiger Mann und exzellenter Stratege! Er hat dort schon einige beachtenswerte Erfolge gegen die Engländer errungen! Auf mein Wort könntest du sofort bei ihm eintreten. Überlegs dir!"

Auguste wich diplomatisch aus. „Vielleicht, François! Gib mir noch etwas Zeit."

Nach einigen Schlucken guten Rotweins wagte er schließlich so gleichmütig wie möglich zu fragen: „Ach übrigens, dort unten in der Vendée, die Truppen der Weißen – sind die immer noch so rebellisch? Es heißt, die Aufrührer waren erfolgreich und hätten der Armee ziemlich schwer zu schaffen gemacht?"

„Erfolgreich?", verächtlich lachte Marceau auf. „Im Gegenteil - die Kerle sind fertig! Es dauert nicht mehr lange, dann haben wir diese Sorge weniger."

„Wie meinst du das?", warf Auguste mit gespielter Naivität ein.

„Na, Ronsin, der Westermann in dieser unwegsamen Gegend abgelöst hat, ist einer unserer erfahrensten Generäle; der zeigt den streitsüchtigen Bauernlümmeln mal, wo's lang geht!", verkündete er ihm triumphierend und mit glänzenden Augen. „Wär doch gelacht, wenn wir das nicht schafften, gegen so eine Meute miserabel ausgerüsteter Lumpensoldaten! Wir vernichten sie bis auf den letzten Mann!"

Er ergriff erneut sein Weinglas und nahm einen tiefen Zug, bevor er fortfuhr. „Das beste Beispiel ist doch einer dieser selbsternannten Generäle - das blonde junge Bürschchen, der Marquis de la Rochejaquelein!" Er gab seiner Stimme eine höhnische Betonung und merkte nicht, wie Auguste zusammenzuckte. „Ein Grünschnabel - ohne die geringste Erfahrung - aber voller Enthusiasmus. Der Engel Gabriel persönlich! Da darf man keine Gnade walten lassen! Seine Leute hielten ihn wohl für unverwundbar, sozusagen mit übernatürlichen Kräften ausgestattet. Natürlich hat er bis jetzt immer Glück gehabt…"

Auguste unterbrach ihn abrupt: „Was meinst du mit: bis jetzt?"

Marceau zwinkerte ihm zu, bevor er, sich gemütlich zurücklehnend, weitersprach: „Na, es hat ihn endlich erwischt! In Noilly, bei einer Attacke! Er soll gefallen - oder zumindest schwer verletzt sein! Eine Kugel direkt in den Kopf. Peng!" Marceau grinste jovial und tippte mit dem Finger an die Stirn. „Es musste ja so kommen!"

Sein Gegenüber erbleichte und sah ihn stumm mit großen Augen an, während Marceau mit einem heiteren Auflachen hinzufügte: „Na ja, ganz sicher ist die Nachricht nicht, da wird oft einer totgesagt, der einem später in den Rücken fällt!"

Auguste vermochte nicht, in das Lachen Marceaus einzufallen - er brachte kein einziges Wort mehr heraus. Die Nachricht traf ihn wie ein unvermuteter Hieb in den Magen und er wusste später nicht mehr, wie er den Rest des Abends überstanden hatte, mit seinem gezwungenen, wie eingemeißelten Lächeln, der grimmigen Pein im Herzen, seiner Ohnmacht und dem Schmerz. Er versuchte nur, die Tränen zurückzudrängen, die ihm immer wieder in die Kehle stiegen. Um sich zu betäuben, stürzte er ein Glas Wein nach dem anderen hinunter, den Erzählungen Marceaus nicht mehr zuhörend.

Erst spät in der Nacht kehrte er von dem enttäuschenden Dîner zurück und verbrachte die verbleibenden Stunden schlaflos, seine Sachen packend. Gleich am Morgen würde er nach Noilly aufbrechen, um zu erfahren, was dort wirklich mit Henri geschehen war.

26. Kapitel
Triumph der Tugend?

„Heh, verschwinde, schwarze Zigeunerin!"

Mit einer ausholenden Geste scheuchte der Posten vor dem Gefängnis Sheba auf gebührende Entfernung zurück.

„Warum kann ich den Gefangenen d'Églantine nicht besuchen?" Das Mädchen gab nicht auf. „Sagen Sie mir wenigstens, wie es ihm geht!", flehte sie mit erhobenen Händen.

„Was weiß ich!", antwortete der Wachmann barsch. „Ich kann mich nicht um das Befinden jedes Insassen hier kümmern. Da hätte ich viel zu tun. Verschwinde! Was willst du überhaupt von ihm?" Und mit einem anzüglichen Grinsen fügte er hinzu: „So eine wie dich würde er wohl ganz bestimmt nicht sehen wollen!"

Sheba senkte den Kopf und blickte an sich herab. Ihr Kleid war schmutzig und zerrissen, die Haare wirr und zerzaust und sie erkannte selbst, dass sie wie eine Streunerin aussah. Mit langsamen Schritten ging sie mutlos auf die Straße zurück und schaute mit verweinten Augen zu den abweisenden Fenstern des zum Gefängnis umfunktionierten Palais de Luxembourg hinauf. Sie schienen ihr trüb und undurchsichtig und nicht einmal der Schatten des Geliebten war dahinter zu erblicken. Schon mehrfach hatte sie versucht, mit dem gestohlenen Geld die Wärter zu bestechen, oder zumindest etwas über die Lage d'Églantines zu erfahren. Doch alle Bemühungen waren vergeblich, ein gieriger Hauptmann nahm ihr das Geld ab und wenig später scheiterte sie erneut an den mitleidlosen Soldaten, die strengsten Befehl hatten, den Trakt der wichtigsten Gefangenen abzusondern und niemanden vorzulassen. Ganz Paris hielt inzwischen den Atem an – die Stadt erzitterte bei der Nachricht der unerhörten Verhaftung Dantons, dieses Giganten, der sich nun selbst nicht mehr helfen konnte.

Seit einigen Tagen hatte Sheba bemerkt, dass sie nicht als Einzige so verzweifelt das Gebäude umrundete, sondern sich ihre Wache mit anderen Frauen, wie der hübschen Lucile Desmoulins und der blutjungen Louise Danton teilte, die genau wie sie keine Besuchserlaubnis erhielten. Die beiden Damen maßen das dunkelhäutige Mädchen mit dem abgerissenen Kleid und zerrauftem Haar zunächst mit abschätzigen und hochmütigen Blicken, wenn sie bangend am Eingang auf eine Nachricht, ein Zeichen harrte oder ungeduldig wie eine Tigerin vor den Fenstern auf und ab wanderte. Doch das Unglück ließ alle Vorurteile vergessen – nach und nach irrten schließlich die Frauen gemeinsam verzagt unter den Bäumen des Luxembourg Parks umher, der Schilder nicht achtend, die sogar davor warnten, zu den Gefängnisfenstern hinaufzusehen.

Nachts drückte sich Sheba in irgendeinen Hauseingang in der Nähe, wo sie, eine alte, schmutzige Decke um sich geschlungen, auf dem nackten Boden schlief. Tagsüber lebte sie von der Hand in den Mund; schnell eine Frucht, bevor der Händler es merkte, oder ein paar Abfälle der Garküchen von halbleeren Tellern. Ein paar Sous erhielt sie durch Betteln. Das Messer verbarg sie sorgfältig unter ihrem Kleid – sie würde es vielleicht ja noch brauchen! Einmal war sie sogar den Hügel gen Montmartre hinaufgewandert; doch die Mühe blieb vergeblich. Der alte Friedhof lag einsam in der Frühlingssonne, von neuem Grün beinahe zugewachsen und die Gänge unterhalb des Marmorengels in den Gipsbrüchen schienen verlassen. Von Dimanche, dem treuen Freund, keine Spur. War er bei dem Versuch, die Papiere zu stehlen, ertappt und festgenommen worden? Sie ahnte es dunkel und ein dumpfes Bewusstsein von Schuld erfüllte ihre Seele.

Der Schrei der Zeitungsjungen, die die Morgenblätter schwenkten, schreckte Auguste in aller Frühe aus einem unruhigen, kurzen Schlummer und er stürzte ans geöffnete Fenster.

„Royalisten in der Vendée am Ende! General Henri de la Rochejaquelein gefallen!"

Auguste schwankte totenblass in sein Zimmer zurück. Diese Nachricht bestätigte seine schlimmsten Befürchtungen und vernichtete gleichzeitig den letzten Rest Hoffnung, der in seinem Herzen noch geschwelt hatte. Es schien, als habe sich der Boden unter ihm plötzlich zu einem Abgrund geöffnet, vor dessen Leere ihm schwindelte. Er musste fort aus dieser Stadt, zu Henri – und sei es auch nur, um ihm die letzte Ehre zu erweisen. Hastig griff er nach dem leichten Koffer, drückte dem Hotelburschen ein Trinkgeld in die Hand und wartete dann ungeduldig auf das Vorfahren der Mietkutsche nach Noilly. Traurig gegen die Polster der Kutsche gelehnt, schweifte sein Blick gleichgültig über das silbrig aufglänzende Wasser der Seine zu Notre Dame hinüber. Dieses einst so geliebte Bild, von den ersten Strahlen einer zaghaften Frühlingssonne verklärt, schien ihm jetzt nur Hohn und Spott zu seinem Schmerz zu sein.

„La Libelle!"… „La Libelle!" Die blecherne, immer den gleichen Ruf wiederholende Stimme, die das Klappern der Hufe auf dem Straßenpflaster übertönte, riss ihn aus seinen trüben Gedanken. Ein schmutziger Straßenjunge lief wichtigtuerisch neben der Kutsche her, einen Packen frisch gedruckter Flugblätter im Arm. Lauthals schrie er die neuesten Nachrichten aus. „Sprengung des Konvents geplant - Konspiration Dantons mit dem Ausland!" „Mitglieder des Sicherheitsausschusses sollten ermordet werden! Danton, Desmoulins, d'Églantine und seine Komplizen verhaftet."

Auguste schüttelte ungläubig den Kopf. Konnte das möglich sein? Die Abgeordneten des Konvents zerfleischten sich gegenseitig! Er wies den Kutscher an, langsamer zu fahren und streckte die Hand mit der Münze durch das Kutschenfenster. Der Bursche reichte ihm eifrig ein Exemplar der fehlerhaft gedruckten und flüchtig zusammengestöpselten Flugblätter, die täglich neu in Paris kursierten.

Auguste seufzte und begann, die ungelenk und eilig zusammengesetzten Buchstaben zu überfliegen, während der Bote, sich entfernend, mit gellender Stimme weitere Meldungen ausrief: „Mord im Théâtre de l'Ambigu! Adjutant des Grafen d'Artois erschossen!"

Adjutant des Grafen d'Artois? Auguste wurde plötzlich hellwach. Das war doch Patrick, sein Jugendfreund aus Kindertagen! Er beugte sich vor und krampfte die Finger so heftig um das Blatt, dass es einriss. Ein Schauer glitt über seinen Rücken, als er unter dem etwas kleiner gedruckten Text der „Allgemeine Vorkommnisse" des Polizeiberichtes las:

„Günstling des ins Exil geflüchteten Grafen d'Artois ermordet! Den Aristokraten und Landesverräter, Baron Patrick d'Emprenvil ereilte in Paris die gerechte Strafe. Vom Täter keine Spur!"

Die noch druckfeuchte Schrift begann vor seinen Augen zu verschwimmen, während er sich mühte, den Inhalt zu begreifen. Kein Zweifel - dort stand es Schwarz auf Weiß, dass ein Unbekannter Patrick d'Émprenvil kaltblütig während der Vorstellung in einer Loge des Theaters de l'Ambigu erschossen hatte! Fassungslos ließ er die halb zerknitterte Zeitung sinken. Wie er Patrick immer beneidet hatte, das Glückskind, dem alles in den Schoß fiel! Wie oft hatte er mit dem Gedanken gespielt, seiner Aufforderung zu folgen, wie er ins Ausland zu emigrieren und sich der kleinen royalistischen Armee des Grafen in Koblenz anzuschließen.

Ihm schwindelte, das Flugblatt entglitt seinen tauben Fingern und der Fahrtwind wehte es aus dem Fenster, wo es von den Rädern des hinter ihm fahrenden Cabriolets zermalmt wurde. Die Kutsche geriet jetzt bei der engen Pont Royal, kurz vor dem Platz der Revolution ins Stocken. Ein Volksauflauf hatte sich dort gebildet und für die Wagen gab es kaum ein Durchkommen mehr.

„Fahr zur Seite und halt an – ", bedeutete Auguste dem Kutscher mit brüchiger Stimme, der gleichmütig nickte und die Pferde unweit des Place de la Revolution zügelte, wo sich schon die Menschen zu einer der täglich stattfindenden Hinrichtung drängten. „Warte hier auf mich - du bekommst ein gutes Trinkgeld. Ich bin bald zurück…"

Er ließ das Gepäck in der Kutsche, stieg eilig aus und stolperte in seiner Unachtsamkeit über den Rinnstein. Tief die Luft in die Lungen ziehend, ließ er sich durch die Menge treiben wie ein Stück Strandgut und obwohl er sich nichts Abscheulicheres vorstellen konnte, als das Schauspiel vor der Guillotine, so zog es ihn doch mit vielen anderen wie in einem Sog zum Platz der Revolution. Die Bewegung erfrischte Auguste und er fühlte sich langsam ein wenig besser. Er betrachtete die bunte Volksmenge, die sich lachend zusammendrängte. Wie konnte das Schicksal es bloß zulassen, dass das einstmals so faszinierende Paris, die schillernde, schöne Stadt nun von Henkern besetzt war, die ein blutiges Regiment führten und alles zerstörten, was ihren Glanz ausmachte? Er wollte sich gerade umwenden und zur Kutsche zurückkehren, als ein betrunkener Sansculotte ihn anrempelte.

„He, zur Seite - wir wollen auch was von der schönen Aubray sehen!"

Auguste horchte auf, sein Blick ging zu der Stelle, an der sich früher das Reiterstandbild Ludwig XVI erhob, dessen Platz jetzt die Guillotine eingenommen hatte. Ihr kalter Stahl blitzte drohend in der Sonne auf und lautes Geschrei der umstehenden Zuschauer übertönte das Seufzen der Verurteilten, die in armseligen Grüppchen herangekarrt wurden. Der Gehilfe des Henkers, ein junger, kaum achtzehnjähriger Bursche bemühte sich gerade, das nächste Opfer für das Fallbeil vorzubereiten und ihr rotes, bis zu den Hüften reichendes Haar auf Nackenlänge zu kürzen. Seine Ungeschicklichkeit verursachte eine ungewollte Verzögerung und ein vorwitziger Sonnenstrahl, der plötzlich aus den Wolken drang, fiel unvermittelt auf die kupferfarbene Pracht und ließ sie feurig aufflammen. Auguste erkannte die Schauspielerin, der noch vor Kurzem Paris zu Füßen gelegen war! Ganze Büschel ihrer widerspenstigen, roten Locken wurden von einer aufkommenden Windböe durch die Luft gejagt und fielen wie flaumige Glut zu Boden.

Das Publikum amüsierte sich und neben ihm murmelte der Sansculotte: „Jetzt soll sie zeigen, ob sie schauspielern kann, die Aubray! Es ist schließlich ihre letzte Rolle!"

Bezeichnende Pfiffe ertönten, als der Gehilfe, unter dem Vorwand ihren Nacken frei zu legen, das verhüllende Tuch vom engen Mieder zog und die vollen, weißen Schultern mit dem üppigen Brustansatz entblößte. Ein Raunen ging durch die Menge.

„Höh, höh, lass doch mal mehr sehen!", brüllte der Sansculotte mit gierigem Grinsen und schob seine rote Mütze zurück. Die Schauspielerin blickte hochmütig auf die Zuschauer herab, sie nahm unter Geschrei und durchdringendem Pfeifen eine geradezu königliche Haltung ein und als sie sich umdrehte, um die Treppe zum Blutgerüst hinaufzuschreiten, bemerkte Auguste, dass sie wie zu einem Auftritt geschminkt war. Reglos, ohne auch nur mit der Wimper zu zucken, legte sie den Kopf auf den Richtblock.

Noch bevor das Beil mit einem dumpfen Geräusch herabfiel, wandte Auguste sich erschüttert zur Seite. Abscheu und beinahe Hass erfüllte ihn. Was warf man dieser Frau überhaupt vor – warum schickte man sie aufs Schafott? War die Aubray nicht eine ausgezeichnete Komödiantin gewesen, die mit ihrem Talent viele Menschen erfreute? Doch gerade das schien Robespierre ein Grund mangelnder Tugend zu sein, etwas, für das es im neuen Staat keinen Platz gab! Dieser Mann war wahnsinnig – aber nicht weniger als ein Volk, das zu solch einem Spektakel auch noch Beifall klatschte! Auguste wankte, ein fader Geschmack erfüllte seinen Mund und Übelkeit stieg in ihm auf. Am azurenen Himmel zogen ein paar duftige Wolken vorüber. In einer Vision sah er dort oben Henri vor sich, wie er übermütig die Fahne mit der eingestickten Lilie schwenkte und wie der Teufel reitend, sich todesmutig als Erster mit dem Ruf in die Schlacht stürzte: „Vive le Roi, Ruhm dem künftigen Louis XVII!"

Blind vor Tränen senkte er den Kopf und drängte sich schweren Schrittes durch die Menge zurück zu seiner Kutsche.

Unabhängig vom Terror, der Paris mehr und mehr überschwemmte, hatte der Frühling Einzug gehalten; neues Grün keimte hervor und die Vögel zwitscherten ein frohes Lied zu dem unablässigen Blutbad, das sich nun fast jeden Tag in der Stadt abspielte. Überall herrschte jetzt dunkle Angst, man duckte sich vor der unsichtbaren Gefahr, die im Ungewissen lauerte. Die Gefängnisse waren überfüllt, wahllos wurden immer neue Beklagte eingeliefert. Die Jagd auf die Aristokraten reichte nicht mehr - selbst der kleinste Bürger fürchtete mittlerweile die radikalen Entscheidungen des Sicherheitsausschusses und zog den Kopf vor den misstrauischen Blicken der Nachbarn ein. Immer schneller ratterte die Guillotine, fieberhaft stellte der öffentliche Ankläger Fouquier-Tinville neue Verhaftungsbefehle aus und wenn die Verurteilten nicht eine Anzahl von zwanzig erreichten, war den Zuschauern das Schauspiel schon nichts mehr wert. Wahllos wurden Denunzierungen ausgesprochen und selbst bei einem unbedachten Wort war man schon mit einem Fuß auf dem Todeskarren. Robespierre steigerte sich immer mehr in seine pathetische Vernichtungstheorie hinein. Die harten Worte: „Alle Parteien sollten auf einen Schlag untergehen", jagten jetzt selbst seinen fanatischsten Anhängern einen Angstschauer über den Rücken.

Die prominenten Gefangenen im Luxembourg Palais verspürten wenig Lust, in den aufblühenden Garten hinauszusehen. Sie fanden sich mit einem Schlag aller Verteidigungsmöglichkeiten beraubt und konnten immer noch nicht begreifen, dass man ihnen so geschickt in den Rücken gefallen war. Danton hatte vergeblich versucht, die Isolation zu durchbrechen, seine Stimme zu erheben und sich und d'Églantine zu verteidigen. Doch seine Reden, die heftigen Zornesausbrüche verhallten im Leeren und wurden nur von Delacroix in der Zelle nebenan vernommen. Der Titan schäumte vor Wut. Man hatte wahrhaftig die Ungerechtigkeit begangen, ihn einzusperren – ihn, den großen Danton, einen der ersten Männer des neuen Staates, den Redegewaltigen, dem alle zujubelten und der mit seinen Worten die Volksmassen begeisterte! Allmählich erst begriff er, dass er schlichtweg übertölpelt worden war. Mit dieser Verhaftung hatte man ihn zum Schweigen gebracht, aus dem Weg geräumt, seiner besten Waffe, der Beredsamkeit beraubt! Wie konnte er sich nur einen Augenblick in Sicherheit gewiegt, darauf vertraut haben, dass Robespierre als sein Freund und Mitkämpfer der ersten Stunde es nicht wagen würde, ihn anzugreifen! Die Haft, das Nichtstun und ewige Warten zermürbten ihn nach und nach. Es gab keinen Kontakt der Gefangenen untereinander, außer dass sie sich durch lautes Schreien, das nur schwach durch die Wände drang, verständigten. Neben ihm, in der Zelle links, hörte er Fabre d'Églantine den ganzen Tag in bedauernswerter Weise stöhnen. Aber er konnte ihm nicht helfen. Der Freund und Vertraute, eingesperrt in ungeheizte Räume, hatte zweifellos schon in den ersten Tagen hohes Fieber bekommen, er schien elendiglich krank und fantasierte. Doch niemand kümmerte sich um seinen Zustand, niemand fragte nach ihm. Danton brüllte durch die Wände, doch es antwortete nur das schwache Seufzen und Klagen d'Églantines, das ihm durch Mark und Bein ging.

Nach langen, qualvollen Tagen kam es endlich zu einem kurzen Verhör durch den Richter des Revolutionstribunals, Denizot. Doch die Angeklagten wehrten sich vergeblich gegen die ungeheuerliche Anschuldigung, sie wollten die republikanische Regierung vernichten. Danton wütete in einem erneuten Temperamentsausbruch und stampfte so heftig mit dem Fuß auf, dass man ihn fesselte und schnell wieder in seine Zelle zurückbrachte. Das Urteil war damit insgeheim schon gefällt – man musste die Renitenten so schnell wie möglich zum Schweigen bringen, damit nicht noch mehr Aufsehen erregt wurde.

Schon am nächsten Morgen öffneten sich die Türen und die Wärter holten die Gefangenen heraus. D'Églantine musste geführt werden; er war so geschwächt, dass man Anstalten machte, ihn in den Todeskarren zu heben. Als die Träger ihn packten, schoss plötzlich wie ein Pfeil eine junge Mulattin in rotem Rock aus der gaffenden Menge an den verdutzten Gendarmen vorbei, warf sich Fabre zu Füßen und klammerte sich an seine Kleider, das Gesicht tränenüberströmt. Es war Sheba.

„Du darfst nicht sterben, mon Amour - lasst ihn nicht sterben!", schrie sie wie von Sinnen. „Er hat nichts getan! Nehmt mich! Ich liebe ihn doch – hörst du Fabre, ich liebe dich!"

Sie stürzte an seinen Hals und versuchte, sein Gesicht mit Küssen zu bedecken. D'Églantine besaß nicht mehr die Kraft, sie von sich zu stoßen und die Gendarmen rissen die sich wild Wehrende mit Gewalt vom Wagen und warfen sie mit einem Kolbenschlag des Gewehrs schließlich zu Boden.

Als die Räder anrollten, rappelte sich das Mädchen erneut auf und lief wie eine Furie unter dem Spott der Umstehenden hinter dem Gefährt mit den Delinquenten her; eine schmale Gestalt, fast kindlich noch im roten, verschlissenen Kleid, mit rabenschwarzen, im Wind flatternden Haaren, die milchkaffeefarbenen Züge verzerrt.

„Eine Hexe!", schrien ein paar der Zuschauer und deuteten mit dem Finger auf sie, „Seht nur, die Verrückte!"

„Legt sie doch gleich mit unters Beil", rief ein dicker Bursche mit einer roten Jakobinermütze.

„Reinigt Paris von allen Schädlingen – Vive la Republique!"

Auf einem Seitenweg blieb die Kutsche mit den vom rasenden Lauf beinahe wild gewordenen Pferden endlich stehen. Richard sprang vom Bock, warf die um den Bauch gebundenen Kissen seiner Vermummung als Weinbauer von sich und entfernte den falschen Bart. Den Schlapphut vom Kopf ziehend, blieb er atemlos vor der Kutschentür stehen, bevor er sie mit einem Ruck aufriss. Er zögerte, als hätte er zu lange auf diesen Moment gewartet, als wäre er nicht sicher, ob Amélie ihn nach den Turbulenzen des Schicksals und all dem, was inzwischen geschehen war, wirklich noch wollte. Er versuchte, ihren Namen zu rufen, doch nur ein rauer Laut entrang sich seiner zusammengeschnürten Kehle. Zitternd, mit Tränen in den Augen sah sie ihm entgegen und beide hielten den Atem an, als wüssten sie in diesem Moment nicht, ob sie träumten oder wachten. Die Zeit schien still zu stehen und die Vergangenheit verblasste zu einem schemenhaften, unwirklichen Gebilde. Jeder von ihnen hatte auf seine Art ums Überleben gekämpft, auf seine Weise versucht, in den Wirren der Revolution nicht unterzugehen. Waren sie nicht beide ein Spielball des Schicksals gewesen auf dem sturmgepeitschten Meer des Weltgeschehens?

Amélie stürzte sich schließlich mit einem Aufschrei in seine Arme und barg ihren Kopf mit unterdrücktem Schluchzen an seiner Brust. Beide verharrten eine Zeit lang reglos, stumm, sich aneinander festhaltend, als wollten sie sich nie mehr loslassen. Es war Amélie, die als Erste aufblickte und die Sprache wiederfand.

„Oh Richard! Diesmal träume ich nicht - du bist es wirklich! Du lebst!" In diesem Augenblick war aller Zweifel, die Trauer, das bittere Gefühl, dass Richard sie im Stich gelassen hatte, vorüber. Nur die Stunde zählte, in der er sie endlich wieder in den Armen hielt.

Um Richards Lippen zuckte es und er presste sie noch heftiger an sich. Dann stieß er, undeutlich und fast stockend hervor: „Meine geliebte Amélie – hast du mir verziehen? Du musst mich doch hassen, nach allem, was geschehen ist!" Er rang mühsam nach Worten, ließ sie plötzlich los und senkte betrübt den Kopf. „Wie soll ich nur die richtigen Worte finden, um dir alles zu erklären... ich habe ums Überleben gekämpft, für dich... " Er machte eine Pause, zutiefst erschüttert, „für unsere Zukunft, die Monarchie...", er brach ab, doch Amélie zog seinen Kopf zu sich, streichelte zärtlich sein Haar und flüsterte: „Ich weiß, ich weiß... Madeleine hat mir alles erzählt. Denk nicht mehr daran! Es ist vorbei und nichts ist mehr wichtig, als dass wir endlich zusammen sind."

Richard riss sie erneut an sich und küsste sie sanft auf Augen, Mund und Wangen, bevor er mit halb erstickter Stimme fortfuhr: „Es war manchmal unerträglich... ich habe für eine Weile geglaubt, du seist glücklich... mit dem anderen, mit Fabre. Und du musst gedacht haben, dass ich dich nicht mehr liebe..."

„Pst, sprich nicht weiter!", unterbrach ihn Amélie mit einem aufflammenden Blick und legte die Hand auf seine Lippen. „Versprich mir, dass du seinen Namen niemals mehr erwähnst – schwöre es mir! Er hat mich belogen und gedemütigt – ich will ihn nie mehr wieder sehen! All das gehört zu einer anderen Welt, zu einem Leben, mit dem ich mich abfinden musste – und ich will es vergessen. Alles fängt von vorne an! Jetzt bist du hier, du lebst – und wir werden uns nie mehr trennen."

Richard seufzte tief auf. „Niemals! Wir gehen fort – weit weg von Paris, wo im Namen der Gleichheit täglich neue Gräuel geschehen!"

Amélie nickte und sah ihm nur in die Augen. Richard hob sanft ihr Kinn und küsste sie zuerst zärtlich, doch dann mit einer beinahe hungrigen Leidenschaft, die ahnen ließ, wie sehr er diesen Augenblick ersehnt haben musste.

Madeleine, die ausgestiegen war und den beiden diskret den Rücken zuwandte, versuchte verstohlen, ihre Rührung hinter einem vorgehaltenen Taschentuch zu verbergen. Aber zugleich durchbrauste sie ein starkes Gefühl innerer Freude, die Zuversicht auf ein neues, unbeschwerteres Leben. Ein langgehegter Traum schien endlich in Erfüllung zu gehen!

Der Schatten des Schauspielers und Betrügers d'Églantine verlor mit jeder Meile seine bedrohliche Nähe und verschwand schon jetzt in der Ferne der Vergangenheit! Das Bild einer neuen Zukunft tat sich vor ihr auf: Amélie und Richard mit ihr in Wien – umringt von den Kindern, von Aurélie, Sophie und dem Jüngsten, Philipp-François! Gabrielle wäre entzückt von ihren neuen Spielgefährten und die Kleinen würden das stille Palais an der Donau bald mit neuem Leben erfüllen! Dort konnten sie ohne Angst in Freiheit leben und glücklich sein. Mochten die morschen Pfeiler des Welttheaters der Könige und ihrer Vasallen in Paris zusammenbrechen und die Vergangenheit unter sich begraben! Alles, was sie selbst in Wien besaß, das riesige Vermögen, das ihr Alphonse hinterlassen hatte, sollte nun auch den beiden zuteil werden! Ihr eigenes Leben schien eine neue Dimension, einen erfüllteren Sinn zu bekommen.

Voller Zuversicht sah sie in die Ferne. Nur noch Stunden trennten sie von der rettenden Grenze und alles Bedrohliche lag dann endgültig hinter ihnen. Die frühlingshafte Landschaft nahm langsam ein vertrautes Aussehen an; es würde nicht mehr lange dauern, bis das liebliche Schloss hinter den sanften Hügeln auftauchte und Valfleur endlich in Sicht käme! Ein mildes Lüftchen wehte den erdigen, herben Duft der Bäume, zusammen mit frischem Gras und leichtem Blütenaroma herbei. Valfleur! Ja, sie erkannte ihn wieder, den ganz eigenen Geruch dieser wunderbaren Gegend, die liebliche Brise, die sie einst trunken gemacht hatte, trunken vor Liebe und Lebenslust, vor unendlicher, melancholischer Sehnsucht nach dem Unerreichbaren. Madeleine schloss wie betäubt die Augen. Alles, was einst geschehen war, wurde in ihrem Herzen plötzlich wieder lebendig und der alte Schmerz, das verdrängte Heimweh erwachten aufs Neue. Doch sie spürte auch, wie sich ihr gleichzeitig ein unsichtbarer Druck, eine merkwürdige Angst auf die Brust legte. Fürchtete sie sich etwa davor, Valfleur und ihren früheren Träumen wieder zu begegnen? Ihr Herz begann, laut und unruhig zu klopfen. Mit einem tiefen Seufzer atmete sie aus und öffnete die Augen. Nein, sie hatte keine Angst. Die dunklen Schatten wichen vor der Realität des hellen Sonnenlichts - die Vergangenheit sollte für ewig ruhen und etwas Neues beginnen. Mit erhobenem Kopf, ein wehmütiges Lächeln auf den Lippen, ging sie langsam zur Kutsche zurück.

Der Platz der Revolution war diesmal voller Menschen. Man drängte sich zu der sensationellen Hinrichtung Dantons und seiner Genossen wie zu einer Opernpremiere.

Im Publikum war aber heute ganz deutlich ein Murren, fast ein Aufbegehren zu spüren. Waren das nicht die Männer der ersten Stunde? Die leidenschaftlichsten Revolutionäre, die Freiheit und Gleichheit für alle gefordert hatten? Warum ausgerechnet Danton? Der stärkste Vorkämpfer der Revolution, der populäre Volkstribun, der Mann, der wie eine Eiche allen Stürmen Trotz bot? Wie konnte das möglich sein? Und Desmoulins? Vor nicht allzu langer Zeit noch war er im Palais Royal auf den Tisch gesprungen, hatte die Bürger zu den Waffen gerufen; enthusiastisch das Laubblatt, Vorgänger der Kokarde schwenkend. Niemandem war es so wie ihm gelungen, in seinen Journalen und Flugblättern die Bürger aufzupeitschen, ihnen so klar die Augen über die Schulden des Staates zu öffnen und die Missstände im ganzen Land aufzuzeigen!

Und was machte Fabre d'Églantine, der Liebling der Frauen, der Erfinder einer fortschrittlicheren Zeitrechnung und des neuen Kalenders dort oben auf dem Blutgerüst? Der beliebte Poet, bekannt in der ganzen Stadt mit seinen Theaterstücken, seinen Melodien, die man in jeder Gasse sang; beklatscht, bejubelt und verehrt?

Was war geschehen? Wie konnte es sein, dass die gleichen Männer jetzt als Staatsfeinde verurteilt wurden, hingerichtet wie die größten Schurken?

Dumpfes Unbehagen machte sich breit, drohendes Gemurmel erhob sich. Lauter als üblich übertönten die Trommler im entscheidenden Moment alle unerwünschten Geräusche, jeden Zuruf und die Soldaten standen Spalier, bereit, einen möglichen Aufstand im Keim zu ersticken. Sanson, der unbeugsame Henker, zögerte nicht. Ihm war es egal, wen er vom Leben in den Tod beförderte, denn er führte nur die Befehle der Kommune aus. Auch diesmal verrichtete er sein Geschäft mit großer Routine; nach dem Klappen des Kippbrettes folgte das Einschnappen des Halseisens und darauf das dumpfe Geräusch des niederfallenden Beiles, das den Zuschauern einen kalten Schauder über den Rücken jagte.

D'Églantine kam erst als fünfter dran. Er war so schwach, dass man ihn auf das Gerüst tragen musste. Mit geschlossenen Augen, bleich wie ein Toter lehnte er am Balken und ein Henkersknecht musste ihn festhalten.

„Mörder! Lasst ihn. . . . Ihr dürft ihn nicht töten. . . Er gehört mir! Verflucht sollt ihr sein. . . Die Rache des Himmels über euch, elende Blutsäufer!"

Schrille Schreie, ein entsetzliches Kreischen unterbrach die Stille und die Soldaten packten eine junge, scheinbar wahnsinnig gewordene Mulattin mit schwarzen Haaren und rotem Rock und rissen ihr das Messer, mit dem sie wild herumfuchtelte, aus der Hand. Das Mädchen bäumte sich auf, trat, spuckte und schlug um sich, bis es unter erheblichen Schwierigkeiten gelang, sie zurückzuhalten und zu fesseln.

Fabre öffnete nur noch einmal kurz die Augen und so etwas wie ein müdes Lächeln glitt über sein Gesicht. Dann schloss er sie wieder und legte seinen Kopf ergeben in das Halseisen. Eine schaurige Stille lag mit einem Mal über den Gaffern, so lange, bis mit einem hässlichen Klack das Messer fiel.

Die Tobende stieß ein schreckliches Geheul aus, das sich noch steigerte, als ein buckliger, dunkelhäutiger Zwerg, ein wahres Monstrum von Mensch, mit hervorquellenden Augen, zotteligen Haaren und kurzen Beinchen hervortrat und mit einem wie eingefrorenem Grinsen gleichfalls die Treppe des Podestes erklomm. Die Menge belebte sich, man lachte und zeigte mit den Fingern nach dem seltsamen Geschöpf. Heiterkeit breitete sich aus.

„Schau, Maman", rief ein kleiner Junge aufgeregt, „sieht so der Teufel aus?" Seine Mutter zog ihn zurück und belehrte ihn. „Nein, das ist nur eine Missgeburt, mein Kind, ein verwachsener Zwerg!"

Hämisch lachte eine Alte hinter ihr: „Um den ist es nicht schade, der bringt ja doch nur Unglück!"

„He, krummbeiniger Mohr, du wolltest wohl auch König sein?", rief ein frecher Bursche und seine Kumpane stimmten in das Gelächter mit ein. Belustigt betrachtete man das kleine Ungeheuer, das nach dem Scheren der Haare wie ein magerer Vogel aussah, der seine Federn verloren hatte.

Der Unglückliche war niemand anderer als Dimanche. Aufrecht stand er auf dem Podest und ließ seinen Blick über die Umstehenden schweifen. Als er Sheba zwischen den Wachen erkannte, machte er eine vage Geste des

Bedauerns und legte die Hand an seine verzogenen Lippen, so als wolle er ihr einen letzten Kuss zuwerfen. Man stieß ihn vorwärts.

Korrekt und mit langsamem Griff passte Sanson auch ihm das Halseisen an, ein kurzer Schlag – und es war vorbei.

Den Trommlern gelang es diesmal nicht ganz die schrillen, beinahe übermenschlichen Schreie des Mädchens zu übertönen, die jedermann durch Mark und Bein gingen - man musste sie so hart anpacken, dass sie in den Armen der Wachen schließlich besinnungslos zusammenbrach.

27. Kapitel
Das Schicksal wendet sich

Schon von Weitem sah Amélie voll Freude aber auch banger Ahnungen Valfleur auf dem Hügel in den letzten Strahlen der Frühlingssonne liegen, so, als habe seit Jahrhunderten niemals auch nur ein Wässerchen seinen Frieden getrübt. Das Schloss, bestens renoviert, glänzte weiß und glatt inmitten gepflegter Rasenflächen und des sich langsam begrünenden Parks. Man konnte die Gärten mit der begrenzenden Mauer und sogar die Pappelallee erkennen, die sich in gerader Linie bis zum Haus zog. Das große Tor war geschlossen und Richard, von einem unerklärlichen Instinkt getrieben, gab dem Kutscher die Anweisung, langsam vorbeizufahren, so als gehörten sie zu den Neugierigen, die auf der Reise nur einen Blick auf das schöne Bauwerk am Wege werfen wollten. Dann ließ er den Wagen an einer uneinsichtigen, fast von Gestrüpp zugewachsenen Stelle unter Bäumen abseits der Stallungen des Schlosses halten, ein Ort, den nur Eingeweihte kannten und an dem er die Pferde ungesehen ausspannen und anbinden konnte. Er bedeutete den Frauen, im Fond der Kutsche auf ihn zu warten. Die Ruhe, die das Schloss umgab, schien ihm ausgesprochen trügerisch. Weder die Kinder noch das sie beaufsichtigende Mädchen waren irgendwo zu sehen. Wie ein Bauer zog er den Hut wieder tief über die Ohren, stopfte die Kissen unter sein Hemd und steckte zur Vorsicht die Pistole unter die Weste. Zuletzt schulterte er den Weinkorb, in dem zahlreiche Flaschen klirrten und machte sich dann entschlossen auf den Weg zum Hintereingang, der durch eine kleine, unscheinbare Nebenpforte führte. Die Frauen folgten ihm mit den Augen.

Madeleine klopfte das Herz zum Zerspringen, als sie die ach so vertraute und geliebte Stätte erblickte. Dort oben, beinahe unter dem Dach des stolzen, weißen Schlosses, sah sie die Umrisse ihres kleinen Zimmers als Gouvernante der Familie d'Émprenvil, in dem sie geträumt und von dem aus sie voller Sehnsucht heimlich das Kommen und Gehen des Barons aus Paris verfolgt hatte! War das wirklich sie gewesen, die für einen Blick von ihm, eine zärtliche Geste, beinahe ihr Leben gegeben hätte? Wie oft waren die verschlungenen Wege des Parks Zeugen ihrer Verzweiflung gewesen, wenn sie fühlte, dass diese unsinnige Leidenschaft niemals Erfüllung finden würde! All das erschien ihr wie ein ferner Ruf aus der Vergangenheit, aber sie spürte gleichzeitig, dass er keinen Widerhall mehr auf dem Grunde ihrer Seele fand. Es war lange vorbei – die Madeleine von damals gab es nicht mehr, das scheue, romantische Wesen, das nur für andere gelebt hatte. Sie war durch die Ereignisse gereift und blickte ohne Bedauern zurück. Wenn ihr damals jemand prophezeit hätte, dass sie sich einmal Marquise de Bréde nennen, ein großes Vermögen mit einem Palais in Wien besitzen und sich unter einem falschen Namen an der Entführung der Königin beteiligen würde; sie hätte ihn ausgelacht und für verrückt erklärt.

„So schön Valfleur auch ist", murmelte Amélie versonnen, „aber ich möchte nicht mehr dort leben – weil es nie mehr so sein wird, wie es war. Es ist voll von lebendigen Erinnerungen und mir kommt vor, als könne Maman jeden Moment in einem ihrer prächtigen Seidenkleider um die Ecke biegen – oder Papa spränge von seinem Lieblingspferd und ließe voller Elan die Reitpeitsche durch die Luft sirren, bevor er gut gelaunt am Frühstückstisch erscheint... Das Valfleur von einst wird ewig sein, gleich bleiben in unserem Herzen und unseren Träumen, nicht wahr?"

Madeleine nickte nur und wischte sich verstohlen eine Träne aus dem Augenwinkel.

Amélie sah sie an: „Ach, Madeleine, wenn Sie wüssten, wie weh mir manchmal ums Herz war! Ich wollte so stark sein, doch nachdem Sie fort waren, fiel es mir schwer, in Valfleur zu bleiben – allein dort zu leben! Die Schatten des Vergangenen holten mich in jedem Augenblick ein. So kehrte ich meist gleich wieder nach Paris zurück, um mich zu zerstreuen, meinen Kummer zu überwinden."

Selbstvergessen sah Amélie vor sich hin. Es hatte schon lange niemanden mehr gegeben, dem sie ihr Herz ausschütten konnte. Dann fuhr sie, durch das verständnisvolle Schweigen Madeleines ermutigt, fort. „Und d'Églantine - er hielt keines seiner großmäuligen Versprechen. Er kam selten nach Valfleur und blieb immer nur kurz – ich hätte wissen müssen, dass nichts anderes als die Intrigen der Politik, der Trubel des Theaters und seine unaufhörlichen Frauengeschichten ihn interessierten! Ich habe mich an ihn geklammert, wie an eine Planke im aufgewühlten Meer – um zu überleben. Doch Fabre war skrupellos und nicht der geringste Halt für mich!"

Ein flüchtiger Schauder glitt über ihren Rücken, ein seltsames Bedauern sprengte ihr fast die Brust, als sie seinen Namen aussprach. Madeleine verzog das Gesicht bei der Erwähnung des von ihr zutiefst verachteten Menschen und Amélie fügte mit bebender Stimme wie entschuldigend hinzu: „Damals war ich verblendet. Ich sah nur das Gesicht des schmachtenden Poeten – und nicht die Fratze des berechnenden Schurken." Ihre Stimme erstickte.

Einige Sekunden herrschte Stille, dann nahm Madeleine behutsam ihre Hand. „Was immer auch geschah, Amélie - vergiss es! Ich bin froh, dass du endlich fähig bist, der Wahrheit ins Gesicht zu sehen! Dieser Mann hat dich gezwungen, ihn zu heiraten, weil er sich bereichern wollte! Er ist kein Poet, er ist ein Verbrecher!"

„Aber…", Amélie schüttelte den Kopf, sie setzte zu einer Erwiderung an, doch ihre Kehle schien plötzlich trocken und rau. Ungewollte Tränen verdunkelten ihren Blick. Ihr war, als hörte sie die Melodie des Liedes, das er anfangs für sie komponiert hatte, seine verführerische Stimme, mit der er sich zur Laute begleitete.

„Blick nicht zurück, Amélie!", drängte Madeleine. „Wenn wir erst in Wien sind, beginnt ein neues Leben!" In eine unbestimmte Weite sehend, fuhr sie leise lächelnd fort: „Gabrielle wird sich freuen, nicht mehr allein zu sein und…"

Der plötzliche Knall zweier kurz hintereinander abgefeuerter Schüsse durchbrach das friedliche Vogelgezwitscher um sie herum und ließ die Wartenden heftig zusammenfahren. Der Kutscher sprang blitzschnell vom Bock und duckte sich neben die Räder. Die beiden Frauen hielten den Atem an und lauschten wie erstarrt in die Richtung des Schlosses. Das heftige Schreien eines Kindes durchschnitt jetzt die eingetretene Stille. Sein unüberhörbar schriller Ton schien durch ein offenes Fenster hoch oben unter dem Dach zu dringen. Amélie brauchte nur eine Sekunde, um mit unfehlbarem Mutterinstinkt sofort die Stimme ihres Jüngsten, des kleinen Philippe-François zu erkennen. Blass geworden, riss sie, ohne sich auch nur einen Augenblick zu besinnen mit einem Ruck die Wagentür auf, hob ihr Kleid und sprang aus der Kutsche.

„Nein, Amélie nicht…", Madeleine, einen unterdrückten Schrei ausstoßend, machte Anstalten, sie zurückzuhalten. „Tu nichts Unbesonnenes! Bleib hier!"

Doch Amélie wollte nicht hören; ihr Kind war in Gefahr und nichts auf der Welt würde sie aufhalten!

Die Röcke geschürzt, begann sie zu laufen, sich zielstrebig einen Weg auf dem von Gestrüpp fast zugewachsenen, alten Pfad zum Schloss zu bahnen. Nur einen Moment lang musste sie überlegen, bevor sie an der richtigen Stelle abbog, eine leichte Böschung hinabkletterte, um durch das hohe Gras die verwitterte, efeuüberwachsene Mauer zu erreichen, die an den Pferdeställen entlang führte. Von dort aus war es nicht weit, um an die von außen kaum sichtbare Holztür zu gelangen, die beinahe unterhalb der

Fundamente des Schlosses lag. Dieser ihr seit der Kindheit bekannte, halb vergessene Zugang führte über verschlungene Wege durch Keller und Souterrain in geheime Winkel des Schlosses. Als Kind hatte sie oft diesen Weg genommen, dort mit ihrer Schwester und Patrick Verstecken gespielt und das Küchenpersonal erschreckt.

Außer Atem drängte sie sich nun durch den engen, dunklen und schmutzigen Gang in den kühlen Vorratskeller, durchquerte die mit Spinnweben verhängte, ehemalige Küche mit dem riesigen Kamin aus alten Zeiten und stieg über steile, halb zerbrochene Stufen nach oben, bis sie an die verschlossene Tapetentür gelangte, die geradewegs ins Vestibül des Schlosses führte. Vorsichtig löste sie den eingerosteten Riegel und versuchte, die klemmende, schon lange nicht mehr benutzte Tür zu öffnen. Sie blieb einen Augenblick lauschend stehen.

Jetzt konnte sie das durchdringende Weinen des kleinen Philippe-François, das aus den oberen Räumen, den Dachzimmern, drang, ganz deutlich hören. Es wurde schwächer, stieg wieder an und schien nicht mehr allzu beunruhigend. Amélie verhielt ihren Schritt und presste die Hand auf ihr wild klopfendes Herz. Wenn sie nun etwas Unbedachtes tat, war alles vergeblich gewesen! Auf Zehenspitzen betrat sie den Korridor der Halle. Von irgendwoher ertönte der Wortwechsel zweier Männer. Die Tür des großen Salons, der zur Gartenterrasse hinaus führte, stand spaltbreit offen. Gesprächsfetzen drangen an ihr Ohr. Mit angehaltenem Atem huschte sie über den Flur und spähte vorsichtig durch die Öffnung. Ein bewaffneter Gendarm stand mit dem Rücken zu ihr und hatte seine Pistole auf Richard gerichtet, der mit scheinbar furchtsamer Geste die Arme in die Luft streckte.

„Hola, Freund, …nur langsam!", stotterte er mit verstellter, den bäuerlichen Dialekt der Gegend nachahmenden Stimme. „Wenn mich der Schuss getroffen hätte! Wollt Ihr einen armen Teufel erschießen, der nichts Böses ahnt und nur die Früchte seiner Arbeit verkaufen möchte?"

Der Gendarm ließ die Waffe sinken und sagte in mürrischem Ton. „Da hast du noch mal Glück gehabt, Mann. Wer bist du und was machst du hier? Schleichst dich hier herein…"

„Schleichen? Was denkt Ihr? Ich bin Weinbauer und das Küchenmädchen lässt mich immer durch den Hintereingang! Ich klopfte, aber niemand antwortete… " Mit einem schiefen Lächeln fügte er aufseufzend hinzu. „Na, auf den Schreck muss ich jetzt erst mal einen Schluck trinken!"

„Bis du noch recht bei Trost? Ich rate dir, verschwinde hier so schnell wie möglich!", rief der Gendarm schlecht gelaunt und hob erneut die Pistole.

Richard ließ sich nicht beeindrucken und spielte weiter den Einfältigen. „Na, na - nur mal langsam. Lasst mich doch wenigstens in Ruhe durchatmen!" Sich mit einem groben Tuch den Schweiß von der Stirn wischend, ließ er sich einfach auf den nächsten Stuhl fallen und schwatzte weiter drauflos. „Ihr habt leicht reden. Ich muss schließlich sehen, dass ich meinen Wein an den Mann bringe. Die Zeiten sind schlecht. Früher haben die Herren viel getrunken – aber jetzt... jeder weiß doch, dass der gute Robespierre nur Wasser im Glas hat. Monsieur d'Églantine hat mir immer Ware abgenommen! Ist er denn nicht zu Hause?"

„Ob er zu Hause ist?" Der Gendarm sah ihn von oben herab an. „Na, der Hellste bist du wirklich nicht, sonst wüsstest du längst, dass Fabre d'Églantine in einem Pariser Gefängnis sitzt! Der kauft dir im Leben keinen Tropfen Wein mehr ab – weil man ihn wahrscheinlich schon einen Kopf kürzer gemacht hat. Klack!" Er strich sich bezeichnend mit der Hand über die Kehle und stieß ein böses Lachen aus.

„Was?" Richard tat erschrocken und sperrte tölpisch den Mund auf: „Um Himmels willen! So ist er also tot? Ein so netter Herr!"

„Netter Herr, netter Herr!", brummte der Gendarm gereizt. „Dummes Zeug! Ein Betrüger, ein Geldschneider ist er! Er hat die Republik verraten!"

„Nun, wenn man ihn schon gefasst hat: Warum seid Ihr dann hier?"

Der Gendarm machte eine drohende Gebärde. „Du bist ein wenig zu neugierig Bürger. Ich geb dir einen guten Rat, verschwinde – aber schnell!"

„Ich geh ja schon", Richard erhob sich schwerfällig und mit blödem Lächeln, „aber ich frage mich, warum gibt es in der neuen Republik für fähige Leute wie Euch keine wichtigeren Aufgaben, als Posten vor einem verlassenen Landschloss zu spielen!"

Der Gendarm brauste auf: „Ich spiele hier nicht den Posten, Dummkopf! Wir haben dringende Order aus Paris, die flüchtige Madame d'Églantine zu verhaften."

„Oha... was Ihr nicht sagt!" Richard musterte den anderen mit naivem Erstaunen. „Ihr meint doch nicht etwa Madame Amélie d'Églantine? Ich kenne sie, seit sie ein Kind war. Eine sehr schöne Frau!" Er zwinkerte mit listigem Blick.

„Geh nach Hause, guter Mann, ich rate es dir!"

Der Gendarm machte eine Kopfbewegung zur Tür hin, seufzte tief auf und steckte vor so viel bäuerlicher Dummheit resignierend seine Waffe in den Gürtel. Dann spähte er, den lästigen Besucher nicht mehr beachtend, mit zusammengekniffenen Augen in den Garten hinaus.

Seinen Weinkorb schulternd, murmelte Richard halblaut vor sich: „Hab mir's fast gedacht – der Apfel fällt nicht weit vom Stamm! Ihr Vater ein Rebell …"

„Halt!" Der Gendarm fuhr herum. „Was erzählst du da von Rebellen? Was weißt du davon?" Er packte Richard am Kragen. „So etwas könnte den Sicherheitsausschuss in Paris interessieren!"

„Halt, nur nicht so wild", Richard machte sich unwillig los. „Erst will ich wissen, worum es geht!"

Der Gendarm ließ ihn los, zog angestrengt die Stirn in Falten und ging mit langen Schritten im Zimmer auf und ab: „Na ja… man weiß eben noch nichts Genaues. Auf jeden Fall hat Madame d'Églantine die Stadt unerlaubterweise verlassen, gerade, als man sie verhören wollte. Sie gilt als Komplizin ihres Mannes. Wahrscheinlich will sie das unterschlagene Geld ins Ausland schaffen!" Er sah Richard streng an. „Wenn du auch nur ein Sterbenswörtchen ausplauderst… Also, wir nehmen sie fest, sobald sie hier auftaucht. Eine Frau flieht nicht ohne ihre Kinder – deshalb haben wir die Kleinen mitsamt dem Kindermädchen in eines der Dachzimmer eingesperrt. Und wer da hinauf will, muss an uns vorbei."

Amélie, die bei der Nennung ihres Namens hinter der Tür zusammengezuckt war, versuchte langsam den Türspalt zu vergrößern und Richard ein Zeichen zu geben. Doch der war so beschäftigt, das Vertrauen des Staatsdieners zu gewinnen, dass er keinen Blick für seine Umgebung hatte.

„Ich könnte Ihnen da so einiges erzählen, was hier im Schloss vor sich gegangen ist!", rief er vieldeutig aus. „Auf jeden Fall ist der Plan gut – ich meine, klug und vorausschauend!" Er wartete die Wirkung der groben Schmeichelei auf sein Gegenüber ab und fuhr dann hartnäckig fort: „Na, dann hab ich wohl den langen Weg umsonst gemacht. Aber weil ich schon mal hier bin", mit einem behäbigen Auflachen zog er ein bauchiges Gefäß hervor und stellte es einfach auf den Tisch, „so erlaubt wenigstens, dass ich Euch einen kleinen Schluck offeriere, bevor ich mich auf den Rückweg mache!"

Er betrachtete die Flasche liebevoll von allen Seiten, nestelte am Verschluss und packte wie zufällig eine schöne Speckseite aus, die einen appetitanregenden Räuchergeruch verbreitete. „Was ist, wollt Ihr ein Stück?"

Der Gendarm schluckte, sah mit einem scheelen Blick auf den Korb und seinen Inhalt. „Dummkopf! Ich bin schließlich im Dienst!"

Richard nahm wieder Platz und betrachtete die zweifelnde Miene seines Gegenübers, dem beim Anblick der Flasche und des würzigen Specks das Wasser im Mund zusammenlief.

„Ihr wollt mich doch verhören – also bedient Euch! Mein vorzüglicher Himbeergeistes wird Euch aufheitern -selbst gebrannt, versteht sich. Den bekommen nur meine besten Kunden!" Er klirrte verlockend mit den kleinen Bechern, die er aus einem braunen Lederbeutel zog und klopfte dem Gendarmen kameradschaftlich auf die Schulter, der die Augen nicht von der glasklaren Flüssigkeit in der Flasche abwandte.

„Himbeergeist?" Er zögerte nur einen Augenblick. „Na ja, ein kleiner Schluck könnte vielleicht nicht schaden…", willigte er schließlich gönnerhaft ein, zwischen Verlangen und Pflichterfüllung hin und her gerissen.

Richard schenkte mit geschicktem Griff ein.

„Mmh, riecht mal – das geht direkt ins Gehirn und macht gute Laune!", schmunzelte er genießerisch. „Ich seh doch, dass Ihr Euch hier zu Tode langweilt, in dieser Einöde! Weit und breit keine Seele - da kann Euch die verdächtige Dame gar nicht entwischen!"

Andächtig ließ der Gendarm den Schnaps durch die Kehle rinnen, während Richard nachgoss und in leichtem Ton weiterplauderte. „Ich hab's eigentlich nicht eilig. Wie wärs mit einem kleinen Spiel - eine Partie Besigué? Nur für ein Stündchen natürlich! Seht her!" Er zog wie mit Zauberhand ein Kartenspiel aus der Tasche. „Vernehmen könnt Ihr mich später, dann habt Ihr Eure Pflicht erfüllt!"

Der Gendarm, den Geschmack des Himbeergeistes noch auf der Zunge, wehrte das verlockende Angebot mit einer energischen Geste ab, doch in seinem Gesicht malten sich Zweifel und leichte Unsicherheit. Es stimmte, das Herumstehen in einer so langweiligen Gegend war öde. Wer weiß, wie lang das noch dauern konnte - aber mit einer Frau würde man doch leicht fertig werden! Richard gab ihm einen freundschaftlichen Stoß, bevor er sich breitbeinig an den Tisch setzte.

„Na los, worauf wartet Ihr? Wir brauchen einen dritten Mann! Holt Euren Kollegen aus dem Park her!" Unablässig weiterschwafelnd, füllte er mit verführerisch gluckerndem Geräusch aufs Neue die Gläser und schnitt geschickt ein paar Scheiben Speck zurecht.

„Warum sollen wir uns nicht auch mal was Gutes gönnen. Ich sage schon lange: Weg mit den Privilegien. Das Land muss endlich von den hochnäsigen Adeligen gesäubert werden, die glauben, etwas Besseres zu sein! Radikal!" Er hielt dem Gendarmen einen Becher hin.

„Meine Rede!", bekräftigte jener und kippte den Inhalt mit einem Zug hinunter. „Lange genug hat man das Volk ausgebeutet!" Als das scharfe Gesöff zum dritten Mal durch seine Kehle rann, schloss er die Augen und seine Lippen verzogen sich zu einem behaglichen Grinsen. „Ahh", ein tiefer Seufzer der Erleichterung entrang sich seiner Brust. „Eigentlich hast du recht. Man soll die Pflicht nicht übertreiben. He, Matthieu!", schrie er seinem im Park postierten Kollegen durch die offene Terrassentür zu, „Komm mal her!"

Matthieu wandte den Kopf und hielt die Hand ans Ohr: „Was gibts?", schrie er.

„Der ist wohl taub", brummte der Gendarm, war mit ein paar Schritten draußen und winkte mit beiden Armen. „Hierher, Matthieu…"

Im gleichen Moment öffnete Amélie die Zimmertür. Richard sah überrascht auf und erblasste. „Amélie, um Himmels willen…"

Sie legte schnell den Finger auf die Lippen. „Ich hörte Schüsse – Philippe-François schrie… was ist passiert?"

„Sie haben Marie, das Kindermädchen und die Kinder oben in ein Dachzimmer gesperrt…", flüsterte Richard hastig.

Amélie unterdrückte einen leisen Ausruf der Empörung. „Lenk die Gendarmen ab! Ich werde sie befreien - wir warten an der Wegkreuzung."

„Aber…", Richard wollte widersprechen, aber Amélie blieb gerade noch Zeit, den Türspalt zuzuziehen, bevor der Gendarm von der Terrasse ins Zimmer zurückkehrte und ihn argwöhnisch musterte.

„Sagtest du etwas?"

Geistesgegenwärtig nahm Richard die silberne Zigarrenkiste mit den Havannas von der Konsole und klappte sie auf.

„Nun, ich meinte, das hier ist keine schlechte Marke, vorzüglich gerollt, ein feines Blatt! Monsieur d'Églantine kann jetzt ja nichts mehr dagegen haben, wenn wir uns eine genehmigen!" Eine joviales Schmunzeln aufsetzend, stellte er die üppig verzierte, silbere Tabatière auf den Tisch und bat: „Bedient Euch nur, General! Und nehmt noch einen Schluck - dann ist die Welt wieder in Ordnung."

Er schenkte Schnaps nach und der Gendarm betrachtete die wohlgefüllte Dose von allen Seiten. Ein würziger, schwerer Tabaksduft stieg daraus hervor, der Inbegriff allen Luxus der gehobenen Klasse.

„Nun, du scheinst dich ja bestens hier auszukennen", der Blick des Mannes bekam eine lauernde Note, bevor er zugriff.

Richard lachte behäbig. „Natürlich – war ja schließlich oft hier! Hab viel verkauft im Schloss. Waren keine Kostverächter, die adeligen Herren! Santé! Auf das Leben, die Freundschaft und die Revolution!" Er hob den Becher, schlürfte genüsslich und der Gendarm tat es ihm nach, eine duftende Zigarre zwischen den Fingern hin und her rollend. „Ich heiße übrigens

Moulinier, Richard Moulinier – sagen Sie einfach Richard! Und Ihr?" Ihn mit einem breiten Grinsen fragend ansehend, schenkte Richard erneut ein und beide tranken.

Der Gendarm schien noch ein paar Sekunden zu zögern, dann streckte er ihm versöhnlich die Hand hin und sagte knapp. „Wachtmeister Sorel, aber du kannst Albert sagen. Das ist wirklich ein guter Tropfen! Geht durch und durch."

Richard schlug ein und das satt gluckernde Geräusch, mit der die farblose Flüssigkeit alsdann wieder aus der Flasche in die Becher rann, schien seine Worte zu besiegeln.

„Ich muss meine Meinung dir gegenüber revidieren, Bürger. Du bist im Grunde ein braver Mann!" Sorel, der sein Misstrauen jetzt endgültig verloren hatte, spürte, wie der Schnaps seinen Bauch wärmte, die Unzufriedenheit über den lästigen Befehl hinwegspülte und die ganze Welt angenehmer und leichter erscheinen ließ. Er kaute genüsslich ein Stück des dargebotenen Specks und lehnte sich bequem in den Stuhl zurück, während Richard ihm beflissen Feuer gab. Kennerisch schmauchte er ein paar Züge an.

„Ausgezeichnet! Davon versteh ich was! Die Adeligen wussten wohl zu leben! Aber jetzt sind wir mal dran." Er sah zur Tür. „Ah, Matthieu! Wie sieht's aus? Alles in Ordnung?"

Der Kollege war eingetreten, nickte den beiden Männern müde zu und streifte die Schnapsflasche sogleich mit einem begehrlichen Blick.

Richard hielt ihm einen bis zum Rand gefüllten Becher hin. „Hier, auch für Euch eine kleine Stärkung?"

Ein breites Lächeln überflog Matthieus grobe Züge und er nahm das Angebotene erfreut entgegen. „Das wär jetzt gerade recht! Dank Euch!" Er schüttelte sich behaglich, als der Schnaps in seiner Kehle brannte. „Brrr… ziemlich frisch draußen. Nicht mal ne Maus zu sehen – alles ruhig. Ein ödes Gebiet, nichts los. Ich denke, das wird heute nichts mehr."

Er ließ sich nicht lange bitten und kippte ohne viel Federlesens ein paar schnell hintereinander eingeschenkte Becher. Mit Interesse musterte er die Karten, die Richard wie zufällig schon auf dem Tisch ausgebreitet hatte.

„Seid ihr bei einer Partie Besigué? Da mach ich gern mit!", sagte er an den Kameraden gewandt.

Der Gendarm Sorel zögerte noch einen kurzen Moment, bevor er einwilligte. „Gut, ausnahmsweise – aber wirklich nur ein kleines Spiel. Gebt aus!" Er schob einen zweiten Stuhl heran und legte seine Waffe mitsamt dem Patronengürtel ab. Matthieu tat es ihm gleich, warf dazu noch seine Mütze mit Schwung auf den Kamin und knöpfte behaglich die Jacke auf.

„Wir versäumen wirklich rein gar nichts, Albert", wandte er sich beruhigend an den Kollegen. „Seit ich mir da draußen die Beine in den Bauch stehe, habe ich nichts anderes als ein paar streunende Katzen gesehen!"

Die beiden lachten, während Richard eine neue Flasche Himbeergeist entkorkte und sorgfältig begann, die Karten zu mischen.

Inzwischen war Amélie so leise wie möglich die Treppen zu den Dachkammern hinaufgeschlichen, wo man das Kindermädchen Marie mit ihren Schützlingen und einem Vorrat an Proviant in einen engen Raum gesperrt hatte. Die einfache Holztür war verschlossen und so sehr sich Amélie auf der einen Seite und Marie auf der anderen dagegen stemmten – sie bewegte sich keinen Zentimeter in den Angeln. Amélie versuchte vergeblich mit einer Haarnadel das Schloss zu öffnen, aber so ungeduldig sie auch an der Klinke zerrte, die Tür blieb versperrt. Nicht einmal, als Marie mit einer Hebelbewegung ein Metallstück des Bettgestells in den Spalt klemmte, rührte sie sich von der Stelle. Alles schien umsonst, die Zeit lief davon. Atemlos und erschöpft lehnte Amélie sich schließlich gegen den Türrahmen und ließ ihre Blicke durch das Halbdunkel des Flures zu einem gegenüberliegenden Mansardenzimmer schweifen. Es musste eine Lösung gefunden werden – sie durfte nicht aufgeben! Daneben lag der geräumige Dachboden, auf dem allerhand Gerümpel aufbewahrt wurde. Sie betrat den stickigen, engen Raum, stieg über alte Kisten und vergessene Gegenstände und fand schließlich in einer staubigen Werkzeugkiste eine verrostete Zange und einen Hammer, um den sie als Schalldämpfer einen alten Lappen wickelte.

Solchermaßen bewaffnet rückte sie der Tür nun mit aller Energie zu Leibe, die ihr zur Verfügung stand, und siehe da, mit vereinten Kräften von der einen und der anderen Seite begann endlich das Holz zu splittern und das gelockerte Scharnier sich knarrend vom Rahmen zu lösen. Die Tür sprang auf und Amélie stand im Raum.

„Maman!" Aurélie und Sophie stießen einen unterdrückten Jubelruf aus, sprangen überglücklich an ihr hoch und umklammerten sie so fest, als wollten sie sie nie mehr loslassen.

„Pst! Ihr müsst jetzt ganz leise sein!", erklärte Amélie mit ernsthafter Miene und legte den Finger an die Lippen. „Wir spielen ein Spiel und ihr macht mit. Unten sind die bösen Männer, die uns fangen wollen. Und wir werden ganz leise und so schnell es geht, die Treppe hinunterschleichen, damit sie uns nicht bemerken. Wer es am besten kann, bekommt ein Geschenk!"

In diesem Augenblick hörte selbst das Baby Philipp-François mit einem Schlag auf zu weinen und sah mit großen Augen um sich.

„Mein süsses Schätzchen!", flüsterte Amélie zärtlich, hob den Kleinen hoch, küsste ihn auf seine flaumige, von Tränen nasse Wange und legte ihn dann wieder in die Arme Maries zurück.

Das Mädchen steckte ihm vorsorglich einen neu gefüllten Honigschnuller in den Mund und schaukelte ihn beruhigend hin und her, während die kleine Gruppe langsam, einer nach dem anderen, auf leisen Sohlen das Treppenhaus betrat.

Doch Philipp-François streckte sich plötzlich unwillig und stieß einen quäkenden, im Gang laut widerhallenden Laut aus, bei dem alle vor Schreck erstarrten. Amélie streichelte beschwichtigend den Kopf des Kleinen und beugte sich, leise Worte wispernd, zu ihm herab. Das Kind blinzelte müde, nuckelte heftiger an seinem Schnuller und seine Lider senkten sich bald wieder schwer über die Augen.

Mit angehaltenem Atem horchten die Flüchtlinge eine Weile unbeweglich, doch als alles ruhig blieb, machte sich der kleine Zug weiter daran, auf Zehenspitzen Stufe für Stufe herab zu steigen.

„Mal ruhig!" Wachtmeister Sorel hob lauschend den vom Alkohol bereits stark benebelten Kopf und legte die Karten aus der Hand. „Da war doch was? Hörst du nichts, Matthieu?"

Der Angesprochene sah mit leicht glasigem Blick zu ihm hinüber. „Kann schon sein... ein Geräusch", seine Zunge gehorchte ihm nicht mehr so ganz, „aber die da oben machen schon den ganzen Tag Krach und klopfen gegen die Tür. Das nützt ihnen gar nichts!"

Sorel stand schwankend auf, zog sein Revers gerade und versuchte, seiner Stimme den befehlsgewohnten Klang zu geben. „Sieh auf jeden Fall mal nach! Besser ist besser!"

„Grad jetzt, wo ich ein gutes Blatt habe!", murmelte Matthieu in seinen Bart. „Dass mir bloß niemand meine Karten anrührt!"

Sorel warf ihm einen zurechtweisenden Blick zu. „Blödsinn! Das bleibt so liegen wie es ist. Also los, tu deine Pflicht, geh rauf und kontrolliere, ob alles in Ordnung ist!"

Richard hielt den Atem an und schenkte vorsorglich neu ein. „Kommt Freunde, trinkt – ich hab nichts gehört! Was soll denn sein... ich dachte, das sind bloß Kinder?"

„Soldatenpflicht! Das verstehst du nicht!" Sorel warf sich in die Brust, nahm sein Glas und stieß mit ihm an. „Auf die Republik!" Dann schnauzte er zu seinem rangniederen Kollegen hinüber: „Also, was ist: Nachsehen, Mann, aber sofort!"

Matthieu kippte seine Ration mit einem Zug hinunter und torkelte mit schweren Beinen unsicher hinaus. „Immer ich… grad wenn's gemütlich ist und ich gewinne…"

Schritt für Schritt tasteten sich die beiden Frauen mit den Kindern an der Hand weiter vorwärts durch das finstere Treppenhaus. Beinahe unten angelangt, öffnete sich die Tür des Salons plötzlich mit einem unmissverständlichen Knarren und der Posten Matthieu trat trotz seines vom Schnaps eingeschläferten Pflichtbewusstseins gehorsam in den Flur hinaus.

Er horchte eine Weile ins Dunkel und zündete dann mit unsicheren Fingern die Lampe an, um das Terrain zu erleuchten. Dabei focht er einen kleinen Kampf mit seiner Trägheit aus. Quatsch - da war nichts, wirklich rein gar nichts! Aber immer schickte man ihn los, wenn's grad nett war. Dieser stinkfaule Sorel hätte ja auch mal nachschauen können, wenn er schon die Flöhe husten hörte! Klar, der gönnte ihm bloß seine guten Karten nicht! Mit lauten Stiefeltritten marschierte er demonstrativ den Gang entlang, stellte sich an die geschwungene Treppe und versuchte vage, durch das Geländer einen Blick nach oben zu werfen.

Amélie verhielt erschrocken den Schritt, drückte sich an die Wand und presste die Kinder fest an sich. Ein simples Knarren der Treppenstufen, ein Husten der Kleinen, ein einziger Schrei des Babys konnte sie jetzt verraten.

Als alles ruhig blieb, schüttelte der Gendarm unwillig den Kopf. Na also - nichts rührte sich. Die schliefen bereits, das hatte er doch gleich gewusst! So blöd würde er sein, bis nach oben zu steigen und nachzusehen! Was sollte schon sein bei einem Kindermädchen und drei Kleinen? Für die dort oben war gesorgt, sie hatten alles, was sie brauchten. Proviant und ein Bett für die Nacht. Da würden sie es schon noch bis morgen aushalten. Und dann kam ja die Ablösung. Der Rest war ihm egal, das sollte die Kommune entscheiden. Nach einem neuen, genussvollen Zug an seiner Havanna kehrte er guten Gewissens wieder in den Salon zurück, aus dem Zigarrenqualm und animiertes Gelächter der beiden anderen drang.

Gefolgt von den beiden Mädchen, den Kleinen im Arm, hasteten die Frauen, jedes Geräusch sorgsam vermeidend, sodann durch das Vestibül, stiegen durch die Tapetentür in den engen Gang und tasteten sich durch die spinnwebenverhangenen Kellerräume. Aufatmend verließen sie das Schloss endlich durch die enge Pforte des geheimen Hinterausgangs.

In der Dämmerung war es nicht so leicht, dem von Unkraut überwachsenen Pfad zu folgen und die kleine Sophie, die sich tapfer an ihre Halbschwester Aurélie klammerte, begann leise zu weinen. Amélie hob sie auf den Arm und bahnte sich, gefolgt von Marie mit dem Baby, mühsam und über ihre Röcke stolpernd einen Weg; halb ihren eigenen Fußspuren folgend, halb sich an der niedrigen Mauer entlangtastend.

Madeleine, die in quälender Ungewissheit in der unter den Bäumen versteckten Kutsche ausgeharrt hatte, sah ihnen ungeduldig entgegen. Es war inzwischen völlig finster geworden und die Orientierungspunkte zwischen Büschen und Bäumen hatten sich verwischt. Die Kinder drängten sich, gefolgt von Amélie, erleichtert in den Wagen und der Kutscher ließ die Pferde langsam angehen.

Erst, als sie das Schloss und seinen Park ein gutes Stück hinter sich gelassen hatten, brach die Bonne Marie, an allen Gliedern bebend, in Schluchzen aus. Sie war mit ihren Kräften am Ende und neben der Angst, allein ins Dorf zurückzukehren, fiel ihr auch der Abschied von den Kindern schwer. Doch der Gedanke an die Gendarmen gab schließlich den Ausschlag - es blieb keine andere Wahl, wenn ihr das Leben lieb war.

Unter Tränen verließ sie das schützende Gefährt – aber auf dem einsamen Weg durch den Wald klapperten ihr die Zähne vor Angst. Hinter jedem Baum schienen die Schlossgeister aufzutauchen, die keine Ruhe fanden! Wieviel Unheil war in Valfleur schließlich schon geschehen! Alle alten Geschichten, die man im Dorf erzählte, kamen ihr in den Sinn; die des unglücklichen Verwalters Rospert, der eines Tages erhängt im kleinen Pavillion gefunden wurde und jene des zum Tode verurteilten Gärtnerssohn Armand, der Isabelle, die Tochter des Schlossherrn verführt hatte! Außer Atem, wie gehetzt, stürzte sie im Dunkeln über Stock und Stein und lief so schnell sie konnte, bis sich endlich das kleine Kirchlein des Ortes tröstend vor ihr erhob.

Bange Stunden vergingen für die gespannt Wartenden in der Kutsche, bis Richards Silhouette sich endlich am Waldrand an der verabredeten Wegkreuzung abzeichnete. Vorsorglich hatten ihn die Gendarmen, volltrunken und lallend, hinausbegleitet und die Tür fest hinter ihm verriegelt.

Er war sich völlig sicher, dass die beiden, statt auf dem Posten zu sein, wie Säcke auf ihr Lager fallen würden, um ihren Rausch auszuschlafen. Immerhin hatten sie nicht den geringsten Verdacht geschöpft und es nicht einmal für nötig gehalten, ein weiteres Mal nach den Gefangenen zu sehen.

Amélie stieß den Wagenschlag auf, lief ihm entgegen und schloss ihn wortlos in die Arme. Für einen Augenblick versank Zeit und Raum für die beiden Liebenden – so als wären die lange Trennung und alle Missverständnisse nur ein böser Traum gewesen.

Amélie schlug erst nach einer Weile die Augen wieder auf und fand im Schein des Mondes in Richards Blick den vertrauten Ausdruck von Stärke und Verlässlichkeit wieder, den sie so liebte, und der gemischt war mit jenem leidenschaftlichen Flimmern, das ihr Herz von jeher so stürmisch zum Schlagen brachte. Um sie herum herrschte nächtliche Stille, nur die halbverdeckte Mondsichel warf ein bleiches Licht auf die Landschaft, die für immer mit ihrem gemeinsamen Schicksal verbunden blieb.

Vom Strom der Gefühle überwältigt, schloss Amélie die Augen. Niemals im Leben würde sie diesen Duft nach Gras und Erde vergessen, nie das geheimnisvolle Rauschen der Pappeln, das der Wind vom Schloss aus der Ferne herübertrug. Es war ein Wiedersehen und ein Abschied zugleich - aber das Vermächtnis von Valfleur sollte für ewig in ihrem Herzen weiterleben.

Geborgen in Richards Armen schien es Amélie, als sei sie auf einer langen und gefährlichen Reise endlich angekommen. Eng umschlungen kehrten sie schließlich zur Kutsche zurück. Die Gefahr war noch nicht vorüber – aber gemeinsam fühlten sie sich stark; einer in der Wärme des anderen das Glück spürend, auf so unerwartete Weise wieder vereint zu sein.

Den Kindern waren die Augen zugefallen, die Welt schien friedlich und beinahe lautlos. Der Mond, groß und rund hinter einer Wolke hervorgetreten, goss sein kaltes, helles Licht über die Landschaft.

Wehmütig sah Amélie noch einmal zurück, als die Kutsche anrollte, so lange, bis der bleiche, weiße Schatten des Schlosses auf seinem Hügel langsam vor ihren Augen verschwamm. Sanft strich Richard ihr eine widerspenstige Strähne aus der Stirn und versuchte, im blassen Mondlicht ihre Augen zu erkennen.

„Nur noch bis zur Grenze, dann haben wir es geschafft und sind endlich in Sicherheit! Wir sind zusammen und alles wird wie früher sein!"

Er presste Amélie fest an seine Brust und liebkoste sie mit unendlicher Zärtlichkeit.

„Wie früher?" Zögernd schlug Amélie die Augen zu ihm auf. „Aber… ich bin nicht mehr die, die ich war! Es gab Dinge …"

Richard verschloss ihr den Mund mit einem neuen Kuss. Dann sah er sie eindringlich an.

„Ich will nicht mehr wissen, was in der Zwischenzeit alles geschehen ist. Ein düsteres Kapitel unseres Lebens ist zu Ende gegangen - etwas Neues beginnt! Die ganze Welt steht uns offen! Und sollten wir in Wien nicht willkommen sein", fügte er in nicht ganz ernstem Ton und mit einem schelmischen Seitenblick auf Madeleine hinzu, „dann...."

„Aber nein!" Die Marquise de Bréde, die diese Worte vernommen hatte, obwohl sie zu schlafen vorgab, protestierte energisch. „Ich lasse euch auf keinen Fall mehr fort! Es würde mir das Herz brechen! Und ich bin sicher, Ihr werdet Euch bei mir in Wien wohlfühlen!"

Aurélie und Sophie, die sich an Madeleine geschmiegt hatten, schreckten aus ihrem leichten Schlummer und blickten ein wenig schüchtern, aber mit neugierigen Augen auf den fremden Mann, den sie noch nie gesehen zu haben glaubten.

„Bleibst du jetzt immer bei uns?", fragte Sophie schließlich mit ihrer hohen Kinderstimme und musterte ihn kritisch.

„Ja, mein Liebling!" Richard sah sie lächelnd an und strich seiner Tochter behutsam über das blonde Haar. „Wir bleiben nun für immer zusammen!"

Er tauschte einen zärtlichen Blick mit Amélie und die beiden versanken in einem neuen Kuss, bei dem sie alles vergaßen, die bittere Vergangenheit und die Trennung, die blutigen Geschehnisse, in denen sie nicht nur ihre Lieben verloren hatten – sondern beinahe auch sich selbst.

Als sie sich voneinander lösten, lag in ihren Augen die Verheißung von etwas Neuem, der vertrauensvolle Weg in eine gemeinsame Zukunft, in der die Sterne und das Schicksal, das sie wieder zusammengeführt hatte, ihnen den Weg schon weisen würden.